Zu diesem Buch

»›Die Namen‹ ist ein doppelbödiger Roman, ein Roman über die Flucht aus der westlichen Warenwelt und über die Sehnsucht nach ihr; über perfekte Manager, die unfähig sind, ihr Privatleben zu managen; über Terroristen, die Frieden herbeibomben wollen; über ungläubige Humanisten und gläubige Killer; und nicht zuletzt über die Sprache selbst, die der Verständigung dient, aber immer schon unverständlichen Regeln folgte … Ein erzählerisches Kabinettstück.« (»Focus«)

Don DeLillo, geboren 1936 in New York, hat zahlreiche Romane veröffentlicht. Er gilt unumstritten als einer der wichtigsten zeitgenössischen Autoren Amerikas. In der Reihe der rororo-Taschenbücher erschienen bereits sein Bestseller »Sieben Sekunden« (Nr. 13170) über den Mord an John F. Kennedy sowie seine Romane »Mao II« (Nr. 13380), »Americana« (Nr. 13480) und »Spieler« (Nr. 13500).

Don DeLillo

Die Namen

Roman

Deutsch von Matthias Müller

rororo

Rowohlt

Die Originalausgabe erschien 1982 unter dem Titel
»The Names« bei Alfred A. Knopf, New York
Umschlaggestaltung Susanne Müller
(Foto: Gruner + Jahr Fotoservice / David Perry)
Foto des Autors auf Seite 2

Veröffentlicht im Rowohlt Taschenbuch Verlag GmbH,
Reinbek bei Hamburg, August 1996

Druck und Bindung Clausen & Bosse, Leck
Printed in Germany
1690-ISBN 3 499 13689 9

FÜR BARBARA

Der Autor bedankt sich für die Unterstützung
der John Simon Guggenheim Memorial Foundation
und für Atticus Lish ein gedruckter Ruf
von den Dächern in Zuneigung und Anerkennung.

Die Insel

I

Lange Zeit mied ich die Akropolis. Der düstere Felsen schüchterte mich ein. Ich schlenderte lieber durch die moderne, unvollkommene, lärmende Stadt. Die Wucht und die Bedeutung dieser behauenen Steine gaben mir das Gefühl, daß das Vorhaben, sie zu besichtigen, eine komplizierte Sache werden würde. So viel kommt dort zusammen. Das, was wir vor dem Wahnsinn gerettet haben. Schönheit, Würde, Ordnung, Proportion. So ein Besuch ist mit Verpflichtungen verbunden.

Und dann die Frage ihres Ruhms. Ich sah mich die holprigen Straßen der Plaka hinaufsteigen, vorbei an den Discos, den Handtaschenläden, den Korbstuhlreihen. Aus jeder gewundenen Seitengasse ergießt sich in Wellen von Farben und Tönen ein träger Strom von Touristen in gestreiften Turnschuhen, sie fächeln sich mit Ansichtskarten Luft zu, die Philhellenen schleppen sich den Berg hinauf, fürchterlich unglücklich, vermischt zu einer ununterbrochenen Schlange bis hoch zu dem monumentalen Tor.

Wieviel Zweideutigkeit in erhabenen Dingen liegt. Wir verachten sie ein wenig.

Immer wieder verschob ich meinen Besuch. Die Ruinen ragten über dem zischenden Verkehr wie ein Denkmal hoffnungsloser Erwartungen auf. Wenn ich um eine Ecke bog, bemüht, zwischen rempelnden Einkäufern nicht aus meinem Tritt zu kommen, war er plötzlich da, bräunlicher Marmor auf dem Rükken von Kalkstein- und Schiefermassen. Wich ich einem überfüllten Bus aus, war er da, am Rand meines Blickfeldes.

Eines Nachts (und damit beginnt die Zeit der Erzählung), als ich mit einigen Freunden nach einem lauten Abendessen in Piräus nach Athen zurückkehrte und wir uns in einem gesichtslosen Stadtbezirk verfahren hatten, bog ich aus der falschen Richtung scharf in eine Einbahnstraße ein, und da war er wieder, direkt vor uns, der Parthenon, wegen irgendeiner Veranstaltung oder einem Feiertag angestrahlt, oder es war bloß das allsommerliche Son et Lumière, er schwebte da in der Dunkelheit, ein weißes Feuer von derartiger Klarheit und Präzision, daß ich erschrak und so heftig auf die Bremse trat, daß die andern gegen das Armaturenbrett und die Rückenlehnen der Sitze geschleudert wurden.

Wir blieben einen Moment lang sitzen, in diesen Anblick versunken. Es war eine heruntergekommene Straße, geschlossene Geschäfte, Abbruchhäuser, doch die Gebäude am hinteren Ende bildeten einen vollkommenen Rahmen für den Tempel. Jemand auf dem Rücksitz sagte irgendwas, dann kam uns ein Auto entgegen und hupte. Der Fahrer streckte einen Arm aus dem Fenster und fuchtelte heftig. Dann erschien sein Kopf, und er begann zu brüllen. Das Bauwerk hing wie ein Positionslicht über unseren Köpfen. Ich starrte noch kurz darauf und fuhr dann rückwärts aus der Straße.

Ich fragte Ann Maitland, die neben mir saß, wie der Mann mich genannt hatte.

»Onanist. Das ist sehr gebräuchlich. Ein Grieche würde nie etwas sagen, was er nicht schon tausendmal gesagt hat.«

Charles, ihr Mann, tadelte mich, weil ich das Wort nicht kannte. Er hielt es für ein Zeichen des Respekts vor anderen Kulturen, die landesüblichen Schimpfwörter zu kennen sowie die Ausdrücke für die Varianten des Geschlechtsakts.

Wir drei saßen vorne. Hinten waren David Keller und Lindsay, seine neue junge Frau, und ein Mann namens Stock, ein in Beirut ansässiger Schweizer oder Österreicher, der hier geschäftlich mit David zu tun hatte.

Bei den Abendessen war immer irgend jemand dabei, der gerade in der Stadt war, um mit einem der Ortsansässigen Geschäftliches zu erledigen. Es waren eher untersetzte Männer, diese Besucher, nordisch und derb. Mit eifrigen Gesichtern und einem starken Akzent. Sie tranken zuviel und reisten am nächsten Morgen wieder ab.

Mit Anns Hilfe gelang es mir herauszufinden, wo wir uns befanden, und dann schlug ich die Richtung zum Caravel ein, Stocks Hotel.

»Ich war noch nicht auf der Akropolis«, sagte Lindsay. »Ist das nicht schrecklich? Und wir sind jetzt schon seit seit zweieinhalb Monaten hier, stimmt's, David?«

»Sei still. Willst du, daß die andern dich für bescheuert halten?«

»Ich warte noch auf meine Gardinen.«

Ich sagte ihr, sie sei nicht die einzige, die noch nicht dort gewesen war, und versuchte zu erklären, warum ich den Pilgergang so lange aufgeschoben hatte.

»Das Ding ist doch da, oder?« sagte Charles Maitland. »Du brauchst einfach nur auf den Berg zu steigen. Es sei denn, du spekulierst auf einen perversen Ruhm. Der Mann, der dem unvergleichlichen Gipfel die kalte Schulter zeigt.«

»Hör ich da eine Spur von Neid heraus? Widerstrebende Bewunderung?«

»Steig auf den Berg, James. Das Ding ist schließlich da. Ragt dort auf. Nah genug, um dich umzuhauen.«

Er hatte so eine Art, sich schroff und ungeduldig zu geben, eine Rolle, in der er sich, als ältester von uns allen, wohlfühlte.

»Eben«, sagte ich. »Das ist es ja.«

»Wie meinst du das?« sagte Ann.

»Die Akropolis überragt uns. Sie ist so ungeheuer präsent, sie zwingt uns beinahe, sie zu ignorieren. Oder ihr wenigstens zu widerstehen. Schließlich hat jeder so seinen Eigendünkel. Und seine Unzulänglichkeiten. Ersteres ist eine verzweifelte Fiktion des letzteren.«

»Hab gar nicht gewußt, daß du so tiefschürfend sein kannst«, sagte sie.

»Bin ich normalerweise auch nicht.«

»Du hast dir offensichtlich Gedanken darüber gemacht.«

»Das verdammte Ding steht schon seit Jahrtausenden da«, sagte Charles. »Steig auf den Berg, sieh dir an, was es zu sehen gibt, und steig dann wieder gemessenen Schrittes hinunter, Schritt für Schritt, einen Fuß vor den anderen setzend.«

»Ist das wirklich so einfach?«

Es machte mir allmählich Spaß.

»Ich finde, du solltest dir einen Bart wachsen lassen oder dir den Schädel rasieren«, sagte Ann. »Wir benötigen einen sichtbaren Beweis dafür, daß du dich diesen tiefen Gedanken hingibst. Ich bin mir nicht sicher, ob du das überhaupt so ganz ernst meinst. Gib uns etwas, woran wir glauben können. Ein glattrasierter Schädel könnte da schon Wunder wirken.«

Ich fuhr an einem mit Autos vollgeparkten Bürgersteig vorbei.

»Wir brauchen einen japanischen Mönch«, sagte sie zu Charles, als wäre das die Lösung, nach der sie alle gesucht hatten.

»Rasier dir den Schädel«, riet mir Charles mißmutig.

»Deswegen ist dein Auto auch zu klein für sechs Leute«, sagte Ann. »Es ist ein Japaner. Warum sind wir nicht mit zwei Autos gefahren? Oder drei?«

David Keller, ein stämmiger blonder Mann um die Vierzig aus Nebraska, sagte in ernstem Ton zu mir: »Jim, ich glaube, unsere Freunde wollen dir eigentlich nur klarmachen, daß du ein Tor bist, der sich in einer Welt der Toren einer törichten Sache verschrieben hat.«

»Fahr du doch lieber, David. Zum Reden bist du zu besoffen. Lindsay weiß, was ich meine.«

»Du willst nur nicht zur Akropolis raufsteigen, weil sie da ist«, sagte sie.

»Lindsay trifft den Nagel immer auf den Kopf.«

»Wenn das Ding nicht da wäre, würdest du raufsteigen.«

»Diese Frau hat wirklich einen Blick fürs Wesentliche«, sagte ich.

»Wir haben uns im Flugzeug kennengelernt«, sagte David. »Irgendwo über dem Ozean. Mitten in der Nacht. Ortszeit.« Er zog alles in die Länge. »Sie sah toll aus. In ihren Pan-Am-Söckchen. Einfach zum Knuddeln. Wie eine Fee. Ihre Haare, ganz süß zerzaust. So jemand, dem man unwillkürlich einen Keks und ein Glas Milch geben möchte.«

Als ich am Caravel vorbeifuhr, stellten wir fest, daß Stock eingeschlafen war. Wir bekamen ihn ohne große Schwierigkeiten aus dem Wagen. Dann setzte ich die andern ab und fuhr nach Hause.

Ich wohnte in einem Viertel, das sich über die unteren Hänge des Lykabettos erstreckt. Die meisten Leute aus meinem Bekanntenkreis lebten hier oder in der Nähe. Die breiten Terrassen quellen über von Lantana und Jasmin, die Aussicht ist unverbaut, die Cafés bis zum frühen Morgen voller diskutierender, rauchender Menschen. Früher kamen Amerikaner an solche Orte, weil sie dort schreiben, malen oder lesen, in die tieferen Schichten des Seins eindringen wollten. Jetzt machen wir Geschäfte.

Ich goß mir ein Mineralwasser ein und setzte mich eine Weile raus. Von der Terrasse zog sich die Stadt in rauchfarbenen Tälern und Hügeln bis zur Bucht hin, ein grenzenloses Betondorf. In manchen Nächten bewirkten irgendwelche atmosphärischen Besonderheiten, daß man Flugzeuge unten am Wasser starten hören konnte. Es war ein geheimnisvolles Geräusch, ein aufgeregtes Sichversammeln, ein geladenes Grollen, das lange undefinierbar blieb, eine Störung der Natur, ein hereinbrechendes namenloses Ereignis.

Das Telefon klingelte zweimal und war dann wieder still.

Ich flog natürlich viel. Das taten wir alle. Wir bildeten eine Subkultur, Geschäftsleute auf Reisen, die in Flugzeugen und auf Flughäfen alt wurden. Wir waren bewandert in prozentualen Wahrscheinlichkeiten, Sicherheits-Ratings, Witzen über den flammenden Tod. Wir wußten, bei welchen Gesellschaften sich einem beim Essen der Magen umdrehte, welche Strecken gute Anschlüsse hatten. Wir kannten die verschiedenen Flugzeugtypen und ihre Flugeigenschaften und verglichen sie mit den Entfernungen, die wir flogen. Wir konnten zwischen verschiedenen Schlechtwetterkategorien unterscheiden und sie in bezug setzen zu dem Leitsystem des Flugzeugs, in dem wir uns befanden. Wir wußten, welche Flughäfen reibungslos funktionierten und welche mit Zeitlosigkeit oder der Herrschaft des Pöbels experimentierten, welche über Radar verfügten und welche nicht und welche vielleicht gerade mit Mekkapilgern überlaufen waren. Open Seating vermochte uns nicht mehr zu überraschen, wir konnten blitzschnell unser Gepäck auf dem Rollfeld identifizieren, wo das üblich war, und warfen uns keine panischen Blicke zu, wenn während der Landung die Sauerstoffmasken herunterfielen. Wir gaben uns gegenseitig Tips, in welchen fernen Städten Sicherheit und Ordnung herrschte, welche dafür bekannt waren, daß nachts wilde Hundemeuten herumstreunten und Scharfschützen am hellichten Tag die Geschäftsviertel terrorisierten. Wir erzählten uns, wo man ein amtliches Formular unterschreiben mußte, um einen Drink zu bekommen, wo es mittwochs und donnerstags kein Fleisch zu essen gab, wo man, wenn man sein Hotel verließ, einen Bogen um den Mann mit der Kobra machen mußte. Wir wußten, wo gerade Kriegsrecht herrschte, wo Leibesvisitationen durchgeführt wurden, wo man systematisch folterte, bei Hochzeiten mit Sturmgewehren in die Luft schoß oder wo man Manager entführte und Lösegeld für sie verlangte. Das war der Humor persönlicher Erniedrigung.

»Es ist wie im Empire«, sagte Charles Maitland mehr als einmal. »Möglichkeiten, Abenteuer, Sonnenuntergänge, Tod im Staub.«

Vor irgendeiner nördlichen Küste liegt bei Sonneruntergang ein Blattgoldlicht auf dem Wasser, wischt über Seen und zieht die Windungen der Flüsse zum Meer nach, und wir wissen, wir sind mal wieder unterwegs, halbblind gegenüber der verborgenen Schönheit dort unten, dem schiefrigen Land, das wir hinter uns lassen, der Rumpfebene, um in tiefer Nacht diese Regenbänder zu durchqueren. Für uns ist das eine vollkommen verlorene Zeit. Wir erinnern uns nicht an sie. Wir nehmen keine Sinneseindrücke mit, keine Stimmen, nichts von dem stürmischen Dröhnen der Maschinen auf dem Rollfeld, dem weißen Rauschen des Flugs oder den Stunden des Wartens. Nichts bleibt an uns haften außer Rauch in unseren Haaren und unserer Kleidung. Es ist tote Zeit. Sie hat sich nie ereignet, bis sie sich wieder ereignet. Dann hat sie sich nie ereignet.

Ich nahm in zwei Etappen ein Schiff nach Koros, einer entlegenen Insel in den Kykladen. Meine Frau und mein Sohn lebten dort in einem weißen Häuschen ohne Warmwasser, auf dessen Dachrand Geranien in Olivenölbüchsen standen. Es war ideal. Kathryn schrieb Berichte über die Ausgrabung am Südzipfel der Insel. Unser Sohn, neun Jahre alt, arbeitete an einem Roman. Jeder schreibt vor sich hin. Jeder kritzelt.

Bei meiner Ankunft war niemand im Haus. Auf den Straßen rührte sich nichts. Vierzig Grad, vier Uhr nachmittags, erbarmungsloses Licht. Ich hockte auf dem Dach, die Hände über den Augen. Das Dorf war ein tpyisches Beispiel unregelmäßiger Geometrie, diese aneinandergekauerte Anordnung weißgetünchter Schachteln am Hang, Gassenlabyrinthe und Bögen, kleine Kirchen mit blauen Specksteinkuppeln. In den ummauerten Gärten hing Wäsche, immer dieses Gefühl von verwirklichtem Platz, Alltagsgegenständen, häuslichem Leben, das sich in dieser modellierten Stille vollzieht. Treppen krümmten sich um Häuser und verschwanden.

Es war eine zu Tage, ins scharf konturierende Licht beförderte Meeresgrotte, ein strukturierter Farbklecks an den Hängen. Der Ort strahlte etwas Schlichtes und Vertrauenerweckendes aus, trotz der Straßenmäander, der engen Kurven und des Gassengewirrs. Gestreifte Fahnenmasten und zum Lüften ins Freie gehängte Matten, mit geschlossenen Holzbalkons verbundene Häuser, Pflanzen in zerbeulten Kanistern, eine Bereitschaft, die Restposten irgendeiner Auflösung untereinander zu teilen. Durchgänge zogen den Blick mit einer einzigen Besonderheit auf sich, eine meergrüne Tür, eine zu nautischem Glanz polierte Geländerstange. Ein Herz, das in der Sommerhitze kaum mehr schlägt, und immer die Steigung, die kleinen Vögel in ihren Käfigen, die gerahmten Wege ins Nirgendwo. Türeingänge waren mit Kieselmosaiken gepflastert, die Terrassen weiß gerändert.

Die Tür war offen. Ich ging hinein, um drinnen zu warten. Eine Binsenmatte war neu. Taps Schreibtisch lag voll von liniertem Papier. Es war mein zweiter Besuch in dem Haus, und ich ertappte mich dabei, daß ich es, wie schon beim ersten Mal, genau inspizierte. War es möglich, in den schlichten Möbeln, in den Räumen zwischen den verblichenen Wänden irgend etwas über meine Frau und meinen Sohn zu finden, das mir während unseres gemeinsamen Lebens in Kalifornien, Vermont und Ontario verborgen geblieben war?

Bei uns fragst du dich, ob du der Außenseiter in dieser Gruppe bist.

Der Meltemi kam auf, der lästige Sommerwind. Ich stand am Fenster und wartete darauf, daß sie kamen. Jenseits der Bucht blitzte weißes Wasser auf. Katzen schlüpften aus verborgenen Winkeln in den groben Mauern und verschwanden gliederstrekkend in den Gassen. Die ersten Donner grollten durch den Nachmittag, Wellen einer fernen Gewalt, die den Boden erzittern ließ und die Fensterrahmen zum Ächzen brachte. Mörtelstaub rieselte mit einem ängstlichen Flüstern aus Wandecken herab. Da draußen wurde mit Dynamit gefischt.

Schatten leerer Stühle auf dem Hauptplatz. In den Bergen das Knattern eines Mopeds. Das Licht war sezierend, fesselnd. Es fixierte die Szene vor mir wie einen Augenblick in einem Traum. Alles ist Vordergrund, wortlos und leuchtend.

Sie kamen mit einem Motorroller von der Ausgrabungsstätte. Kathryn hatte ein Kopftuch um den Kopf und trug ein ärmelloses Top über ausgebeulten Arbeitshosen. Eine Art Schwerarbeiter Haute-Couture. Tap entdeckte mich am Fenster und rannte zurück, um seiner Mutter Bescheid zu sagen, die unwillkürlich zu mir hochsah. Sie ließ den Motorroller am Rand einer gestuften Gasse stehen, dann kamen sie beide hintereinander zum Haus rauf.

»Ich hab mir ein bißchen Joghurt geklaut«, sagte ich.

»Na, wen haben wir denn da?«

»Ich zahl's in Raten ab. Was treibst du so, Tap? Hilfst du deiner Mama, die gesamte Geschichte der Antike zu revidieren?«

Ich packte ihn unter den Armen, hob ihn bis auf Augenhöhe hoch und ächzte dabei übertrieben. Ich gab immer löwenartige Laute von mir, wenn ich mit meinem Kind herumalberte. Er bedachte mich mit seinem typischen durchtriebenen Halblächeln, legte mir die Hände fest um die Schultern und sagte mit seiner leisen, monotonen Stimme: »Wir haben gewettet, wann du kommen würdest. Um fünf Drachmen.«

»Ich hab versucht, im Hotel und im Restaurant anzurufen, bin aber nie durchgekommen.«

»Ich hab verloren«, sagte er.

Ich schwang ihn zur Seite und setzte ihn wieder ab. Kathryn ging ins Haus, um in mehreren Töpfen Wasser zum Baden zu erhitzen.

»Die Seiten, die du mir geschickt hast, haben mir gefallen. Aber ein paarmal hat deine Konzentration nachgelassen. Dein Held ist mit seiner imprägnierten Ingersoll in den Schneesturm hinausgegangen.«

»Ja und? Das war das Wärmste, was er hatte. Darum ging's doch.«

»Ich glaube, du meinst einen Mackintosh. Er ging in seinem imprägnierten Mackintosh in den Schneesturm hinaus.«

»Ich dachte, ein Mackintosh ist ein Stiefel. Er würde doch nicht in *einem* Mackintosh rausgehen. Er würde Mackintoshs tragen.«

»Er würde Wellingtons tragen. Ein Wellington ist ein Stiefel.«

»Und was ist dann der Mackintosh?«

»Ein Regenmantel.«

»Ein Regenmantel. Und was ist dann eine Ingersoll?«

»Eine Uhr.«

»Eine Uhr«, sagte er, und ich konnte ihm ansehen, wie er diese Namen und die Gegenstände, zu denen sie gehörten, für spätere Verwendung speicherte.

»Deine Figuren sind gut. Sie haben alle einen ausgeprägten Charakter. Ich erfahre etwas, das ich noch nicht gewußt habe.«

»Darf ich dir erzählen, was Owen über ›Charakter‹ sagt?«

»Aber klar doch. Du brauchst mich doch nicht um Erlaubnis zu fragen, Tap.«

»Wir sind uns nicht ganz sicher, ob du ihn magst.«

»Sei nicht komisch.«

Er ruckte mit dem Kopf hin und her wie ein seniler Mann auf der Straße, der einen stummen Streit mit sich selbst austrägt. In seinem Sammelsurium von Gesten und Grimassen bedeutete dies, daß ihm etwas peinlich war.

»Na los«, sagte ich. »Erzähl's mir.«

»Owen sagt, ›Charakter‹ stammt von einem griechischen Wort. Es bedeutet ›kennzeichnen‹ oder ›schärfen‹. Oder ›spitzer Pfahl‹, wenn es ein Substantiv ist.«

»Ein Werkzeug zum Markieren oder Einritzen.«

»Richtig«, sagte er.

»Wahrscheinlich bedeutet deswegen ›character‹ im Englischen nicht nur eine Figur in einer Geschichte, sondern auch Zeichen oder Symbol.«

»Zum Beispiel ein Buchstabe des Alphabets.«

»Das hast du also von Owen? Vielen Dank auch, Owen.«

Tap lachte über meinen Tonfall des pikierten Vaters.

»Weißt du was?« sagte ich. »Du siehst allmählich wie ein kleiner Grieche aus.«

»Bin aber keiner.«

»Rauchst du schon?«

Diese Idee gefiel ihm offenbar, er tat so, als würde er rauchen und reden. Er sagte ein paar Sätze in Ob, einer Geheimsprache, die er von Kathryn gelernt hatte. Sie und ihre Schwester hatten schon als Kinder Ob gesprochen, und jetzt verwendete Tap es als eine Art Ersatz- oder Anti-Griechisch.

Kathryn kam mit zwei Handvoll Pistazien heraus. Tap formte seine Hände zu einer Mulde, und sie ließ eine Portion langsam hineinrieseln, wobei sie die Faust hob, um die Fallhöhe zu vergrößern. Wir sahen zu, wie er lächelnd die Nüsse in seine Hände klickern ließ.

Tap und ich saßen im Schneidersitz auf dem Dach. Enge Gassen verliefen zu dem Platz hinunter, wo unter den türkischen Balkons Männer an den Hausmauern saßen, die in der untergehenden Sonne weinfleckig aussahen.

Wir aßen unsere Nüsse und steckten die Schalen in meine Brusttasche. Über dem hintersten Ausläufer des Dorfes stand eine verfallene Windmühle. Das felsige Gelände fiel steil zum Meer ab. Eine Frau stieg lachend aus einem Ruderboot und drehte sich um und sah zu, wie es schaukelte. Die breite Bewegung brachte sie wieder zum Lachen. An den Rudern saß ein Junge, der Brot aß.

Wir beobachteten, wie ein weißgepuderter Lieferant Mehlsäkke auf dem Kopf in die Bäckerei schleppte. Über der Stirn hatte er zum Schutz der Haare und Augen einen leeren Sack zusammengefaltet. Er sah aus wie ein Großwildjäger, gekleidet in weißen Tigerfellen. Der Wind blies immer noch.

Während der Junge badete, setzte ich mich zu Kathryn ins Haus. Sie ließ das Licht aus, trank ein Bier und hatte immer noch das Top an, während sie das Kopftuch jetzt lose um den Hals trug.

»Und? Was macht die Arbeit? Wo warst du überall?«

»In der Türkei«, sagte ich. »Hin und wieder auch in Pakistan.«

»Ich würde gerne irgendwann mal Rowser kennenlernen. Das heißt nein, lieber doch nicht.«

»Du würdest ihn hassen, aber auf nicht unangenehme Art. Er würde dein Leben um Jahre verlängern. Er hat jetzt was Neues. Einen Aktenkoffer. Sieht aus wie ein Aktenkoffer und fühlt sich an wie ein Aktenkoffer. Nur mit dem Unterschied, daß zur Ausstattung ein Aufnahmegerät gehört, ein Gerät, mit dem man andere Aufnahmemechanismen orten kann, ferner eine Alarmanlage, ein Mechanismus, der Tränengas versprüht, und ein getarnter Ortungstransmitter, was immer das sein mag.«

»Haßt du ihn auf nicht unangenehme Art?«

»Ich hasse ihn überhaupt nicht. Warum sollte ich ihn hassen? Er hat mir den Job besorgt. Der Job ist gut bezahlt. Und ich kann meine Familie besuchen. Wie sollte ich es sonst schaffen, meine kleine ausgewanderte Familie zu sehen, wenn ich Rowser, seinen Job und seine Risikoanalysen nicht hätte?«

»Verlängert er dein Leben auch um Jahre?«

»Es macht mir Spaß. Es sind interessante Länder. Ich hab das Gefühl, mitten im Geschehen zu sein. Sicher, manchmal sehe ich es auch von einer andern Warte aus. Von deiner natürlich. Eigentlich geht's ja nur um Versicherungen. Die größten und reichsten Unternehmen der Welt wollen ihre Investitionen schützen.«

»Ist das meine Warte?«

»Na komm, inzwischen weiß ich doch, was du haßt.«

»Es sollte etwas Erhabeneres geben als nur die Firma. Das ist alles.«

»Da gäb's noch den Orgasmus.«

»Du hast eine lange anstrengende Reise hinter dir.« Sie nahm einen Schluck aus der Flasche. »Es ist eher diese Vorstellung des Investierens, der ich irgendwie nicht traue, es sind gar nicht so sehr die Firmen an sich. Ich sage ständig ›irgendwie‹. Tap reibt's mir schon unter die Nase. Investieren hat irgendwas Heimliches und Schuldbewußtes an sich. Ist es albern, das so zu sehen? Es ist die falsche Verwendung der Zukunft.«

»Deswegen sind die Aktienkurse wahrscheinlich auch immer so kleingedruckt.«

»Heimlich und schuldbewußt. Was macht dein Griechisch?«

»Eine Katastrophe. Ich brauch nur drei Tage lang weg zu sein, und schon hab ich alles wieder vergessen. Immerhin, die Zahlen kann ich.«

»Zahlen sind gut«, sagte sie. »Der beste Einstieg.«

»Neulich beim Abendessen hab ich statt gegrilltes Hähnchen Hähnchenscheiße bestellt. Und dann hab ich noch alles falsch betont, so daß der Kellner sowieso kein Wort verstanden hat.«

»Und woher hast du gewußt, daß du Hähnchenscheiße gesagt hast?«

»Die Maitlands waren dabei. Charles hat sich gleich draufgestürzt. Wollen wir was zu Abend essen?«

»Wir gehen runter an den Hafen. Hast du ein Zimmer bekommen?«

»Für mich gibt's immer ein Zimmer. Ich krieg immer einen Ehrensalut, wenn mein Schiff in Sicht kommt.«

Sie reichte mir die Flasche. Sie sah erschöpft aus von ihrer Ausgrabungsarbeit, körperlich zerschlagen, die Hände voller Schrammen und Schnitte, aber sie schien dadurch auch belebt, strahlte eine positive Spannung aus. Es muß eine bestimmte Form von Müdigkeit geben, die so etwas wie ein Segen der Erde ist. In Kathryns Fall war es buchstäblich die Erde, die sie so gewissenhaft nach Brandspuren und Artefakten durchkämmte. Ich persönlich konnte dem nichts abgewinnen.

Ihre Haare waren im Nacken abgestuft, ihre Haut braun und ein wenig lederig, um die Augen herum windgegerbt. Eine kleine Frau mit schmalen Hüften, die sich leicht und gewandt bewegte. Ihr Körper hatte etwas Zweckmäßiges, Zielgerichtetes an sich. Frauen wie sie tappten barfuß in raschelnden Cordhosen durch die Wohnung. Sie steckte am liebsten alle viere von sich, ließ die Arme baumeln und legte die Beine quer über den Couchtisch. Sie hatte ein längliches Gesicht, sehnige Beine, flinke, geschickte Hände. Auf alten Fotografien mit ihrem Vater und ihren Schwestern strahlte Kathryn eine Direktheit aus, die die Kamera bannte, sie vollkommen in Beschlag nahm. Man hatte den Eindruck, dieses Mädchen nimmt die Welt ernst, erwartet Ehrlichkeit von ihr und ist entschlossen, alle ihre Schwierigkeiten und Prüfungen zu bewältigen. Sie verlieh den Bildern eine beunruhigende Kraft und Aufrichtigkeit, zumal ihr Vater und ihre Schwestern gewöhnlich Mienen aufsetzen, die Musterbeispiele kanadischer Reserviertheit waren, außer der Alte war besoffen.

Ich war überzeugt, Griechenland würde die prägende Erfahrung ihres Lebens werden, der Ort, wo sie diesen ausschließlich auf ein Ziel gerichteten Kampf austragen konnte, der das Leben ihrer Auffassung nach zu sein hatte. Unter »Kampf« verstehe ich ein Unternehmen, einen aufreibenden persönlichen Einsatz.

»Ich würde gerne mit Tap auf den Peloponnes fahren«, sagte ich. »Er wird begeistert sein. Da spukt's. Die vielen befestigten Höhen, der Nebel und der Wind.«

»Mykene kennt er schon.«

»Aber Mistra kennt er noch nicht, oder? Und die Mani auch nicht. Oder Nestors Palast. Der reinherzige Nestor.«

»Nein.«

»Und war er schon im sandigen Pylos?«

»Nun mal langsam, James.«

»Und was ist ab September? Ich finde, wir sollten allmählich wissen, wo der Junge zur Schule gehen soll. Wir hätten uns schon längst darum kümmern sollen. Wann hörst du auf zu buddeln? Wo hast du vor, den Winter zu verbringen?«

»Ich hab überhaupt nichts vor. Es wird sich zeigen.«

»Was hast du hier eigentlich gefunden?«

»Ein paar Mauern. Eine Zisterne.«

»Waren die Minoer wirklich so klug und fröhlich, wie es immer heißt? Habt ihr außer Mauern sonst noch was gefunden?«

»Es war eine kleine Siedlung. Sie liegt teilweise unter Wasser. Das Meer ist seitdem gestiegen.«

»Das Meer ist gestiegen. Keine Fresken?«

»Kein einziges.«

»Und was für Gegenstände? Münzen? Dolche?«

»Speicherkrüge.«

»Vollständig erhalten?«

»Scherben.«

»Große Krüge? So groß wie die in Knossos?«

»Nicht annähernd«, sagte sie.

»Keine Fresken, keine silberbeschlagenen Dolche, nur winzige zerbrochene Töpfe. Sind die Töpfe unbemalt?«

»Bemalt.«

»Anfängerglück«, sagte ich.

Sie griff nach der Flasche und trank, teilweise um eine Spur von Belustigung zu verbergen. Tap kam ins Zimmer, leicht glänzend nach seinem Bad.

»Da haben wir ja ein ganz neues Kind«, sagte sie. »Ich beeil mich mal lieber mit dem Baden, damit wir ihn bald füttern können.«

»Wenn wir ihn nicht füttern, weht er uns bei diesem Wind noch davon.«

»Genau. Er braucht Ballaststoffe. Meinst du, er weiß, was Ballast ist?«

»Er schreibt ein Prärie-Epos, kein See-Epos. Aber ich glaube, er weiß es trotzdem. Ich wette um fünf Drachmen, daß er's weiß.«

Er machte das Licht an. Bei meiner Ankunft hatte ich erwartet, daß er sich äußerlich verändert hätte. Er war mir immer zierlich vorgekommen, von zarter Statur. Ich dachte, das Leben im Freien würde ihn körperlich verändern. Vielleicht steckte etwas von einem Wildfang in ihm. Sonne und Wind würden seine Haut ein bißchen rissig werden lassen, die glatte Oberfläche strukturieren. Durch die Spontaneität ihres Lebens hier würde er aus seiner Reserve gelockt werden, dachte ich. Aber er sah mehr oder weniger gleich aus. Nur ein bißchen dunkler.

Thomas Axton stand jetzt vor mir, wie er leibte und lebte. Die Arme vor der Brust verschränkt, den linken Fuß ein Stück vorgeschoben, redete er in seinem Leierton von Ballast bei Schiffen. Es hörte sich an, als spreche er durch ein Schilfrohr. Die ideale Stimme für Ob.

Als Kathryn soweit war, gingen wir hinunter zum Hafen. Die Insel gehörte zu jenen, die vom Tourismus verschont geblieben waren. Sie war schwer erreichbar, besaß nur ein einziges schäbiges Hotel und ein paar felsige Strände, von denen die besten nur vom Meer aus zugänglich waren. Selbst im Hochsommer lehnten nur ein paar orange Rucksäcke am Brunnen, es gab weder einkaufslustige Spaziergänger noch Geschäfte, wo man einkaufen konnte. Wir aßen immer in einem der beiden völlig gleichen Restaurants. Der Kellner breitete stets die Papiertischdecke aus und knallte Besteck und Brot auf den Tisch. Er brachte gegrilltes Fleisch oder Fisch, Bauernsalat, Wein und eine Limonade. Unter den Stühlen tauchten die Katzen auf. Der Wind rüttelte an der Markise, und wir klemmten die Papierdecke unter das Gummiband der Tischplatte. Ein Aschenbecher aus Plastik, Glas mit Zahnstochern.

Sie fand Genuß in einfachen Dingen. Das war Griechenland

für sie, der sengende Wind, und sie blieb dem Ort und der Sache treu. An der Ausgrabungsstelle arbeitete sie mit Kellen, Wurzelscheren, Spateln, Pinzetten und was sie sonst noch alles benutzten, um in der Erde zu stochern und Gegenstände freizulegen. Wenige Zentimeter pro Tag. Ein Tag wie der andere. Sie in ihrem zwei Meter tiefen Loch, ständig in gebückter Haltung. Abends schrieb sie Berichte, fertigte Schaubilder und Tabellen an, vermaß die Bodenveränderungen und machte für sich und Tap Wasser zum Baden heiß.

Am Anfang hatte ihre Arbeit darin bestanden, dem Ausgrabungsleiter und seinen Hilfskräften die Wäsche zu waschen. Hin und wieder bereitete sie auch das Mittagessen zu und putzte in dem Haus, wo die meisten von ihnen wohnten. Nach einigen Etatkürzungen und Abgängen überließ Owen Brademas, der Leiter, ihr einen Graben. So ging es dort zu. Der Leiter lief in der Badehose rum und spielte Blockflöte.

Es war ihre erste Ausgrabung. Sie hatte keinerlei Erfahrung, kein Studium und wurde für ihre Arbeit nicht bezahlt. Nach unserer Trennung hatte sie in einem gewissen »Fieldwork Opportunities Bulletin« Einzelheiten über dieses Ausgrabungprojekt gelesen. Freiwillige willkommen. Kosten für Reise und Unterkunft sind vom Teilnehmer zu tragen. Arbeitsgeräte werden gestellt.

Es war damals interessant zu beobachten, wie sie immer mehr zu der Überzeugung kam, daß hier ihre Zukunft lag. Bei keinem anderen Job – und sie hatte gute Jobs gehabt, die ihr gefallen hatten – war sie je so begeistert gewesen, wie sie jetzt allein schon bei der Aussicht auf diese Arbeit war. Die Sache bekam ihre Eigendynamik. Mir wurde klar, daß mehr dahintersteckte als eine bloße Reaktion auf unsere Trennung, und damit wurde ich einfach nicht fertig. Es ist schon fast komisch, auf welch unterschiedliche Weise einem etwas weggenommen werden kann.

Während sich bei mir Lethargie breitmachte, lief Kathryn zu Hochtouren auf. Manches verkaufte oder verschenkte sie, manches stellte sie in Garagen von Bekannten unter. Sie hatte eine

Erleuchtung, so klar und hell wie die Vision eines beleuchteten Heiligen: Sie würde auf einer Insel in der Ägäis Erde sieben.

Sie fing an, Griechisch zu lernen. Sie bestellte Sprachkassetten, kaufte Wörterbücher, fand einen Lehrer. Sie arbeitete ein paar Dutzend archäologische Fachbücher durch. Ihr Lernen und Planen vollzog sich in einer Mischung aus Erwartung und kontrollierter Wut. Letztere hatte ihre Ursache im Vorhandensein meiner Person. Von Tag zu Tag wurde sie meiner diversen Unzulänglichkeiten immer gewisser. Ich stellte im Kopf eine Liste zusammen, die ich oft vor ihr aufsagte, um dann zu fragen, ob das von mir Angeführte einigermaßen zutreffend das kennzeichnete, was sie an mir auszusetzen hatte. Das war damals meine stärkste Waffe. Es machte sie rasend, daß jemand ihre Gedanken lesen konnte.

1. *Eingebildet.*
2. *Willst dich nicht festlegen.*
3. *Bereit, dich zu etablieren.*
4. *Bereitschaft, einfach rumzusitzen und mit stierem Blick auf irgendein epochales Ereignis zu harren, etwa das Antlitz Gottes oder die Quadratur des Kreises.*
5. *Du schmeichelst dir, in einer Welt voller neurotischer Getriebener erfrischend normal und geistig gesund zu sein. Du machst viel Wirbel darum, nicht zu den Getriebenen zu zählen.*
6. *Du verstellst dich.*
7. *Du tust so, als würdest du die Motive anderer Menschen nicht verstehen.*
8. *Du tust so, als wärst du ein ausgeglichener Mensch. Du hast das Gefühl, daß dir das einen moralischen und intellektuellen Vorteil verschafft. Du suchst immer nach deinem Vorteil.*
9. *Du bist unfähig, über den Rand deiner eigenen bescheidenen Zufriedenheit hinauszublicken. Wir leben alle auf dem Wellenschlag deines Wohlbefindens. Alles andere ist banal und ablenkend oder monumental und ablenkend, und nur eine unfaire Ehefrau oder ein Kind könnten so unsensibel sein, gegen dein kleinkariertes Glück Protest einzulegen.*

10. Ehemann und Vater zu sein ist in deinen Augen eine andere Form des Faschismus, und du drückst dich davor. Autorität macht dich nervös, stimmt's? Um alles, was einer offiziellen Funktion ähnelt, machst du einen großen Bogen.

11. Du läßt nicht zu, dich uneingeschränkt an den Dingen des Lebens zu erfreuen.

12. Ständig beobachtest du deinen Sohn, um in ihm Hinweise auf deinen eigenen Charakter zu finden.

13. Du bewunderst deine Frau zu sehr und redest zuviel darüber. Bewunderung ist der Anschein, den du dir in der Öffentlichkeit gibst, eine Art Selbstschutz, wenn ich das richtig deute.

14. Deine eigenen Eifersuchtsgefühle bereiten dir Genugtuung.

15. Politisch bist du ein Neutrum.

16. Immer begierig, das Schlimmste anzunehmen.

17. Du fügst dich den Wünschen anderer, du reagierst hochsensibel auf die Gefühle Fremder, aber wenn es um die eigene Familie geht, ist dir jedes Mißverständnis zuzutrauen. Bei uns fragst du dich, ob du der Außenseiter in dieser Gruppe bist.

18. Du leidest an Schlafstörungen, ein Versuch, mein Mitleid zu erregen.

19. Du niest in Bücher hinein.

20. Du hast immer ein Auge auf die Frauen deiner Freunde, die Freundinnen deiner Frau. Ein bißchen spekulativ, ein bißchen distanziert.

21. Du gibst dir jede erdenkliche Mühe, deine kleinen gemeinen Gefühle zu verbergen. Sie kommen nur zum Vorschein, wenn wir streiten. Du nimmst Rache. Verbirgst sie manchmal sogar vor dir selbst. Willst nicht dabei ertappt werden, wie du deine kleine, gemeine alltägliche Rache an mir nimmst, die ich, zugegeben, manchmal reichlich verdient habe. Tust so, als wäre deine Rache eine Fehlinterpretation meinerseits, ein Mißverständnis, eine Art Unfall.

22. Du hältst deine Liebe zurück. Du fühlst sie, zeigst sie aber nicht gerne. Und wenn du sie zeigst, ist sie das Ergebnis eines lang ausgedehnten Entscheidungsprozesses. Stimmt's, du Dreckskerl?

23. Du bist nachtragend.

24. Whiskysäufer.

25. Versager.

26. *Zaghafter Ehebrecher.*
27. *Amerikaner.*

Das waren meine 27 Verderbtheiten. So nannten wir sie, wie einen von hohlwangigen Kirchentheologen aufgestellten Kanon. Seitdem mußte ich mich manchmal daran erinnern, daß es meine Liste war, nicht ihre. Ich glaube, es war eine ziemlich zutreffende Analyse ihrer Klagen, und es bereitete mir ein selbstzerstörerisches Vergnügen, diese Beschuldigungen herunterzubeten, als kämen sie direkt aus ihrem gnadenlosen Herzen. So sah damals meine Stimmung aus. Ich versuchte, Kathryn in meine Schwächen einzubinden, ihr klarzumachen, wie sie meine kleinen alltäglichen Fehltritte maßlos übertrieb, zu erreichen, daß sie sich selbst wie ein Biest vorkam, der legendäre Hausdrachen.

Jeden Tag trug ich ihr ein paar Eintragungen aus meinem Sündenregister vor, versank in tiefes Grübeln, dachte mir neue Vorwürfe aus, verfeinerte die alten und konfrontierte sie dann mit dem Ergebnis. Um die Wirkung noch zu steigern, sprach ich manchmal mit einer Frauenstimme. Die Sache zog sich über eine Woche hin. Die meisten Punkte stießen auf Schweigen. Bei andern lachte sie sarkastisch. Ich mußte die Erfahrung machen, daß Menschen, die zu Selbsterkenntnissen gelangen wollen, für großmäulige Narren gehalten werden, obwohl ich eigentlich eher versuchte, mir Erkenntnisse über sie zu verschaffen. Der mündliche Vortrag war eine geistige Übung, ein Versuch, mittels Wiederholung zu verstehen. Ich wollte in ihre Haut schlüpfen, mich mit ihren Augen sehen, in Erfahrung bringen, was sie wußte. Daher Kathryns scharfes Lachen. »So soll ich über dich denken? So ein Bild soll ich von dir haben? Weißt du, was du da zusammengestellt hast? Ein Meisterwerk des Ausweichens.«

Was für ein Zerrspiegel ist doch die Liebe.

Gegen Ende der Woche sprach ich in einem liturgischen Vibrato und richtete meine Stimme zur hohen Decke unseres modernisierten viktorianischen Hauses im Osten Torontos. Ich saß auf dem gestreiften Sofa im Wohnzimmer, sah Kathryn dabei zu, wie sie ihre Bücher von meinen aussortierte (für verschiedene Garagen bestimmt), und unterbrach meine Rezitation einen Augenblick, um ganz beiläufig zu fragen: »Und wenn ich dir nun folgen würde?«

Jetzt, sechstausend Meilen von dieser Kopfsteinpflasterstraße entfernt, setzt sich die Familie zum Abendessen nieder. In der Nähe unsres Tisches hängen zehn Tintenfischkadaver über einer Wäscheleine. Kathryn geht in die Küche, um den Wirt und seine Frau zu begrüßen und einen Blick auf die heißen Bleche zu werfen, wo Fleisch und Gemüse unter Ölschlieren verborgen liegen.

Am Rand der Mole steht ein Mann und hebt seinen Stock, um einigen Kindern, die in der Nähe spielen, damit zu drohen. Tap baute dieses Detail später in seinen Roman ein.

2

Owen Brademas sagte gerne, daß selbst zufällige Dinge eine ideale Gestalt annehmen und uns in bildhaften Formen erscheinen. Man muß nur sehen, was da ist. Er sah Muster, Momente im Fluß.

Sein Schmerz hatte etwas Strahlendes, fast Überweltliches. Er schien eine so innige Beziehung zum Leid zu haben, als sei es eine Schicht des Daseins, aus der er mühelos schöpfen konnte. Er drückte sich im Leid und durch das Leid aus. Selbst sein Lachen hatte etwas Trostloses. Manchmal war das alles eine Spur zu imposant, aber ich zweifelte nie an der Schonungslosigkeit dessen, was auf seinem Leben lastete, was immer es sein mochte. Wir verbrachten viele Stunden im Gespräch, wir drei. Ich hatte Owen immer genau beobachtet, versuchte, aus ihm schlau zu werden. Er verfügte über eine verstörende Geisteskraft. Jeder war mehr oder weniger stark davon berührt. Ich glaube, er vermittelte uns das Gefühl, daß wir zu den glücklichen normalen Dingen in der Welt gehörten. Vielleicht hielten wir sein zerstörerisches Innenleben für eine Form verheerender Aufrichtigkeit, etwas Einzigartiges und Tapferes, ein Zustand, von dem wir zu unserem Glück verschont geblieben waren.

Owen war ein von Natur aus freundlicher Mensch, hager, mit einem weit ausholenden Gang. Mein Sohn war gern und viel mit ihm zusammen, und ich war ein wenig überrascht, wie schnell Kathryn eine Zuneigung, eine herzliche Achtung für ihn entwikkelte oder wie immer man das nennen mag, was eine Frau von Mitte Dreißig für einen sechzigjährigen Mann empfindet, der einen westamerikanischen Akzent hat und große Schritte macht.

Ihr Feuereifer erstaunte und verwirrte ihn. Sie machte sich an die Arbeit wie jemand, der halb so alt war wie sie. Das paßte nicht zum Stil eines kränkelnden Unternehmens. Es handelte sich um eine Ausgrabung, deren Ergebnisse nie veröffentlicht würden. Von den vierzig Leuten, die bei meinem ersten Besuch hier tätig gewesen waren, waren jetzt gerade noch neun übrig. Trotzdem arbeitete sie, lernte und half mit, den Betrieb am Laufen zu halten. Ich glaube, Owen machte es Spaß, beschämt zu werden. Wenn er von einer mittäglichen Schwimmpause zurückkehrte, war sie gerade dabei, den Boden eines aufgegebenen Lochs mit einer Eisenbahnhacke zu bearbeiten. Die hochstehende Sonne stach auf sie ein, der Wind strich über sie hinweg. Alle andern verzehrten im Schatten eines Olivenhains ihr Mittagessen. Kathryns Einstellung war für ihn eine kostbare Dissonanz, etwas so Vertrautes, Reines und Unerwartetes wie ein Augenblick aus seiner eigenen Vergangenheit, der in seiner Erinnerung aufloderte. Ich stelle ihn mir vor, wie er in zerrissenen Turnschuhen am Grubenrand steht, ein Badetuch um die Hüften, und in übermütiges Gelächter ausbricht, in dessem Klang ich immer einen Hinweis auf irgendeine tiefe und komplizierte Leidenschaft heraushörte. Owen gab sich allem stets rückhaltlos hin.

Manchmal diskutierten wir die halbe Nacht lang. Ich fand, das waren sinnvolle Stunden, trotz aller Oberflächlichkeiten, die uns über die Lippen kamen. Kathryn und ich hatten dadurch die Möglichkeit, miteinander zu reden, uns gegenseitig auf der einen oder anderen Seite von Owens Standpunkt, im Abglanz seines Lichts zu sehen. Im Grunde waren es seine Gespräche. Es war hauptsächlich Owen, der den Ton angab, der die Themen bestimmte. Das war wichtig. Denn sie und ich mußten zusammensein können, ohne das Gefühl zu haben, daß wir irgendwelche Probleme anzupacken hatten, die blutigen Überbleibsel von elf gemeinsamen Jahren. Es war nicht unsere Art, Zwiegespräche über unsere Ehe zu führen. Was für ein Stumpfsinn, alles nur Ego-Scheiße, sagte sie. Wir brauchten eine dritte Stimme, Themen, die uns fernlagen. Deswegen maß ich diesen Gesprächen einen hohen praktischen Wert bei. Sie gaben uns die Möglichkeiten, uns zu begegnen, durch die Vermittlung dieser einsamen Seele, Owen Brademas.

Aber ich will meinen Text nicht der Analyse und der Reflexion opfern. »Zeig uns ihre Gesichter, erzähl uns, was sie gesagt haben.« Auch das stammt von Owen, Owens Stimme, die warm durch einen halbdunklen Raum strömt. Erinnerung, Einsamkeit, Besessenheit, Tod. Fernliegende Themen, dachte ich.

Ein alter Mann brachte das Frühstück. Ich ging mit meinem Kaffee hinaus auf den kleinen Balkon und lauschte eine Weile den französischen Stimmen auf der andern Seite der Trennwand. In der Ferne kreuzte ein weißes Schiff.

Ich sah Tap über den Platz kommen, um mich abzuholen. Manchmal gingen wir zu Fuß zur Ausgrabungsstelle, zunächst auf einem von Mauern eingefaßten Maultierpfad voll surrender Fliegen. Mit dem Taxi fuhr man einen Umweg auf einer ungepflasterten Straße, die die höhergelegenen Teile der Insel säumte, immer mit Blick aufs Meer. Wenn man ungefähr auf halber Strekke nach links blickte, konnte man ganz in der Ferne ein weißes Kloster ausmachen, das in der Mitte der Insel an der Spitze einer Felsensäule zu hängen schien.

Wir beschlossen, ein Taxi zu nehmen. Es stand vor dem Hotel, dort, wo es immer stand, ein gräulicher Mercedes, der bedenklich durchhing. Das Dachfenster war kaputt, und einer der Kotflügel war orange. Nach zehn Minuten tauchte der Fahrer auf, der an seinem Zahnfleisch zitschte. Er öffnete die Tür. Quer über dem Rücksitz lag ein schlafender Mann. Wir waren alle überrascht. Der Fahrer brüllte auf den Mann ein, um ihn aufzuwekken. Er wiederholte die Prozedur, damit der Mann sich von dem Sitz bewegte und aus dem Taxi stieg. Während der Mann sich trollte, schimpfte und brüllte er ihm hinterher.

Im Taxi roch es nach Ouzo. Wir kurbelten die Fenster herunter und machten es uns bequem. Der Fahrer fuhr am Hafen entlang, bog in die letzte Straße ein und fuhr dann Richtung Süden weiter. Erst als wir schon fünf Minuten auf der Landstraße unterwegs waren, machte er ein Bemerkung über den Schläfer. Sein Zorn verflog, je mehr er redete. Während er den Vorfall aufrollte und analysierte, machte sich bei ihm Belustigung breit. Er brach unwillkürlich in Lachen aus, wann immer er darüber nachdachte.

Die Sache war ja eigentlich doch komisch gewesen. Er wurde immer lebhafter und erzählte anscheinend von einem anderen Zwischenfall mit demselben Mann. Tap und ich sahen uns an. Als wir schließlich an der Ausgrabungsstelle ankamen, lachten wir alle drei. Tap lachte so sehr, daß er beinahe aus dem Auto purzelte, als er die Tür aufmachte.

Es gab achtzehn Gräben, die sich fast bis zum Wasserrand erstreckten. Auf einem provisorischen Gleis stand eine alte Bergwerkslore. In einer Strohdachhütte lagerten die Tonscherben in gekennzeichneten Schachteln. Der Wächter hatte das Team verlassen, aber sein Zelt war geblieben.

Die Landschaft machte einen benommen. Alles hier strahlte vergebliche Mühe aus. Was die Wissenschaftler zurückließen, erschien mir viel älter als das, was sie gefunden oder zu finden gehofft hatten. Diese Löcher, die sie gegraben hatten, das verlassene Zelt, das war die eigentliche Stadt. Nichts, was in den freigelegten Erdschichten steckte, vermochte verlorener und vergessener zu wirken als diese rostige Bergwerkslore, die früher einmal Erde zum Meer transportiert hatte.

Das Ausgrabungsgelände reichte in einen Olivenhain hinein. Vier Gräben lagen im Hain, aus einem ragte ein Kopf unter einem Strohhut heraus. Von unserem erhöhten Standpunkt aus konnten wir Kathryn sehen, die näher am Wasser weiter unten in der Sonne arbeitete, tief über ihre Kelle gebeugt. Außer ihr war niemand da. Tap ging mit einem leichten Winken an ihr vorbei zur Hütte, um Tonscherben zu waschen. Eine weitere Arbeit, die er hier verrichtet, bestand darin, am Ende des Tages das Werkzeug einzusammeln.

Kathryn bückte sich, so daß sie nicht mehr zu sehen war, und einen Moment lang bewegte sich nichts in dem flirrenden Gleißen. Nichts als Licht, Meeresflimmern auf der ruhigen Oberfläche. Plötzlich bemerkte ich, daß am Rand des Olivenhains ein Maultier stand. Überall auf der Insel standen Esel und Maultiere reglos da, zwischen den Bäumen versteckte Suchbilder. Kein Lüftchen rührte sich. Früher sehnte ich mich immer nach Gewittern und Frauen mit nackten Beinen. Erst mit fünfundzwanzig entdeckte ich, daß Strümpfe sexy sind.

Dasselbe weiße Schiff kam wieder in Sicht.

An diesem Abend spielte Owen zehn oder fünfzehn Minuten auf seiner Blockflöte, ein leiser, nachdenklicher Klang, der über die dunklen Straßen schwebte. Wir saßen vor dem Haus auf einer kleinen Terrasse, die auf der falschen Seite lag. Das Meer war in unserem Rücken, durch das Haus verdeckt. Tap erschien im Fenster, um uns zu sagen, daß er bald schlafen ginge. Seine Mutter wollte wissen, ob das womöglich als eine Bitte um Ruhe zu verstehen sei.

»Nein, ich hör gern Blockflöte.«

»Da fällt mir aber ein Stein vom Herzen«, sagte Owen. »Schlaf gut und träum was Schönes.«

»Gobute Nobacht.«

»Kannst du das auch auf griechisch sagen?« fragte ich.

»Ob-Griechisch oder Griechisch-Griechisch?«

»Das könnte interessant klingen«, meinte Kathryn. »Ob-Griechisch. Da bin ich noch gar nicht drauf gekommen.«

Owen sagte zu Tap: »Falls deine Mutter mal mit dir nach Kreta fährt: Ich kenne einen Ort, den du bestimmt gerne besuchen würdest. Er liegt in der südlichen Mitte der Insel, nicht weit von Phaistos. Da gibt's eine Reihe von Ruinen, die in den Hainen rund um eine Basilika aus dem siebten Jahrhundert liegen. Die Italiener haben sie ausgegraben. Sie haben minoische Figuren gefunden, von denen du ja schon gehört hast. Und überall stehen griechische und römische Ruinen herum. Aber was dir vielleicht am besten gefällt, ist der Gesetzeskodex. Er ist in einem dorischen Dialekt abgefaßt und auf einer Steinmauer eingemeißelt. Ob irgend jemand schon die Wörter gezählt hat, weiß ich nicht, aber die Buchstaben hat man gezählt. Siebzehntausend. In dem Gesetzestext geht es um strafrechtliche Vergehen, um Bodenrecht und anderes. Aber das eigentlich Interessante daran ist, daß das Ganze in einem System geschrieben ist, das als *Bustrophedon* bezeichnet wird. Eine Zeile verläuft von links nach rechts, die nächste von rechts nach links. Wie der Ochse beim Pflügen wendet. Das bedeutet *Bustrophedon.* Der ganze Kodex ist so geschrieben. Das liest sich leichter als das System, das wir benutzen. Man folgt einer Zeile, und dann fällt der Blick einfach auf die nächste Zeile hinunter, anstatt quer über die Seite jagen zu müssen. Man muß sich natürlich erst dran gewöhnen. Fünftes Jahrhundert vor Christus.«

Er redete langsam, mit einer sonoren, leicht rauhen Stimme, ein regionaler Singsang mit gedehnten Vokalen und anderen Ausschmückungen. In seiner Stimme lag Dramatik, klangvolle Geschichte. Verständlich, daß sich ein Neunjähriger in solchen erzählerischen Rhythmen wohl und geborgen fühlte.

Im Dorf war es still. Als Tap seine Nachttischlampe ausknipste, war der Kerzenstummel, der zwischen unseren Weingläsern und Brotbrocken brannte, das einzige noch sichtbare Licht. Ich spürte die glasige Hitze des Tages unter meiner Haut.

»Wie sehen Ihre Pläne aus?« fragte ich Owen.

Sie lachten beide.

»Ich ziehe die Frage zurück.«

»Ich laviere uns so durch«, sagte er. »Wenn wir Glück haben, können wir die Saison über hier arbeiten. Und was danach kommt – da weiß ich genausoviel wie Sie.«

»Wollen Sie nicht mehr lehren?«

»Ich glaube, ich will nicht zurück. Was soll ich lehren? Und wem?« Er hielt inne. »Inzwischen ist Europa für mich wie ein gebundenes Buch und Amerika die Taschenbuchausgabe davon.« Er lacht, verschränkt die Hände. »Ich bin den Steinen verfallen, James. Ich will jetzt nur noch die Steine lesen.«

»Die griechischen Steine, vermute ich mal.«

»Ich habe mich zum Nahen Osten vorgepirscht. Und ich bring mir gerade Sanskrit bei. Da gibt's einen Ort in Indien, den ich besuchen will. Dort steht eine Art Sanskrit-Pavillon. Ausgiebig mit Inschriften versehen.«

»Und was für ein Buch ist Indien?«

»Gar keins, vermute ich. Das ist es gerade, was mir angst macht.«

»Dir macht alles angst«, sagte Kathryn.

»Menschenmassen machen mir angst. Religion. Menschen, die alle von denselben starken Gefühlen angetrieben werden. So was wie Verehrung, Ehrfurcht und Schrecken. Ich bin ein Junge der Prärie.«

»Ich würde gern mal nach Tinos fahren.«

»Du bist ja verrückt«, sagte er. »Zum Fest der Jungfrau?«

»Tausende von Pilgern«, sagte sie. »Größtenteils Frauen, soviel ich gehört habe.«

»Die auf allen vieren kriechen.«

»Das ist mir neu.«

»Auf allen vieren«, wiederholte er. »Manche kommen auch auf Bahren, in Rollstühlen, mit Stöcken, blind, bandagiert, verkrüppelt, krank und siech und brabbelnd.«

Sie lachte und sagte: »Das würde ich gern sehen.«

»Danke, ich glaube, darauf kann ich verzichten«, sagte ich.

»Ich würde wirklich gern hingehen. Solche Sachen haben irgendwie eine große Kraft. Ich stell es mir sehr schön vor.«

»Bilde dir bloß nicht ein, daß du auch nur annähernd in die Nähe kommst«, sagte er zu ihr. »Jeder Quadratmeter ist fürs Kriechen und Flehen reserviert. Es gibt so gut wie keine Hotelzimmer, und die Schiffe werden total überfüllt sein.«

»Ich weiß schon, was euch beide so beunruhigt. Es sind Weiße, Christen. Das liegt eurer eigenen Erfahrung nicht allzu fern.«

»Ich habe keine Erfahrung«, sagte ich.

»Du bist doch in die Kirche gegangen.«

»Als Kind.«

»Zählt das denn nicht? Ich will damit nur sagen, daß die da nicht zum Ganges oder so strömen. Auf einer bestimmten Ebene beunruhigt euch das.«

»Dem kann ich nicht zustimmen«, entgegnete Owen. »Meine eigene Erfahrung als Zuschauer, als gelegentlicher Beobachter, ist völlig anders. Nehmen wir zum Beispiel den Katholizismus, wie er in einer amerikanischen Uni praktiziert wird. Hell erleuchtete Räume, schlichte Altäre, offene Gesichter, gemeinsames

Händeschütteln. Kein Kerzenrauch, keine düsteren, unruhigen Bilder. Das ist vergoldetes Theater, was wir hier erleben. Wir sind hier fast am Ende der Welt.«

»Sie sind nicht katholisch?« fragte ich.

»Nein.«

»Und was sind Sie, was waren Sie?«

Die Frage schien ihn zu verwirren.

»Ich habe eine sonderbare Erziehung gehabt. Meine Eltern waren auf eine ziemlich unkonventionelle Weise gläubig. Aber ich muß wohl davon ausgehen, daß Konventionen vom kulturellen Umfeld abhängen.«

Kathryn wechselte für ihn das Thema.

»Was ich dir noch erzählen wollte, Owen. Erinnerst du dich an diesen Samstag vor ungefähr zwei Wochen, als wir früher Schluß gemacht haben? Tap und ich sind nach Hause gegangen, er hat ein Nickerchen gemacht, und ich hab mir einen Stuhl aufs Dach geschleppt, bin noch mal meine Aufzeichnungen durchgegangen, während meine Haare trockneten. Da unten war alles vollkommen still. Ich hatte vielleicht zehn Minuten gelesen, als irgendwo unten im Dorf ein Mann aus den Schatten auftauchte. Er ging zu einem Moped, das am Kai stand. Er beugte sich vor und begutachtete irgendwas. Und dann ist ein zweiter Mann erschienen, wie aus dem Nichts. Hat dem anderen nicht mal zugenickt, hat ihn gar nicht bemerkt, soweit ich das sehen konnte. Am andern Ende des Kais stand noch ein Moped. Der zweite Mann hat sich auf den Sattel seiner Maschine gesetzt. Der andere nahm eine ähnliche Stellung ein. Ich hatte beide im Blick, aber sie konnten sich gegenseitig nicht sehen. Und dann haben sie ihre Maschinen angekickt, genau im selben Moment, Owen, und sind in entgegengesetzte Richtungen davongebraust, rauf in die Berge, zwei Staubfahnen. Ich bin überzeugt, die haben sich gegenseitig nicht mal gehört.«

»Wie schön«, sagte er.

»Dann herrschte wieder Stille. Zwei Staubspuren, die sich in Luft auflösten.«

»Du konntest beobachten, wie das Ereignis Gestalt annahm.«

»Ja, und da lag eine Spannung drin. Ich hab gesehen, wie sich die Einzelteile allmählich ineinanderfügten. Wie der zweite Mann langsam zum andern Ende des Kais ging. Die scharfen Schatten.«

»Und dann hat sich alles in Staub aufgelöst.«

Owen versank in Gedanken, wie er es oft tat, streckte die Beine aus und schob die Lehne seines Stuhls gegen die Wand hinter sich. Er hatte ein spitz zulaufendes Gesicht und große erschreckte Augen. Schütteres Haar, eine kahle Stelle, blasse Augenbrauen. Seine Schultern wirkten manchmal beengt im Rahmen seiner langen, schmalen Gestalt.

»Aber wir sind schließlich immer noch in Europa«, sagte er, womit er sich, wie ich vermutete, auf ein früheres Gespräch bezog. Wenn er aus seinem nachdenklichen Schweigen wieder auftauchte, sagte er oft Dinge, die sich nicht immer leicht einordnen ließen. »Man kann noch so fern von allem sein, vollkommen isoliert im Herzen der Berge oder Inseln, man kann sich noch so sehr wünschen, einfach verschwinden zu können, es bleibt doch immer diese gemeinsame Kultur, das Gefühl, daß wir diese Menschen kennen, von ihnen abstammen. Und es gibt noch etwas Vertrautes, was darüber hinausgeht, irgendein Geheimnis. Oft habe ich das Gefühl, daß ich kurz davor bin, zu erkennen, was es ist. Es berührt mich zutiefst, entzieht sich mir aber ganz knapp. Ich bekomme es nicht richtig in den Griff. Weiß jemand, was ich meine?«

Niemand wußte es.

»Aber um auf diese Sache mit dem Gleichgewicht zurückzukommen, Kathryn, das können wir hier täglich beobachten, wenn auch nicht ganz so, wie du's eben beschrieben hast. Wir befinden uns hier in einer dieser griechischen Landschaften, in denen das Sinnliche dem Elementaren gegenübersteht. Die Sonne, die Farben, das Meereslicht, die großen schwarzen Bienen, was für eine physische Wonne, was für eine fruchtbare, langsam wirkende Wonne. Dann die Ziegenherde auf dem kahlen Berghang, der schreckliche Wind. Die Menschen müssen Methoden ersinnen, Regenwasser zu sammeln, ihre Häuser gegen Erdbeben zu sichern, steilen Felsboden zu kultivieren. Schlichtes Überleben. Eine tiefe Stille. Hier ist nichts, was die Landschaft mildert oder erfrischt, keine Wälder, keine Flüsse, keine Seen. Aber Licht gibt es, und das Meer und Seevögel, eine Hitze, in der Ehrgeiz erlischt und Intellekt und Willen abstumpfen.«

Die Extravaganz dieser Bemerkung überraschte ihn selbst. Er lachte abrupt, als wolle er uns einladen, mit ihm zusammen auf seine Kosten zu lachen. Als er seinen Wein ausgetrunken hatte, richtete er sich auf und zog die Beine an.

»Das Licht hier erzeugt Detailgenauigkeit. Suche deine Wahrheit und deine Freude in kleinen Dingen. Das macht das Griechische aus.«

Kathryn stellte ihr Glas ab.

»Erzähl James doch mal von den Leuten in den Bergen«, sagte sie und ging gähnend ins Haus.

Ich wollte ihr ins Schlafzimmer folgen, sie aus ihrem Leinenrock heben. Soviel schale Zeit war wegzufegen. Knospender Jasmin in einem Zahnputzglas, alle Sinne stürmen zur Liebe hin. Wir schieben unsere Schuhe weg und berühren uns ganz leicht, schaudernd, betasten uns mit gespannter Verehrung, bereit, die kleinste Berührungsschattierung wahrzunehmen, Fingerspitzen, schwebende Körper. Hinuntertauchen und wieder empor, meine Arme um ihren Hintern, mein Gesicht in der Senke ihres Busens. Ich stöhne unter der Last, sie lacht im Nachtwind. Die Parodie einer antiken Entführung. Ich schmecke die salzige Feuchtigkeit zwischen ihren Brüsten. Während ich zum Bett wanke, denke ich, wie rhythmisch und richtig diese Schönheit ist, diese einfache Sache aus Kurven, menschlichen Oberflächen, die Form, die die Inselgriechen damals in ihrem parischen Marmor suchten. Ein edler Gedanke. Das Bett ist klein und niedrig, eine durchgelegene Matratze mit harten Rändern. Nach und nach gerät unser Atem ins gleiche Stocken, die kleine Kadenz, auf deren Zerstörung wir hinarbeiten werden. Kleidungsstücke rutschen vom Stuhl herunter, eine Gürtelschnalle klirrt. Dieser lange fragende Blick von ihr. Wer bist du, was willst du? Der Blick im Dunkeln, den ich nie erwidern konnte. Der Blick des Mädchens aus dem Familienalbum, dieses Mädchens, das für sich das Recht beansprucht, den genauen Wert all dessen, was da draußen ist, zu berechnen. Wir achten darauf, leise zu sein. Auf der andern Seite der Wand liegt der Junge in seinem Bett. Diese Beschränkung ist so nahtlos in unsere Nächte eingewoben, daß wir inzwischen glauben, es würde ohne sie weniger Vergnügen machen. Schon ganz zu Anfang, als er in Kathryn Gestalt annahm, versuchten wir uns allzu heftige Gefühlsregungen abzugewöhnen. Wir empfanden das als Pflicht, als Vorbereitung. Wir wollten ihm eine wohltemperierte Welt einrichten, voller Geflüster, in lustigen Pastelltönen gezeichnet. Edler Gedanke Nummer zwei. Mein Mund am Rande ihres Ohrs, alle Worte der Liebe unausgesprochen. Diese Stille bekundet eine umfassendere Treue.

»Es fing alles ganz harmlos an«, sagte Owen. »Ich wollte das Kloster besuchen. Ein Feldweg schlängelt sich in diese ungefähre Richtung, kaum breit genug für einen Motorroller. Der Weg führt durch einen Weinberg und windet sich dann zu den staubigen Bergen hoch. Während man das ansteigende und abfallende Gelände durchquert, kommen immer wieder Teile der weiter im Inland gelegenen Felsmassen in Sicht. Das Kloster ist bewohnt, dort leben Mönche, jedenfalls behaupten das die Einheimischen, und Besucher sind willkommen. Das Dumme ist nur, daß der Feldweg etwa drei Kilometer vor dem Ziel im Dickicht und Geröll verschwindet. Es bleibt einem nichts anderes übrig, als zu Fuß weiterzugehen. Ich ließ die Maschine stehen und marschierte los. Von da, wo der Pfad aufhört, ist weder das Kloster zu sehen noch diese riesige Felssäule, an der es hängt, und so mußte ich wohl oder übel das vor mir liegende Gelände von dem bißchen rekonstruieren, was ich eine halbe Stunde zuvor vom Motorroller aus gesehen hatte.«

Ich konnte sie im Dunkeln sehen, sie bewegte sich an der Wand des Schlafzimmers entlang und zog ihre Bluse aus. Das Fenster war klein, und im nächsten Moment war sie schon wieder verschwunden. Ein trübes Aufflackern, das Badezimmerlicht. Sie schloß die Tür. Von der andern Seite des Hauses, wo das Klofenster war, drang das Rauschen von laufendem Wasser zu uns, als würde etwas in einer Pfanne brutzeln. Dann wieder Dunkelheit. Owen lehnte sich mit seinem Stuhl gegen die Wand.

»Man kommt an ein paar Höhlen vorbei. Einige sehen wie Grabhöhlen aus, so ähnlich wie die in Matala am Libyschen Meer. In Griechenland gibt's natürlich überall Höhlen. Eine umfassende Geschichte der Höhlenbesiedlung in diesem Teil der Welt muß erst noch geschrieben werden. Ich könnte mir vorstellen, daß man dabei auf eine Parallelkultur stößt, bis hin zu den Nudisten und Hippies, die sich in den letzten Jahren auf Kreta niedergelassen haben. Ich war also nicht sonderlich überrascht, am Eingang einer dieser Höhlen, etwa fünfzehn Meter über mir, zwei männliche Gestalten zu entdecken. Die Berge in dieser Gegend haben einen grünlichen Schimmer, und die Gipfel sind meistens rundlich abgeflacht. Ich hatte die Felsspitze mit dem Kloster noch nicht erreicht. Ich deutete geradeaus und fragte die Männer auf griechisch, ob das der Weg zum Kloster sei. Komisch, ich wußte genau, daß sie keine Griechen waren. Ich spürte instinktiv, daß es besser war, mich dumm zu stellen. Wirklich seltsam, wie man zu solchen Überlegungen kommt. Irgendwas an den Männern war sonderbar. So ein verhärmter, durchdringender, gehetzter Blick. Daß mir von ihnen Gefahr drohen könnte, habe ich zwar nicht gedacht, aber ich fand, ich sollte mir eine Taktik zurechtlegen. *Ich bin harmlos, ein Wanderer, der sich verlaufen hat.* Schließlich trug ich ja auch Wanderschuhe und einen Sonnenhut, außerdem einen kleinen Leinenrucksack auf dem Rücken. Thermosflasche, Sandwiches, Schokolade. In die Felsen waren grobe Stufen eingehauen. Ganz und gar nicht neueren Datums. Die Männer trugen alte, abgerissene, lose sitzende Kleidung. Verwaschene Farben, solche türkischen oder indischen Hosen, was Aussteiger manchmal tragen. Man sieht sie in Athen vor den Billighotels in der Plaka, im Basar von Istanbul und überall entlang der Landroute nach Indien. Menschen in Ashramgewändern, nur von einer Kordel zusammengehalten. Einer der beiden, ein Typ mit wirrem Bart, rief in gebrochenem Griechisch, das noch schlechter war als meins, zu mir hinunter: ›*Wie viele Sprachen sprechen Sie?*‹ Verdammt seltsame Frage. Eine förmliche Frage. Wie in einer Geschichte aus dem Mittelalter, eine Frage, die den Reisenden vor den Toren der Stadt gestellt wird. Hing mein Einlaß von der Antwort ab? Die Tatsache, daß wir in einer uns beiden fremden Sprache miteinander gesprochen hatten, verstärkte noch diesen Eindruck einer förmlichen Prozedur, eines Rituals. ›*Fünf*‹, rief ich hinauf, auch wieder auf griechisch. Ich war gespannt, aber immer noch auf der Hut. Als er mich hochwinkte, nahm ich die Stufen sehr langsam und fragte mich, was wohl für Menschen wie viele Jahrhunderte an diesem Ort gelebt hatten.«

Ich mußte mich anstrengen, Kathryn noch zu sehen. Hinten im Schlafzimmer, an der Wand, im Dunkeln. Ich versuchte, sie durch einen Willensakt dazu zu bringen, in meine Richtung zu blicken. Sie hatte ein chamoisfarbenes Hemd angezogen, eins meiner ausgemusterten, gut zum Alleineschlafen, hatte sie mir lächelnd gesagt. Ein im alten Stil geschnittenes überlanges Kleidungsstück, das ihr fast bis zu den Knien reichte. Ich wartete darauf, daß sie merkte, wie ich zu ihr hineinstarrte. Ich wußte, früher oder später würde sie herschauen. Dieses Wissen gehörte zur Struktur meines eigenen Sehens. Wir wußten es beide. Zwischen uns bestand ein Einvernehmen, das die gewöhnlichen Zentren umging. Ich hätte sogar bis auf Sekundenbruchteile genau voraussagen können, wann sie den Kopf wenden würde. Und tatsächlich blickte sie kurz hoch, das eine Knie schon auf die Bettkante gesenkt, und sah dabei Owens Ellbogen, der quer in die Fensteröffnung ragte, den erzählenden Owen, in dem zurückgekippten Stuhl, und dahinter das hagere, ruhige, gebildete

Gesicht ihres Mannes, brutal im Kerzenschein. Ich wollte ein Zeichen sehen, etwas, was ich positiv deuten konnte. Aber was konnte sie mir schon geben, in einem engen Augenblick im Dunkeln, selbst wenn sie wußte, was ich dachte, und mich beruhigen wollte. Genau dieses Hemd hatte sie getragen, als sie mit dem Kartoffelschäler auf mich losgegangen war, an einem der ersten dunklen Tage, auf dem Vogelbad hatte Schnee gelegen.

Zaghafter Ehebrecher.

»In der Nähe vom Höhleneingang standen noch zwei andere. Eine stämmige Frau mit groben Gesichtszügen und kurzgeschorenen Haaren. Der Mann saß gleich hinterm Eingang neben einer Feuerstelle aus Steinen und schrieb in ein Notizbuch. Im Innern der Höhle sah ich Schlafsäcke, Proviantbeutel, Strohmatten und noch einige andere Sachen, die ich nicht eindeutig erkannte. Die Leute waren schmutzig, kann man sich ja denken. Dreckverfilzte Haare. Das waren solche Typen, die gar nicht mehr merken, wenn ihnen der Schmutz zur zweiten Haut wird. Schmutz ist für die so selbstverständlich wie die Luft, die sie einatmen. Wir setzten uns vor dem Höhleneingang auf Felsvorsprünge, Stufen und zusammengerollte Schlafsäcke. Einer der Männer deutete auf das Kloster, das von hier aus deutlich zu sehen war. Ich beschloß, das als freundliche und beruhigende Geste zu werten, und tat so, als würde ich nicht merken, wie sie mich betrachteten, mich genauestens inspizierten. Wir sprachen die ganze Zeit nur Griechisch. Sie verwendeten eine Mischung aus älteren Formen und der *Demotike,* dem gesprochenen Neugriechisch.«

Er erzählte ihnen, er beschäftigte sich mit Epigraphik, dem Studium von Inschriften, seine erste und inzwischen wieder größte Leidenschaft. Er unternehme Privatexpeditionen und überlasse die minoische Ausgrabung seinem Assistenten. Er sei kürzlich aus Qasr Hallabat wiedergekommen, einer Festungsruine in der jordanischen Wüste. Dort habe er die Fragmente jener griechischen Inschriften gesehen, die als »Edikt des Anastasius« bekannt waren. Davor sei er in Tell Mardikh gewesen, um die

Ebla-Tafeln zu studieren, ferner auf dem Berg Nebo, wegen der Pflastermosaiken, sowie in Jerash, Palmyra und Ephesus. Er erzählte ihnen, er sei extra nach Ras Shamra in Syrien gefahren, um sich eine einzige Tontafel anzusehen, die nicht größer als der Mittelfinger einer Männerhand war und sämtliche dreißig Buchstaben des Alphabets der Kanaaniter enthielt, die dort vor über dreitausend Jahren gelebt hatten.

All das schien sie ziemlich aufzuregen, aber sie kamen erst darauf zu sprechen, als Owen sich erhob. Er hatte sogar den Eindruck, daß sie ihre Erregung zu verbergen suchten. Während er ihnen mehr über Ras Shamra erzählte, waren sie alle sehr still und hüteten sich, einander anzusehen. Aber er spürte eine Wechselwirkung, irgendeine seltsame Energie in der Luft, als säße jeder von ihnen in einem Kraftfeld und als überlappten diese Kraftfelder allmählich. Am Schluß stellte sich heraus, daß ihr Interesse dem Alphabet galt. Das erklärten sie ihm beinahe schüchtern in ihrem gebrochenen Griechisch.

Nicht Ras Shamrah. Nicht die Geschichte, nicht Götter, eingestürzte Mauern, nicht die Meßlatten und Pumpen der Archäologen.

Nur das Alphabet. Was sie interessierte, waren Buchstaben, in Folgen fixierte schriftliche Symbole.

Tap wusch Tonscherben in Wasserschüsseln und schrubbte sie mit einer Zahnbürste sauber. Die empfindlicheren Stücke reinigte er mit einem kleinen feinhaarigen Pinsel.

Kathryn betätigte zusammen mit einem Studenten eine Vorrichtung, die Rätter genannt wird. Der junge Mann schippte von einem hohen Haufen Erde in eine Plastikflasche, deren Oberteil abgeschnitten war. Er verteilte die Erde mit einer Kelle auf ein waagerechtes Sieb, das mit Griffen versehen war und in Ellbogenhöhe in einem unterteilten Holzgestell lag. Kathryn hielt das Sieb an den Griffen fest und siebte die Erde durch das feine Gitterwerk, eine Stunde lang, zwei Stunden lang, drei Stunden lang.

Ich saß im Schatten und sah ihr zu.

In der Dämmerung ging ich mit ihr zusammen hinunter durch das Dorf zu einem der Fischerboote, die am Kai vertäut lagen. An der Tür des Führerhauses hing ein kleines Kruzifix an einem Nagel. Wir setzten uns aufs Deck und beobachteten die Leute, die in den beiden Restaurants zu Abend aßen. Sie kannte den Besitzer des Bootes und seine Söhne. Einer der beiden hatte bei der Ausgrabung mitgearbeitet, hatte geholfen, das Gelände freizuräumen und dann die Gräben auszuheben. Der andere Sohn war nur begrenzt arbeitsfähig, da er eine Hand durch Dynamit verloren hatte.

Eben dieser Sohn stand etwa dreißig Meter entfernt und schlug einen Tintenfisch gegen einen Felsen. Der kleine Strand, auf dem er stand, war mit kaputten Gegenständen und dicken Plastikplanen übersät. Er hielt den Tintenfisch am Kopf und klatschte die Arme wieder und immer wieder gegen den Felsen.

»Als Owen gestern von diesen Typen erzählte, hatte ich einen erotischen Tagtraum.«

»Wer kam drin vor?« sagte sie.

»Du und ich.«

»Ein Mann, der von seiner Frau träumt?«

»In diesen Dingen war ich schon immer ein bißchen rückständig.«

»Das kommt sicher von der Sonne. Hitze und Sonne erzeugen bekanntlich derartige Phänomene.«

»Es war Nacht«, sagte ich.

Wir unterhielten uns eine Weile über ihre Neffen und Nichten, über andere Familienangelegenheiten, banale Dinge, einen Cousin, der Trompetenunterricht nahm, einen Todesfall in Winnipeg. Es schien, als könnten wir uns von Owens abendlichen Seminaren lösen. Wir konnten jetzt sozusagen hinter seinem Rücken miteinander reden, sofern wir uns nicht allzusehr dem näherten, wie es eigentlich zwischen uns stand. Durch das Thema Familie bekommt ein Gespräch beinahe etwas Berührbares. Ich denke da an Hände, Essen, auf den Arm genommene Kinder. Namen und Bilder erzeugen eine enge Berührungswärme. Das

Alltägliche. Eine ihrer Schwestern lebt in England, zwei im Westen Kanadas, ihre Verwandten über sechs Provinzen verstreut, die Sinclairs und Pattisons und deren Anhang, in Häusern mit Wärmedämmung, auf der Rückseite aluminium-verschalt, an der Seite, säuberlich gestapelt, ein halber Klafter Brennholz. Leben jenseits der weißen Grenze, des Dauerfrosts. Menschen, die in modernisierten Küchen sitzen, anständig, traurig, ein wenig verbittert, ohne recht zu wissen, worüber. Ich hatte das Gefühl, sie zu kennen. Barschangler. Presbyterianer.

Wenn Kinder aus einem Zimmer rennen, bleibt das Geräusch ihres Wegganges zurück. Wenn alte Menschen sterben, hat man ihr mal gesagt, hinterlassen sie einen Geruch an den Dingen.

»Mein Vater hat dieses Krankenhaus gehaßt. Zeit seines Lebens hatte er Angst vor Ärzten und Krankenhäusern. Er wollte nie wissen, was ihm fehlt. All diese Untersuchungen, dieses ganze Jahr nur Untersuchungen. Ich hab allmählich geglaubt, er würde noch an den Untersuchungen sterben. Er wollte es lieber nicht wissen. Aber als er dann ins Krankenhaus mußte, wußte er Bescheid.«

»Er braucht einen Drink, hat er mir ständig gesagt. Mit der Zeit wurde daraus ein komplizierter Witz zwischen uns.«

»Viele Drinks.«

»Schade, daß er nie dieses Lokal in Athen besuchen konnte, wo ich manchmal mit David Keller hingehe. Wenn man den Barkeeper fragt, ob er Bourbon hat, sagt er ganz süffisant: ›Aber selbstverständlich‹, James Beam, sehr gut.«

»James Beam. Der ist sehr gut. Er mochte Bourbon.«

»Er mochte alles Amerikanische.«

»Ein weitverbreitete Schwäche.«

»Trotz der Propaganda, die er ständig von einem seiner Kinder zu hören bekam.«

»Das ist jetzt vier Jahre her.«

»Vier Jahre. Und dann diese unglaublichen Sätze, die er kurz vor seinem Ende gesagt hat. ›Ich erlasse alle Strafen. Sag's weiter. Den Verbrechern ist vergeben.‹ Das werde ich nie vergessen.«

»Er konnte ja kaum mehr sprechen.«

»Hat keine Miene verzogen. Bis zum Schluß keine Miene verzogen.«

Unser Gespräch über Familiäres war selbst etwas Normales und Familiäres. Es gab etwas von dem Geheimnis preis, das solchen Dingen innewohnt, dieses Unbenennbare, das wir manchmal in unserer Beziehung zur physischen Welt empfinden. *Hier sein.* Alles ist an seinem richtigen Platz. Unsere Sinne sammeln sich am Rand des Ursprungs. Der Frauenarm, der sich auf ein Masttau legt, meine Ehefrau, wie immer sie auch heißt. Ich fühlte mich in ein Frühstadium jugendlicher Trunkenheit versetzt, übermütig, strahlend glücklich und dumm, um die wahre Bedeutung eines jeden Wortes wissend. Vom Deck stiegen ein Dutzend Gerüche auf.

»Wieso schreibt Tap eigentlich über das Landleben während der Weltwirtschaftskrise?«

»Er unterhält sich mit Owen. Ich finde es interessant, daß er über wirkliche Menschen schreibt und nicht über Helden und Abenteuer. Was nicht heißen soll, daß er nicht in anderer Weise abhebt. Blumiger Stil, grelle Gefühle. Mit der Sprache steht er absolut auf Kriegsfuß. Die Rechtschreibung ist haarsträubend.«

»Er unterhält sich mit Owen.«

»Wenn ich das richtige sehe, geht es um Episoden aus Owens Kindheit. Leute, die er gekannt hat, und so. Ich glaube, Owen ahnt überhaupt nicht, daß das alles zu Papier gebracht wird. Eine interessante Geschichte, jedenfalls in der Version, in der sie der fiebrigen Phantasie unseres Sohnes entspringt.«

»Ein Tatsachenroman.«

Ein Mann, der gerade einen Pfirsich gegessen hatte, warf den Kern in den Beiwagen eines Motorrads, das gerade um die Ecke bog, an der er stand. Perfektes Timing, der Wurf wirkte täuschend beiläufig. Abgerundet wurde die schlichte Schönheit dieser Szene dadurch, daß der Mann sich nicht umdrehte, um zu sehen, ob es jemand aufgefallen war.

»Hoffentlich gehören wir nicht zu den Paaren, die erst dann gut miteinander auskommen, wenn sie sich getrennt haben.«

»Das ist vielleicht besser, als gar nicht miteinander auszukommen«, sagte sie.

»Hoffentlich gehören wir nicht zu den Paaren, die weder miteinander noch ohne einander leben können.«

»Du wirst komisch auf deine alten Tage. Ist andern auch schon aufgefallen.«

»Wem?«

»Niemand.«

»Immerhin sind wir doch ganz gut miteinander ausgekommen, in den wesentlichen Punkten. Uns verbindet etwas sehr Tiefes.«

»Das Thema Ehe, mit wem auch immer, ist für diese Dame hier erledigt.«

»Komisch. Mit anderen kann ich über diese Dinge reden, aber nicht mit dir.«

»Ich bin ein Miststück, das weißt du doch.«

Ein anderer Mann hatte sich zu dem Sohn des Bootsbesitzers gesellt. Sie standen auf dem schmalen Kiesstrand im Lichtschein des zweiten Restaurants, und jeder schlug in rhythmischem Wechsel einen Tintenfisch gegen den Felsen.

»Wo geht's als nächstes hin?«

»Istanbul, Ankara, Beirut, Karatschi.«

»Was machst du eigentlich auf diesen Reisen?«

»Ich schreibe Risikoanalysen, so heißt das bei uns. Im Klartext bedeutet das, daß ich die politische und wirtschaftliche Lage des betreffenden Landes untersuche. Wir haben da ein komplexes Bewertungssystem. Da wird zum Beispiel die Gefängnisstatistik zu der Zahl der ausländischen Arbeitnehmer in Beziehung gesetzt. Wie hoch ist die Arbeitslosigkeit unter jungen Männern. Sind die Bezüge der Generäle in letzter Zeit verdoppelt worden. Was passiert mit Dissidenten. Die diesjährige Baumwollernte oder die Winterweizenerträge. An den Klerus geleistete Zahlungen. Wir haben in jedem Land Leute sitzen, die sogenannten

›control points‹. Der *Control* ist grundsätzlich ein Einheimischer des jeweiligen Landes. Gemeinsam analysieren wir dann die Daten im Licht der jüngsten Ereignisse. Womit ist zu rechnen? Steht ein Zusammenbruch, ein Umsturz oder eine Verstaatlichung bevor? Kommt es zu Schwierigkeiten mit der Zahlungsbilanz, Leichen am Straßenrand? Uns interessiert alles, was eine Investition gefährden kann.«

»Weil ihr sonst zahlen müßt!«

»Es ist eine interessante Arbeit, weil es um Menschen geht, Menschenmassen, Menschen, die durch Straßen rennen.«

Auf der Ladefläche eines dreirädrigen Lieferwagens, der in der Nähe der Bäckerei geparkt war, stand ein regloser Esel. Ein Mann saß rauchend hinterm Steuer.

Zwei Teenager, Zwillinge, spazierten mit ihrem Vater am Kai entlang. Der Mann trug Anzug und Krawatte, seine Söhne Strickpullover mit V-Ausschnitt. Sie hatten ihn in die Mitte genommen und sich bei ihm eingehakt. Ihr Gang war gemessen und würdevoll, wunderschön anzusehen. Die Jungs mochten auf die Achtzehn zugehen. Sie hatten einen dunklen Teint und blickten ernst geradeaus.

Tap saß an seinem Schreibtisch und schrieb.

Als ich im Zimmer gerade dabei war, meine Reisetasche zu pakken, weil ich mit dem ersten Schiff nach Naxos und von dort weiter nach Piräus fahren wollte, hörte ich draußen jemand pfeifen. Ein einziger, wiederholter Ton, wie von einem Vogel. Ich ging auf den Balkon. An der Hotelmauer saßen zwei Männer an einem Klapptisch und spielten Backgammon. Owen Brademas stand auf der anderen Straßenseite unter einem Baum, die Arme vor der Brust gekreuzt, und sah zu mir hoch.

»Ich war oben beim Haus.«

»Sie schlafen schon«, sagte ich.

»Ich dachte, ihr wärt alle da oben.«

»Sie muß morgen um fünf raus. Ich auch.«

»Sie braucht nicht so idiotisch früh auf dem Gelände zu sein.«

»Sie muß Wasser aufsetzen, Frühstück machen und zig andere Sachen erledigen. Briefe schreiben, lesen. Kommen Sie rauf.«

Auf der Insel gab es noch fünf oder sechs andere Dörfer. Owen wohnte außerhalb des südlichsten der Dörfer in einem Betongebäude, das das »Ausgrabungshaus« hieß. Es lag etwa eine Meile vom Gelände entfernt. Sein Assistent und die restlichen Mitarbeiter wohnten ebenfalls dort. Die Bewohner der Häuser an der Straße zwischen diesem Dorf und dem nächsten mußten sich über den Mann wundern, der immer abends unterwegs war, groß und linkisch auf seinem Motorroller saß und zwischen den Gerstenfeldern und dem als Windschutz angepflanzten Bambus entlangfuhr.

Ich wischte den Stuhl auf dem Balkon mit einem Handtuch ab und trug dann einen Polsterstuhl hinaus. Vom Meer wehten schneidende Windstöße herüber.

»Komme ich ungelegen, James? Sie brauchen's nur zu sagen.«

»Ich werde sowieso erst in ein oder zwei Stunden schlafen können. Setzen Sie sich.«

»Schlafen Sie gut?«

»Nicht so gut wie früher.«

»Ich kann nicht schlafen«, sagte er.

»Kathryn kann gut schlafen. Ich auch, früher. Tap kann natürlich auch gut schlafen.«

»Hier ist es angenehm. Unser Haus hat eine schlechte Lage. Irgendwie staut sich da die Hitze.«

»Was ist für Sie an diesen Steinen eigentlich so faszinierend, Owen?«

Er streckte sich, machte es sich zum Antworten bequem.

»Zuerst, vor Jahren, ging es in erster Linie um Geschichte und Philologie. Die Steine haben gesprochen. Es war eine Möglichkeit, sich mit den Menschen der Antike zu unterhalten. In gewissem Maße hatte es auch mit dem Lösen von Rätseln zu tun. Etwas zu entschlüsseln, Geheimnisse aufzudecken, der Geographie der Sprache nachzuspüren. Bei meiner augenblicklichen Vernarrtheit habe ich nicht mehr viel mit strenger Wissenschaft im Sinn, und auch mein Interesse an frühen Kulturen hat jetzt stark nachgelassen. Letztlich berichten die Steine von ziemlich banalem Kram. Inventare, Landkaufverträge, Getreidezahlungen, Warenregister, soundso viele Kühe, soundso viele Schafe. Ich bin kein Fachmann auf dem Gebiet der Entstehung der Schrift, aber es deutet einiges darauf hin, daß die erste Schrift aus dem Bedürfnis heraus entwickelt wurd, Buch zu führen. Ausgaben und Einnahmen der Paläste und Tempel. Buchführung.«

»Und jetzt?«

»Jetzt sehe ich eine geheimnisvolle Bedeutung in den Buchstaben an sich, in den Zeichengruppen. Die Tafel von Ras Shamrah hat überhaupt keine Aussage. Sie war nur mit dem Alphabet beschriftet. Und mehr will ich über die Menschen, die dort gelebt haben, auch gar nicht wissen. Die Formen ihrer Buchstaben und welches Material sie verwendet haben. Gebrannter Ton, kompakter schwarzer Basalt, eisenhaltiger Marmor. Diese Dinge befühle ich mit den Händen, spüre die Kerben der eingemeißelten und geritzten Wörter. Und das Auge nimmt diese herrlichen Formen auf. So fremd und belebend. Das ist viel profunder als Gespräche und Rätsel.«

»Warum bezeichnen Sie das als Vernarrtheit?«

»Weil's nichts anderes ist, James. Eine unsinnige Obsession. Extravagant, töricht und wahrscheinlich kurzlebig.«

All das sagte er mit ausladenden Gesten, breiten Stimmrhythmen. Dann lachte er, oder genauer gesagt, er lachte auf, so wie man aufschreit oder aufbrüllt. In so vielen von dem, was er sagte und tat, schwang eine gewisse vertrauensvolle Ergebenheit mit. Ich vermutete, daß er mit den Folgen der Selbsterkenntnis zu leben hatte, und das setzte ihm wahrscheinlich härter zu als alles andere, was das Leben für ihn vielleicht vorgesehen hatte.

»Und diese Leute in den Bergen? Gehen Sie da wieder hin?«

»Ich weiß nicht. Sie haben davon gesprochen, daß sie weiterziehen wollten.«

»Sind wahrscheinlich auch praktische Zwänge im Spiel. Was sie zu essen bekommen können und wo.«

»Sie klauen«, sagte er. »Alles, von Oliven bis zu Ziegen.«

»Haben sie Ihnen das erzählt?«

»Ich habe es vermutet.«

»Würden Sie sagen, diese Leute gehören irgendeinem Kult an?«

»Sie haben ein esoterisches Interesse, das sie verbindet.«

»Oder einer Sekte?«

»Da liegen Sie vielleicht richtig. Ich hatte schon den Eindruck, daß sie zu einer größeren Gruppe gehören, aber ich weiß nicht, ob ihre Vorstellungen oder Bräuche auf ein übergeordnetes Gedankengebäude zurückgehen.«

»Und sonst?« sagte ich.

Nichts. Der Mond war fast voll und erhellte die Ränder der windgetriebenen Wolken. Die Backgammon-Spieler würfelten mit ihren Elfenbeinwürfeln. Das Brett war am Morgen immer noch da, am Rand des Tischs, als ich zu dem grauen Schiff eilte, das tief im ruhigen Wasser lag und traurig und halb gesunken wirkte. Ich wollte wie üblich in meinem schwerfälligen Vorschulstil die griechische Beschriftung am Bug entziffern, aber diesmal war es ein leichter Name. *Koros,* nach der Insel. Von Tap hatte ich erfahren, daß die Insel nach einer Riesenstatue benannt war, die vor etwa hundert Jahren umgestürzt neben einer antiken Grabstelle entdeckt worden war. Es war ein traditioneller *Koros,* ein stämmiger junger Mann mit geflochtenem Haar, die Arme eng an den nackten Körper gedrückt, den linken Fuß ein Stück vorgeschoben und ein archaisches Lächeln auf dem Gesicht. Siebtes Jahrhundert v. Chr. Das hatte er natürlich von Owen.

3

Wach. Das pulsierende Gurren der Tauben. Ich muß mich konzentrieren, um mich zurechtzufinden. Auf, hinein in die Welt, die Fensterläden aufgesperrt. Im Garten der britischen Schule marschiert der Imker mit einem Schleierhut zu den Bienenstökken. Ich nehme den Kaffeebecher aus dem Abtropfgestell und setze Wasser auf. An Sommermorgen ist der Hymettos ein weißer Schatten, der sich dunstig zur Bucht hinstreckt. Heute ist Markttag, auf der abschüssigen Straße unter den Terrassenrestaurants jagt ein Mann seinen Pfirsichen hinterher. Ein Lieferwagen hat den seinen gerammt und eine Kiste von der Ladefläche gestoßen, und jetzt hoppeln die Pfirsiche in zittrigen Reihen über den Asphalt. Der Mann versucht, sie abzufangen, rennt tief über den Boden gebeugt hinter ihnen her und will sie mit einem Arm zusammenkehren. Unter den Maulbeerbäumen steht ein Junge und spritzt den Boden des Restaurants ab. Wo die Lieferwagen zusammengestoßen sind, gestikulieren der Lenker des anderen Fahrzeugs und ein Freund des Mannes, der seinem Obst hinterherrennt, heftig aufeinander ein. Ein Tütchen Nescafé, ein alter Krapfen. Das Telefon klingelt, die erste falsche Verbindung des Tages. Tauben landen auf den stillen Wipfeln der Zypressen. Jetzt tauchen die Männer aus dem Café um die Ecke auf und sehen zu, wie die Pfirsiche davonrollen. Sie beugen sich behutsam zur Straße, beurteilen die Situation mit ernsten Mienen, einem Minimum an Anteilnahme und Gestik. Im staubigen Licht schwärmen Honigbienen aus.

Ich gehe zu Fuß ins Büro, wo ich mir eine zweite Tasse Kaffee mache und darauf warte, daß das Telex was für mich hat.

Die Ehe ist etwas, das wir aus vorhandenem Material bilden. In diesem Sinne ist sie etwas Improvisiertes, fast Beiläufiges. Vielleicht wissen wir deswegen so wenig über sie. Sie ist eine viel zu intuitive und quecksilbrige Angelegenheit, als daß man sie wirklich verstehen könnte. Zwei Menschen ergeben ein unklares Bild.

Darüber unterhielt ich mich mit Charles Maitland, auf einer Bank im Volkspark, wo es sieben Grad kühler war als in der grellen Stadt ringsum. Ein paar Kinder, die an Sesambrotringen knabberten, kamen vorbei.

»Du meinst die moderne Ehe. Zwischen Amerikanern.«

»Kathryn ist Kanadierin.«

»Dann eben die Neue Welt.«

»Ich glaube, du bist nicht mehr auf dem laufenden.«

»Natürlich bin ich nicht mehr auf dem laufenden. Zum Glück. Ich kann gut drauf verzichten. Die Sache ist bloß die, was du da beschreibst, hat rein gar nichts zu tun mit einem *Bund fürs Leben.*«

Er spuckte die Wörter wie eine Goldmünze zwischen seinen Zähnen hervor. Ein attraktives, ramponiertes Gesicht. Geplatzte Äderchen, gesprenkelte blaue Augen. Er war achtundfünfzig, ein halbes Wrack, breitschultrig, rote Wangen und silbrige Augenbrauen, von Hustenanfällen geschüttelt. An Sonntagen fuhr er allein zu einer Wiese außerhalb der Stadt und ließ sein ferngesteuertes Modellflugzeug fliegen. Es wog acht Pfund und kostete zweitausend Dollar.

»Stimmt«, sagte ich. »An einen Bund fürs Leben haben Kathryn und ich zuallerletzt gedacht. Wir dachten an gar keinen Bund. Wenn überhaupt, waren wir aus Bünden, Nationen und festen Plänen ausgebrochen. Sie sagte immer, diese Ehe ist ein Film. Damit meinte sie nicht, daß unsere Beziehung unwirklich sei. Das Ganze war eher wie ein Flackern. Eine Folge kleiner flackernder Momente. Aber gleichzeitig waren wir sicher und geborgen. Ein Leben von einem Tag zum andern. Maßvoll, moderat. Ich dachte, wenn man nichts verlangt, müßte die Ehe eigentlich funktionieren. Ich dachte immer, das Problem ist, daß alle was verlangen und fordern. Und sich dadurch voneinander entfernen. Als Tap dann da war, verstärkte sich noch dieses Gefühl, daß wir unser Verhältnis von Tag zu Tag gestalteten, Stück um Stück, aber mit Maß und Ziel, ohne große selbstsüchtige Visionen.«

»Ich hab Durst«, sagte er.

»Ein Drink würde dich jetzt umbringen.«

»Es war ein Flackern. Eine Folge flackernder Momente. Ihr wart sicher und geborgen.«

»Wir haben uns auch irrsinnig gestritten.«

»Wenn mein altes Mädchen kommt, gehen wir was trinken.«

»Ich bin mit Rowser zum Mittagessen verabredet. Kommt doch mit.«

»Bloß nicht. Nicht mit ihm.«

»Na komm, sei kein Spielverderber«, sagte ich.

Schattige Wege. Bäche und Steinspringbrunnen. Ein dichter grüner Ort mit riesigen Bäumen, die eine Fächerwölbung bildeten, einen Schutz vor den Panikanfällen des herzerweiterten Athener Zentrums. Der Park hatte etwas angenehm Zufälliges. Er verlockte einen, müßig vor sich hinzuschlendern, sich zu verlaufen, ohne das Gefühl haben zu müssen, daß man Teil eines formalistischen Puzzles war, eines Gartens mit Heckenfallen und berechneten Fluchtwegen. Unter einer Kiefer standen ein Dutzend Männer und diskutierten über Politik. Charles hörte zwischendurch zu und übersetzte für mich. Er und Ann waren seit neunundzwanzig Jahren verheiratet (sie war sieben oder acht Jahre jünger als er). Während dieser Zeit hatte er verschiedene Posten innegehabt, bei denen es um die Sicherheit von Auslandsfilialen britischer und amerikanischer Unternehmen ging. Jetzt war er nur noch als Berater tätig, hauptsächlich in Sachen Brandschutz, womit angesichts dessen, was sich im Bereich Terrorismus verdienen ließ, ein gewisser Status- und Einkommensverlust einherging.

Sie hatten in Ägypten gelebt, in Nigeria, Panama, in der Türkei, auf Zypern, in Ostafrika, im Sudan und im Libanon. Jeweils zwischen ein und vier Jahre. Kürzere Zeit hatten sie noch an andern Orten gelebt, auch in den Staaten; sie hatten einiges durchgemacht, von Hausarrest und Deportation '56 in Kairo bis zu schwerem Artilleriebeschuß und infektiöser Hepatitis '76 in

Beirut. Ann sprach von diesen Ereignissen mit einer distanzierten Traurigkeit, als handle es sich um Dinge, von denen sie gehört oder aus der Zeitung erfahren hatte. Vielleicht fühlte sie sich nicht berechtigt, die gleichen Gefühle wie die Einheimischen zu haben. Opfer waren die Libanesen, Beirut war die Tragödie, die Welt war der Verlierer. Was sie selbst verloren hatten an all den Orten, wo sie gewohnt hatten, erwähnte sie nie. Charles hatte mir dann schließlich erzählt, daß in ihrem kleinen Haus auf Zypern alles gestohlen und zerstört worden war, als die Türken das Land überrollten, und er ließ durchblicken, daß dies nur einer von mehreren katastrophalen Zwischenfällen gewesen war. Die Soldaten hatten anscheinend den unwiderstehlichen Drang verspürt, alles, was in den Wänden steckte, herauszureißen - Rohre, Wasserhähne, Absperrhähne, Schalter. Und die Wände hatten sie mit Scheiße beschmiert.

Es gab ein Protokoll des »Damit-Fertig-Werdens«, des »Sich-Arrangierens«, und Ann beherrschte es meisterhaft. Mir wurde klar, daß Zurückhaltung in solchen Dingen nichts Ungewöhnliches war. In gewisser Weise schienen die Betroffenen das Gefühl zu haben, daß sie sich selbst belasteten, wenn sie derartige Ausschreitungen verurteilten. Bei Leuten, die ihr Hab und Gut verloren hatten oder geflüchtet waren, am häufigsten bei Amerikanern, glaubte ich manchmal eine leichte Überraschung darüber zu bemerken, daß es nicht schon früher passiert war, daß die Männer mit den Sechstage-Bärten nicht schon viel eher gekommen waren und ihnen - als Strafe für das Verbrechen, Whiskey zu trinken, Geld zu verdienen und abends in Neonanzügen über die Boulevards zu joggen - das Dach über dem Kopf angezündet, die sanitären Anlagen verwüstet oder die Gebetsteppiche weggeschleppt hatten, um die sie im Suk gefeilscht und die sie als Geldanlage gekauft hatten. Haben wir, so dachten wir Amerikaner, das in gewissem Sinne nicht verdient?

Richtig bereut hatten sie nur ihren Aufenthalt in Port Harcourt, Nigeria, sagte Ann. Süßes Crude-Öl im Delta, brüllende Einsamkeit. Shell und British Petroleum hatten dort eine Raffinerie gebaut, und Charles war für Sicherheit und Werkschutz zuständig. Sie flüchtete nach Beirut, dem Krieg in den Straßen. Die Ehe verlor etwas von ihrer Gewißheit, verbuchte aber Gewinne in der Sparte ›bittere Ironie‹, als BPs Vermögen schließlich verstaatlicht wurde.

Sie wollten nicht nach Hause zurück. Zu viele Jahre großartige Himmel, geschmeidige Menschen mit geflochtenen Haaren, barfuß, in roten Gewändern. Oder sah es heutzutage so auch in England aus? Sie überlegten, sich eventuell in Kalifornien zur Ruhe zu setzen, wo ihr Sohn studierte, ein Mathematiker, dem Hörensagen nach ein verrücktes Genie.

»Es geht darum, die Sprache zu lernen, es sich aber nicht anmerken zu lassen, daß man sie kann«, sagte Charles. »So mach ich das. Ich bekenne erst Farbe, wenn's gar nicht anders geht.«

»Aber was hast du dann davon?«

»Ich hör zu. Ich hör die ganze Zeit zu. Beim Zuhören läßt sich so manches aufschnappen. In dieser Beziehung bin ich im Vorteil. Ich bin nicht einfach nur ein Ausländer. Ich sehe auch nicht so aus, als könnte ich Griechisch sprechen.«

»Eine unglaubliche Auszeichnung, Charles. Ist das dein Ernst?«

»Man sollte alles aufschnappen, was man kann.«

»Aber machst du hier nicht gelegentlich auch Geschäfte?«

»Geschäfte macht man auf englisch. Das müßte dir inzwischen doch auch aufgegangen sein.«

»Falls ich es jemals schaffe, diese Sprache zu lernen, werde ich sie so oft wie nur möglich sprechen. Ich will mit den Leuten reden, ich will hören, was sie sagen. Wie diese Männer da diskutieren, das hat etwas Ernstes, fast Liebevolles an sich. Ich würde mich gern einmischen, Fragen stellen.«

»So schnappst du nichts auf, wenn du mit ihnen redest.«

»Ich will auch gar nichts aufschnappen.«

»Mit meiner Methode kannst du unendlich viel mehr erfahren.«

»Charles, deine Methode ist verrückt.«

»Wie wär's dann mit einem Heineken? Ist es möglich, in diesem Land Bier in grünen Flaschen zu bekommen?«

»Bleib mal ernst. Sprichst du auch Arabisch?«

»Selbstverständlich.«

»Wie ich dich beneide. Wirklich.«

»Ann hat unwahrscheinliches Talent für Sprachen. Sie hat früher übersetzt. Sie ist sehr gut.«

»Mein Sohn spricht Ob. So eine Art Küchenlatein. Zwischen bestimmten Wortteilen schiebt man *o-b* ein.«

Charles beugte sich vor, seine Zigarette war bis zum Filter heruntergebrannt.

»Etwas fast Liebevolles«, murmelte er mit einem Blick auf die Männer, die um den Baum herumstanden.

»Du weißt doch sicher, was ich meine. Die Sprache hat eine gewisse Eigenschaft.«

»Du willst dich einmischen. Du willst Fragen stellen.«

Ich beobachtete, wie Ann aus einem Kranz von Pappeln auftauchte und zu uns herüberkam. Sie hatte einen angenehm schwungvollen Gang. Selbst auf diese Entfernung zeigte sich auf ihrem kleinen geschürzten Mund der Spott einer bevorstehenden Bemerkung. Wir erhoben uns, nahmen sie in unsere Mitte und gingen zum nächsten Tor.

»Zu jedem beliebigen Zeitpunkt«, sagte sie, »sind fünfzig Prozent der Athenerinnen damit beschäftigt, sich von den anderen fünfzig Prozent die Haare frisieren zu lassen.«

»Bei dir haben sie eindeutig Wunder vollbracht«, sagte Charles.

»Das ist immer so chaotisch. Ich würde immer noch dort sitzen, wenn nicht etliche abgesagt hätten oder nicht erschienen wären. Sag mal, James, das ist mir ja noch gar nicht aufgefallen: Du hast khakifarbenes Haar.«

»Es ist braun.«

»Wenn Jeeps Haare hätten, sähen sie aus wie deine. Er hat khakifarbenes Haar«, sagte sie zu Charles.

»Laß ihn in Ruhe. Er muß mit George Rowser Mittag essen.«

»Er wird mit uns Mittag essen. Wo gehen wir hin?«

»Wir treffen uns zum Abendessen«, sagte ich.

»In Ordnung. Soll ich noch jemand anrufen?«

»Ruf alle an.«

»Was machen eigentlich diese ganzen Leute hier im Park?« sagte sie. »Griechen können frische Luft nicht ausstehen.«

Ich zog ein Buch über Mythologie aus dem Regal, das ich Tap schenken wollte. Ich ging damit zur Kasse. Die Kassiererin verwies mich an einen Mann auf der anderen Seite des Raums. Ich gab ihm das Buch und folgte ihm zu seinem kleinen Tisch. Er nahm einen dicken Block, schrieb eine Quittung aus und gab sie mir ohne das Buch. Ich ging mit der Quittung zu der Frau an der Kasse. Sie nahm mein Geld, stempelte den Beleg ab und gab ihn mir zusammen mit dem Wechselgeld zurück. Ich steckte das gestempelte Dokument in meine Tasche und ging wieder zu dem kleinen Tisch. Der Mann hatte das Buch inzwischen eingewickelt und klebte das Päckchen mit Tesafilm zu. Er wollte meine Quittung haben. Ich holte sie aus der Tasche und gab sie ihm. Er gab mir einen Durchschlag zurück. Ich steckte ihn in die Tasche und verließ den Laden mit dem sorgfältig eingewickelten Buch.

Mein Leben steckte voller alltäglicher Überraschungen. An einem Tag beobachtete ich, wie sich Marathonläufer in der Nähe des Athener Hiltons zwischen Taxis durchschlängelten, am nächsten bog ich in Istanbul um eine Ecke und sah mich einem Zigeuner gegenüber, der einen Bären an der Leine führte. Mit der Zeit kam ich mir wie ein ewiger Tourist vor. Das hatte etwas sehr Angenehmes. Tourist sein bedeutet von Verantwortung befreit sein. Fehler und Schwächen bleiben nicht so an einem haften wie zu Hause. Man kann sich über Kontinente und durch Sprachen treiben lassen und das sonst erforderliche Denken außer Kraft setzen. Tourismus ist eine fortgeschrittene Form von Dummheit. Als Tourist wird von einem erwartet, daß man dumm ist. Der gesamte Mechanismus des Gastlandes ist auf Reisende ausgerichtet, die sich dumm anstellen. Man irrt benommen herum und steckt die Nase in Faltpläne. Man hat keine Ahnung, wie man mit den Leuten reden soll, wie man irgendwo hinkommt, was das Geld wert ist, wieviel Uhr es ist, was man wo und wie essen soll. Dummsein ist das Muster, das Niveau und die Norm. Auf diesem Niveau kann man anstandslos und ohne schlimme Folgen wochen- oder monatelang leben. Gemeinsam mit Tausenden anderer genießt man Sonderrechte und großzügige Freiheiten. Man zählt zu einem Heer von Narren, die leuchtende Polyester-Sachen tragen, auf Kamelen reiten und sich gegenseitig fotografieren, abgespannt, von Durchfall geplagt und durstig. Man braucht an nichts anderes zu denken als an den nächsten vagen Programmpunkt.

Als ich eines Tages aus dem Haus ging, waren die Straßen voller kostümierter Kinder. Ich wußte nicht, was der Anlaß war, was gefeiert wurde. Im Zentrum Athens waren Hunderte von Kindern zu sehen, alle in kunstvoller Verkleidung. Sie gingen an den Händen ihrer Eltern oder rannten vor dem Kriegerdenkmal zwischen den Tauben herum. Kinder als Cowboys, Feen, Astronauten, Aktenkoffer schwenkende Ölscheichs mit schwarzen Bärten. Ich erkundigte mich nicht danach, was das zu bedeuten hatte. Es war mir ganz recht, es nicht zu wissen. Ich brauchte diese Undurchsichtigkeit, um mir die Überraschung zu erhalten. Derartiges geschah oft, im Kleinen und im Großen. Athen war mein offizieller Wohnsitz, aber nicht einmal hier war ich bereit, auf mein Touristendasein zu verzichten.

Im Blumenmarkt sah ich einen Priester und einen Diakon aus der Kirche hinter den Ständen kommen. Sie führten eine Gruppe von Menschen an, die Kreuze und andere Gegenstände trugen. Der Priester hatte einen wilden Blick und einen leuchtenden Bart, die Leute könnten Trauernde gewesen sein. Sie gingen einmal um die Kirche herum und dann wieder hinein.

Ständig überrascht zu werden war nicht das Schlimmste, was einem Mann passieren konnte, der getrennt lebte.

Rowser reiste unter falschem Namen. Er hatte insgesamt drei verschiedene Identitäten und besaß die entsprechenden Papiere. Sein Büro außerhalb von Washington war mit einem Briefbombendetektor ausgestattet, einem Stimmverzerrer und einer aufwendigen Alarmanlage. Er war ein Mann, der trotz aller Anzeichen dafür nie den endgültigen schweren Schritt ins Lächerliche und Pathetische tat. Das deutlichste Anzeichen war das Leben, das er führte, reichlich versehen mit den Attributen von Paranoia und Täuschung. Selbst seine heisere Stimme, ein gepreßtes Flüstern, wirkte wie ein komisches Symptom dieses Milieus von Verschwörung und Heimlichtuerei. Doch Rowsers unbändiger Elan, sein Wille, die Dinge, die er anpackte, auch zu Ende zu führen, war stärker als alles andere.

Er war ein Geschäftsmann. Er verkaufte Versicherungen an andere Geschäftsleute. Es ging um Geld, Politik und Gewalt.

Wir trafen uns in der Bar neben der Lobby des Grande Bretagne, eines der dämmrigeren Etablissements, Plüschsessel, leises Stimmengemurmel. Er war ein stämmiger Mann mit Brille und beginnender Glatze. Als ich hereinkam, saß er vor einem Mineralwasser und machte sich Notizen.

»Setz dich. Bin gerade aus Kuwait zurück.«

»Bringen die da zur Zeit Amerikaner um?«

»Nicht so, daß man's merkt«, sagte er. »Nicht offen. Was hast du für mich?«

»George, kann ich mir erst mal was zu trinken bestellen?«

»Bestell was.«

»In der Türkei kann man lernen, wozu die Menschen fähig sind, um ihren Standpunkt klarzustellen. Bloß können sie sich nicht darüber einigen, um welchen Standpunkt es überhaupt geht.«

»Was gibt's sonst Neues?«

»Das Wetter war gut.«

»Hast du die Moscheen besucht?«

»Nicht auf dieser Reise«, sagte ich.

»Ich begreif nicht, wie man nach Istanbul gehen kann, ohne die Moscheen zu besichtigen. Ich kann Stunden in einer einzigen Moschee zubringen.«

»Ich war geschäftlich dort, George.«

»Gut und schön, aber für eine Moschee kann man sich immer etwas Zeit nehmen.«

»Bist du religiös?«

»Ach was. Ich mag bloß dieses Gefühl von Ergriffenheit.«

»Zugegeben, die Architektur ist beeindruckend.«

»Keine Bilder. Im Vatikan hab ich Zugang zu Bildern, die man nur zu sehen bekommt, wenn man die tollsten Empfehlungsschreiben vorlegen kann. Ich will auch diese Sachen in Neapel sehen. Die Geheimräume.«

»Wen kennst du?«

»Ich hab da einen Kardinal in den Staaten.«

Der Kellner kam, legte den Kopf schief und musterte uns mit leicht spöttischem Blick. Ich bestellte ein Bier. Rowsers ultrasicherer Aktenkoffer stand neben ihm in einem weichen Sessel. Voll mit sorgfältigst erarbeiteten Analysen, da war ich sicher. Daten zur Stabilität der Länder, die er besucht hatte. Fakten über Infrastruktur. Wahrscheinlichkeiten, Statistiken. Das war die Musik von Rowsers Leben, der einzige Zusammenhang, den er benötigte.

Das Verbindende zwischen uns war das Risiko.

Angefangen hatte er in dieser Branche, indem er Dossiers für Leute zusammenstellte, die kluge Berichte über Kriege und Katastrophen schrieben. Rowser konnte mit Zahlen umgehen und verfügte über ein Temperament, das ihm ermöglichte, mathematische Methoden und versicherungsstatistische Theorie von den schrecklichen Ereignissen zu trennen, die er für seine Zahlen auswertete. Er nahm an allen möglichen Tagungen in Universitäten und Forschungszentren teil, wo solch erlesene Katastrophen wie Reaktor-GAUs, Ausreißerviren und Drei-Tage-Kriege diskutiert wurden.

Irgend jemand mußte uns doch sagen, wie unsere Chancen standen. Rowsers Problem war, daß er weder über die Bandbreite noch über den Scharfsinn verfügte, um als Risikoanalytiker Erfolg zu haben. Er wußte, was er war, ein Arbeitstier von der Abendschule, ein Mann, der den Knackpunkt suchte, forsch, energisch, an lange Nächte und Koffein gekettet. Er war kein Spieltheoretiker oder Geopolitiker. Er hatte kein System von

Annahmen und Grundsätzen. Was er hatte, war eine Reihe ineinandergreifender Fakten, die er aus Tonnen von Forschungsmaterial über das Kosten-Nutzen-Verhältnis von Terror herausgefiltert hatte.

Im letzten Jahrzehnt hatte es über fünftausend terroristische Zwischenfälle gegeben.

Entführungen standen an der Tagesordnung.

Lösegeldforderungen von fünf Millionen Dollar waren nichts Ungewöhnliches.

In diesem einen Jahrzehnt war eine Viertelmilliarde Dollar an Terroristen gezahlt worden.

Manager waren die bevorzugten Opfer.

Weltweit am gefährdetsten waren amerikanische Manager, die besonders häufig im Nahen Osten und in Lateinamerika entführt wurden.

Es war ganz einfach. Er überzeugte ein mittelgroßes Versicherungsunternehmen, multinationalen Konzernen Lösegeld-Policen zu verkaufen. Sein Job bestand darin, bei den jeweiligen Versicherungsnehmern die Risikobewertung vorzunehmen. Er las alles über Terrorismus, was öffentlich zugänglich war, unternahm viele Reisen, um ein Netz von Datensammlern aufzubauen, mit deren Hilfe er Schlußfolgerungen über Auslandsgeschäfte ziehen konnte, über die in den Gastländern vorherrschenden Einstellungen und allgemeine politische Strömungen. Geheimhaltung war von entscheidender Bedeutung. Wenn eine terroristische Gruppe erfuhr, daß ein bestimmtes Unternehmen seine Manager gegen Entführung und Erpressung versicherte, würde sie dadurch vielleicht erst auf den Gedanken gebracht.

Der Mann mit begrenztem Horizont vertieft sich in Details. Rowser beschäftigte sich eingehend mit Gewohnheiten und Verhaltensweisen des Geheimlebens. Seine Gründlichkeit hatte etwas Zwanghaftes und Ausuferndes, wurde krankhaft. Er trug keinen Firmenausweis bei sich, lernte Telefonnummern und Adressen auswendig, gab ein kleines Vermögen für diverse elektronische Geräte aus. Aber ich glaube, seine Beschäftigung mit diesen Dingen hatte einen anderen Grund als bei den Männern, die dabei auf etwas Tiefes und Verborgenes stoßen, ein Traumleben oder ein anderes Ich. Er war nicht der Typ, der mit der Gefahr spielt. Ich glaube, er hatte einfach Schiß. Risiko war für ihn etwas Physisches geworden.

»Was ist das?«

»Ein Buch für meinen Sohn.«

»Ich bin ein Doppelverlierer«, sagte er.

»Wir leben nur getrennt, George.«

»Laßt euch scheiden.«

»Wieso?«

»Unbedingt. Ich erinnere mich nicht mal mehr an sie. Wenn die beiden mir auf der Straße begegneten, würde ich glatt an ihnen vorbeigehen.«

»Ich hab keine Lust, mich schon wieder über Ehe zu unterhalten. Das hab ich erst vor einer Stunde getan.«

»Trink dein Bier aus, wir gehen.«

»Wo willst du zu Mittag essen?«

»Ich esse nicht zu Mittag. Mein Arzt hat mir geraten, eine Mahlzeit am Tag ausfallen zu lassen. Wir gehen ums Karree. Ich will deinen Bericht über die Türkei hören.«

»Es ist aber verdammt heiß da draußen.«

»Ich rede nicht gern, wo es nicht sicher ist. Trink dein Bier aus, und dann gehen wir.«

»Es geht doch bloß um Versicherungen, George. Hier hört uns niemand.«

»Ich halte gern meine Gewohnheiten ein. Ich habe so angefangen, und vielleicht ist es heute gar nicht mehr nötig. Vielleicht war es nie nötig, objektiv betrachtet. Aber jemand wie mir fällt es verdammt schwer, mit einer Gewohnheit zu brechen. In den meisten Gewohnheiten steckt keine Logik. Genau deshalb setzen sie sich so fest. Für Leute wie mich sind sie ein Schutz gegen den Tod.«

Das rauhe trockene Schaben seiner Stimme klang ziemlich wehmütig. Ich hatte Rowser bei einem Seminar über Auslandsinvestitionen kennengelernt. An dem Tag im *Hay-Adams* gab es noch viele andere Stimmen außer seiner. Sonderbar, dachte ich, wie diese vielen regionalen Akzente sich derselben Wortfelder bedienten. Die Sprache des Business ist hart und aggressiv, sie bezieht einen Teil ihres technischen Jargons aus den Waffenschmieden des amerikanischen Südens und Südwestens, erhält dadurch etwas Ländliches, Bodenständiges, ist eine Feuertaufe für die bleichen Bürokraten in ihren grauen Anzügen. Es ist ein und dieselbe Branche, signalisieren diese sprachlichen Versatzstücke.

Inzwischen war Rowser Leiter der Planungsabteilung bei der Northeast Group, dem Tochterunternehmen eines Zwei-Milliarden-Dollar-Konglomerats, das er »die Mutter« nannte. Nun hatte er es nicht mehr mit nervösen Managern zu tun. Die Northeast Group war darauf spezialisiert, Unternehmen mit Auslandsbeteiligungen gegen politische Risiken zu versichern. Während der letzten Jahre waren in zwei Dutzend Ländern US-Vermögenswerte beschlagnahmt worden, und die Geschäftswelt suchte immer stärker nach finanzieller Absicherung. All diese ernsten Zairer, diese Pakistanis mit sinnlichen Lippen, strahlendem Lächeln und Stimmen in aufsteigendem Singsang, was für sanfte Technokraten gaben sie doch ab, wenn sie die Fabriken leiteten, die wir entworfen und finanziert hatten, und dabei auch noch genau unseren Jargon benutzten.

Rowser und seine Gruppe schlossen beachtliche Mengen von Versicherungen gegen politische Risiken ab. Sie verkauften Anteile der ursprünglichen Policen an andere Syndikate, um das Risiko zu streuen und zusätzliche Liquiditätsquellen zu erschließen. Er erweiterte sein Informantennetz und setzte einige Schlüsselpersonen ein, denen er die Bezeichnung Risikoanalytiker gab, den Titel, dessen er sich nicht für würdig befunden hatte, als er noch selbst Fakten für den Weltuntergang sammelte. Das war der Job, den er mir anbot. Leiter der Risikoanalyse, Bereich Naher Osten.

Ich war damals freiberuflicher Autor, eine Art Renaissance-

Schreiberling. Broschüren, Prospekte, Reklamezettel, alle möglichen Sorten von bürokratischem Müll für Staat und Industrie. Newsletter für eine Computerfirma. Drehbücher für Industriefilme. Steuerstrategien, Investitionsstrategien. Wir trafen uns dreimal. Zu der Zeit arbeitete ich gerade an einem Buch über den globalen Konflikt als Ghostwriter für einen Luftwaffengeneral, der irgendwelche Verbindungen zu einer von Rowsers alten Arbeitsstellen hatte, dem Institut für Risikoanalyse an der American University. Rowser hatte die ersten paar Seiten des Manuskripts gelesen, und möglicherweise hatte ihn beeindruckt, wie ich die verschwommenen Gedanken des Generals umgestaltet hatte. Der General war ein ausgemachter Chaot. Das war unter Risiko-Experten allgemein bekannt.

Rowser erzählte mir, daß von verschiedenen Controls am Mittelmeer, dem Golf und dem Arabischen Meer Material nach Athen floß. Es mußte von jemand mit intellektueller Kompetenz ausgewertet und aufbereitet werden. Er wollte jemand mit einer Perspektive, die die des Versicherers oder Statistikers überstieg.

Ein ziemlich großer Typ mit einem gebildeten Gesicht und khakifarbenem Haar war vielleicht genau der Richtige für diese Region.

Ich lehnte ab. Kathryn, Tap und ich lebten in einem alten Giebelhaus auf den Champlain-Inseln, das ihrem Vater gehört hatte, und es gefiel uns dort, zwischen den Farmen und Apfelplantagen, einer Seelandschaft, die an die Green Mountains und die Adirondacks grenzte. Meine Zeilenschinder-Existenz paßte zu uns. Wir hielten uns für anspruchslos. Kathryn leitete eine Kunsthandwerkschule auf North Hero, der nächstgelegenen Insel, und die gelegentliche Anwesenheit von lakonischen jungen Töpfern und Quilt-Künstlern in unseren vier Wänden verlieh dem Haus einen Hauch altmodischer Tugend. Wir wollten, daß Tap in Nordamerika aufwuchs.

Ein Jahr später waren wir in Toronto, teilten unsere Bücher auf, und Kathryn redete auf griechisch in ein Tonbandgerät. Das war's dann mit Nordamerika. Ich setzte mich mit Rowser in

Verbindung. Er hatte schon jemand für die Region, sagte aber, daß er an mir interessiert sei. Ich erklärte, es müsse unbedingt Athen sein. Er wollte sehen, was sich machen ließ. Es dauerte drei Monate.

Ich hatte einen festen Job, ein Büro, eine Sekretärin, einen Terminplan und klar definierte Aufgaben, während meine Frau in einem Graben arbeitete und mein Sohn einen Roman schrieb. Ein glückliches Paar. Nun waren sie die Freiberufler, aber ich wurde das Gefühl nicht los, daß ich derjenige war, der das größere Risiko einging. Wenn es nicht klappte, hatte ich nichts, zu dem ich zurückkehren konnte, keinen bestimmten Platz, wo ich hingehörte. Sie waren mein Platz, die einzigen wirklichen Grenzen, die ich besaß. Ich sagte zu und brach auf wie ein Mann am Beginn einer gefährlichen Reise, mit einer Verbissenheit und Willenskraft, wie ich sie noch nie zuvor verspürt hatte.

Eingebildet, bereit, dich zu etablieren.

Was habe ich für Qualitäten? Diese Frage lag dem Ganzen zugrunde. Leidenschaft, Charakterstärke, Standhaftigkeit und Verstand. Schläue und unverschämtes Glück. Ich würde etwas von all dem brauchen, um herauszufinden, wie vollständig man ist und was man nur der Gunst des Schicksals zu verdanken hat. Bestimmte Formen von Einsamkeit sind eine Anklage. Haben wir das Gefühl, daß wir das sind: auf ein Wesen reduziert, farblos?

Die felsige braune Insel, das kreidefarbene Dorf, die Männer, die ihre gelben Netze ausbreiten, all diese Formen verströmten Lichts. Die Schichten minoischen Bodens, ocker, rostrot und aschig, und die bemalten Tonscherben, mit diesen Leidenschaften ist die Welt gesättigt. Und der Mittelsmann all dieser gefahrvollen Liebe war Rowser, der jetzt fast keuchend bergauf ging, an den Juwelierläden in der Fußgängerzone vorbei. Rowser in seinem grauen Anzug des Versicherungsvertreters.

»Lloyd's will den Golf zur Kriegszone erklären«, sagte er. »Dadurch könnten sich die Tankerprämien verdoppeln.«

»Woher weißt du das?«

»Mir ist da was von einer Besprechung des kuwaitischen Verteidigungsministeriums zugespielt worden. Man stellt sich auf das schlimmstmögliche Szenario ein. Bei Lloyd's, meine ich. Die Meerenge voller Tankerwracks. Die Scheichs murmeln in ihre Bärte. Sogar die Mutter ist nervös geworden. Es schlägt auf so gut wie alle Geschäftsbereiche durch.«

»Eine Kriegszone.«

»Das hat was, nicht?«

Er wollte über die Türkei informiert werden. Ich hatte präzise Daten über notleidende Kredite. Geheimen Telexverkehr zwischen Bankfilialen in der gesamten Region. Devisentauschfaktoren, Inflationsraten, Wahlprognosen, Export- und Importzahlen. Informationen über Autoschlangen vor Tankstellen, tägliche Stromsperren, Wasserhähne in Privathaushalten, aus denen kein Wasser floß, Zusammenrottungen von arbeitslosen jungen Männern an Straßenecken, fünfzehnjährige Mädchen, die aus politischen Gründen erschossen wurden. Kein Kaffee, kein Heizöl, keine Ersatzteile für Kampfflugzeuge. Kriegsrecht, Schwarzmärkte, der Internationale Währungsfond, Gott ist groß.

Die verschlüsselten Telexe hatte ich von meinem Freund David Keller bekommen, der als Leiter der Kreditabteilung bei der Mainland Bank arbeitete. Das übrige Material hatte ich größtenteils von unserm Control in der Türkei bekommen. Die Straßen von Istanbul waren an sich schon aussagekräftig, die rohe Gewalt, der Zerfall der öffentlichen Ordnung. Der Rest kam von unseren Verbindungsleuten bei der Weltbank und verschiedenen Forschungsinstituten.

Wir waren umgekehrt und gingen jetzt hintereinander auf einem schmalen Bürgersteig bergab. Er redete mit mir über die Schulter.

»Wo kommst du eigentlich her? Hab ich dich das schon mal gefragt?«

»Aus 'ner mittelgroßen Stadt. In Pennsylvania.«

»Ich komme aus Jersey City.«

»Was soll ich darauf sagen, George. Die Heimat ist fern?«

Wir überquerten die Straße, um einer Seifenwasserlache auszuweichen.

»Sollte ich auf die Akropolis gehen?«

»Das macht jeder«, sagte ich ihm.

»Ist das mit Klettern verbunden?«

»Das machen alle. Die Blinden und die Lahmen.«

»Was gibt's da oben eigentlich, das ich ungedingt sehen muß?«

»Du gehst doch auch extra nach Neapel, um dir obszöne Bilder anzugucken.«

»Dazu braucht man Vitamin B. Das hier ist nichts dagegen«, sagte er.

Fünf Minuten später waren wir im Büro, zwei bescheidene Räume, die durch einen Bogendurchgang verbunden waren. Meine Sekretärin, eine Dame mittleren Alters, die gerne mit Mrs. Helen angeredet werden wollte, war irgendwo im Norden bei einer Beerdigung.

Rowser zog seine Schuhe aus und wollte Telexe, Aufzeichnungen und Vermerke sehen, einfach alles, was ich hatte. Gestempelte Dokumente, Zahlenreihen. Während er sich in seine Lektüre vertiefte, wurde ich mir allmählich der Stille bewußt, dieser unheimlichen Ruhe, die mich immer umgab, wenn ich von der Straße hier hereinkam. Das Gebäude befand sich in einer Sackgasse, einem Ort rarer Stille in einer von Lärm abgestumpften Stadt. Für die Athener ist Lärm so etwas wie Regen, Teil der natürlichen Umwelt. Nichts kann ihn verhindern.

»Wann fliegst du, George?«

»Morgen.«

»TW?«

»Richtig.«

»Rechne mit einer Zwischenlandung.«

»Es ist ein Direktflug.«

»Rechne mit einer Zwischenlandung. Shannon oder Goose Bay.«

»Wieso?« sagte er.

»Sie starten nicht mit vollen Tanks. Sie erzählen einem, daß es hier zu heiß ist und der Treibstoff sich ausdehnt. Oder daß die Startbahn zu kurz ist und der Treibstoff zu schwer. Am Treibstoff liegt es schon. Der ist hier nämlich teurer. Die tanken gern woanders auf.«

»So läuft also der Hase.«

»Nichts zu machen«, sagte ich.

Er wandte sich wieder seiner Lektüre zu. Ich saß mit einem Zitronengetränk am Tisch und sah ihm zu. Er hatte zahllose nervöse Gebärden. Er faßte sich ins Gesicht, zupfte an seiner Kleidung herum und blinzelte fast ununterbrochen. Ich stellte mir vor, wie er in Goose Bay festsaß. Großes, leeres, fernes, unschuldiges Labrador. Vom-Wind-saubergefegtes Labrador. Keine Politik, kein Risiko. Der Ort würde ihm anstößig vorkommen, ein weißer Raum, den er nicht durch Zahlen erfassen könnte. Er würde dort sterben, mit einer letzten Gebärde.

Sommernächte gehören den Menschen in den Straßen. Alles ist draußen, Massen vor der Steinlandschaft. Wir nehmen die Stadt neu wahr als eine Gesamtheit von Raumeinheiten, die in einer bestimmten Reihenfolge von Menschen eingenommen werden. Parkbänke, Cafétische, die schaukelnden Sitze der Riesenräder auf den Rummelplätzen. Vergnügen ist hier nicht Zerstreuung, sondern dringendes Leben, eine als temporär erfahrene soziale Ordnung. Leute besuchen Kinos, die in Baulücken eingerichtet werden, und essen in Tavernen, die je nach Topographie improvisiert sind. Stühle und Tische tauchen auf Bürgersteigen und Dachterrassen in Innenhöfen, gestuften Straßen und Gassen auf, aus Lautsprechern weht Musik durch die laue Nacht. Autos sind unterwegs, Mopeds, Motorroller und Jeeps, es gibt lautstarke Auseinandersetzungen, Gehupe und plärrende Radios. Läutende, trötende, quietschende Hupen, Hupen, die wie eine Fanfare schmettern, die Schlagermelodien spielen. Junge Männer auf Sommerjagd. Hupen, Reifen, knatternde Auspuffe. Wir haben das Gefühl, dieser Lärm kündigt etwas an. Sie sagen damit, daß sie auf dem Weg sind, daß sie schon ganz in der Nähe sind, daß sie hier sind.

Nur die Männer in ihren Stammkneipen bleiben drinnen, wo das Licht gut ist und sie Binokel und Backgammon spielen und Zeitungen mit riesigen Schlagzeilen lesen können, ein Lärm ganz eigener Art. Sie sind immer da, hinter den Fenstern, die von der Decke bis zum Boden reichen, skeptisch gegenüber den Grillen des Lebens, und im Winter werden sie immer noch dasitzen, auf denselben Plätzen, in den kältesten Nächten auch drinnen in Hut und Mantel, und die Karten durch den dichten Qualm werfen.

Überall sind die Menschen in Gesprächen vertieft. Sie sitzen unter Bäumen, unter gestreiften Markisen auf den Plätzen und stecken die Köpfe über Speisen und Getränken zusammen, ihre Stimmen dunkel verwoben mit orientalischen Klageliedern, die aus Radios in Souterrains und Hinterküchen dringen. Gespräch ist Leben, Sprache das tiefste Wesen. Wir sehen, wie sich die Muster wiederholen, die Gesten die Wörter beflügeln. Der Klang und das Bild kommunizierender Menschen. Das ist Reden, das sich selbst definiert. Reden. Stimmen aus Eingängen und offenen Fenstern, Stimmen auf den stuckverzierten Backsteinbalkonen, ein Fahrer nimmt beide Hände vom Lenkrad, um seine Worte mit Gesten zu unterstreichen. Jedes Gespräch ist eine gemeinsam geteilte Erzählung, etwas Vorwärtsstrebendes, zu dicht, um Platz für das Unausgesprochene, Sterile zu lassen. Es wird vorbehaltlos geredet, die Teilnehmer werden vollständig mit einbezogen.

Bei dieser Art zu reden schwingt soviel ehrliche Freude an der eigenen Offenheit und Leidenschaft mit, daß wir den Eindruck erhalten, diese Menschen diskutierten über die Sprache selbst. Wieviel Vergnügen steckt in der einfachsten Begrüßung. Als würde ein Freund zum andern sagen: »Wie gut das tut ›Wie geht's?‹ zu sagen«. Und der andere erwidert: »Wenn ich dir antworte, ›Mir geht's gut. Und dir?‹, dann meine ich damit eigentlich, daß ich mich über die Gelegenheit freue, diese vertrauten Dinge auszusprechen – sie überbrücken die einsamen Zwischenräume.«

Der Losverkäufer kommt angeschlurft, sein seltsamer Sprossenstab voller flatternder Zettel, er ruft ein paar Worte ins Halbdunkel und geht dann ein Stück weiter.

Das Meer ist das Ziel der Bewegung, dorthin führen die Straßen, dorthin fahren die Autos, als wollten sie zwischen den Kriegsschiffen und Fischkuttern laichen. Wir saßen zu neunt beim Abendessen in einer Strandtaverne, hockten noch weit nach Mitternacht bei Wein und Obst zusammen. Die Kellers, David und Lindsay. Die Bordens, Richard und Dorothy (Dick und Dot). Axton, James. Ein überaus aufmerksamer Grieche namens Eliades mit einem schwarzen Bart. Die Maitlands, Ann und Charles. Ein Deutscher, der geschäftlich da war.

Das Abendessen verlief größtenteils wie alle andern.

Die Bordens erzählten mit verteilten Rollen die Geschichte einer Autopanne, die sie auf einer Bergstraße gehabt hatten. Sie gingen zu einem Dorf und zeichneten einem Mann, der unter einem Baum saß, ein Bild mit einem Auto auf. Dick reiste viel und zeichnete ständig, egal, wo er war. Er war freundlich, fröhlich, hatte eine nicht altersgemäße Glatze und erzählte immer wieder dieselben Geschichten mit haargenau der gleichen Gestik und Intonation. Er war Ingenieur und meistens in der Golfregion tätig. Dot war Mutter von zwei Zwillingstöchtern, gesprächig, lustig, achtete auf ihre Linie (er auch), kaufte zielbewußt ein und war jederzeit bereit, Expeditionen zu amerikanischen Markenartikeln zu organisieren. Dick und Dot waren unser Comic-Paar. Waren sie ihre Geschichten losgeworden, gaben sie sich damit zufrieden, für die nötige Geräuschkulisse zu sorgen, bereitwillig und sympathisch zu lachen, womit sie uns für unsere Geduld belohnten.

»Gesichter kann ich mir merken, aber Namen überhaupt nicht«, sagte sie zu dem Griechen.

Ich beobachtete Lindsay, während sie sich mit Charles Maitland unterhielt. Dazu noch andere Stimmen in meinem Ohr, ein alter Mann, der bei den Weinfässern saß und auf einer Gitarre zupfte. Sie war bei weitem die Jüngste von uns. Helles, langes

Haar, hellblaue Augen, Hände auf dem Tisch gekreuzt. Sie strahlte etwas Ruhiges aus, die marginale Distanziertheit einer Sonnenanbeterin. Sie hatte ein breites Gesicht, auffällig amerikanisch und einem bestimmten Typ entsprechend – den noch hoffnungsvollen Suburbs, das Gesicht im Zugfenster, ungeschminkt, gerötet von einer Anstrengung im Freien.

Charles sagte irgend etwas, das sie zum Lachen brachte.

Beim klaren Klang der Musik und der dichten Unterhaltung mußte ich an die Stimmen der Frauen denken, die nachts manchmal unter meiner Terrasse vorbeigingen. Wie war es möglich, daß ich an einer einzigen Silbe Gelächter, einem leisen Gesprächsfetzen im Dunkeln, erkennen konnte, ob die Frau Amerikanerin war? Dieser Klang ist präzise, glasklar und verräterisch, und oft hörte ich ihn zwischen den Zypressen auf der andern Straßenseite, Amerikaner, die im Gänsemarsch an der hohen Mauer entlanggingen, verlorene Touristen, Studenten, Exilamerikaner.

»Reisen ist eine Art von Fatalismus«, erklärte Charles ihr gerade. »In meinem Alter spürt man allmählich die Bedrohung, die vor einem liegt. Ich werde bald sterben, heißt der Refrain vom Lied, also sollte ich mir die ganzen Sehenswürdigkeiten schleunigst ansehen. Deswegen reise ich nur noch geschäftlich.«

»Du hast doch schon überall gelebt.«

»Das ist was anderes. Wenn man irgendwo lebt, ist man nicht so auf Sehenswürdigkeiten erpicht. Man beschäftigt sich nicht damit, Sehenswürdigkeiten abzuhaken. Ich glaube, wenn man alt wird, fängt man an, alles mögliche abzuhaken. Man besichtigt nicht nur Pyramiden, man versucht auch, sich eine Pyramide aus den Sehenswürdigkeiten der Welt zu bauen.«

»Reisen als Bau am eigenen Grabmal«, sagte ich.

»Er lauscht. Die schlimmste Spezies von Tischgenosse. Hält hinterm Berg.« Er ballte die Faust um seine Zigarette. »Verstehst du, wenn man so lebt, läuft das anders. Wir haben uns die Sehenswürdigkeiten für später aufgehoben, wenn wir in Rente sind. Aber inzwischen verströmt alles, was mit der Vorstellung von Reisen zu tun hat, einen Todesgestank. Ich habe Alpträume von ganzen Busladungen mit verwesenden Leichen.«

»Hör auf«, sagte sie.

»Reiseführer und solides Schuhwerk. Ich will nicht aufgeben.«

»Aber du bist noch gar nicht alt.«

»Meine Lunge ist im Eimer. Mehr Wein«, sagte er.

»Wenn ich doch nur ein vergnügtes Zwinkern in deinen Augen sehen könnte. Dann wüßte ich, daß du nur Spaß machst.«

»Meine Augen sind auch im Eimer.«

In mancher Hinsicht war Lindsay das stabilisierende Zentrum in unserm gemeinsamen Leben, in unserm Leben als Tischgenossen, Menschen, die durch die Umstände gezwungen sind, miteinander auszukommen. Trotz ihres Alters war das irgendwie logisch. Anders als wir, hatte sie erst vor kurzem ihr geregeltes Leben aufgegeben. Daß wir in ihr eine ausgleichende Kraft sahen, sagte einiges über die Welt der Firmenreisenden aus. Zweifellos ließ sie David die Bewegungsfreiheit, die er brauchte. Sie freute sich, wenn er seine Augenblicke gefährlichen Vergnügens hatte, und schenkte den nachfolgenden Grübeleien keine Beachtung.

Zweite Ehefrauen. Ich fragte mich, ob sie vielleicht das Gefühl hatten, sich von Anfang an darauf vorbereitet zu haben. Bei erstbester Gelegenheit ihr Talent unter Beweis zu stellen, ihre besondere Gabe, mit schwierigen Männern zurechtzukommen. Und ich fragte mich, ob manche Männer durch ihre erste Ehe rasten im Glauben, dies sei der einzige Weg, diesen behaglichen Frieden zu erlangen, den eine jüngere Frau in ihren makellosen Händen hielt, wissend, daß eines Tages er auftauchen würde, ein Gemisch aus Blut und Wagenschmiere. Für Frauen müssen solche Männer den Glamour eines kaputten Ferraris ausstrahlen. Mir war klar, daß David zu dieser Sorte gehörte. Ich beneidete ihn um diese ruhige Frau, ohne dabei zu vergessen, wie sehr ich Kathryns feste Entschlossenheit schätzte, ihre rigorosen Entscheidungen und unerschütterlichen Überzeugungen. Das ist der natürliche Zustand.

Der Deutsche, ein Mann namens Stahl, unterhielt sich mit mir über Kühlsysteme. Unter uns spülte eine träge Flut über den schmalen Strand. Ein Kellner brachte Melonenstücke, weißlich grün mit gesprenkelten gelben Schalen. Bei diesen Massenessen traten wechselnde Muster und Verschiebungen in der Gesprächsrichtung auf, und so war ich in ein kompliziertes Kreuzgespräch geraten, zu meiner Rechten mit dem Deutschen über Luftkühlung und mit David Keller und Dick Borden am andern Ende und auf der andern Seite des Tisches über berühmte Filmcowboys und die Namen ihrer Pferde. David reiste am nächsten Tag nach Beirut. Charles nach Ankara. Ann nach Nairobi, um ihre Schwester zu besuchen. Stahl kehrte nach Frankfurt zurück. Dick flog nach Maskat, Dubai und Riad.

Zwei Kinder rannten durch den Raum, der Gitarrenspieler fing an zu singen. In all dem Stimmengewirr schnappte ich auf, wie Ann Maitland, ganz am Rand meiner Hörweite, im Gespräch mit diesem Eliades kurz vom Englischen ins Griechische wechselte. Nur für eine Redewendung oder einen kurzen Satz, mehr nicht, und wahrscheinlich tat sie es nur, um irgend etwas zu erklären oder zu betonen. Aber es wirkte sehr vertraulich, wie sich ihre Stimme sanft um dieses Fragment schloß, als würde die beiden eine private Beziehung verbinden. Wie sonderbar, daß so ein paar Worte in einer fremden Sprache (der Sprache, die hier an allen anderen Tischen gesprochen wurde) bis zu mir herüberwehen und eine Vertraulichkeit andeuten konnten, wodurch die übrige Unterhaltung mit einem Mal zu einem bloßen Nebengeräusch wurde. Ann war wahrscheinlich ein Dutzend Jahre älter als er. Attraktiv, schelmisch, manchmal etwas unsicher, angespannt, sie hatte eine selbstironische herrische Art und wunderschöne traurige Augen. Mißgönnte ich ihr einen Satz auf griechisch? Über Eliades wußte ich nichts, nicht einmal, mit wem von uns er bekannt war und wie. Er war später gekommen, mit der üblichen Bemerkung über normale und griechische Zeitrechnung.

»Topper«, sagte Dick Borden. »Das war Hopalong Cassidys Pferd.«

»Hopalong Cassidy?« erwiderte David. »Ich rede von *Cowboys*, Mann. Typen, die sich die Hände dreckig machen. Typen mit abgewrackten, besoffenen Partnern.«

»Hoppy hatte doch einen Partner. Der hat Tabak gekaut.«

David stand auf, um die Toilette zu suchen, und nahm eine Handvoll Trauben mit. Ich zog Charles geschickt in das Gespräch mit dem Deutschen und ging dann um den Tisch herum zu Davids Stuhl gegenüber von Ann und Eliades. Er hatte in einen Pfirsich gebissen und roch jetzt an dem gestreiften Kernfleisch. Ich glaube, ich lächelte, weil ich darin meine eigene Gewohnheit wiedererkannte. Solche Pfirsiche bereiten verblüffenden Genuß, zumindest bestimmte Exemplare verursachen ein derart unerwartet intensives sinnliches Vergnügen, daß man das Gefühl hat, es verlangt eigentlich einen anderen, größeren Zusammenhang. Gewöhnliche Dinge haben nicht so befriedigend zu sein. Äußerlich deutet nichts darauf hin, daß der Pfirsich so saftig und aromatisch sein wird, daß sein Saft den Gaumen entlangrinnen wird oder daß sein Inneres so zart gefärbt ist, ein rosageädertes goldenes Fleisch. Ich versuchte darüber mit den Gesichtern zu reden, die mir gegenübersaßen.

»Aber ich glaube, Genuß ist nicht leicht zu wiederholen«, sagte Eliades. »Morgen essen Sie einen andern Pfirsich aus demselben Korb und werden enttäuscht sein. Dann werden Sie sich fragen, ob Sie sich vielleicht getäuscht haben. Ein Pfirsich, eine Zigarette. Ich genieße eine Zigarette unter tausend. Trotzdem rauche ich weiter. Ich glaube, Genuß liegt mehr im Augenblick als in der Sache. Ich rauche weiter, um diesen Augenblick zu finden. Vielleicht sterbe ich auf dieser Suche.«

Möglicherweise lag es an seiner Erscheinung, daß diese Bemerkungen die Gewichtigkeit einer Weltanschauung besaßen. Sein wilder Bart bedeckte den größten Teil seines Gesichts. Er begann knapp unter den Augen. Diese starken schwarzen Haare bluteten geradezu aus ihm heraus. Beim Sprechen krümmte er die Schultern vor und wippte leicht auf der Stuhlkante. Er trug einen hellbraunen Anzug und eine pastellfarbene Krawatte, eine

Aufmachung, die nicht so recht zu seinem grimmigen mächtigen Kopf und seinem grobschlächtigen Äußeren paßte.

Ich versuchte der Vorstellung nachzugehen, daß manche Vergnügen den Rahmen ihrer Begleitumstände sprengen. Vielleicht war ich ein bißchen angetrunken.

»Bitte keine Metaphysik heute abend«, sagte Ann. »Ich bin ein einfaches Mädchen vom Land.«

»Wie wär's dann mit Politik?« sagte Eliades.

Er sah mich verschmitzt an. Ich glaubte, in seiner Miene eine taktvolle Herausforderung zu erkennen. Wenn das Thema zu heikel war, so schien er mir sagen zu wollen, dann könnte ich ohne Gesichtsverlust zu den Cowboys zurückkehren.

»Das ist natürlich ein griechisches Wort. Politik.«

»Können Sie Griechisch?« fragte er.

»Ich versuche es zu lernen, aber ich tu mich schwer damit. Seit meinem allerersten Tag in diesem Teil der Welt fühle ich mich ständig gehandikapt. Geradezu dumm. Wie kommt das nur, daß so viele Leute drei, vier, fünf Sprachen können?«

»Das ist auch Politik«, sagte er. Seine Zähne wirkten gelb in der Masse schwarzer Haare. »Besetzungspolitik, Zersplitterungspolitik, Umsiedlungspolitik, die Politik der Militärbasen.«

Der Wind rüttelte am Bambusvordach und wehte Papierservietten über den Boden. Dick Borden, links von mir am Kopfende des Tisches, sagte an mir vorbei zu seiner Frau, die rechts neben mir saß, daß sie allmählich nach Hause fahren sollten, um den Babysitter abzulösen. Lindsay streifte meinen Stuhl, als sie hinter mir vorbeiging. Jemand stimmte in das Lied des alten Gitarrenspielers ein, ein dunkelhäutiger ernster Mann, der sich auf seinem Stuhl zu dem Musiker umdrehte.

»Lange Zeit kannten wir nicht einmal unsere genaue Adresse«, erzählte Dot dem Deutschen. »Postleitzahl, Bezirk – das wußten wir alles nicht.« Sie wandte sich zu Eliades. »Und unsere Telefonnummer war nicht die Nummer, die auf unserem Telefon stand. Wir hatten keine Ahnung, wie wir unsere richtige Nummer rauskriegen sollten. Aber hab ich Ihnen das nicht schon erzählt? Neulich im Hilton?«

Der Pfirsichkern lag auf Eliades' Teller. Er beugte sich vor und bot mir aus seinem Päckchen Old Navy eine Zigarette an. Als ich lächelnd ablehnte, bot er die Packung allen anderen am Tisch der Reihe nach an. Ann unterhielt sich gerade mit Charles. War jetzt jener Punkt des Abends erreicht, wo Ehemänner und Ehefrauen sich wiederfinden, ein Gähnen unterdrücken und durch den Qualm hindurch Blickkontakt aufnehmen? Zeit zu gehen, Zeit, wieder in unsere verschwommenen Umrisse zu schlüpfen. Das öffentliche Ich ist seines Glanzes müde.

»Es ist sehr interessant«, erzählte Eliades mir gerade, »daß Amerikaner Geographie und Weltgeschichte in dem Maße lernen, wie ihre Interessen in einem Land nach dem anderen geschädigt werden. Das ist interessant.«

Würde ich zur Verteidigung meines Landes antreten?

»So erfahren sie etwas über verschiedene Religionen, die Wirtschaft der Dritten Welt, Ölpolitik, Rassen- und Hungerpolitik.«

»Schon wieder Politik.«

»Ja, immer Politik. Man kann ihr nicht entgehen.«

Er lächelte höflich.

»Sollen wir Sie irgendwohin mitnehmen, Andreas?« fragte Ann. »Ich glaube, wir gehen jetzt.«

»Vielen Dank, ich habe mein eigenes Auto.«

Charles versuchte, den Kellner auf sich aufmerksam zu machen.

»Ich glaube, es muß erst eine Krise kommen, damit Amerikaner andere Menschen sehen können. Es muß natürlich eine amerikanische Krise sein. Wenn sich zwei Länder bekriegen, die die Amerikaner nicht mit irgendwelchen kostbaren Rohstoffen beliefern, dann findet die Informierung der Öffentlichkeit nicht statt. Aber wenn der Diktator stürzt, wenn das Öl bedroht ist, dann schaltet man den Fernseher ein, und sie erzählen einem, wo das Land liegt, welche Sprache dort gesprochen wird, wie man die Namen der führenden Politiker ausspricht, um was es bei der Religion eigentlich geht, und in der Zeitung stehen vielleicht persische Küchenrezepte zum Ausschneiden. Ich sag's Ihnen. Die ganze Welt zeigt Interesse an dieser sonderbaren Art, wie Amerikaner sich bilden. Fernsehen. Also, das ist der Iran, und das ist der Irak. Wir wollen das Wort richtig aussprechen. I-raan. I-raaner. Das ist ein Sunnit, und das ist ein Schiit. Sehr gut. Nächstes Jahr machen wir die Philippinen, okay?«

»Sie kennen das amerikanische Fernsehen?«

»Drei Jahre«, sagte er. »Alle Länder, in denen die USA wichtige Interessen haben, stehen Schlange, um eine schreckliche Krise durchzumachen, damit die Amerikaner sie endlich wahrnehmen. Es ist geradezu rührend.«

»Paß auf«, sagte Ann. »Er will auf etwas hinaus.«

»Ich weiß, worauf er hinauswill. Mit den zwei Ländern, die sich bekriegen, meint er ja wohl die Griechen und die Türken. Er will auf das arme kleine Griechenland hinaus und wie sehr wir es mißbraucht haben. Die Türkei, Zypern, die CIA, US-Militärbasen. Die hat er vorhin schon mal eingeflochten. Seitdem bin ich auf der Hut.«

Sein Lächeln wurde breiter, es war jetzt fast wölfisch.

»Das ist interessant, wie eine US-Bank mit Sitz in Athen der Türkei Geld leihen kann. Das gefällt mir richtig. Okay, sie sind die Südostflanke, und es gibt dort US-Basen, und die Amerikaner wollen die Russen ausspionieren, okay. Hebt das Embargo auf, gebt ihnen riesige Auslandshilfe. Das ist Washington. Dann leiht ihr ihnen auch noch privat riesige Geldsummen, falls man eine Bank wie Ihre als eine Privatinstitution bezeichnen kann. Die Kredite bewilligen Sie in Ihrer Zentrale mitten in Athen. Aber die Dokumentation wird in New York und London gemacht. Wieso? Aus Rücksicht auf die Gefühle der Griechen? Nein, sondern weil die Türken sich beleidigt fühlen, wenn die Verträge auf griechischem Boden unterschrieben werden. Könnte ein Türke bei so einem Treffen vielleicht sein Gesicht verlieren? Wirklich rücksichtsvoll, finde ich. Das zeugt von großem Verständnis.« Er krümmte die Schultern vor und ließ den Kopf über den Tisch hängen. »Sie legen die Kreditkonditionen fest, und wenn die das Geld nicht bezahlen können, was passiert dann? Ich werd's Ihnen sagen. Sie treffen sich in der Schweiz und legen neue Konditionen fest. Athen gibt an Ankara ab. Das gefällt mir. Das ist interessant für mich.«

»O je«, sagte Ann. »Ich fürchte, Sie haben den Falschen erwischt, Andreas. Das hier ist nicht David Keller. Sie müssen mit David sprechen. Er ist der Banker.«

»Ich bin James. Der Risikoanalytiker.«

Eliades lehnte sich auf seinem Stuhl zurück, die Arme um Verzeihung bittend weit ausgebreitet. In Anbetracht der Umstände war es keine besonders große Beleidigung, aber durch diesen kleinen Fehler hatte seine moralische Vorhaltung ihre Wirkung verloren. Ein Junge räumte den Tisch ab. Charles lehnte sich zu mir hinüber, um etwas Geld einzusammeln.

»Kann ich dich mitnehmen?« sagte er.

»Bin mit David gekommen.«

»Das beantwortet nicht meine Frage.«

»Wo ist der Cowboy überhaupt?«

Eliades schenkte mir den restlichen Wein ein. Seine Finger waren kupfergelb vom Nikotin. Zum ersten Mal an diesem Abend war er jetzt nicht mehr der strenge Beobachter, ganz Auge und Ohr für Namen, Gesichter, Gesprächsfetzen. Der Alte sang alleine vor sich hin, eine Katze schritt auf der Geländerstange über dem Strand entlang.

»Was macht denn ein Risikoanalytiker?«

»Politik«, sagte ich. »Ganz eindeutig.«

»Da bin ich froh.«

Dick und Dot boten dem Deutschen an, ihn zum Hotel zu fahren. Charles setzte sich zu mir, während er auf das Wechselgeld wartete. Der Mann, der das Wechselgeld ausgab – der wichtigste Job im ganzen Land, nach der äußerlichen Erscheinung dieser Herren zu schließen –, saß an einem papierübersäten Tisch, vor sich ein Taschenrechner und eine Geldkassette. Er trug einen Strickpullover mit V-Ausschnitt, Krawatte und

Jackett, hatte kurzgeschnittene graumelierte Haare und bartschattige Wangen. Breit, stämmig und despotisch thronte er da, die einzige stationäre Präsenz in diesem Teil des Raumes, wo Kellner und andere Mitglieder der Familie hin- und herliefen.

Eliades begleitete die Aufbrechenden bis zum Parkplatz. Ich hörte die Bordens draußen lachen. Die Kellner trugen enge weiße Hemden, deren kurze Ärmel an den Rändern hochgekrempelt waren. Wir waren jetzt nur noch zu dritt an dem Tisch.

»Kein übler Abend«, sagte Ann. »Wenn man bedenkt, wie solche Dinge sonst so laufen.«

»Wie meinst du das?«

»Kein übler Abend eben.«

»Wie laufen solche Dinge denn sonst so?« fragte Charles.

»Sie laufen einfach.«

»Du meinst, sie dehnen sich ins Unendliche?«

»Ja, irgendwie schon, denk ich. James kennt sich da aus.«

»Heute abend haben wir keinen Franzosen, der uns erzählt, was für krumme Hunde die Libanesen sind«, sagte er. »Keinen Libanesen, der uns erzählt, wie die Saudis bei geschäftlichen Besprechungen an ihren Zehen herumpulen. Keiner, der über die Syrer aus Aleppo sagt: ›Zähl deine Finger nach, wenn sie dir die Hand geschüttelt haben.‹«

»Keiner aus den Midlands, der Rauchmelder verkauft.«

»Ja, weißt du noch, Ruddle?«

»Er hieß Wood.«

»Der Typ mit dem kranken Auge. Das ihm dauernd weggekippt ist.«

»Er hieß Wood«, sagte sie.

»Warum komme ich auf Ruddle?«

»Wahrscheinlich, weil du müde bist.«

»Was hat denn Müdigkeit mit dem Namen Ruddle zu tun?«

Charles hustete in seine Hand, in der er seine Zigarette hielt.

»Und du?« fragte er sie. »Müde?«

»Nicht besonders. Ein wenig.«

»Wann fliegst du?«

»Mit der Sieben-Uhr-Maschine.«

»Du spinnst.«

»Ist das nicht Wahnsinn? Ich muß um fünf aus dem Haus.«

»Aber das ist doch verrückt«, sagte er ohne Überzeugung.

»Macht nichts. Ich schlaf immer beim Fliegen.«

»Ja, du schläfst.«

»Was willst du damit sagen?« fragte sie.

»Womit?«

»James hat's gehört. Schwingt da nicht ein Vorwurf mit? Sind Menschen, die beim Fliegen schlafen, geistig weniger rege? Sind sie vielleicht primitiver veranlagt? Wie leicht wir doch manchmal nachlassen. Willst du das damit sagen?«

»Du meine Güte, bewundernswert, diese Energie.«

Einen langen Augenblick hörten wir uns selbst beim Atmen zu. Ann spielte geistesabwesend mit dem restlichem Besteck, einem Messer und einem Löffel. Dann hörte sie plötzlich damit auf.

»Hat irgend jemand eine Ahnung, warum wir hier noch sitzen?« sagte sie.

»Der Gangster da zählt noch unser Wechselgeld ab.«

Als Eliades wieder umkehrte, entstand Unruhe an einem der vorderen Tisch, lautes Gerede und Gelache, irgend jemand stand auf und deutete nach draußen. Andere guckten übers Geländer. Ich beobachtete, wie Andreas zu ihnen ging und unten auf den Strand sah. Er winkte uns zu sich.

Eine Frau stieg aus dem Meer, ihre braunen Haare klebten ihr an den Schultern und im Gesicht. Es war Lindsay in ihrem jadeblauen Sommerkleid, das klatschnaß und um die Hüften herum etwas verrutscht war. Ihr Lachen setzte sich hell von unseren Stimmen ab, klar wie Glockenmetall, präzise geformt. Mit beiden Händen strich sie sich das Haar aus dem Gesicht, den Kopf weit zurückgeworfen. Zehn Meter hinter ihr stand David vornübergebeugt in knietiefem Wasser und kotzte.

Aus der Taverne fröhliches Geplapper.

Er kam jetzt aus dem Wasser, trug immer noch den Blazer, die italienische Hose, die eleganten schwarzen Slipper, und Lindsay brach wieder in Gelächter aus, als er sich triefend im Kreis drehte und diese vulgären Geräusche von sich gab. Er bewegte sich schwerfällig, wie ein Mann in einem Gipsverband, die Arme vom Körper weggestreckt, die Beine weit auseinander. Ein Kellner richtete ein Licht fast senkrecht nach unten, um Lindsay bei der Suche nach ihren Schuhen behilflich zu sein, und sie unterbrach ihr Gelächter, um *Efcharistó, merci, thank you* zu rufen, und als sie sich selber hörte, mußte sie wieder loslachen. Sie stieg in ihre Schuhe, ihr Körper schimmerte leicht und begann zu zittern. David stand jetzt beinahe aufrecht, Arme und Beine immer noch weit von sich gestreckt. Nur den Kopf hielt er gesenkt, als hätte er beschlossen, in den sandig-nassen Schuhen nach einer Erklärung zu suchen. Er hustete heiser und Lindsay wandte sich um, um ihn auf einen Steinweg zu dirigieren. Die Leute gingen nach und nach wieder an die Tische zurück.

»Das Wasser taugt nicht zum Trinken«, rief David herauf.

»Das ist bei Meeren meistens so«, sagte Charles.

»Ich wollte ja nur einen guten Rat geben.«

»Seid ihr geschwommen oder gewatet?« fragte Ann.

»Wir sind zu der Schwimmplattform rausgeschwommen, aber es gibt gar keine Schwimmplattform.«

»Die ist an einem andern Strand. Weiter Richtung Süden.«

»Das hat Lindsay auch gesagt.«

Als sie den Weg durch die Bäume hochgingen, kehrten wir an unseren Tisch zurück. Charles bekam endlich sein Wechselgeld und verabschiedete sich zusammen mit Ann. Eliades verschwand in die Küche und kam im nächsten Augenblick mit vier Gläsern Kognak zurück, die er zugleich in seinen Händen hielt.

»Vom Wirt«, sagte er. »Aus eigenen Beständen.«

Ich dachte an Kathryn, die in rauhen Nächten gerne an einem fingerbreitgefüllten Glas Metaxa nippte, während sie lesend im Bett saß. Später, im Dunkeln, war ihr Mund noch warm davon. Prophetische Bedeutung. All diese schneebedeckten nordischen Nächte, eine zu Weiß erstarrte Welt unter dem Polarstern, und unsere gedämpfte Liebe, die nach griechischem Schnaps roch.

»Sagen Sie mal, Andreas, was haben Sie eigentlich in den Staaten gemacht.«

»Kühlsysteme.«

»Prost«, sagte ich.

»Prost.«

Ein langsamer Schluck.

»Dann kennen Sie also den Deutschen.«

»Ja, Stahl.«

»Und Stahl hat hier geschäftlich mit Dick Borden zu tun?«

»Nein, mit Hardeman.«

»Wer ist Hardeman?«

»Er ist der Freund des Bankiers. Ihr Freund, dachte ich.«

»Davids Freund.«

»Aber er ist nicht gekommen. Wir vermuten, daß sein Flug gecancelt wurde. Ein Sandsturm in Kairo.«

Lindsay stand in drei Meter Entfernung vom Tisch schüchtern da, als könnten wir sie vor die Tür schicken. Sie hatte ihr Kleid am Saum ausgewrungen, und der Stoff war voller spiralförmiger Knitterfalten. Andreas hielt ihr ein Glas hin, und sie kam näher, gefolgt von einem Jungen mit einem Mop.

»Das ist aber lieb. Vielen Dank. Prost.«

»Wo ist David?« fragte ich.

»Auf der Herrentoilette, sich frisch machen.«

Das brachte sie wieder zum Lachen. Sie brachte kaum den Satz heraus, ehe sich ihr Gesicht vor Schadenfreude verzerrte. Ich legte ihr meine Jacke um die Schultern. Starr vor Lachen saß sie da, ihr Gesicht wirkte künstlich, wie ein Gegenstand unter Spannungsprobe.

»Sich frisch machen«, wiederholte sie, zitternd und weinend vor Lachen.

Allmählich beruhigte sie sich wieder, bedankte sich flüsternd für den Schnaps, zog die Jacke enger um sich, bedankte sich flüsternd für die Jacke. Eine Stimmung sanften Insichkehrens. Sie war zu gehemmt, um das wohlwollende Lächeln der Leute an den andern Tisch zu erwidern.

»Ich brauche nicht erst zu fragen, ob Sie gerne schwimmen«, sagte Andreas.

»Ich glaube nicht, daß man das als Schwimmen bezeichnen kann, was wir da getan haben. Ich weiß nicht, wie ich's nennen soll.«

»Typisch David Keller«, sagte ich.

»Stimmt, typisch Keller. Aber ich bin bereitwillig mitgegangen.«

»Waren Sie schon auf den Inseln?« fragte er.

»Nur auf einem Tagesausflug«, flüsterte sie. »Ich warte auf meine Gardinen.«

»Das ist so ein Spruch von ihr«, erklärte ich Andreas. »Kein Mensch weiß, was er bedeutet.«

»Eigentlich sind wir immer noch dabei einzuziehen. Hier ist alles neu für mich. Ich lerne gerade erst das Zählen. Die Zahlen machen Spaß. Kannst du das Alphabet, James?«

»Ja, und ich kann mir auch schon selbst die Schnürsenkel zubinden.«

»Andreas, ist es eigentlich unbedingt erforderlich, Verben zu können? *Müssen* wir die Verben können?«

»Ich glaube, das wäre ganz nützlich«, sagte er. »Sie scheinen ja sehr aktiv zu sein.«

Die beiden Männer sangen wieder. Der Gast, ein Mann mit dunklem Haar und einem dichten Schnurrbart, sah den Gitarrenspieler direkt an, der an den Weinfässern lehnte, ein Fuß auf einen Stuhl gestellt, den Kopf leicht zu seiner abgewinkelten linken Hand geneigt. Das Lied, eine feurige Klage, wurde kraftvoller. Seine Melodie ließ an Unausweichliches denken. Zeit verging, Liebe verblaßte, Leid war abgrundtief und grenzenlos. Die beiden Sänger vermittelten den Eindruck von Menschen in einem Gespräch, als ließen sie das banale inbrünstige Gejammer des Liedtextes weit hinter sich. Erinnerung, der tragische Kontext und Männer, die ihre Stimmen dem Gesang weihten - das waren ihre Themen.

Der dunkelhäutige Mann wirkte äußerst angespannt, sein Blick blieb immerzu auf den alten Musiker gerichtet, schweifte keine Sekunde lang ab. Er war ganz Gefühl, ein Glanz in seinen Augen. Das Lied rief eine leuchtende Leidenschaft in ihm wach, und es war, als würde er sich leicht von seinem Stuhl erheben. Die Männer waren sieben Meter voneinander entfernt, ihre Stimmen verschmolzen. Dann blickte der Gitarrenspieler auf, eine hagere Gestalt mit grauem Stoppelbart, ein entfernter Neffe von irgend jemand, der Mann, den wir überall auf den Inseln sehen, der an irgendeinem Ecktisch sitzt und döst. Während des restlichen Liedes sahen sie sich an, zwei Fremde, erblickten etwas, das jenseits von ihnen lag. Eine Erinnerung an Blutsverwandtschaft, eine gemeinsame Vergangenheit. Ich wußte es nicht.

Ich saß mit David auf seiner Terrasse über dem Volkspark auf der anderen Seite des Olympiastadions mit Blick auf die Akropolis. Pentelischer Marmor, alt und neu. Der Ministerpräsident wohnte in einer Zwei-Zimmer-Wohnung im Gebäude nebenan.

»Die zahlen verdammt gut.«

Er redete über seine schwierigeren Posten. Er saß da in seinen feuchten Sachen, abzüglich Schuhen und Jacke, und trank Bier. Er war ein ziemlich groß gebauter Mann mit beginnendem Fettansatz und langsamen Bewegungen, die auf unbestimmte Art gefährlich wirkten.

Mopeds durchquerten mit kurzen Lärmstößen die dunkle Stadt. Lindsay schlief.

»Je mieser die Gegend, je heikler politisch oder je mehr Sanddünen pro Quadratkilometer, desto mehr versüßen sie einem die Sache natürlich, unsere Herren in New York. Die Dünen im Empty Quarter sind an die dreihundert Meter hoch. Ich habe sie mit einem Typ von Aramco überflogen. Das Letzte.«

In Djidda stießen die fliegenden Hunde aus der Nacht heraus auf das Wasser seines Swimmingpools herab, sie tranken im Flug. Einmal kam seine Frau, seine erste, aus dem Haus, und sah sich drei Pavianen gegenüber, die auf die Kühlerhaube und das Dach ihres Autos einhämmerten.

In Teheran, zwischen zwei Ehefrauen, erfand er den Namen »Kettentag«. Das war der zehnte Tag von Muharram, die Zeit der Trauer und der Selbstkasteiung. Während Hunderttausende von Menschen zum Shahyad-Denkmal zogen, einige trugen Trauerschleier und geißelten sich mit Ketten, an denen Stahlstangen und Messerklingen befestigt waren, gab David eine Kettentag-Party in seinem Haus im Norden Teherans. Der Bezirk war durch Truppen und Panzersperren abgeriegelt wordn. Die Partygäste konnten die singenden Menschenmengen hören, aber ob sie »Tod dem Schah« oder »Allah ist groß« brüllten und ob das eine Rolle spielte, wußte niemand so genau. Wovor er in Teheran am meisten Angst hatte, war der Verkehr. Das apokalyptische schleichende Packeisgrollen von sechs Kilometern Autos. Die Freistilpraktiken der Fahrer. Ständig kamen Autos im Rückwärtsgang auf ihn zu. Es passierte immer wieder, daß er eine enge Straße entlangfuhr und ihm ein Auto rückwärts entgegenkam. Der Fahrer erwartete, daß er Platz machte, sich in die Lüfte erhob oder verschwand. Schließlich begriff er, was daran so angsteinflößend war, etwas so Naheliegendes, daß er es von dem größeren Wunder einer Stadt voller rückwärtsfahrender Autos nicht hatte auseinanderhalten können. *Sie fuhren nicht langsamer, wenn sie den Rückwärtsgang einlegten.* David Keller, zwischen zwei Ehefrauen, fand dies ein interessantes Phänomen. Darin war eine ganze Kosmologie enthalten, eine vielschichtige Struktur, ein Theorem der Teilchenphysik. Rückwärts und Vorwärts waren austauschbar. Und warum auch nicht? Wo war da eigentlich der Unterschied? Ein Fahrzeug, das sich bewegt, bleibt im wesentlichen dasselbe, ob es sich nun rückwärts oder vorwärts bewegt, vor allem wenn der Fahrer das Ganze so betrachtet, als wäre er zu Fuß, als könnte er allfällige Hindernisse auf der Straße berühren, gegen sie stoßen und sich an ihnen vorbeischieben. Das war die zweite Offenbarung von Davids Aufenthalt in Teheran. *Die Leute fuhren, als würden sie zu Fuß gehen.* Sie wichen idiosynkratisch aus, diese Burschen mit den Militärjacken und dem interessanten Raumgefühl.

Früher, in Istanbul, hatte er allen erzählt, er wolle sich von Mainland New York den Kauf eines auf einem Jeep montierten rückstoßfreien Gewehrs samt passendem Jeep genehmigen lassen, um sicher ins Büro und wieder nach Hause zu kommen. Ganz im Ernst dachte er daran, seinen Wagen panzern zu lassen. »Wagenpanzerung«, erläuterte er mir, »gilt als größerer Kostenfaktor. Vierzigtausend Dollar. Deinem Fahrer das Tragen einer Waffe zu erlauben, gilt als eine kleine Waffenlieferung an das Bewaffnete Marxistisch-Leninistische Propagandakommando. Nicht daß der Fahrer denen seine Knarre aushändigen würde. Sie würden sie ihm erst abnehmen, nachdem sie euch beide mit Panzerfäusten und Sturmgewehren in die Luft gejagt haben.«

In diesem Sommer, dem Sommer, in dem wir auf Davids breiter Terrasse saßen, hatte der Schah den Iran bereits verlassen, es war die Zeit vor der Geiselnahme, vor der Großen Moschee, vor Afghanistan. Der Ölpreis war ein Indikator für die Besorgnis des Westens. Er gab uns eine Zahl, sagen wir 24 Dollar pro Barrel, die sich mit der Zahl des Vormonats oder des Vorjahres vergleichen ließ. Eine praktische Methode, unser vielschichtiges Engagement zu beziffern. Der Ölpreis sagte uns, wie schlecht wir uns zu einem gegebenen Zeitpunkt fühlten.

»Wie geht's Tap?«

»Der Junge schreibt Romane, ißt Kalamares.«

»Gut. Das ist prima.«

»Wie geht's deinen? Wo leben sie jetzt?«

»In Michigan. Geht ihnen gut. Sie finden's toll dort. Sie gehen *schwimmen.*«

»Wie hieß deine erste Frau?«

»Grace«, sagte er. »Typischer Name für eine erste Frau, findest du nicht?«

»Hat Lindsay vor, Kinder zu kriegen?«

»Lindsay ist alles zuzutrauen. Sie ist verrückt. Hat sie dir erzählt, daß sie einen Job gefunden hat? Endlich, sie hat's zu Hause kaum noch ausgehalten. Sie wird an einer dieser Sprachschulen Englisch unterrichten. Damit sie mal von den Bankersgattinnen und ihren Kränzchen wegkommt.«

»Ist mir noch nicht aufgefallen, daß ihr zwei irgendwelche Dinnerpartys für Mainland-Leute gegeben habt, die hier geschäftlich zu tun haben. Oder für evakuierte Rückkehrer aus Krisengebieten. Du bist doch der Chef der Kreditabteilung, oder?«

»Krisengebiete. Ja, so heißt das bei uns. Als gäb's irgendwo keine Krisen. Dinnerpartys dieser Abteilung sind berühmt für Augenzeugenberichte über sehr große Menschengruppen, die gegen Botschaften und Banken marschieren. Berühmt für ihre unerbittliche Höflichkeit. All die ethnischen Gruppen und religiösen Untergruppen. Kann man einen Drusen neben einen Maroniten setzen? Sie sind zwar alle mehr oder weniger multinational, aber wer weiß schon, was darunterliegt? Wir haben da einen Sikh, der irgendwo am Körper den obligatorischen Sektendolch trägt. Manchmal paß ich auf, was ich sage, ohne eigentlich genau zu wissen, warum. Als wir in Beirut, Djidda und Istanbul waren, hat sich Grace immer um diese Dinge gekümmert. Sie hat das sogar ganz toll gemacht. Lindsay wäre, glaub ich, nicht so geschickt. Ich glaube, sie würde einfach nur dastehen und lachen.«

»Und die Amerikaner?«

»Die sind irgendwie unheimlich. Genetisch darauf gepolt, Squash zu spielen und am Wochenende zu arbeiten. Ich hab vom Schwimmen richtig Hunger gekriegt.«

David trank langsam, aber stetig und bei jeder Gelegenheit. Im Verlauf eines langen Sonntagslunchs an der Ostküste oder eines Abends egal wo fing seine Stimme an zu grummeln und zu dröhnen, wurde freundlicher, nahm einen väterlichen Ton an, und dann erschien in seinem großen, blonden Gesicht ein verdorbenes Kind, kaum erkennbar im schlaffen Fleisch, ein Beobachter, fern und zerknirscht.

»Unser Büro in Monrovia hat einen Typ eingestellt, der die Aufgabe hat, Schlangen zu fangen. Er macht ausschließlich das.

Er fährt regelmäßig zu den Häusern der Angestellten, inspiziert den Hof, den Garten, die Hecken und fängt Schlangen.«

»Wie ist seine offizielle Bezeichnung?«

»Der Schlangenfänger.«

»Bemerkenswert direkt«, sagte ich.

»Anscheinend hat man für Schlangenfänger noch keinen Euphemismus gefunden.«

Das war in dem Sommer, bevor Menschenmengen die US-Botschaften in Islamabad und Tripoli angriffen, vor der Ermordung amerikanischer Techniker in der Türkei, vor Liberia, den Hinrichtungen am Strand, der Steinigung von Leichen, der Evakuierung des Personals der Mainland Bank.

»Kommt Kathryn zwischendurch mal nach Athen?«

»Nein.«

»Ich treff mich mit meinen Kindern in New York«, sagte er.

»Das ist einfacher, als auf die Insel zu kommen.«

»Wir essen Bananensplits im Hotelzimmer. Kosten acht Dollar das Stück.«

»Hat Grace dich jemals körperlich angegriffen?«

»Grace ist nicht der Typ, der handgreiflich wird.«

»Hast du sie jemals geschlagen? Im Ernst.«

»Nein. Hast du Kathryn jemals geschlagen?«

»Wir haben gerangelt. Keine richtigen Schlägen. Einmal ist sie mit so einem Küchending auf mich losgegangen.«

»Weswegen?«

»Sie hatte rausbekommen, daß ich mit einer Freundin von ihr geschlafen habe. Das führte zum Streit.«

»Hat die Freundin dafür gesorgt, daß sie's erfuhr?«

»Sie hat sich's irgendwie anmerken lassen. Hat Signale ausgesandt.«

»Da wärst du also fast von einem Eispick durchbohrt worden.«

»War bloß ein Kartoffelschäler. Die Freundin hatte sich über meine angebliche Gleichgültigkeit geärgert. Es war eine von diesen Situationen. Plötzlich ist man in so einer Situation. Allein mit Antoinette. Ihr beide habt die üblichen heimlichen Gelüste verspürt. Die ganz normalen gesunden, subatomaren, lustvollen Vibrations. Das sind die Gefühle, denen man folgt, wenn sich Mann und Frau trennen. Auf einmal ist da eine Antoinette mit schicksalhaftem Blick. Aber Kathryn und ich hatten uns noch gar nicht getrennt. Wir hatten überhaupt nichts gemacht. Die Situation ist einfach entstanden. Ein Zusammentreffen von Umständen.«

»Was für eine Situation? Mal mir ein Bild.«

»Darauf kommt's doch nicht an.«

»Ihre Wohnung?«

»Ihr Haus. Auf der anderen Seite des Parks, schräg gegenüber von unserem.«

»Sommer, Winter?«

»Winter.«

»Ein Salon voller Pflanzen. Ein Glas Wein.«

»So ungefähr.«

»Intimes Geplauder«, sagte er.

»Ja.«

»Immer intimes Geplauder. Diese Frau ist geschieden, stimmt's?«

»Ja.«

»Traurigkeit«, sagte er.

»Ja, auch Traurigkeit. Aber das hatte nichts mit ihrer Scheidung zu tun. Sie hatte ihren Job verloren. Beim kanadischen Fernsehen. Die haben sie rausgeschmissen.«

»Traurigkeit.«

»Na gut, Traurigkeit.«

»Sehnsucht.«

»Ja, auch Sehnsucht.«

»Verlangen«, sagte er.

»Ja.«

»In der Sternennacht, im Salon, trockenen Weißwein schlürfend.«

»Es war ein guter Job gewesen. Sie war durcheinander.«

»Tröste mich, tröste mich.«

»Jedenfalls vermittelte ich den Eindruck, daß ich schwanken würde. Ich muß einen Rückzieher gemacht haben. Das war natürlich unverzeihlich. Ich habe gezögert, war unsicher. Schließlich haben wir's dann gemacht. Wir konnten unsere Freundschaft nicht abbrechen, unser Verbrechen nicht begehen, ohne zu Ende zu führen, was wir begonnen hatten. Also haben wir's gemacht. Wir haben uns einen Fick abgerungen. Was war ich doch für ein Idiot. Antoinettes Rache war süß.«

»Sie hat sich's anmerken lassen.«

»Sie hat sich's anmerken lassen. Und dabei nicht versäumt, auch meine Halbherzigkeit herauszustellen. Ich weiß nicht, wie sie das gemacht hat, ohne deutlich zu werden, was offenbar nicht der Fall war. In Form von Märchen, Parabeln und Allegorien, nehme ich an. In der Sprache der Frauen und Kinder. Ich glaube, das hat Kathryn erst so richtig sauer gemacht. Nicht bloß, daß ich mit ihrer Freundin geschlafen habe. Sondern die Art und Weise, wie ich's getan habe. Ich hatte ein Verbrechen gegen die Erde begangen. Deswegen wollte sie mir ans Leder.«

»Hat das was bereinigt, dieser Messerkampf?«

»Es war der Anfang vom Ende.«

»Wir hatten jung geheiratet«, sagte er. »Wir hatten keine Ahnung. Du kennst die Geschichte. Wenig oder gar keine Erfahrung. Grace hat gesagt, ich sei der erste, mehr oder weniger der erste, *eigentlich* der erste, der erste, der wirklich was bedeutete.«

Wir lachten.

»Als wir anfingen, in getrennten Zimmern fernzusehen, wußte ich, daß unsere Ehe im Arsch war«, sagte er. »Wenn sie den Ton laut genug aufgedreht hatte, konnte ich hören, wie sie von einem Kanal zum andern schaltete. Wenn sie den gleichen Kanal sah, den ich gerade drin hatte, schaltete ich sofort um. Ich konnte es nicht ertragen, mir das gleiche Zeug anzusehen wie sie. Ich glaube, das nennt man Entfremdung.«

»Du willst doch nicht etwa ein Klischee werden?«

»Was meinst du damit?«

»Schlimm genug, daß du eine neue junge Frau hast. Man soll dich doch wohl nicht für einen dieser Männer halten, die drüben in den Staaten noch eine alte Frau und alte Kinder haben. Das sind die Ehefrauen, die nicht dynamisch genug waren, um mit Männern wie dir bei ihrer stürmischen multinationalen Karriere Schritt zu halten. Die alten Frauen und alten Kinder sind grau und gebeugt und hocken in Vororten vor den Fernsehern. Die Frauen haben ständig Schnupfen. Die alten Hunde liegen träge in den Höfen.«

»Wenigstens ist meine junge Frau keine Traumfrau. Sie ist nicht Stewardeß oder Fotomodell. Kennst du Hardeman? Seine zweite Frau war früher Ballmädchen bei den Atlanta Braves. Sie saß an der linken Feldlinie und wartete auf Foul-Bälle. Ich glaube, mit Hardeman hat sie einen erwischt.«

In Bankangelegenheiten hatte David meistens eine lockere Einstellung. Er erzählte mir, was die Bank in der Türkei machte, und gab mir Telexe und andere Unterlagen mit Details über Kreditanträge. Rowser war von diesen Dokumenten beeindruckt, vor allem von denen, die den Vermerk VERTRAULICH trugen. Ich denke, David hielt es für wenig oder gar nicht riskant, dieses Geheimmaterial an einen Freund weiterzugehen. Wir dienten im Grunde denselben Zielen.

»Manchmal frage ich mich, was ich in solchen Gegenden überhaupt zu suchen habe. Ich kann dieses Empty Quarter einfach nicht vergessen. Wir sind direkt über die Dünen geflogen, Mann, nichts als Sand, eine Viertelmillion Quadratmeilen Sand. Ein Planet aus Sand. Sandberge, Sandebenen und Sandtäler. Sandwetter, vierzig, fünfzig Grad. Und wenn dann noch der Wind weht! Ich hab versucht, dem Ganzen was Schönes abzugewinnen. Verstehst du, die Wüste. Die großartige Weite. Aber sie hat mir nur angst gemacht. Der Typ von Aramco hat mir erzählt, wenn er auf dem Flugfeld steht, das sie draußen angelegt haben, dann kann er hören, wie das Blut durch seinen Körper fließt. Kommt das durch die Stille oder durch die Hitze? Oder durch beides? Daß man das eigene Blut hört.«

»Wie kommst du dazu, da rüberzufliegen?«

»Öl. Was sonst? Ein Riesenfeld. Wir finanzieren da ein Bauprojekt.«

»Weißt du, was Maitland sagt?«

»Was sagt er?«

»Möglichkeiten, Abenteuer, Sonnenuntergänge, Tod im Staub.«

David ging rein, um mir ein Bier zu holen, er selbst wollte auch noch eins. Ich war hellwach und hatte Hunger. Im Himmel zeigte sich ein schwaches Licht, der Parthenon tauchte auf, zweidimensional, ein weiches doch gegliedertes Bild. Ich folgte David in die Küche, und wir machten uns über alles her, was herumlag, hauptsächlich Gebäck und Obst. Lindsay kam herein und beschwerte sich über den Lärm. Sie trug ein Nachthemd mit einem Rüschensaum, und wir lächelten, als wir sie sahen.

In diesen frühen Morgenstunden scheint der Himmel ganz dicht über der Straße zu liegen. Die Straße erstreckt sich vom östlichen bis zum westlichen Himmel. Man ist jedesmal überrascht, wenn man im ersten Licht auf den ausgestorbenen Boulevard tritt, die Dinge losgelöst und unverbunden sehen kann, die Botschaftsvillen mit den antiken Stukkaturen, Gegenstände, die allmählich aus dem Dämmer heraustreten, Maulbeerbäume und Kioske, und dann die Umrisse der Straße erkennt, ein klar begrenzter Ort, wie wir sehen, mit seiner ganz eigenen Form und Bedeutung, der einem in dieser Stille und dem Meereslicht beinahe wie ein wogendes Feld erscheint, ein breiter Weg hinauf zu den Bergen. Verkehr muß ein Strom sein, der die Dinge zu einer zusammenhängenderen Perspektive miteinander verbindet.

Der Boulevard war nur für einen kurzen Moment leer. Ein Bus kam vorbei. Gesichter Ertrunkener gegen die Scheiben gepreßt, und dann die kleinen Autos. In Viererreihen kamen sie herangefahren, aus den Betonröhren im Westen, die erste eilige Welle dieses Tages.

Der Nachhauseweg führte bergauf in engere Straßen hinein,

die steil zu den Kieferwäldern und zum grauen Felsen des Lykabettos anstiegen. Ich stand im Pyjama am Bett und fühlte mich in einem sonderbaren Schwebezustand, jetzt, wo meine Gewohnheiten nicht mehr an Kathryns gebunden waren. An die Gezeiten und die Erleichterung des gemeinsamen Alltags. Unser Buch der Tage. Auf den hinteren Balkons sangen die Kanarienvögel, die Frauen klopften schon ihre Matten aus, und von den Blumentopfreihen fiel Wasser in den Hof und klatschte auf die leuchtenden Steinplatten.

Das war mein Tag.

4

Man fand die Leiche am Rande eines Dorfs, das Mikro Kamini hieß, ein alter Mann, erschlagen. Das Dorf liegt etwa fünf Kilometer im Landesinnern, zwischen terrassierten Feldern, die schon bald vor den kahlen Hügeln auslaufen, den wuchtigen Formationen weiter landeinwärts, den Säulen und gezackten Felsgebilden. Bei Mikro Kamini bekommt die Landschaft eine formale Kraft. Man spürt in ihr eine freiwillige Distanzierung vom Meer, eine freiwillige Isolation, und die Felder und Haine hören schon knapp hinter dem Dorf abrupt auf. Hier wird die Insel zu jenem kahlen zykladischen Felsen, als der sie vom Deck der vorbeifahrenden Schiffe gesehen wird, eine Welt ausgebeuteter Steinbrüche, Ziegenglöckchen und unberechenbarer Winde. Die in die Küste eingebetteten Dörfer wirken weder wie eine Zuflucht für Seefahrer noch wie Gebäudelabyrinthe, die von einem gewaltsamen Eindringen abschrecken sollen. Von hier aus gesehen sind sie detaillierte Reliefs oder Miniaturen, die auf keinen Fall die Aufmerksamkeit jener Mächte erregen wollen, die vielleicht im Landesinnern ihr Unwesen treiben mögen. Die Straßen, die in einer Schleife enden oder einfach verschwinden, die winzigen Kirchen und engen Gassen, aus all dem spricht etwas Zurückhaltendes, als wollten sie damit sagen, hier gibt's nichts Besonderes. Sie kauern sich zusammen, schmiegen sich an die kahle Landschaft und den vulkanischen Felsen. Aberglaube, Blutrache, Inzest. Die Dinge, die in den einsamen Bergen den Geist heimsuchen. Bestialität und Mord. Die weißgetünchten Küstendörfer sind Talismane gegen diese Dinge, Beschwörungsformeln.

Die Angst vor dem Meer und vor den Dingen, die vom Meer kommen, läßt sich leicht aussprechen. Die zweite Angst ist anders, schwer zu benennen, die Angst vor den Dingen hinter unserem Rücken, die stumme Gegenwart des Landesinnern.

Wir saßen in niedrigen Korbstühlen in dem Wohnzimmer mit der schrägen Decke. Kathryn kochte Tee.

»Ich hab mit ein paar Leuten im Restaurant gesprochen. Sie meinen, er wurde mit einem Hammer ermordet.«

»Man sollte glauben, daß so was mit einem Gewehr ausgetragen wird. Landstreitigkeiten zwischen Bauern. Mit einem Gewehr oder einer Schrotflinte.«

»Er war kein Bauer«, sagte sie. »Und er stammt auch nicht aus dem Dorf. Er hat in einem Haus auf der anderen Seite der Insel gewohnt. Angeblich war er schwachsinnig. Er hat mit einer verheirateten Nichte und ihren Kindern zusammengelebt.«

»Bei meinem ersten Besuch hier bin ich mit Tap durch dieses Dorf gefahren. Ich habe mir Owens Motorroller genommen, weißt du noch? Du warst stinksauer auf uns.«

»Sinnlose Morde soll's doch nur in der New Yorker U-Bahn geben. Ich bin den ganzen Tag schon richtig nervös.«

»Wo sind denn diese Leute aus der Höhle?«

»An die hab ich auch schon gedacht. Owen hat gesagt, sie sind verschwunden.«

»Und wo ist Owen?«

»Auf der Ausgrabungsstelle.«

»Und schwimmt über den versunkenen Ruinen. So sehe ich ihn. Ein alternder Delphin.«

»Der Konservator ist heute wiedergekommen«, sagte sie. »Er war mit irgend jemand nach Kreta gefahren.«

»Was ist seine Aufgabe?«

»Er konserviert die Funde. Fügt die Teile zusammen.«

»Was für Funde?« fragte ich.

»Hör mal, diese Arbeit ist wichtig. Ich weiß genau, was du denkst. Daß ich irgendeinen fanatischen Trieb auslebe.«

»Glaubt Owen auch, daß eure Arbeit wichtig ist?«

»Owen lebt in einer andern Welt. Die unsere hat er hinter sich gelassen. Das bedeutet nicht, daß die Arbeit hier sinnlos ist. Wir finden Artefakte. Sie erzählen uns etwas. Gut, es gibt für nichts mehr Geld. Wir haben keinen Fotografen mehr, keinen Geologen, keinen Schreiner. Aber wir finden Gegenstände, wir stoßen auf Besonderheiten. Diese Ausgrabung war teilweise als Praktikum konzipiert. Als Lernhilfe für die Studenten. Und wir lernen etwas, jedenfalls die, die geblieben sind.«

»Und was kommt danach?«

»Wieso muß immer etwas danach kommen?«

»Meine Freunde, die Maitlands, streiten auf amüsante Weise. Wenn wir das doch auch lernen könnten. Sie bleiben dabei ganz gelassen. Es hat lange gedauert, bis ich begriffen habe, daß sie immerzu streiten, seit ich sie kenne. Bei ihnen ist das mehr wie ein Unterton. Sie haben eine hochentwickelte Kunst daraus gemacht.«

»Niemand gräbt einfach nur so«, sagte sie.

Kirchenglocken, geschlossene Fensterläden. Sie sah mich im Halbdunkel an, betrachtete etwas, das sie möglicherweise seit langem nicht mehr bemerkt hatte. Ich wollte provozieren, sie sollte sich in Frage stellen. Tap kam mit einem Freund herein, Rajiv, dem Sohn des stellvertretenden Ausgrabungsleiters, und es gab ein paar Begrüßungsfloskeln. Die Jungs wollten mir draußen irgendwas zeigen, und als ich mich in der Tür noch einmal umdrehte, beugte sich sie sich zu der Bank, wo das Teegeschirr stand, und ich hoffte, daß dies nicht der Augenblick war, wo wir wieder wir selber wurden. Es konnte doch nicht sein, daß die Immunität und die kleinen Privilegien, die die Insel mir gewährte, schon so schnell erschöpft waren. Etwas Neues schaffen. Wenn der grelle Schock verblaßt, nach der Trennung, kommt das reifere Alter, die bedächtige Sprache der Liebe und Toleranz, jedenfalls theoretisch, im Volksglauben. Der griechische Ritus. Wie passend, daß sie ein männliches Kind hatte, jemand, den sie leidenschaftlich lieben konnte.

Die Glocken hörten auf zu läuten. Tap und Rajiv führten mich auf einen Weg oben im Dorf. Das scherenschnittklare Leuchten der Türen und Blumen. Die sich im Wind bauschenden Gardinen. Die Jungs zeigten mir einen dreibeinigen Hund und warteten auf meine Reaktion. Vor einem Haus unter uns saß eine unförmige alte Frau in Schwarz mit einem roten Lehmgesicht, einem schwarzen Kopftuch und schälte Erbsen. Eine unruhige Stille breitete sich in der Luft aus. Ich sagte ihnen, jedes Dorf hat seinen dreibeinigen Hund.

Owen Brademas kam mit großen Schritten aus dem Dunkel herauf, die Schultern gegen die Steigung vorgestemmt. Er hatte eine Flasche Wein dabei und hielt sie hoch, als er mich am Fenster sah. Kathryn und ich gingen hinaus und sahen zu, wie er die Treppe heraufkam, zwei Stufen auf einmal nehmend.

Ich hatte eine Erkenntnis. Er ist ein Mann, der immer zwei Stufen auf einmal nimmt. Was sich damit erklären ließ, wußte ich nicht.

Sie blieben kurz in der Küche und redeten über die Ausgrabung. Ich mache den Wein auf, hielt ein Streichholz an die Kerzen, und dann saßen wir im windbewegten Licht und tranken.

»Sie sind weg. Kein Zweifel. Ich bin dort gewesen. Sie haben Müll und diversen Krimskrams zurückgelassen.«

»Wann wurde der Alte umgebracht?« fragte ich.

»Keine Ahnung, James. Ich war noch nie in dem Dorf. Ich weiß auch nicht mehr als alle anderen. Nur, was die Leute sagen.«

»Als sie ihn gefunden haben, war er schon seit vierundzwanzig Stunden tot«, sagte Kathryn. »So schätzt man. Da ist einer extra von Syros gekommen. Der Polizeipräfekt oder so jemand, und anscheinend auch ein Untersuchungsrichter. Er war kein Bauer und auch kein Schäfer.«

»Wann sind die abgezogen, Owen?«

»Das weiß ich nicht. Ich wollte mich nur noch mal mit ihnen unterhalten. Aus reiner Neugier. Ich weiß auch nicht mehr.«

»Sinnloser Mord.«

»Ein schwachsinniger alter Mann«, sagte ich. »Wie ist er überhaupt auf die andere Seite der Insel gekommen?«

»Er könnte zu Fuß gegangen sein«, sagte sie. »Das glauben jedenfalls die Leute im Restaurant. Wenn man sich mit den Wegen auskennt, kann man's zu Fuß schaffen. Es ist zwar fast unmöglich, aber nicht ausgeschlossen. Man vermutet, daß er sich einfach verlaufen hat. Und dann eben dort gelandet ist. Er ist oft einfach so herumgelaufen.«

»So weit weg?«

»Keine Ahnung.«

»Was meinen Sie, Owen?«

»Ich hab sie nur dieses eine Mal gesehen. Ich bin noch mal hingegangen, weil sie sich für das, was ich ihnen erzählt hatte, so interessiert hatten. Es schien mir nicht gefährlich, und ich wollte nach Möglichkeit noch mehr aus ihnen herausbekommen. Daß sie unbedingt Griechisch sprechen wollten, war zwar ein Nachteil, aber kein wesentlicher. Wahrscheinlich hatten sie sowieso nicht die Absicht, mir zu verraten, wer sie waren und was sie da oben machten, egal, in welcher Sprache.«

Aber er hätte ihnen noch gern etwas gesagt. Eine merkwürdige Tatsache, ein Kuriosum. Er dachte, es würde sie interessieren, wo sie doch solche Alphabetsfanatiker waren oder was immer sie sein mochten, und er hatte beim ersten Mal nicht daran gedacht.

Als er nach Qasr Hallabat gefahren war, um sich die Inschriften anzusehen, hatte er die Straße über Zarqa nach Azraq genommen, war von Amman aus in nördlicher Richtung aufgebrochen und dann Richtung Osten in die Wüste abgebogen. Von der Festung waren natürlich nur noch Ruinen übrig, überall lagen behauene Basaltquader verstreut. Lateinische, griechische, nabatäische Inschriften. Die Ordnung der griechischen Steine war völlig durcheinandergebracht. Selbst die noch stehenden Quader waren verrückt, standen auf dem Kopf oder waren übertüncht. All das hatten die Omaijaden getan, die die Steine verwendeten, ohne auf ihre Beschriftung zu achten. Sie erweiterten das frühere Gebäude, das byzantinische, in dem Teile des römischen verbaut worden waren, welches wiederum aus noch älteren Ruinen bestand, und sie wollten Baumaterial, keine griechischen Edikte.

Schön und gut. Ein wunderbarer Ort zum geruhsamen Entdecken, voller Überraschungen, ein riesiges Kreuzworträtsel für jemand im Fachbereich Altertumswissenschaft. Und all das, die Festung, die Steine, die Inschriften, liegt auf halbem Weg zwischen Zarqa und Azraq. Jemand wie Owen, der ein Auge für so etwas hat, erkennt sofort, daß diese Namen Anagramme sind. Das wollte er den Leuten in den Bergen erzählen. Wie sonderbar, wollte er sagen, daß der Ort, den er suchte, diese geschichtsträchtige verhunzte Ruine, zwischen zwei perfekten Zwillingssäulen lag – Ortsnamen mit denselben Buchstaben, nur umgestellt. Und genau das war auch in Qasr Hallabat im Gange, ein Umstellen und Neuordnen. Archäologen und Arbeiter versuchten, die beschrifteten Quader in die richtige Reihenfolge zu bringen.

Das kleine Unendliche des Geistes, so nannte er das Ganze.

Ich ging hinein, um Obst zu holen. Mit der Schale in der Hand blieb ich vor Taps Tür stehen und warf einen Blick in sein Zimmer. Er lag im Bett, das Gesicht zu mir gewandt, und leckte sich im Schlaf die Lippen, ein Geräusch wie ein feuchter Kuß. Ich sah kurz auf die Blätter auf seinem provisorischen Schreibtisch, ein in eine Nische geklemmtes Bett, aber es war zu dunkel, um die sorgfältigen Schleifen und Striche zu lesen.

Draußen unterhielten wir uns eine Weile über seine Schriftstellerei. Wie sich herausstellte, hatte Owen erst einige Tage zuvor erfahren, daß seine eigenen Jugendjahre Thema des Romans waren. Er wußte nicht recht, ob er sich darüber freuen oder ärgern sollte.

»Er könnte weit geeignetere Themen finden. Aber ich freue mich, daß ich bei ihm ein Interesse geweckt habe. Ich bin mir aber nicht sicher, ob ich das Endergebnis lesen will.«

»Wieso nicht?« fragte ich.

Er dachte kurz darüber nach.

»Vergiß nicht«, sagte Kathryn, »hier handelt es sich um frei erfundene Prosa, auch wenn's um Tatsachen geht. Echte Menschen, erfundene Gedanken. Der Junge hat das moderne Denken im Griff. Zeigen wir ihm doch etwas mehr Respekt.«

»Aber du hast doch gesagt, er hat meinen Namen geändert.«

»Ich hab drauf bestanden.«

»Wenn ich Schriftsteller wäre«, sagte Owen »würde ich mich unheimlich freuen, wenn man mir sagen würde, der Roman sei tot. Wie befreiend, in den Rändern zu arbeiten, außerhalb einer zentralen Wahrnehmung. Man wäre das Schreckgespenst der Literatur. Herrlich.«

»Hast du mal was geschrieben?« fragte sie.

»Nie. Früher glaubte ich, Dichter zu sein sei was Tolles. Ich war sehr jung, das ist lange her. Ich glaube, ich hielt einen Dichter für einen sensiblen, blassen Burschen mit niedrigem Fieber.«

»Warst du ein sensibler, blasser Bursche?«

»Vielleicht linkisch, aber stark, jedenfalls stark genug. In der Hochgrasprärie hat man immer nur gearbeitet. Dieser riesige Raum. Ich glaube, wir haben nur deswegen gepflügt, die Hacke geschwungen und die Sense geführt, um nicht vom Raum verschluckt zu werden. Als würde man im Himmel leben. Erst als ich wegging, habe ich gemerkt, wie ehrfurchtgebietend das war. Und in der Einnerung wird es immer ehrfurchtgebietender.«

»Aber du hast im Mittelwesen und im Westen gelehrt.«

»An verschiedenen Orten.«

»Nicht in Kansas?«

»Nicht in der Prärie. Davon ist nicht mehr viel übrig. Ich bin seit fünfunddreißig Jahren nicht mehr zu Hause gewesen.«

»Und du hast wirklich noch nie ein Gedicht geschrieben, Owen? Sag die Wahrheit«, insistierte sie, auf irgend etwas anspielend.

»Ich war ein zäher Arbeiter, vielleicht ein bißchen langsam, einer von diesen schlacksigen Jungs, die herumstehen und ins grelle Licht blinzeln. Ich habe gearbeitet, die Hausarbeit erledigt, ein gehorsamer Sohn und unglücklich. Aber ich glaube, ich habe nie auch nur eine einzige Gedichtzeile zu Papier gebracht, Kathryn, nicht eine einzige.«

Die Flammen knickten um, wurden vom Wind niedergedrückt, flackerten. Das zitternde Licht schien mit seiner Dringlichkeit anstecken zu wollen. Ich kippte den Wein in großen Schlucken in mich hinein, trocknete dabei aber immer mehr aus. Die anderen beiden plauderten sich gelassen an Mitternacht heran.

»Einsamkeit.«

»Eine Zeitlang haben wir in der Stadt gewohnt. Dann außerhalb, an einem einsamen Ort, eigentlich war es überhaupt kein Ort.«

»Ich war nie allein«, sagte sie. »Ich glaube, nach dem Tod meiner Mutter hat mein Vater ganz bewußt dafür gesorgt, daß das Haus voller Leute war. Bei uns ging es zu wie in einer dieser alten Theaterkomödien, wo die Hauptpersonen gerade zu ihrer Schiffsreise nach Europa aufbrechen wollen. Die Bühne ist voller Gepäck. Ständig tauchen irgendwelche Freunde auf, die ihnen alles Gute wünschen. Und dann gibt's Komplikationen.«

»Wir waren in der Mitte. Alles andere befand sich um uns herum, irgendwie immer gleich weit von uns entfernt. Alles war Raum, extreme Witterung.«

»Wir sind immerzu umgezogen. Mein Vater hat ständig Häuser gekauft. Kaum hatten wir in einem Haus eine Weile gewohnt, kaufte er ein neues. Manchmal hat er's geschafft, das alte zu verkaufen, manchmal nicht. Er hat nie gelernt, wohlhabend zu sein. Man kann deswegen verachtet werden, aber ihn haben alle gemocht. Sein ständiges Häuserkaufen hatte nichts mit Protzerei zu tun. In ihm steckte eine tiefe Rastlosigkeit und Unsicherheit. Er war wie jemand, der versucht, sich in der Nacht aus dem Staub zu machen. Er hatte das Gefühl, Einsamkeit sei eine Krankheit, die schon immer auf ihn gelauert hatte. Jeder mochte ihn. Ich glaube, das hat ihm irgendwie Sorgen gemacht. Freundschaft hat ihn traurig gemacht. Er kann keine hohe Meinung von sich gehabt haben.«

»Dann war ich ein Mann. Ich war schon vierzig. Mir wurde klar, daß ich das Alter von Vierzig aus der Perspektive eines Kindes gesehen habe.«

»Ich kenne das Gefühl«, sagte ich. »Vierzig war das Alter meines Vaters. Alle Väter werden vierzig. Ich wehre mich gegen die

Vorstellung, daß ich rapide auf sein Alter zugehe. Als Erwachsener hab ich nur zwei Alter gehabt. Zweiundzwanzig und vierzig. Zweiundzwanzig war ich noch bis Mitte Dreißig. Jetzt habe ich schon die Vierzig erreicht, obwohl mir dazu in Wahrheit noch zwei Jahre fehlen. In zehn Jahren werde ich immer noch vierzig sein.«

»In Ihrem Alter merkte ich, daß mein Vater in mir gegenwärtig ist. Es gab da einige sehr unwirkliche Augenblicke.«

»Sie haben das Gefühl gehabt, daß er Sie besetzt. Das kenne ich. Plötzlich ist er da. Man hat sogar das Gefühl, daß man aussieht wie er.«

»Kurze Augenblicke. Ich hatte das Gefühl, ich sei mein Vater geworden. Er hat mich übernommen, mich mit sich ausgefüllt.«

»Man betritt einen Fahrstuhl, und plötzlich ist man er. Die Tür geht zu, und das Gefühl ist weg. Aber jetzt weiß man, wer er war.«

»Morgen nehmen wir die Mütter durch«, sagte Kathryn. »Aber mit mir könnt ihr da nicht rechnen. Ich kenn meine kaum.«

»Der Tod deiner Mutter, das hat ihn so werden lassen«, sagte ich.

Sie sah mich an.

»Wie kannst du das denn wissen? Hat er mit dir darüber geredet?«

»Nein.«

»Wie kannst du das dann wissen?«

Ich ließ mir viel Zeit mit dem Nachschenken der Gläser und sammelte meine Stimme, um ein neues Thema anzuschneiden.

»Wie kommt es eigentlich, daß wir hier soviel reden? In Athen mach ich das genauso. Unvorstellbar in Nordamerika, sich so oft zu unterhalten. Reden, anderen beim Reden zuhören. Keller hat mich neulich erst morgens um halb sieben rausgeschmissen. Vielleicht, weil sich das Leben hier mehr draußen auf der Straße abspielt. Muß irgendwas in der Luft sein.«

»Ihr seid ständig halb besoffen. Das wäre auch eine Erklärung.«

»Wir reden einfach mehr, ob betrunken oder nüchtern«, sagte ich. »Die Luft ist voll von Wörtern.«

Er blickte starr an uns vorbei, eine lunare Trauer. Was er wohl da draußen sah? Seine Hände lagen verschränkt auf seiner Brust, große Hände, voller Schrammen und Narben, ein Gräber und Steinklopfer, früher ein Bauer. Kathryns Blick begegnete meinem. Ihr Mitleid mit diesem Mann war möglicherweise so groß, daß dabei auch noch ein kleiner Rest für ihren flehenden Ehemann abfiel. Gnädiger, gütiger Sex. Das kleine einfache Bett in dem Zimmer am Ende des Hotelflurs, straffgezogene Laken. Auch das könnte eine Gnade und ein Privileg der Insel sein, eine vorübergehende Aufhebung der Vergangenheit.

»Ich glaube, sie sind jetzt auf dem Festland«, sagte Owen.

Wie könntet ihr das verstehen, schien er uns zu fragen. Euer häusliches Drama, eure laute Sprache der Vorwürfe und Kränkungen. Diese Legionen unschuldiger Paare mit ihren Ehewunden. Er sah weiter an uns vorbei.

»Sie haben irgendwas vom Peloponnes gesagt. Es war nicht ganz verständlich. Einer von ihnen kannte da scheinbar einen Ort, wo sie unterkommen konnten.«

»Sollte man das vielleicht der Polizei sagen?« fragte Kathryn.

»Ich weiß nicht. Meinst du?« Der Griff nach dem Weinglas brachte ihn wieder zurück. »In letzter Zeit habe ich öfters an Rawlison gedacht, der Engländer, der die Inschriften auf dem Bisitun-Relief kopieren wollte. Sie waren in Altpersisch, Elamisch und Babylonisch verfaßt. Als er auf seiner Leiter von der ersten Gruppe zur zweiten balancierte, ist er fast zu Tode gestürzt. Deshalb kam er auf die Idee, den babylonischen Block, der am schwierigsten zu erreichen war, von einem kurdischen Jungen kopieren zu lassen. Der Junge arbeitete sich Zentimeter um Zentimeter über eine Felswand vor, die nur winzige Vertiefungen als möglichen Halt für seine Finger bot. Und für seine Zehen. Vielleicht hat er sich sogar in die Buchstaben gekrallt. Ich stell mir gern vor, daß es so war. Auf diese Weise rückte er Stück um Stück vor, an den Felsen geklammert, unter dem großen

Hochrelief von Dareios vor einer Gruppe in Ketten geschlagener Empörern vorbei. Ein senkrechter Abgrund. Aber er hat's geschafft, wie durch ein Wunder, laut Rawlinson, und schließlich konnte er eine Pause von dem Text anfertigen, indem er von einer Art Bootsmannsstuhl baumelte. Was ist das für eine Geschichte, und warum habe ich in letzter Zeit an sie denken müssen?«

»Es ist eine politische Allegorie«, sagte Kathryn.

»Ach, tatsächlich? Ich finde, diese Geschichte macht deutlich, wie weit Menschen zu gehen bereit sind, um ein Muster zu erfüllen, ein Muster zu finden oder die Elemente eines Musters zusammenzufügen. Rawlinson wollte die Keilschrift entziffern. Er brauchte diese drei Schriftbeispiele. Als der Kurdenjunge wohlbehalten von den Felsen herunterkletterte, war das der Anfang des Versuchs des Engländers, ein großes Geheimnis zu lüften. Laute, Spucke und Geplapper von drei gesprochenen Sprachen hatte man gebändigt und aufgezeichnet, auf diese keilförmigen Zeichen reduziert. Mit Koordinationssystemen und Listen spürt der Dechiffrierer Beziehungen, Verbindungen und Parallelen auf. Wie sehen die Zeichenfrequenzen aus, die phonetischen Werte? Er sucht nach einem Modell, das diese Ansammlung von Zeichen zum Sprechen bringt. Auf Rawlinson folgte Norris. Es ist übrigens interessant, Kathryn, daß beide Männer einmal für die Ostindische Gesellschaft gearbeitet haben. Hier finden wir ein anderes Muster, wieder spricht ein Zeitalter zu einem anderen. Wir können die Perser als aufgeklärte Eroberer bezeichnen, zumindest in diesem Fall. Sie erhielten die Sprache des unterworfenen Volks. Eben dieses Elamische gehörte zu jenen Sprachen, die von den politischen Agenten und Dolmetschern der Ostindischen Gesellschaft entziffert wurden. Ist das das wissenschaftliche Gesicht des Imperialismus? Das menschliche Gesicht?«

»Bändigen und aufzeichnen«, sagte Kathryn. »Wie oft haben wir das schon erlebt?«

»Wenn es eine Geschichte darüber ist, wie weit die Menschen

bereit sind zu gehen«, sagte er, »wieso habe ich ausgerechnet jetzt darüber nachgedacht? Vielleicht hat es etwas mit dem Mord an diesem alten Mann zu tun. Wenn dein Verdacht begründet ist und es sich wirklich um eine Kultsekte handelt, dann kann ich dir sagen, daß es kein sinnloser Mord war, Kathryn. Das ist nicht einfach so geschehen. Und sie haben es nicht aus Spaß gemacht.«

»Du hast sie gesehen und mit ihnen geredet.«

»Das ist meine Einschätzung. Ich könnte mich irren. Wir könnten uns alle irren.«

Ich sah in die Zukunft, auf die Wände meines Hotelzimmers. Wie ich im Pyjama am Bett stehe. Ich bin mir im Pyjama immer albern vorgekommen. Das Hotel hieß *Koros,* wie das Dorf, wie die Insel, wie das Schiff, das von und zur Insel fuhr. Einfach gestrickt. Mikro Kamini, wo man den Alten gefunden hatte, bedeutet »kleiner Ofen«. Mich überkam immer ein kindlicher Stolz, wenn ich solche Sachen wußte oder herausbekam, selbst wenn der Anlaß meiner Bemühungen eine Leiche war. Das erste Fragment Griechisch, das ich jemals übersetzt habe, war eine Wandparole mitten in Athen. *Tod den Faschisten.* Einmal brauchte ich fast eine ganze Stunde, mit Wörterbuch und Grammatik, um die Zubereitungsanweisungen auf einer Packung Haferflocken zu übersetzen. Dick und Dot mußten mir sagen, wo man Frühstücksflocken mit mehrsprachigen Packungsaufschriften kaufen konnte.

»Die Nacht ist etwas Eigentümliches«, sagte Owen. »Die Dinge der Welt sind nicht mehr diskret. Alle Schichten und Unterschiede des Tages verschwinden im Dunkeln. Die Nacht ist ein Kontinuum.«

»Es spielt keine Rolle, ob wir lügen oder die Wahrheit sagen«, meinte Kathryn.

»Wunderbar, ja, genau.«

Am Bett im Pyjama. Kathryn liest. In wie vielen Nächten haben wir in unserer müden Haut, ohne Lust auf Gespräch oder Liebe, die dichten Stunden hinter uns, diesen Augenblick gemeinsam erlebt, ohne zu wissen, daß er zu den Dingen zählte, die man gemeinsam erleben konnte. Scheinbar bedeutet er nichts, wieder einmal Zeit, ins Bett zu gehen, ihr Kopf auf dem Kissen im Fünfzig-Watt-Licht, nur daß diese Einzelheiten, stehender Mann, Buchseiten, die umgeblättert werden, die fast allabendlich wiederholten Details, langsam über eine geheimnisvolle Kraft verfügten. Und hier stehe ich wieder, am Bett im Pyjama, und spiele eine Erinnerung durch. Eine Erinnerung, die nicht unabhängig für sich existierte. Ich erinnerte mich an diesen Augenblick nur, wenn ich ihn wiederholte. Ich glaube, in diesem Umstand lag das Geheimnis, daß Handlung und Erinnerung ein und dasselbe waren. Ein Augenblick Autobiographie, ein winziger Fries. Der Augenblick verwies auf sich selbst zurück und deutete gleichzeitig in die Zukunft. *Hier bin ich.* Eine seltsame Mahnung, daß ich einmal sterben würde. Es war das einzige Mal in meiner Ehe, daß ich mich alt fühlte, ein Exemplar des Altseins, ein sichtbares Zeichen, wie ich in diesem etwas zu großen Pyjama dastand, ein wenig lächerlich, und den gleichen Augenblick vom Vorabend noch einmal erlebte, Kathryn, lesend im Bett, ein Gläschen griechischer Schnaps auf ihrem Nachttisch, noch so ein Verweis auf die Zukunft. Ich werde allein sterben. Alt, geologisch gesehen. Das untere Relief von Bodenformationen. Olduvai.

Wer weiß, was das bedeutet? Die Kraft des Augenblicks bestand in dem, was ich nicht über ihn wußte, wenn ich da stand, wenn die nächtlichen Gezeiten wiederkehrten, die sterbliche Nachlese, die den Raum zwischen uns füllte, unaussprechlich, unsere Körper bereit zum Träumen in locker sitzender Kleidung.

Als ich allein lebte, spürte ich das nie. Irgendwie hing die Assoziation von der Frau im Bett ab. Oder vielleicht lag es einfach daran, daß meine Tage und Nächte jetzt weniger regelmäßig verliefen. Reisen, Hotels. Die Umgebung wechselte zu oft.

»Ein früher Abgang für Owen.«
»Vielleicht ein frühes Ende der Saison«, sagte die. »Der Dekan

der Universität hat ihm einen Besuch abgestattet. Er war in Athen zu einer Besprechung mit dem ASCS. Sie überprüfen gerade ihre Studiengänge. Auf lange Sicht könnte das was Positives bedeuten. Vielleicht können wir wieder im April nächsten Jahres anfangen. Spätestens im Mai. Das ist der momentane Stand.«

»Mit Owen?«

»Mit oder ohne. Wahrscheinlich ohne. Niemand weiß, was Owen vorhat. Gerade wegen dieser Unklarheit sind hier so viele Probleme entstanden.«

»Für alle anderen außer für dich.«

»Genau. Ich hab davon profitiert. Und Owen ist sicher, daß ich wiederkommen kann. Immerhin. Wenigstens haben wir jetzt eine ungefähre Vorstellung, wie's aussieht. Das hast du doch gewollt.«

Wie einfach war es doch, dazusitzen und unser Leben über die Jetströme und Jahreszeiten hinweg zu planen. Wir waren voller Ideen, nachdem wir gelernt hatten, in der gescheiterten Ehe eine Gelegenheit zu sehen, neue Unternehmungen anzupacken und persönliche Kühnheit zu beweisen. Kathryn war eine Meisterin darin. Nichts machte ihr mehr Spaß, als sich einem Problem zu stellen und es in einen Vorteil für sich zu verwandeln. Wir unterhielten uns über ihre Vorschläge und sahen in ihnen nicht nur Entfernung und Trennung, sondern auch die Chance, beides für uns zu nutzen. Väter sind Pioniere des Himmels. Ich dachte an David Keller, der extra nach New York flog, um mit seinen Kindern in einem Hotel in Manhattan Bananensplits zu essen. Dann zurück übers Meer Trost und Licht entgegen, Lindsay, die sich oben ohne auf ihrer Terrasse bräunt.

Kathryn und ich einigten uns. Ende des Sommers würde sie mit Tap nach London gehen. Sie würden bei ihrer Schwester Margaret wohnen. Sie würden eine Schule für Tap suchen. Kathryn wollte Seminare in Archäologie und verwandten Disziplinen belegen. Und für mich wäre es leicht, wenn auch teuer, sie zu besuchen. London war drei Flugstunden von Athen entfernt und damit etwa sieben Stunden näher als die Insel.

»Und im April kommt ihr wieder.«

»Jetzt wo ich hier unten einige Leute kenne, müßte ich ein besseres Haus zum Mieten finden können. Und Tap kommt nach, sobald die Schule aus ist. Könnte schlimmer sein.«

»Dann kann ich endlich mal den Parthenon-Fries sehen«, sagte ich.

Wir einigten uns ferner darauf, daß ich in dieser Nacht auf dem Sofa schlafen würde. Nach dem, was in dem anderen Dorf passiert war, wollte ich sie nicht alleinlassen.

»Ich muß noch sauberes Bettzeug suchen. Wir können an die eine Seite des Sofas einen Stuhl hinstellen. Es ist nicht lang genug.«

»Ich komm mir wie ein Kind vor, das bei einem Freund übernachtet.«

»Wie aufregend«, sagte sie. »Ob wir damit fertig werden?«

»Hör ich da einen Wunsch heraus?«

»Ich weiß nicht, was du da raushörst.«

»Eine Unsicherheit, eine Spannung?«

»Jedenfalls nichts, worüber wir hier einfach so reden können, oder?«

»Bei einem Glas Landwein. Wir stecken in einer Art vermintem Gelände fest. Es ist leichter, wenn Owen da ist. Das muß ich zugeben.«

»Warum machen wir uns überhaupt die Mühe?«

»In unserer Ehe waren wir ziemlich praktisch orientiert. Jetzt stecken wir voller schwerfälliger Hoffnungen. Es kommt nichts mehr zustande. Wir sind beide irgendwie edel geworden. Wir weigern uns, das zu tun, was zweckdienlich ist.«

»Vielleicht sind wir gar nicht so schlecht, wie wir denken. Was für ein Gedanke. Revolutionär.«

»Wie wären deine Minoer mit so einer Situation umgegangen?«

»Schnellscheidung wahrscheinlich.«

»Kultivierte Leute.«

»So werden sie jedenfalls auf den Fresken dargestellt. Vornehme Damen. Anmutig, schmale Taillen. Vollkommen europäisch. Und diese lebhaften Farben. Völlig anders als Ägypten mit all dem düsteren Sandstein und Granit. Ewiges Ego.«

»Sie haben nicht in monumentalen Kategorien gedacht.«

»Sie haben Haushaltsgegenstände verziert. Sie haben die Schönheit darin gesehen. In schlichten Dingen. Es gab bei ihnen auch noch was anderes als nur Vergnügen, Klamotten und Tratsch.«

»Ich glaube, ich würde mich bei den Minoern ganz wohl fühlen.«

»Wunderbare sanitäre Anlagen.«

»Und übermäßig ehrfürchtig waren sie ja auch nicht. Die haben alles nicht so ernst genommen.«

»Übertreib's nicht«, sagte sie. »Schließlich gab's den Minotaurus, das Labyrinth. Noch düsterere Sachen. Unter all den Lilien, Antilopen und blauen Affen.«

»Das ist mir bisher nicht aufgefallen.«

»Was hast du denn gesehen?«

»Nur die Fresken in Athen. Reproduktionen in Büchern. Die Natur war für die Minoer eine Quelle der Freude, keine böse oder göttliche Macht.«

»Bei einer Ausgrabung im nördlichen Zentralkreta ist man auf Funde gestoßen, die auf Menschenopfer hinweisen. Es wird noch nicht viel darüber geredet. Ich glaube, sie sind gerade dabei, eine chemische Analyse der Knochen zu machen.«

»Eine minoische Stätte?«

»Alles deutet darauf hin.«

»Wie wurde das Opfer getötet?«

»Man hat ein Bronzemesser gefunden. Vierzig Zentimeter lang. Menschenopfer sind in Griechenland nicht unbekannt.«

»Aber doch nicht bei den Minoern.«

»Nicht bei den Minoern. Das wird jahrelange Diskussionen auslösen.«

»Ist es so leicht, die Wahrheit zu ermitteln? Nach dreitausendfünfhundert Jahren?«

»Dreitausendsiebenhundert«, sagte sie.

Wir saßen gegenüber dem Berg, der das Dorf überragte. Ich merkte sehr schnell, wie schwach mein Widerstand gegen diese Enthüllung war. *Immer begierig, das Schlimmste anzunehmen.* Noch während sie redete, hörte ich schon, wie sich die ersten kleinen Wellen am Strand brachen. Befriedigung. Die zimtbraunen boxenden Jünglinge, die Frauen weiß und stolz in Röcken, die wie gefältelte Glocken aussahen. Das Ich findet immer einen Ort für seine Erfüllung, selbst in der kretischen Wildnis, außerhalb von Zeit und Licht. Das Messer wurde neben dem Skelett des Opfers gefunden, sagte sie, ein junger Mann, der in Fötuslage auf dem Podest lag. Den Priester, der ihn getötet hatte, fand man auch. Er war Rechtshänder und wußte, wie man sauber eine Halsschlagader durchtrennt.

»Wie ist der Priester gestorben?« fragte ich.

»Es gab Anzeichen für ein Erdbeben und einen Brand. Das Opfer stand damit im Zusammenhang. Man hat auch eine Säule gefunden, mit einem Graben drumherum, um Blut aufzufangen. Anderswo hat man auch schon Säulenkrypten entdeckt. Monumentale Säulen mit dem Zeichen der Doppelaxt. Da hast du nun doch deine Monumentalität, James. Im Boden verborgen.«

Wir schwiegen eine Weile.

»Was sagt Owen dazu?«

»Ich habe versucht, mit Owen darüber zu reden, aber anscheinend hat er die Minoer satt. Er sagt, dieses ganz großartige Motiv mit den Stieren und Stierhörner hat im Grunde bloß etwas mit gehörnten Ehemännern zu tun. All diese eleganten Frauen seien ins Labyrinth geschlichen, um mit irgendeinem libyschen Matrosen zu bumsen.«

Ich lachte. Sie griff über die Kerzen, legte ihre Hand an meine Wange, beugte sich stehend vor und küßte mich langsam. Ein Augenblick, der nur seine eigene bedauernde Glut ausdrückte. Süß genug und warm. Eine Erinnerung.

Ich hielt mich an die Regeln und blieb draußen, bis sie das

Sofa für mich hergerichtet hatte und ins Bett gegangen war. Am nächsten Morgen würden wir ganz bewußt über alltägliche Dinge reden.

Tap kam für zwei Tage nach Athen zusammen mit seinem Freund Rajiv und dessen Vater, der an der Kunsthistorischen Fakultät der Universität von Michigan beschäftigt war. Ich hatte auf der Ausgrabungsstätte schon mehrmals mit ihm gesprochen, ein stämmiger Mann, der Anand Dass hieß; er war ernst und freundlich, und wie er sich in Tennis-Shorts und einem blitzsauberen Baumwollhemd durch den Schutt bewegte, war beeindruckend. Sein Sohn tanzte ständig um ihn herum, stellte Fragen, packte den Mann am Arm, an der Hand, sogar an den Schlaufen seines Gürtels, und ich fragte mich, ob Rajiv durch die vierzehn Monate Amerika und fünf Wochen Griechenland in eine derart verwirrende Entfernung zu der Summe bekannter Dinge geraten war, daß nur der Rettungsanker der dunklen massigen Gestalt des Vaters seine Beunruhigung lindern konnte.

Er war ein sympathischer Junge, er hüpfte beim Gehen, in Taps Alter, aber größer, und er trug eine Hose mit Schlag für seine Reise nach Athen. Ich holte sie in Piräus ab, an einem ausgebleichten Tag, leer und still. Ich hatte vorgehabt, mit den Jungs eine Stadtrundfahrt durch Athen zu machen, aber ich verfuhr mich ständig. Jenseits der zentralen Wahrzeichen sahen die Straßen eine wie die andere aus. Die modernen Wohnblocks, die bunten Markisen über den Balkons, die mit den Kürzeln politischer Parteien beschmierten Mauern und Wände, hin und wieder ein altes sepiabraunes Gebäude mit einem Terrakotta-Dach.

Anand saß neben mir und erzählte von der Insel. Seit zwei Tagen hatten sie keinerlei Wasser gehabt. Ein trockener Südwind bedeckte alles mit Sand. In den Dorfläden gab es nur noch das Obst und Gemüse, das auf der Insel wuchs. Er würde erst in einem Monat wieder zu Hause in East Lansing sein. Grün. Bäume und Rasen.

»Sie hätten sich für Ihre Grabung ja auch einen leichteren Platz aussuchen können.«

»Das ist typisch Owen«, sagte er. »Owen ist berüchtigt dafür. Er glaubt, daß er als nächstes nach Indien geht. Ich hab ihm gesagt, er soll sich das bloß aus dem Kopf schlagen. Du kriegst keine Gelder, du kriegst keine Erlaubnis, und du wirst in der Hitze krepieren. Das Wetter ist diesem Menschen völlig egal.«

»Er genießt dieses Gefühl der Qual.«

»Er genießt es. Stimmt genau.«

Wir fuhren durch endlose, fast menschenleere Straßen. Zwei Männer gingen die Straße entlang, bissen jeder mit schräggelegtem Kopf in einen Pfirsich, den Körper unbeholfen zurückgebogen, um dem herabtropfenden Saft auszuweichen.

»Sie wissen ja, was passiert ist«, sagte Anand.

Er sprach in so verändertem Ton, daß ich sofort wußte, was er meinte.

»Ich war dort.«

»Aber es war nicht der erste. Vor etwa einem Jahr gab's schon mal einen. Auf einer andern Insel. Donoussa.«

»Den Namen kenne ich nicht.«

»Liegt in den Kykladen. Winzig. Einmal in der Woche kommt ein Postboot aus Naxos vorbei.«

Die Jungs auf dem Rücksitz redeten Ob.

»Mit einem Hammer«, sagte er. »Ein junges Mädchen. Aus einer sehr armen Familie. Sie war verkrüppelt. Litt an einer Lähmung. Ich habe kurz vor meiner Abreise davon erfahren. Jemand aus Donoussa war in dem Dorf bei der Ausgrabungsstätte.«

Ich bog um eine Ecke und landete in einem Stau. Ein Mann stand, die Hände in die Hüften gestemmt, neben seinem Auto und spähte nach vorne, um zu sehen, warum es nicht weiterging. Aus seiner Haltung sprach grenzenlose Empörung. Busse, Trolleybusse, Taxis veranstalteten ein Hupkonzert, hörten dann fast gleichzeitig auf und hupten wieder los, als wollten sie dieser Tortur eine Form verleihen – eine würdevolle Panik. Rajiv fragte seinen Vater, wo wir seien, und Tap sagte: »Verloboren obim unobendoblichen Raumob.«

Wir brauchten eine halbe Stunde, um unser erstes Ziel zu erreichen, das Apartmenthaus, wo Bekannte von Anand wohnten und wo er und sein Sohn übernachten sollten. Am nächsten Abend würden wir alle zum Flughafen fahren. Rajiv sollte zusammen mit diesen Bekannten, einem jungen Paar, nach Bombay fliegen. Dort wollte ihn seine Mutter abholen und dann mit ihm nach Kaschmir fahren, wo Anands Familie ein Sommerhaus besaß.

Nachdem wir sie abgesetzt hatten, sagte Tap: »Können wir noch ein bißchen rumfahren?«

»Ich hab was zu essen gekauft. Ich glaube, wir sollten lieber nach Hause gehen.«

»Ich fahre gerne in der Gegend rum.«

»Ich hab dir die falschen Sachen gezeigt. Morgen sind wir erfolgreicher.«

»Können wir nicht einfach nur so rumfahren?«

»Willst du dir denn nichts ansehen?«

»Wir sehen doch was, wenn wir rumfahren. Ich mag Auto fahren.«

»Du fährst ja gar nicht. Ich fahre. Zielloses Herumfahren. Wird's dir auf der Insel immer noch Spaß machen, jetzt wo Rajiv weg ist?«

»Ich bleib da.«

»Irgendwann wirst du auch mal wieder zur Schule müssen.«

»Die graben immer noch. Wenn sie fertig sind, gehe ich wieder zur Schule.«

»Dir gefällt das harte Leben. Ihr seid ein ganz schön zähes Pärchen. Demnächst läßt sie dich in Tierfellen rumlaufen.«

»Die müßten dann von den Eseln oder Katzen stammen. Da gibt's massenhaft Katzen.«

»Ich sehe euch beide schon um die Welt segeln, in einem Boot aus Schilf und Katzenhaar. Auf Schule kann man verzichten, stimmt's?«

Er sah eine Weile aus dem Fenster.

»Wieso mußt du eigentlich nicht arbeiten?«

»Ich schau morgen mittag mal kurz ins Büro. Jetzt ist nicht so viel los. Wegen Ramadan. In den Ländern, wo wir hauptsächlich zu tun haben, geht es jetzt geruhsamer zu.«

»Moment, nicht sagen.«

»Das ist ein islamischer Monat.«

»Ich hab doch Moment gesagt. Wieso konntest du nicht warten?«

»Na gut, was darf man während des Ramadans nicht tun?«

»Man darf nichts essen.«

»Man darf bis Sonnenuntergang nichts essen. Dann wird gegessen.«

»Frag mich noch mehr.«

»Wir sind fast zu Hause. Wie ich sehe, hast du Rajiv ins Ob eingeführt. Findet deine Mutter vielleicht, daß du's ein bißchen übertreibst?«

»Sie hat nichts gesagt. Ich hab's ja schließlich von ihr gelernt.«

»Wenn das bei dir in eine Ob-session ausartet, dann soll ich sie dafür verantwortlich machen. Ist das so zu verstehen?«

Er drehte sich mit einer schroffen Bewegung zu mir und sah mich herausfordernd an.

»Ich will nicht wissen, was das heißt. Ich denk nach. Jetzt warte einfach, okay?«

Als ich vor meinem Apartmenthaus hielt, war es fast dunkel. Draußen vor der Tür stand der Hausmeister, der etwa in meinem Alter war und den energischen, finsteren Blick seines Berufsstandes hatte. Professionelle Herumlungerer. Zu viert oder fünft stehen sie auf dem Bürgersteig und fingern an ihren Bernsteinketten herum, Männer voller Unentrinnbarkeit, Schicksal, Ausstrahlung. Sie starren in die nahe Ferne. Manchmal versammeln sie sich zu ernsten Gesprächen beim Friseur, gehen abwechselnd in die Hocke. Sie bewachen die Eingänge, sie sitzen in marmornen Foyers. Wenn ein Mann oder eine Frau die Straße entlangkommt, jemand, der aus irgendeinem Grund das Interesse der Hausmeister weckt, wird er oder sie von einem zum andern weitergereicht, ein verirrtes Flugzeug, das bis zum Pol verfolgt wird. Sie sind nicht etwa neugierig. Die geringste Abweichung vom Gewöhnlichen löst in ihnen nur Verdacht aus. Autos kommen an und fahren ab. Leute warten an der Bushaltestelle, gegenüber streicht ein Mann die Hauswand. Das reicht für jeden.

Doch Niko hatte meinen Sohn noch nie gesehen. Er hob die Arme. Er trat auf die Straße und öffnete mit einem breiten Grinsen die Tür auf der Beifahrerseite. (Kinder waren von Vorteil.) Sie lösten in anderen Menschen eine mystische Freude aus. Sie standen im Mittelpunkt, immer im Licht, in einer Aura, wurden hochgehoben, geschaukelt, besungen, angebetet. Niko sprach mit Tap in einem Griechisch, wie er es mir gegenüber noch nie benutzt hatte, kraftvoll und warm, mit leuchtenden Augen. Ich sehe meinen Sohn in dem kleinen Tumult dieses Augenblicks. Er weiß, daß er allein damit fertig werden muß, und zieht sich recht pflichtbewußt aus der Affäre, schüttelt dem Mann die Hand und nickt wie wild mit dem Kopf. Er hat natürlich keine Erfahrung in herzlichen Beziehungen dieser Art, doch er bemüht sich gewissenhaft und rührend. Er weiß, daß die Freude des Mannes wichtig ist. Er hat das überall auf der Insel gesehen und hört auf seine Mutter. Wir müssen genauer sein in den Details unserer Reaktionen. Auf diese Weise zeigen wir den Menschen, daß wir den Ernst und die Würde ihrer Gefühle verstehen. Hier ist das Leben anders. Wir müssen der Größe der Dinge gerecht werden.

Am nächsten Abend stand ich mit Rajiv und Tap am Flugplatz unter der Abflugtafel, redete über die Zielorte und fragte mich, was Rajiv wohl sah, wenn er auf Wörter wie Bengasi und Khartum stieß. Ich fragte mich, was Tap sah.

»Freust du dich schon darauf, endgültig nach Indien zurückzugehen?« fragte ich. »Dein Vater meint, irgendwann nächstes Jahr.«

»Ja, ich freu mich drauf. Da ist es nicht so kalt und ich geh dort gern zur Schule. Wir machen viele Wettrennen, und ich bin sehr schnell.«

»Ist er sehr schnell, Tap?«

»Ziemlich schnell. Jedenfalls schneller als ein dreibeiniger Hund.«

»Das ist doch nicht übel? Er hat ja ein Bein mehr als ich.«

»Was willst du denn studieren, wenn du wieder zu Hause bist?« fragte ich.

Bei den meisten Fragen hielt er den Atem an. Seine Miene wurde ernst, er wägte die Implikationen und die tiefere Bedeutung der Frage sorgfältig ab. Ich bemerkte, wie er sich in die Brust warf, als er seine Antwort verkündete.«

»Mathematik, Hindi, Sanskrit und Englisch.«

Später beobachtete ich aus einiger Entfernung, wie Anand sich von dem Jungen verabschiedete. Er schien der geborene Vater zu sein. Er hatte etwas Beruhigendes an sich, eine besänftigende Gegenwart, die Rajiv das Gefühl geben mußte, sein Flugzeug gleite auf dem warmen Luftstrom des Befehls seines eigenen Vaters über das Arabische Meer. Der Junge bereitete sich darauf vor, gedämpfte Räume zu betreten. Aus diesem Chaos abreisender Menschen und den sie umgebenden Stimmen würde ihn eine Rolltreppe in den Bereich bringen, der Fluggästen vorbehalten war. Die Leute mit Reisedokumenten, die Abflughalle, die weicheren Sessel, das zielgerichtetere Warten. Am Gate, der letzten dieser statischen Kammern, ist die Stille dichter, das Warten beschränkt. Ihm werden Hände und Augen auffallen, Buchumschläge, ein Mann mit Turban und Bartnetz. Eine japanische Crew, japanische Sicherheitsbeamte, alles von seinem Vater geplant. Er hört Tamil, Hindi, und neugierig verspürt er eine eigentümliche Losgelöstheit, irgendwas ist an dem Geruch dieses Ortes, an der Lautsprecherstimme in der Ferne. Es fühlt sich nicht mehr wie *Erde* an. Und dann an Bord, noch weichere Sitze. Er wird spüren, wie die Systeme die Maschine mit Strom, Licht und Luft versorgen. Bis an den Rand der Stratosphäre, Weltsummen, die plötzliche Nacht. Selbst die Nacht wirkt organisiert, japanisch, sein kurzer Schlaf vom wuchtigen Puls des Flugzeuges beruhigt. Die Reise ist eine gedämpfte Pause zwischen dem Lärm Athens und den schwirrenden Stimmen Bombays.

Wir gingen auf die Aussichtsplattform.

Er reiste mit zwei Leuten, die er kannte. Dennoch war es für einen Neunjährigen ein einschneidendes Ereignis, eine Trennung durch Schub, Geschwindigkeit und Höhe und deswegen heftiger und intensiver als der Abschied am nächsten Tag, wenn Tap mit Anand zur Insel zurückkehrte.

Es war eine Stunde vor Sonnenuntergang. Tap beobachtete verstohlen eine Gruppe Männer in Freizeitkleidung und arabischen Gewändern, die sich leise unterhielten. Auf der Bucht lag ein milchiges Licht. Verschwommene Umrisse im Dunst, Zerstörer und Handelsschiffe. Wir sahen zu, wie die Flugzeuge starteten.

»Ich hab noch was gehört«, sagte Anand. »Sie waren sehr sehr lange dort. Wissen Sie das vom Felsunterstand?«

»Von welcher Insel reden wir jetzt?«

»Von Koros. Es waren drei Männer und eine Frau. In einem Felsunterstand.«

»Owen hat mir davon erzählt.«

»Die waren sehr lange da. Den ganzen Winter über, stellen Sie sich das mal vor. Der Mord auf Donoussa ereignete sich vor einem Jahr. Mir ist nicht bekannt, ob sich damals irgendwelche Fremde auf Donoussa aufhielten. Ich weiß nur, daß ein Mord begangen wurde. Mit einer ähnlichen Waffe.«

Er sah auf die Startbahn hinaus.

»Da gibt's mehrere Fragen«, sagte ich. »Haben Sie diese Leute jemals gesehen? In der Umgebung der Ausgrabungsstätte, in dem Dorf in der Nähe? Sind Sie mal zum Kloster hochgegangen? Owen hat Ihnen doch sicher erzählt, wie sie aussahen und was sie anhatten?«

»Solche Leute habe ich noch nirgendwo auf der Insel gesehen. Die Insel ist verdammt uninteressant. Wer kommt da schon hin? Das Dorf, in dem Kathryn sich das Haus gemietet hat, ist ja ganz hübsch. Aber sonst? Da sieht man nie jemand. Ab und zu ein paar Griechen. Französische oder deutsche Rentnerpaare. Solche Leute würden auf jeden Fall auffallen. Glauben Sie mir.«

»Woher wissen Sie, daß die den Winter in dieser Höhle verbracht haben?«

»Owen hat es mir erzählt. Woher sonst? Er ist der einzige, der sie gesehen hat.«

»Die können doch nicht vom Himmel gefallen sein, Anand. Es müssen sie doch auch andere Leute gesehen haben. Sie müssen mit einem Schiff gekommen und zu der Höhle gegangen sein.«

»Vielleicht sind sie einzeln gekommen, zu verschiedenen Zeiten, und waren damals nicht so zerlumpt, dreckig und hungrig. Jedenfalls sind sie niemandem aufgefallen.«

»Mir hat er nicht erzählt, daß sie so lange da waren.«

»Owen geht selektiv vor«, sagte Anand. »Machen Sie sich nichts draus.«

Wir lachten. Tap kam näher, deutete auf die Startbahn. Wir sahen eine 747 langsam im silbrigen Dunst aufsteigen, die Druckwelle erreichte uns, bevor die Maschine über der Bucht eine Schleife flog. Anand blickte ihr nach, bis sie nicht mehr zu sehen war. Dann gingen wir zum Auto und fuhren zurück nach Athen.

»Die haben gegessen«, sagte Tap.

»Wer hat gegessen?«

»Die Araber auf dem Flughafen, als wir auf den Abflug gewartet haben. Sie hatten Essen dabei.«

»Und?«

»Es ist doch Ramadan.«

»Stimmt«, sagte ich.

»Die Sonne war noch nicht untergegangen.«

»Vielleicht waren es keine Moslems.«

»Sie haben aber wie Moslems ausgesehen.«

»Wie sieht denn ein Moslem aus?«

»Anders als du oder ich.«

»Das erste Jahr, wo ich in den Staaten unterrichtet habe«, sagte Anand, »wollten alle Meditationsunterricht bei mir nehmen. Weil ich Hindu bin. Ich sollte ihnen beibringen, wie man atmet.«

»Haben Sie gewußt, wie man atmet?«

»Ich hatte keine Ahnung. Ich weiß es immer noch nicht. Kein Witz. Sie wollten ihre Alpha-Wellen kontrollieren. Sie glaubten, ich könnte ihnen sagen, wie man das macht.«

Während des ganzen Abendessens unterhielten sich Anand und Tap über Religion. Zeichen und Wunder. Geier, die um die Türme des Schweigens kreisen, wo die Parsen ihre Toten lassen. Dschainas, die Gaze vor dem Mund tragen, um zu vermeiden, daß sie Insekten einatmen und dadurch töten. Ernste Menschen, erkannte Tap. Er fühlte sich wohl, hier in dem Gartenlokal, seine Gabel in eine Melonenscheibe gespießt. Als Anand ihm von den aschgrauen Männern erzählte, die nackt mit Bettelschale und Stab umherwanderten, heiligen Männern, Sadhus, die in Schlamm und Staub durchs Leben laufen, wurde er wachsam und still.

Ich wartete ständig darauf, daß Tap nach seiner eigenen Religion fragte, ob er jemals eine gehabt habe oder ob seine Eltern eine gehabt hatten, und wenn ja, was damit passiert sei. Wir waren Zweifler, hätte ich ihm dann vielleicht gesagt. Skeptiker der etwas besseren Sorte. Die Zersplitterung des Christentums. Eins der vielen Dinge, über die Kathryn und ich einer Meinung waren, bodenständiger Zweifel, wenn wir auch nie darüber gesprochen hatten. Es war einfach da oder nicht da, etwas, was wir voneinander wußten. Das quasistellare Objekt, das Quanten-Ereignis, das waren die Quellen unserer Spekulation und unseres Staunens. Unsere Knochen bestanden aus Stoff, der von explodierten Sternen durch die Galaxie driftete. Dieses Wissen war unser gemeinsames Gebet, unsere Liturgie. Darin enthalten war das strenge Unerklärliche, die dräuende Gottmasse. Wenn wir Gott als ein Wesen sehen, hätte ich vielleicht zu Tap gesagt, dann ist die einzig richtige Reaktion darauf die des wandernden Sadhus. Nackt in Asche gehen, in der sengenden Sonne stehen. Wenn es *Gott* gibt, wie könnten wir uns dann nicht vollständig unterwerfen? Unser Dasein drehte sich ums Abnehmen, um eine langsame Reinigung. Und um die Vermehrung des Schönen in der Welt, würde Kathryn vielleicht sagen. Für sie hatte der Anblick einen eigenen Wert, auch wenn sein Ursprung im Dunkeln lag. Diese Männer im Staub Indiens wären schön anzusehen, auf ihre Stäbe gestützt, ihr Geist versengt, ihre Blicke leer, den endlosen Namen Gottes auf den Lippen.

Das Alphabet.

Später saß ich noch allein draußen, lauschte dem langsam verstummenden Geräusch des zu Ende gehenden Tages, den Stimmen in den Terrassenrestaurants, dem zweistufigen Sirren der Insekten in den Zypressen. Wahre Nacht. Das Doppler-Knattern der bergauf fahrenden Mopeds.

Anand hatte gesagt, es sei sicher auf der Insel, ganz bestimmt, sie seien weg. Ich fragte ihn, wie oft Owen bei der Höhle gewesen war. Sehr oft. Aber Owen hatte mir gesagt, daß er sie nur einmal gesehen hatte; sie seien schon weg gewesen, als er das nächste Mal hingegangen sei. Anand sagte, er wisse genau, wann und wie oft Owen der Ausgrabungsstätte ferngeblieben sei. Owen habe sie öfter als einmal gesehen. Das könne ich ihm glauben.

Am nächsten Tag in aller Frühe sah ich zu, wie das Schiff ablegte. Eine Tagesreise, selbst wenn das Anschlußschiff pünktlich war. Kathryn war jetzt wohl schon auf dem Gelände und stocherte mit Grabstichel und Pinzette in der Erde herum. »Sondieren« nannte sie das. Die Funde waschen. Die Funde in Kästen verpacken, die Kästen beschriften. Und wenn das Schiff in Sicht kam, würde sie auf dem Dach sitzen, mit einer Taschenlampe über ihren Protokollblättern, ihren Querschnittszeichnungen der Innenwand.

Mit jedem lodernden Tag verwandelte sie sich in etwas geringfügig Neues. Der Wind blies so heiß, daß den Bougainvillea die Blüten abfielen. Das Wasser wurde rationiert, die Telefone waren außer Betrieb. Doch der Konservator war wieder da, klebte Töpfe zusammen und legte sie in chemische Bäder. Es herrschte Aktivität. Einer der Studenten hob im Olivenhain einen Graben aus. Die Dinge waren nicht abgeschlossen. Es gab immer noch etwas zu finden.

Sie würde zum Hafen hinuntergehen und zusehen, wie er mit seinem Rucksack und seinem schiefen Lächeln vom Schiff kam.

Zu Hause.

Die langen Taxis glitten durchs trübe Istanbul, 88er Oldsmobiles, Buick Roadmasters, Chrysler-Limousinen, DeSotos mit kaputtem Auspuff, Detroits Restbestände der letzten Jahrzehnte, eine Stadt toter Autos. Aus der Luft sahen alle Städte wie sich zusammenbrauende braune Stürme aus, Fallen aus Hitze und Staub. Rowser schickte mich für einen Tag nach Kairo, wo ich für den örtlichen Verbindungsmann, der in der Lobby des Sheraton einen Schlaganfall erlitten hatte, den aktuellen Bericht fertigstellen sollte. Kairo, der Flugplatz ohne Radar, Kairo, die Herden rotgefärbter Schafe auf den Straßen der Innenstadt, die offenen Busse, an deren Seiten Menschentrauben hingen. In Karatschi gab es Stacheldraht, auf Mauern einzementierte Glasscherben, Lastwagen, die Bäume in Sackleinenbeuteln transportierten. Militärregierungen pflanzen immer Bäume. Damit zeigen sie sich von ihrer weichen Seite.

Im Istanbul Hilton traf ich einen Mann namens Lane, einen Anwalt, der für die Mainland Bank arbeitete. Am Tag vorher hatte er im Inter-Con in Amman Walid Hassan getroffen, einen von David Kellers Kreditsachbearbeitern. Ich hatte Hassan zuletzt im Hilton in Lahore gesehen, wo wir uns an der Rezeption getroffen hatten, als wir gerade jeder ein Formular unterschreiben wollten, das uns dazu berechtigte, in der Bar, die sich hinter einer unbezeichneten Tür neben der Lobby befand, ein alkoholisches Getränk einzunehmen. In der Bar trafen wir einen Mann namens Case, der Lanes Chef war.

Case war mit einer Ein-Satz-Geschichte aus Nairobi zurückgekehrt. Als Kampala von den tansanischen Streitkräften erobert wurde, begrüßte die Bevölkerung sie mit Blumen und Früchten und schlug in den Straßen ihre eigenen gefangengenommenen Soldaten tot.

Für uns waren alle diese Orte Ein-Satz-Geschichten. Irgend jemand war plötzlich da, sagte einen Satz über dreißig Zentimeter lange Eidechsen in seinem Hotelzimmer in Niamey, und das wurde dann zur Substanz dieses Ortes, zu dem Mittel, mit dem wir ihn uns einprägten. Der Satz war effektiv, überlagerte tiefer-liegende Ängste, Unsicherheiten, grassierende Unruhe. Um uns herum gab es fast nichts, was uns vertraut oder sicher erschien. Nur unsere Hotels, die sich aus dem Bodensatz ewiger Renovierung erhoben. Wir hatten hier ein anderes Gefühl für die Dinge um uns herum, als könnten wir nur die Ränder eines komplizierten Geheimnisses erahnen. Als hätten wir die Fähigkeit verloren, eine Auswahl zu treffen, das Besondere und Eigentümliche aufzuspüren und es zu einer Mitte zurückzuverfolgen, die wir gedanklich in eine für uns begreifbare Umgebung rücken konnten. Einen entsprechenden Kern gab es nicht. Es wirkten andere Kräfte, das Ordnungsprinzip der Reaktionen blieb uns rätselhaft. Grammatikalische Zeiten und Beugungen. Die Wahrheit war anders, der Sprachkosmos, und Männer mit Gewehren gab es überall.

In den Ein-Satz-Geschichten ging es um die Mühen und Beschwerden oder kleinen Peinlichkeiten unseres Alltags. Sie entsprangen dem Humor verborgener Angst.

Als ich wieder in Athen war, besuchte ich Charles Maitland in seiner Wohnung. Er wohnte in einer ruhigen, von Oleanderbüschen gesäumten Straße, etwa zwei Straßen von mir entfernt, direkt unter der Bibliothek der American School of Classical Studies. Es war eine Angewohnheit von ihm, wenn er jemandem die Tür öffnete, sich sofort wieder umzudrehen und ins Wohnzimmer zu schlurfen, wodurch er den Besucher ein wenig im unklaren ließ, ob er willkommen war oder nicht. Hinter diesem Verhalten steckte die Selbstsicherheit und Präzision vornehmer Erziehung, doch eigentlich besagte es nur, daß Charles sich nicht mit Unterhaltungen auf der Türschwelle aufhalten wollte.
Es war eine kleine Wohnung vollgestopft mit Gegenständen aus Afrika und dem Nahen Osten. Er war gerade aus Abu Dhabi zu-

rückgekehrt, wo es um Sicherheitssysteme für Raffinerien gegangen war.

»Werden da Amerikaner umgebracht?« fragte ich.

Er saß am Fenster, mit aufgeknöpftem Hemd und Pantoffeln, und trank ein Bier. Auf dem Boden vor seinen Füßen lag ein Exemplar von *Jane's Fighting Ships.* Ich holte mir was zu trinken und strich an den Bücherregalen entlang.

»Ich möchte sie überzeugen, Magnetsensoren zu verwenden«, sagte er. »Aber sie wollen nicht so recht. Das übliche Hickhack. Ich war sicher schon in hundert von diesen Bürokämmerchen. Was trinkst du da? Hab ich dir das gemacht?«

»Du wüßtest nicht, wie.«

»Guck nicht meine Bücher an. Macht mich nervös, wenn Leute das machen. Dann hab ich das Gefühl, ich müßte mitkommen und erklären, welche davon ich von Idioten und Außenseitern geschenkt bekommen habe.«

»Es sind sowieso hauptsächlich Anns Bücher.«

»Wann legst du endlich mal diese Sichtweise ab? Das ist vernichtend, weißt du?«

»Ihr seid schließlich zwei verschiedene Leute. Das sind ihre Bücher, die meisten davon. Du liest Handbücher, Baubeschreibungen.«

»Erzähl mir von Kairo«, sagte er. »Das ist eine Stadt.«

»Vierzig Grad.«

»Neun Millionen Menschen. Man braucht mindestens neun Millionen Menschen, bevor man sich als Stadt bezeichnen darf. Die Hitze ist beeindruckend, nicht?«

»Der Sand ist beeindruckend. Da war ein alter Mann, der mit einem Besen auf einer der Flughafenstraßen den Sand weggefegt hat.«

»Mann, ich vermisse den Sand. Er hat ihn also in die Wüste zurückgefegt? Brav.«

»Ich war nur einen Tag dort.«

»Länger braucht man nicht. Für Großstädte braucht man nur einen Tag. Das ist der Prüfstein für eine große Stadt. Der Verkehr, die Abwässer, die Hitze, die Telefone. Großartig. Laß dir von David erzählen, was in Teheran für Verkehr herrscht. *Das* ist Verkehr. Das ist eine Stadt.«

»Ich hab's schon gehört.«

Meckerndes Lachen.

»Weißt du, die hauen da jetzt alle ab.«

Sie hauten in 747ern von Pan Am ab, in VC-10-Maschinen, in Herkules-C-130-Transportern, in Starlifters C-141. Sie flogen nach Rom, Frankfurt, Zypern, Athen.

Als Tennant Teheran verließ, um zum Flughafen zu fahren, hörte er Geschützfeuer. Tennant hatte zehn Tage ununterbrochenes Geschützfeuer hinter sich. Leute in Mashad kamen auf sechs Tage hintereinander. Iran Oil Services charterte Flugzeuge für die Leute auf den Ölfeldern und ihre Familien. An einem Tag kamen fünfhundert Personen in Athen an. Am nächsten dreihundert.

Athen erstrahlte im warmen Glanz eines Manager-Refugiums, ein altes Märchen-Königreich, in dem sich Männer aus vielen Ländern trafen, um einander Anekdoten von Geschützdonner und grölendem Pöbel zu erzählen. Wir, die wir dort lebten, bekamen das Gefühl, daß wir diesen Ort bisher nicht richtig gewürdigt hatten. Stabilität war offenbar etwas Seltenes in den Städten des östlichen Mittelmeerraums, der Golfregion und den Gegenden jenseits davon. Hier hatten wir unser Musterbeispiel demokratischer Ruhe.

Sie kamen mit Linienflügen aus Beirut, Tripoli, Baghdad, aus Karatschi und Islamabad, aus Bahrain, Maskat, Kuwait und Dubai, die Frauen und Kinder der Geschäftsleute und Diplomaten, lösten in den Athener Hotels Zimmerknappheit aus, fügten ihre Geschichten hinzu, immer neue Geschichten. Das geschah im ersten Monat des neuen islamischen Jahres. Den zurückbleibenden Männern wurde von ihren Botschaften nahegelegt, Urlaub zu nehmen, oder wenigstens so selten wie möglich ihre Wohnungen zu verlassen. Der erste Monat war der heilige Monat.

Ich beobachtete vom Fenster, wie ein Priester durch eine Seitengasse auf das Gebäude zukam. Sie bewegten sich wie Schiffe, diese Männer in ihren schwarzen Soutanen und zylindrischen Hüten, breit und schaukelnd. Sonntag.

»Warum bist du eigentlich nicht draußen mit deinem Flugzeug?«

»Sollte ich das?«

»Seit ich hier bin, bist du sonntags immer rausgegangen.«

»Ann findet, daß ich versuche, mir eine Aura unerschütterter Würde zuzulegen. Wenn ich auf einer staubigen Wiese stehe und zu einem Modellflugzeug hochstarre, das über meinem Kopf herumschwirrt, wird diese Aura beeinträchtigt. Sie ist einfach nur mitleiderregend. Wenn ältere Männer bestimmte Dinge alleine tun, heißt das, daß man sie bedauern muß. Dinge, die eigentlich nur Jungs tun. Da ist irgendwas Verdächtiges an meinem Spielzeug. So lautet die Theorie.«

»Aber doch nicht Anns Theorie.«

»Es ist eine Theorie. Ich habe mich nicht richtig rasiert, mein Hemd steht offen. Alles nur, um meine erschütterte Würde zu unterstreichen. Behauptet sie.«

»Hat sie recht?«

»Es sind ihre Bücher«, sagte er gleichmütig.

»Geschäftliche Probleme. Hast du Schwierigkeiten, Aufträge zu bekommen?«

Er winkte ab.

»Ich kann jederzeit mit Rowser darüber reden.«

»Verschon mich mit dem.«

»Er ist gar nicht so übel. Wenn man erst mal begriffen hat, wie sein Gehirn funktioniert.«

»Wie funktioniert sein Gehirn denn?«

»An-aus. Null-eins.«

»Binär. Wie funktioniert ein Gehirn denn ganz allgemein? Mist, wir haben kein Bier mehr. Gibt's nach dem Tod Geschäfte, die sieben Tage die Woche durchgehend offen haben?«

Die Stammesmaske war aus Holz und Pferdehaar. Eine Grimasse. Augen mit schweren Lidern, geometrische Nase. Ich hätte Charles beinahe von den Morden auf den Kykladen erzählt. Aber bei genauerer Überlegung fand ich, daß das Thema so eng mit Owen Brademas verknüpft war, daß es wenig zu erzählen gegeben hätte, ohne ihn ins Spiel zu bringen. Es wäre erforderlich, ein Charakterbild von Owen zu zeichnen. Der Stoff kam von ihm, die Andeutung, daß hinter diesen Morden irgendein Sinn lag. Ich hatte keine Lust, an diesem trägen Spätsommertag, all die nötigen Hintergründe zu erläutern, und Charles schien genausowenig Lust zu haben, sich derartiges anzuhören.

»Es macht mir überhaupt nichts aus, für Rowser zu arbeiten«, sagte ich. »Das hab ich auch Kathryn gesagt. Genau hier will ich sein. Geschichte. Es liegt hier in der Luft. Alle diese Länder sind durch Ereignisse miteinander verbunden. Worüber reden wir alle denn, beim Essen? Im Grunde doch über Politik. Darum geht's doch eigentlich. Um Geld und Politik. Genau das ist mein Job. Und deiner auch.«

»Ich bin in der Welt, zugegeben. Ich war immer in der Welt. Aber ich bin mir nicht mehr so sicher, ob mir das noch gefällt.«

»Wir alle. Wir sind auf einmal wichtig. Spürst du das nicht auch? Wir sind mitten im Geschehen. Wir bewegen riesige Summen heikler Gelder. Wir recyceln Petrodollars. Wir bauen Raffinerien. Wir analysieren Risiken. Du hast gesagt, du bist in der Welt. Das ist eine sehr profunde Bemerkung, Charles. Vor einem Jahr wäre ich nicht darauf eingegangen. Ich hätte beiläufig genickt. Jetzt bedeutet das etwas für mich. Ich bin hier hergekommen, um in der Nähe meiner Familie zu sein, und ich finde hier mehr, als ich erwartet habe. Weil ich sie sehe, aber auch einfach, weil ich hier bin. Die Welt ist hier. Spürst du das nicht auch? An manchen dieser Orte haben die Dinge eine enorme Macht. Sie haben Relevanz, sie sind geheimnisvoll. Ereignisse haben Gewicht. Es braut sich etwas zusammen. Das habe ich auch Kathryn gesagt. Männer, die durch Straßen rennen. Menschen. Ich will damit nicht sagen, ich wünschte mir, daß die ganze Sache explodiert. Es bedeutet eine Schärfung der Sinne. Wenn die Mainland Bank einem dieser Länder ein Angebot macht, wenn

David nach Zürich fliegt, um sich mit dem türkischen Finanzminister zu treffen, dann kriegt er so ein Gefühl, er wird noch eine Spur rötlicher im Gesicht, als er sowieso schon ist, sein Atem geht schneller. Action, Risiko. Da geht's nicht um irgendeinen Kredit für einen Bauunternehmer in Arizona. Das hier ist viel umfassender. Es hat einen ernsten Rahmen. Hier ist alles ernst. Und wir sind mitten drin.«

»Wie funktioniert das Gehirn?« sagte er.

»Was?«

»Was sagen die neuesten Forschungsergebnisse?«

»Ich weiß nicht, wovon du redest.«

»Es liegt in der Luft. Das ist eine Geschichte. Es wird immer rötlicher.«

Sein Ton war so schroff, als würde er mit einem Wildfremden in der U-Bahn reden. Ein Ton, in dem etwas blank lag, in dem ein verletztes Ich durchschien. Was es auch bedeuten mochte, ich fand es sinnlos, darauf zu reagieren.

Ich ging auf die Terrasse. Es war einer dieser sandgestrahlten Tage. Die Stadt war farblos, sehr dicht und still. Eine Frau kam aus einem Haus heraus und ging langsam die Straße entlang. Sie war der einzige Mensch weit und breit, das einzige, was sich bewegte. In der Leere und dem grellen Licht ging etwas Geheimnisvolles von ihr aus. Groß, ein dunkles Kleid, eine Umhängetasche. Heuschrecken zirpten. Die Helligkeit, der langsame Nachmittag. Ich stand da und beobachtete sie. Sie trat auf die Straße, ohne sich in meine Richtung umzublicken. Keine Autos, keine Autogeräusche. Lag es an der leeren Straße, daß sie zu einer so erotischen Erscheinung wurde, an der Hitze und an der Tageszeit? Sie zog die Dinge zu sich heran. Ihr Schatten verlieh den Dingen um sie herum Tiefe. Sie ging auf der Straße, und selbst das war stark und verführerisch, ein Akt, von dem etwas Erotisches ausging. Der Körper erhebt sich über die Maschine. Eine sinnliche Arroganz. Daß nichts anderes zu sehen war, daß sie einen trägen, schwingenden Gang hatte, daß ihr Kleid aus einem Stoff war, der eng am Körper anliegt, daß ihr Hintern hart und fest war, daß der Moment, den sie in der Sonne ging, so langsam vorbeistrich – all das schuf sexuelle Spannung. Es lastete auf mir. Es versetzte mich in eine tranceähnliche Begierde. Die Frau war hypnotisch, nichts anderes, wie sie da mitten auf der Straße entlangging. Lange langsame leere stille Sonntage. Als ich klein war, hatte ich diese Tage gehaßt. Jetzt freute ich mich auf sie. Gedehnte Momente, Totenstille. Ich hatte festgestellt, daß ich diesen einen Tag brauchte, wo ich einfach nur war.

Als ich wieder reinging, war Ann im Wohnzimmer. Ihr Gesicht sah wie gebleicht aus, die Augen waren groß und blaß. Sie hielt ein Glas in der Hand.

»Guck mich nicht an.«

»Ich dachte, du wärst weg«, sagte ich. »Am Telefon hat Charles gesagt, du wärst auf dem Blumenmarkt.«

»Er schließt um zwei. Ich bin kurz vor dir gekommen.«

»Hast du dich vor mir versteckt?«

»Schon möglich.«

»Wo ist Charles?«

»Er macht ein Nickerchen.«

»Ihr seid wirklich ein interessantes Paar. Verschwindet abwechselnd.«

»Tut mir leid, James, ehrlich.«

»Ich muß jetzt sowieso gehen.«

»Sei nicht so bedrückt. Was willst du trinken?«

»Ihr habt also Probleme?«

»So sieht's wohl aus, nicht? Unser Sohn will uns besuchen. Peter. Bis dahin haben wir das wieder eingerenkt. Unsere Pflicht ist klar. Ist dir aufgefallen, daß er sich nicht richtig rasiert hat? Ständig wirkt er so, als wäre er kurz davor, irgendeine großartige komische Nummer abzuziehen. Er verfällt immerzu in Komik. Merkt er das eigentlich nicht? Im Grunde ist er ein begnadeter Komiker. Sich halb zu rasieren – also wirklich. Er will nicht, daß ich mitkomme, wenn er sein Flugzeug fliegen läßt. Er will dabei nicht *gesehen* werden.«

Ihre Art zu reden hatte etwas Vorgefertigtes. Ein träger, ununterbrochener Fluß. Es blubberte einfach aus ihr heraus. Sie war überdreht von der ganzen Anspannung und Übermüdung, beinahe verzweifelt, darauf erpicht, Sätze aneinanderzureihen, egal, welche. Ihr Tonfall diktierte den Sinn. Was sie sagte, war völlig nebensächlich. Es kam auf die Satzmelodie an, das Steigen und Fallen der ironischen Stimme, die Modulationen, die Akzente. Uns fehlte nur ein Thema.

»Haben wir uns seit Nairobi eigentlich schon mal unterhalten? Ich habe ein paar herrliche Schimpfwörter mitgebracht. Meine Schwester sammelt sie für Charles. Die führen vielleicht ein Leben da. Ein Hausdiener, ein Gärtner, ein Mann für die Pferde, ein Nachtwächter, ein Tagwächter. Aber es gibt weder Butter noch Milch.«

Sie wich meinem Blick aus.

»Weißt du, daß die Tennants hier sind? Wir gehen diese Woche irgendwann alle zusammen essen. Es gefällt ihnen hier nicht besonders. Sie wollen nach Teheran zurück. Sie sind fest dazu entschlossen, egal, wie gefährlich es ist.«

Sie hatte die Tennants in Beirut kennengelernt. Früher hatten sie in New York gelebt. In den vier Jahren dort, sagten die Tennants, hatten sie nie Schwierigkeiten gehabt. Niemand war jemals unhöflich zu ihnen gewesen oder hatte sie beleidigt. Sie wurden nie bedroht oder überfallen. Sie seien überall herumgelaufen, sagten sie in einem Tonfall, in dem sich gespielte Verwunderung darüber ausdrückte, was daran so bemerkenswert sein sollte. Das sagte jeder, der New York Respekt zollen wollte.

Wir sind überall herumgelaufen.

»Mir tun sie leid«, sagte sie. »Sie hatten sich gerade eingelebt. Bei manchen Orten braucht man dafür länger als bei anderen. Natürlich nur, wenn nicht geschossen wird. Wenn geschossen wird, zieht man einfach den Kopf ein und kümmert sich um seine Angelegenheiten. Man braucht sich keine Gedanken darum zu machen, wie man sich einlebt oder wie man ein Gefühl für eine Stadt bekommt. Das erledigen dann auf ziemlich dramatische Art und Weise andere für einen. Die sagen einem, wo man wann hingehen kann.«

In Beirut fuhr sie immer zum Flughafen raus, wenn sie einen Brief aufgeben wollte. An manchen Tagen wurde er in einen Kasten gesteckt, an anderen gab man ihn ihr zurück. Das hat Charles und Ann schließlich vertrieben. Nicht die dort grassierende Hepatitis, nicht die Cholera im Norden, nicht einmal der ständige Beschuß. Es war das Willkürliche, was allem anhaftete. Launen und Grillen. Nichts war zwei Tage hintereinander gleich. Vereinzelte Ereignisse. Das Leben wurde von Männern bestimmt, deren Handlungen die unberechenbare Gewalt einer abrupten Eskapade der Natur besaßen. Oft wußten die Männer selber nicht genau, wie sie im nächsten Moment handeln würden, und das machte Ann nervös. Sie konnte nicht den Gedanken hinter den Augen folgen. Checkpoints, Männeraugen. Die Frauen wischten immerzu Böden. Das war in Krisenzeiten offenbar ihre Aufgabe. Mitten während der schlimmsten Kämpfe wischten sie Böden. Sie wischten auch dann noch, wenn die Böden längst schon sauber waren. Die gleichförmigen Bewegungen, der regelmäßige Schwung. Unveränderliche Dinge müssen, so erkannte sie, einen höheren Wert haben, als wir denken.

»Guck mich nicht an«, sagte sie wieder.

»Es fällt einem nicht gerade schwer, dich anzugucken.«

»Hör auf. Bald werde ich Großmutter.«

»Ist Peter verheiratet?«

»Kaum. In seinen Beziehungen zu anderen Leuten hat er alles andere als eine klare Linie. So eine Unentschlossenheit würde ich mir auch gerne zulegen. Aber nein, Ann Maitland muß sich natürlich immer festlegen.«

»Sollten wir beide mal reden?«

»Ich dachte, nur Männer reden unter sich. Du weißt schon, jeder gibt 'ne Runde Bier aus und klopft dem andern auf die Schulter. Von wegen, morgen sieht alles wieder anders aus.«

»Charles redet nicht viel.«

»Kann man wirklich nicht behaupten. Er schläft lieber.«

»Charlie weiß nicht weiter.«

»Es ist bloß eine Affäre«, sagte sie. »Ich hab schon andere gehabt.«

»Was soll ich nun dazu sagen?«

»Nichts. Wir bügeln das wieder aus. Das haben wir früher auch immer geschafft. Das erfordert gewisse Schritte, die einer nach dem andern vollzogen werden müssen. Deutliche Entwicklungsphasen. Das Komische ist nur, ich kann das nicht so routiniert abspulen wie er. Da bin ich ganz unbegabt. Ich mach's allen Beteiligten schwer. Armer James, tut mir leid.«

Die Stimme war jetzt wieder die alte, nachdenklich und ausgeglichen, mit etwas verbunden. Sie beugte sich vor und berührte meine Hand. Die Welt ist hier, dachte ich.

Zuerst dachte ich, der Hausmeister sei zehn oder fünfzehn Jahre älter als ich. Das kleine Mädchen, das sich an sein Bein klammerte, hielt ich für seine Enkeltochter. Es dauerte eine Weile, bis ich merkte, daß ich die Altersrelation korrigieren mußte, bei ihm nach unten, bei mir nach oben. Mit vierzig wirken die meisten Griechen vollkommen gesetzt, wie ein Teil der beständigen Erde, von Zeit und Tradition dazu ausersehen, bestimmte Pflichten zu erfüllen, ein bestimmtes Gesicht zu tragen, auf bestimmte Art zu gehen, Dinge zu sagen und zu tun. Ich wartete noch darauf, mich vom Leben überraschen zu lassen. Ich war immerzu unterwegs, er war *da,* draußen auf dem Bürgersteig oder hinter seinem Tisch in der dunklen Eingangshalle, führte seine Bücher und trank Kaffee.

Er konnte kein Wort Englisch. Mein Griechisch war so wacklig und unsicher, daß ich mir wünschte, ich könnte dem Mann irgendwie aus dem Weg gehen. Aber es war unmöglich, an ihm vorbeizukommen, ohne daß wir ein oder zwei Sätze wechselten. Mal erkundigte er sich nach Tap, mal äußerte er sich über das Wetter. Der Versuch, ihn zu verstehen, ihm richtig zu antworten, war wie ein Vorwärtstasten durch einen Traum. Ich spähte immer in sein Gesicht, bemüht, aus dem gewaltigen

Schwall ein Wort zu erhaschen, irgendeinen Anhaltspunkt, worum es ging.

Heiß.

Heiß.

Sehr heiß.

Wenn ich mit einer durchsichtigen Plastiktüte voller Einkäufe in die Eingangshalle kam, sah er von seinem Platz hinter dem Tisch auf und nannte die Namen der einzelnen Waren. Manchmal wiederholte ich, was er sagte, oder sagte die Wörter sogar noch vor ihm, wenn ich sie kannte. Ich hob die Tüte im Vorbeigehen ein wenig höher, damit er den Inhalt besser sehen konnte. Brot, Milch, Kartoffeln, Butter. Der Hausmeister hatte diese Macht über mich. Er war durch die Sprache im Vorteil, und meist empfand ich in seiner Gegenwart kindliche Angst und Schuldgefühle.

Abgesehen von meinem beschränkten Wortschatz hatte ich auch große Schwierigkeiten mit der Aussprache. Ortsnamen stellten ein besonderes Problem dar. Jedesmal, wenn ich mit einem Koffer aus dem Fahrstuhl kam, fragte mich Niko, wohin die Reise gehe. Manchmal begleitete er die Frage mit einer kleinen Drehung seiner Hand. Eigentlich ganz einfach, ein Ziel zu nennen, aber häufig fiel es mir schwer, ihm zu antworten. Entweder fiel mir das griechische Wort nicht ein, oder ich konnte es nicht aussprechen. Ich betonte es auf der falschen Silbe, verpatzte den *x*-Laut oder das *r* nach dem *t*. Das Wort klang dann dumpf und blaß, wie eine Stadt in Minnesota, und ich machte mich auf den Weg zum Flughafen mit dem Gefühl, daß ich irgendeiner rätselhaften Anforderung nicht gerecht geworden war.

Mit der Zeit fing ich an zu lügen. Wenn er mich nach meinem Reiseziel fragte, nannte ich ihm einen Ortsnamen, den ich leicht aussprechen konnte. Ein einfacher, sogar eleganter Trick, so schien es. Den Zielort vom Klang seines Namens abhängig zu machen. Ich kam mir natürlich kindisch vor. Das war Teil seiner Macht über mich. Aber nach einer Weile machten mir meine

Lügen Sorgen, und nicht wegen der Albernheit meines Verhaltens. Was mich beunruhigte, war ihre metaphysische Bedeutung. Die schwerwiegende Täuschung. Sie waren nicht einfach, sondern komplex. Womit trieb ich da mein leichtsinniges Spiel, mit dem menschlichen Vertrauen in die Namen, mit der lebenslangen Ordnung der Bilder in Nikos Gehirn? In der Person des Portiers hinterließ ich eine riesige Diskrepanz zwischen dem genannten Reiseziel und meinen tatsächlichen Bewegungen in der Welt draußen, eine viertausend Meilen große Fiktion, eine schwarze Lüge. Die Lüge wog auf griechisch schwerer als auf englisch. Das wußte ich, ohne einen Grund dafür angeben zu können. War die Wirklichkeit vielleicht phonetisch, eine Sache vom Gutturalen und Dentalen? Die verrauchten überfüllten Orte, wo wir unsere Geschäfte abwickelten, waren für uns nicht immer so verschieden wie die ihnen zugewiesenen Namen. In gewissem Sinne brauchten wir die Namen, um sie auseinanderhalten zu können, und ich trieb Schindluder mit dieser seltsamen Wahrheit. Und bei meiner Rückkehr kam ich mir ziemlich dumm vor, wenn er mich fragte, wie es in England, Italien oder Japan gewesen sei. Vergeltung. Auf diese Weise beschwor ich vielleicht noch einen Flugzeugabsturz oder ein Erdbeben in der unschuldigen Stadt, deren Namen ich genannt hatte.

Ich log auch, wenn ich in die Türkei reiste. Das Wort für Türkei war für mich kein Problem, es war eins meiner besseren Wörter, aber Niko sollte nicht wissen, daß ich dort hinfuhr. Er sah mir politisch aus.

In dieser Nacht dachte ich an Ann, an die Städte, in denen sie gelebt hatte, welche Arrangements sie mit ihrem Mann und ihren Liebhabern getroffen hatte. Ihre Affären sah ich als Vorbereitung auf den Verlust, der, wie sie wußte, irgendwann kommen mußte. Eine sentimentale Sichtweise. Die Arbeit ihres Mannes führte sie an einen Ort, und wegen dieser Arbeit mußte sie ihn auch wieder verlassen. Orte, immerzu Orte. Ihre Erinnerung war Teil des Bewußtseins verlorener Orte, eine Düsterheit, die ganz

Athen durchzog. Hier lebten Zyprioten, Libanesen, Armenier, Alexandriner, die Inselgriechen, die Nordgriechen, die alten Männer und Frauen der epischen Teilung, ihre Kinder und Enkel, die Griechen aus Smyrna und Konstantinopel. Ihre eigentliche Heimat lag im weitläufigen Osten, dem Traum, der großen Idee. Überall der Druck der Erinnerung. Die schwarze Erinnerung an den Bürgerkrieg, verhungernde Kinder. Wenn wir durch die Berge fahren, sehen wir sie in den hageren Gesichtern der stoppelbärtigen Männer in den winzigen Dörfern. Sie sitzen unter dem Stromzähler an der Wand des Café. In ihrem starren Blick liegt etwas Trostloses, Unruhe. Wie viele Tote in eurem Dorf? Schwestern, Brüder. Die Frauen kommen mit backsteinbeladenen Eseln vorbei. Es gab Zeiten, wo ich Athen für eine Verleugnung Griechenlands hielt, eine buchstäbliche Überpflasterung dieser blutigen Erinnerung, dieser Gesichter, die aus steinernen Landschaften herausstarren. Je größer die Stadt wurde, desto mehr würde sie von der bitteren Geschichte um sie herum verzehren, bis nur noch graue Straßen übrigblieben und die sechsstöckigen Gebäude, auf deren Dächern Wäsche flatterte. Dann erkannte ich, daß die Stadt selbst eine Erfindung dieser Menschen aus verlorenen Orten war, Menschen, die zwangsumgesiedelt worden waren, auf der Flucht vor Krieg, Massaker und voreinander, hungrig, ohne Arbeit. Sie waren zu Hause ins Exil verbannt, nach Athen, das sich auf der Suche nach einer Richtung zum Meer hin erstreckte und über die kleineren Berge hinaus in die attische Ebene. Eine Kompaßrose der Erinnerung.

5

Sie bekam immer Hemden geschenkt. Meistens die der Besitzer. Ihr stand alles; alles paßte ihr. Wenn ein Hemd zu weit oder zu groß war, füllte sie es so vollkommen aus, daß die Illusion entstand, es sei wie geschaffen für sie. Das Hemd schlackerte, aber gerade das war bezaubernd, betonte das junge Mädchen in ihr, den heiteren Wildfang in Second-Hand-Klamotten vermummt. In den Läden der Yonge Street riß sie blindlings irgendwelche Sachen von den Bügeln, das unförmige Zeug, das die Männer im Norden trugen. Das waren Geschäfte, deren Fensterauslagen Jagdmesser in verblaßten Scheiden zeigten oder riesige khakifarbene Anoraks mit fellbesetzten Kapuzen, und sie schnappte sich eine Kordhose für zwölf Dollar, die dann sogleich die ihre wurde, in der ihre Geschmeidigkeit zur Geltung kam, diese enghäutige Körperlichkeit, die sie auch dann noch ausstrahlte, wenn sie sich auf einem Sessel hinlümmelte und las. Ihr Körper hatte zweckmäßige Konturen, die in ausgefallener Kleidung am besten zur Wirkung kamen, in Verblichenem, Eingegangenem, Abgelegtem. Die Leute sahen sie gerne in ihren Arbeitshemden und alten Pullovern. Sie war keine Freundin, die oft um einen Gefallen bat oder von anderen unerschütterliches Mitgefühl brauchte. Tatsächlich fühlten sie sich geschmeichelt, wenn sie ein Hemd von ihnen annahm.

Ich stand auf Deck. Im Westen versank die streifige Sonne hinter einem dunstigen Schieferhorizont. Wir fuhren an der Felsküste entlang und umrundeten in dröhnenden Böen die Landspitze. Das Dorf tanzte im Licht. Als wir uns näherten, trat Richtung Land eine kurze Windstille ein. Alles schien innezuhalten, um den Fleischton einsickern zu lassen. Umrisse traten hervor, weiße Mauern scharten sich rings um den Glockenturm. Alles war klar und tief.

Das Schiff verstummte. Geschützt jetzt. Alte Männer kamen heraus, um die Trossen aufzufangen.

Ich sah Kathryn mit Tap auf den Platz kommen. Das Hemd, das sie trug, war schon von fern zu erkennen. Lang, glatt, braun, mit Messingkragenknöpfen und rotgeränderten Schulterstükken. Sie trug es über ihrer Jeans. Ein *Carabinieri*-Hemd. Lange Ärmel, solider Stoff. Die Nächte wurden kalt.

Ich hatte das Hemd seit Jahren nicht mehr gesehen, erinnerte mich aber noch genau, wer es ihr geschenkt hatte.

Sie erkundigte sich, wie es in Kairo gewesen war. Ich ließ meine Reisetasche an der Hotelrezeption. Die Kopfsteinpflastergassen hinauf, Jasmin und Eselscheiße, das schrille Palaver älterer Frauen. Tap ging vor, er wußte, daß sie mir etwas zu sagen hatte.

»Wir hatten einen merkwürdigen Besuch. Eine Gestalt aus der Vergangenheit. Aus dem vollkommenen Nichts.«

»Jeder ist aus der Vergangenheit.«

»Nicht jeder ist eine Gestalt«, sagte sie. »Diese Person kann definitiv als Gestalt gelten.«

Wir machten unnatürlich große Schritte auf den breiten Stufen. Einige Mädchen sangen ein Lied, das mit den Worten *eins zwei drei* begann.

»Volterra«, sagte ich.

Sie blickte auf.

»Du trägst sein Hemd. Praktisch eine Ankündigung. Und nicht nur das. Sowie du den Mund aufgemacht hast, wußte ich, daß du über ihn sprechen würdest. Mir war klar, daß das Hemd mehr signalisiert als nur das Ende des Sommers.«

»Das ist ja erstaunlich. Das Komische ist, ich hab nicht mal mehr gewußt, daß ich das Hemd überhaupt habe. Frank ist vor drei Tagen abgereist. Ich hab das Hemd heute morgen gefunden. Ich hatte das Ding ganz vergessen.«

»Ein Pseudo-Erbstück, wenn ich mich recht erinnere. Aus der Zeit, als er sich nicht sicher war, wie er auf andere wirken wollte. Der junge Filmbesessene. Was hat er hier gewollt? Geh nicht so schnell, das ist mir zu steil hier.«

»Er war auf der Durchreise. Was sonst? Immer auf dem Sprung, immer auf der Durchreise. Das ist Volterras Stil.«

»Stimmt.«

»Er war in der Türkei. Hat gedacht, er schaut mal vorbei. Er war in Begleitung seiner aktuellen Freundin. Sie hat ständig gesagt: ›Leute mit Krebs wollen mich immer auf den Mund küssen.‹ Wo findet er diese Tanten bloß?«

»Schade. Ich hätte ihn gern gesehen. Er kam her, ich ging weg.«

»Du hast behauptet, du hättest im voraus gewußt, daß ich ihn erwähne.«

»Der alte Psychomotor läuft immer noch. Als ich dich in dem Hemd sah, habe ich sofort an ihn gedacht. Tap ist auf seine geknickte, alleswissende Art vorausgegangen. Du hast irgendwas gesagt, und dann war mir sofort klar: Sie hat von Frank gehört. Woher hat er denn gewußt, daß du hier bist?«

»Ich hab ihm ein- oder zweimal geschrieben.«

»Er hat also gewußt, daß wir uns getrennt haben.«

»Ja.«

»Meinst du, er hat dich deshalb besucht?«

»Blödmann.«

»Wie ist er so? Sitzt er im Restaurant immer noch mit dem Rücken zur Wand?«

Ein Mann und seine kleinen Söhne waren damit beschäftigt, ein Netz zu reparieren. Kathryn blieb stehen und tauschte mit ihnen die üblichen Begrüßungen aus, diese einfachen Fragen, die solch befriedigende Antworten nach sich zogen, die Zeremonie des Wohlbefindens. Ich trat zwischen den gelben Netzhaufen hindurch und schloß mit einiger Mühe zu Tap auf.

Volterra stammte aus einer alten Textilstadt in Neuengland, ein Ort mit einem Krämerladen und einigen hübschen öffentlichen Gebäuden, die bessere Zeiten gesehen haben. Im Eingang einer Imbißstube rüttelte ein Mann in Schnürstiefeln an der Lade eines Zigarettenautomaten. Frauen fuhren Stationwagons, saßen manchmal nur am Steuer ihrer geparkten Autos und versuchten, sich an etwas zu erinnern. Es war die letzte Generation von Stationwagons. Sein Vater hielt sich mit Gelegenheitsarbeiten über Wasser, das Kino schloß. Aber es gab einen Wasserfall, das Geräusch rauschenden Wassers. Es war ein nördliches Geräusch, es roch nach Norden. Es hatte etwas Reines.

Seine Mutter hatte psychische Probleme. Frank war das jüngste von vier Kindern. Bei seiner Geburt war sie siebenunddreißig gewesen, und jetzt schien sie ihre Vergreisung herbeizusehnen. Sie wollte in einer warmen Ecke sitzen und sich langsam von ihrer Vergangenheit bedecken lassen. Verwirrtes Erinnern, diesen Zustand hatte sie sich ihrer Meinung nach verdient. Eine angenehme Bestrafung, ein Wegsinken aus dem Lebenskampf. Ihre Situation war beispielhaft. Sollen die Kinder doch sehen, was Gott mit den Menschen für Sachen macht.

In der dunklen Ziegelei wurde kurzgearbeitet, sie stand immer am Rand der Schließung. Männer trugen Wanderstiefel, Geländeboots, isolierte Jagdschuhe.

In New York besuchte er eine Schule für Privatdetektive, arbeitete tagsüber bei Macy's im Lager. Die Schule, die sich Akademie nannte, befand sich neben der Lobby eines Hotels, in dem lauter Leute aus der Karibik wohnten. Eine verrückte Idee, reine Geldverschwendung eigentlich, sagte er, aber sie stand für seine Freiheit, für New York. Man war fremd und konnte so etwas einfach machen. Zwei Monate später schrieb er sich in der Film School der New York University ein.

Er schnitt Nachrichtenfilme für einen Fernsehsender in Providence. Nachdem er einige unvollendete Drehbücher geschrieben hatte, zog er in den Westen, um für Firmen mit Namen wie Signetics oder Intersil technische Filme zu drehen. Kalifornien war voller technokratischer Wunder. Dort saßen die Visionäre, entwickelten einen eigenen Jargon, spielten galaktische Kriegsspiele auf den Bildschirmen in den Computerforschungszentren. Kathryn und ich lebten damals in Palo Alto, glücklich und zufrieden am Rande des Geschehens, und schmirgelten unsere Gebrauchtstühle ab. Sie arbeitete an der Stanford University im Zentrum für Datenverarbeitung, wo sie Studenten und Fakultätsmitglieder in die Benutzung von Computern für ihre Forschungs- und Seminararbeit einführte. Ich produzierte als schlechtbezahlter Freiberufler den üblichen Ausstoß von Texten, hauptsächlich für High-Tech-Firmen in der Umgebung.

Ich schrieb ein Drehbuch für einen Film, bei dem Volterra Regie führte. Er arbeitete schnell und kreativ, hatte eine sehr lässige Einstellung zur Arbeit und viele Ideen zum Thema Film, zur Situation des Films, zur Bedeutung des Films, zur Sprache des Films. Er verbrachte viel Zeit mit uns. Wir gingen zusammen ins Kino und marschierten gegen den Krieg. Beides gehörte zusammen. Die in Fahnen gekleideten jungen Leute gehörten zusammen, die Straßen gehörten zusammen, die Musik, das Marihuana. Als der Krieg zu Ende ging, hörte ich mit dem Kiffen auf.

Er war ein Ausbund komischer Leiden, setzte sich gern in Szene, strahlte dieses Ausgezehrte aus, das eher Kennzeichen eines Stils als eines Zusammentreffens bedrückender Umstände war, und wirkte immer dann am zufriedensten mit sich, wenn er den kalten Nebel verfluchte, der durch die Berge wehte. Er hatte ein schmales Gesicht und die wilden Augen eines Jungen, der ganz und gar vom Kampf ums Überleben in Anspruch genommen war. Der Stil und die psychologischen Intrigen waren Elemente, die er gegen diese tieferliegende Sache ausspielte. Als er später etwas fülliger wurde und sich den zweiten oder dritten aus einer Reihe experimenteller Bärte wachsen ließ, glaubte ich immer noch, diese frühe Ängstlichkeit in ihm entdecken zu können, die flexible Logik des Intriganten, zu allem bereit, wenn es um seinen Vorteil geht.

Er gründete in San Francisco ein Filmemacherkollektiv. Die Gruppe teilte sich alle Aufgabenbereiche und produzierte zwei Dokumentarfilme. Im ersten ging es um Demos gegen den Krieg und die Polizei. Der zweite war eine Geschichte über die außereheliche Liebesaffäre einer Frau mittleren Alters, die zu den Stützen der Gesellschaft von Hillsborough gehörte. Auf lokaler Ebene wurde der Film aus diesem Grund schnell berüchtigt, und landesweit erwarb er sich einen gewissen Ruf durch eine vierzigminütige Sequenz, in der ausführlich ein Nachmittag mit Sex und Gesprächen dargestellt wurde. Aus rechtlichen Gründen hatte der Film nur einen sehr begrenzten Vertrieb und schließlich gar keinen mehr, aber man redete und schrieb über ihn, und monatelang wurde er an beiden Küsten in Privatvorstellungen gezeigt. Die Spieldauer betrug zwei Stunden, der Liebhaber der Frau war Volterra.

Film. Darum ging's – Filme drehen, Filme schneiden, sie vorführen, darüber reden.

Das Kollektiv zerbrach, als eine Unternehmensgruppe die Rechte an dem zweiten Dokumentarfilm erwarb. Man änderte Titel und Namen, verpflichtete Stars und drehte das ganze neu, diesmal als Spielfilm mit einem altgedienten Regisseur und vier Drehbuchautoren. Es handelte sich um eine dieser seltsamen Übertragungen, bei denen Menschen sich miteinander verschwören, um eine zentrale Wirklichkeit aus dem Blick zu verlieren. Aber was war in diesem Fall die Wirklichkeit? Moral, Manipulation und die Motive der Frau warfen ein Dutzend Fragen auf. In dem Dokumentarfilm waren Politik und Haß vorherrschende Themen. Frank hatte sich in der Branche einen Namen gemacht.

Er drehte danach natürlich auch selber Spielfilme, verschwand immer wieder für längere Zeit von der Bildfläche, bestand auf Geheimhaltung der Drehorte. Schon lange vorher hatte er einen starken Einfluß auf unser Leben. Er veranlaßte uns, über unsere bescheidenen Erwartungen nachzudenken. Sein Drive, Filme zu machen, war so überwältigend, daß wir unwillkürlich mit ihm zitterten. Wir fühlten uns eng mit Volterra verbunden. Wir wollten ihn verteidigen, ihn erläutern, Verständnis für seine Obsessionen haben, an seine Ideen für kompromißlose Filme glauben. Er weckte unbedingte Loyalität.

Als wir ihm erzählten, daß Kathryn schwanger war, zeigte er sich davon so überwältigt, daß wir unsere eigene Ehrfurcht bestätigt sahen, angesichts des Außergewöhnlichen dessen, was wir gemeinsam erschaffen hatten, dieser detaillierten, lebendigen mandelförmigen Kurve. Daß wir für ein Kind bereit waren, wußten wir erst, als wir durch Franks Reaktion begriffen, wie nebensächlich Bereitsein manchmal sein kann.

Durch unsere Elternschaft verstärkte sich bei uns schließlich die Neigung zur Mäßigung, zum Verzicht. Frank war es gewesen, der uns zum Überdenken dieser Einstellung gebracht hatte, uns letzten Endes aber darin bestätigte. Dies zählt zu den lohnenden Seiten einer anregenden Freundschaft.

Seine Wirkung auf Kathryn war unbestreitbar. Die Wertmaßstäbe, die sie an andere legte, verloren bei ihm ihre Gültigkeit. Er brachte sie zum Lachen, zwischen den beiden funkte es. Dieses süße, niederträchtige schmale Gesicht, das ungekämmte Haar. Er war eine wirkliche Begabung, eine Verpflichtung, der einzige Mensch, mit dessen Exzessen und Maschen sie nachsichtig sein mußte. Es hatte etwas Belebendes, die eigenen Grundsätze in Frage stellen zu lassen. Sie sah manches klarer, weil sie Volterra sich selbst gegenüber verteidigen mußte, diesen Mann, der es fertigbrachte, mit ihr auf der Holzterrasse eines Restaurants zu sitzen und ohne eine Miene zu verziehen, vollkommen ernsthaft und ausführlich die Vorlieben, Eigenheiten, ja die Handgriffe irgendeiner Frau zu schildern, mit der er kürzlich mal eine Nacht verbracht hatte. Die Ausnahme war berechtigt, wenn sie nur groß genug war. Er besaß den Charme eines riesigen, unschuldigen Egos.

Das war vor dem Film über die Frau aus Hillsborough. Kathryn weigerte sich, ihn sich anzusehen.

Er tauchte gern überraschend auf und machte es den Leuten schwer, die ihn erreichen wollten. Die meiste Zeit wohnte er in Wohnungen, die andere ihm vorübergehend überlassen hatten. Schon damals schwankte er zwischen Einigeln und Ausbrechen. Unsere Gefühle für ihn wurden dadurch manchmal etwas abgelenkt. Oft verging viel Zeit, bis wir erfuhren, daß er sich im Ausland aufhielt, irgendwo im Osten untergetaucht war. Dann kreuzte er plötzlich wieder auf, eine gebeugte Silhouette in der Nacht, schlich raubtierhaft zur Tür herein und nickte, gerührt, daß wir uns kaum verändert hatten.

Eine flüchtige Liebe.

»Da ist noch was«, sagte Kathryn. »Er hat mit Owen gesprochen.«

Sternenfelder, beschädigte Zeit. In der Nähe ein Mann mit Taschenlampe und einem Esel, der schwarze Mülltüten transportierte. Der Berg war eine leere Tiefe vor der strömenden Nacht, Arabisch und Griechisch am mittelalterlichen Himmel. Wir tranken dunklen Wein aus Paros, zu voll der Nacht und des Himmels, um die Kerzen anzustecken.

»Ich hab nur dies und das aufgeschnappt. Hauptsächlich ging es um die Kultsekte. Owen äußert sich jetzt weniger geheimnisvoll über diese Leute. Sie sind schlicht und einfach eine Kultsekte. Sie kommen als Täter in Frage. Ich hör das gar nicht gern.«

»Ich weiß.«

»Für ihn ist es eine Denksportaufgabe. Dieses ganze Herumspekulieren. Er weiß, daß ich es satt habe, aber diesmal kann ich's ihm eigentlich nicht übelnehmen, daß er gar nicht mehr aufhören wollte. Frank hörte ihm gebannt zu. Er hat Owen ständig die Stichwörter geliefert, ihm endlos Fragen gestellt. Die haben geschlagene sieben oder acht Stunden über diese Sekte geredet. Einen Abend hier, einen Abend drüben.«

»Weshalb war Frank in der Türkei? Macht er wieder einen Film?«

»Er versteckt sich vor einem Film. Er hat die Dreharbeiten geschmissen und ist abgehauen. Er hat mir nicht erzählt, wo sie gedreht haben, aber ich weiß, daß es das vierte Projekt hintereinander ist, das er aufgegeben hat. Das zweite, bei dem die Dreharbeiten schon begonnen hatten.«

»Wo ist er jetzt?«

»Keine Ahnung. Er hat das Schiff nach Rhodos genommen. Das läuft unterwegs noch zwei oder drei Inseln an.«

»Hast du seinen letzten Film gesehen?«

»Ein großartiges Werk. Einfach wunderbar. Hundertprozentig Frank. Niemand anders hätte das so hingekriegt. Da war wieder seine typische Spannung drin. Weißt du, was ich meine? Seine

Art, zu schneiden, diese kurzen extravaganten Szenen. Ein toller Film.«

»Das war ungefähr zu der Zeit, als es bei uns allmählich dem Ende zuging.«

»Ich bin zu diesem Programmkino auf der Roncesvalles Street gegangen. Zu Fuß. Wie viele Meilen sind das?«

»Das liegt hinter der Bathurst Street.«

»Hinter der Dufferin Street.«

»Du bist ins Kino gegangen. Und was habe ich gemacht?«

»Weißt du, es war ein so gutes Gefühl, allein ins Kino zu gehen.«

»Ich muß wohl ferngesehen haben. Ein entscheidender Unterschied.«

»Du hast an deiner Liste gearbeitet«, sagte sie.

»An *deiner* Liste.«

»Ich habe nie eine Aufstellung deiner sogenannten Verderbtheiten gemacht. Das war deine Kiste.«

»Wie wahr, wie wahr. Ich muß ganz schön kaputt gewesen sein, einfach fernzusehen. Während du in deinen Stiefeln und gefütterten Sachen durch die Gegend marschiert bist wie eine Lesbe in einer modernen Kindergeschichte.«

»Vielen Dank.«

»Um dir einen Film anzusehen.«

»Es war ein so gutes Gefühl, zu Fuß zu gehen.«

»Und nicht etwa einen x-beliebigen Film.«

»Erinnerst du dich noch an unseren Streit wegen des Autos?«

»Das Eichhörnchen im Keller. Dieser eine Baum, der im Herbst so geleuchtet hat.«

»Wie seltsam, über das Ende einer Ehe so nostalgisch zu werden.«

Ich sah ihn, bevor ich ihn hörte. Owen Brademas (seine Gestalt), der leise die Treppe hochkam, die Knie beim Gehen nachzog, langbeinig, achtsam, den Lichtkegel seiner Taschenlampe hinter sich.

»Ihr sitzt ja im Dunkeln.«

»Warum haben Sie die Lampe rückwärts gehalten?« wollte ich wissen.

Wir redeten fast gleichzeitig.

»Hab ich das? Ist mir gar nicht aufgefallen. Ich kenn den Weg schon so gut.«

»Die Dunkelheit macht uns sentimental.«

Kathryn holte ein Glas, ich schenkte Wein ein. Er knipste die Lampe aus und machte es sich in einem Sessel bequem.

Die Stimme des Geschichtenerzählers.

»Mir ist endlich klargeworden, worin das Geheimnis liegt. All die Monate habe ich mich gefragt, was ich an diesem Ort nicht so richtig begreifen kann. Die Tiefe, die den Dingen hier eigen ist. Die Felsformen, der Wind. Dinge, die man vor dem Hintergrund des Himmels sieht. Das klare Licht kurz vor Sonnenuntergang, das mir fast das Herz bricht.« Lachen. »Dann ist es mir klargeworden. Es sind alles Dinge, an die ich mich zu *erinnern* scheine. Aber woher erinnere ich mich an sie? Gewiß, ich war früher schon in Griechenland, aber hier noch nie, noch nie in einer Gegend, die so entlegen ist wie diese hier, noch nie habe ich diese besonderen Bilder und Farben, diese Stille erlebt. Seit ich auf der Insel bin, erinnere ich mich. Was ich hier erlebe, kommt mir vertraut vor, aber das trifft nicht den Kern der Sache. Manchmal macht man etwas ganz Einfaches, und es berührt einen in einer Weise, die man nicht für möglich gehalten hätte, in einer Weise, die man einmal gekannt, aber seither schon lange wieder vergessen hat. Man ißt eine Feige, und in dieser Feige liegt etwas *Höheres.*« Lautes Lachen. »Ich habe das Gefühl, daß ich die besondere Klarheit der Luft und des Wassers hier schon gekannt habe, daß ich diese steinigen Wege in die Berge schon einmal hochgeklettert bin. Es ist ein unheimliches Gefühl. Metempsychose. Seelenwanderung. Genau das verbarg sich hinter diesem Gefühl, das ich die ganze Zeit hatte. Aber das ist mir jetzt erst klargeworden.«

»Die Landschaft hier hat etwas Prototypisches an sich, etwas Absolutes«, sagte ich. »Die nackten Berge, eine Gestalt in der Ferne.«

»Ja, und es scheint eine erinnerte Erfahrung zu sein. Wenn man mit dem Wort ›Metempsychose‹ lange genug herumspielt, stößt man dabei nicht nur auf *Seelenwanderung,* sondern landet schließlich bei der indogermanischen Wurzel des Verbs *atmen.* Das erscheint mir plausibel. Wir atmen es wieder. Etwas an dieser Erfahrung geht tiefer als das, was unsere Sinnesorgane erfassen. Geist, Seele. Die Erfahrung hängt irgendwie auch von der Wahrnehmung des eigenen Ichs ab. Ich glaube, man spürt das nur an ganz bestimmten Orten. Diese Insel ist vielleicht mein Ort. Griechenland enthält dieses geheimnisvolle Absolute, ja. Aber vielleicht muß man umherwandern, um sich darin zu finden.«

»Das ist eine indische Vorstellung«, sagte Kathryn. »Oder? Metempsychose.«

»Ein griechisches Wort«, sagte er. »Sieh nach oben, das Universum ist reine Möglichkeit. James sagt, die Luft sei voller Wörter. Vielleicht ist sie auch voller Wahrnehmungen, Gefühle, Erinnerungen. Könnte es sein, daß wir manchmal die Erinnerung anderer in uns tragen? Die physikalischen Gesetze unterscheiden nicht zwischen Vergangenheit und Zukunft. Wir sind immer in Verbindung. Es gibt zufällige Wechselwirkungen. Die Muster wiederholen sich. Welten, Sternhaufen, vielleicht sogar Erinnerungen.«

»Machen Sie das Licht an«, sagte ich.

Wieder lachte er.

»Fang ich an zu verkalken? Gut möglich. Ich hab ja schon ein gewisses Alter erreicht.«

»Das haben wir alle. Aber Sie hätten lieber bei den Feigen bleiben sollen. Das hab ich verstanden.«

Selten verteidigte er seine Thesen oder Ansichten. Beim ersten Anzeichen von Widerspruch trat er sofort den Rückzug an. Kathryn wußte das natürlich und wechselte fürsorglich das Thema, immer bereit, sich um sein Wohlbefinden zu kümmern.

Terror. Dieses Thema suchte sie sich aus. In Europa greifen sie ihre eigenen Institutionen an, ihre Polizisten, Journalisten, Industriellen, Richter, Akademiker, Parlamentarier. Im Nahen Osten greifen sie Amerikaner an. Was bedeutet das? Sie wollte wissen, ob der Risikoanalytiker eine Meinung dazu hatte.

»Bankdarlehen, Waffenkredite, Waren, Technologie. Techniker unterwandern alte Gesellschaften. Sie sprechen eine Geheimsprache. Sie führen neue Todesarten ein. Neue Verwendungen für den Tod. Neue Vorstellungen vom Tod. Das Bankwesen, die Technik und die Petrodollars, all das schafft eine Unruhe in der Region, ein komplexes Netz von Abhängigkeiten und Ängsten. Alle sind natürlich da. Nicht nur Amerikaner. Alle sind sie da. Aber den anderen fehlt diese gewisse mystische Eigenschaft, die Terroristen so anziehend finden.

»Schön, nur weiter.«

»Amerika ist der lebendige Mythos unserer Welt. Es stellt sich kein Unrechtsgefühl ein, wenn man einen Amerikaner tötet oder Amerika für irgendeine lokale Katastrophe verantwortlich macht. Das ist unsere Funktion, einen bestimmten Typ darzustellen, immer wiederkehrende Themen zu verkörpern, die andere benutzen können, um sich zu beruhigen, sich zu rechtfertigen und so weiter. Wir sind da, um zu dienen. Egal, was die anderen brauchen, wir liefern es. Ein Mythos ist etwas sehr Nützliches. Die anderen erwarten von uns, daß wir das Ziel für Ressentiments abgeben. Wenn ich mit einem Geschäftsmann aus dem Nahen Osten rede, der Zuneigung und Respekt vor den Vereinigten Staaten äußert, unterstelle ich ihm bezeichnenderweise automatisch, daß er entweder ein Dummkopf oder ein Lügner ist. Das Bewußtsein dieser Ressentiments wirkt sich auf jeden von uns aus, so oder so.«

»Wieviel Prozent dieser Ressentiments sind denn berechtigt?«

Ich tat so, als würde ich rechnen.

»Nun ja, in einigen dieser Gegenden stellen wir eine militärische Präsenz dar«, sagte ich. »Ein weiterer Grund, als Zielscheibe ausgesucht zu werden.«

»Ihr stellt fast überall eine militärische Präsenz dar. Ihr habt überall Einfluß. Aber man schießt nur in bestimmten Regionen auf euch.«

»Höre ich da einen Ton des Bedauerns heraus? Kanada. Willst du darauf hinaus? Wo wir ungestraft operieren?«

»Präsent seit ihr dort jedenfalls«, sagte sie. »Zwei Drittel der größten Unternehmen.«

»Kanada ist ein hochentwickeltes Land. Moralisch nicht überlegen. Nur wer die Technologie besitzt und die Technologie einführt, wird zu einem Händler des Todes. Alle anderen sind unschuldig. Diese nahöstlichen Gesellschaften sind an einem bestimmten Punkt angelangt. Es gibt keinerlei Zweifel oder Zweideutigkeit. In ihnen brennt eine klare Vision. Zu bestimmten Zeiten muß eine Gesellschaft das Gefühl haben, daß die reinste Tugend im Töten liegt.«

Ein Gespräch mit meiner Frau während einer Sternennacht in der Ägäis.

»Die Kanadier fügen sich ins Unvermeidliche«, sagte ich. »Ich will die Kapitulation nicht etwa verteidigen. Aber genau das ist es. Eine erbärmliche Kapitulation.«

»Wir Amerikaner töten falsch. Bei uns ist es eine Form von Konsumverhalten. Es ist die logische Fortführung von Konsumphantasien. Leute, die von Überführungen herabschießen, aus verbarrikadierten Häusern heraus. Reines Image.«

»Jetzt höre ich aber bei dir eine Spur von Bedauern.«

»Keinerlei Verbindung zur Erde.«

»Da ist wohl was Wahres dran. Ein klein bißchen.«

»Ich habe gern ein bißchen Wahrheit. Ein bißchen Wahrheit ist alles, was ich mir erhoffe. Wissen Sie, was ich meine, Owen? Wo sind Sie überhaupt? Machen Sie ein Geräusch. Ich stoße gern auf Überraschungen.«

Ich kippte ein Glas um, genoß das Geräusch, als es über das grobe Holz rollte. Kathryn fing es am Tischrand auf.

»Apropos stoßen«, sagte sie.

»Das Schlimmste an diesem Wein ist, daß man auf den Geschmack kommen kann.«

Ein Licht hoch oben auf dem Berg. Wir ließen eine Stille vorübergehen.

»Wieso ist eigentlich die Sprache der Zerstörung so schön?« sagte Owen.

Ich verstand nicht, was er meinte. Meinte er gewöhnliche Waffen und Munition – Parabellum, Blendgranaten, Kugeln? Oder was vielleicht ein Terrorist tragen könnte, irgendein sanftäugiger Knabe aus Adana, über der Schulter eine Kalaschnikow, süßes Flüstern im Dunkeln, mit Mündungsfeuerdämpfer und Schnellwechselgriff. Owen saß regungslos da und überlegte sich eine Antwort. Der Weg war frei für Interpretationen, größere Landschaften. *Wehrmacht, Panzer, Blitzkrieg.* Bestimmt hatte er eine Theorie über die assoziative Kraft solcher Laute in petto, wie dadurch die Funktion des jungen Gehirns angeregt wird. Oder meinte er die mathematische Sprache des Krieges, nukleare Spieltheorie, jenen Knochenacker technischer Daten und kleiner klickender Worte.

»Vielleicht haben sie Angst vor Unordnung«, sagte er. »Ich habe versucht, sie zu verstehen, mir vorzustellen, wie ihr Gehirn funktioniert. Der Alte, Michaeli, fiel vielleicht irgendeinem ordnenden Instinkt zum Opfer. Sie hatten vielleicht das Gefühl, sich auf eine Art statische Vollkommenheit zuzubewegen. Kultsekten neigen natürlich dazu, in sich geschlossen zu sein. Innengerichtetheit ist ganz zentral. Ein Gedanke, ein Wahn. Eine gemeinsame, einheitliche Vision zu teilen. Zusammengeballt, dicht. Vor dem Chaos und Leben gefeit.«

»Ich habe dazu nur eins zu sagen, nur eins«, sagte Kathryn. »Und zwar ist mir das nach meiner Unterhaltung mit James über diese Funde in Zentralkreta eingefallen, die Menschenopfer, die minoische Ausgrabungsstätte. Könnte es sein, daß diese Leute eine moderne Auflage des alten Kults betreiben? Weißt du noch, Owen, die Pylos-Tafel? Lineares B. Eine Bitte um göttliches Einschreiten. Eine Liste von Opfern, zehn Menschen. Könnte dieser Mord eine neuzeitliche Bitte an die Götter sein? Vielleicht sind sie eine Weltuntergangssekte.«

»Interessant, aber irgend etwas hindert mich daran zu glauben, daß sie ein höheres Wesen anerkennen könnten. Ich habe sie gesehen und mit ihnen geredet. Das waren keine gottbesessenen Menschen, irgendwie weiß ich das, und falls sie tatsächlich geglaubt haben, daß irgendeine Katastrophe bevorsteht, dann haben sie darauf gewartet, sie haben nicht versucht, sie zu verhindern, die Götter zu besänftigen oder sie anzuflehen. Sie haben eindeutig gewartet. Ich hatte den Eindruck, daß sie unendliche Geduld besitzen. Und wo wäre das Ritual in ihrem Opfer? Ein alter Mann, mit einem Hammer erschlagen. Keine Spur von einem Ritual. Was für einen Gott könnten sie erfinden, der ein solches Opfer annehmen würde, den Tod eines Schwachsinnigen? Ein Straßenüberfall, darauf läuft es doch hinaus.«

»Vielleicht ist ihr Gott schwachsinnig.«

»Ich habe mit ihnen geredet, Kathryn. Sie wollten von mir etwas über alte Alphabete wissen. Wir haben über die Entwicklung der Buchstaben gesprochen. Über die Felsformation in Sinai, die wie ein betender Mann aussieht. Das Ochsen-Piktogramm. Aleph, alpha. Alles aus der Natur, verstehst du. Der Ochse, das Haus, das Kamel, die Handfläche, das Wasser, der Fisch. Aus der Außenwelt. Was die Menschen gesehen haben, die einfachsten Dinge. Alltagsgegenstände, Tiere, Körperteile. Ich finde es interessant, wie diese Zeichen, die uns so rein und abstrakt vorkommen, anfangs Gegenstände in der Welt waren, in vielen Fällen lebendige Dinge.« Eine lange Pause. »Dein Mann hält alles für akademisches Gelaber.«

Unsere Stimmen im Dunkeln. Kathryn besänftigt, James äußert milden Widerspruch. Aber Owen lag gar nicht so falsch. Ich hatte schon mit den griechischen Buchstaben Schwierigkeiten genug; pittoreske Wüstenalphabete waren mir etwas zu abwegig, um mein Interesse zu fesseln. Ich wollte ihn aber nicht gegen mich aufbringen. Wahrscheinlich hatte er uns einige Dinge vorenthalten, uns ein wenig in die Irre geführt, aber ich hielt das weniger für Taktik als für Indizien einer Verwirrung. Und in seinem gegenwärtigen Schweigen glaubte ich eine Verträumtheit zu spüren, ein Abgleiten in die Erinnerung. Owens Schweigepausen waren Rätsel, die man zu lösen hatte. Die Nacht ist ein

Kontinuum, hatte er gesagt. Die Flauten, die abgemessenen Pausen waren Bestandteil des Gesprächs.

»Möglicherweise haben sie noch einen anderen Menschen getötet«, sagte er nach einer Weile. »Nicht hier, Kathryn. Nicht in Griechenland.«

Jetzt war es an ihm, zu besänftigen. Rücksichtsvoll, wie schnell er ihre Angst um Taps Sicherheit beschwichtigte. Ich konnte mir vorstellen, daß sie sich ab jetzt nicht mehr so fürsorglich und liebevoll verhalten würde. Er war der Freund, der die schlechte Nachricht überbrachte.

»Ich habe von einem Kollegen in Jordanien einen Brief bekommen. Er arbeitet dort für den Fachbereich Altertumswissenschaft. Er weiß von der Sekte, ich hatte ihm geschrieben. Er schreibt, daß dort vor zwei oder drei Monaten ein Mord begangen wurde, der diesem hier in mehrerer Hinsicht ähnelt. Das Opfer war eine alte Frau, die schon längere Zeit am Rande des Todes stand. Sie lebte in einem Dorf am Rand des Wadi Rum, der großen Sandsteinwüste im Süden des Landes.«

Kathryn stand an der weißen Wand. Sie wollte eine Zigarette. Seit sie aufgehört hatte zu rauchen, wollte sie zweimal im Jahr eine Zigarette. Das sah ich ihr immer schon vorher an. Momente hilfloser Spannung, ein Ungleichgewicht in der Welt. Wenn die anderen die Regeln brechen, dann brech ich sie auch. Dann suchte sie im ganzen Haus herum, tastete in dunklen Schränken nach einer einsamen Salem, die vielleicht noch in irgendeiner Manteltasche steckte.

»Man fand sie vor dem Lehmziegelhaus, wo sie bei Verwandten wohnte. Sie war mit einem Hammer getötet worden. Ob mit einem gewöhnliche Tischlerhammer wie hier, weiß ich nicht.«

»Haben Sie darüber mit Frank Volterra zwei Abende lang geredet?« fragte ich.

»Teilweise. Ja, er wollte reden. Reden und zuhören.«

»Ist er jetzt da hingefahren?«

»Das weiß ich nicht. Er schien mit dem Gedanken zu spielen. Irgendwas an dem Ort hat ihn begeistert. Ich bin da selbst mal hingefahren, vor einigen Jahren. Da gibt's ein paar Inschriften, hauptsächlich einfaches Graffiti, Kameltreiber, die ihre Namen in die Felsen ritzen. Ich hab's ihm beschrieben. Wir haben ziemlich ausführlich darüber geredet, über die Vorstellungen dieser Leute, diese absurde Szene, die da in einer wunderschönen lautlosen Weite inszeniert wird. Der Mensch hat mir mit seiner Aufmerksamkeit beinahe angst gemacht. Das kann einem an die Nerven gehen, wenn einem jemand so genau zuhört. Für den Sprechenden bedeutet das eine Verpflichtung.«

»Frank ist nicht gerade der Durchschnittstourist. Haben Sie ihm von der Sache in Donoussa erzählt?«

»Darüber weiß ich nichts. Nur daß ein junges Mädchen umgebracht wurde. Mein Assistent hat's von irgend jemand erfahren.«

»Auch mit einem Hammer«, sagte ich.

»Ja. Vor einem Jahr.«

Ein Tischlerhammer. Meinte er das, als er von der Sprache der Zerstörung sprach? Ein einfaches Handwerkzeug aus Eisen und Holz. Anscheinend gefiel ihm der Klang der beiden Wortteile und ihr Schriftbild, vielleicht die Art und Weise, wie sie zusammengefügt waren, ihre kompakte Verbindung, wie das Werkzeug selbst, das Eisen und das Holz.

Wenn man den Namen der Waffe schön findet, ist man dann schon in das Verbrechen verwickelt?

Ich schenkte uns noch Wein ein und fühlte mich plötzlich müde, dumm, mir dröhnte der Schädel. Es schien unlogisch, daß der Kater dem Zustand des Betrunkenseins vorausging oder gleichzeitig mit ihm auftrat. Owen sagte etwas über Verrücktheit oder Bedrücktheit. Ich versuchte zuzuhören, merkte plötzlich, daß Kathryn nicht mehr da war, sie war ins Haus gegangen, saß irgendwo im Dunkeln oder war schon im Bett, wollte sicherlich, daß wir sie mit diesen Morden verschonten. Ich würde zusammen mit Owen im Schein seiner Taschenlampe den Hügel hinuntergehen, zusehen, wie er auf seiner kleinen Maschine davonfuhr, die Beine gegen die Lenkstange gestemmt. Dann zu meinem Hotel, eine Treppe hoch, zum Zimmer am Ende des Gangs.

Owen redete wieder.

»In diesem Zusammenhang hat der Schriftsteller einen Dialog mit dem Wahnsinn geführt. Fast läßt sich behaupten, daß der Schriftsteller des zwanzigsten Jahrhunderts den Wahnsinn anstrebt. Einige haben's natürlich geschafft, und diese stehen in unserer Achtung besonders hoch. Für einen Schriftsteller ist Wahnsinn ein letztes Destillat seines Selbst, ein letztes Eindampfen des Texts. Das Ersticken von falschen Stimmen.«

In warmem Klima ist es üblich, Vorhänge in die Türeingänge zu hängen. Die massive Außenseite des Dorfes gibt menschlichen Bedürfnissen nach. Äußere Formen werden auf sympathische Weise durcheinandergebracht. Der Wind weht, Häuser öffnen sich dem Passanten. Sie vermitteln nicht das eindeutige Gefühl einer geheimnisvollen Einladung. Nur von bewegter Stille im Innern, verdunkelter Stille, dem Mark des Innentages.

Die Räume sind schlicht und quadratisch, unmittelbar, ohne Vor- oder Zwischenräume, auf Straßenhöhe, so nah, wenn wir durch die enge Gasse gehen, daß wir das unbehagliche Gefühl haben, Eindringlinge zu sein. Im Gespräch bedrängt der Grieche seinen Zuhörer, und hier finden wir die gleiche unabgegrenzte Lebensweise. Familien. Zusammengedrängte Menschen, überall Kinder, alte Frauen in Schwarz, die unbeweglich dasitzen, die rauhen Hände im Schlaf gefaltet. Das Helle, das Unendliche, die Tiefe ist überall, sonnenscharfe Klarheit, das offene Meer. Diese bescheidenen Räume bilden ein Refugium vor den ewigen Dingen. Das ist der Eindruck, den wir haben, Tap und ich, ein Gefühl von Bescheidenheit, von Unscheinbarkeit, im Vorübergehen wagen wir nur flüchtige Blicke darauf, bedacht, nicht zu neugierig zu wirken.

Über den gestuften Straßen gab es hin und wieder offene Plätze, stärkeren Wind. Ich ging hinter Tap an einem großen Brunnen vorbei, der mit einer komischen Eisenkappe abgedeckt war. Eine Frau mit einem aufgespannten Regenschirm saß auf einem Esel und wartete. Katzen strichen über die Mauern, hockten beobachtend auf Dachsimsen, mit Geschwüren bedeckt, lahm, räudig, einige winzig wie ein Wollhandschuh.

Bergauf. Das Meer erschien, im Osten die verfallene Windmühle. Wir blieben stehen, um Atem zu schöpfen, blickten auf eine Kirche mit einem durchbrochenen Glockenturm hinab, in einem fleckigen Rosa gestrichen, ein rauher und hübscher Ton in all dem abgestuften Weiß. Eine einzige kleine Kirche kann ein halbes Dutzend Flächen auf unterschiedlichste Art eng miteinander verbinden, gewellte, kuppelförmige, rechteckige, gewölbte, eine sinnliche Knappheit in den Formen, Anordnungen und gegenseitigen Einflüssen. Wir hörten das heisere Brüllen eines Esels, ein überdimensionaler, heftiger Laut. Die Hitze tat gut.

Ich zeigte Tap eine Postkarte von meinem Vater. Auf der Vorderseite war das Ranchman's Café in Ponder, Texas zu sehen. Meines Wissens war mein Vater noch nie in Texas gewesen. Er lebte in einem kleinen Haus in Ohio mit einer Frau namens Murph.

Tap hatte die gleiche Postkarte bekommen. Tatsächlich hatten fast alle Mitteilungen meines Vaters in den letzten zwei, drei Jahren in Form von Postkarten bestanden, auf denen das Ranchman's Café abgebildet war.

Der Gruß auf seiner Karte, sagte Tap, sei der gleiche wie auf meiner. Das schien ihn nicht zu überraschen.

Ein fernes, träges Summen. Zikaden. Wir hatten gesehen, wie sie aus Olivenbäumen schwirrten und gegen Mauern segelten, an denen sie mit einem trockenen Rascheln benommen herunterfielen. Der Wind wurde stärker.

Tap führte mich zu einem ungepflasterten Areal am oberen Rand des Dorfes, wo Häuser mit Höfen standen. Hier gab es hohe Torbögen, einige in beträchtlicher Enfernung von den Häusern, zu denen sie gehörten. Aus bestimmten Blickwinkeln rahmten diese Tore eine kahle Bergspitze oder den leeren Himmel ein. Es waren kunstlose Gebilde, frei von den Inhalten, die sie uns präsentierten, Material, das sauber aus der Welt herausgebrochen war.

Wir stiegen einen Steinpfad hinauf, der sich um eine Bergschulter schlängelte und jenseits des Dorfes verschwand. Eine weißgetünchte Kapelle über einem Hohlweg, schroff in brauner Erde. Wir waren jetzt hoch oben, ganz dem Wind und dem Meer ausgesetzt, und blieben oft stehen, um neue Ausblicke zu entdecken. Ich setzte mich an den Rand einer schmalen Kiefernreihe und bedauerte nur, daß wir kein Wasser mitgenommen hatten. Tap erkundete einen steinigen Acker direkt unter uns. Der Wind wehte über den Hohlweg, mal lauter, mal leiser, und als die Bö heftiger wurde und die Bäume erreichte, brauste der reine schnelle Luftstrom zu einer Art Stimme auf, einem drängenden Vibrato. Tap blickte zu mir hoch.

Zehn Minuten später stand ich auf und trat in die Sonne. Der Wind hatte sich gelegt. Ich sah Tap fünfzig Meter entfernt auf dem steilen Acker stehen. Er war vollkommen starr. Ich rief, er bewegte sich nicht. Ich ging auf ihn zu, fragte, was denn los sei, rief die Worte in die immense Stille hinein, die uns umgab, über den Abgrund zwischen uns und der Ferne. Er stand mit leicht gebeugten Knien da, einen Fuß vorgesetzt, den Kopf gesenkt, die Hände in Gürtelhöhe leicht vom Körper weggestreckt. Erstarrte Bewegung. Ich sah sie sofort, glänzende schwarze Bienen, riesig, vielleicht ein Dutzend, die um ihn herumflogen. Schon aus zwanzig Meter Entfernung hörte ich das Summen.

Er solle keine Angst haben, sagte ich ihm, sie würden ihn nicht stechen. Ich pirschte mich langsam heran, ebensosehr um Tap zu beruhigen, wie um die Bienen nicht zu reizen. Blankpoliert, schwarz emailliert. Sie stiegen auf Augenhöhe, sackten wieder ab, schwirrten in der Sonne. Ich legte meinen Arm um ihn. Ich sagte ihm, er könne sich ruhig bewegen. Wir würden jetzt ganz langsam zum Weg hochgehen. Ich spürte, wie er sich noch mehr anspannte. Das war natürlich seine Art, nein zu sagen. Er hatte sogar Angst zu sprechen. Ich sagte ihm, es bestehe keine Gefahr, sie würden ihn nicht stechen. Mich hätten sie auch nicht gestochen, und ich sei mitten durch sie hindurchgegangen. Wir bräuchten jetzt nur ganz langsam den Hang hinaufzugehen. Sie sind schön, sagte ich ihm. Bienen von dieser Größe und Farbe hätte ich noch nie gesehen. Sie glänzen, sagte ich ihm. Sie sind großartig, toll.

Jetzt hob er den Kopf und wandte sich um. Erwartete ich Erleichterung, Verärgerung? Während ich ihn fest an mich drückte, warf er mir einen Blick zu, aus dem endgültige Enttäuschung sprach. Als könnte ich ihm das weismachen, der schon zweimal gestochen worden war. Als könnte ich ihn von dieser Angst befreien, von etwas so Großem und Tiefem wie Angst, indem ich ihm etwas von der Schönheit dieser Dinger vorplapperte. Als könnte ich ihm überhaupt irgendwas erzählen, ich, ein Möchtegern-Vater und Lügner.

Wir verharrten noch einen Augenblick lang in dieser linkischen Haltung. Dann ergriff ich seinen Arm und führte ihn über den Acker.

Kathryn und ich aßen zusammen mit Anand Dass unten am Kai zu Abend. Sie wußte, was es in der Küche gab, und bestellte für uns bei einem Jungen, der mit verschränkten Armen dastand und nickte, während sie die einzelnen Gerichte nannte. Das Versorgungsschiff lag ganz in der Nähe vor Anker, ein breites, einmastiges Schiff, auf dessen Bug mystische Augen gemalt waren. Niemand wollte über die Sekte sprechen.

»Es lief tadellos. Ein perfekter Flug. Wirklich, diese Japaner beeindrucken mich. Als ich erfahren habe, daß die am Athener Flughafen eigenes Sicherheitspersonal einsetzen, stand für mich fest, daß ich ihn mit der JAL schicke.«

»Sie kehren bald in die Staaten zurück?« sagte ich.

»Die ganze Familie, wir kommen von überallher zusammen, was für ein Ereignis«, sagte er. »Sogar meine Schwester.«

»Kommen Sie im Frühjahr wieder?«

»Hierher? Nein. Das gesamte Projekt wird von der University of Pennsylvania übernommen. Ich bin dann schon wieder in Indien.«

Kathryn reichte das Brot herum.

»Außerdem interessiere ich mich nicht für Unterwasserarchäologie«, sagte er. »Nicht mein Gebiet.«

»Was meinen Sie damit?« fragte ich.

Er warf Kathryn einen Blick zu. »Man will sich auf die im Meer versunkenen Ruinen konzentrieren«, erklärte sie mir. »Es soll abwechselnd gearbeitet werden. In der nächsten Saison unter Wasser. Im Jahr darauf geht's wieder in die Gräben.«

»Das ist neu«, sagte ich.

»Ja.«

»Ich glaube nicht daran, daß wir jemals abwechseln werden«, sagte Anand. »Was uns betrifft, ist hier Schluß – für die Saison, für das Jahrzehnt, für dieses Jahrhundert.«

Er hatte ein kräftiges Lachen. Am Kai standen Leute und unterhielten sich im letzten Licht. Ich lehnte mich in meinem Stuhl zurück und sah Kathryn beim Essen zu.

Der Streit, lang, ausführlich und von natürlichen Pausen unterbrochen, verlagerte sich von der Straße auf die Terrasse, von dort ins Haus und schließlich aufs Dach. Er bestand aus lauter Kleinlichkeiten und Gehässigkeiten, Formen häuslichen Kleinkriegs und Erniedrigungen. Das schien der Sinn zu sein, sich gegenseitig und alles andere zu erniedrigen. Wozu ihrer Meinung nach auch die Ehe da war. Unsere Wut war riesig, doch konnten wir ihr nicht anders Luft machen als in diesen Spötteleien und Anzüglichkeiten. Und selbst das machten wir noch schlecht. Wir konnten uns nicht die Lücken in der Verteidigung zunutze machen. Es schien keine Rolle zu spielen, wer die Oberhand gewann. Der Streit besaß ein Eigenleben, eine Kraft, die nichts mit dem zu tun hatte, worum es ging. Wir preschten vor, zögerten, erhoben die Stimme, lachten, äfften einander nach, hielten inne, um zu überlegen, was wir als nächstes sagen wollten, alles in einem bestimmten Rhythmus und Tempo. Nach einer Weile wurde das unser einziges Motiv, den Streit bis zu seinem natürlichen Ende zu verlängern.

Es begann auf dem Weg zum Haus.

»Miststück. Du hast es gewußt.«
»Ich habe versucht, eine Alternative zu finden.«
»England können wir vergessen.«
»Wir können immer noch nach England.«
»Ich kenn dich doch.«
»Was kennst du denn?«
»Du willst graben.«
»Ich wollte erst eine Alternative finden, bevor ich dir erzähle, daß sich unser Plan zerschlagen hat.«
»Und wann erzählst du mir von der Alternative? Wenn sich die Alternative zerschlagen hat?«
»Halt's Maul, Blödmann.«
»Ich weiß, was das bedeutet.«
»Ich weiß nicht, was es bedeutet. Wie kannst du's denn wissen?«
»Ich weiß, was du denkst.«
»Was bedeutet es denn? Ich weiß nicht, was es bedeutet.«
»Daß du nicht nach England gehen wirst.«
»Schön. Gehen wir eben nicht nach England.«
»Die ganze Sache war darauf aufgebaut, daß du wieder hierherkommst.«
»Wir können trotzdem gehen. Wir können einen Plan für den Sommer machen, wenn wir dort sind.«
»Das werdet ihr aber nicht.«
»Und wieso nicht?«
»Deswegen. Weil es zu naheliegend und einfach ist. Jetzt erfordert es keine Kühnheit mehr. Als du ursprünglich auf die Idee gekommen bist, war das was Kühnes. Jetzt ist es bloß naheliegend, einfach und langweilig.«
»Du willst doch nur den Parthenon-Fries im Britischen Museum sehen.«
»Es wäre ein Ersatz. Und so was kannst du nicht ausstehen.«
»Du bist ein Ersatz.«
»Und was bist du?«
»Du willst den Parthenon-Fries sehen, aber auf die Akropolis

willst du nicht. Du willst den Betrug sehen, die imperialistische Sore in ihrer passenden Umgebung.«

»Es ist hoffnungslos. Wie bin ich bloß auf die Idee gekommen, hierherzufahren, verdammt noch mal?«

»Sore. Das hab ich von Tap.«

»Geh nicht so schnell, das ist mir zu steil hier.«

»Du wiederholst dich.«

»Ich bin nicht der Mann – ach, egal.«

»Der bist du nie gewesen. Du bist nicht der Mann, der du nie gewesen bist.«

Der Streit besaß Resonanz. Ebenen, Erinnerungen. Er verwies auf andere Auseinandersetzungen, auf Städte, Häuser, Räume, diese fruchtlosen Lektionen, unsere Geschichte in Worten. In gewisser Weise, auf unsere besondere Weise, diskutierten wir über Dinge, die nicht weit von der zentralen Frage entfernt waren, was es bedeutete, ein Paar zu sein, dieses Risiko und diese Distanz miteinander zu teilen. Der Trennungsschmerz, die vorweggenommene Erinnerung an den Tod. Momente der Erinnerung an sie, Kathryn tot, seltsame Gedankenspiele, Mitleid mit dem, der übrigbleibt. Jedes Wort, das wir sagten, strafte dies Lügen. Wir waren darauf aus, kleinlich zu sein. Dennoch war sie da, eine verzweifelte Liebe, die bewußt schwebende Summe aller Dinge. Sie gehörte zu dem Streit. Sie war der Streit.

Den restlichen Weg über schwiegen wir. Sie ging ins Haus, um nach Tap zu sehen, der schlief. Dann setzten wir uns auf die Terrasse und fingen sofort wieder an, aufeinander einzuflüstern.

»Wo soll er zur Schule gehen?«

»Nicht das schon wieder.«

»Das schon wieder, das schon wieder.«

»Er ist den anderen weit voraus. Er kann ruhig ein bißchen später anfangen, wenn's nötig ist. Aber es wird nicht nötig sein. Wir lassen uns was einfallen.«

»So weit voraus ist er auch wieder nicht. Ich finde überhaupt nicht, daß er weit voraus ist.«

»Du lehnst seine Schriftstellerei ab. Irgendwas in dir sträubt sich dagegen. Du findest, er sollte lieber grammatikalische Satzanalysen betreiben.«

»Du spinnst, weißt du das? Allmählich wird's mir klar.«

»Gib's zu.«

»Warum hab ich so lange gebraucht, um zu begreifen, was du eigentlich bist.«

»Was bin ich?«

»Was bist du.«

»Du erzählst mir doch so gerne, daß du weißt, wie ich denke. Wie denke ich denn? Was bin ich?«

»Was bist du.«

»Ich fühle Dinge. Ich habe Selbstachtung. Ich liebe meinen Sohn.«

»Wo kommt das her? Wer will das wissen? Du fühlst Dinge. Du fühlst Dinge, wenn sie dir in den Kram passen. Du fühlst Dinge, wenn sie deinem Antrieb, deinem Willen zugute kommen, etwas zu tun.«

»Riesenarschloch.«

»Reiner Wille. Wo bleibt das Herz?«

»Wo bleibt die Leber?« sagte sie.

»Ich weiß wirklich nicht, warum ich hierhergekommen bin. Es war idiotisch anzunehmen, daß es irgendwas bewirken könnte. Habe ich vergessen, wer du bist, wie du die einfachsten Dinge, die andere sagen und tun, als Affront gegen dein Schicksal auffaßt? Das hast du nämlich, diese Gewißheit eines persönlichen Schicksals, wie ein Deutscher im Film.«

»Was soll das denn heißen?«

»Weiß ich nicht.«

»Was für ein Film, du Arsch?«

»Komm auf mein Zimmer. Komm, wir gehen in mein Hotel, jetzt sofort.«

»Flüstern«, sagte sie.

»Bring mich nicht dazu, mich zu hassen, Kathryn.«

»Du weckst ihn auf. Du sollst flüstern.«

»Ich bin stinksauer, verdammt noch mal. Wie kann ich das flüstern?«

»Das Thema hatten wir schon.« Gelangweilt.

»Du bringst mich dazu, uns beide zu hassen.«

»Das ist ein altes abgehaktes Thema.« Gelangweilt. Die schlimmsten Bemerkungen waren die gelangweilten. Die besten Waffen. Gelangweilter Sarkasmus, gelangweilter Witz, ein gelangweilter Ton.

»Und was ist mit Frank? *Das* Thema hatten wir lange nicht mehr, stimmt's? Merkwürdig, daß er hier ganz zufällig aufgekreuzt ist. Wollte er über die alten Zeiten reden?«

Sie lachte. Worüber lachte sie?

»Ihr seid mir vielleicht ein Paar. Der zerlumpte, anständige Künstler, die insgeheim wohlhabende junge Frau. Zu wie vielen intimen kleinen Lunchs habt ihr euch beide getroffen, während ich an meinen Broschüren und Info-Blättern saß? Alle diese Petitessen, die ich so gut drauf hatte. Dieser unbedeutende Status, den du so gehaßt hast und den du immer noch an mir haßt. Lag da vielleicht Sex in der Luft? Mannomann. Wollte er, daß du mit hoch kommst, in eine dieser tristen Wohnungen, in denen er sich immer eingeigelt hat? Sein halbes Leben hat er damit verbracht, in fremden Küchen nach Flaschenöffnern zu suchen. Wurde es dadurch richtig schmutzig und sexy? Habt ihr über das Geld deines Vaters gesprochen? Nein, er hätte dich dafür gehaßt. Er hätte dich dafür sozusagen aus den falschen Gründen bumsen wollen. Und Owen? Wie du dich um seine Bedürfnisse kümmerst, seine reichlich sonderbaren Bedürfnisse, dieses fast Kokette, was du dann plötzlich rauskehrst.« Ich zog meine Nummer mit der Frauenstimme ab, eine Taktik, die ich das letzte Mal bei der Rezitation der 27 Verderbtheiten eingesetzt hatte. »Mein lieber Owen, bist du sicher, daß du keine einzige Gedichtzeile geschrieben hast, als du ein einsamer Farmboy unter diesem großen Präriehimmel warst?«

»Obarschlochob.«

»So ist's recht.«

»Depp.«

»So ist's recht. Zweisprachig.«

»Du bist ein Stück Scheiße.«

»Flüstern, flüstern.«

Sie ging rein. Ich beschloß, ihr zu folgen, tastete mich im Dunkeln vorwärts. Ein leises Geräusch, ein Licht um die Ecke. Sie war im Bad. Als ich zur Tür kam, saß sie da mit heruntergelassener Hose. Sie versuchte, gegen die Tür zu treten, wobei sie mit einem Arm ruderte, aber ihre Beine waren in der Jeans verheddert, und ihr Arm war nicht lang genug. Wassermusik. Zu dringend, um Aufschub zu dulden.

»Worüber hast du vorhin gelacht?«

»Raus.«

»Ich will's wissen.«

»Wenn du nicht sofort rausgehst!«

»Sag's doch auf Ob.«

»Du Dreckskerl.«

»Soll ich dir eine Zeitschrift bringen?«

»Wenn du nicht rausgehst. Wenn du nicht sofort rausgehst.«

Der Streit verlief so, daß wir ständig den Anschluß verloren. Zeitweilig rückwärts, dann plötzlich wieder vorwärts, ganze Themen überspringend. Es gab häufige Stimmungswechsel. Stimmungen dauerten nur Sekunden. Gelangweilt, selbstgerecht, verletzt. Diese verletzten Momente waren traurigerweise so erfreulich, daß wir sie zu verlängern versuchten. Der Streit vermittelte uns manche Genugtuung. Wovon die größte war, daß wir uns nicht mit dem auseinandersetzen mußten, was wir sagten.

»Da fehlt die Kühnheit.«

»Raus.«

»Du wirst ein Schilfboot bauen.«

»James, du Mistkerl, du sollst von hier verschwinden.«

»Ihr werdet in einem Gasballon leben, der die Erde umkreist. Ein siebenstöckiger Ballon mit Farnen in der Lobby.«

»Ich mein das ernst. Wenn du hier nicht sofort rausgehst. Das ist kein Spaß mehr.«

»Du wirst mit ihm ins Lochmuseum gehen. Damit er dein Lebenswerk besser versteht. Erdlöcher, Schlammlöcher, hohe Löcher, kurze Löcher.«

»Du Dreckskerl. Na warte.«

»Pinkel pinkel pinkel pinkel.«

»Depp.«

»Begreifst du denn nicht, daß du nie eine dominierende Macht in der Welt wirst, solange du dich zum Pinkeln hinsetzen mußt? Aus dir wird nie eine überzeugende Technokratin oder mittlere Führungskraft. Man wird es dir immer ansehen. Sie ist da drin und *sitzt.*«

Ich blieb eine Weile auf der Terrasse. Dann stieg ich die kurze Treppe zum Dach hoch. Blitzende Lichter im Hafen. Er war wach, ich hörte sie reden und lachen. Worüber lachten sie? Sie kam hoch, warf mir einen Pullover zu und setzte sich auf die Brüstung.

»Dein Sohn hat Angst, du könntest frobieren.«

»Was?«

»Dobaß dobu dirob doben Tobod hobolst.« Amüsiert.

»Hör doch mal auf damit.«

»Sprich doch ein offizielles Verbot aus.«

»Weshalb bist du hier raufgekommen?«

Amüsiert. »Er hat mich geschickt.«

»Ich will ihn sehen. Egal, wo ihr beide landet. Du wirst ihn mir schicken.«

»Gib eine Anweisung. Das läuft über den Dienstweg.«

»Du falsches Biest. Du hast es gewußt.«

»Was meinst du, wie ich mich dabei fühle? Ich wollte wieder zurückkommen.«

»Um zu graben.«

»Manchmal machst du mich wahnsinnig.«

»Schön.«

»Ach, halt die Klappe.«

»Halt selber die Klappe.«

»Du hast Angst vor deinem eigenen Sohn. Es beunruhigt dich, daß es zwischen uns immer eine Verbindung geben wird.«

»Was für eine Verbindung?«

»Wir entdecken Dinge. Wir lernen.«

»Was lernt ihr?«

»Ich hab nie was gegen deine Arbeit gehabt. Ich weiß, du hast dein Leben immer um Dinge herum angeordnet, bei denen du nie Angst haben mußtest, daß du sie verlierst. Der einzige Haken bei dieser ganzen Sache ist deine Familie. Was sollst du mit uns machen? Ich habe mich nie daran gestört, was du geschrieben hast. Aber deine gegenwärtige Tätigkeit, die verachte ich. Ich würde das Leben hassen, das du jetzt führst. Ich würde es hassen, das zu tun, was du jetzt tust. Dieser gräßliche Mann.«

Eine schrille Stimme. »Dieser gräßliche Mann.«

»Allein schon das Reisen würde mich verrückt machen. Mir ist schleierhaft, wie du das aushältst. Und dann dieser Job.«

»Das haben wir alles schon gehört.« Gelangweilt.

»Was bin ich, wer bin ich, was will ich, wen liebe ich? Ein Kitschroman.«

»Gib mal was Vernünftiges von dir.«

»Was Vernünftiges. Wenn du wüßtest. Aber du bist so beschränkt und wehleidig.«

»Ich bin ein Riesenarschloch. Das deutet auf gewisse Größe und Weite.«

»Du wirst noch Alkoholiker. Das sag ich dir. Ich geb dir noch ein Jahr. Vor allem, wenn du nicht nach Nordamerika zurückkehrst. Wenn du hier bleibst, schlidderst du da rein. Dann wirst du dir irgendwann einen Flachmann einpacken, wenn's nach Saudi Arabien geht. Wenn's dir ohne bessergeht, bist du Alkoholiker. Merk dir das.«

»Der Spruch stammt von deinem Vater.«

»Stimmt. Aber ihm ging's nicht besser ohne. Er war so oder so eine tote Seele. Du bist anders.«

»Mir gefällt meine Arbeit. Warum willst du das nicht verstehen? Du hörst nicht zu. Deine Ansicht ist immer die einzig mögliche Ansicht. Wenn dir etwas nicht gefällt, wie könnte es dann jemand anderem gefallen? Wenn's dir ohne besser geht, sagte er immer und schenkte sich noch einen Bourbon ein. Und mir *gefällt,* was Tap schreibt. Ich find's toll. Das habe ich ihm auch gesagt. Ich habe ihn ermutigt. Du bist nicht die einzige, die ihn ermutigt. Du bist nicht seine einzige Stütze. Und ich werde dir sagen, wie du denkst. Und zwar ganz genau. Du mußt dich voll und ganz für etwas engagieren können. Du brauchst etwas, woran du glauben kannst. Tap ist die Welt, die du erschaffen hast und an die du glauben kannst. Sie gehört dir, niemand kann sie dir wegnehmen. Deine Archäologie gehört dir. Du bist eine großartige Amateurin. Im Ernst, die beste, die's gibt. Neben dir wirken die Profis wie dämliche Stümper. Die werkeln nur so vor sich hin. Das ist jetzt deine Welt. Rein, schön und strahlend. Er würde sich noch einen Bourbon einschenken. Wenn's dir ohne besser geht. Ja, er trank gern Bourbon. Wie hieß dieses Boot im Hafen, als wir uns unterhalten haben? Wo der Fischer den Tintenfisch gegen den Felsen schlug. Boote heißen entweder nach Heiligen oder nach Frauen, außer sie tragen Ortsnamen.«

Ich zog den Pullover an.

»Du weißt ja, wie das mit den Kanadiern ist«, sagte sie. »Wir lassen uns so gern enttäuschen. Alles, was wir tun, endet in einer Enttäuschung. Das wissen wir, das erwarten wir, und so haben wir die Enttäuschung zu einer inneren Notwendigkeit unseres Lebens gemacht. Enttäuschung ist unser angeborenes Gefühl. Sie ist der Geist, der uns leitet. Wir richten die Dinge so ein, daß eine Enttäuschung unvermeidlich ist. So ernähren wir uns im Winter.«

Sie schien mir irgend etwas vorzuwerfen.

Die Terrasse war L-förmig. Vom längeren, östlichen Teil aus, wo ich mit meinem Neugriechisch-Lehrbuch saß und eine Pronomenübung machte, sah ich eine vertraute Gestalt in roten Shorts und T-Shirt über die Straße und an der Mauer des Restaurants entlangrennen, wo sie dann schnell aus meinem Blickfeld verschwand, die erste von zwei vertrauten Gestalten, die ich an diesem Tag sehen sollte.

Es war David Keller, der sich in Form hielt. Ich legte das Buch weg, froh über einen Vorwand dafür. Dann ging ich aus dem Haus und durch einen kleinen staubigen Park, in Richtung des Kiefernwaldes, der ein Band um den Lykabettos bildet. Als ich durch die Öffnung im Zaun ging, rief jemand meinen Namen. Lindsay war hinter mir, auch sie auf den Spuren des Joggers.

Wir gingen in den Wald und fanden einen Weg, der so aussah, als könnte er zum Joggen geeignet sein, da er seitlich nicht ganz so steil abfiel. Der Kiefernboden war trocken und bleich. Es gab kein Unterholz oder Gebüsch, so daß man ziemlich weit in den Wald hineinsehen konnte.

»Wieso macht er sich eigentlich den weiten Weg hier hoch, um sein Laufpensum zu absolvieren?«

»Er mag den Wald. Irgend jemand hat ihm gesagt, es ist gesünder, auf unebenem Gelände zu laufen.«

»Stimmt. Da kriegt er nur einen leichteren Herzinfarkt.«

»Er hat Sport immer schon ernst genommen. Er muß sich atmen hören, sagt er. Früher hat er sich für Football und Basketball begeistert.«

»Hier werden ihn die Hunde erwischen.«

»Hunde mögen ihn«, sagte sie.

Sie ging gemächlich, wiegend, die Hände auf dem Rücken verschränkt. Von einer Lichtung zwischen den Bäumen sahen wir einen Teil des Bezirks, der sich bis zum Hymettos ausdehnte, weiße Gebäude, eine weiße Stadt in dieser Septembersonne. Lindsay schien oft ein amüsanter Gedanke durch den Kopf zu gehen, vielleicht war er aber so eng mit ihrer ganz persönlichen Wahrnehmung verbunden, daß sie ihn anderen nicht so leicht mitteilen konnte. Sie war schüchtern im Umgang mit anderen Menschen, aber begierig, ihnen zuzuhören, niemals argwöhnisch oder mißtrauisch. Ihre Augen waren voller Humor, angenehmer Reminiszenzen. Ihre Lieblingsgeschichten handelten von Männern, die sich auf heldenhafte Weise lächerlich machten.

»Mir gefällt's hier. Es ist so still.«

»Es hat so was Struppiges an sich. Fast wie die Hunde.«

»Ja, sie laufen ihm regelrecht hinterher.«

Wir sahen ihn uns entgegenkommen, er stampfte auf dem unebenen Pfad heran, hüpfte über Wurzeln und Steine. Wir machten ihm Platz. Er lief schnaufend vorbei, mit rasselndem Atem, sein Gesicht, verzogen und zerdehnt, sah unfertig aus. Wir fanden eine grobgezimmerte Bank in der Sonne.

»Wie lange willst du eigentlich hierbleiben?« sagte sie.

»Noch eine Weile. Bis ich das Gefühl habe, daß ich mich hier auskenne. Bis ich anfange, mich verantwortlich zu fühlen. Neue Orte bringen so eine Art künstliches Leben mit sich.«

»Ich verstehe nicht ganz, was du meinst. Aber ich habe das Gefühl, das ist so ein typischer Charles-Maitland-Satz. Ein bißchen matt. Manchmal glaube ich, die Leute heben sich solche Bemerkungen für Gelegenheiten auf, wo ich ihnen ins Visier komme.«

»Das hast du dir selbst zuzuschreiben.«

»Klar. Ich bin so naiv.«

»Machst du mit deinem Englischunterricht Berlitz schon Konkurrenz?«

»Das nicht gerade. Ich glaube, ich lerne mehr Griechisch als die Englisch, aber sonst läuft's gut.«

»Es ist gar nicht so, daß wir dich für naiv halten. Du strahlst Großzügigkeit und Ruhe aus. Für uns bist du jemand, der Mitgefühl für unsere Fehler und unser Pech hat. Daher kommen diese ganzen Sentenzen. Von unseren Fehlern im Leben. Aus all dem Mist, den wir gebaut haben, versuchen wir treffende Bemerkungen zu machen. Eine zweite Chance. Und letztlich eben doch ein gelungenes Leben.«

Unter uns streiften zwei Dobermänner durch eine Senke. Den Wald durchzogen flache Senken und tiefere, künstlich angelegte Kanäle, in denen das Wasser der Winterregen abfließen konnte. Wir hörten David wiederkommen. Die Hunde merkten auf und sahen zu uns hoch. Er kam keuchend direkt über uns vorbei, und Lindsay drehte sich um und schnippte ein Steinchen nach ihm. Ein Mädchen in einer Schuluniform sagte etwas zu den Hunden.

»Wann lernen wir denn endlich Tap kennen?«

»Sie sind noch auf der Insel. Sie hecken gerade Pläne aus.«

»Das hört sich aber finster an.«

»Sie sitzen in der sonnendurchfluteten Küche und vermeiden es, meinen Namen zu erwähnen.«

»Wir sind lange nicht zusammen Essen gegangen«, sagte sie.

»Das sollten wir ändern.«

»Ich rufe die Bordens an.«

»Ich rufe die Maitlands an.«

»Wer ist sonst noch in der Stadt?«

»Dreh eine Runde um den Swimmingpool im Hilton«, antwortete ich.

Wir gingen zu dritt langsam die Straße hinunter. David sprach in abgehackten kurzen Sätzen.

»Zufällig 'ne Flasche Wasser dabei? Du bist vielleicht ein Freund.«

»Wofür trainierst du?«

»Nächtlicher Absprung überm Iran. Die Bank will unbedingt als erste wieder präsent sein. Ich werd eine kleine Elitetruppe anführen. Kreditsachbearbeiter mit geschwärzten Gesichtern.«

»Ich bin froh, daß wir hier sind und nicht dort«, sagte Lindsay. »Ich glaube, ich will nicht einmal dahin, wenn die Unruhen vorbei sind.«

»Die werden nicht so bald vorbei sein. Deswegen mach ich diese Kommandogeschichte.«

Auf einem Weg, der unseren schnitt, kam ein alter Mann mit einem Setter vorbei. Lindsay beugte sich über den Hund und murmelte ihm etwas zu, halb auf englisch, halb auf griechisch. David und ich gingen weiter, bogen in einen Weg ein, der parallel zu der zehn Meter tiefer gelegenen Straße verlief. Unter uns ging eine Frau in die andere Richtung, in der Hand eine weiße Kuchenschachtel. David kam wieder zu Atem.

»Kleider mit schmalen Trägern«, sagte er. »Ein Oberteil mit starkem Faltenwurf. So ein Kleid, wo der Träger immer runterrutscht, und sie merkt es erst nach zwei, drei Schritten, und dann schiebt sie ihn beiläufig wieder hoch, wie wenn sie sich eine Locke aus der Stirn streicht. Mehr nicht. Der Träger rutscht runter. Sie geht weiter. Aber einen Moment sehen wir eine nackte Schulter.«

»Ein Oberteil mit starkem Faltenwurf.«

»Du mußt unbedingt Lindsay besser kennenlernen. Sie ist toll.«

»Das seh ich.«

»Aber du kennst sie noch gar nicht. Sie mag dich, Jim.«

»Ich mag sie.«

»Aber du kennst sie nicht.«

»Wir unterhalten uns ab und zu.«

»Hör mal, du mußt unbedingt mit uns auf die Inseln fahren.«

»Tolle Idee.«

»Wir wollen endlich mal die Inseln sehen. Ich will, daß du sie kennenlernst.«

»David, ich kenne sie.«

»Du kennst sie nicht.«

»Und ich mag sie. Ehrlich.«

»Sie mag dich.«

»Wir mögen uns alle gegenseitig.«

»Blödmann. Ich will, daß wir zusammen auf die Inseln fahren.«

»Der Sommer geht zu Ende.«

»Da ist ja auch noch der Winter«, sagte er.

Seine forschenden Blicke entwaffneten mich. Es war eine Angewohnheit von ihm, in den Gesichtern anderer nach einer Reaktion auf seine heftigen Gefühle zu suchen. Dann zeigte er sein großes, müdes Westernlächeln, sein Charakterdarsteller-Lächeln. Es war interessant, seine Wertschätzung für Lindsay, die fast schon an Verehrung grenzte. Alle sollten sie kennenlernen. So könnten wir besser verstehen, wie sie sein Leben verändert hatte.

Sie hatte uns jetzt wieder eingeholt.

»Die Leute sind alle so nett«, sagte sie. »Wenn man ein paar Worte in der Landessprache spricht, wollen sie einen gleich zu sich nach Hause zum Abendessen einladen. Das ist eines dieser

Dinge, wenn man im Ausland lebt. Es dauert eine Weile, bis man rauskriegt, wer die Verrückten sind.«

Vor den Lanzettenblättern einer blaugrünen Agave drehte sie sich zu David um, ihr linkes Ohr durchsichtig in der Sonne.

Später am selben Nachmittag, in der Nähe eines Kiosks, wo ich oft meine Zeitung kaufte, sah ich Andreas Eliades in einem Auto zusammen mit einem anderen Mann und einer Frau. Der Wagen hatte vor einer Ampel gehalten, und ich hatte zufällig in die Richtung geguckt. Er saß allein auf dem Rücksitz. Es war einer dieser tiefliegenden Citroëns mit breiten Sonnenblenden, mittelalterlich, mit Schlitzscheinwerfern und vielen Zierleisten, eine Rammaschine für Belagerungen. Über dem schwarzen Vollbart war Eliades' Blick auf mich gerichtet. Wir nickten uns zu, lächelten höflich. Der Wagen fuhr weiter.

Sondieren. Sie hockt in der scharfriechenden Erde, überall rings um sie weiche Formen, hellrot gerippt, gekringelt, sich windend, hier in der Zone B, unter dem schwarzen Moder. Sie trägt eine quadratische Erdschicht ab. Rechtwinklige Ecken, gerade Seiten. Ihr Schweiß ist ein stinkender Hinweis darauf, daß sie existiert, daß sie getrennt ist von den Dingen, die sie umgeben. Legt mit der Kelle einen Stein frei. Sie erinnert sich, daß ihr jemand gesagt hat, daß Steine allmählich durch Humus und Lehm sinken. Die Wurzeln kappen, die Steine lassen, wo sie sind. Teile einer Feuerstelle vielleicht, oder einer Mauer. Ein eingeritztes Muster. Eine Ahnung von einem politischen Leben. Nagetiere und Regenwürmer lockern den Boden auf. Sie spürt die Vollständigkeit des Grabens. Er hat ihre Größe, er paßt. Sie blickt selten über den Rand. Der Graben genügt. Ein ein Meter siebzig großer, vom System getrennter Block Zeit. Reihenfolge, Ordnung, Information. Alles, was sie von sich braucht. Nicht mehr, nicht weniger. In seinen Grenzen ermöglicht ihr der Graben, das zu sehen, was wirklich da ist. Er ist eine Testvorrichtung für die Sinne. Ein neues Sehen, ein neues Berühren. Sie liebt das Gefühl, mit Erde zu arbeiten, den moschusartigen rohen Duft. Der Graben ist inzwischen ihr Medium. Er ist mehr als die Insel, so wie die Insel mehr ist als die Welt.

Ich war hilflos, überwältigt. Allein schon der Anblick entmutigte mich. Ich verstand einfach nicht, was ihr diese Arbeit bedeutete, was sie für sie darstellte. Kam es ihr auf die Anstrengung an, sah sie darin eine Prüfung, eine Mission? Um welche Metapher ging es genau?

Am Schluß war ich gezwungen, mich an das zu halten, was sie sagte. Sie grub, um Dinge zu entdecken, um zu lernen. Die eigentlichen Gegenstände. Werkzeuge, Waffen, Münzen. Vielleicht haben Gegenstände etwas Tröstendes. Besonders alte, von der Erde gezeichnete, von andersdenkenden Menschen hergestellte. Gegenstände sind das, was wir nicht sind, wohin wir uns nicht ausdehnen können. Stellen die Menschen Dinge her, um die Grenzen ihres Ichs zu definieren? Gegenstände sind die Begrenzungen, die wir so dringend brauchen. Sie zeigen uns, wo wir aufhören. Sie vertreiben vorübergehend unsere Traurigkeit.

Sie rief an jenem Abend an, um mir mitzuteilen, daß sie eine Stelle beim Provincial Museum von British Columbia angenommen habe. Sie sprach stockend, mit tiefbesorgter Stimme. Ich hätte fast annehmen können, ein mir Nahestehender sei gestorben. Das Provincial Museum von British Columbia. Ich sagte ihr, das sei sehr schön, sehr schön. Ich sagte ihr, das höre sich nach einem tollen Museum an. Wir waren höflich, entgegenkommend. Wir redeten leise, gingen zu einer Sanftheit über, die wir uns, das fühlten wir beide, schuldig waren. Owen hatte ihr mit seinen Beziehungen geholfen, die Stelle zu bekommen. Das Museum war in Victoria und auf die Kultur der Indianer der Nordwestküste spezialisiert. Das Museum sponsorte hin und wieder Expeditionen. Sehr schön, sehr schön. Wir waren herzlich zueinander, verständnisvoll. Sie sollte sich ganz sicher sein, daß der Job gut genug für sie war, daß es das war, was sie wirklich wollte, auch wenn sie zu diesem Zeitpunkt noch nicht genau wußte, worin ihre Tätigkeit bestehen würde. Sie entschuldigte sich dafür, daß sie Tap so weit fortnahm, und versprach, daß wir trotz der Entfernung genügend Besuche organisieren würden. Treffen, gemeinsame Reisen, lange Gespräche, Vater und Sohn. Ihre Stimme klang angespannt, eingesperrt, das Telefon Zeichen und Instrument vertrauter Distanz, dieses Zustands des Getrenntseins. Zwischen uns kam es nun zu einem Austausch all der zarten Gefühle, die ich in den letzten Monaten durch eine glückliche Mischung aus Charakter, Willen und Andeutungen versucht hatte wiederzubeleben, sie lagen jetzt im unterseeischen Leitungsknistern unserer Stimmen. Häufig schwiegen wir. Wir sagten einander gute Nacht, düster, bedauernd, vereinbarten, uns für die Fahrt zum Flughafen in Piräus zu treffen. Danach würden wir auf jeden Fall wieder miteinander reden, oft reden, uns gegenseitig auf dem laufenden halten, so eng wie möglich in Verbindung bleiben.

Asche.

Sie gehen im gemalten Abend an der Windmühle vorbei. Er zeigt aufs Meer, wo etwa hundert Meter entfernt vor einer Woche Delphine im weichen violetten Licht spielten. Einer dieser eingeprägten Momente, die jetzt ein Teil von ihm sind, eingeschlossen in der Inselzeit. Ein Fischerboot nähert sich der Stille, die sich zu dieser Stunde herabsenkt. Es ist blutrot, die *Katerina,* am Mast hängt ein Rettungsring. Sie lächelt, als er den Namen entziffert. Der Motor hinterläßt ein kadenziertes Geräusch.

Die kleinen kretischen Teppiche. Die Dielenböden. Die alte Lampe mit ihrem sepiabraunen Schirm. Die Eseltasche an der Wand. Die Blumen in den rostigen Kanistern auf dem Dach, die Treppe, die Fenstersimse. Taps Handabdruck auf einem Spiegel. Der Rohrstuhl in einem Lichtviereck.

Am Morgen reisen sie ab. Vom Oberdeck des Schiffes sehen sie das weiße Dorf im Dunst schaukeln. So tapfer und rührend, auf einem windigen Felsen zusammengedrängte Häuser, Neuigkeiten und Sicherheit. Sie verspeisen das Essen, das sie eingepackt hat, kauern sich auf der Lattenbank zusammen, windgeschützt. Er fragt sie nach den Namen verschiedener Dinge, Schiffsteilen, Ausrüstungsgegenständen, und später gehen sie über das Unterdeck, um dem System der Seile und Ankerketten auf die Spur zu kommen.

Die Sonne wird von einer dichten, aufsteigenden Wolke verdeckt. Bald ist die Insel eine Silhouette, eine Vermutung oder Lichttäuschung, spärlich blaß auf dem eisernen Meer.

Der Berg

6

Die Maschine scherte in ihre Abflugsposition ein und blieb stehen. Wir warteten auf die Starterlaubnis. Ich sah aus dem Fenster, hielt Ausschau nach etwas, das mich von der meditativen Panik ablenken könnte, die ich immer in diesem Traumsturm vor dem Start verspüre, alle Momente der Selbsterkenntnis einer Woche in einem geballten Augenblick. Der bleiche Sand streckte sich eben in der Ferne aus. Da draußen war eine Gestalt, ein Mann in einem flachsfarbenen Gewand. Ich sah zu, wie er ins Nichts ging. Ausgelöscht in einer chemischen Flamme. Das Flugzeug schoß die Startbahn hinunter, und ich setzte mich zurück, starr, den Blick nach vorn gerichtet.

Die gesprochenen Worte kamen mir unvollständig vor. Die Stimmen der Leute setzten überraschend ein und brachen ebenso überraschend wieder ab. Ich konnte keinen Rhythmus darin entdecken. Aber die Schrift floß natürlich. Sie schien sowohl von oben nach unten wie von rechts nach links zu verlaufen. Wenn griechische oder römische Buchstaben Pflastersteine sind, dann ist Arabisch Regen. Überall sah ich Schrift, diesen tropfenbesetzten Kursivstrom, auf Kacheln, Wandteppichen, Kupfer und Holz, in Fayence-Mosaiken und auf den weißen Schleiern der Frauen, die dicht gedrängt auf einem Pferdekarren standen. Ich blickte hoch und sah Wörter um die Ecke gehen, geometrisch arrangiert auf Lehmziegelwänden, verknotet und verschnörkelt, in Stuck, gemalt, eingelegt, sich an Toren und Minaretten emporwindend.

Ich flog mit der Yemen Airways von Sanaa nach Dhahran; in meiner Reihe auf der andern Seite des Ganges saß ein Toter. Er war etwa fünfzehn Minuten nach dem Start gestorben, und die Leute, die mit ihm reisten, erhoben ein Klagegeschrei. Sie trugen stoffbedeckte Bündel und schrien. Hinter mir bemerkte ein Mann zu seinem Reisegefährten: »Aber hier geht's nicht um eine Kreditverlängerung.« Ich umklammerte die Armlehnen und sah nach vorn. Wir befanden uns über dem Empty Quarter.

Ich stellte fest, daß ich ständig eingehend Türen, Fensterläden, Moscheelampen und Teppiche betrachtete. Die Oberflächen waren dicht und abstrakt. Wo figurale Dinge vorhanden waren, wurden sie als Nuancen von Linien und Kurven wiedergegeben, der Natur entnommen und auf die Ebene perfekter Wiederholung gebracht. Selbst die Schrift war eine Verzierung, nicht zum Lesen bestimmt, als wäre sie Teil einer unerträglichen Offenbarung. Ich kannte die Namen der Dinge nicht.

Vierzig Männer und Frauen in makellosen weißen Gewändern und enganliegenden Kopftüchern füllten den hinteren Teil der Maschine, ein Flug der Tunis Air von Kairo nach Damaskus. Die Hände der Frauen waren mit kleinen roten Zeichnungen bedeckt, irgendwelchen Mustern. Zuerst dachte ich, es seien Buchstaben des Alphabets. Natürlich hatte ich keine Ahnung, welches Alphabet es sein könnte. Möglicherweise die obskure Sprache einer religiöser Sekte. Schließlich beschloß ich, daß die Figuren Kreuze sein mußten, obwohl einige unter Umständen auch Winkel darstellten, andere wieder mochten Variationen von beiden sein. Ich konnte nicht feststellen, ob die Zeichnungen eintätowiert oder einfach nur mit kosmetischem Farbstoff auf die Hautoberfläche gemalt waren. Als ich an Bord ging, waren die Leute alle schon in der Maschine, warteten ruhig auf ihren Plätzen. Nach der Landung warf ich noch einmal einen Blick nach hinten, während ich zum Vorderausgang ging. Sie saßen alle noch auf ihren Plätzen.

Frauenaugen sahen weg, Fenster waren Attrappen, Schatten kreuzten die Wand in gesprenkelten Mustern, architektonische Flächen traten zurück, Gebetsnischen waren nach Mekka ausgerichtet. Diese letztgenannte Tatsache lieferte einen Fluchtpunkt für das Gewoge flüchtiger Formen. Soviel von dem, was geschah, schien gleichzeitig zu geschehen. Überall Tiere. Die engen Gassen des Suk waren die letzten geheimen Plätze. Laute Stimmen, aufgehängtes Fleisch. Doch die Menge war weich, schwebte in sich bauschenden Gewändern, in Sandalen, in Licht getaucht, das durch kaputte Stellen im Dach fiel.

Ich wartete am Förderband der Gepäckausgabe im Flughafen von Amman. Später am Nachmittag sollte der König eintreffen, nach siebzehn Tagen im Ausland. Jedesmal, wenn der König von einer Auslandsreise nach Jordanien zurückkehrt, werden am Flughafen zwei Kamele und ein Stier geschlachtet. Danach folgt die Fahrt zum Palast.

Ich wohnte im Inter-Conti, das sich in der Nähe des Palasts und gegenüber der amerikanischen Botschaft befand, eine nicht ungewöhnliche Kombination im Nahen Osten. Ich nahm die überdimensionale Karte, die ich in der Lobby gekauft hatte, und breitete sie auf dem Bett aus. Da waren sie, genau wie Owen gesagt hatte, die anagrammatischen Ortsnamen. Zarqa und Azraq. Dazwischen, westlich des Streckenmittelpunkts, die Bergfestung mit den beschrifteten Steinen. Qasr Hallabat.

Es bedeutete nichts. Ich hatte mir nur im Lift auf dem Weg nach oben überlegt, daß ich mir diese Orte mal auf der Karte ansehen könnte. Sie waren ein Kuriosum, weiter nichts. Aber ich fand es interessant, daß er sie nicht erfunden hatte.

Volterra hatte eine ramponierte Feldjacke an. Paramilitärisches Graubraun war schon immer seine Farbe gewesen. Er hatte einen etwa zwei Wochen alten Bartwuchs im Gesicht und sah schlau und abgespannt aus. Wir umarmten uns schweigend. Er sah mich an und nickte, seine biblische Geste der Freundschaft, der Erinnerung und verflossenen Zeit. Dann gingen wir ins Restaurant.

Es war ein indisches Lokal, das leer war bis auf uns und zwei Jungs, den Kellnern, die unsere Bestellungen aufnahmen und dann reglos im hinteren Teil des langen, dunklen, schmalen Raums stehenblieben. Wir saßen auf hohen Stühlen und redeten über Kathryn. Sie hatte ihm meine Nummer in Athen gegeben. Als ich ihm erzählt hatte, daß ich wahrscheinlich drei Wochen später in Amman sein würde, hatte er gesagt, daß er versuchen wolle, mich dort zu treffen. Er hatte von Akaba aus angerufen.

»Ich dachte, du hast eine Reisegefährtin, Frank.«

»Sie ist auf dem Zimmer und sieht fern.«

»Wo wohnt ihr?«

»In einem kleinen Hotel am Vierten Ring. Warst du schon mal hier?«

»Nein, ich bin zum ersten Mal in Amman.«

»Kraniche auf dem Durchflug«, sagte er. »Quäkende Taxihupen.«

»Hast du die ganze Zeit in Akaba verbracht?«

»Mit Unterbrechungen. Das ist unsere Basis. Wir unternehmen Drei-Tage-Fahrten ins Wadi Rum, mit Führer und Landrover. Wir zelten, so auf unsere Art. Dann kehren wir wieder nach Akaba zurück, um Wasserski zu fahren.«

»Ich kann mich dir nur schwer auf Wasserskiern vorstellen.«

»Wasserski ist eine Abkürzung. Das ist Kurzschrift. Es steht für alles außer in einer kahlen Einöde nach einem Haufen Spinner suchen, mit einem Führer, dessen eigentlicher Zweck darin besteht, uns im Kreis zu führen.«

»Weshalb suchst du sie?«

Frank lachte. »Ist das hier ein Interview?«

Die Jungs schoben einen großen, kunstvollen Servierwagen über den mit Teppichen ausgelegten Boden. Auf dem Wagen standen zwei Dosen Bier.

»Owen schien den Eindruck zu haben, daß die Kultsekte bei dir tief im Innern deiner Brust eine romantische Saite zum Klingen gebracht hat.«

»Wenn du das so formulierst, Jim, dann fühle ich mich nicht verpflichtet, weiter darüber zu reden – Freundschaft hin, Freundschaft her.«

»Ich nehm's zurück.«

Er schenkte sich ein Bier ein und beobachtete mich dabei.

»Ich suche nach etwas, das den Rahmen der normalen Erwartungen sprengt, verstehst du? Ich taste mich vorsichtig heran. Das Wadi Rum ist schon mal gefilmt worden – Breitwand, mit rauschender Musik. Mich fasziniert dieser Ort auf ganz andere

Weise. Er muß in Zusammenhang mit diesen Mordanschlägen gebracht werden. Diese kleinen Gestalten in der Landschaft. Brademas sagt, diese Leute pirschen sich an ihre Opfer heran. Sie wählen jemand aus und beobachten ihn. Sie warten auf etwas. Da steckt eine Logik dahinter.«

»Du bist aus drei oder vier Projekten ausgestiegen, hat Kathryn mir erzählt.«

»Die waren zu *sicher*«, sagte er.

Etwas trat in seinen Bick, ein kaltes Licht, in dem ich die Verachtung erkannte, mit der er oft auf Herausforderungen reagierte.

»Es hat sich nicht gelohnt, sie weiter zu verfolgen. Das waren Fingerübungen. Ich hatte mich ursprünglich irgendwie für sie interessiert, weil sie bekannte Motive und Stoffe enthielten und ich annahm, daß ich sie neu und anders aufbereiten könnte, ich dachte, ich könnte ihnen so einen kleinen Dreh geben. Genrezeugs. Ich wollte aus diesen Ideen Schätze holen, die sie einfach nicht enthielten.«

Von einem Wort zum nächsten wurde seine Stimmung gelöster.

»Ich hab am Schluß den Druck ganz schön gespürt. Das muß ich zugeben. Leute, die in Hubschraubern einfliegen. Genervte Produzenten. Anwaltsagenten mit Nazi-Sonnenbrillen. Sie kommen vom Himmel runter. Keinem gefällt meine Arbeitsweise. Ich rede mit niemand. Ich lasse niemand bei den Dreharbeiten zu. Weißt du, was das für eine lächerliche napoleonische Macke ist? Aber ich mach's. Ich arbeite gern heimlich. Leuten, die über mich schreiben wollen, erzähl ich kein Wort. Zwei gute Filme. Zufälligerweise mache ich gern Geschäfte. Heutzutage macht man Geschäfte. Man braucht nicht so zu tun, als würde Geld stinken. Oder als sei ein Vorvertrag zu kompliziert für die eigene Empfindsamkeit. Das ist eine jüdische Wissenschaft, die Filmbranche, genau wie die Psychoanalyse. Aber worin besteht die Verbindung zwischen beiden?«

»Keine Ahnung.«

»In der Intimität. Bei beiden geht es um einen intimen Austausch. Also, das Entscheidende war, daß ich anfing, so bestimmte Sachen zu hören. Ich habe Sachen über mich gelesen, verschiedene Dinge gehört. Ich war der Mann, der aus den Dreharbeiten aussteigt, der Mann, der Produktionen abbricht. Mit der Zeit hatte ich das Gefühl, daß in den großen Metropolen der Welt mein Sturz geplant wurde. Volterras Zeit war abgelaufen, verstehst du? Sie wollten mir nicht einmal den Gefallen erweisen, mich mit einem fertiggestellten Desaster zu verabschieden. Sie ließen mich am ausgestreckten Arm verhungern. Riegeln wir die Gegend ab und sehen zu, wie er relativ ungestört stirbt.«

»Was hast du hier gefunden?«

»Nicht so schrecklich viel. Zunächst einmal weiß die Wüstenpolizei, was ich vorhabe. Es schmeckt ihnen nicht, daß ich da in jedes schwarze Zelt meinen Kopf reinstecke und Fragen stelle. Zweitens taugt mein Führer rein gar nichts. Salim. Er sieht sich als Schweizer Bankier. Fürchterlich diskret und vorsichtig. ›Über so etwas redet man nicht.‹ ›Ich kann diesen Leuten nicht solche Fragen stellen.‹ Und dann ist da noch Del, meine Reisegefährtin. Sie nennt die Araber Lappenköpfe. Auch sehr hilfreich. Aber irgendwas ist da im Gange. Diese Beduinen reden mit Salim, und ich merke genau, da läuft was zwischen denen ab, was nicht übersetzt wird. Bei einem Ort namens Ras en-Naqab gibt's ein Rasthaus. Da haben wir einmal auf der Rückfahrt nach Akaba Station gemacht. Es liegt auf einem Hügel, und der Wind kommt aus der Wüste wie aus einem Düsentriebwerk. Del war bei dieser Fahrt nicht dabei, und Salim ist sofort Richtung Klo verschwunden, also geh ich allein rein. Da sitzt nur ein einziger Mensch drin, ein Weißer. Zuerst hielt ich ihn für einen Tscherkessen. Er sitzt über sein Essen gebeugt, ißt mit den Fingern, nur mit der Rechten, hat mehrere lose Hemden und Kittel übereinander an, den Kopf unbedeckt. Ich setz mich hin, seh mir den Typ näher an und sag mir, der Typ ist Europäer. Also sprech ich ihn an. Ich stell ihm irgendeine harmlose Frage. Er antwortet irgendwas auf arabisch. Ich red weiter, er ißt weiter. Dann hab ich Salim geholt, diesen nutzlosen Mistkerl, damit er mir übersetzt. Als wir wieder zurückkommen, ist der Mann weg.«

»Da bist du auf was gestoßen.«

»Ja, ich glaube schon.«

»Sprechen Tscherkessen arabisch?«

»Ich hab Salim gefragt. Ja. Aber ich glaube trotzdem, daß ich auf etwas gestoßen bin.«

»Bist du sicher, daß das arabisch war, was du da gehört hast?«

»Erst willst du mich interviewen, dann machst du ein Verhör draus.«

»Was wirst du jetzt unternehmen?«

»Brademas hat mir jemand im Fachbereich Altertumswissenschaft genannt. Gleich bei meinem ersten Besuch in Amman bin ich da hin. Ein sehr leise sprechender, kultivierter Mann. Dr. Malik. Er arbeitet gerade mit einem holländischen Team zusammen, das Ausgrabungsstätten außerhalb der Stadt vermißt. Er hat versucht, mich von der Sache abzubringen. Das einzige, was ich aus ihm herausbekommen konnte, war die ungefähre Gegend, wo der Mord stattfand.«

»Man sollte annehmen«, sagte ich, »daß sie weiterziehen, nachdem sie jemand umgebracht haben.«

»Brademas hat mir gesagt, daß sie geblieben sind. Sie sind irgendwo im Wadi Rum.«

»Das hat er mir nicht erzählt.«

»Sie haben den Standort gewechselt, aber sie sind immer noch da, meint er. Dr. Malik hat ihm gesagt, daß sie gesehen wurden. Aber *mir* wollte er das nicht sagen. Ich war heute morgen wieder bei ihm, gleich nach unserer Ankunft. Er hat mir gesagt, wenn ich wirklich etwas über diese Kultsekte erfahren wolle, müsse ich nach Jerusalem gehen. ›Sie müssen nach Vosdanik fragen‹, hat er gesagt.«

Volterra brachte gern sein Skepsis zum Ausdruck, indem er den Kopf schieflegte und seinem Gegenüber Seitenblicke zuwarf. Jetzt schilderte er sein Gespräch im Fachbereich Altertumswissenschaft und wiederholte die betrübten und ungläubigen Blicke, mit denen er Dr. Malik bedacht hatte.

Er müsse in die Altstadt gehen, hatte ihm Dr. Malik erklärt, ins armenische Viertel. Er müsse nach Vosdanik fragen. Dieser Mann habe drei oder vier Namen. Vosdanik sei offenbar der Vorname von einem dieser drei oder vier vollständigen Namen. Er arbeitete als Fremdenführer in der Altstadt. Mehr wisse er beim besten Willen nicht, sagte Dr. Malik.

Frank ahmte gern fremde Akzente nach.

Er bat Dr. Malik, ihm einige Namen hier in Jordanien zu nennen. Er wolle nicht nach Jerusalem. Er wolle sich nicht schon wieder mit einem neuen Führer herumschlagen. Man sagte ihm, Vosdanik wisse über die Kultsekte Bescheid. Er sei leicht zu finden. Er sei Armenier. Er wohne im armenischen Viertel. Frank wollte noch mehr über das Wadi Rum wissen. Schließlich war dort ein Mord geschehen. Und nicht nur einer. Dr. Malik sagte: *»Besser, wir reden nicht über diese Dinge.«*

Volterra ließ seine Hand, mit deren Gesten er den Satz unterstrichen hatte, auf den Tisch fallen. Die Jungs brachten unser Essen und zogen sich dann wieder in den schummrigen hinteren Teil des Lokals zurück. Es kamen keine anderen Gäste.

»Ich kann mich nie ganz an einen Ort hingeben«, sagte Frank. »Ich bleib immer distanziert. Ich arbeite immer an mir selbst. Die Verlockung, die sagenumwobene Orte auf andere ausüben, habe ich nie nachvollziehen können. Oder die Vorstellung, sich an einen Ort zu verlieren. Die Wüste da unten ist manchmal wirklich atemberaubend. Diese Formen und Farben. Aber ich könnte mich davon nie persönlich tief berühren lassen, ich könnte sie nie als einen Aspekt meiner selbst betrachten, oder umgekehrt. Ich brauche sie für etwas, ich möchte sie als Rahmen und als Hintergrund benutzen. Ich kann mir nicht vorstellen, daß ich mich von ihnen überwältigen lasse. Ich könnte diesem Ort nie verfallen, weder diesem noch irgendeinem anderen. Ich bin der Ort. Das ist wahrscheinlich der Grund. Ich bin der einzige Ort, den ich brauche.«

Er wollte mehr über meine Reisen erfahren. Ich sagte ihm, ich sei nur in dem Sinn ein Reisender, als daß ich Entfernungen zurücklege. Ich reiste zwischen Orten hin und her, ohne sie eigentlich zu bereisen.

Ich war von Rowser in diese Bezirke geschickt worden, um verschiedene gute Taten zu vollbringen, hier mal einzuspringen, dort mal einen Bericht zu erstellen, einige Büros umzustrukturieren und Mitarbeiter auf Trab zu bringen. Es war eine wenig vielversprechende Saison. Unser iranischer Control war tot, zwei Männer hatten ihn auf offener Straße erschossen. Unser Verbindungsmann für Syrien und Irak schickte rätselhafte Telexe aus Zypern. Kabul war kritisch. In Ankara waren die Privathaushalte ohne Heizung, Familien zogen in Hotels um. In der ganzen Türkei durfte man nur wählen, wenn man sich die Finger färben ließ. Damit sollte verhindert werden, daß man seine Stimme mehrfach abgab. Unser Verbindungsmann für die Emirate entdeckte eines Morgens eine Leiche in seinem Garten. Die Emirate hatten eine zu hohe Bankenkonzentration. In Ägypten gab es religiöse Spannungen. Ausländische Führungskräfte in Libyen kamen von der Arbeit nach Hause und mußten feststellen, daß ihre Häuser von Arbeitern besetzt waren. Es war der Winter der Geiselnahme in Teheran, und Rowser verordnete für die ganze Region Duplikatzwang. Das bedeutete, daß alle Akten kopiert und nach Athen geschickt werden mußten. Als einer unserer Vizedirektoren, auf Besuch in Beirut, aus seinem Hotel kam, wurde sein Wagen gerade von Milizangehörigen auseinandergenommen. Ich eröffnete ein Büro in Nordjemen.

Frank bestellte noch zwei Bier. Wir sprachen über Kathryn. Nach dem Essen gingen wir eine Stunde spazieren. Taxis folgten uns und hupten uns an. Wir befanden uns in einer Wohngegend, völlig verlassen, keine Fußgänger außer uns. Ein uniformierter Mann trat aus der Dunkelheit heraus und sagte etwas zu uns, das wir nicht verstanden. Auf dem Bürgersteig zwanzig Meter vor uns erschien eine weitere Gestalt, diese hatte ein automatisches Gewehr. Der erste Mann deutete auf die andere Straßenseite. Wir sollten unseren Spaziergang dort fortsetzen.

»Ich hab das dumpfe Gefühl, daß hier irgendwo der Palast ist«, sagte Frank. »Der König ist zu Hause.«

Es dauerte zwei Tage, um die Reisegenehmigungen für Jerusalem zu bekommen. Als wir die jordanische Sicherheitszone erreichten, gingen Volterra und unser Fahrer mit allen Dokumenten in das Postenhaus. Ich lehnte mich an einen Pfosten unter dem Wellblechdach und beobachtete, wie Del Nearing die Gläser ihrer Sonnenbrille anhauchte und sie mit einem weichen Tuch in kreisenden Bewegungen sauberwischte.

»Im Arabischen gibt es den Buchstaben *Jim*«, sagte sie.

»Wie sieht er aus?«

»Kann mich nicht erinnern. Ich hab mich nur ungefähr eine Stunde lang mit der Sprache beschäftigt.«

»Es könnte wichtig sein«, sagte ich. »Es könnte mir alles sagen, was ich wissen muß.«

Sie sah lächelnd auf, eine schmächtige Gestalt mit feingeschnittenem Gesicht, die kurzen dunklen Haare glatt nach hinten gekämmt. Während der fünfundzwanzigminütigen Fahrt hatte sie sich ihrer Person gewidmet, die Vorsichtsmaßnahmen nachgeholt, die Reisende zum Schutz gegen die Umwelt treffen. Hände einschmieren. Gesicht und Nacken eincremen. Mit der Pipette aus einem kompakten Fläschchen behutsam Augentropfen applizieren. Sie verrichtete diese Handgriffe ganz distanziert, geistesabwesend. Sie vermittelte den Eindruck, als wäre sie immer etwas zu spät dran, als wäre sie gewohnt, Dinge gleichzeitig zu erledigen. Diese Momente in sich versunkener körperlicher Geschäftigkeit dienten hauptsächlich der inneren Reflexion.

»Ich hab so ein körperloses Gefühl bei dieser ganzen Reise«, sagte sie. »Irgendwie schwebe ich die ganze Zeit. Ich hab erst erfahren, daß wir nach Jerusalem fahren, als wir dich mit dem Taxi abgeholt haben. Ich hatte gedacht, wir fahren zum Flughafen. Er behauptet, er hätte es mir gestern abend gesagt. Ich nehm doch keine Drogen mehr. Frank hat mir dabei geholfen. Aber ich bin trotzdem körperlos. Ich vermisse meine Wohnung und meine

Katze. Ich hätte nie gedacht, daß ich mal meine Wohnung vermisse. Wahrscheinlich ist mein Körper dort.«

Volterra kam wieder heraus.

»Sieh sie dir an. Diese Riesenbrille. Mit ihrem dünnen Gesicht und den kurzen Haaren. Alles falsch. Sie sieht aus wie ein Science-fiction-Insekt.«

»Geh mir nicht auf den Docht, Mann.«

Wir bestiegen einen Bus zusammen mit einer Gruppe Baptisten aus Louisiana und fuhren über den Fluß zum israelischen Grenzposten. Aufwendige Kontrollen. Del kam aus der Kabine, wo Frauen durchsucht wurden, und stieß bei der Paßkontrolle wieder zu uns. Sie sah sich um.

»Wie die auf ihren Sturmgewehren lehnen. Ich dachte, sie wären anders als die Araber und Türken. Sie sehen schlampig aus, nicht? Die fuchteln mit ihren Waffen herum, denen ist völlig egal, wer vor ihnen steht. Ich weiß nicht, was ich erwartet habe. Gepflegtere Leute.«

»Es wird regnen«, sagte Frank. »Ich will, daß es regnet.«

»Warum?«

»Damit du diese Brille da endlich absetzt.«

»Ich weiß nicht, was ich erwartet habe«, sagte sie.

»Damit wir klatschnaß werden, wenn wir durch die Altstadt gehen. Damit du dir wieder eine Erkältung holst wie neulich in Istanbul. Damit ich weiß, daß die Katastrophe komplett ist.«

Wir teilten uns ein achtsitziges Taxi mit russisch-orthodoxen Nonnen. Als wir uns Jerusalem näherten, brach die Sonne durch die dichte Bewölkung, schien halbgolden auf die braunen Hügel, die Kalksteingebäude und osmanischen Festungsmauern. Unser Hotel befand sich nördlich der Altstadt. Volterra hielt sich längere Zeit an der Rezeption auf, um Erkundigungen einzuholen.

Wir betraten die Stadt durch das Damaskustor und wurden sofort von dem polyglotten Strom erfaßt. Ich fühlte mich von Sprachen bedrängt, überrascht und angerempelt, genauso wie von warenbepackten Eseln und rennenden Jungs. Soldaten trugen Gebetskäppchen, ein Mann schleppte ein fast drei Meter langes Kreuz. Volterra redete Italienisch mit ein paar Leuten, die nach dem Weg fragten. Händler luden rote Stoffballen und Kartoffelsäcke auf Holzkarren, mit denen sich Jungs dann einen Weg durch die Menge bahnten. Koptische Priester in Blau, äthiopische Mönche in Grau, der weiße Pater in seiner makellosen Soutane. Ging es um Religion oder Sprache? Oder um Kostüme? Nonnen in Weiß, in Schwarz, in vollem Habit, düstere Kapuzen, bunte flügelähnliche Hauben. Bettler, die in Umhänge gehüllt reglos dasaßen. Radios liefen, Walkie-talkies plärrten und zischten. Der Ruf zum Gebet war ein über Lautsprecher verbreiteter Singsang, den ich nur kurz unter den anderen Lauten heraushören konnte. Dann war er wieder Teil des Tumults und des Pulsierens, die einzige menschliche Stimme, wie vom Himmel gefallen.

Del verschwand alsbald in einer verwinkelten Gasse, die gerade von Arbeitern aufgerissen wurde. Dann murmelte Volterra irgendwas vom armenischen Viertel. Wir machten unverbindlich einen Treffpunkt an der Westmauer aus.

Ich fand ein Café und setzte mich draußen hin, um einen türkischen Kaffee zu schlürfen und die Ladenbesitzer beim Tratschen zu beobachten. Ihre Schaufenster waren vollgestopft mit religiösen Andenken, alles Massenartikel. Das Vorhandensein dieses Kitschs machte mir Mut. All diese verkrüppelten Pilger auf der Via Dolorosa, die Chassidim mit ihren schwarzen Hüten, die griechischen Priester, die armenischen Mönche, die betenden Männer auf den gemusterten Teppichen in den Moscheen – ich fühlte mich unbehaglich in diesen Glaubensströmungen. Es war ein einziger Vorwurf gegen meinen glühenden Skeptizismus. Es bedrängte mich und setzte mich unter Druck. Und so betrachtete ich den Plunder in den Schaufenstern mit einer gewissen ironischen Dankbarkeit. Olivenholz, Glas und Plastik. Er neutralisierte bis zu einem gewissen Grad die Wirkung dieser größeren Gestalten, die sich auf dem Heimweg von ihrem jeweiligen Gottesdienst durch die Gassen drängelten.

Ich sah Del mit einem alten Mann sprechen, der auf einem Stock gestützt vor einem Gewürzstand saß. Er hatte einen weißen Bart, trug ein Gewand mit einer schwarzen Schärpe, eine gestrickte Mütze und einen Pullover: Ihn umgab eine Aura der Ruhe, die eine Form von Schönheit war. Seine Augen waren sanft, ein fast träumerischer Blick, und in seinem Gesicht, das wie ein Wüstengesicht aussah, lag ein ganzes Zeitalter von Erinnerung und Licht. Ich hatte das Gefühl, daß Del ihm wahrscheinlich gerade etwas Ähnliches sagte. Ich kannte sie natürlich kaum, aber ihr war so etwas durchaus zuzutrauen, fand ich. Einen alten Mann auf der Straße anzusprechen und ihm zu sagen, daß ihr sein Gesicht gefiel.

Als sie mich sah, kam sie herüber, schob sich an einer Gruppe vorbei, deren Anführer ein Banner mit dem Buchstaben *Sigma* vor sich hertrug. Del hatte die Sonnenbrille auf die Stirn gesetzt und schälte eine grüne Apfelsine. Sie hatte eine gewisse Cleverneß an sich, eine einnehmende Zähigkeit. Sie bewegte sich wie ein Teenager, der schlampig und mürrisch durch den Schulflur latscht. Erst jetzt fiel mir auf, wie gut sie aussah. Ihr Gesicht war ausgewogen und kühl, die Augen blickten geringschätzig, der Mund hatte einen launischen Schwung. Sie gab mir ein Apfelsinenstück und setzte sich.

»Ich glaub, er hat mich nicht verstanden.«

»Was hast du ihm denn erzählt?«

»Wie toll er aussieht. Was für wunderschöne Augen er hat. Daran werde ich mich erinnern. An die Gesichter. Selbst bei diesen Macho-Schwuchteln in der Türkei. Hier sieht man unglaubliche Gesichter. Wie lange bleiben wir hier?«

»Ich reise morgen früh wieder ab. Am Nachmittag geht mein Flug von Amman. Ich weiß nicht, wie das mit euch ist. Müßt ihr mal in eurer Aufenthaltsgenehmigung nachsehen.«

»Wozu sind wir eigentlich hier?«

»Ich schau mir die Stadt an. Ihr sucht einen Armenier.«

»Die Jacke da gefällt mir. Hat unheimlich viel Persönlichkeit.«

»War früher mal Tweed.«

»Ich liebe alte Klamotten.«

»Abgenutzt durch Erosion. Du kannst sie haben.«

»Zu groß. Trotzdem vielen Dank. Frank hat gesagt, du bist einsam.«

»Frank und ich verstehen uns nicht immer richtig. Unsere Freundschaft hing größtenteils von Kathryn ab. Auch wenn nur wir beide zusammen waren, drehte sich immer alles um Kathryn. Sie war das Bindeglied.«

»Findest du in Athen nicht jemand zum Bumsen?«

»Ich hab mir so eine gedankenverlorene Miene zugelegt. Die Frauen denken, ich will mit ihnen ins Museum gehen.«

»Museen mag ich nicht. In Museen laufen mir immer Männer nach. Was haben solche Orte bloß an sich? Sobald ich mich umdrehe, ist da ein Typ, der mich beobachtet.«

»Ich mag Frank sehr. Denk nicht, daß ich ihn nicht mag. Aber wir leben eigentlich nicht mehr in derselben Welt. Wir hatten eine wunderbare Zeit miteinander. Wir waren Anfang Zwanzig, haben zusammen viele wichtige Dinge gelernt. Aber das ist eigentlich nur gegangen, weil Kathryn dabei war.«

Ich erwartete, daß Del fragen würde, ob er mit Kathryn geschlafen hatte. Sie hatte so eine Art, durch die Worte des anderen hindurchzusehen, darauf wartend, daß sie endlich aufhörten, damit sie auf das ihrer Meinung nach Wesentliche kommen konnte. Ihre Stimme paßte nicht ganz zu dem ausdruckslosen Gesicht. Da war eine temperamentvolle kleine Unruhe zu spüren, eine frühmorgendliche Rauheit. Wir sahen uns an. Statt dessen fragte sie, ob wir zusammen Mittag essen wollten.

Später warteten wir im Nieselregen auf Volterra. Männer wuschen sich am Brunnen vor der Al-Aksa Moschee, barfuß aufgereiht vor den Hähnen. Männer lehnten sich an die Mauer, unter der langen steinernen Einfriedung, mondvernarbter Kalkstein mit feingemeißelten Rändern, aus dessen Rissen und Spalten Kaskaden von Mauergewächsen quollen. Wir standen bei einem Zaun, der mit stilisierten mehrarmigen Kerzenleuchtern verziert war. Als Volterra schließlich kam, den Jackettkragen gegen die Kälte hochgeschlagen, nahm er Del zur Seite, wo sie einen kurzen freudlosen Wortwechsel hatten. Sie sollte anscheinend zu dem Abschnitt der Mauer gehen, der für Frauen reserviert war. Sie sah weg, die Hände tief in den Taschen ihres Nylonparkas vergraben.

Auf dem Rückweg zum Hotel erzählte er mir, daß er Vosdanik gefunden hatte.

Wir gingen in der Dunkelheit zu einem Restaurant in der Nähe des Jaffatores. Er sagte mir nicht, warum Del nicht mitkam. Es war neblig und kalt, wir brauchten lange, bis wir das Restaurant fanden.

Vosdanik kam herein, ein kleiner, dunkler Mann mit einem zu kleinen Filzhut auf dem Kopf. Er zog Hut und Mantel aus, bot uns Zigaretten an und sagte, die Spezialität hier seien gefüllte Tauben. Sein Betragen strahlte etwas Ernstes, Geschäftsmäßiges aus, seine Stimme hatte etwas Moduliertes, und sie war am leisesten, wenn er Leute begrüßte, die an unserem Tisch vorbeikamen. Wir tranken Arak und stellten ihm Fragen.

Er konnte sieben Sprachen. Sein Vater hatte als Junge zu Fuß die syrische Wüste durchquert, ein Zwangsmarsch, die Türken, 1916. Das Geschäft seines Bruders in Beirut lag in Schutt und Asche. Er erzählte uns wie ganz selbstverständlich seine Lebensgeschichte. Er schien zu glauben, daß wir das erwarteten.

Bevor er Fremdenführer wurde, hatte er auf einer Ausgrabungsstelle am See Genezareth als Dolmetscher für ein Archäologenteam gearbeitet. Schon seit Jahrzehnten waren verschiedene Gruppen dort mit Ausgrabungsarbeiten beschäftigt. Es waren schließlich zwanzig Schichten freigelegt worden, Spuren einer fast viertausendjährigen Besiedlung. Eine riesige Katalogisierung von Fragmenten.

»Sie machten Tempel, die zeigen nach Osten. Im Ägypten damals heißt Osten Gottes Land. *Ta-netjer.* Der Westen ist Tod, die untergehende Sonne. Die Toten werden am Westufer begraben. Der Westen ist die Stadt der Toten. Der Osten ist Hahnenschrei, die aufgehende Sonne. Da lebt man am Ostufer. Das Haus im Osten, das Grab im Westen. Dazwischen der Fluß.«

Er machte sich energisch über seine Taube her, Reis fiel von seiner Gabel. Seine Bemerkungen waren gut dosiert, dazwischen Pausen um des Effekts willen, für einen Mundvoll Essen, für Gesten der Begrüßung und des Wohlwollens, wenn Leute eintraten.

Er war Fremdenführer und Geschichtenerzähler in einem. Selbst Ereignisse aus seinem eigenen Leben erzählte er mit einer Ehrfurcht, als weise er auf die handwerkliche Qualität einer polychromen Kachel hin. Sein Nasensattel hatte einen kleinen Höcker. Alles, was er anhatte, wirkte wie beim Waschen eingegangen.

Bei den Ausgrabungen hatte er zum ersten Mal von einer Gruppe gehört, einem anscheinend namenlosen Kult. Ein Archäologe hatte davon erzählt, ein Franzose namens Texier. Anfangs dachte Vosdanik, daß sich die Bemerkungen auf einen antiken Kult bezogen, dessen Mitglieder in dieser Region gelebt hatten. Es war ja ein Land der Kulte und Sekten, der Wüstenmönche und Säulenheiligen. Jede etablierte Gruppe erzeugte Heerscharen rivalisierender Zellen. Von diesen spalteten sich ein oder mehrere Männer ab, um nach einer reineren Vision zu suchen.

»Wo immer leeres Land ist, gibt es Männer, die versuchen, näher an Gott zu kommen. Sie sind arm, sie nehmen wenig Nahrung, sie gehen weg von Frauen. Sie sind christliche Mönche, sie sind Sufis, die Wollhemden anziehen, die heiligen Worte des Koran wiederholen, die tanzen und im Kreis drehen. Visionen sind wirklich. Gott hat mit lebenden Menschen zu tun. Schon als Mohammed noch lebt, gibt es Menschen, die von ihm weggehen. Näher an Gott, immer im Gedanken, an Gott zu denken. *Dhikr allah.* Es gibt Sufis in Palästina, griechische Mönche im Sinai. Immer gehen einige Männer weg.«

Dieser Texier, selbst halb verhungert und etwas entrückt, gab Auskunft, wenn er abends unter dem Ausgrabungsdach im

Schein einer baumelnden Glühbirne saß. Notizblock und Bruyèrepfeife. Er arbeitete sich durch die Kurven der Zeit zurück, auf dem Boden um seinen Stuhl herum lagen Scherben in konzentrischen Kreisen. Zwischendurch sprach er leise in die ungefähre Richtung, in der sich Vosdanik befand, ein Schatten an einer Wand, jenseits der Scherben, etwa zehn Meter entfernt, ein Mann, der nicht gewohnt war, zuzuhören.

Soweit Texier wußte, war es kein antiker Kult. Es war ein lebendiger Kult. Die Mitglieder, eine Handvoll Männer, waren zum letzten Mal in einem Dorf an einem Felshang einige Kilometer nördlich von Damaskus gesehen worden – einer christlichen Siedlung, wo die Menschen manchmal noch Aramäisch (oder Westaramäisch oder Syrisch) sprachen, die Sprache, die Jesus gesprochen hatte.

Moment, Moment, nicht so schnell, sagten wir.

Er aß doppelt so schnell wie wir, sagte tausend Wörter, wenn wir eines sagten. Das war sein Beruf, Geschichten zu erzählen, Namen und Daten zu liefern, die aufgeschichteten Katastrophen seiner Stadt zu durchforsten, die Gassen und Krypten, wo sich Bedeutsames zugetragen hatte.

Aramäisch gehörte nicht zu Vosdaniks sieben Sprachen, aber er hatte es mal in einer Weihnachtsliturgie gehört. Die Kultsekte lebte in zwei Höhlen oberhalb des Dorfes. Die Männer bekam man selten zu Gesicht, außer einem, der hin und wieder ins Dorf kam und mit den Kindern redete. Die Sprache in den Straßen und Schulen war Arabisch. Aber dieser Mann bemühte sich, Aramäisch zu sprechen, sehr zur Belustigung der Kinder. Die anderen blieben aus gutem Grund über dem Dorf. Sie hielten Wache, warteten auf jemand oder etwas.

»Sie folgen einem wie ein krummer Schatten«, sagte er.

Nach ihrem Weggang fand man in einer der Höhlen die Leiche eines Mannes, eines Dorfbewohners, seine Brust war voller Schnitt- und Stichwunden, überall war Blut. Zuerst hielt man die Sektenmitglieder für Drusen, die blond und zum Teil blauäugig waren – eine moslemische Sekte, die in den Bergen im Süden des

Landes lebte. Ein Mord, der anscheinend auf religiöse Differenzen zurückzuführen war. Der aber wie aus dem Nichts kam. Es hatte keinen Ärger gegeben, keinerlei Provokation. Und warum waren die Initialen des Opfers in die Schneide des groben Eisenwerkzeugs eingeritzt worden, mit dem der Mord begangen wurde?

Vosdanik hielt inne, sein trauriges Gesicht vom Rauch umhüllt.

»Man will ihren Feind verletzen, ist so in der Geschichte, seinen Namen zerstören. Die Ägypter machten Töpfe, ritzten die Namen ihrer Feinde mit scharfem Schilfrohr in Ton. Dann zerschlagen sie die Schalen, ein großer Schaden für die Feinde. Genau wie wenn man seine Kehle durchschneidet.«

Es fiel uns keineswegs leicht, all dem zu folgen. Vosdanik ging es um die Struktur des geographischen Ortes, um Geschichten, Rituale, Dialekte, Augen- und Hautfarbe, Verhalten und Einstellung, endlose Reihen von Erkennungsmerkmalen. Wir beugten uns vor, versuchten mit Mühe, alles mitzukriegen und zu verstehen.

Er bestellte noch einen Arak. Ich goß mir einen Schluck Wasser dazu, beobachtete, wie der Arak trübe wurde, ein Wirbel im Bodensatz. Vosdaniks Erzählung kehrte zu den Ausgrabungen zurück, zu dem sie überschattenden Hintergrund, Geflüstertem über den Islam, rabbinische Geheimlehren, dem riesigen bestickten Schleier von Prinzipien und Träumen. Glänzende Ikonen, Haarsträhnen vom Bart des Propheten. Er glaubte an alles.

Langsam, sagten wir. Nicht so schnell. Geben Sie uns eine Chance, das auch alles richtig zu verstehen.

Er war erstaunt über die Eindringlichkeit von Volterras Fragen. Es war offensichtlich, daß er uns nur wenig Antworten geben konnte. Er hatte über diese Dinge nicht nachgedacht, und es gab auch keinen Grund, warum er das hätte tun sollen. Der Kult war nur ein Geheimnis in dieser Landschaft unter vielen. In Anbetracht dessen, wo er lebte und was er über dunkle Orte, vermummte Mörder und wandelnde Tote wußte, waren diese Männer für ihn nicht weiter bemerkenswert. Er erzählte uns von zwei weiteren Kultmorden, einer davon, der uns bereits bekannte, im Wadi Rum, obwohl die Version, die er gehört hatte, sich in einigen Punkten von der anderen unterschied.

Er beseitigte die letzten Spuren seiner Mahlzeit mit einer Gründlichkeit, der nahezu jegliche Freude und Begeisterung fehlte. Zu einem Araber am Nachbartisch sagte er etwas, das wie »Chambre séparée« klang. Ein Junge brachte Arak.

»Mit süßen Worten macht man sie krank«, sagte Vosdanik zu uns.

»Wen?«

»Die Araber. Sind Sie sanft mit ihnen. Sie bekommen, was Sie wollen.«

Er bot uns Zigaretten an. Ein Mann, dessen Gesicht halb mit einem Schal bedeckt war, kam aus der Toilette. Er trug Schwarz und hatte einen Stock in der Hand. Unter der Decke sammelte sich der Rauch.

»Wo sind sie jetzt?« fragte Frank.

»Ich höre nichts.«

»Glauben Sie, es gibt nur eine Gruppe oder zwei?«

»Ich höre drei Morde, ich seh ein Paar blaue Augen.«

»Die Initialen auf dem Messer, waren die Aramäisch?«

»Das weiß ich nicht.«

»Gibt es überhaupt ein aramäisches Alphabet?«

Schulterzucken. »Niemand kann mehr schreiben. Es sind nur Laute. Es reiste in der Geschichte mit Juden. Mal allein gesprochen, mal mit anderen Sprachen vermischt. Küchen-Aramäisch. Wurde von Religion getragen, und jetzt verschwindet es wegen Religion, wegen Islam, Arabisch. Sprache wird von der Religion getragen. Der Fluß der Sprache ist Gott.«

Und das hier.

»Das Alphabet ist Mann und Frau. Kennt man richtige Ordnung der Buchstaben, macht man eine Welt, macht man Schöpfung. Deswegen verstecken sie Ordnung. Wenn man Kombinationen kennt, macht man Leben und Tod.«

Er zündete sich noch eine Zigarette an, in der Packung blieb noch eine übrig.

»Nahrung für morgen«, sagte er. Ein scheues Lächeln.

Morgen wollte er uns eine aramäische Inschrift auf der Wand einer syrischen Kirche zeigen, falls wir interessiert seien. Er würde mit uns nach Bethlehem fahren, nach Jericho. Die Säulen in der Al-Aksa sind Kreuzrittersäulen, sagte er. Mohammed flog vom Felsendom zum Himmel.

Nachdem er gegangen war, blieben wir noch, tranken und redeten, und als wir wieder draußen auf der Straße waren, hatten wir etwas Mühe, den Weg zurück zu unserem Hotel zu finden.

»Daß ich das auch richtig verstanden hab«, sagte ich. »Da war ein Typ namens Texier.«

»Der ist unwichtig.«

»Langsam. Wir hätten gehen sollen, als Vosdanik gegangen ist. Immer mit dem Führer gehen. Diese Gassen wimmeln von religiösen Fanatikern.«

»Der Archäologe. Den kannst du vergessen.«

»Schön. Geht ja um den Kult. Wo waren die?«

»Irgendwo in Syrien«, sagte Frank.

»Und was ist ein Druse?«

»Wie hieß die Sprache sonst noch?« sagte er. »Scheiße, hab ich eigentlich nach den Hämmern gefragt?«

»Ich dachte, er hätte Hebräisch gesprochen.«

»Wer?«

»Jesus.«

»Der ist unwichtig. Den kannst du vergessen, kümmer dich nicht drum, was er gesprochen hat. Ich versuch mich auf das Wesentliche zu konzentrieren. Hab ich nach dem Gesundheitszustand des Opfers gefragt?«

»Er war tot, Frank.«

»Bevor sie ihn umgebracht haben. Haben sie sich einen Schwachsinnigen ausgesucht, einen Krebskranken?«

»Es ging ihm gesundheitlich nicht gut. Das hat der Tod im allgemeinen so an sich. Jetzt mal im Ernst, wo sind wir eigentlich? Wir hätten durchs Tor gehen und ein Taxi suchen sollen.«

»Ich hab gedacht, bei einem Spaziergang kriegen wir wieder einen klaren Kopf.«

Er fing an zu lachen.

»Ich glaub nicht, daß ich betrunken bin«, sagte ich. »Das kommt nur von dem Rauch, von der frischen Luft hier draußen. Das war eine Qualmbude.«

Das fand er sehr komisch. Er blieb stehen, um zu lachen, krümmte sich vor Lachen.

»Was hat er gesagt?«

»Wer?« fragte ich.

»Ich weiß nicht, was er gesagt hat. Vosdanik. Vielleicht wegen des Rauchs. Es war eine Qualmbude.«

Er redete und lachte gleichzeitig. Er mußte sich vor Lachen an eine Mauer lehnen.

»Hast du ihn bezahlt?«

»Und ob. Wir haben gefeilscht. Der kleine Mistkerl.«

»Wieviel hast du ihm bezahlt?«

»Unwichtig. Sag mir nur, was er gesagt hat.«

Er verschränkte die Arme vor dem Bauch und lachte, an die Mauer gelehnt. Es war ein abgehacktes Lachen, das wuchs und wuchs, sich am Schluß zu einem atemlosen Japsen erweiterte, ein Lachen, das eine Unterbrechung im Fortgang der Welt markiert, ein Lachen, das wir einmal in zwanzig Jahren hören. Ich ging in eine Gasse, um mich zu übergeben.

In der Nacht wachte ich immer wieder auf. Szenen aus dem Restaurant, Fetzen von Vosdaniks Monologen. Sein Gesicht kehrte als ein zusammengesetztes Bild zu mir zurück, in Kinolicht getaucht, sepiabraun und schattiert. Die vorspringende Nase, die Vertiefungen an beiden Seiten der Stirn, die krummen Finger, die eine Zigarette aus der Packung Montanas ziehen, das kleine Lächeln am Ende. In diesem Gedankenkino im Morgengrauen erschien er mir als ein weiser und mitfühlender Mensch, superlebensecht. Als ich das dritte oder vierte Mal aufwachte, dachte ich an die Initialen des Toten, die in die Waffe eingeritzt waren. Alte Western. Wenn auf einer dieser Kugeln dein Name steht, Cody, dann gibt's gottverdammtnochmal nichts, was du dagegen tun kannst. In den Staub spucken. Tagesanbruch in Montana. Wollte ich das von allem anderen isolieren, was er gesagt hatte, trieb mich das aus meinem Schlaf, um mich daran zu erinnern? Initialen. Von all dem, was er gesagt hatte, schien mir dies irgend etwas zu bedeuten. Ich wußte etwas. Da steckte etwas dahinter. Wenn ich wach bleiben und mich konzentrieren könnte, wenn ich klar denken könnte, wenn ich mir sicher sein könnte, ob ich wach bin oder schlafe, wenn ich entweder mit einem Schlag hellwach werden oder aber in einem tiefen und friedlichen Schlaf versinken könnte, dann würde ich vielleicht beginnen, etwas zu begreifen.

Ich saß zusammen mit Del Nearing auf dem Rücksitz des langen Mercedes und wartete auf Volterra. In der Nähe des Hoteleingangs stand ein Kamel, und die Baptisten aus Louisiana setzten sich abwechselnd darauf und fotografierten sich gegenseitig.

»Frank hat heute morgen die Augen eines Irren. Das hat er manchmal. Seine Augen sind dann ganz blutleer. Tödlich.«

»Wo warst du gestern abend?«

»Ich hab ferngesehen.«

»Du hast den Führer verpaßt, das Sprachgenie.«

»Kein Interesse.«

»Wir haben zuviel getrunken.«

»Daran liegt's nicht«, sagte sie. »Es ist die alte Krankheit. Die, für die es noch kein Heilmittel gibt. Er ist besessen.«

Der Kameltreiber posierte mit einer Frau, die Brenda hieß.

»Weshalb hat er sich gestern über dich geärgert?«

»Er hat da so eine sentimentale Idee. Irgendwo mütterlicherseits bin ich jüdischer Abstammung, und jetzt erwartet er, daß ich das Gefühl einer Heimkehr habe. Ich sei ein Idiot, weil ich nicht meine Herkunft erforsche, weil ich mich nicht mehr für die jüdischen Ruinen interessiere. Meine Familie stammt hauptsächlich aus dem Mittelwesten. Wir sind viel umgezogen. Als ich klein war, haben wir in einem Trailerpark gelebt. Ich hab früher viel angestellt, bin zwei- oder dreimal von zu Hause abgehauen, bin in San Francisco irgendwie durchgedreht. Ich war viel zu jung, um zu merken, was eigentlich ablief. Frank sagt, ohne meinen jüdischen Background wäre ich total unter die Räder gekommen. Da spinnt er ein bißchen. Aus mir wär eine Rockerbraut oder Bartänzerin geworden. Alles, was zwischen den beiden Küsten liegt, ist für ihn Oklahoma. Groß, staubig, einsam.«

»Er dreht dort Filme.«

»Er dreht Filme. Ich liebe seine Filme. Verstehst du, auf einer bestimmten Ebene fasziniert ihn dieses typisch Amerikanische. Die Ziellosigkeit, das Sichtreibenlassen. Das fasziniert ihn, das bietet sich irgendwie an. Motels, Mobile Homes, was weiß ich. Aber er hätte mich längst schon fallengelassen, wenn ich nicht erwähnt hätte, daß ich jüdischer Abstammung bin. *Das* ist doch mal was. So was gibt einem doch Selbstachtung. Jüdisch zu sein«

Frank schwieg, bis wir auf der anderen Seite des Flusses waren und auf jordanischem Gebiet hinter den Geschützstellungen unter dem Wellblechdach saßen und auf unseren ursprünglichen Fahrer warteten.

»Müssen wir eigentlich nach Amman?«

Die Frage war eher an ihn selbst gerichtet. Er trug eine dunkle Brille und kaute ständig Haut vom Nagelrand seines Daumens ab. Der Fahrer erschien, er trug Jeans und Schuhe mit hohen Absätzen und hielt uns seine Packung Zigaretten hin.

Amman liegt auf sieben Hügeln. Das arabische Wort für Hügel oder Berg heißt *Jebel*. Als wir noch eine Viertelstunde von der Stadtgrenze entfernt waren, sagte ich dem Fahrer, er solle uns nach Amman fahren, wo sich das Inter-Continental befindet. Ich wollte dort meinen Koffer holen und dann mit Frank und Del zum Flughafen fahren, von wo ich nach Athen zurückfliegen würde und sie nach Akaba, ein Flug von dreißig Minuten.

»Müssen wir unbedingt nach Akaba?« fragte Del.

Die meisten ihrer Sachen waren dort, zwei Fotoapparate, ein Tondbandgerät und weitere Ausrüstung in zwei Koffern und einer Segeltuchtasche.

Fünf Minuten später sprach Volterra zum zweiten Mal.

»Mein Plan steht fest. Wenn das hier alles zusammenbricht. Wenn die gesamte Karriere im Arsch ist. Ich weiß genau, was ich mit dem Rest meines Lebens anfangen werde. Ich hab's von Anfang an geplant. Weil ich's schon immer gewußt hab. Ich hab's von Anfang an gewußt, ich hab's von Anfang an geplant. Sobald sich nach dem letzten Mißerfolg der Staub gelegt hat. Sobald sie aufgehört haben, in diesem Ton über mich zu reden, den sie den einst vielversprechenden Anfängern vorbehalten, die sich übernommen haben, die ausgebrannt sind, die sich verschätzt haben, die es nicht gebracht haben, die vom Glück verlassen wurden. Versteht ihr, dieser Ton lauen Bedauerns. Dieser wissende Ton, der besagt, daß diese frühen Erfolge ja wohl doch nur Zufälle gewesen sind. Ich weiß, wo ich hingehe, wenn es dazu kommt, ich weiß, was ich dann tun werde.« Er nahm die Hand vom Mundwinkel. »Ich werde eine chemische Schnellreinigung aufmachen. Mit dem Geld, das ich nicht dafür verschleudert habe, die Welt nach Themen zu erkunden. Ich werde mich irgendwo in einem ruhigen Städtchen niederlassen, in einem dieser Bilderbuch-Städtchen mit sichelförmigen Straßen und gestylten Laternen und einer Fußgängerzone, obwohl es keine Fußgänger gibt, man hat die Fußgänger vergessen. Ein bescheidener Ort. Ältere Ehepaare. Geschiedene Frauen mit ängstlichen Kindern. Bodenständig. Meine chemische Schnellreinigung wird in der Shopping Mall sein, zusammen mit der Boutique, dem Supermarkt, dem Radio- und Fernsehreparaturladen, dem Kino-Center, den Fast-Food-Ketten, dem Reisebüro und so weiter. In dieser Gemeinde kennt niemand die Namen von Filmregisseuren. Die Leute gehen einfach ins Kino. Da werde ich mich den Rest meines Lebens verstecken. Franks chemische Schnellreinigung – morgens gebracht, abends gemacht. Die Scheißklamotten hängen auf diesen riesigen Scheißständern, eintausend Schottenkarohosen, eintausend Tennisröcke, alle in glänzendes Plastik eingewickelt. Sie hätten gern Ihre Schottenkarohose? Ich drück nur auf einen Knopf unterm Ladentisch, und dann setzt sich dieses ovale Förderband in Bewegung, und die Hose kommt Richtung Ladentisch gesaust und vollführt die irrsten Bewegungen dabei. An den Kleidungspäckchen flattern rosa Kontrollabschnitte. Das Plastik knistert und klebt. Es klebt an allem – an der Kleidung, an den Autositzen, auf Metall, auf der Haut. Ich steh hinterm Ladentisch und freu mich meines Lebens. Die Leute sagen Frank zu mir, ich sprech sie mit Mr. Mitchell oder Mrs. Green an. ›Tach, Mr. Mitchell, ich glaub, wir haben diesen Pina-Colada-Fleck aus Ihrer Schottenkarohose rausgekriegt.‹ Ich wohne hinten im Laden. Ich habe da eine Kochplatte, einen kleinen Sony-Fernseher, meine Porno-Hefte, mein Weizenkeim-Honig-Shampoo, der einzige Luxus in meinem Leben, weil ich Haarausfall mehr fürchte als den Tod. Aber einen Menschen gibt's, der meine wahre Identität kennt, der das tatsächlich rausgekriegt hat. Natürlich ein Ex-New Yorker. Ein Filmklub-Perversling, der mich auf alten Fotos in Filmzeitschriften erkennt, die er sammelt. Es spricht sich rum. Die Leute sagen: ›In den Siebzigern war er zehn Minuten lang berühmt.‹ ›Was war er eigentlich?‹ ›Schauspieler, Gangster, ich hab's vergessen.‹ Sie vergessen. Am Schluß vergessen sie sogar die falschen Sachen, die man ihnen über mich erzählt hat. Wie schön. Deswegen bin ich ja schließlich da.«

Im Inter-Conti erfuhr ich, daß sich mein Flug um fünf oder sechs Stunden verspäten würde. Ich ging wieder zum Auto und steckte meinen Kopf durchs Fenster. Er saß da, einen Arm um sie gelegt, hatte immer noch die dunkle Brille auf und seine Militärjacke an, unrasiert. Del schien zu schlafen.

»Komm doch nach Athen«, sagte ich.

»Ich weiß nicht.«

»Was gibt's sonst für Möglichkeiten?«

»Mal sehen. Vielleicht Kalifornien. Eine Zeitlang nichts tun.«

»In Kalifornien kennt man dich. Komm nach Athen. Ich hab ein freies Zimmer.«

»Ich weiß nicht, Jim.«

»Was ist mit dem Kult?«

»Mal sehen.«

»Du spinnst«, sagte ich. »Schlag dir die Sache aus dem Kopf.«

Er blickte geradeaus, seine Hand um ihre Schulter gelegt, und redete ruhig in einem Ton, der mir einen Vorwurf daraus machte, Selbstverständliches von mir zu geben.

»Sag nicht, daß ich spinne. Ich weiß selber, daß ich spinne. Sag mir, daß ich ein bißchen mutig bin, ein bißchen entschlossen. Ich will jemand sagen hören, daß ich eine Sache bis zum Ende durchziehe.«

Als sie weg waren, ging ich zur Rezeption zurück, holte den Stadtplan aus meiner Reisetasche und machte mich auf den Weg in die Stadt. Es war ein langer Weg von den Plätzen und Höhen von Jebel Amman hinunter zu den Menschenmassen bei den Taxiständen in der Nähe des römischen Theaters. Die Sonne war warm. Männer rafften ihre Gewänder und stiegen in die Sammeltaxis. Ich ging an den Säulen vorbei und stieg langsam zu den oberen Sitzreihen des Theaters hinauf. Auf der anderen Seite saßen zwei Männer mehrere Reihen auseinander und lasen Zeitung. Sonst war niemand da. Der Stein war sandweiß gemustert, je höher man stieg, desto weiter wurden die Ränge. Ich setzte mich in die zweitoberste Reihe. Der Verkehr war ein fernes Geräusch, eine andere Stadt. Ich spürte, wie die Einsamkeit zurückkehrte, wie sich die Elemente sammelten, die ursprünglichen Dinge. Es verstrich eine lange Zeit. Dieses Theater, das sich der Stadt öffnete, war gleichzeitig distanziert von ihr, ein Raum des Geistes, ein Park, der nur aus Stufen bestand. Vollkommen. Ich war gedanklich ganz frei. Ich fühlte mich leer, wachsam. Ich holte den Stadtplan raus und faltete ihn auseinander. Einer der beiden Männer auf dem zweiten Rang schlug seine Zeitung auf und blätterte um. Auf der Rückseite der Jordanienkarte war ein detaillierter Stadtplan von Amman. Ich suchte nach einer anderen Strecke zum Hotel, um nicht zweimal denselben Weg gehen zu müssen. Aber ich fand etwas anderes. Mir fiel etwas ein. Ich mußte mich nicht konzentrieren oder meine Gedanken sammeln. Als hätte ich es schon die ganze Zeit gewußt. Als wäre mein unterbrochener Schlaf in der Nacht zuvor ein Mechanismus zur Klärung meines Denkens gewesen. Initialen, Namen, Orte. In der Leere dieser Augenblicke, in der Logik und Leichtigkeit dieser schwungvollen Kurven begriff ich, daß ich schon den ganzen Vormittag über auf diesen Punkt zusteuerte. Ich faltete die Karte zusammen und steckte sie wieder in meine Jackentasche. Einer der beiden Männer, der größere, stand auf und ging langsam die Stufen hinunter. Leise Geräusche aus der fernen Stadt.

Jebel Amman / James Axton.

7

Ich traf sie in einem Café am Kolonaki-Platz, einem Ort, wo sich alle Athener, die sich für sehenswert halten, früher oder später einstellen, um gesehen zu werden, wo die Frauen ultraviolette Schmollmünder haben, die Uniform Leder ist, die Ketten aus echtem Gold sind, das an der Ecke geparkte futuristische Objekt ein De Tomaso Pantera ist, das Traumauto aller Autoträumer, und sich schlanke bärtige Männer auf ihren Stühlen rekeln, die Augen hinter Sonnenbrillen verborgen, Pullover über die Schultern drapiert.

Ann kam auf mich zu und legte den Kopf schief, um meinen Blick zu erhaschen. In ihrem warmen Lächeln lag ein leichter Vorwurf.

»Wo warst du die ganze Zeit?« sagte sie anklagend.

»Die übliche Tour. Die Golfstaaten und weiter nach Norden. Viele Wunder.«

»Wie gemein. Hättest ruhig Bescheid sagen können.«

»Es war das reine Chaos, ehrlich. Mir blieb kaum Zeit, die nötigen Visa zu beschaffen.«

»Du wolltest nur, daß wir uns Sorgen machen«, sagte sie.

»Unsinn.«

»Wir sollten glauben, daß du einfach alles stehen und liegen gelassen hast und auf und davon bist.«

»Hast du meine Sekretärin angerufen?«

»Charlie hat sie angerufen.«

»Dann wußtet ihr ja Bescheid.«

»Schließlich schon«, sagte sie und drückte damit aus, daß ich die Sache ernster nahm, als ich es tun sollte.

Die größeren und kleineren Cafés lagen alle dicht beieinander an einem schrägen Platz, zu dem ein kleiner Park gehörte, Verkehrsgewühl und drei oder vier Kioske, die mit bunten Zeitschriften tapeziert waren. Der erste warme Tag nach einer Kühlwetterperiode. Die Markisen waren zusammengerollt, um Licht einzulassen, auf den Bürgesteigen standen Tische. Feiern und entspannen. Eine alte Frau drehte die Kurbel eines Leierkastens, während ihr Mann von Tisch zu Tisch ging und sammelte. Die Menschen hatten die fröhlichen Gesichter von Überlebenden, begierig, von ihrer gemeinsamen Tortur zu erzählen. Kellner bewegten sich seitwärts zwischen den Tischen hindurch. Der Losverkäufer stand mit seinem gekerbten Stab am Rand des Geschehens.

»Schön, wieder dazusein«, sagte ich. »Ich will nichts tun, nirgendwo hingehen. Ein sonniger Winter. Mehr will ich nicht. Apfelsinenbäume in jeder Straße. Frauen in protzigen Stiefeln.«

»Warte nur, bis der Wind kommt. Du wohnst hoch genug oben am Lykabettos, um ihn voll abzubekommen.«

»Ich will mir die Zeit vertreiben. In Kneipen wie dieser hier sitzen und über nichts reden.«

»Ehrlich gesagt fällt es mir schwer, mir im Herzen der Stadt die Zeit zu vertreiben. Ich brauche das Meer oder eine Aussicht.«

»Ich könnte mich da leicht dran gewöhnen«, sagte ich. »Mich durchs Leben faulenzen. Einen Kaffe hier, einen Wein dort. Man kann Gemeinplätze mit Bedeutsamem aufladen. Oder ihnen ganz aus dem Weg gehen.«

»Ich hätte dich nicht für einen Kneipenhocker gehalten.«

»Sind wir doch alle. Das muß einem nur klarwerden. Ich übe schon mal für die tristen Jahre, die vor mir liegen. Ein einsamer, trauriger Exilant. Ohne Frau. Der durch schmierige Cafés stolpert. Ein Freund von mir hat sich erst gestern ein ähnliches Schicksal ausgemalt. Da ging's um eine chemische Reinigung. Was bedeutet das alles?«

»Ich weiß nicht. Selbsterniedrigung ist eine Sprache, die ich nicht ganz verstehe. Oft ist sie nur ein Ausdruck von Egozentrik und Aggression, findest du nicht? Das Bedürfnis, bemerkt zu werden, und sei es nur wegen der eigenen Fehler und Schwächen. Ich kenne mich in diesen modernen Sprachen nicht aus. Vielleicht bin ich sogar dieser Mensch, den du dir erträumst. Die traurige Exilantin. Die wirkliche.«

Vor den Kiosken standen Männer und lasen die ausliegenden Zeitungen von heute. Der Kellner öffnete eine halbe Flasche Wein. Ich lächelte Ann an, drehte den Kopf dabei und maß sie mit einem abschätzenden Blick. Ein Blick aus dem linken Auge.

»Liebesaffären als Funktion der Geographie – gibt's das?«

Sie erwiderte meinen Blick mit amüsiertem Interesse.

»Möglicherweise möchte man das Erlebnis eines Orts vertiefen. Eines Orts, von dem man weiß, daß man ihn irgendwann wieder verlassen muß, und höchstwahrscheinlich nicht freiwillig.«

»Da bin ich noch gar nicht drauf gekommen«, sagte sie. »Außerehelicher Sex als Funktion der Geographie. Sind meine Motive so obskur?«

»Der Verlust von Kenia, der Verlust von Zypern. Du willst etwas außer Stammesmaske und Teppichen behalten. Ein ganz privates Zypern, eine Meditation. Wie macht eine Frau einen Ort zu ihrem und dem ihres Mannes, wenn letztendlich sein Job diktiert, wohin sie wann gehen und wann sie von wo wieder weggehen?«

»Eine Funktion der Erinnerung. Das könnte ich akzeptieren. Es gibt Frauen, die ihre Erinnerungen planen.«

»Gibt's da denn nicht eine Verbindung? Zwischen Geographie und Erinnerung?«

»Da kann ich dir nicht folgen.«

»Du bist ein schlichtes Mädchen vom Land. Ich weiß.«

»Natürlich ist da auch ein reines Sinnesvergnügen mit im Spiel. Dürfen wir das mit einbeziehen? Erregung.«

»Das ist ein anderes Thema. Ich finde das Thema nicht angenehm.«

»Du möchtest einen gewissen Anstand wahren.«

»Ein gewisses Niveau. Ich will meiner Eifersucht nicht nachgeben. Ein Mann empfindet Eifersucht wegen einer Frau, die er nie geliebt hat, einer Frau, die bloß eine Freundin ist. Er will nichts über Sinnesvergnügen hören. Er interessiert sich für ihre Affären als Themen, als Motive ihres Lebens.«

»Das ideale Gesprächsthema für den Kolonaki-Platz«, sagte sie.

»Man muß einen Mann nicht unbedingt hassen, um Schadenfreude über sein Pech zu empfinden. Stimmt's? Und man muß eine Frau nicht unbedingt lieben, um ihr gegenüber besitzergreifend zu sein oder ihr Affären übelzunehmen.«

»Ich weiß nicht, wie ernst du das alles meinst. Meinst du das ernst?«

»Natürlich meine ich das ernst.«

»Nun, wie nett. Hoffe ich.«

»An nett oder nicht nett hab ich dabei nicht gedacht.«

»Oder mache ich einen Fehler, wenn ich mich für besonders begünstigt betrachte?«

»Wahrscheinlich machst du einen Fehler. Ich gelte als krankhaft eifersüchtig.«

Sie lachte.

»Du hast zuviel Zeit zum Nachdenken, James. Du bist zuviel allein, stimmt's?«

»Und du?«

»Überall, wo wir bis jetzt waren, habe ich was gefunden, womit ich mich beschäftigen konnte. Nicht viel, aber genug. Anfangs Englischunterricht. Lange Jahre war ich natürlich auch ganz Mutter und Hausfrau. Ich mach hier hin und wieder was für den British Council. Hauptsächlich Übersetzungen. Das ist schon ein Unterschied. Ich brauch dieses Gefühl, daß ich mir meine Zeit immer sinnvoll einteile. Deswegen werde ich auch nie dem Café-Leben verfallen.«

»Hast du jemals gedacht, Alleinsein könnte auf gewisse Weise Ganzheit oder Vollendung bedeuten?«

»Nein, überhaupt nicht.«

»Ich glaube zutiefst an die Zweisamkeit. Zwei Menschen. Die einzige Rettung vor dem Wahnsinn. Die einzige Bereicherung.«

»Natürlich.«

»Gestern war ich in Amman, im römischen Theater. Als ich da saß, hatte ich ein ganz merkwürdiges Gefühl. Ich weiß nicht, ob ich's beschreiben kann, aber ich glaube, ich habe in dem Moment Einsamkeit als Sammlung von Dingen wahrgenommen statt als Abwesenheit von Dingen. Alleinsein hat verschiedene

Komponenten. Ich hatte das Gefühl, daß ich aus diesen namenlosen Dingen zusammengesetzt wurde. Das war etwas Neues für mich. Natürlich war ich die ganze Zeit herumgereist, immer auf dem Sprung. Das war seit langem mein erster ruhiger Augenblick. Vielleicht lag's nur daran. Aber ich hatte in dem Moment das Gefühl, zusammengesetzt zu werden. Ich war allein und vollkommen ich selbst.«

»Erschreckend. Aber ich habe keine Ahnung, wovon du redest«, sagte sie.

Ein junger Mann ließ sich in den Stuhl neben Anns fallen, schlug die Beine übereinander, verschränkte die Arme und sackte in die gekrümmte Haltung eines Menschen, dem eine zehnstündige Wartezeit bevorsteht, die Haltung gestrichener Flüge, Halbschlaf in riesigen Hallen.

Das war Peter, ihr Sohn, spitzes Gesicht, rötliches lockiges Haar, Nickelbrille. Er trug einen karierten Sportmantel, der einige Nummern zu groß war, das Kostüm eines Landadligen mit Taschen für Schrotpatronen oder Maiskolben für die Schweine. Er wollte die Speisekarte haben.

»Beim Reisen gibt's heutzutage keine Künstler mehr – nur noch Kritiker«, erzählte er mir.

»Du bist müde«, sagte Ann.

»Einerseit gibt's nichts Neues mehr, was man aus all dem *machen* kann. Andererseits gibt's so viel, das man als überbewertet und schlichtweg mies abtun muß. In den letzten Wochen hat mein kritisches Bewußtsein einen positiven Schub erhalten. Es erhöht schon die Selbstachtung eines Menschen, wenn er ganze Landmassen als minderwertig beurteilen kann.«

Der Ferne Osten, von wo Peter gerade herkam, versetzte ihn in besonders kritikfreudige Stimmung. Seine Bemerkungen enthielten eine Menge Energie, die wie ein postumer Glanz über dem zusammengesunkenen Körper schwebte.

»Übrigens, das Telefon hat geklingelt, als ich gerade zur Tür rausging. Athen ist offenbar der Ort, wo das Telefon weiterklingelt, wenn man den Hörer abnimmt.«

Ich fragte ihn, mit welchem Zweig der Mathematik er sich befasse. Er konnte sich nicht entscheiden, ob er es mir sagen wollte oder nicht. Statt dessen erklärte er, daß er in Berkeley in der glücklichen Lage sei, zwei esoterische Wunder unserer Zeit studieren zu können, Gebiete, in die man nur als Eingeweihter eindringen könne. Reine Mathematik und der Staat Kalifornien. Es gebe keine Analogien aus der wirklichen Welt, mit deren Hilfe er das eine oder das andere zu erklären in der Lage sei. Er rutschte langsam unter den Tisch.

»Wer war's?« fragte sie.

»Was?«

»Wer war am Telefon?«

»Naja, als mir klar war, daß es nicht aufhören würde zu klingeln, habe ich wieder aufgelegt. Aber er hat noch mal angerufen. Ein Grieche. Falsch verbunden.«

Sie hielt die Weinflasche schräg, um das Etikett zu lesen.

»Das ist ein eigener Lebensstil, falsch verbunden«, sagte ich. »Telefone wechseln ständig den Besitzer. Die Leute kaufen sie, erben sie. Durch Gespräche mit Leuten, die falsch verbunden waren, habe ich mehr Griechisch gelernt als –«

Schließlich erschien Charles, wodurch wir kurz wieder zu unserem sorglosen Plauderton zurückkehrten. Er redete über Neuankömmlinge und Abreisende, über Lokalpolitik, über Flüche und Schimpfworter in Swahili, letztere knurrte er hinter vorgehaltener Hand, die Zigarette zwischen den Fingern. Dieses Eigentümliche, das von ihm ausging – ein Mann, der stark bleibt, während das Leben ihn verzehrt, ein Bild robuster Korrosion –, war besonders auffällig, wenn ich ihn eine Zeitlang nicht gesehen hatte.

»Dein Sohn will mir nicht verraten, was er als Mathematiker eigentlich macht. Wenn du ihm sagst, daß ich früher hin und wieder technische Texte geschrieben habe, könnte er vielleicht geneigt sein, mit mir zu reden.«

»Technische Texte. Er beschäftigt sich mit Wahrheit und Schönheit. Das ist völlig unpassend, was du da sagst, James. Technische Texte.«

»Ich mein ja nur, daß ich mich ein bißchen mit den Fachausdrücken auskenne. Ich wäre vielleicht in der Lage, die eine Disziplin von der andern zu unterscheiden.«

»Er ist nicht beeindruckt«, sagte Charles. »Sieh ihn dir an.«

»Unbeeindruckt. Was kann ich tun, um meine Kompetenz unter Beweis zu stellen? Soll er mich prüfen?«

Ann unterhielt sich mit jemand am Nebentisch. Wir schlugen die Zeit tot.

»Es gibt keine Prüfung«, sagte Charles. »Die einzige Prüfung ist die Mathematik. Du mußt die Geheimnisse kennen. Sieh ihn dir an. Er spricht mit niemand. Er sagt, er kann nicht darüber sprechen. Es gibt bestimmte Dinge, über die er nicht einmal mit seinen *Professoren* reden kann. Reiner esoterischer Quatsch. Es ergibt keinen Sinn, wenn du die Geheimnisse und Codes nicht kennst. Es bedeutet nichts, sagt nichts aus, bezieht sich auf nichts, es ist im Grunde vollkommen nutzlos.«

Peter Maitland aß sein Mittagessen.

»Es wirkt sich nicht auf die menschliche Erfahrung aus, auch nicht auf den menschlichen Fortschritt oder die gewöhnliche menschliche Sprache«, sagte Charles. »Es muß eine Form von Zoologie sein. Ein Zweig der Zoologie. Der große Menschenaffenzweig. Deswegen gibt's Leute, die den Affen zu kommunizieren beibringen. Damit wir mit ihnen über Mathematik diskutieren können.« Es war nicht das erste Mal, daß sie darüber sprachen. »Es ist an und für sich interessant, verstehst du. Es bezieht sich auf sich selbst und nur auf sich selbst. Reiner Denksport. Rosenkreuzlertum, Druiden in Kapuzen. Das formale Gleichgewicht, darauf kommt's an. Die Muster, die Strukturen. Es ist die innere Logik, die wir suchen müssen. Die Symmetrien, die Harmonien, die Mysterien, die Flüsterien. Du meine Güte, Axton, du kannst von dem Mann doch nicht erwarten, daß er über diese Dinge redet.«

Über einer Gabelvoll Spinatpastete sagte Peter zu seiner Mutter: »Was meinst du, spielt er mal wieder den Komiker? Wird er gleich mit Apfelsinen jonglieren?«

Sie hörte nicht zu.

»Wie glücklich er ist, sich zu irren«, sagte Peter. »Das ist sein ureigenes Terrain. Darauf kommt er liebend gern zurück. Natürlich weiß er, wie verzerrt er das alles darstellt. Das ist gerade das Schöne daran. Es geht darum, so zu tun, als wüßte man nicht Bescheid. So wie andere ihre Unerfahrenheit oder Angst verbergen, verbirgt dieser Mann sein Wissen um die wahre Lage. Das ist seine Art, Schuldgefühle zu verbreiten. Seine Unschuld, die Schuld der anderen. Da besteht ein proportionales Verhältnis. Das ist das Leitmotiv seines Lebens, so zu tun, als wüßte er nichts. Das treibt ihn an, ganz klar.«

Er sprach zu mir. Charles starrte am Verkehr vorbei, als hätte das alles nichts mit ihm zu tun oder wäre schlimmstenfalls eine Fortführung des Diskurses über Mathematik.

»Ich freue mich auf die Zeit, wenn sie in Rente gehen. Sie wollen dann in Kalifornien leben, wissen Sie? Wir werden uns immer an amerikanischen Feiertagen sehen. Charlie wird Miller Lite trinken und sich den Super Bowl ansehen. An Thanksgiving gibt's Preiselbeersoße. Meine liebe Mutter kann dann endlich die Rundfahrt zu den Privathäusern berühmter Filmstars mitmachen. All die Stars, die sie kennt, sind natürlich längst tot, auch wenn sie's vielleicht nicht weiß. Während sie in den Dschungeln, Sümpfen und Bergkurorten Afrikas war, sind alle Neonlichter ausgegangen, eins nach dem andern.«

Sie waren wieder glücklich. Peter nahm einen Schluck aus dem Weinglas seiner Mutter und sah dann wieder mich an, anders diesmal, fragend, mit gespielter Verärgerung.

»Wer sind Sie überhaupt«, sagte er, »daß ich dazu komme, Ihnen unsere Geheimnisse zu erzählen?«

Während wir lachten, fragte ich mich, ob ich diese beiden Menschen jemals wieder so wie früher sehen würde. Peter hatte sie verändert, nicht nur durch das, was er gesagt hatte, sondern durch eine einfache physische Erweiterung des Eindrucks, den die beiden hier machten. Er war der Höhepunkt, die Offenbarung der vollen Wirkung. Er wußte von den Affären seiner

Mutter, kannte die Schwächen seines Vaters, und ich hatte das Gefühl, daß er mir diese Dinge in gewissem Sinne gestohlen hatte. Ich wollte ihn wieder vergessen, sein markantes, merkwürdig altmodisches Gesicht, die Stimme mit ihrem selbstanklägerischen Unterton. Ich hatte Angst um meine Romanze mit Ann, meine Wortromanze, das angenehme, ferne, spekulative Sehnen.

Ann und Peter beschlossen, einen Spaziergang zu machen. Wir sahen zu, wie sie zu dem kleinen Park hinübergingen, wo sie auf eine Lücke im Verkehr warteten.

»Da gehen sie«, sagte Charles. »Die vierundzwanzig Stunden meines Lebens. A. M. und P. M.«

»Hat er dir jemals erzählt, was er macht?«

»In der Mathematik? Offenbar irgendwas furchtbar Kompliziertes. Er rechnet damit, daß er mit fünfundzwanzig ausgebrannt ist. Mal sehen, wie er damit fertig wird.«

Peter hatte etwas altertümlich Zölibatäres an sich. Die hartnäckige Kraft eines Gelübdes, das ein idealistischer Vierzehnjähriger ablegen mochte, dessen Leben plötzlich an einem bedeutenden Wendepunkt angelangt ist – ein Versprechen, das der Mann in seinem gewissenhaft ausgeformten Raum sich durchaus entschließen könnte zu erfüllen. Ich hatte einen meiner sentimentalen Einfälle. Er würde irgendwann bald eine Frau kennenlernen und auf der Stelle verwandelt sein. Sein Apparat von Anklagen würde hinfällig werden. Seine Klugheit würde durch die Macht der Liebe beschämt.

Meine Sekretärin, Mrs. Helen, hatte glasige gelbe Haare und die überhöfliche Art von jemand, der sich einen etwas weniger lokkeren Umgangston wünscht. Ein zarter Duft von Gesichtspuder lag über ihrem Kommen und Gehen. Sie machte gern viel Aufhebens um Tee und griechische Verben, bei denen sie mir half, und hatte eine Schwäche für alles Britische, Fast-Britische oder Britisches Anstrebende.

Owen Brademas gehörte für sie in diese letzte Kategorie. Er war auf der Suche nach mir in meinem Büro gewesen, und obwohl sie ihn bat zu warten, sagte er, daß er noch etwas zu erledigen habe und wiederkäme.

Ich las die Telexe und machte meine Kreuzchen in die entsprechenden Kästchen auf einigen Multiple-Choice-Formularen. Mrs. Helen beschrieb mir die winzigen Händchen ihres kleinen Enkels. Sie nannte mich Mr. Oxtone.

Sie beherrschte die gesamte Palette gesellschaftlicher Umfangsformen. Sie beriet mich bezüglich der richtigen griechischen Antworten auf alltägliche Begrüßungen oder Erkundigungen nach meiner Gesundheit und schlug mir verschiedene Redewendungen vor, die ich anbringen könne, wenn jemand krank sei oder seinen Namenstag feiere. Was Essen und Trinken betraf, war sie eisen, beharrte darauf, daß es eine richtige Reihenfolge gebe, in der ich, sollte ich einmal bei Griechen zu Hause eingeladen sei, Kaffee, Wasser und das kredenzte eingemachte Obst zu mir zu nehmen hatte. Es gab sogar einen bestimmten Platz, wo man den Löffel nach Benutzung ablegen mußte.

Im Büro ließ sie besessene Ordnung walten. Sie war zweimal geschieden und einmal verwitwet und sprach von diesen einzelnen Ereignissen in etwa dem gleichen gutgelaunten Ton.

Als Owen dann erschien, verstand ich, warum sie dachte, er könnte Brite sein oder dies zumindest anstreben. Er trug einen breitkrempigen Velourshut, einen Wollschal, der zweimal um seinen Hals geschlungen und über eine Schulter drapiert war, eine abgewetzte Cordjacke mit Gürtel, Ellbogenflicken und Lederknöpfen. Er ähnelte, wenn nicht einem Briten per se, dann einem britischen Schauspieler, der auf seine Rolle hinarbeitete, die eines verbrauchten Exilbriten in einem namenlosen Land.

»Genau der Mann, auf den ich gewartet hab.«

»Muß Ihnen doch wenigstens hallo sagen, wenn ich schon in der Stadt bin, James.«

»Ich möchte mir von Ihnen eine Theorie bestätigen lassen.«

Wir gingen zu einer *Ouzerí* in der Nähe, ein alter, enger, verrauchter Raum mit einer hohen Decke. An Säulen und Wänden hingen Plakate, die für englische Tea Biscuits und Scotch Whiskey warben. Wir tranken und redeten drei Stunden lang.

»Wo waren Sie in letzter Zeit?«

»Ich bin noch eine Weile auf der Insel geblieben.Dann bin ich im Peleponnes herumgereist. Mit dem Bus, zu Fuß, hab mir einen Schnupfen dabei geholt.«

»Wo genau?«

»Im südlichen Peloponnes. Auf der mittleren Titte.«

»Auf der Mani-Halbinsel.«

»Sie kennen sie?«

»Nur von gehört«, sagte ich. »Was machen Sie in Athen?«

»Ich will mir noch mal die Epigraphen-Sammlung im Nationalmuseum ansehen. Ein interessanter Ort für mich. Eigentlich eine Steinbücherei. Ein Riesenraum mit Regalen an den langen Wänden links und rechts, und in der Mitte sind auch noch mal Regale, vier Etagen hoch.«

»Regale voller Steine.«

»Viele hundert Steine, durchnumeriert. Teile von Säulen, Mauern, Tafeln, Gedenkreliefs. Natürlich alle beschriftet. In manchen Fällen sind nur noch ein paar Buchstaben übrig. Auf anderen stehen ganze Wörter oder längere Fragmente. Die Griechen haben aus dem Alphabet eine Kunst gemacht. Sie haben ihren Buchstaben eine Symmetrie und einen Charakter verliehen, der das Gefühl vermittelt, das etwas Endgültiges aus den Strichgebilden diverser Frühformen geschaffen wurde. Etwas Modernes. Die Steine haben die unterschiedlichsten Größen und Formen. Es ist nie jemand da. Der Wächter folgt mir in taktvoller Distanz. Es gibt einen Tisch und eine Lampe. Man nimmt einen Stein vom Regal, legt ihn auf den Tisch, dann setzt man sich hin und liest, was darauf eingemeißelt ist, und studiert die Formen.«

Er lächelte und lehnte sich mit seinem Stuhl nach hinten an eine Säule. Ich hatte das Gefühl, er wollte bei mir dieses Bild von sich hinterlassen. Ein lesender Mann in einem Raum voller Steine.

»Ich war in Jerusalem mit Volterra«, sagte ich.

»Jerusalem.«

»Haben Sie das gewußt?«

»Nein.«

»Ich bin mit einer paar Fragen für Sie zurückgekommen.«

»Gern«, sagte er. »Werd mein Bestes tun.«

»Meine Fragen haben nichts mit der Reise zu tun. Sie beziehen sich auf das, was ich glaube dort erfahren zu haben, was ich gehört habe.«

»Das ist die Theorie, die ich bestätigen soll.«

»Genau.«

»Gut«, sagte er.

»Zunächst der alte Mann auf der Insel.«

»Der Mord.«

»Der schwachsinnige Alte. Seine Leiche wurde nicht in dem Dorf gefunden, wo er gelebt hat. Sie wurde in einem anderen Dorf gefunden, auf einem anderen Teil der Insel.«

»Das stimmt.«

»Wissen Sie zufällig den Namen des Alten? Ich nicht.«

»Er hieß Michaeli. Dieser Name taucht in der Woche nach dem Mord immer wieder auf.«

»Wie war sein Familienname?«

Wir sahen uns an. Auf seinem Gesicht zeigte sich melancholische Entspannung, fast eine Erlösung. Um uns herum wuchs der Lärm der Unterhaltung an.

»Sein vollständiger Name war Michaelis Kalliambetsos.«

»Wir kennen beide den Namen des Dorfs«, sagte ich. »Mikro Kamini.«

»Das stimmt.«

»Was hat das alles zu bedeuten?«

»Ich würde nicht nach einer Bedeutung suchen, James.«

»Diese Leute haben einen Mann gefunden, dessen Initialen den Anfangsbuchstaben der beiden Wörter eines bestimmten Ortsnamens entsprachen. Sie haben ihn entweder zu diesem Ort geführt oder darauf gewartet, daß er von selber dort vorbeikommt. Dann haben sie ihn umgebracht.«

»Ja. So scheint es gewesen zu sein.«

»Warum?«

»Die Buchstaben haben übereingestimmt.«

»Das ist keine Erklärung.«

»Ich würde nicht nach Erklärungen suchen«, sagte er.

»Wonach würden Sie denn suchen, Owen? Sie haben einmal gesagt, Sie versuchen zu verstehen, wie sie denken. Ein Muster, eine Ordnung, irgendein vereinendes Licht. Sollen wir das daraus schließen?«

Er hielt sein Whiskyglas an die Brust gedrückt und starrte auf seinem gekippten Stuhl zu der unbenutzten Empore hoch.

»Die Sache auf der anderen Insel«, sagte ich. »Und die Frau im Wadi Rum.«

»Ich kenne die Einzelheiten dieser Verbrechen nicht. Hämmer. Mehr weiß ich nicht.«

»In einem christlichen Dorf in Syrien hat's auch noch einen Mord gegeben. In der Nähe haben ein paar Männer in Höhlen gewohnt. Einer hat versucht, Aramäisch zu sprechen. Die Initialen des Opfers waren in das Messer eingraviert, mit dem sie ihn erstochen haben. Wissen Sie etwas darüber?«

»Ich kenne nicht den Namen des Opfers, aber ich glaube, ich kann Ihnen sagen, daß sein Vor- und Zuname mit den gleichen Buchstaben begann, mit einem *M*.«

»Woher wissen Sie das?«

»Das Dorf heißt Malula. Es liegt unter einem riesigen Felsvorsprung. Ich war vor dreißig Jahren dort. In den Höhlen gibt's Inschriften.«

»Sie haben sich auf dem laufenden gehalten. Sie haben mit ihnen geredet, stimmt's? Was wissen Sie sonst noch?«

»James, warum mich angreifen? Merken Sie nicht, wenn jemand hilflos ist? Vor Ihnen steht ein Mann, der sich seit langem aufgegeben hat. Ein Mann, der vor dem erstbesten Pöbel kapituliert. Warum, weiß ich nicht genau.«

»Irgend jemand muß sich doch darüber aufregen.«

»Gehen Sie davon aus, daß Sie der Sache auf den Grund gekommen sind. Was weiß ich sonst noch über den Kult? Im Grunde auch nicht mehr als Sie.«

»Können wir annehmen, daß diese Initialen auf dem Messer auf aramäisch geschrieben waren? Der Sekte ist es offenbar wichtig, immer die lokale Sprache zu verwenden. Es ist doch wohl so, daß heutzutage niemand mehr Aramäisch schreibt.«

»Ich bin sicher, sie haben immer die älteste Schrift verwendet, die sie kannten oder finden konnten. Das aramäische *M* von achthundert vor Christus war ein gezackter Buchstabe, ein gegabelter Blitz. Im vierten Jahrhundert hatte es sich bereits zu einer eleganten Kurve aufgelöst, die schon an die arabische Form erinnert, obwohl das ja noch lange hin war. Welche Version sie auch auf der Waffe eingraviert haben, es war jedenfalls ein *M* oder Doppel-*M*.«

»Warum haben sie ein Messer benutzt und keinen Hammer?«

»Vielleicht war es eine andere Zelle oder Gruppe. Möglicherweise ist es irrelevant, was für eine Waffe benutzt wird. Sie nehmen einfach, was sie finden. Ich weiß es nicht.«

»Davon, daß man auf den Hämmern die Initialen des Opfers gefunden hat, hat noch keiner was gesagt.«

»Eine andere Gruppe, andere Praktiken.«

Schweigen. Ich wartete darauf, daß er irgend etwas zu meiner Entdeckung sagte. Es hatte mich schließlich in eine gewisse Hochstimmung versetzt, als mir in diesem römischen Theater der Gedanke kam, daß es eine alphabetische Verbindung geben könnte zwischen dem Namen des Opfers und dem Namen des Ortes, wo er oder sie getötet wurde. Ein schreckliches Hochgefühl. Ein Wissen, das durch Leere und Angst abgegrenzt war. Was erwartete ich denn, daß er mich beglückwünschte?

Ich erzählte Owen von Vosdanik, seinen Ausführungen über Heilige, Mythos und Geschichte, über den antiken Brauch, den Namen eines Feindes auf ein Stück Ton zu ritzen und es dann zu zerschlagen, über die Ausgrabung, wo er zum ersten Mal von dem Kult gehört hatte, über religiöse Visionen und die Sprache, die Jesus gesprochen hat.

»Da gibt's keine Zusammenhänge«, sagte Owen.

Er wußte von den riesigen Ausgrabungsarbeiten am See Genezareth. Der Ort hieß Megiddo, sagte er, man glaube, daß hier das biblische Armageddon gewesen sei. Anspielungsreich, suggestiv. (*Ich bin Alpha und Omega.*) Beinahe alles, was Vosdanik gesagt hatte, beinahe jeder inhaltliche Hinweis, der einen zum Ursprung oder zum Zweck des Kults führen könnte, schien irgend etwas zu bedeuten, einen Sinn zu haben. Owen ließ nichts davon gelten. Sie wiederholten keine antiken Bräuche, sie seien nicht beeinflußt vom Symbolismus heiliger Bücher oder irgendwelcher Einöden, sie riefen keine ägyptischen oder minoischen Götter an, die Tötungen wären nicht als Opfer oder Rituale zu verstehen, um eine Katastrophe abzuwenden.

Aber sie seien auch nicht das Produkt ihrer eigenen Träumereien wie die Massenmörder, die heute so in Mode seien, die Massenkommunikatoren, die aus dem Verborgenen nach außen wirkten, im Bewußtsein eines Publikums, das sich von ihnen angenehm erregen läßt.

»Wir dachten, wir kennen dieses Bild. Der Massenmörder in seinem möblierten Zimmer, in seinem Jahrhundert, der seinen deutschen Schäferhund mit Hundekuchen füttert. Die Nachrichten sind voll von solchen Bildern, nicht wahr, James? Das haben Sie einmal selbst gesagt. Männer, die von Highway-Überführungen und aus Dachzimmern schießen. Ohne Verbindung mit der Erde. Womit Sie, glaube ich, unpolitisch im weitesten Sinne meinten. Morde, die sich uns entziehen. Was für eine Verschwendung.«

Wir kennen diese Schar hagerer Gestalten, deren nächtliche Streifzüge uns so sehr an die Spiele unserer Kindheit erinnern. Wir kennen den Strumpfwürger, den Killer mit dem schläfrigen Blick, den Frauenmörder, den Mörder alter Landstreicher, den Mörder von Schwarzen, den Heckenschützen, den Schlitzer in engem Leder, den Sodomiten, der Kinder vom Dach in den tiefen Gassenschacht schleudert. Diese Dinge sind belegt, in manchen Fällen sind sogar die Schreie der Opfer erhalten, die ihre

Mörder auf Band aufgenommen hatten, weil sie das anscheinend für lehrreich hielten.

Hier, sagte er, haben wir eine Reihe von Verbrechen, die uns über all das weit hinausführen. Hier ist eine andere Handschrift erkennbar, eine tiefere, nüchternere Absicht. Die Morde sind von der Planung her so erstaunlich, daß wir dazu neigen, dabei die eigentliche Tat ganz zu übersehen, die wiederholten Schläge mit einem Tischlerhammer, die austretende blutige Masse. Wir denken kaum an die Opfer, höchstens als Elemente in dem großen Plan.

Es gibt nichts Vergleichbares in der Literatur oder im Sagenschatz. Und was für eine bemerkenswerte Verwendung diese Kultgemeinschaft für ihre humanen Impulse gefunden hat. Den schwachsinnigen Außenseiter zu töten, den, der sowieso bald sterben wird. Oder wollen sie mit der Wahl ihrer Opfer zeigen, daß diese Taten außerhalb des herkömmlichen gesellschaftlichen Rahmens begangen werden, außerhalb der bequemen Routine, an die wir anderen uns halten, und daß sie daher nicht beachtet werden sollen? Was ist hier verlorengegangen? Betrachten Sie es als ein Experiment, in dem es darum geht, was der einsame Verstand mit seinem geschärften Instrumentarium anstellt.

Aber dies ist nicht die menschliche Natur, wie wir sie in einem wilden Jungen studieren könnten, den man ganz allein in einem Urwald entdeckt hat. Der Kult besteht aus Personen, die zu irgendeinem Zeitpunkt in ihrem Leben eine Bildung genossen haben. Sie lesen, sie kommunizieren untereinander. Sie sind nicht völlig abgeschnitten, oder?«

Und so redeten wir, stritten wir, übernahmen Rollen und verwarfen sie wieder, der Sozialtheoretiker, der Verhörspezialist, der Kriminologe.

Er setzte sich in seinem Stuhl wieder gerade auf den Boden, als wollte er damit etwas demonstrieren (ich bilde mir das ein), demonstrieren, worauf wir in diesem Gespräch eigentlich hinauswollten, nämlich eine Prämisse für die Tat aufzustellen, sie in eine fixe Position in bezug zur Erde zu setzen. Aber das nächste, was er sagte, kam aus dem Nichts oder aus den konzentrischen Wellen eines anderen Ereignisses. Manchmal tauchten auf seinem Gesicht Augenblicke aus der Vergangenheit auf, in verzögertem Erkennen, und er gab sich dann einfach dem ausgesprochenen Gedanken hin.

»Ich habe immer geglaubt, ich könnte Dinge sehen, die andere Menschen nicht sehen können. Elemente, die ein Ganzes ergeben. Einen Entwurf. Eine Gestalt im Chaos der Dinge. Wahrscheinlich empfinde ich diese Momente als so kostbar und beruhigend, weil sie außerhalb von mir stattfinden, außerhalb des stummen Koordinatensystems, weil sie auf einen äußeren Zustand hindeuten, der in etwa wie mein Verstand arbeitet, nur ohne diese Unerbittlichkeit, ohne dieses Prädeterminierende. Ich habe das Gefühl, vor mir selbst sicher zu sein, solange sich in der physischen Welt ein zufälliges Muster beobachten läßt.«

Ich fragte ihn, ob er dieses Bedürfnis schon sehr lange empfunden habe, das Bedürfnis, vor sich selbst sicher zu sein. Die Frage überraschte ihn. Er glaubte offenbar, daß jeder es empfand, immerzu. Er sagte, in seiner Kindheit sei die Kirche der sichere Ort gewesen, am Fluß, zwischen Pyramidenpappeln, im Schatten langer Nachmittage. Die Chorempore erstreckte sich über die hintere Wand, die Bänke waren schmal und hart. Der Priester gestikulierte, sang und predigte in der offenen, volkstümlichen Art eines Lokalpolitikers, Schweißflecken und rosa Haut, ein großer Mann mit weißen Haaren, eine dröhnende Stimme am Fluß. Das Licht fiel auf die Bänke mit der geheimnisvollen Weichheit eines vergangenen Segens, eines ernsten, glücklichen Blicks aus einer anderen Welt. Es war eine *Erinnerung* an Licht, eine Erinnerung, die man im gegenwärtigen Moment sehen konnte, die man als Wärme auf den Händen spüren konnte, es war Licht, das zu dicht war, um eine unmittelbare Darstellung der Dinge zu sein, es trug Geschichte in sich, es war ein durch staubige Zeit gefiltertes Licht. Jesus Christus war der zweischneidige Name, halb kriegerisch, halb barmherzig, der den Leuten ein so gutes Gefühl vermittelte. Die Frau des Pfarrers sprach oft mit ihm, eine schmale Frau mit sommersprossigen Händen.

Als die Lage schwierig wurde und sie in die Hochgrasprärie zogen, traten seine Eltern in eine Kirche der Pfingstbewegung ein. Diese Kirche hatte nichts Sicheres an sich. Sie war alt und schlicht, stand am Ende der Welt, ihr Dach war undicht, ließ alles ein außer Licht. Eine Gemeinde armer Menschen, und die meisten redeten in Zungen. Es war ein furchteinflößendes Spektakel. Sein Vater verschwand in irgendeinem Winkel, seine Mutter klatschte und weinte. Die Leute gaben das unterschiedlichste Gemurmel und Geschrei von sich, ein lahmer Singsang, eine Suche nach Melodie und Atem, sich aufrichtende Körper, Versuche, eine Gebrochenheit zu heilen. Geschlossene Augen, nikkende Köpfe. Stehende und Kniende. Die Verdrehtheit dieses Geräuschs, das Hervorstoßen gefundener Worte, die erhobenen Arme, das Zittern. Wie fremd für den Jungen in seiner einsamen Sehnsucht, seinem Bedürfnis nach Sicherheit und zweimal gesehenem Licht.

»Haben Sie auch in Zungen geredet?« fragte ich.

Seine Augen mit ihrer vertrauten Überraschtheit, ihrer sanften Ehrfurcht, wurden jetzt aufmerksam, als hätte er aufgehört zu analysieren, was er empfand und was es bedeutet. Nein, er hatte nicht geredet. Er hatte nie geredet. Er hatte es am eigenen Leib erlebt. Obwohl diese Erfahrung nicht auf eine kleine Kategorie von Menschen beschränkt war, etwa auf die arme Landbevölkerung oder die Besitzlosen. Die unterschiedlichsten Menschen hatten diese Erfahrung gemacht. In Dallas gab es Manager, die bei Gospel-Versammlungen im glitzernden Aluminiumdom des Hyatt Hotels in Zungen sprachen. Katholiken kannten die Erfahrung, wohlhabende Schwarze aus der charismatischen Erneuerungsbewegung, die Vereinigungen christlicher Zahnärzte. Stellen Sie sich mal die Überraschung vor, sagte er, als diese Steuerzahler, diese Veteranen erfahren haben, daß sie das Zeug zur Ekstase in sich haben.

Aber es gab keinen Grund, warum es in einem religiösen Zusammenhang stattfinden mußte. Es war ein neutrales Erlebnis. Man lernt es, sagte er, oder man lernt es nie. Es ist ein erlerntes Verhalten, ein vorfabriziertes Sprechen, bedeutungsloses Sprechen. Klinischen Psychologen zufolge dient es deprimierten Menschen als Lebensfokus.

Alles, was er sagte, maß er ab wie jemand, der unbedingt objektiv sein möchte, der zwar von der Richtigkeit seiner These vollständig überzeugt ist, sich aber auf unbestimmte Art fragt (oder sich zu erinnern versucht), ob er irgend etwas übersehen hat.

»Was bleibt noch übrig, Owen?«

»Ah. Das frag ich mich auch.«

»Wo wohnen Sie?«

»Kollegen von mir haben mir ein Zimmer in der amerikanischen Schule überlassen. Kennen Sie die?«

»Ich wohne in der gleichen Straße.«

»Dann sehen wir uns also wieder. Gut. Ich werde noch eine Woche hier sein. Dann fahre ich per Schiff nach Bombay.«

»Jetzt ist also Indien dran.«

»Indien.«

»Sie haben uns mal davon erzählt.«

»Indien.«

»Sanskrit.«

»Sanskrit, Pali, Tamil, Oriya, Bengali, Telugu. Es ist verrückt, James. Steinedikte in antiken Sprachen. Ich werde mir soviel ansehen, wie ich kann, bevor mir das Geld ausgeht oder die Regenzeit einsetzt. Wann beginnt die Regenzeit?«

»Sie haben uns noch was erzählt, an einem dieser Abende auf der Insel. Daß sie auf dem Festland sind. Auf dem Peloponnes.«

»Eine Vermutung.«

»Auf einer bestimmten Ebene wollen Sie andere Leute in diese Geschichte mit hineinziehen, stimmt's? Ich bin mir nicht sicher, ob Sie sich dessen überhaupt bewußt sind, aber Sie wollen in dieser Sache nicht allein sein. Bei Kathryn war nichts zu machen – sie hat eisern Abstand gehalten. In meinem Fall bestand nur ein oberflächliches Interesse, es ging nur um spannenden Gesprächsstoff. Aber in Volterra fanden Sie einen bereitwilligen Zuhörer, einen bereitwilligen Komplizen in gewissem Sinne. Bei ihm gab es keinerlei Widerwillen oder Bedenken angesichts dessen, was sie gemacht haben. Dieser Mann kann ein fast tödliches Interesse für etwas entwickeln. Er wollte mehr erfahren, er wollte sie *finden.* Und so haben Sie ihn in eine bestimmte Richtung gelenkt. Ich bin mir nicht sicher, ob es die beste oder einfachste Richtung war. Ich vermute, Sie wollten die hiesige Gruppe für sich behalten. Sie haben Frank nicht direkt in die Irre geführt. Sie haben ihm die Wahrheit gesagt, aber nicht die ganze Wahrheit. Sie haben ihn auf eine zweite oder dritte Gruppe angesetzt, wie viele es auch sein mögen. Wie viele sind es denn genau?«

»Höchstwahrscheinlich drei. Nicht mehr als vier.«

»Eine in Griechenland.«

»So nehmen Sie an«, sagte er.

»Eine hält sich in Jordanien auf. Eine war in Syrien – allerdings weiß ich nicht, wie lang das her ist. Vosdanik erwähnte Syrien und Jordanien, er hat uns auch von einem Kultmord im Nordiran erzählt. Aber es war nicht klar, von wie vielen Gruppen er dabei sprach.«

»Vergessen Sie's«, sagte Owen.

»Das habe ich Frank auch gesagt. Vergiß es.«

Sie betreiben eine sorgfältige Selbstverleugnung. Wir können sie als Menschen sehen, die fest entschlossen sind, die Verleugnung unserer elementaren Natur zu ritualisieren. Essen, Exkremente von uns geben, Dinge spüren, überleben. Tun, was notwendig ist, das Animalische in uns befriedigen, organisch sein, fleischessend, ganz Blutgefühl und Verdauung.

Warum sollte eine Verleugnung dieser Dinge mit einem Mord enden?

Wir wissen, daß wir sterben müssen. Das ist in gewissem Sinn die Eigenschaft, die uns rettet. Kein Tier weiß das, nur wir. Es zählt zu den Dingen, die uns von allem anderen unterscheiden. In diesem Wissen liegt unsere besondere Traurigkeit, und deshalb auch ein Reichtum, eine Weihe. Nach diesem Schema besteht die größte Verleugnung unserer grauen Wirklichkeit in letzter Konsequenz darin, einen Tod zu verursachen. Hier kommt die Tragödie unseres Getrenntseins zum Ausdruck. Ein unnötiger Tod. Ein Tod durch ein System, durch den Intellekt einer Maschine.

Und so redeten wir, so stritten wir, der Anthropologe, der Geschichtenerzähler, der verrückte Logiker. Seltsam, daß unsere nächste Begegnung nicht in dieser Woche in Athen sein sollte, wo uns nur ein halber Straßenblock voneinander trennte. Vielleicht hatte uns dieses Gespräch mehr zu Mitwissern und Komplizen gemacht, als uns beiden lieb war.

Im Licht eines finsteren Himmels wirkt die Stadt unmittelbar und plastisch. Vorbei die weißen Dunstglocken des Sommers, diese unbestimmten Entfernungen und Perspektiven. Es gibt Schattenwinkel, hervorgehobene Flächen, Fluchten grauer Bögen und Tünchen. Auf Dächern und Balkons weht Wäsche. Vor einem dräuenden Himmel, während dumpfer Donner über der Bucht grollt, haben diese im Wind flatternden Wäschestücke etwas Sinnbildliches und Anrührendes. Immer die Wäsche, immer die einsame alte Frau in Schwarz, die im Lift in ihrer Ecke bleibt, die in ewiger Trauer gebeugte Frau. Sie stört die Atmosphäre des modernen Gebäudes mit seiner Sprechanlage, seiner mit Teppichboden ausgelegten Eingangshalle und seiner Marmorpolitur.

In manchen Nächten hört der Wind nie auf, er beginnt mit einem scharfen, schrillen Ton, der dann voller und tiefer wird, eine nachlässige, spannungsvolle Kraft, die an Fensterläden rüttelt, Sachen von den Balkons runterschmeißt, eine Pause in unserm Denken schafft, ein Daraufwarten, daß endlich mit ganzer Kraft zugeschlagen wird. In der Wohnung schwingen Schranktüren auf und gehen ächzend wieder zu. Am nächsten Tag ist der Wind wieder da, ein Geklapper in den Gassen.

Eine einzelne Wolke, tiefhängend, schlangenförmig, klammert sich an den langen Kamm des Hymettos. Es scheint, als würde der Berg das Wetter sammeln, ihm eine Struktur verleihen, einen Aspekt, der über das Physische hinausgeht, etwa die Bedrohlichkeit des Wetters oder das innere Licht der Dinge. Sonne und Mond gehen hinter dem Berg auf, und in den letzten Augenblicken bestimmter Tage läßt sich ein wunderschönes Verbleichen in den Höhen beobachten, ein Übergang ins Violette, in ein verbranntes Rosenrot. Jetzt ist die Wolke dort etwas Gestaltetes, dicht und weiß, so daß sie die nach Osten gerichtete Radarstation verbirgt.

Die Mädchen tragen Knebelknopfmäntel. Bei starkem Regen gibt es Überschwemmungen, Menschen sterben. Eine bestimmte Art von altem Mann ist zu sehen, in einer schwarzen Baskenmütze, die Hände beim Gehen hinterm Rücken verschränkt.

Charles Maitland stattete mir einen Besuch ab. Er erzeugte einige Quietschgeräusche, als er sich aus seiner gummierten Regenjacke schälte, ging zu einem Sessel und setzte sich.

»Zeit für meine mitternächtliche Tasse Kakao.«

Es war sieben Uhr, und er wollte ein Bier haben.

»Wo sind deine Teppiche?« sagte er.

»Ich hab keine.«

»In dieser Gegend hat jeder Teppiche. Wir haben alle Teppiche. Das ist unsere Hauptbeschäftigung, James. Teppiche kaufen.«

»Ich interessiere mich nicht für Teppiche. Ich bin kein Teppichmensch, wie die Bordens es ausdrücken würden.«

»Ich war erst gestern bei ihnen. Sie haben ein paar Türkmenen und Balutschis, frisch vom Zoll. Sehr schöne Stücke.«

»Sagt mir nichts.«

»Die Knüpfregionen werden immer unzugänglicher. Sogar ganze Länder. Es ist fast schon zu spät, um noch an die Quelle zu kommen. In vielen Fällen ist es schon zu spät. Teppichknüpfen und politische Instabilität, irgendwie scheint das zusammenzugehören.«

Wir dachten darüber nach.

»Oder Kriegsrecht und schwangere Frauen«, sagte ich.

»Ja«, sagte er langsam und sah mich an. »Oder pappiger Nachtisch und Autoschlangen vor Tankstellen.«

»Plastiksandalen und öffentliche Enthauptungen.«

»Geheuchelte Sorge um die Zukunft der Beduinen. Was gehört dazu?«

Er saß jetzt vorgebeugt und blätterte in einer Zeitschrift, die auf dem Beistelltisch lag. Das Geräusch von Regen auf dem Terrassengeländer.

»Was meinst du, wer es ist?« fragte ich. »Dieser Grieche, Eliades?«

Er warf mir einen scharfen Blick zu.

»Bloß eine Vermutung«, sagte ich. »Ich hab neulich beim Abendessen so was bemerkt.«

»Du hast gar nichts bemerkt. Sie würde niemals jemand Veranlassung geben, etwas zu bemerken. Das kann ich dir versprechen, egal, was sie macht, es wird nicht bemerkt.«

»Ich weiß, ich sollte eigentlich nicht davon anfangen. Dazu hab ich kein Recht. Aber es liegt schon so lange in der Luft. Sogar euer Sohn macht schon Andeutungen. Ich möchte nicht, daß wir uns eine Geheimsprache zulegen müssen oder uns nicht mehr in die Augen sehen können.«

»Was für ein Grieche?« sagte er.

»Eliades. Das war an dem Abend, wo David und Lindsay ihr berühmtes Bad im Meer genommen haben. Ernster Typ, schwarzer Bart.«

»Mit wem war er zusammen?«

»Mit dem Deutschen. Da war ein Deutscher. Er wollte hier jemand treffen, der dann nicht kam. David kennt ihn. Kühlsysteme.«

»Du hast nichts gesehen. Ich glaube einfach nicht, daß sie jemand Veranlassung geben würde, etwas zu bemerken.«

»Gesehen hab ich nichts. Ich habe was gehört. Sie hat Griechisch mit ihm gesprochen.«

Ich wartete darauf, daß er mir sage, wie dämlich es sei zu meinen, das könnte irgend etwas bedeuten. Ich fühlte mich auch dämlich, als ich es sagte. Aber der Klang ihrer Stimme, wie sie sich senkte, wie sie Gemeinsamkeit und Vertrauen andeutete und sie beide von uns anderen entfernte, wie sie in ein Murmeln überging – dieser Augenblick verfolgte mich, glaube ich.

Charles sagte mir nicht, daß ich dämlich sei. Er saß ruhig da und blätterte in der Zeitschrift, kehrte in Gedanken vielleicht zu diesem Abend zurück, versuchte sich zu erinnern. Es gab so viele Abendessen, Freunde, Durchreisende, so viele Namen und Akzente. Ich merkte, wie er einen Sommerabend um dieses Einzelbild herum zu konstruieren versuchte. Lindsay am Strand, im Halblicht, lachend. Es gelang ihm nicht, einen Zusammenhang herzustellen.

Noch eine Trauer inmitten der Dinge.

»In Port Harcourt hat's mich völlig aus der Bahn geworfen. Sie hat mich verlassen.«

»Ich weiß.«

»Da war kein anderer. Sie hat mich einfach verlassen.«

»Sie war einsam. Was erwartest du?«

»Dieser Grieche«, sagte er, als hätte er den Namen vergessen. »Habe ich den in Tunis kennengelernt? Haben wir uns später am Flughafen wiedergesehen und sind dann zusammen nach Athen geflogen? Ich habe ihn auf einen Drink zu uns nach Hause eingeladen. Wir alle haben herumgesessen und geredet. Ein akzeptables Szenarium, findest du nicht? Dann habe ich ihn erst wieder an dem Abend gesehen, den du erwähnt hast.«

Wir gingen zusammen ins Kino und danach etwas essen, sahen einen Mann, der so dick war, daß er die Treppe seitwärts runtergehen mußte. Der Wind hielt mich in dieser Nacht bis zwei oder drei Uhr wach, ein stetiges Geräusch, ein Rascheln in den Wänden.

Als ich am nächsten Abend in die Eingangshalle trat, saß Niko mit einer Tasse Kaffee und einer Zeitung an seinem Tisch. Er hatte seine kleine Tochter auf dem Schoß, und er mußte sie ständig von einem Bein aufs andere schieben, um Zeitung lesen zu können.

Kalt.

Kalt, sagte ich.

Regen.

Leichter Regen.

Während ich auf den Aufzug wartete, redete ich kurz mit dem Mädchen. Ich sagte zu ihr, daß sie zwei Schuhe habe. Eins, zwei. Ich sagte ihr, sie habe braune Augen, braune Haare. Sie kippte die leere Kaffeetasse auf die Untertasse um. Die Frau des Hausmeisters kam heraus, eine stämmige Frau in Pantoffeln.

Kalt.

Kalt.

Sehr kalt.

Später rief mein Vater an.

»Wieviel Uhr ist es bei euch?« fragte er.

Wir redeten über die Zeit, über das Wetter. Er hatte einen Brief von Tap bekommen und eine Karte von Kathryn. Er sagte, unten auf der Karte sei folgender Satz aufgedruckt: *Zur Herstellung dieser Karte wurden keine Bäume vernichtet.* Das ärgerte ihn. Typisch Kathryn, sagte er. Sein Zorn kam größtenteils vom Fernsehen. Gewalt, Verbrechen, politische Kleinmütigkeit, staatlicher Betrug, diese ganzen Beschwichtigungen und offiziellen Feigheiten. Das nagte an ihm, ließ ihn sich zu einem wütenden Ball einigeln, zu einem Fötus reiner Wut. Die Sechs-Uhr-Nachrichten, die Sieben-Uhr-Nachrichten, die Elf-Uhr-Nachrichten. Er saß da mit seinem Tapioka-Pudding und saugte sie auf und krümmte sich vor Zorn. Der Fernseher war eine wuterzeugende Maschine, die ihn ständig bearbeitete, die ihm Richtung und Umfang verlieh, ihn in gewisser Weise größer machte, ihn mit einem Weltzorn füllte, mit einer schleichenden Verärgerung und Bitterkeit.

»Gibt's bei euch Mautgebühren?« brüllte er ins Telefon. »Wie steht's mit Ziegenkäse? Murph will das wissen, falls wir mal zu Besuch kommen, was ich ernsthaft bezweifle.«

Wenn sich das violette Licht auf den Hymettos legt, wenn sich der Himmel plötzlich mit Vögeln füllt, schwankende Spiralen, möchte ich mich manchmal abwenden. Diese Vogelformen vermischen sich, blitzen, steigen auf, verändern ihre Farben von Hell zu Dunkel, drehen sich und flirren, Seidentücher im Wind. Aus Wolkenmassiven ergießen sich Bänder von Licht. Der Berg ist ein glühendes Stück Kohle. Wie kann es sein, daß die Stadt einfach weiter funktioniert, daß die Busse weiter durch die Dämmerung pflügen, während sich in der Luft diese Kräfte zusammenballen, natürliche Strahlungen und Gesetze, dieser verschlüsselte Vogelflug, ein Wintertag? (Kathryn wüßte, was für Vögel das sind.) Manchmal habe ich das Gefühl, ich bin der einzige, der es sieht. Und manchmal kehre ich auch zu dem zurück, was ich gerade gemacht habe, zu meiner Zeitschrift, zu meinen Griechisch-Vokabeln. Ich gehe von der Terrasse ins Zimmer und setze mich mit dem Rücken zur Schiebetür.

Du läßt nicht zu, dich uneingeschränkt an den Dingen des Lebens zu erfreuen.

Ein weißärmeliger Verkehrspolizist steht im Dunkeln und winkt die versammelten Silhouetten heran. Ich höre das Auf- und Abheulen eines Krankenwagens, der im Verkehr steckengeblieben ist. Wie schwierig ist es doch, die lyrische Form zu finden, die wir entwickelt haben, um unsere Städte in ihrem nostalgischen Untergang zu begleiten. Eine Evolution des Sehens. Die Sensibilität, die es uns ermöglicht, eine ruinierte Schönheit in diesen Orten zu sehen, läßt sich nicht leicht auf Athen übertragen, wo die Oberflächen der Dinge meist neu sind, wo der Ruin anders gehandhabt wird, wo der Tod und das Ende nicht zu unterscheiden sind vom buchstäblichen Auf- und Ausbau. Was geschieht, wenn eine Stadt nicht sehnsüchtig ihrem Ende entgegendämmern, nicht Stück um Stück ihrer beschädigten Wahrheit überlassen werden kann, ihren Zeitschichten aus Backstein und Eisen? Wenn sie nur die Spannung und die Lähmung des oberflächlich Neuen in sich birgt? Lähmung. Dies zu fürchten lehrt uns die Stadt.

Der Krankenwagen steckt fest, heult in der Nacht. Die Kioske sind jetzt erleuchtet.

8

Wir standen am Straßenrand und pinkelten in den Wind. Ein Jäger in einer Tarnjacke kam aus dem Wald herauf und rief uns einen Gruß zu. Vom Flußbett stieg Dampf auf.

»Wo fahren wir jetzt hin?«

»Wir überqueren diese Bergkette, essen zu Mittag, dann fahren wir Richtung Süden.«

»Gut«, sagte er.

»Du bist also einverstanden?«

»Hauptsache, wir fahren. Ich will immer fahren. Das Fahren gefällt mir.«

Die Berge hier vermittelten einem ein Gefühl von Zeit, geologischer Zeit. Abgerundet, farblos, unbewaldet. Sie waren wie Embryonen, ein sich entfaltender Prozeß, oder vielleicht lagen sie auch im Sterben, fielen in sich zusammen. Sie wirkten wie nackte Ereignisse. Aber was sonst noch? Ich brauchte eine Weile, bis ich verstand, warum genau diese blassen Massen südwestlich von Argos so fremd und unreduzierbar wirkten, warum sie in mir einen Denkprozeß in Gang setzten, der mich zwang, immer wieder den Blick abzuwenden, das Steuer im Griff zu behalten, auf die Straße zu sehen. Es waren Berge als semantische Rudimente, als knappste Definitionen ihrer selbst.

»Vielleicht ist es da unten wärmer.«

»Wo da unten?«

»Ganz unten«, sagte ich. »Wo Europa aufhört.«

»Die Kälte macht mir nichts aus.«

Tap hatte nichts über die Landschaft zu sagen. Was wir sahen, schien ihn durchaus zu interessieren, manchmal sogar zu faszinieren, aber er sagte nichts, sah nur aus dem Fenster, stapfte durch die Berge. Schließlich tat ich das gleiche, redete über alles, nur nicht über das, was da draußen war. Die Merkmale konnten sich unkommentiert ansammeln, die tiefen Himmel und Nebel, die Berggipfel, umsäumt von kilometerlangen alten Mauern, zerfallenen Zinnen, dieses dem Peloponnes so eigene brütende Leid. Es lastet fast auf allem, Erinnerung an Krieg, eine Schwere, Tod. Fränkische Burgen, türkische Festungen, mittelalterliche Dorfruinen, die Tore und Gewölbezisternen, die massiven Kalksteinmauern, die Schachtgräber, die leeren Kirchen mit ihrem Allmächtigen, der verblaßt in der Kuppel schwebt, der gekrümmte Herr, der nichteuklidische, und darunter die Votivlampen, der Stuhl aus Walnußholz, die Ikonen in den Seitenemporen, byzantinisches Blut und Gold. Wir taten nichts anderes als klettern, fahren und wieder klettern. Drei Tag lang war das Wetter bedeckt und kalt. Wir kletterten die Geröllpfade hinauf, die Ziegen- und Eselswege, die Tunneltreppen, die zerfurchten Serpentinen zu den Dörfern ganz oben, wir bestiegen die gotischen Türme, die breiten Rampen mykenischer Palasthügel.

»Papa, beim Schwimmen.«

»Ja.«

»Wenn ich den Kopf unter Wasser hab.«

»Ja.«

»Wieso strömt mir dann nicht das Wasser in die Ohren und in die Nase und füllt meinen ganzen Körper, so daß ich auf den Boden sinke und vom Druck zermalmt werde?«

Süden. Die Ebenen und Obstgärten. In der Ferne kahle Pappeln, ein gekämmter Seidenschimmer. Diese Straße war nicht schlecht. Manche waren nicht asphaltiert, einige an den Berghängen halb fortgespült oder felsenübersät, und andere endeten vor einem Kieshaufen, die Baumaschinen mit grauen Schlammplakken bedeckt.

»Das war's«, sagte er. »Das war die Frage. Ich bin fertig.«

Jetzt, vor uns, hoch über uns, die gehämmerte Fläche, der breite verschneite Gipfel des Taygetos. Dies ist die Gebirgskette, die durch die Mani stößt, der mittleren Halbinsel des südlichen Peloponnes, der mittleren Titte, wie Owen sie genannt hatte, nur Berge und wilde Küste.

An dem ganzen Nachmittag sahen wir nur ein halbes Dutzend Autos und ebenso viele Männer mit Hund und Gewehr.

Ein Mann auf einem Pferd, eine Frau, die hinter ihm herging und den Schwanz des Pferdes hielt.

Die Orte waren klein, ihre Straßen und Plätze leer. Wind wehte durch die Olivenhaine und verursachte ein wildes Zittern, eine Art Panik, Baumkronen wurden silbern. Wir kamen an Geröllfeldern vorbei, an Steinmauern, an Gruppen von Felsblöcken, die wie Walrücken geformt waren, an Hängen, die mit Einfriedungen aus groben Steinen bedeckt waren.

Auf einem verlassenen Dorfplatz warteten wir einen Wolkenbruch ab. Eine alte Kirche, ein Brunnen, ein gestutzter Maulbeerbaum. Es war ein Dauerregen, eine einzige zitternde Fläche, die auf Dach und Kühler prasselte. Es war der erste Weihnachtsfeiertag.

Eine Bergwolke schob sich auf ein weißes Dorf zu, mischte sich dann mit wärmerer Luft und verschwand. Immer wieder fiel sie in sich zusammen, wie zeitloser Schnee, und löste sich über dem Dorf in der Luft auf.

In dieser Stimmung, in der wir alles zurückhaltend beobachteten und von anderen Dingen sprachen, wurde die Reise durch die Mani zu einem reinen Ritual des Sehens. Das war angemessen, fand ich. Wenn Athen der Ort ist, wo man das gesprochene Wort atmet, wenn der größte Teil von Griechenland so ist, dann bildet die Mani ein Argument für das Schweigen, dafür, daß man versucht, diese Kargheit, die etwas Menschliches in sich trägt, zu akzeptieren. Tap spähte durch die Windschutzscheibe, er betrachtete die Dinge mit einer seltsamen Nachdenklichkeit. Wir würden sehen, was es hier gab, würden durch die Regenschleier, die in den Schluchten hingen, klar hindurchsehen, durch den bläulichen Rauch, der sich an der Küste auftürmte.

Wir kamen zu einem Ort, der größer war als die anderen. Er lag an einer Kreuzung, am Rand stand ein Hotel, ein zweistöckiger Zementbau, verrammelt. Ich fuhr langsam eine enge Straße entlang auf einen Platz, der vermutlich der Marktplatz war, klein, sonderbar geformt, halbherzig, eine Pause in der Geschichte. In der Enge dieses Ortes wirkten die Steinhäuser bedrohlich. Wir stiegen im Nieselregen aus, vertraten uns die Beine und gingen in Richtung einer kopfsteingepflasterten Gasse, die anscheinend zum Fluß hinunterführte. Türen öffneten sich in verlassenen Häusern, windbewegt. Wir hörten Ziegenglocken in der Nähe und kamen an einer Kirche vorbei, drei Ziegen stiegen gerade über eine zerfallene Mauer. Es gab noch mehr Häuser mit schwingenden Türen, ein Metzgerladen mit einer leeren Auslage, ein Mann, der im Dunkeln bei der Theke stand.

Als wir in den Steinpfad einbogen, kam uns ein schneidender Wind entgegen. Wir sahen uns an und kehrten um. Am Ende einer Gasse erhob sich ein riesiger Amboßfelsen, der sich hoch über die Straße wölbte, auf der wir gerade gewesen waren. Er war an die zweihundert Meter hoch, eine dunkle Erscheinung, eine Kraft wie eine Stimme im Himmel. Ich entdeckte ein Café, hohe Fenster, drinnen bewegte sich jemand. Ich sagte Tap, er solle im Auto warten, und ging hinein.

Es war ein schäbiger Raum, zwei Tische waren besetzt. Ein Mann stand hinten vor einem Durchgang. Es war nicht klar, ob er der Wirt war oder hier nur die Zeit totschlug. Es war eins von diesen Lokalen, die nur auf haben, wenn der Besitzer zufällig daran denkt, mal vorbeizuschauen. Ich fragte den Mann auf griechisch, ob es in der Nähe ein Hotel gebe. Er machte ein kaum wahrnehmbares Zeichen, eine Kopfbewegung, eine minimale Reaktion von Augen und Mund. Totale Verachtung. Alles, was mit dem Thema dieser Frage zusammenhing, war damit ein für allemal erledigt, stand nicht mehr zur Diskussion. Ein Seelenzucken. Eine Geste, mit der die Frage außerhalb des menschlichen Kontextes gestellt wurde, jenseits der Dinge, über die man bereit ist zu sprechen.

Er war ein bedrohlich dreinblickender Mann mit gewelltem schwarzem Haar und einem starken Schnurrbart. Ich stellte mich dicht vor ihn, wie es meine Art war, wenn ich Griechisch redete, um zu vermeiden, daß andere mithörten, und ich sagte in ernstem, zögerndem Ton, daß ich drei Karten von der Gegend südlich von hier habe, der Region, wo die Landstraße am tiefsten ins Landesinnere vorstößt und dann wieder zur gegenüberliegenden Küste abbiegt. Und die Karten seien alle verschieden. Und ob er sich einmal die Karten ansehen und mir sagen könnte, welche davon, falls überhaupt eine, die genaueste sei. Die Leute am nächsten Tisch, es waren keine Griechen, hörten auf zu sprechen, als ich meinen Spruch zur Hälfte aufgesagt hatte. Das machte mich natürlich nervös. Den Schwarzhaarigen störte es nicht. Er sagte etwas, was ich nicht verstand, drei, vielleicht vier Worte, und sah an mir vorbei zum Vorderfenster.

Die Stimmen setzten wieder ein. Ich kaufte ein paar Schokoladenriegel für Tap. Dann fragte ich, ob es eine Toilette gebe. Der Mann blickte nach links, und ich fragte, ob das draußen bedeutete, und er blickte wieder nach links, und ich sah, daß es tatsächlich so war.

Ich ging durch eine Gasse über einen schlammigen Hof zur Toilette. Es war das allerletzte Scheißhaus des ganzen Peloponnes. Die Wände waren mit Scheiße vollgespritzt, die Schüssel verstopft, Scheiße auf dem Boden, auf der Klobrille, auf den Armaturen und Rohren. Um den Sockel des Klos herum stand alte Pisse zwei Zentimeter tief, ein kleiner Sumpf inmitten der allgemeinen Sauerei. In dem kühlen Wind, dem leichten süßen Regen, stellte dieser traurige Verschlag eine neue Erfahrungsebene dar. Er hatte Geschichte, verströmte den Gestank ganzer hockender Armeen, Jahrhunderte voller Kriege, Plünderungen, Belagerungen, Blutrachen. Ich stellte mich auf Zehenspitzen anderthalb Meter vor die Kloschüssel, um zu urinieren. Wie sonderbar, daß die Leute diesen Ort immer noch benutzten. Es kam mir wie eine Opfergabe an den Tod vor, da zu stehen und meinen Strahl auf dieses Porzellanloch zu richten.

Während ich in langsamer Fahrt das Auto aus dem Ort herausmanövrierte, kamen wir an dem Café vorbei, und ich spürte, daß wir beobachtet wurden, obwohl ich mir nicht sicher war, von wem. Wir fuhren in dunstigem Licht wieder Richtung Süden, aßen etwas Schokolade. Bald sahen wir die ersten von mehreren Turmhäusern, schmale Gebäude mit flachen Dächern, außer dort, wo das obere Mauerwerk eingestürzt war. Sie standen in der kahlen Landschaft, einsame Figuren, Schachfiguren, gesichtslos, gerade aufgerichtet im toten Nachmittag. Sie wirkten weniger wie Häuser, ehemalige Häuser, eher schien in ihnen das örtliche Gestein eine geheimnisvolle Verwendung gefunden zu haben.

»Bin ich während des Vietnamkriegs geboren?«

»Kling nicht so deprimiert. Ich glaub nicht, daß du deshalb fürs ganze Leben gezeichnet bist.«

»Also – war's so?«

»Ja. Das war unser Lieblingskrieg. Von deiner Mutter und mir. Wir waren beide dagegen, aber sie bestand darauf, mehr dagegen zu sein als ich. Da ist ein richtiger Wettstreit draus geworden, ein Kleinkrieg. Wir haben uns fürchterlich gestritten.«

»Wie töricht.«

Das sagte er immer dann, wenn ein anderes Kind »bescheuert« oder »uncool« gesagt hätte. Wie töricht. Eine ganze Welt lag in diesem Unterschied.

Er saß angeschnallt im Auto mit seiner Schirmmütze, ganz in sich versunken, wie er das oft war. Bei solchen Gelegenheiten ging von ihm eine geradezu unheimliche Ruhe aus, und er konnte dann äußerst beunruhigende Fragen über sich selbst stellen, nach dem Maß seiner geistigen Gesundheit, nach seinen Aussichten, älter als zwanzig zu werden, in Korrelation zu möglichen Weltkonflikten und neuen Krankheiten. Das alles mit beflissener, monotoner Stimme. Das war fast schon ein Talent, eine besondere Gabe, dieses ausgefeilte Abwägen, die Art und Weise, wie er der eigene Statistiker seines Denkens und Fühlens war, ein neutraler Gutachter seines möglichen Schicksals.

»Was machen Sherpas?« fragte ich.

»Berge besteigen.«

»Was gibt's in Arecibo?«

»Das Radioteleskop. Die große Schüssel.«

»Mal sehen, ob mir noch mehr einfällt.«

»Frag mich noch was.«

»Laß mich überlegen«, sagte ich.

Auf einem Plateau in der Ferne, getrennt durch freien Himmel, standen zwei Ansammlungen von Turmhäusern, lange graue Gebilde, die zwischen den Felsen und Sträuchern aufragten. Die Häuser waren unterschiedlich hoch, so daß sie, aus einiger Entfernung gesehen, einer modernen Skyline ähnelten, einer Art verfallenem Aufriß im Regen und Dunst. Ich hatte das Gefühl, als würden wir da auf etwas stoßen, dem sich seit tausend Jahren niemand mehr genähert hatte. Eine vergessene Geschichte. Zwei Turmstädte am äußersten Ende des Kontinents.

Es waren natürlich nur Dörfer, und sie hatten auch nichts sonderlich Vergessenes an sich. Es wirkte nur so, hier in der Mani, in dieser Felsenlandschaft. Wir fanden eine Nebenstraße und fuhren in den ersten der beiden Orte. Die Straße war auf der ganzen Strecke in den Ort hinein nicht asphaltiert, an manchen Stellen verwandelte sie sich in Schlamm, an anderen in tiefe Pfützen. Einige Gebäude waren eindeutig bewohnt, obwohl wir niemand sahen. Zwischen den kaputten Türmen standen mehrere neuere Bauten aus dem gleichen Stein. Ummauerte Kaktusgärten. Hausnummern in grüner Farbe. Strommasten.

»Nach wem bin ich benannt?«

»Das weißt du doch.«

»Aber er ist gestorben.«

»Das hat nichts damit zu tun. Wenn du wieder in London bist, sag deiner Mutter und deiner Tante, daß sie dir was über seine Exzentrizitäten erzählen sollen. Er hatte ein paar saftige Marotten. Das ist eine Frucht aus der Gegend, die du mal probieren solltest. Und wenn du wieder in Victoria bist, schreib mir gelegentlich mal.«

»Aber wieso bin ich nach ihm benannt?«

»Deine Mutter und ich haben ihn sehr gern gemocht. Er war ein lieber Mensch, dein Großvater. Sogar dein Spitzname stammt von ihm. Einige seiner Geschäftsfreunde haben ihn Tap genannt. Thomas Arthur Pattison, klar? Aber die Familie hat den Namen nicht oft benutzt. Wir haben ihn Tommy genannt. Er war Tommy, du warst Tap. Ein komisches Pärchen. Obwohl du Thomas Arthur Axton heißt und nicht Pattison, wollten wir dich Tap nennen, nach ihm.«

»Wie ist er gestorben?«

»Du willst wissen, wie er gestorben ist, um dir dann zu überlegen, ob du auch so sterben wirst oder nicht. Da gibt's keine Verbindung, also vergiß es.«

Ein Hund lag dösend auf einem Haufen Olivenabfälle. Wir fuhren eine kurze Strecke weiter, bogen dann wieder von der Hauptstraße ab, diesmal nach links, und fuhren langsam in das andere Turmdorf hoch. Wir sahen eine Frau und ein Kind, die sich aus einem Türeingang zurückzogen, hörten Gewehrschüsse in den Bergen, zwei leise Salven, wieder Jäger. Steine waren zu kreisförmigen Figuren angeordnet, Dreschböden. Einige Häuser hatten Schieferdächer mit Steinen oben drauf. Steine steckten in Fensternischen.

»Hier kommt wieder was für dich. Was passiert auf der Salztonebene von Bonneville?«

»Raketenautos. Hochgeschwindigkeitstests.«

»Woran denkst du bei dem Wort Kimberley?«

»Moment, da muß ich erst überlegen.«

Wer sind sie, diese Leute in dem Café? Gehören sie *dazu?* An dem einen Tisch, ein alter Mann, eine angeschlagene weiße Tasse. Am anderen Tisch, eine Gruppe, drei oder vier Personen, keine Griechen. Sie haben aufgehorcht, als ich wegen der Karten gefragt habe. Wie komme ich darauf, daß es keine Griechen sind? Wer sind sie, was haben sie da zu suchen, in diesem trostlosen Kaff, mitten im Winter? Was hab ich hier zu suchen, bin ich zufällig auf sie gestoßen, will ich wieder umkehren, um noch mal nachzusehen, um mich zu vergewissern, so oder so, mit meinem Sohn dabei?

»Südafrika.«

»Wenn ich's jetzt rauskriege, dann nur, weil du mir einen Tip gegeben hast.«

»Bergbau.«

»Sag's doch gleich selber.«

»Was ist es denn?«

Mißmutig, auf dem Sitz in sich zusammengesunken. »Diamantgruben«, sagte er.

Minuten später näherten wir uns wieder der Küste. Der letzte Kamm des Taygetos lief im Meer aus, eine klare, abfallende Linie im nachlassenden Licht. Ich hielt an, um auf den Karten nachzusehen. Tap zeigte Richtung Norden, hatte etwas auf meiner Seite der Windschutzscheibe entdeckt, und einen Augenblick später sah ich eine dunkle Masse von Türmen zwischen den terrassierten Hängen.

»Ich glaube, wir sollten ein Hotel oder eine Pension suchen. Zumindest mal ermitteln, wo wir überhaupt sind.«

»Nur noch da hin«, sagte er.

»Dir gefallen die Turmhäuser wohl.«

Er spähte durch die Scheibe.

»Oder ist es die Herumfahrerei, die dir so gefällt?«

»Nur noch da drüben hin«, sagte er. »Dann können wir irgendwo halten. Versprochen.«

Die Straße, die hinaufführte, war unbefestigt, nur Steine und Schlamm. Drei oder vier Rinnsale plätscherten am Wagen vorbei, vereinten sich stellenweise, und ich machte mir Gedanken über die spitzen Felsen, den tiefen Schlamm, die Kraft des bergab schießenden Wassers, die hereinbrechende Dunkelheit. Tap brach ein Stück von seinem Schokoladenriegel ab, teilte es nochmal, ein Stück für sich, eins für mich. Es regnete wieder stark.

»Keine Schilder. Wenn wir wüßten, wie der Ort hier heißt, könnten wir ihn auf der Karte finden. Dann würden wir zur Abwechslung mal wissen, wo wir sind.«

»Vielleicht ist da oben jemand, den wir fragen können.«

»Wahrscheinlich ist das Dorf sowieso nicht auf der Karte.«

»Wir können doch fragen«, sagte er.

Die schlammigen Bäche übersprangen Furchen und kleinere Steine. Über uns entdeckte ich tote Zypressen. Die Straße machte ständig neue Biegungen, von den Böschungen hingen Kakteen und verkümmerte Sträucher.

»Erst sieht man was direkt vor dem Auto, und dann fährt man dran vorbei und sieht es so, wie es wirklich ist.«

»Zum Beispiel ein Baum«, sagte ich.

»Dann guckt man in den Spiegel und man sieht dasselbe, nur daß es anders aussieht und sich schneller bewegt, viel schneller. Wobie kobommt dobas?«

»Zu dumm, daß deine Mutter nicht da ist. Dann könntet ihr euch jetzt ausgiebig in eurer Muttersprache unterhalten. Hat man ihr schon ein neues Erdloch zugeteilt?«

»Sie hat ein Büro.«

»Das ist nur eine Frage der Zeit. Irgendwo in British Columbia gibt's bestimmt ein Erdloch, wo sie unbedingt rein will. Hast du mich gerade was gefragt?«

»Im Ob gibt's keine Fragen. Man kann eine Frage stellen, aber man betont es nicht wie eine Frage. Man sagt es wie einen normalen Satz.«

Die letzte Straßenbiegung entfernte uns vorübergehend von unserem Ziel und gab den Blick auf ein weiteres Turmdorf frei, das auf einem fernen Kamm stand, und auf der Landspitze tief unter uns erhob sich noch eine kleinere Häusergruppe, die nur als Silhouette erkennbar war. Wir bogen in eine lange gerade Zufahrt zum Dorf ein, und dann sah ich etwas, das mir einen kalten Schauer versetzte, einen verzögerten Schauer (ich mußte nachdenken, übersetzen). Ich hielt an und saß da, starrte über die gemusterten Felder.

Es war ein umgestürzter Felsen, ein drei Meter großer Steinblock, der an einem Verbindungsweg zu unserer Linken stand, ein glatter rötlicher Quader, über dessen Breite zwei Worte in Weiß geschrieben waren, die Farbe lief in groben Rinnsalen von den Buchstaben herab, der Akzent war genau richtig gesetzt.

Ta Onómata.

»Warum halten wir an?«

»Es war blöd, hier hochzufahren. Meine Schuld. Wir sollten lieber eine Unterkunft suchen und was zu essen.«

»Du meinst, du willst umkehren, wo wir schon so weit sind?«

»Du wolltest, daß wir hier rauffahren, jetzt fahren wir auch wieder runter.«

»Was steht da auf dem Felsen? Glaubst du, daß die hier so was als Schilder benutzen?«

»Nein. Das ist kein Straßenschild.«

»Was ist es denn?«

»Da hat irgend jemand was hingeschrieben. Wir haben doch überall schon Parolen auf Wänden und Gebäuden gesehen. Politik. Wir haben schon Kronen gesehen, lang lebe der König. Wenn keine Mauer da ist, schreiben die wahrscheinlich auf das erstbeste, was ihnen unter die Finger kommt. In diesem Fall eben ein Felsen.«

»Geht's um Politik?«

»Nein. Es geht nicht um Politik.«

»Um was geht's dann?«

»Das weiß ich nicht, Tap.«

»Weißt du denn, was es heißt?«

»Die Namen«, sagte ich.

Wir fanden ein Zimmer über einem Krämerladen in einem baufälligen Küstenort mit Felsstrand und senkrecht ins Meer abfallenden Klippen. Ich war froh, dort zu sein. Wir saßen jeder auf seinem Bett in dem düsteren Zimmer und versuchten, innerlich Abstand zu dem schaukelnden Auto zu finden, zum Geschlinger und Gekurve des Tages. Wir brauchten eine Weile, bis wir wirklich glauben konnten, daß wir uns nicht mehr auf dieser überschwemmten Bergstraße befanden.

Der alte Krämer und seine Frau luden uns zum Abendessen ein. In dem schlichten Raum hinter dem Laden sah ich eine Holzbalkendecke, eine Petroleumlampe und eine geschnitzte Wäschetruhe, was für eine gewisse Ordnung und Wärme sorgte, ein Trost für die Seele nach soviel Stein. Der Alte konnte etwas Deutsch und benutzte es, wenn er spürte, daß ich ihm folgen konnte. Zwischendurch übersetzte ich seine Bemerkungen für

Tap, wobei ich das meiste spontan erfand. Sie schienen beide damit zufrieden zu sein.

Die Frau hatte weiße Haare und klare blaue Augen. Um einen Spiegel herum hingen Fotos von ihren Kindern und Enkeln. Sie lebten alle in Athen oder Patras, bis auf einen Sohn, der in der Nähe begraben lag.

Nach dem Essen sahen wir eine halbe Stunde fern. Ein Mann mit einem Stab stand vor einer Karte und erklärte das Wetter. Tap fand das sehr komisch. Die Szene war ihm natürlich vertraut. Die Karte, die Schaubilder, der redende, gestikulierende Mann. Aber dieser Mann sprach eine andere Sprache als Englisch. Und das war das Komische, es brachte Taps Erwartungen durcheinander, diese seltsamen Worte in einem vertrauen Rahmen zu hören, als würde das Wetter selbst verrückt spielen. Der Krämer und seine Frau lachten mit. Wir lachten alle. Für Tap stellte es sich möglicherweise so dar, daß durch diese fremde Sprache die ganze Sache als Quatsch entlarvt wurde, die Vorstellung, Vorhersagen zu machen und vor einer Kamera übers Wetter zu reden. Auf englisch war es auch Quatsch. Er hatte es vorher nur nicht bemerkt.

Wir saßen im blauen Geflimmer und lachten.

Was weißt du über sie?

Es waren keine Griechen.

Woher weißt du das?

Das sieht man sofort. An den Gesichtern, an der Kleidung, am Verhalten. Es ist einfach da. Eine Reihe von Merkmalen. Eine Geschichte. Es gibt bestimmte Landschaften, in denen Ausländer geradezu leuchten. Man weiß sofort Bescheid.

Wie viele waren es?

Ein vollbesetzter Tisch. Aber die Tische dort sind klein. Vier Personen, würde ich sagen. Darunter mindestens eine Frau. In der kurzen Zeit, die ich da drin war, meine ich, bei ihnen eine Vorsicht, ein Mißtrauen gespürt zu haben. Ich habe nur einen flüchtigen Blick auf sie geworfen, aber da war diese animalische

Ausstrahlung. Möglich, daß ich mir diesen Eindruck erst im nachhinein gebildet habe, aber das glaube ich nicht. Er war da. Ich habe ihn in dem Moment nicht ganz registriert. Meine Aufmerksamkeit war auf andere Dinge gerichtet. Ich wußte nicht, daß es etwas bedeuten könnte.

Was für eine Sprache haben sie gesprochen?

Weiß ich nicht. Ich habe die Stimmen nur als Klang gehört, als Gemurmel im Raum. Ich habe mich auf meine Fragen bezüglich Hotel und Karten konzentriert.

War es möglicherweise Englisch?

Nein, nicht Englisch. Englisch hätte ich allein schon am Klang erkannt, an der Klangfarbe des Geräuschs.

Wie sahen sie aus? Ein allgemeiner Eindruck.

Sie sahen aus wie Leute, die von nirgendwo kamen. Sie entziehen sich allen gewöhnlichen Assoziationen. Sie sind keine Griechen, aber was sind sie? Im gewissen Sinne gehörten sie in dieses heruntergekommene Café wie jeder Einheimische. Ich glaube nicht, daß sie es eilig hatten, sich einen anderen Platz zum Sitzen, zum Leben zu suchen. Es waren Leute, für die beinahe jeder Platz so gut wie jeder andere war. Sie machten keine Unterschiede.

All das nach einem kurzen Blick, nach einem kurzen Gang durch den Raum?

Das Gefühl, das man bei ihnen hat. Ich könnte sie nicht in einer Menge ähnlicher Menschen wiedererkennen, ich weiß nicht, wie sie als einzelne Menschen aussehen, aber ich würde sie ingesamt erkennen, diese kollektive Identität spüren – ja, ohne Schwierigkeiten.

Was hatten sie an?

Ich erinnere mich an eine alte, abgetragene Fliegerjacke, die einer von den Männern trug. Das Obermaterial löste sich schon. Eine Kopfbedeckung, ganz sicher. Irgend jemand hatte ein gestricktes Scheitelkäppchen auf, verschiedene dunkle Farben, ein kreisförmiges Muster. Die Frau trug, glaub ich, einen Schal und Stiefel. Die Stiefel habe ich vielleicht gesehen, als wir auf dem

Weg aus dem Ort an dem Café vorbeifuhren. Die Fenster gingen bis zum Boden.

Was noch?

Nur ein allgemeiner Eindruck von alten Kleidern. Zusammengewürfeltem, vielleicht ein paar Farbtupfer, Schichten, was immer sich gegen die Kälte überziehen läßt.

Was noch?

Nichts.

Am Morgen, kurz nachdem wir den Ort verlassen hatten, sah ich eine dunkle Form aus dem Gebüsch am Straßenrand herauskommen, ein Augenblick, der Schnelligkeit und Wucht besaß, irgend etwas am rechten Vorderrad, und ich traf es, ein dumpfer Stoß, dessen Geräusch sich hinter uns verlor. Ich hielt an.

»Was war das?«

»Ein Hund«, sagte er.

»Ich hab ihn zu spät gesehen. Er ist direkt ins Auto gerannt.«

Er sagte nichts.

»Sollen wir umkehren?«

»Wozu?« sagte er.

»Vielleicht ist er nicht tot. Wir können ihn irgendwo hinbringen.«

»Wo könnten wir schon mit ihm hin? Und wozu? Fahren wir einfach weiter. Ich will nur fahren. Weiter nichts.«

Es goß jetzt in Strömen, und Leute kamen aus den Feldern, wo ich gar keine Leute vermutet hatte, hauptsächlich alte und ganz junge, in Mäntel und Schals gehüllt, sie ritten auf Eseln, gingen zu Fuß, mit eingezogenen Köpfen, fuhren mit Traktoren weg, ganze Familien auf Traktoren drängten sich zwischen den riesigen Reifen unter Regenschirmen, Decken und Plastikplanen und zogen langsam heimwärts.

Ich saß allein im Büro, schickte Telexe, erstellte Kalkulationen auf meinem Taschenrechner. Ich hatte das Gefühl, daß ich mich seit dem allerersten dieser Abende auf der Insel in einem Streit mit Owen Brademas befand. Ich wußte nicht genau, worum es eigentlich dabei ging, spürte aber zum ersten Mal eine Schwächung meiner Position, eine Gefahr.

Ich hatte auch das Gefühl, daß ich mir selbst voraus war, daß ich Dinge tat, die keinem vernünftigen und vertrauten Modell entsprachen. Ich würde warten müssen, um das alles zu verstehen.

Warum war ich in die Mani gefahren, wo ich doch wußte, daß sie vielleicht dort waren, und warum mit Tap? War er mein Schutz, mein Fluchtweg?

Ich las Berichte, setzte Briefe auf. Mrs. Helen kam, tadelte mich, daß ich so früh da war, daß ich so abgespannt aussah. Sie ging in die Kochecke, um Tee zu machen, Zou Zou Bop Golden Tea, den jemand aus Ägypten mitgebracht hatte.

Ich arbeitete an diesem Tag bis zehn Uhr abends, genoß die Arbeit, fand eine tiefe und anhaltende Befriedigung in diesem Papierkrieg, dem Kleinkram, in dem beinahe kindlichen Spiel auf dem Telex, im Tippen von Mitteilungen. Selbst das Aufräumen meines Schreibtisches hatte etwas seltsam Angenehmes und Beruhigendes. Zur Abwechslung mal ordentliche Haufen. Beschriftete Mappen. Mrs. Helen hatte eine komplette Theologie der Ordnung und des Anstands ersonnen, samt heiligen Schriften und Bußen. Fast konnte ich sie verstehen.

Ich ging nach Hause und machte mir eine Suppe. Tap hatte seine Mütze liegenlassen. Ich beschloß mit dem Trinken aufzuhören, obwohl ich in der letzten Woche nur ein paar Glas Wein getrunken hatte. Ich fand, ich mußte mir Grenzen setzen. Ich brauchte Festigkeit und Klarheit, das Gefühl, daß ich die Form der Dinge erkennen konnte.

Lindsay Whitman Keller, eine Olive essend.

Um uns herum Stimmen, irgendeine Veranstaltung der Mainland Bank, eine Suite im Hilton. Die Leute standen herum, gestikulierten, aßen, tranken, rauchten, klammerten sich an die eigenen Ellbogen oder schüttelten anderen ausgedehnt und vielsagend die Hand.

»Ist das hier eine Pflichtveranstaltung?« fragte ich.

»Ehefrauen haben keine Rechte. Ein Glück, daß ich meinen Lehrerjob habe.«

»Ein Glück, daß David kein Macho ist.«

»Heute abend mußte ich kommen. Hat irgendwas mit der Zukunft der Türkei zu tun. Natürlich nur inoffiziell.«

»Hat die Bank beschlossen, sie leben zu lassen?«

»Banken, Plural.«

»Noch ominöser.«

»Und was hast du für eine Ausrede?« fragte sie.

»Ich brauch einen Drink. Ich habe Tag und Nacht gearbeitet, und es hat mir gar nichts ausgemacht. Das hat mir zu denken gegeben.«

Zwei Männer schienen sich anzubrüllen, aber es war bloß Gelächter, es ging um ein Flugzeug, das in Khartoum von der Startbahn gerutscht war. Die Bankerfrauen standen meistens in Dreier- oder Vierergruppen zusammen, in eine Firmenaura getaucht, tolerant, zäh, durchflutet vom Licht mittelmäßiger Privilegien, das in seiner Wirkung fast etwas Sinnliches hatte, in der Hinsicht, daß die Arrangements zwischen einer Frau und einem Mann etwas Weltliches sind, das vollkommen wissentlich ausgehandelt wird. Die erzwungene Beschränktheit im Leben dieser Frauen, die 50er-Jahre-Kleinkariertheit irgendwo in der amerikanischen Provinz, das wurde hier erschüttert durch gewisse verführerische Anreize und Attribute. Das zollfreie Auto, die Heimaturlaubzulage, die Wohnzulage, die Lebenskostenzulage, die Ausbildungszulage, die Steuerausgleichszahlung, die Auslandsprämie. Oft hatten die Frauen ihren Tischherrn neben sich, einen makellos gepflegten Pakistani oder einen Libanesen in einem gutgeschnittenen Anzug. Bankiers aus armen Ländern kleideten sich wie Militärs. Sie sahen wachsam, präzise und leicht gequält aus und sprachen ein forsches und sicheres Englisch mit einer Beimischung von Abkürzungen. JDs waren jordanische Dinare, DJs waren Dinner-Jackets.

David kam durch den Raum auf uns zu. Ich fragte Lindsay,

wieso ich bei ihm immer das Gefühl hatte, daß er die Leute beiseite schubste. Er nahm seiner Frau das Glas aus der Hand und fütterte sie mit einem Stück Käse.

»Immer in der Nähe einer Frau«, sagte er zu mir und wandte sich dann an Lindsay. »Männern, die sich ständig mit Frauen unterhalten, ist nicht zu trauen.«

»Hab versucht, dich gestern zu erreichen«, sagte ich.

»Ich war in Tunis.«

»Bringen sie da gerade Amerikaner um?«

Er wollte ihr das Glas nicht zurückgeben.

»Sie haben das fünftgrößte Pro-Kopf-BSP von Afrika. Wir lieben sie. Wir wollen ihnen ein bißchen Geld geben.«

Ich wies um uns herum.

»Habt ihr beschlossen, sie leben zu lassen? Die Türken? Oder werdet ihr sie für die nächsten zehn, zwanzig Jahre dichtmachen?«

»Ich erzähl dir mal, worum es eigentlich geht. Es geht um zweierlei Arten Disziplin, zweierlei Art von Fundamentalismus. Auf der einen Seite hast du westliche Banken, die versuchen, ein Land wie die Türkei oder Zaire auf eine Sparpolitik zu verpflichten. Auf der andern Seite hast du die OPEC, die dem Westen seinen Energieverbrauch vorhält, unsere Verfressenheit, unsere Hemmungslosigkeit und Verschwendung. Die kalvinistischen Banken, die islamischen Ölproduzenten. Wir reden aneinander vorbei, predigen tauben Ohren.«

»Ich hab ja gar nicht gewußt, daß ihr euch als eine rechtschaffene Kraft versteht.«

»Eine Stimme in der Wüste. Willst du nach Frankfurt fliegen und dir im Fernsehen den Superbowl ansehen?«

»Du spinnst.«

»Wir können uns das Spiel auf einem Monitor im Studio der Streitkräfte ansehen. Kein Problem. Die Bank macht's möglich.«

»Er meint es ernst«, sagte Lindsay.

»Wir meinen es alle ernst«, sagte er. »Das ist der Anfang einer neuen Dekade. Wir sind ernsthafte Menschen, und wir wollen das machen.«

»Laß uns ein stilles Silvester feiern«, sagte sie. »In dem kleinen französischen Lokal um die Ecke.«

»Wir feiern ein stilles Silvester, dann steigen wir alle ins Flugzeug nach Frankfurt und schauen uns den Superbowl im Fernsehen an. Die Huskers gegen Houston. Ich weigere mich schlicht und einfach, das zu verpassen.«

Wieso war ich so glücklich, in diesem Haufen von Körpern zu stehen? Ich redete mit den Bankerfrauen. Ich redete mit Vedat Nesin, einem der vielen Türken, die ich in diesem Jahr kennengelernt hatte, die einen Namen mit austauschbaren Silben hatten. Ich redete mit einem Mann vom IWF, einem Iren, der sich beklagte, daß er ständig Szenen der Zerstörung und des Blutvergießens erlebte, über die nie berichtet wurde. In Bahrain geriet er in einen Schiitenaufstand. In Istanbul floh er im Warenaufzug aus seinem Hotel vor einer Demonstration, die niemand erwartet hatte, die niemand verstand und die weder in den lokalen Zeitungen noch sonst irgendwo erwähnt wurde. Als wäre das alles gar nicht passiert, als hätten sich die Flure nicht mit Rauch und randalierenden Männern gefüllt. In einer Stadt nach der anderen blieb seine Angst undokumentiert. Ihn beunruhigte die Aussicht, daß der Aufstand oder Terrorakt, der seinen Tod verursachte, nicht in den Medien auftauchen würde. Der Tod selbst schien eher zweitrangig zu sein.

Ich umarmte die Ehefrauen und blickte in ihre Augen, suchte nach Anzeichen von Unruhe, von verborgenem Groll gegen die Lebensweise ihrer Ehemänner. So etwas kann zu nachdenklicher Liebe am Nachmittag führen. Mit einem Kuwaiti redete ich über Anmut und Form arabischer Buchstaben und bat ihn, für mich den Buchstaben *Jim* auszusprechen. Ich erzählte Geschichten, trank Bourbon, aß die Snacks und Häppchen. Ich hörte den Stimmen zu.

»Sie haben's gut«, sagte Vedat Nesin. »Sie sind nur im Ausland ein Ziel. Ich bin's im Aus- und Inland. Ich bin in der Regierung. Das macht mich zu einem gezeichneten Mann. Draußen Armenier, drinnen Türken. Nächste Woche gehe ich nach Japan. Das ist eine relativ sichere Gegend für einen Türken. Sehr schlecht ist Paris. Noch schlechter ist Beirut. Der Geheimdienst ist dort sehr aktiv. Alle Geheimdienste der Welt haben ein Postfach in Beirut. Ich werde diese Shrimps in Knoblauchbutter essen. Später esse ich Windbeutel mit dicker Schokoladensoße. Wenn ich aus Japan zurück bin, gehe ich nach Australien. Man sollte doch annehmen, daß man da als Türke sicher sei. Ist man aber nicht.«

Ich fuhr im Morgengrauen los, hielt nur einmal hinter Tripolis, um etwas zu essen, und die gleichen bläulichen Wolken türmten sich an der Küste, über den Buchten und Landzungen auf, aber diesmal regnete es nicht, als ich die Stelle erreichte, wo sich die zerfurchte Bergstraße zu dem Felsblock und dem Turmdorf hinaufwindet. Der Einbruch der Nacht war noch Stunden entfernt.

Ich fuhr langsam den Berg hoch und stellte den Wagen hinter dem großen Felsen ab. Irgend jemand hatte die Wörter, die wir sechs Tage zuvor gesehen hatten, mit Teer übermalt. Bis zum Dorf war es eine ebene Strecke, etwa sechzig Meter, und der Himmel war so tief und nah, daß ich das Gefühl hatte, ich würde direkt in ihn hineingehen, in Meeresnebel und gestreutes Licht.

Zementsäcke, gestapelte Kisten mit leeren Flaschen. Eine alte Frau in Schwarz auf einer Bank, auf einem matschigen, steinigen Platz. Ihr knochiges Gesicht war von einem Kopftuch eingerahmt. Einer ihrer Schuhe war kaputt, über dem Blatt gerissen. Ich sagte einen Gruß, wies mit einem Kopfnicken zu der Gasse, die in das Dorf führte, bat im Grunde um Erlaubnis, eintreten zu dürfen. Sie beachtete mich nicht, und ich wußte nicht, ob sie mich überhaupt bemerkt hatte.

Ich betrat den schmalen ungepflasterten Durchgang. Im ersten verfallenen Turm lag ein Mühlstein, aus anderen Häusern ragten Kakteen, Fenster- und Türöffnungen waren mit Steinen verbarrikadiert. Ich lief ständig in irgendwelche Sackgassen, Matsch und Schutt, Unkraut, Feigenkakteen.

Einige Gebäude waren erstaunlicherweise eingerüstet, trugen rote Hausnummern und Vermessungsmarkierungen.

Ich bewegte mich langsam, spürte den Drang, mir alles einzuprägen, berührte die Mauern, studierte die Inschrift über einer Tür, 1866, untersuchte die primitiven Stufen, den primitiven kleinen Glockenturm, und registrierte die Farben des Steins, als wäre es wichtig, daß ich sie irgendwann einmal genau beschreiben konnte, den harten Ton dieses bestimmten Keksbrauns, dieses Rostrot, dieses Himmelgrau.

Während ich durch die verzweigten und verwinkelten Gassen an den eingestürzten Türmen vorbeiging, begann ich mich zu fragen, ob das vielleicht alles ein einziges, riesiges Gebäude war, das ganze Dorf, ein komplexes Gebilde, dessen Einzelteile durch Bögen, Mauern und die unteren Räume miteinander verbunden waren, wo es nach Tieren und Futter roch. Es schien keine klare Trennung zwischen der Vorder- und der Rückseite des Dorfes zu geben, zwischen diesem Turmblock und jenem.

Es war ihr Ort, davon war ich überzeugt. Ein Ort voller Zögern, voller Struktur. Ein unsicherer Fortschritt, wie die inneren Wehen einer Auseinandersetzung. Das vergitterte Fenster, die schwarzen Bienen, die wir auf der Insel gesehen hatten. Ein Ort, der eine gedämpfte Frage war, so wie andere Orte Schreie oder offizielle Vorlesungen sind. Die Gebäude hingen alle zusammen. Ein Kopf, ein Wahn. Wurde mir allmählich klar, wer sie waren?

Ich kam oberhalb eines terrassierten Erdhanges heraus, das leere Meer. Einige Bäume waren ineinander verwachsen, die kahlen Äste gekrümmt und verdreht, die glatten grauen Stämme in einer, wie es schien, leidenschaftlichen und menschlichen Heftigkeit verschlungen. Wie stark dieses Menschliche in jener krassen Vermischung zu spüren war. Das Holz glich poliertem Stein. Ein tödliches Ringen, eine Nacktheit, Sex und Tod in einem.

Ich ging auf einem Pfad zurück, der auf die andere Seite des Dorfes führte. Das war Kalkstein, das Feigenbäume, das ist ein Tonnengewölbe. Die Namen. Ich fühlte mich auf eine seltsame, befangene Art allein. Dieser Ort gab mir das Bewußtsein der Bewegung zurück, die ich in ihm vollzog, wenn ich mich in Räume hinabbeugte, wenn ich innehielt, um mich zu orientieren.

Jetzt waren da zwei Frauen. Die zweite war sehr alt, sie versuchte, eine Apfelsine Stück um Stück zu zerteilen. Ich stellte mich vor sie und fragte, ob irgend jemand in der Stadt wohne. Fremde. Leben hier Fremde? Die Alte machte eine Geste, die entweder bedeutete, daß sie nicht wußte, wovon ich redete, oder daß die Leute, die ich meinte, schon wieder weg waren, weitergezogen.

Leben Sie hier allein?

Noch ein anderer, sagte sie. Der Mann der anderen Frau.

Vom Auto aus konnte ich das Dorf auf dem hinteren Kamm sehen. Tap und ich waren auf der Heimfahrt dort durchgekommen, nachdem wir die Straße gefunden hatten, die an der Küste Lakoniens entlangführte, und ich dachte, ich könnte dort etwas zu essen finden, Häuser mit Menschen. Ich fuhr wieder hinunter auf die asphaltierte Straße, schlug schließlich eine nordöstliche Richtung ein, und nach einiger Zeit ging es wieder bergauf.

Ich parkte den Wagen neben einem Turm mit einem blauen Balkon, der offenbar erst kürzlich angebaut worden war, und wurde von einigen Kindern einen steilen Pfad hinuntergeführt, an dessen Ende ich ein Café sah, vor dem ein kleiner, mit Ballons geschmückter Nadelbaum stand. Die Erde war hier röter, die Türme hatten einen ockergelben Schein. Im Eingang stand Volterra. Er hatte die Hände tief in den Taschen vergraben. Sein Atem war weiß.

Ich beschloß, daß mir nichts anderes übrigblieb, als zu lächeln. Er bedachte mich mit einer Art prüfendem Blick. Aber als wir uns die Hände schüttelten, kam ein Grinsen zum Vorschein, ein schiefes, spekulatives Lächeln, aus dem eine gewisse Anerkennung sprach. Ich ging hinter ihm rein, in einen dunklen Raum, in dem ein Holzofen brannte, und aß ein Omelett, während er mir dabei zusah.

»Diese Türme sind sonderbar«, sagte er. »Die älteren sind an die drei-, vierhundert Jahre alt. Die Leute, die hier gelebt haben, waren die ganze Zeit mit Töten beschäftigt. Wenn sie gerade keine Türken niedermetzelten, haben sie sich gegenseitig umgebracht.«

»Wo ist Del?«

»In einem Hotel weiter oben an der Küste.«

»Vor dem Fernseher.«

»Bist du hier, um irgendwas zu schreiben, Jim?«

»Nein.«

»Du weißt, wie wichtig mir meine Privatsphäre ist. Ich wäre sehr unglücklich, wenn du hergekommen bist, um eine Story über mich zu schreiben. Eine größere Sache, wie man so sagt. Voller Einblicke. Der Mann und seine Arbeit.«

»Ich schreibe nicht, Frank. Ich habe einen Job. Das einzige, was ich da zu schreiben habe, sind Berichte und Aktennotizen.«

»Du hast aber mal geschrieben. Alles mögliche.«

»Ich schreibe nicht. Mein Sohn schreibt.«

»Dieses Thema muß ich einfach hin und wieder bei bestimmten Leuten ansprechen.«

»Widerstrebend.«

»Widerstrebend. Selbst Freunde wissen nicht immer, wie ernst es mir damit ist. Der Filmemacher am Drehort. Der Filmemacher in Klausur. Größere Sachen. Es sind immer größere Sachen.«

»Ich bin nur hierhergekommen, weil Owen mehr oder weniger angedeutet hat, daß sie hier sind. Ich wollte nur mal nachsehen.«

»Was hast du gesehen?«

»Nichts«, sagte ich.

»Brademas hat von Anfang an von einem Plan gesprochen. Darauf bin ich angesprungen. Beim letzten Mal schien er kurz davor zu sein, es mir zu verraten. Warum sie warten, auf welche Weise sie das Opfer auswählen. Aber dann hat er sich's anders überlegt, oder ich hab mich falsch verhalten. Vielleicht gibt's da bestimmte Regeln, eine richtige und eine falsche Art, die Sache zu verfolgen.«

Ein Mann brachte uns beiden Kaffee. Im Eingang standen zwei Kinder und beobachteten mich. Als ich lächelte, wichen sie zurück.

»Armer Kerl«, sagte Frank.

»Wo hast du mit ihm das letzte Mal geredet?«

»In Athen.«

»Danke, daß du dich gemeldet hast.«

»Ich weiß. Du hast uns angeboten, daß wir bei dir übernachten können. Aber wir waren nur einen Tag da, gerade lang genug, um mit ihm zu reden. Diese Sache gewinnt langsam Gestalt. Ich will sie haben. Ich komme allmählich dahinter, worum es eigentlich geht. Wenn nur Del nicht wäre, der einzige Mensch, den ich nicht lange um mich herum ertragen kann, ohne daß ich das Gefühl habe, daß mich alles bedrängt, daß alle nur darauf aus sind, mich aus der Bahn zu werfen, mich zu behindern.« Lachen. »Das Miststück.«

»Du hast gedacht, die Wüste sei ein Rahmen. Und die Mani?«

»Die Wüste paßt zur Leinwand. Sie ist die Leinwand. Niedrige Horizontale, hohe Vertikalen. Es ist doch immer die Rede von klassischen Western. Das Klassische ist schon immer der Raum gewesen, die Leere. Die Linien werden für uns gezogen. Wir brauchen nur noch die Figuren einzusetzen, Männer in staubigen Stiefeln, mit bestimmten Gesichtern. Im Film geht's im Grunde immer um Figuren in großen freien Räumen. Im amerikanischen Film. Das ist die Situation. Menschen in einer Wildnis, in einer wilden Einöde. Der Raum ist die Wüste, die Kinoleinwand, der Streifen Film, wie immer man es nennen will. Was machen die Menschen da? Das ist ihre Existenz. Sie sind hier, um ihrer Existenz auf die Spur zu kommen. Sie müssen sich mit diesem Raum, mit dieser Leere auseinandersetzen. Ich habe amerikanische Räume immer geliebt. Menschen am Ende eines langen Objektivs. Sie schwimmen im Raum. Aber diese Situation ist nicht typisch amerikanisch. Sie hat etwas Traditionelles und Beengtes. Das Geheimnis hat eine Geschichte. Ich glaube, es hat eine lange Geschichte. Und diese Turmhäuser. Ideal. Die liefern mir die Vertikale. Alter, verwitterter, rauher Stein von der gleichen Farbe wie das Land. Linien flachen Landes. Linien, die diagonal zum Meer verlaufen. Linien kreuz und quer auf den Bergen, diese Steinmauern, wie Narben. Und die Türme, die überall auftauchen, völlig unerwartet. Schwarzweiß. Die natürlichen Farben weichen sowieso kaum davon ab. Da draußen könnte man heute fünfzig verschiedene Grautöne zählen.«

»Wie macht man da einen Film draus, aus dieser Situation? Wo ist der Film?«

»Paß auf. Wir haben eine starke, kahle Gegend. Vier oder fünf interessante, geheimnisvolle Gesichter. Irgendeine mysteriöse Verschwörung. Ein Opfer. Eine Jagd. Ein Mord. Ganz einfach. Da will ich wieder hinkommen. Das wird ein Essay über Film, darüber, was Film eigentlich ist, was er bedeutet. So was hast du noch nie gesehen. Beziehungen kommen da nicht vor, mir geht's um Gesichter, Land, Wetter. Menschen, die egal welche Sprache sprechen. Drei oder vier verschiedene Sprachen. Die Stimmen sollen sich in eine Landschaft aus Lauten einfügen. Das gesprochene Wort wird zu einem Teil der Landschaft. Ich werde die Stimmen als Synchronton und als Off-Ton verwenden. Die Stimmen werden *gefilmte* Stimmen sein. Der Wind, die schreienden Esel, die Jagdhunde. Und dann dieser Faden, der durch den ganzen Film läuft. Ein dünner Erzählfaden. Alles andere sammelt sich um diesen Faden herum, hängt an ihm. Jemand wird beobachtet, er wird verfolgt. Da gibt's ein Muster, irgend etwas Unvermeidliches und Verrücktes, eine hermetische, grauenhafte Logik, und dieser Kult ist in ihr verfangen, von ihr besessen, dabei aber ganz ruhig, sehr geduldig, Gesichter, Augen, und in der Ferne immer das Opfer, zwischen den Steinen. Es sind alle Elemente da. Einige stark und deutlich wie die Türme. Andere etwas zurückgesetzt wie das Opfer, vielleicht ein verkrüppelter Ziegenhirte, eine verschwommene Gestalt, er wirft Steine nach seiner Herd und lebt in einem von diesen Wellblechhütten oben in den Bergen.

»Filmst du den Mord?«

»Iß dein Omelett.«

»So weit hast du noch nicht gedacht.«

»Es wird keinen Mord geben. Niemand wird verletzt. Am

Schluß heben sie die Arme, halten die Waffen hoch, die Hämmer oder die Messer oder die Steine. Sie heben die Arme. Mehr sehen wir nicht. Wir wissen nicht, was es bedeutet. Lassen sie ihre Waffen fallen? Wollen sie zuschlagen? Oder bedeutet diese Geste, daß die Illusion jetzt vorüber ist, daß ihr mit eurem Leben weitermachen könnt, daß wir euch erlauben, mit eurem Leben weiterzumachen, der Film ist vorbei. Die Messe ist vorüber. *Ite, missa est.* Das ist das Bild, das ich im Kopf habe. Die Kultmitglieder heben die Arme. Werden sie ihn töten, wenn die Kamera nicht mehr läuft? Diese Frage soll im Raum stehenbleiben.«

»Wie willst du sicher sein, daß sie ihn nicht töten. Das tun sie doch schließlich.«

»Wir werden natürlich eine Abmachung treffen. Wir werden das vereinbaren müssen. Wenn sie überhaupt daran interessiert sind, den Film zu machen, werden sie auf diese Bedingung wohl eingehen. Sie werden einsehen, daß ich's anders nicht machen kann. Was immer sie sind, ungebildet sind sie jedenfalls nicht. Ich würde sogar behaupten, sie sind vernünftig. Ich habe inzwischen ein Gespür für diese Leute. Ich habe mich lange genug mit Brademas unterhalten, um gewisse Dinge zu verstehen. Ich bin davon überzeugt, daß sie's tun wollen. Das Leben, das sie da draußen führen, was sie da tun, ist dem Film so verwandt, so filmisch, daß ich glaube, wenn ich erst mal mit ihnen geredet habe, werden sie es als Idee betrachten, auf die sie selber hätten kommen können, eine Idee, die mit Sprachen, Muster, extremen Formen und extremen Sehweisen zu tun hat. Film ist mehr als nur die Kunst des zwanzigsten Jahrhunderts. Er ist ein Teil der Denkweise des zwanzigsten Jahrhunderts. Die Welt von innen gesehen. Wir sind in der Geschichte des Films an einem bestimmten Punkt angelangt. Wenn etwas gefilmt werden kann, dann ist in diesem Ding Film schon implizit enthalten. So sieht's inzwischen aus. Wir haben das zwanzigste Jahrhundert *auf Film.* Das gefilmte Jahrhundert. Man muß sich fragen, ob das Wichtigste an uns nicht die Tatsache ist, daß wir ständig auf Film sind, daß wir uns ständig selber zusehen. Die ganze Welt ist ständig auf

Film, Spionagesatelliten, mikroskopische Scanner, Bilder aus dem Uterus, Embryos, Sex, Krieg, Morde, alles. Ich kann mir nicht vorstellen, daß diesen Leuten nicht sofort klar ist, daß sie auf den Film gehören. Auf der Stelle. Ich will, daß sie teilweise auch selber filmen. Ich glaube, es ist an der Zeit, meine Aufgaben wieder mit anderen zu teilen. Anonym, eine Kollektivarbeit. Sie sollen hinter der Kamera und vor der Kamera stehen, sie sollen mir bei der Ausarbeitung der Einstellungen und Sequenzen helfen. Ich möchte sie Alphabete aufsagen lassen. Sonderbare Sachen. Was immer sie tun, was immer sie sagen und tun. So was wirst du noch nie gesehen haben, Jim. Sie werden einen Teil drehen, ich werde einen Teil drehen. Vielleicht werde ich ein paar Hintergründe selber drehen, Landschaften. Jeder macht etwas. Das gefällt mir, diese Idee gefällt mir.«

»Wie willst du die ganze Sache ins Rollen bringen?«

»Ich hab einen gefunden«, sagte er. »Ich hab einen.«

Ich bin mir nicht sicher, ob ich gewußt hätte, was er meinte, wenn da nicht dieser Blick gewesen wäre, diese verbissene Willenskraft. Einen *was,* hätte ich sonst gefragt.

Er führte mich nach draußen zwischen zwei Johannisbrotbäume; von dort konnte man über das Tal zu dem Turmdorf sehen, das ich kurz zuvor erkundet hatte. Es stand zwischen gewellten Böschungen, den terrassierten Hainen, die wie ein lyrischer Versuch wirkten, den Berg mit Stufen zu umgeben, ein buchtiger Abhang voller Traumbäume und Mondtöne. Um die Türme hingen Nebel. Aus dieser Entfernung und Perspektive war das Dorf eine Luftspiegelung. Es hatte etwas von einer mittelalterlichen Sage an sich, etwas, was ich in den Kakteen und dem Schlamm nicht gefunden hatte, wo ich zwar auch etwas Geheimnisvolles spürte, aber das hatte nichts mit Legenden und Balladen zu tun.

»Vor vier Tagen. Da drüben in den Türmen. Ich hab ihn in einem feuchten Keller entdeckt. Er hat nach Ziegen gestunken. Andahl. Er kennt meine Arbeit.«

Es war kalt, wir gingen wieder hinein.

»Er war mit ihnen zusammen auf der Insel. Er ist immer noch

bei ihnen, aber die Situation hat sich verändert. Sie mußten dieses Dorf verlassen und sind jetzt etwas verstreut, aber immer noch in einer Gegend, im Inland der Mani. Fünf Leute. Andahl hält gerne Vorträge. Ich laß ihn. Ich bin nicht hier, um mit den Burschen zu diskutieren.«

»Wieso mußten sie das Dorf verlassen?«

»Es wird saniert und erschlossen. Die Arbeiter können jeden Tag eintreffen. Irgend jemand will die Türme zu Gästehäusern umbauen. Die Gegend für den Tourismus erschließen.«

»Die große Welt«, sagte ich. »Wo ist er jetzt?«

»An der messenischen Küste gibt's Höhlen. Einige sind sehr bekannt, sehr weitläufig. Andere sind bloß Löcher im Küstenfelsen. Ich setz ihn an der Straße ab, die zu den Höhlen führt. Wo er dann hingeht, weiß ich nicht. So ist das die letzten drei Tage abgelaufen. Morgens bin ich wieder an derselben Stelle. Und irgendwann taucht er dann auf. Sie besprechen sich. Er will versuchen, ein Treffen zu arrangieren.«

»Hast du ihn gefragt, wie der Plan aussieht? Warum sie Ausschau halten? Wie sie entscheiden, bei wem und wo sie zuschlagen?«

»Er legt seinen Finger auf die Lippen«, sagte Frank.

Weil es an der Ostküste zum Teil keinerlei Straßen gibt, mußten wir die Halbinsel zweimal überqueren, um nach Githion, jenseits der Turmbauten, zu kommen, ein gestufter Hafenort, der direkt aufs Meer blickt. Sonnenuntergang. Wir fanden Del Nearing in einem Hafencafé. Sie schrieb gerade eine Ansichtskarte an ihre Katze.

»Wenn man dort einen Mann fragt, wie viele Kinder er hat, wird er dir stolz antworten: zwei. Dann erfährst du, daß er auch noch eine Tochter hat, die er nicht mitgezählt hat. Nur die Söhne zählen. Das ist die Mani.«

»Ich frag mich, ob ich jemals meine Wohnung wiedersehen werde«, sagte Del. »Ich habe versucht, sie in meiner Vorstellung zu rekonstruieren. Es gibt große Lücken. Als wären ganze Teile meines Lebens einfach weggeschmolzen.«

»Tod und Rache«, sagte Frank. »Viel von dem Morden hatte mit Familie zu tun. Das Haus war gleichzeitig die Festung. Daher diese Türme. Endlose Blutrachen. Die Familie ist der Hüter der Rache. Sie hält die Vorstellung am Leben, sie hegt und pflegt sie, sie fördert die nötigen Bedingungen. Wie in diesen Mafan-Familiensagas, die bei uns im Kino laufen. Die italienischen Gangstersagas kommen beim Publikum nicht nur wegen der Verbrechen und der Gewalt so gut an, sondern auch wegen des Familiengefühls. Die Italiener haben aus der Familie eine extremistische Gruppe gemacht. Die Familie ist das Instrument der Rache. Rache ist ein Wunsch, der fast niemals in die Tat umgesetzt wird. Die meisten von uns müssen sich darauf beschränken, sie nur in Gedanken auszukosten. Zu sehen, wie diese Familien, diese Verbrecherfamilien, viele von ihnen Blutsverwandte, wie sie ihre Rache inszenieren – das ist ein erhebendes Gefühl, fast ein religiöses Erlebnis. Die Manson-Familie war Amerikas morbider Versuch, eine stärkere instinktive Einheit zu bilden, eine im wörtlichen Sinn blutsverwandte Einheit. Aber die haben was vergessen. Das Rachemotiv. Es gab nichts zu rächen. Wenn Blut fließen muß, dann nur als Erwiderung auf eine Kränkung oder einen Mord. Sonst ist die Gewalttat etwas Grauenhaftes und Perverses, und genauso sehen wir auch die Manson-Morde.«

»Franks Familie kommt aus der Toskana. Ich frage ihn immer, warum er wie ein Sizilianer spricht.«

»Sieh sie dir an. Ich liebe dieses Gesicht. Dieses langweilige, leere, makellose Gesicht. Genau das richtige für heute.«

»Geh mir nicht auf den Docht.«

»Selbstgemacht«, sagte er. »Eine Ausdruckslosigkeit, die sie kraft ihres Willens aus ihrem innersten Wesen schöpft. Geistlos. Ist geistlos das richtige Wort? Vielleicht ist geistlos zu stark.«

»Wenn Manson grauenhaft und pervers ist«, sagte ich, »was ist dann unser Kult?«

»Was völlig anderes. In jeder Beziehung anders. Diese Leute

sind Mönche, säkulare Mönche. Sie wollen sich in die Ewigkeit katapultieren.«

»Das gleiche, nur anders.«

»Film ist kein Bestandteil der realen Welt. Deshalb sind die Leute bereit, im Film Sex zu haben, im Film Selbstmord zu verüben, im Film an unheilbaren Krankheiten zu sterben, im Film Morde zu begehen. Sie liefern Stoff für den gesellschaftlichen Traum. In gewisser Weise hat sich der Film vom Filmemacher und von den Darstellern verselbständigt. Da gibt's eine klare Trennung. Dieser Frage will ich weiter nachgehen.«

Der Raum war lang und dunkel. Ein Junge brachte ständig Tee und Ouzo für Frank. Del beobachtete einen alten Mann, der in der Ecke saß und dem eine Zigarette aus dem Gesicht hing.

»Film«, sagte sie abwesend. »Film, Film. Wie Insekten, die ein Geräusch machen. Film, Film, Film. Immerzu. Reiben ihre Vorderflügel aneinander. Film, Film. Ein Sommertag auf der Wiese, der Himmel ist gleißend heiß. Film, Film, Film, Film.«

Erst als sie aufgehört hatte zu reden, richtete sie ihre Aufmerksamkeit auf Frank. Sie packte eine Handvoll Haare in seinem Nacken und drehte seinen Kopf so, daß er direkt in ihre grauen Augen blicken mußte. Zärtlichkeit in der Öffentlichkeit war bei ihnen auf die Gelegenheiten beschränkt, wenn sie sich neckten und verspotteten. Es war eine automatische Balance, Hände und Augen als Orakel der Liebe, die Dinge, die das einlösen, was wir sagen.

Wir gingen zwei Türen weiter in ein Restaurant. Draußen in einem Korb lag eine Handvoll Seebarben. Wir fingen gerade an zu essen, als der Alte hereingehumpelt kam, ausgelaugt vom Hadern mit sich selbst. In seinem Mund hing immer noch eine Zigarette. Das stimmte Del wieder fröhlich. Sie beschloß, daß sie nicht mehr mit uns reden wollte. Sie wollte mit ihm reden.

Wir beobachteten sie, wie sie zu seinem Tisch ging und gestenreich mit ihm sprach, wobei sie die Wörter sorgfältig artikulierte, englische Wörter, dazwischen ein paar italienische und spanische Brocken. Frank schien durch sie hindurchzusehen, den Blick auf einen interessanten Gegenstand an der Wand gerichtet.

»Sie gehört zu nichts und niemand«, sagte er. »Sie weiß noch nicht, ob sie erwachsen werden und Verantwortung in der Welt übernehmen will. Die meiste Zeit ihres Lebens ging's ihr ziemlich dreckig. Sie neigt dazu, sich dem Schicksal oder anderen Menschen zu ergeben. Aber wir erzählen uns alles. Wir sind völlig unbefangen miteinander. Ich bin noch keiner Frau begegnet, mit der so viel Vertrautheit möglich ist. Das ist unsere Gabe als Paar. Vertrautheit. Ich hab manchmal das Gefühl, daß wir uns schon drei Leben lang kennen. Ich erzähle ihr alles.«

»Du hast Kathryn auch alles erzählt.«

»Sie hat mir nie etwas von sich erzählt.«

»Du hast Kathryn mehr erzählt als ich. Das war so was wie eine Herausforderung, stimmt's? So hat das zwischen euch beiden funktioniert. Du hast sie provoziert, indem du sie in etwas einbezogen hast, was ihr vollkommen fremd war. Du wolltest sie schockieren und verwirren. Ich glaube, sie fand das interessant. Das war etwas, das in ihrem bisherigen Leben nicht vorgekommen war.«

»Kathryn war jeder Herausforderung von mir gewachsen. Wobei mir nicht klar ist, was du mit Provokation und Herausforderung meinst.«

»Erinnerst du dich an das Hemd? Sie hat's immer noch. Dein *Carabinieri*-Hemd.«

»Das Hemd hat ihr sehr gut gestanden.«

»Das tut's immer noch. Und es stört mich immer noch, wie gut es ihr steht.«

»Trink deinen Wein aus. So ein dämliches Gespräch hab ich seit zehn Jahren nicht mehr geführt.«

Del, der Kellner und der Alte unterhielten sich. Der Kellner balancierte zwei Aschenbecher auf den Rücken seiner Hände.

»Sie ist wunderschön. Del.«

»O ja, ich liebe ihr Gesicht. Trotz allem, was ich sage. Es verändert sich nie. Das ist schon richtig unheimlich, daß es sich nie verändert, egal, wie müde oder krank sie ist.«

Wir saßen in fast völliger Dunkelheit im Foyer des Hotels und unterhielten uns. Als Frank und Del nach oben gingen, schlenderte ich durch die Straßen am Hafen. Ein starker Wind kam auf, der anders war als ein Wind auf dem platten Land. Er polterte durch die Stadt, störte die Oberfläche der Dinge, wühlte auf, trug Dinge mit sich fort, enthüllte die Dinge als etwas Vorübergehendes, das plötzlicher Unvernunft unterworfen war. Ich sah hölzerne Balkons, Hühnergehege. Die Mauern bröckelten an manchen Stellen, und überall wucherten Kakteen. Gestalten im Licht, in kleinen Zimmern, Wandschatten, Gesichter.

Sie wollen sich in die Ewigkeit katapultieren.

Ich wollte mich in Volterras Besessenheit verbergen wie zuvor in Owens ungeschütztem Schmerz, in seinen Liedern der Hilflosigkeit.

9

Ich bahnte mir einen Weg durch die schlammigen Straßen, dieselbe komplizierte Einsamkeit. Ich konnte mich fast selber sehen, wie ich in geborgtem Licht glühte. Eine Stimme, meine eigene, aber außerhalb von mir, kommentierte den Vorgang in einer Sprache, in der es keine Worte gab.

Ich bestand aus Jeansstoff und Schafspelz. Meine Schuhe waren wasserdicht und meine Handschuhe mit Wolle gefüttert.

Es passiert einfach. Ich betrete ein Café in einem windschiefen Ort, und da sind sie, selbst wenn es mir zu dem Zeitpunkt nicht klar ist. Und jetzt ducke ich mich an einem kalten rauchigen Morgen unter einem Steinbalken in dem Turmdorf, wo niemand (fast niemand) lebt, und da sitzt er auf einem blauen Kasten, einem Kasten für Wasserflaschen, und da ist auch einer für mich, schon hochgestellt. Ein Feuer brennt, hauptsächlich Zweige, und er hebt die Füße vom Lehmboden und hält sie dicht an die Flammen, und es ist überhaupt nichts, ein Gespräch in einem Kellerraum mit einem mittelgroßen Mann, der eine Erkältung hat. Aber wie könnte es denn anders sein? Was hatte ich erwartet? Die einzige wirkliche Überraschung besteht darin, daß ich mich in dieser Szene befinde. Es sollte eigentlich jemand anderes hier sitzen, ein Mann, der sich bar aller Äußerlichkeiten gesehen hat.

»Was haben wir denn jetzt?« sagte er. »Zuerst haben wir einen Filmregisseur, und dann haben wir einen Schriftsteller. Eigentlich gar nicht so merkwürdig.«

»Frank denkt, daß ich über ihn was schreiben will.«

»Über ihn oder über uns?«

»Ich bin ein Freund von Owen Brademas. Weiter nichts. Ich kenne Owen. Wir haben uns oft unterhalten.«

»Ein Mensch, der Sprachen kennt. Ein ruhiger Mensch, sehr umgänglich, glaube ich. Er hat großes Einfühlungsvermögen und ist sehr tolerant. Zu zivilisiertem Denken fähig. Er ist nicht in Eile, er sucht nicht schnelle Befriedigungen. Das bedeutet Sprachen kennen.«

Er hatte ein langes Gesicht, eine hohe Stirn mit blassen Sommersprossen. Kleine Hände. Das beruhigte mich auf geheimnisvolle Weise, die Größe seiner Hände. Sein Gesicht war ausdruckslos. Er trug einen schwarzen Kittel, dessen rechte Schulternaht aufging. Ich studierte ihn, prägte ihn mir ein.

»Ich dachte, Sie würden Griechisch sprechen wollen«, sagte ich. »Oder die Sprache des jeweiligen Ortes.«

»Wir befinden uns nicht mehr *an* einem Ort. Wir sind etwas desorganisiert. Bald wird wieder alles in Ordnung sein. Und diese Sache mit Frank Volterra ist etwas Einmaliges. Was liegt vor? Eine Situation, die wir noch nicht gehabt haben. Also versuchen wir uns anzupassen.«

»Sind die anderen interessiert? Werden sie sich bereit erklären, in einem Film mitzuwirken?«

»Es gibt schon Probleme. Es geht um unsere übergeordneten Ziele. Wir müssen über vieles nachdenken. Die Frage ist zum Beispiel, ob wir wirklich einen so filmischen Stoff abgeben, wie Frank Volterra meint. Vielleicht ist das gar nicht der Fall. Ihm fehlt das umfassende Verständnis.«

»Owen Brademas besaß dieses Verständnis.«

»Und Sie?« fragte er.

»Wenn wir von etwas Lösbarem sprechen, einem Rätsel oder Puzzle, dann habe ich es gelöst, ja.«

»Wie lautet Ihre Lösung?«

»Die Buchstaben passen zueinander«, sagte ich. »Namen, Ortsnamen.«

Er lehnte sich zurück, im Gleichgewicht, die Hände um die Knie geschlungen, die Füße immer noch über den Flammen. Ich beugte mich vor, wollte die Hitze auf meinem Gesicht spüren. Sein Gesichtsausdruck veränderte sich nicht, obwohl meine Bemerkung, meine Antwort, ihn sichtlich veranlaßte, seine stoische Miene zu erneuern, sie vollständiger einzunehmen. Ich hatte ihn auf seinen Gesichtsausdruck aufmerksam gemacht.

»Erscheinen wir Ihnen als unwahrscheinlich?«

»Nein«, sagte ich.

»Warum nicht?«

»Ich weiß nicht.«

»Wir sollten aber eigentlich unwahrscheinlich erscheinen. Was meinen Sie?«

»Ich bin mir nicht sicher. Ich weiß es nicht.«

»Etwas in unserer Methode spricht Ihr Unterbewußtsein an. Eine Wiedererkennung. Diese sonderbare Wiedererkennung unterliegt keiner bewußten Prüfung. Unser Programm ruft etwas hervor, das Sie scheinbar verstehen und das Ihnen irgendwie bekannt vorkommt, aber das Sie nicht analysieren können. Wir arbeiten auf einer präverbalen Ebene, obwohl wir natürlich Wörter benutzen, wir benutzen sie ständig. Das ist ein Mysterium.«

Seine Augen waren matt, blutunterlaufen. Er hatte einen Zweitagebart, rotblond, dunkler als sein Haupthaar. Seine Fingernägel waren gelblich und dick.

»In gewissem Sinn gibt es uns kaum«, sagte er. »Es ist ein schwieriges Leben. Voller Rückschläge. Die Zellen verlieren die Verbindung untereinander. Es entstehen Differenzen in Theorie und Praxis. Monatelang passiert nichts. Wir verlieren das Ziel aus den Augen, werden krank. Einige sind gestorben, andere sind abgefallen. Wer sind wir, was tun wir hier? Es besteht nicht einmal die Bedrohung durch die Polizei, die uns eine kriminelle Identität verleihen könnte. Niemand weiß, daß es uns gibt. Niemand sucht uns.«

Er hielt kurz inne, um zu husten.

»Aber in einem anderen Sinne verbindet uns ein ewiges Band. Wie könnte es auch anders sein? Uns allen gemeinsam ist unter anderem diese erste Erfahrung, diese Erfahrung des Wiedererkennens, zu wissen, daß dieses Programm etwas in uns anspricht, zu wissen, daß wir alle sofort dazugehören wollten. Ich hörte zum ersten Mal davon in Täbris vor acht Jahren. Bevor ich Mitglied wurde. In einem Hotel erzählte jemand von einem

Kultmord, der irgendwo in der Gegend begangen worden war. Sehr viel später erfuhr ich, worin die Elemente bestanden. Wie, kann ich Ihnen nicht sagen. Es sprach mich unmittelbar an, irgend etwas im Wesen dieses endgültigen Akts. Es erschien mir richtig. Extrem, wahnsinnig, wie immer Sie das nennen wollen. Zahlen benehmen sich, Wörter nicht. Ich wußte, es war richtig. Unvermeidlich, perfekt und richtig.«

»Aber warum?«

»Die Buchstaben paßten zusammen.«

»Aber töten?«

»Nichts weniger«, sagte er. »Es konnte nur das sein. Ich wußte sofort, daß es richtig war. Ich kann nicht beschreiben, wie vollständig und tief es mich erreicht hat. Nicht als Antwort, nicht als Frage. Es war etwas vollkommen anderes. Etwas Furchtbares und Endgültiges. Ich wußte, daß es richtig war. Das mußte es sein. Schlag ihm den Schädel ein, töte ihn, zertrümmer sein Gehirn.«

»Weil die Buchstaben zusammengepaßt haben.«

»Ich glaube, Sie begreifen, daß nichts anderes in Frage kommen konnte. Es mußte dieses Eine sein, durch unsere eigenen Hände vollbracht, in direktem Kontakt. Nichts anderes, nichts weniger. Sie begreifen, daß es richtig ist. Sie begreifen die Angemessenheit. Sie wissen es intuitiv. Das ganze Programm läuft darauf hinaus. Nur ein Tod.«

Er stellte die Füße auf den Boden, um mit gesenktem Kopf und vor den Mund gehaltenen Händen zu husten. Als er fertig war, lehnte er sich wieder zurück, die Füße wieder in der Luft. Ich nahm eine Handvoll Zweige und ließ sie aufs Feuer fallen. So saßen wir eine Weile schweigend da. Andahl weit zurückgelehnt mit erhobenen Füßen. Axton vornübergebeugt, den Blick ins Feuer gerichtet.

»Wir sind von Norden nach Süden durch diese Berge gewandert. Als wir in die Mani kamen, wußten wir sofort, daß wir hier bleiben würden. Wir erleiden einen Rückschlag, aber nur vorübergehend. Was ist hier? Dies ist die Kraft der Mani. Sie vermittelt uns keine Vorstellungen. Keine Götter, keine Geschichte. Der übrige Peloponnes ist voller Assoziationen. Das Innere der Mani nicht. Nur was hier ist. Die Felsen, die Türme. Eine tote Stille. Ein Ort, wo es dem Menschen möglich ist, keine Geschichte zu machen. Wir erfinden einen Ausweg.«

Er beugte sich wieder vor, hustete in seine Achselhöhle. Er trug ein seltsames Paar Wildlederstiefel, die an der Außenseite mit einem flauschigen Material besetzt waren – Frauenstiefel, dachte ich. Seine Hose war weit und braun und an den Knöcheln gerafft.

»Dieser große Felsen vor dem Dorf«, sagte ich. »Warum hat man da diese Worte draufgemalt?«

»Jemand, der gegangen ist, hat die Worte gemalt.«

»Als ihr sie entdeckt habt, habt ihr sie übermalt, unleserlich gemacht.«

»Wir sind keine Maler. Es war kein gutes Bild.«

»Warum hat er es getan?«

»Es gibt viele Rückschläge. Wir verlieren unser Ziel aus den Augen, werden krank. Einige sterben, andere fallen ab. Es gibt Differenzen bei Bedeutungen, Differenzen bei Wörtern. Aber merken Sie sich das eine. Wahnsinn hat eine Struktur. Wir könnten sagen, daß Wahnsinn nur Struktur ist. Wir könnten sagen, daß Struktur dem Wahnsinn eigen ist. Das eine existiert nicht ohne das andere.«

Er hustete in seine Achselhöhle.

»Niemand ist gezwungen zu bleiben. Es gibt weder Ketten noch Tore. Es sterben mehr, als gehen. Wir sind hier, um das Muster zu erfüllen. Eine kleine Aufgabe, die Geduld erfordert. Sie kennen das Wort. Abecedarier. Das sind wir.«

»Das Wort kenne ich nicht.«

»Die das Alphabet lernen. Anfänger.«

»Und wie habt ihr angefangen, wie hat der Kult angefangen?«

»Das hat Zeit für ein andermal. Wir werden wieder miteinander reden, wenn sich die Gelegenheit ergibt.«

Im Verlauf der restlichen Unterhaltung achtete ich unwillkürlich auf meine Sprache. Nicht um mich über Andahl lustig zu machen oder ihn nachzuahmen. Ich unterwarf mich damit der Dominanz, die von diesen vollständigen Sätzen ausging, ihrer stärkeren Formulierung, wenn sie ausgesprochen wurden.

»Hat der Kult einen Namen?«

»Ja.«

»Können Sie mir sagen, wie er lautet?«

»Nein, unmöglich. Namensformen sind wichtige Elemente in unserem Programm, wie Sie wissen. Was liegt vor? Namen, Buchstaben, Laute, Ableitungen, Transliterationen. Namensformen nähern wir uns sehr behutsam. Sie besitzen eine eigene Kraft. Wenn der Name selber geheim ist, vergrößert sich die Kraft und der Einfluß. Ein geheimer Name ist ein Fluchtweg aus der Welt. Eine Öffnung ins Selbst.«

Er griff unter seinen Kittel und zog einen braunen Schal hervor, den er sich um den Kopf wickelte. Ich deutete das als Zeichen, daß wir zum Ende kamen.

»Worüber wir noch nicht gesprochen haben, ist die Erfahrung des Tötens«, sagte er. »Wie sie das frühe Gefühl des Wiedererkennens bestätigt, die Erkenntnis, daß das Programm so und nur so enden kann. Sie bestätigt alles. Sie zeigt uns, wie tief wir in der Sache stecken.« Er beobachtete mich dabei. »Wir haben noch nicht über das Geräusch gesprochen, über die Hämmer, ein schmatzendes Geräusch, wie die Frau zusammenbrach, wie weich es war. Wir haben noch nicht darüber gesprochen, wie sie zusammenbrach oder wie wir immer weiter auf sie eingeschlagen haben. Emmerich, der wortbildende Deutsche, hat nur geschluchzt, er konnte nur noch stöhnen und schluchzen. Oder wie lange es gedauert hat, auch darüber haben wir noch nie gesprochen. Oder wie wir fester zugeschlagen haben, weil wir das Geräusch nicht ertragen konnten, das schmatzende Geräusch der Hämmer auf ihrem Gesicht und ihrem Kopf. Wie Emmerich den gespaltenen Teil des Hammerkopfs benutzt hat. Nur damit sich das Geräusch änderte. Er bohrte damit in der Wunde herum, wissen Sie? Wir waren hysterisch. Wir befanden uns im

Rausch, aber es war kein Blutrausch. Es war ein Rausch des Wissens, der furchtbaren Bestätigung. Ja, wir sind hier, wir töten tatsächlich, wir tun es. Es überstieg jede Form von Grauen, aber es war genau das, was wir immer gesehen und gewußt hatten. Wir hatten unseren Beweis. Wie sehr wir Grund gehabt hatten zu zittern, als wir das Programm zum ersten Mal gelernt haben. Wir haben noch nicht darüber gesprochen, wie sie zusammenbrach oder wie wir uns über sie knieten, nachdem wir sie Wochen zuvor gefunden, ihren Zustand ermittelt, sie verfolgt hatten, im Staub, in der Stille, in der brennenden Sonne gewartet hatten, wie wir beobachteten, wie sie ihr Bein hinter sich herzog, wie sie sich dem Ort näherte, der Name, der Ort, all das, nachdem wir die griechischen Buchstaben verglichen hatten, oder wie sie zusammenbrach, zunächst nur benommen, ein einziger Schlag, oder wie wir uns über sie knieten, mit den Hämmern, ihren Kopf zertrümmerten und einschlugen, oder wie er mit dem gespaltenen Teil in der Wunde bohrte und ein Stück Gehirn herauszog, oder wie das ausgesehen hat. Wir haben noch nicht über den Anblick gesprochen, wie das Fleisch seine Frische und seine Kraft verliert, wie die Körperfunktionen allmählich erlahmen, wie wir uns selbst als jene sehen konnten, die das Erlahmen von Funktionen verursachten, eine nach der anderen, Stoffwechsel, Reaktionen auf Reize, wie wir dieses fortschreitende Erlahmen an der Art merkten, wie sie zu Boden sank. Oder wie wenig Blut es war, ganz anders, als wir erwartet hatten, das Blut. Wir sahen uns gegenseitig an, erstaunt über diesen Mangel an Blut. Es gab uns das Gefühl, daß wir etwas versäumt hatten.«

Er ging hinaus, um zu husten. Er blieb eine ganze Weile draußen, würgte und spuckte. Es erinnerte mich an die Nacht in Jerusalem, wo ich in dieser Gasse wie ein Reiher gekotzt hatte, ein Zwischenfall, den ich jetzt als klare Trennung empfand, eine Wasserscheide zwischen zwei Existenzarten. Kein Wunder, daß ich gekotzt hatte. Wie eilig es mein Organismus hatte, die ganze Sache abzuwehren, das Erbrochene war wie eine tödliche Chemikalie aus mir herausgesprudelt. Ich hatte mich in kaltem

Schweiß an die Wand gelehnt, den Kopf vornübergebeugt, und hatte Volterra lachen gehört.

»Ist das hilfreich für Sie gewesen?« fragte Andahl, als er mit Tränen in den Augen vor Anstrengung wieder erschien.

»Hilfreich?«

»Unser Gespräch. Können Sie etwas damit anfangen? Was meinen Sie? Besteht ein Interesse, ist das etwas für Sie? Wenn Frank Volterra zu einem besseren Verständnis gelangt, wenn er erfährt, worin die Methode besteht, könnte er zu der Einsicht kommen, daß sich diese Sache filmisch nicht gut umsetzen läßt. Es ist kein Film. Es ist ein Buch.«

»Verstehe. Sie helfen mir, ein Buch zu schreiben.«

»Sie sind Schriftsteller.«

»Wenn Sie einen Mann verlieren, haben Sie einen anderen in Reserve.«

»Es geht nicht ums Verlieren«, sagte er. »Es geht nur darum, wie wir am Schluß entscheiden werden.«

»Aber weshalb sind Sie überhaupt daran interessiert, egal, in welcher Form?«

»In gewissem Sinn gibt es uns kaum. Es gibt viele Rückschläge. Leute sterben, sie gehen irgendwann fort und verschwinden. Es kommt zu Differenzen. Monatelang passiert nichts. Die Zellen verlieren die Verbindung zueinander. Niemand weiß, daß wir hier sind. Ich habe mit den anderen über einen Film geredet. Ich selbst habe für einen Film plädiert. Jetzt erkenne ich, daß hier mehr zur Debatte steht. Wir reden noch darüber. Es gibt bittere Opposition. Soviel kann ich Ihnen sagen. Wir reden über den Wert von etwas Externem. Kein Kultdokument, sondern etwas außerhalb des Kults. Ein Berührungspunkt mit der Welt. Was ist ein Buch? Was ist das Wesen eines Buches? Warum hat es die Form, die es hat? Wie interagiert die Hand mit den Augen, wenn jemand ein Buch liest? Ein Buch wirft einen Schatten, ein Film ist ein Schatten. Wir versuchen, die Dinge zu definieren.«

»Sie wollten etwas Externes. Ich versuche, das zu verstehen.«

»Es wird uns überdauern. Das ist mein Argument. Etwas, das uns überdauert. Etwas, was das Muster in sich bergen kann. Es gibt uns kaum. Niemand wird erfahren, wenn wir wegsterben. Was meinen Sie, Axton?«

Ich betrachtete ihn genau, um weitere Details zu entdecken, einen Fleck auf seinem Handrücken, eine bestimmte Haltung, obwohl ich keinen Grund hatte, solche Nebensächlichkeiten zu sammeln, höchstens den unbestimmten Wunsch, der Landschaft, diesem von Namen heimgesuchten Ort, eine Wahrheit zurückzugeben.

Es war jetzt wärmer. Ich folgte ihm aus dem Dorf, mußte fast rennen, um mit ihm Schritt zu halten. Eine Frau, die Alte, tauchte in einem Torweg auf dem Hang unter uns auf, blieb reglos zwischen ihren Ziegen stehen, die in den Disteln grasten, dreihundert Meter überm Meer.

Franks Wagen stand hinter meinem. Er hatte einen schwarzen Mazda. Auf der Windschutzscheibe klebte der karierte Aufkleber, an dem man erkannte, daß der Wagen gemietet war. Andahl stieg ein, und sie fuhren fort.

Gegen Mittag hatte ich ausgecheckt und saß in meinem Wagen vor dem Hotel. Im Hafen lag ein Frachtschiff vor Anker. Del saß neben mir und säuberte die Linse eines Fotoapparats mit einer Blasbürste. Auf dem Boden, auf dem Armaturenbrett, im offenen Handschuhfach, lagen Teile der Fotoausrüstung. Wir sprachen über Franks Arbeit, seine beiden Spielfilme. Ein Männerhut kam über die Straße gesegelt.

»Den zweiten habe ich verpaßt«, sagte ich. »Den ersten habe ich gesehen, als wir auf einer Insel im Lake Champlain wohnten. Man überquert den See auf einer kleinen Fähre, einem Kanalkahn, der an einem Kabel läuft, das von einem Ufer zum anderen gespannt ist.«

»Paß auf, daß er es nicht erfährt.«

»Was meinst du damit?«

»Das würde ihn furchtbar aufregen«, sagte sie.

»Daß ich einen seiner Filme verpaßt habe? Das wäre ihm völlig egal. Warum sollte das für ihn wichtig sein?«

»Er würde sich furchtbar aufregen. Mit solchen Dingen ist es ihm sehr ernst. Er erwartet gewisse Dinge von seinen Freunden, und er kann nicht verstehen, es ist für ihn unfaßbar, wenn ein Freund nicht alles Menschenmögliche tut, nicht bis ans Ende der Welt geht, nicht raubt und stiehlt, um einen seiner Filme zu sehen. Er würde es für sie tun, und er erwartet, daß sie es für ihn tun. Es ist zwar manchmal etwas schwierig, mit ihm auszukommen, vor allen Dingen, wenn sein Gehirn auf Hochtouren läuft, so wie jetzt gerade, da ist er der unglaubliche, tödliche Flügelrochen, der Mörder der Tiefsee, aber du weißt, daß er alles für dich tun würde, ausnahmslos. Das eine gehört zum anderen.«

»Ich hab ferngesehen, Kathryn ist ins Kino gegangen. Das war unsere private Metapher.«

»Frank ist loyal«, sagte sie. »Das ist ihm sehr wichtig. Er hat eine Seite, die die anderen nicht an ihm kennen. Er hat mir buchstäblich das Leben gerettet. Er hat auch diese Seite. Ich würde sie nicht gerade als Fürsorglichkeit bezeichnen. Das geht etwas tiefer. Er wollte mir zeigen, daß ich besser sein konnte, als ich war. Teilweise weil er es für eine Form der Hemmungslosigkeit hielt, wie ich damals gelebt habe, was er total ablehnt. Aber er wollte mich da auch rausholen. Ich trieb mich mit Randexistenzen herum. Leuten mit geliehenen Kleinbussen. Jeder hatte einen geliehenen Kleinbus oder wußte, wo man sich einen besorgen konnte. Ständig fuhr ich in irgend jemands geliehenem Kleinbus über eine Brücke. Ich hab mal eine Zeitlang mit einem Kleinbusmaler zusammengelebt. Wir haben in seinem Kleinbus gelebt. Er hat Transporter und Wohnmobile mit mystischen Motiven bemalt. Er sei auf das totale Design-Environment aus, hat er immer gesagt. Dein Haus, dein Kleinbus, deine Garage. Das war seine Vision. Ich hab damals beim Fernsehen gearbeitet, ein Frauenjob. Fernsehen ist das Koksmedium. Die Geschwindigkeit ist gleich. Frank hat mir dabei geholfen. Ich hab ihn immer fast angeekelt. Wie konnte ich bloß so wenig von mir halten, daß ich mich einfach aufgab.«

Sie benutzte ein mit Alkohol angefeuchtetes Linsentuch.

»Wann gehst du wieder nach Hause?«

»Wenn er soweit ist«, sagte sie.

»Wo wohnst du?«

»Oakland.«

»Wo wohnt Frank?«

»Es wäre ihm nicht recht, wenn ich dir das sage.«

»Er war schon immer so. Komisch. Wir haben nie gewußt, wo er wohnt. Ich jedenfalls nicht.«

»Er hat mich ins Krankenhaus gebracht, damit ich sehe, wie mein Vater stirbt. Ich mußte hingezerrt werden, du kannst dir vorstellen, was für ein Bild ich abgegeben habe. Die schwierigen Situationen meistern. Das ist eine Fähigkeit, die ich nie lernen möchte.«

Ich sah Volterras Wagen im Rückspiegel. Er hielt hinter uns, stieg aus, öffnete die Hintertür meines Wagens, stieg ein, ohne einen von uns anzusehen.

»Was wollte er?«

»Über Bücher reden«, sagte ich.

»Er wollte mir nicht sagen, warum er dich sprechen wollte.«

»Das ist nur so eine Ahnung, Frank, aber ich glaube, er macht das alles auf eigene Faust. Ich glaub nicht, daß die anderen etwas davon wissen. Ich glaube, er könnte ein Abtrünniger sein. Oder vielleicht haben sie ihn rausgeworfen. Ich kann mir nicht vorstellen, daß Menschen, die glauben, woran *die* glauben, und tun, was *die* tun, auch nur im entferntesten daran denken würden, sich in einem Film oder einem Buch verewigen zu lassen.«

»Das werden wir morgen sehen«, sagte er.

»Hat er ein Treffen vereinbart?«

»Morgen früh rede ich mit ihnen.«

»Ich glaube nicht, daß sie kommen werden.«

»Sie werden kommen. Und sie werden mir zuhören. Sie werden sofort begreifen, was ich machen will und warum sie mitmachen müssen.«

»Kann sein. Aber er war allein, als du ihn gefunden hast. Er ist immer noch allein. Alles, was außerhalb des Kults liegt, ist für sie bedeutungslos. Sie haben sich eingeschlossen. Sie haben ihre eigene Bedeutung erfunden, ihre eigene Perfektion. Eine Darstellung ihres Lebens ist das letzte, was sie wollen.«

»Was ist dein Interesse an dieser ganzen Sache?«

»Ich fahre nach Hause«, sagte ich. »Ich hab Andahl in seinen Elfen-Stiefeln gesehen. Jetzt kann ich nach Hause gehen. Falls dich meine Anwesenheit hier verwirrt hat, mich hat sie auch verwirrt. Aber ich gehe jetzt und komm nicht wieder.«

»Was machst du in Athen? Was für einen Job hast du?«

»Du glaubst immer noch, daß ich hier bin, um über dich zu schreiben.«

»Was für einen Job hast du?«

»Man bezeichnet mich als Risikoanalytiker.«

»Sehr glaubwürdig«, sagte Del, während sie durch den Sucher spähte.

»Ein Haufen organisierter Vermutungen. Versicherungen gegen politische Risiken. Unternehmen mögen keine Überraschungen.«

Ich redete zu Del gewandt.

»Hört sich sehr vage an«, sagte sie. »Sehr vage, Frank. Was meinst du?«

Er saß auf der Mitte des Rücksitzes. Das Spielerische in ihrer Stimme brachte ihn aus dem Konzept. Seine anfängliche Dringlichkeit, das Gefühl gebieterischer Entschlossenheit, löste sich langsam auf und damit auch sein Mißtrauen. Er lehnte sich zurück und überlegte. Ein Tag Warten.

»Wie wirst du's machen?« sagte sie.

Sie hatte sich genau im richtigen Moment in seine Überlegungen eingeschaltet. Er antwortete sofort.

»Zwei Leute aus Rom. Mehr brauch ich nicht. Typen, die ich kenne. Sie bringen die Ausrüstung mit der Autofähre von Brindisi rüber. Fahren dann von Patras hier runter. Wir machen uns an die Arbeit. Ich möchte nicht unbedingt mit zweiundzwanzig Stunden Film am Schneidetisch sitzen. Wir drehen, was hier ist.

Wenn ich am Schluß nur eine halbe Stunde habe, ist mir das auch recht. Wie groß die Ausbeute auch ausfällt. Spielt sowieso keine Rolle. Die Totengräber stehen schon Schlange. Sie warten nur darauf, über mich herzufallen. Meine Zeit ist gekommen. Das hab ich schon die letzten anderthalb Jahre gespürt. Die Leute dünsten einen Modergeruch aus. Ganze Projekte stinken danach. Ihr könnt euch nicht vorstellen, was für ein Vergnügen das ihnen bereiten wird. Ein paar Sekunden reinsten Vergnügens. Einen platonischen Orgasmus. Dann werden sie es völlig vergessen. Wenn du erst mal versagt hast, bist du wieder okay. Und jetzt ist die Zeit gekommen. Man kann diese Dinge spüren. Ich spüre diese Dinge über ganze Scheiß-Ozeane hinweg.«

»Du gibst ihnen einen Anlaß für einen Verriß«, sagte ich.

»Ich werde die Grenzen sprengen. Sie können mich verreißen oder nicht. Einige werden es sofort begreifen. Sie werden genau verstehen, was ich mache, Bild für Bild. Der Rest spielt keine Rolle.«

Vielleicht würde es so kommen, wie er es sich vorstellte. Er würde sie in einer Turmruine beim Meer treffen. Seltsame Gesichter im Kreis. Es gibt Zeit, und es gibt Filmzeit. Es war eine natürliche Erweiterung, eine minimale Übertragung, den Übergang zu vollziehen, ins Bild zu springen. Film war in allem enthalten, was sie taten.

Aber da war noch Andahl. Er hatte ein Element der Motivation, von Haltungen und Bedürfnissen eingeführt. Die Macht des Kultes, seine Gewalt über die Psyche, basierte auf dem Fehlen solcher Dinge. Kein Sinn, kein Inhalt, keine geschichtliche Bindung, keine rituelle Bedeutung. Owen und ich hatten mehrere Stunden damit zugebracht, Theorien zu entwickeln, die wildesten Spekulationen über die nackte Tat anzustellen, hauptsächlich zu unserer eigenen Beruhigung. Uns war klar, daß wir am Ende mit leeren Händen dastehen würden. Nichts hatte oder trug Bedeutung.

Andahl ritzte ein fast menschliches Gesicht auf diese harte blanke Oberfläche. Wie konnte er immer noch einer von ihnen sein? Er wollte etwas. Er hatte versucht, mich zu ködern, indem er mich mit ausgewählten Informationen fütterte, mir andere zeitweilig vorenthielt. Er legte es darauf an, in Verbindung zu bleiben.

Er hatte mir erzählt, diese Worte auf dem Felsen seien dort von jemand hingeschrieben worden, der die Gruppe verlassen wollte. Der Renegat ermöglicht seine Flucht, indem er ein Geheimnis der Organisation enthüllt und damit ihre Macht über sich bricht. Er hatte Worte geschrieben – die Worte, die vielleicht mehr als nur ein Hinweis auf das waren, was sie taten, die vielleicht ihr Name waren. Jemand anders hatte sie unleserlich gemacht. Möglicherweise suchten sie ihn.

Er wollte von uns eigentlich nur die Möglichkeit, alles zu erklären. Diese Treffen waren für ihn eine Chance, wieder in die Sphäre weltlicher Vernunft, des gesunden Menschenverstands und seiner Manipulation zurückzukehren. Er appellierte an das menschliche Mitgefühl und an die Vergebung.

»Ich lerne diesen Berg immer besser kennen«, sagte Frank. »Neulich bin ich einen schmalen Pfad über einem der Dörfer hochgegangen. Da oben war ein Haus, das unbewohnt aussah. Ich schaue in jedes Gebäude, das irgendwie unbewohnt aussieht. Bescheuert wie ich bin, denke ich mir, daß ich so früher oder später auf sie stoßen werde. Das war, bevor Andahl das Treffen vereinbart hatte. Ich suchte sie in Berg und Tal. Ich bin jedenfalls gerade auf diesem Pfad, als ich plötzlich hinter mir Ziegen bimmeln höre. Und da kommen sie auch schon, gut und gern fünfundachtzig Ziegen, die hinter mir den Pfad hochklettern, und zwar ziemlich schnell für Ziegen. Zu beiden Seiten des Pfads stehen Feigenkakteen. Ganze Felder voll von dem Zeugs. Ich laufe schneller. Aber ich renne noch nicht. Ich will mir keine Blöße geben und vor Ziegen wegrennen. Mein Plan ist, es bis zum Kamm zu schaffen, wo sich das Gelände öffnet und die Ziegen genug Platz zum Grasen haben, ohne mich zu zertrampeln. Aber was passiert? Fünfzig Meter vor dem Ende des Pfades höre ich ein höllisches Gestampfe und

Getrappel. Esel und Maultiere, eine ganze Herde, die den Pfad hinunter auf mich zu galoppiert. Auf dem Leittier sitzt ein Typ, der Maultiertreiber, ein verwegen aussehender Bursche, ein richtiger Maniot, er reitet im Damensitz und holt aus, um seinem Maultier mit einer langen Peitsche eins überzuziehen. Dabei stößt er einen Schrei aus, der sich für mich wie der traditionelle Schrei der Maultiertreiber anhört, klingt wie der Ruf eines venezianischen Gondoliere, der um eine Haarnadelkurve stakt. Ein barbarischer Vokallaut. Ein jahrtausendealter Ruf. Mir drängte sich der Eindruck auf, daß er damit die Maultiere noch antrieb. Unterdessen treten mich die Ziegen in den Arsch. Ein Chaos von Hufen und Hörnern, sie springen übereinander. Wie eine Massenbrunst, der Höhepunkt der Brunstzeit. Und die Esel und Maultiere halten auf mich zu. Es ist ihr einziger Auslauf seit Tagen. Die ganze Woche lang haben sie schwere Lasten geschleppt. Jetzt haben sie endlich die Möglichkeit zu rennen, sich auszulaufen, sich frei zu fühlen, den Wind in den Mähnen, falls sie Mähnen hatten, und da war ich, mitten im Weg, und hinter mir drängten sich die Ziegen.« Er hielt nachdenklich inne. »Ich hab nicht gewußt, ob ich Scheiße schreien oder beten soll.«

Er sollte die Geschichte nie zu Ende erzählen. Del fing an zu lachen und hörte nicht mehr auf. Ich hatte nicht gedacht, daß sie überhaupt lachen konnte, aber bei seiner letzten Bemerkung leuchtete ihr Gesicht auf und verzerrte sich in einer Art wimmernden Heiterkeit. Nicht lange, und Frank lachte auch. Ihre gute Stimmung schien über die Geschichte hinauszugehen, die er erzählt hatte. Del saß da, das Gesicht zur Windschutzscheibe gewandt und gab ein hilfloses Glucksen von sich. Ihr Lachen hatte Berührungspunkte, fand zueinander wie die einzelnen Instrumente eines Blasquintetts, ein Zwiegespräch voller Zartheit und Schönheit. Frank langte über den Sitz, legte seine Hände linkisch auf ihre Brüste und drückte sie fest. Seine Freude mußte etwas Greifbares finden, etwas, woran sie sich klammern konnte, irgendeinen Teil von ihr. Er kniff die Augen zusammen, bleckte die Zähne. Sein alter gieriger Blick, gierig nach den Grenzen der Dinge. Schließlich lehnte er sich wieder zurück, die Hände hinter dem Nacken verschränkt. Ich brauchte Kathryn, um ihn vollständig zu sehen, um zu fühlen, was wir vor drei Jahren gemeinsam gefühlt hatten.

Das Wasser hinter dem Pier war schäumend weiß. Sie stiegen aus, Del hängte sich die Flasche mit der Kameraausrüstung über die Schulter. Frank nickte mir zu. Sie standen auf dem Bürgersteig und verabschiedeten sich von mir. Ich fuhr Richtung Norden, aus dem Ort raus, und sah sofort in der Ferne den Gipfel des Taygetos, so wie ich ihn zusammn mit Tap von der anderen Seite gesehen hatte, als ich zum ersten Mal auf die Mani gekommen war, ein weitläufiges Massiv, das die umliegenden Hügel und Obstgärten überragte, sein Schneeweiß von der steigenden Sonne vergoldet.

Dick und Dot, die Bordens, begrüßten mich an der Tür. Im Wohnzimmer standen ein paar Leute mit Gläsern in der Hand. Bevor die anderen kamen, sagte Dick, wolle er mir etwas zeigen, und führte mich durch einen langen Flur zu seinem Arbeitszimmer. Der Boden war über und über mit Teppichen bedeckt. An den Wänden hingen Teppiche, und Teppiche waren über Sofa und Stühle drapiert. Er zeigte mir Teppiche, die zusammengerollt in Schränken lagen, und Teppiche, die unter den Schreibtisch geklemmt waren. Er ging mit mir durch das Zimmer und erzählte mir, wie er diesen und jenen Teppich erworben hatte. Besuche bei Händlern in Dubai, in Warenhäusern in Lahore, in türkischen Knüpfgebieten. Die Farbe in diesem Gebets-Kelim wird aus den Wurzeln bestimmter Gräser gewonnen. Bei diesem Buchara kann man erkennen, daß Kinder daran gearbeitet haben, weil die Knoten nicht richtig flachgeschlagen sind. Dot kam herein, um zu fragen, was ich trinken wolle, und blieb dann kurz, beteiligte sich mit sichtlichem Vergnügen an den Erklärungen ihres Mannes, erzählte ihre Geschichten, wie sie bei Jasmintee um Teppiche gefeilscht, Teppiche durch den Zoll bekommen,

Teppiche zu Versicherungszwecken fotografiert hatten. Investitionen, sagte sie. Das Angebot würde knapp, der Wert unweigerlich steigen, sie kauften, soviel sie konnten. Krieg, Revolution, Aufstände nationaler Minderheiten. Zukünftiger Wert, zukünftiger Gewinn. Und bis dahin – schau nur, wie schön. Als sie gegangen war, kniete Dick nieder, um die Ecken der Teppiche anzuheben, die in mehreren Lagen auf dem Boden ausgebreitet waren. Sechsecke. Stilisierte Vögel im Flug. Palmettensterne. Er schlug die Ecken um und zeigte mir noch mehr, die warmen Farben eines Kelim, der von nomadischen Teppichknüpfern hergestellt worden war, ein doppelter Gebetsteppich, auf dem jung und alt gleichzeitig beten konnten. Er schlug ganze Teppiche um, damit die vollständigen Oberflächen des darunterliegenden zum Vorschein kamen, die sich nach innen vervielfachenden Muster. Jetzt dachte er nicht mehr an Investitionen. Jetzt gab es nur noch Feldaufteilungen und Arabesken, Gärten aus Seide und Wolle. Er machte mich auf verschiedene Hintergründe aufmerksam, auf Borten, die aus stilisierten kufischen Schriftzeichen bestanden, auf Dinge, die sich dicht gedrängt zusammenballten, eine beherrschte und komplizierte Ekstase, der Wüstenkosmos in wohlgeformter Vollständigkeit. Er nickte mit seinem kleinen, runden, fast haarlosen Kopf und redete in einem leisen, hypnotischen Singsang. Geometrie, Natur und Gott.

Wir gingen wieder ins Wohnzimmer, in dem es inzwischen voll geworden war. Ich trank Raki, ohne triftigen Grund. David stellte mir jemand vor, der Roy Hardeman hieß. Ich betrachtete die Wandbehänge, die Seidenkalligraphie. *Sie haben die Angewohnheit, Ausgänge zu verstopfen, zum Beispiel beim Verlassen des Kinos.* Eine Frauenstimme. *Eins muß man den Engländern lassen, wir blockieren keine Ausgänge.* Lindsay stand auf der anderen Seite des Zimmers und lachte. Woran lag es, daß wir in diesem gemeinsam verbrachten Jahr ständig zum Lachen aufgelegt waren? Immerzu lachten wir, als würden wir durch irgendeine besondere Eigenschaft des Sternenhimmels an klaren Nächten, der Berge um uns herum, des Meeres am Fuß der Syngrou Straße dazu getrieben. Hardeman sagte etwas. Er war ein kleiner pedantischer Amerikaner, der mit geschlossenen Beinen und leicht ausgestellten Füßen dastand. Er operiert von Tunis aus, sagte David. Reist viel in Nordafrika und Westeuropa. Das verkniffene Gesicht eines eiskalten Managers. Dot kam mit einer dreiviertel vollen Flasche auf mich zu. Mir wurde klar, warum mir der Name bekannt vorkam. Kühlsysteme. Hardeman war derjenige, der an dem Abend nicht erschienen war, als David und Lindsay in ihren Kleidern schwimmen gegangen waren. Ein Sandsturm in Kairo, hatte jemand gesagt. Aber wer? Dick ging mit drei Armeniern aus Teheran durch den Flur, die sich in Athen Visa nach Kanada besorgen wollten. Ich fragte David, ob er nach Frankfurt geflogen sei. Er hielt inne und grübelte. Charles Maitland kam herein, auf seine joviale Art zum Streiten aufgelegt. Ann, hinter ihm, wirkte nervös, überwachsam. Wir standen alle, ein Bild stilisierter Erschöpfung, einer Art Kollaps im Wachzustand, den wir in kollektivem Einvernehmen darstellten.

Das Trinken und Gerede hatte uns hungrig gemacht, und irgend jemand organisiere eine Gruppe von sieben oder acht Personen zum Abendessen. Einige Zeit später waren wir nur noch zu viert. Wir saßen in einer Bar an der Plaka und sahen einer Bauchtänzerin zu, die Janet Ruffing hieß und die Frau eines Direktors der Mainland Bank war. David war sehr erstaunt. Er beugte sich vor, um sich mit Lindsay zu beraten. Roy Hardeman war in die andere Ecke des Raums gegangen, um zu telefonieren. Der Lärm, den die Band mit Schlagzeug, Flöte, Elektrogitarre und Bouzouki produzierte, ließ ihn immer wieder zusammenzucken. Diese komische Haltung, wie ein Vogel.

»Ich hab gehört, daß einige Unterricht nehmen«, sagte Lindsay, »aber ich hätte nicht geahnt, daß es soweit gehen würde. Ganz schön gewagt.«

»Weiß Jack Ruffing Bescheid?«

»Natürlich weiß er Bescheid.«

»Ich glaub nicht, daß er es weiß«, sagte David.

Hardeman kam an den Tisch zurück, und David erklärte ihm, wer die Tänzerin war. Jeder schien Jack Ruffing zu kennen.

»Weiß Jack davon?« fragte Hardeman.

»Ich glaub nicht, daß er es weiß.«

»Sollte man ihm nicht lieber Bescheid sagen? Ich hab nämlich einen Geschäftsfreund gebeten, ob er nicht noch auf ein Glas vorbeikommen will. Ich fliege einen Tag früher als geplant.«

»Ob sie dafür was bezahlt kriegt?« fragte Lindsay.

Polychromer Baumwollsatin. Fingerschellen und leuchtend rote Lippen. Wir betrachteten ihr wackelndes Becken, sahen zu, wie sie sich vor- und zurückbeugte und schüttelte. Nichts stimmte, sie war groß und schlank, ein weißhäutiges, gekrümmtes Schilfrohr, aber wegen der fröhlichen Mühe, die sie sich gab, wegen des schüchternen Vergnügens, das sie in ihrem Tanz fand, waren wir, war ich, auf der Stelle bereit, den flachen Bauch, die schmalen Hüften und die angestrengte Mechanik ihrer Bewegungen zu übersehen. Welche Naivität, welche Courage diese Bankersfrau besitzen mußte, öffentlich so zu tanzen, mit bebendem Nabel über türkisfarbener Schärpe. Ich bestellte mir noch einen Drink und versuchte mich zu erinnern, was »wohlproportionierter Hintern« auf griechisch hieß.

Nach dem Tanz ging Lindsay die Treppe hinauf zu ihr in die Garderobe. Die Musiker machten Pause, die drei Männer am Tisch lauschten auf die Geräusche von der Straße, die Motorräder, die Musik aus den Discos und Nachtklubs.

»Dieses Medley möchte ich dem abgesetzten Schah von Persien widmen«, sagte David und starrte angestrengt in sein Glas. »Ich jogge jeden Tag im Wald.«

»Von gutem alten Schrot und Korn«, sagte Hardeman.

»Wie geht's Karen?«

»Es gefällt ihr dort. Ihr gefällt es ganz toll.«

»Lindsay gefällt's hier auch.«

»Sie reitet«, sagte Hardeman.

»Paß auf, daß sie nicht in die Wüste gerät.«

»Ich bin richtig verliebt in die Wüste. Ja, ausgerechnet ich. Die Wüstenwinde haben bewegende Namen.«

»Lindsay hält viel von Karen.«

»Ich werd's ihr sagen. Schön, das wird sie freuen.«

»Wir kommen vielleicht im März mal vorbei.«

»Im März zieht unsere ganze Abteilung nach London um.«

»Das kommt plötzlich.«

»Feindliches Öl, auf beiden Seiten.«

»Gibt ja kaum Alternativen.«

»Wir mußten umschichten«, sagte Hardeman.

Janet trug jetzt Rock, Bluse und Strickjacke, aber ihr Make-up war noch intakt, Schatten, nachgezogene Linien, Bögen und Farbstreifen, ein wenig unheimlich in dem gedämpften Licht auf einem Gesicht, dessen Alltäglichkeit auf den ersten Blick erkennbar war. Sie war auf eine bestimmte Art glücklich, wie jemand, der erfährt, daß seine Motive doch nicht kompliziert sind.

»Das war eine Überraschung«, sagte Lindsay. »Ich hätte nie gedacht, daß du so weit gehen würdest.«

»Ich weiß, es ist verrückt. Ich hab da eine Chance gesehen und hab's einfach gemacht.«

»Du warst gut.«

»Meine Baucharbeit ist nicht sehr ausgefeilt. Ich muß noch viel an meinen asynchronen Hüftschwüngen arbeiten, so nennen wir das. Ich mach das noch alles viel zu bewußt.«

»So eine Überraschung«, sagte Lindsay. »Da kommt man hier rein und dann - schaut mal, wer da oben tanzt.«

»Die Leute sind wirklich nett«, sagte Janet. »Das war eine Art öffentliche Generalprobe.«

»Ich hab Jack noch gar nicht gesehen«, sagte David und sah die Frau mit wohldosierter Besorgnis an.

»Jack ist in den Emiraten.«

»Stimmt. Das Haushaltsproblem.«

»Ich lerne immer alles auswendig«, sagte sie zu Lindsay. »Anders kann ich's nicht. Aber ich glaube, die Leute verstehen das.«

»Du warst gut. Ich finde, du warst gut.«

Lindsay und ich hörten ihr zu, wie sie ihren Körper mit nüchternen Begriffen analysierte. Ich versuchte, ein lüsternes Interesse für sie zu entwickeln, ich arbeitete richtig darauf hin, aber sie war ganz und gar unschuldig, offen und verbindlich, so losgelöst von den murmelnden Unterströmungen, dem System meiner Vorstellung, daß ich es aufgab. Letztlich machte genau dies ihren Reiz aus, ihre erregende Kraft, eben dieses völlige Fehlen einer Absicht.

Ein Kellner brachte Getränke, die Musiker kamen wieder. Mir gefiel der Lärm, die Notwendigkeit, laut zu reden, mich ganz nah zu den Gesichtern meiner Gesprächspartner vorzubeugen und meine Worte deutlich auszusprechen. Dies war die eigentliche Party, sie fing gerade erst an, ein geschriener Dialog ohne Sinn und Verstand. Ich rückte dicht an Janet heran, fragte sie über ihr Leben aus, schob mich behutsam in ihr Bewußtsein. Ganz allmählich bauten wir eine sonderbar intime Stimmung zwischen uns auf, einen sympathischen Austausch mißverstandener Bemerkungen. Unsere Köpfe nickten im gemalten Rauch.

Ich war mir Lindsays belustigter Mißbilligung bewußt. Das spornte mich an, es war sexy, wie die Mainland-Ehefrauen sich gegenseitig vor öffentlicher Schande beschützten. Die beiden Männer spielten ein Spiel mit tunesischen Münzen.

»Ich muß Sie unbedingt kennenlernen, Janet.«

»Ich weiß nicht mal genau, wer Sie überhaupt sind. Mir ist noch nicht ganz klar, wer hier an diesem Tisch zu wem gehört.«

»Ich habe es gern, wenn Frauen mich James nennen.«

»Ich mach so was nicht«, sagte sie.

»Was machen Sie nicht? Ich finde, Sie bewegen sich ganz toll.«

»Sie wissen schon, was ich meine.«

»Wir unterhalten uns doch nur.« Ich bewege meine Lippen, lautlos.

»*Nur?*«

»Diese kleinen Wellen, die da über Ihren Bauch laufen, wenn Sie tanzen. Sagen Sie mal ›Bauch‹. Ich möchte Ihre Lippen beobachten.«

»Nein, wirklich. Ich mach so was nicht.«

»Ich weiß, daß Sie so was nicht machen. Ich weiß.«

»Das ist mir sehr wichtig. Und vor den Leuten hier möchte ich auf keinen Fall einen falschen Eindruck entstehen lassen.«

»Lindsay ist was Besonderes. Sie gehört zu den guten Menschen.«

»Ich mag Lindsay. Wirklich.«

»Die werden bald gehen. Dann können wir beide uns endlich richtig unterhalten.«

»Ich will mich nicht richtig unterhalten. Das ist das letzte, was ich will.«

Eine Volkstanzgruppe kam von der Seite auf die kleine Bühne. Sie hielten sich an den Händen, die Arme vor der Brust gekreuzt.

»Ihr Lippenstift ist an manchen Stellen abgeblättert, aber das verstärkt die Wirkung nur noch. Ich habe kaum atmen können, als Sie da oben waren. Sie waren nicht gerade perfekt, manches ist sogar ziemlich mißglückt, aber was für ein herzerweichender amerikanischer Körper, wie überaus anrührend. Sagen Sie ›Nabel‹! Ich möchte sehen, wie sich Ihre Zunge in Ihrem geschminkten Mund bewegt.«

»Ich mach so was nicht, James.«

»Wenn Frauen mich James nennen, erhalte ich ein Bild von mir. Das *gewährt* mir ein Bild. Erwachsen. Endlich, glaube ich dann, bin ich erwachsen. Sie nennt mich James. Sie haben hinreißend lange Beine, Janet. Sieht man selten heutzutage. Wie Ihre Beine aus diesem Seidengewand auftauchten, erst das eine, dann das andere, minimal angewinkelt. *Hauchdünn.* Ein hauchdünnes Gewand.«

»Ich muß jetzt wirklich gehen.«

»Denn im Grunde meines Herzens bin ich immer noch zweiundzwanzig Jahre alt.«

»Wirklich, ich kann nicht länger bleiben.«

»Wie alt sind Sie, im Grunde Ihres Herzens?«

»Lindsay wird was weiß ich was von mir denken.«

»Noch einen Drink. Wir unterhalten uns über Ihren Körper.

Zunächst einmal ist er geschmeidig. Er besitzt eine eheliche Wehmut, wie sie ein sorgenloser Single-Körper nicht im entferntesten zum Ausdruck bringen kann. Die Geschmeidigkeit ist hart erworben. Ich liebe Ihren Arsch.«

»Das bedeutet mir überhaupt nichts.«

»Ich weiß.«

»Wenn ich glaubte, Sie meinten das ernst, würde ich Ihnen wahrscheinlich ins Gesicht lachen.«

»Sie verschließen die Augen vor der Wahrheit. Weil Sie nämlich wissen, daß es mein Ernst ist. Und ich weiß, daß Sie es wissen. Ich muß Sie haben, Janet. Sehen Sie denn nicht, welche Wirkung Sie auf mich ausüben?«

»Nein, in keinster Weise.«

»Sagen Sie ›Brüste‹. Sagen Sie ›Zunge‹.«

»Wir waren zwei Jahre in Brüssel, dreieinhalb in Rom, ein Jahr in New York, und jetzt anderthalb Jahre in Griechenland, und in all dieser Zeit hat noch nie jemand so mit mir geredet.«

»Ich will Sie. Es geht nicht mehr um die Frage, ob oder ob nicht. Dafür sind wir schon zu weit gegangen. Sie wissen es, ich weiß es. Ich will das haben, was da unter dieser Strickjacke ist, unter diesem Rock. Was für ein Höschen tragen Sie? Wenn Sie's mir nicht sagen, greif ich zwischen Ihre Beine und zieh es runter. Ich stecke es mir in die Tasche. Dann gehört es mir. Dieses aussagekräftige, intime Ding, dieser Gegenstand.«

Lindsay, die von uns weg zur Bühne sah, war immer noch unsere Zuhörerin, unsere Lauscherin, und in allem, was wir sagten, fand dies Berücksichtigung, auch wenn sie im Gelärm der Flöten und Bouzoukis kein Wort verstehen konnte. Ein Tänzer sprang in die Luft und schlug sich mit der flachen Hand kräftig auf die schwarzen Stiefel.

»Und dann möchte ich Ihnen mal was über Ihr Make-up sagen.«

»Nein, bitte nicht.«

»Es ist anziehend, ohne sexy und grell zu sein. Das ist das Komische daran. Damit machen Sie doch eine gewisse Aussage, oder? Der Körper ist geschmeidig, offen, lässig und frei. Das Gesicht ist maskiert, auf eine fast bittere Art maskiert. Ich gehöre nicht zu den Männern, die Frauen sagen, wer sie sind oder was sie bedeuten, also belassen wir's dabei, das Gesicht, die Maske, das rissige Rot.«

»Ich mach so was nicht. Wie komm ich dazu, mir das alles anzuhören? Abgesehen davon muß ich zur Toilette.«

»Ich möchte mitkommen. Unbedingt. Bitte.«

»Ich bin nicht so unentschlossen, daß ich nicht einfach aufstehen und nach Haus gehen kann. Mich hält hier nur noch eine gewisse Schläfrigkeit.«

»Ich weiß. Ich weiß genau, was Sie meinen.«

»Sind Sie auch schläfrig?«

»Ganz genau. Eine Schläfrigkeit.«

Sie legte kurz ihre Hand auf mein Gesicht und sah mich seltsam mitfühlend an, voller Verständnis für etwas, das auf uns beide zutraf. Dann ging sie nach unten, wo die Toiletten waren.

Ich blickte schräg über den Tisch und sah das große Balkanhaupt von Andreas Eliades. Er saß da und unterhielt sich mit Hardeman. Erinner dich. Wir hatten mit vier Gläsern Schnaps in dieser Taverne am Meer gesessen und darauf gewartet, daß David und Lindsay vom Strand zurückkamen. Hardemans Name, Hardemans Flugzeug, ein Sandsturm in Kairo. Je mehr Zeit verging, desto fester wurde das Gewebe jener Nacht. Ich trug so etwas wie eine vermischte Erinnerung in mir, die selektiven Erinnerungen jener, die dort gewesen waren. Kurze Momente kehrten immer wieder in mein Bewußtsein zurück, präzise Fixpunkte, die Markennamen von Zigaretten, die Augen des alten Gitarrenspielers, seine vernarbte braune Hand, was die Bordens gesagt hatten, wer sich eine Weintraube aus der Obstschale geangelt hatte, wo wer saß, wie wir uns umsetzten im Laufe dieses Abends, der sich durch seine eigenen festen Gegenstände zu dem veränderte, was er jetzt war. Immer mehr erschien mir Eliades wie ein Verbindungsglied.

Wir nickten uns zu, und ich machte eine fahrige Handbewegung, um anzudeuten, daß ich keine Ahnung hatte, wie ich ausgerechnet in dieser Bar gelandet war. Ich merkte plötzlich, daß Lindsay mich ansah. Sie saß mir direkt gegenüber, neben ihr war jeweils ein Stuhl frei. Andreas saß am Tischende gegenüber Hardeman, der sich umgesetzt hatte.

»Wir laufen uns ständig über den Weg«, sagte ich zu Andreas.

Er zuckte die Achseln, ich zuckte die Achseln.

David saß zwischen Hardeman und mir. Janets Stuhl stand links von mir. Er schien mir wichtig zu sein, wo wer saß, obwohl ich nicht wußte, warum.

»Starr mich nicht so an«, sagte ich zu Lindsay. »Sonst hab ich das Gefühl, daß du dich zu irgendwas entschließt.«

»Ja, nach Hause zu gehen«, sagte sie. »Wessen Idee war das hier überhaupt?«

»Irgend jemand wollte griechische Tänze sehen.«

Andreas fragte sie, ob sie Verben lernte. Eine weitere Erinnerung, ein Bruchstück von jener Sommernacht. Sie versuchten, über die Musik aus den Lautsprechern hinweg höflich miteinander zu plaudern. David lehnte sich zu mir herüber und fixierte mich mit traurigem Blick.

»Wir müssen noch miteinander reden«, sagte er.

»Ich weiß.«

»Ich wollte mit dir reden. Wir kommen nie dazu, miteinander zu reden.«

»Wir reden bald miteinander. Morgen. Laß uns doch zusammen Mittag essen.«

Als er und Lindsay gegangen waren, rückte ich nicht näher an die beiden Männer heran, und als Janet Ruffing zurückkam, setzte sie sich auf Lindsays Stuhl. Es war wie ein Brettspiel. Zwei Paar Leute, die sich gegenübersaßen, zwei Paar leere Stühle. Hardeman bestellte noch eine Runde.

»Sie besprechen Geschäftliches«, sagte ich zu ihr. »Da geht's um Lieferungen, Tonnagen.«

»Wer ist der Mann mit dem Bart?«

»Ein Geschäftsfreund. Ein Geschäftsmann.«

»Er sieht aus wie ein Priester.«

»Er hat wahrscheinlich ein Verhältnis mit Ann Maitland. Kennen Sie sie?«

»Warum erzählen Sie mir so etwas?«

»Ich könnte Ihnen heute alles erzählen. Ich verfolge keinerlei Taktik. Das ist mein Ernst. Ich könnte Ihnen alles erzählen. Ich würde alles für Sie tun.«

»Aber warum?«

»Weil Sie so getanzt haben.«

»Aber Sie haben doch gesagt, ich war nicht besonders gut.«

»Wie Sie sich bewegt haben, Ihre Beine, Ihre Brüste, wie Sie sind. Technik ist unwichtig. Wie Sie sind, wie zufrieden Sie mit sich waren.«

»Aber das stimmt doch gar nicht.«

»Wie zufrieden Sie waren. Da bestehe ich drauf.«

»Ich hab fast den Eindruck, Sie wollen so hintenherum meine Eitelkeit zum Vorschein bringen.«

»Sie sind nicht eitel, Sie sind hoffnungsvoll. Eitelkeit ist etwas Defensives. Sie beinhaltet ein Element der Angst. Sie ist ein Blick in die Zukunft, auf Siechtum und Tod.« Ein zweiter Tänzer vollführte einen Luftsprung. »An diesen Abenden, wo so getrunken und geredet wird, erreiche ich früher oder später immer den Punkt, wo ich alles ganz klar sehe, durch eine kleine Öffnung hindurch, ein Fenster zum Universum. Ich weiß bestimmte Dinge. Ich weiß, was wir sagen werden, bevor wir es sagen.«

»Was hat Lindsay gesagt?«

»Sie hat mich nur angeguckt.«

»Sind diese Leute aus der Bankbranche?«

»Kühlschränke.«

»Sie werden sich fragen, worüber wir uns unterhalten.«

»Ich möchte gern mit Ihrem Höschen in meiner Hosentasche hier rausgehen. Sie müßten mir folgen, stimmt's? Ich würde gern meine Hand unter Ihre Bluse schieben und Ihren BH aufmachen. Ich möchte hier sitzen, mit Ihnen reden und wissen, daß ich Ihren BH und Ihr Unterhöschen in meiner Hosentasche habe. Mehr verlange ich nicht. Zu wissen, daß unter Ihrer Kleidung Blöße herrscht. Das zu wissen, hier zu sitzen, mit Ihnen zu reden und zu wissen, daß Sie unter Ihrer Kleidung nackt sind, damit wäre ich in der Lage, zehn Jahre länger zu leben, allein durch dieses Wissen, ohne auf Essen und Trinken angewiesen zu sein. Tragen Sie eigentlich einen BH? Ich gehöre nicht zu den Männern, die so was auf einen Blick erkennen. Ich habe nie über diese selbstsichere Beobachtungskraft verfügt, die mir ermöglichen würde zu sagen, daß diese oder jene Frau einen BH trägt oder nicht. Als Junge habe ich nie an Straßenecken gestanden und Körbchengrößen geschätzt. Da kommt gerade ein C-Körbchen, einfach so, mit völliger Gewißheit.«

»Bitte. Ich sollte jetzt lieber gehen.«

»Wenn ich nur meine Hände unter Ihre Kleider legen könnte. Mehr nicht. So wie wir's als Teenager gemacht haben, pubertärer Sex, wie glücklich mich das machen würde. Ein Hinterzimmer im Sommerhäuschen Ihrer Familie. Ein Zimmer mit Schimmel an den Wänden, es wird dunkel, ein plötzlicher Regen. Drück dich an mich, schubs mich runter, zieh mich wieder auf dich rauf. Voller Angst, daß jemand zurückkommen könnte, vom See, vom Flohmarkt. Voller Angst wegen allem, was wir tun. Der Regen setzt sämtliche frischen Düfte auf dem Land frei. Sie dringt von draußen zu uns herein, regenfrisch, regennaß, wunderschön, süßduftend, eine Kühle in der Sommerluft. Das ist die Natur, das ist der Sex. Und du ziehst mich auf dich drauf, und du machst dir Sorgen und sagst, ich soll nicht, ich soll nicht. Da siehst du, wie sentimental ich bin. Wie billig und unanständig. Sie kommen von der Strandbar zurück, die auf Pfählen, die Mikkey's Landing heißt, wo du manchmal bedienst, wenn dir langweilig ist.«

»Aber ich empfinde das Tanzen nicht als sexy. Überhaupt nicht.«

»Das weiß ich, das weiß ich, das ist es ja gerade, deswegen begehre ich dich so, deinen langen, weißen, wohlmeinenden Körper.«

»Oh, vielen Dank.«

»Dein Körper hat die Ehe besiegt. Die Erfahrung hat ihn nur bereichert. Er ist hinreißend schön. Wie alt bist du, fünfunddreißig?«

»Vierunddreißig.«

»Und trägst eine Strickjacke. Tragen Frauen Strickjacken, wenn sie nicht über sich reden wollen?«

»Wie könnte ich? Das ist alles so unwirklich.«

»Du hast getanzt. Das war wirklich.«

»Ich mach so was nicht.«

»Du hast getanzt. Diese Unterhaltung, die wir hier führen, bedeutet dir nichts und mir alles. Du hast getanzt, ich nicht. Ich versuche, dir eine Vorstellung davon zu vermitteln, wie tief du mich berührt hast, als du da getanzt hast, barfuß, mit armlangen Handschuhen, in diesen hauchdünnen Sachen. Und wie du mich jetzt in diesem Moment berührst, wie du hier sitzt, so schwer zu finden unter all dem Lidschatten, dem Mascara, dem Lippenlack, dem Lippenstift. So, wie du hier völlig ungerührt von unserem Gespräch dasitzt, erregst du mich höllisch.«

»Ich bin nicht ungerührt.«

»Ich will dich so direkt wie möglich erreichen. Du sollst denken, ›Er wird etwas tun, und ich weiß nicht, was, aber ich will, daß er's tut.‹ Janet.«

Wir tranken alle Scotch. Andreas immer noch in seinem Regenmantel.

»Deine Stimme, als du uns von deinem Körper erzählt hast, vom Unterricht, von den Übungen, die Hüften machen dies, der Bauch macht das, deine Stimme war zehn Zentimeter außerhalb deines Körpers, sie begann an einem Punkt, der etwa zehn Zentimeter vor deinen Lippen lag.«

»Ich versteh nicht, was Sie meinen.«

»Es fehlt ein Zusammenhang zwischen deinen Worten und der körperlichen Handlung, die sie beschreiben, den Körperteilen, die sie beschreiben. Das ist es, was mich so stark zu dir hinzieht. Ich will deine Stimme in deinen Körper zurücktun, da wo sie hingehört.«

»Und wie wollen Sie das machen?« Ein kleines Lächeln, skeptisch und müde.

»Wahrscheinlich, indem ich dich dazu bringe, dich selbst anders zu sehen. Mich zu sehen, die Hitze meines Verlangens zu spüren. Spürst du sie? Sag's mir. Ich will's aus deinem Mund hören. Sag ›Hitze‹. Sag ›feucht zwischen meinen Beinen‹. Sag ›Beine‹. Im Ernst, ich will, daß du's sagst. *Strümpfe.* Flüster es. Das Wort muß geflüstert werden.«

»Ich kann hier sitzen und Ihnen zuhören, und ich kann mir einreden, daß das alles wirklich ist und daß er alles meint, was er sagt. Aber mir ist das alles einfach so fremd. Ich weiß nicht, wie man darauf reagiert.«

»James. Bitte sag James zu mir.«

»Ach Scheiße, also bitte.«

»Sag *Namen*«, sagte ich.

»Für mich nichts mehr zu trinken. Ich mach so was nicht.«

»Keiner von uns beiden will nach Hause. Wir wollen das Nachhausegehen verschieben. Wir wollen hier noch eine Weile bleiben. Ich habe ganz vergessen, was das für ein Gefühl ist, nicht nach Hause gehen zu wollen. Ich muß natürlich nicht nach Hause gehen. An mir zerrt nicht diese lästige, kleine Kraft so wie an dir. Was erwartet dich denn dort, was du nicht ertragen kannst?« Wir saßen eine Weile schweigend da und dachten darüber nach. »Ich versuche auszudrücken, was du fühlst, was wir beide fühlen. Wenn mir das gelingt, kannst du vielleicht ein ganz tiefes Vertrauen zu mir fassen. Ein Vertrauen, das die Dinge kompliziert macht, das dich einhüllt. Und wenn du dann mit dem, was wir hier tun, aufhören, den Schub, die Kraft, die Richtung dieses ganzen Abends ändern willst, dann wirst du es nicht können.«

»Ich frag mich, ob Sie mich auf der Straße erkennen würden, morgen, ohne das ganze Make-up. Ich frag mich sogar, ob ich Sie erkennen würde.«

»Das grelle Sonnenlicht wäre ungeheuer. Wir würden voreinander weglaufen.«

Griechen aus dem Publikum standen jetzt auf der Bühne und tanzten, und bald näherten sich auch die ersten Touristen mit ihren Hand- und Umhängetaschen und Kapitänsmützen dem Bühnenrand und blickten ins Publikum zu ihren Freunden – Blicke, die um Ermutigung bettelten für irgendeine Dummheit, die sie im Begriff waren sich auszudenken.

»Die schließen bald«, sagte sie. »Ich glaube, es ist jetzt wirklich Zeit.«

Sie ging nach oben, um ihren Mantel zu holen. Ich stand auf und hörte zu, wie Hardeman über »Wartungspraktikabilität« redete. Andreas, der aufmerksam zuhörte, zog eine Karte aus einer Innentasche und hielt sie mir hin, ohne aufzublicken. Eine schlichte Geschäftskarte. Ich wollte Hardeman etwas Geld geben, aber er winkte ab, und dann verließen Janet und ich das Lokal.

Es war nicht genug Platz für den Lärm. In dichten Wellen, elektronisch verstärkt, brandete er gegen die Nacht. Er drang aus den Mauern, aus dem Pflaster und aus den Holztüren, der Puls eines unbestimmten Ereignisses, und wir gingen eingehakt die Straßenstufen hinauf, tauchten darin ein.

Im Fenster einer kleinen Taverne spielte ein Mann auf einem Dudelsack aus Kuhhaut. Diese Musik war ein Zustand, das Wetter dieser alten Straßen um halb zwei Uhr morgens, und ich schob Janet in eine Mauerecke und küßte sie. Sie wandte den Blick ab, ihr Mund war verschmiert, und sie sagte, wir müßten in die andere Richtung gehen, die Stufen hinunter, dorthin, wo es Taxis gab, falls es überhaupt welche gab. Ich zog sie weiter bergauf, vorbei an den Varieté-Kneipen, den letzten Tänzerinnen aus Kreta, den letzten Sängern in offenem Hemd, und drückte sie noch einmal gegen die alte Mauer eines verfallenen Hauses. Sie sah mich verwundert an, es war fast eine Grimasse, eine Vermutung, in der der Schock des Erwachens lag, der Versuch, sich an einen düsteren Traum zu erinnern. Wer ist er, was tun wir hier? Ich drückte sie gegen die Wand, versuchte ihren Mantel aufzuknöpfen. Sie sagte, wir müßten ein Taxi erwischen, sie müsse nach Hause. Ich legte meine Hand zwischen ihre Beine, über dem Rock, und sie sackte leicht zusammen, den Kopf zur Wand gerichtet. Ich versuchte, sie dazu zu bringen, meinen Mantel am Saum festzuhalten, damit wir geschützt blieben, damit wir nicht froren, während ich meine Hose öffnete. Sie riß sich los, lief ein paar Stufen hinunter und an einem Gerüst vor einem alten Haus vorbei. Beim Rennen hielt sie ihre Handtasche am Riemen weit vom Körper, als hätte sie etwas in der Tasche, das auslaufen könnte. Sie bog um eine Ecke und lief jetzt bergauf in eine leere Straße hinein. Als ich sie einholte und von hinten die Arme um sie legte, blieb sie wie erstarrt stehen. Ich schob meine Hand über ihren Bauch auf dem Rock und drückte meine Knie in ihre Kniekehlen, so daß sie sich leicht vorbeugen und an mich lehnen mußte. Sie sagte etwas, schüttelte mich ab und ging aus dem trüben Licht heraus zu der Hauswand. Ich drückte sie gegen die Wand. Die Musik war weit weg und wurde immer leiser, je mehr Kneipen zumachten. Ich küßte sie, hob ihren Rock hoch. Unter uns Stimmen, ein lachender Mann.

Sie sagte, flüsterte mit unheimlicher Klarheit: »Man möchte einfach nur festgehalten werden. Das ist doch schon genug, oder? Festgehalten zu werden.«

Ich hielt inne, dann drückte ich mit den Knien ihre Beine auseinander. Ich ging Schritt für Schritt vor, versuchte logisch zu denken, richtig zu manövrieren. Wir atmeten schnell, unsere Münder aufeinandergepreßt, während wir uns in einen Rhythmus und ein Verlangen hineinsteigerten. Ich zerrte an ihrer Kleidung, in meinem Kopf herrschte rasende Leere. Ich spürte die Wärme in ihrem Hintern und in ihren Hüften, und ich drückte sie an mich. Sie schien über diesen Augenblick hinauszudenken, als hätte sie damit schon abgeschlossen, schien sich schon in einem Taxi nach Hause zu sehen.

»Janet Ruffing.«

»Ich mach so was nicht. Wirklich nicht.«

Wir standen unter einem Eisenbalkon, im oberen Teil der Altstadt, unter dem wuchtigen, felsigen Nordhang der Akropolis.

10

Die Deutschen sitzen in der Sonne. Die Schweden schlendern vorüber, die Köpfe zur Sonne geneigt, mit einem Eifer auf den Gesichtern, der wie Schmerz aussieht. Die beiden Frauen aus Holland stehen mit geschlossenen Augen an der Mauer der Hafenkirche und spüren die Wärme auf Gesicht und Nacken. Der Mann, den wir ständig sehen, der mit der weißen Leinenmütze, steht im türkischen Friedhof in einem Sonnenfleck zwischen Kiefern und Eukalyptus und schält eine Apfelsine. Die Schweden verschwinden Richtung Aquarium. Engländer tauchen auf, tragen ihre Mäntel in den leeren Platz, wo allmählich die Schatten aus der venezianischen Arkade hervorkriechen, in dieser seltsamen Stille, im späten Vormittagslicht.

Drei Tage auf Rhodos. David findet, es sei warm genug zum Schwimmen. Wir sehen zu, wie er ins Wasser geht, sich langsam vorwärtsbewegt, mit schwingenden Schultern, die Arme in Brusthöhe, als das Wasser seine Hüfte erreicht, der blondbehaarte Körper, dann taucht er unter, mit einem Sprung, als wollte er die zehn Kilometer entfernten türkischen Berge erreichen. Wir sitzen auf einer niedrigen Mauer über dem Strand. Der Strand ist leer bis auf einige Jungs, die mit einem gepunkteten Fußball spielen. Die Seiten eines Taschenbuchs flattern im Wind. Der Mann mit der weißen Mütze kommt vorbei und fragt uns, wo das Fischmuseum sei.

Davids Schwimmen hinterläßt eine Lücke, die wir mit ernsthafter Unterhaltung füllen sollen. Aber Lindsay begnügt sich damit, aufs Meer zu blicken. Dieser Urlaub ist so. Die langen Perspektiven, die Leere, der böige Wind.

Nachdem er sich zum zweiten Mal tüchtig ausgeschwommen hat, kommt er den Strand hoch und wirkt zehn Zentimeter kleiner, weil er beim Gehen tief in den Sand einsinkt. Als er den Kopf hebt, sehen wir, wie glücklich er ist, angestrengt zu atmen, abgekämpft, frierend, und seine Frau und seinen Freund zu sehen, die ihn mit einem Hotelhandtuch erwarten.

Am nächsten Tag regnet es, und am Tag darauf auch, was auf die Stimmung drückt, sie läutert. Ich erkenne, daß diese Tage auf geheimnisvolle Weise mit Kathryn verknüpft sind. Es sind Kathryns Tage.

Am Nachmittag des dritten Tages zieht ein Gewitter auf. Es kommt von Osten, wir stehen auf dem Wellenbrecher beim alten Turm und beobachten, wie die Wellen glänzend auf die Felsen schlagen. Eine gewaltige Schwere liegt in der Luft. Der Wolkenzug aufs Meer hinaus und das glasige Zwielicht erzeugen eine geladene Lumineszenz, ein Gewitterlicht, das die Gegenstände nicht beleuchtet, sondern ihrem Inneren entströmt. Die Gebäude beginnen zu blühen, der Gouverneurspalast, der Glokkenturm, der neue Markt. Während der Himmel schwarz wird, leuchten die weißen Boote, leuchten die Bronzehirsche, gibt der goldgelbe Stein des Gerichts- und Bankgebäudes ein gemaltes Licht ab. Wasser peitscht über die hohe Mauer. Es gibt kein Licht außer in den Dingen.

Auf dem Heimflug, tief über dunstverhangenen Inseln, fingen wir plötzlich an zu reden.

»Wieso vermisse ich meine Länder?« sagte David. »Meine Länder sind entweder Spielwiesen für Terroristen, brutal antiamerikanisch oder riesige wirtschaftliche, soziale und politische Trümmerhaufen.«

»Manchmal alles zusammen«, sagte Lindsay.

»Wieso kann ich's kaum abwarten, mich wieder in die Arbeit zu stürzen? Wieso bin ich so scharf darauf? Hundert Prozent Inflation, zwanzig Prozent Arbeitslosigkeit. Ich liebe Defizitländer. Ich reise gern in solche Länder, um gründlich mitzumischen.«

»Zu gründlich, würden manche behaupten.«

»Bei Syrern und Libanesen kann man nie zu gründlich sein«, belehrte er mich.

»Wenn sie einem erlauben, ihre Wirtschaftspolitik zu steuern, damit man ihnen einen Kredit gewährt. Wenn eine Umschuldung de facto auf ein Hilfsprogramm hinausläuft.«

»Solche Sachen helfen aber, sie tragen wirklich zur Stabilisierung der Region bei. Wir tun etwas für unsere Länder. Unsere Länder sind interessant. Ich schaff's einfach nicht, mich beispielsweise für Spanien zu interessieren.«

»Und ich nicht für Italien.«

»Spanien *müßte* aber interessant sein. Die Gewalt dort ist nicht so abscheulich wie in Indien. Aber es kommt kein Interesse auf.«

»In Indien ist die Gewalt willkürlich. Meinst du das?«

»Ich weiß nicht, was ich meine.«

»Bei mir kommt kein Interesse für das Horn von Afrika auf«, sagte ich.

»Am Horn von Afrika passiert was. In Rhodesien passiert was. Aber bei uns kommt kein Interesse auf.«

»Was ist mit Afghanistan? Gehört das zu deinen Ländern?«

»In diesem Land sind wir präsent, wir haben kein Büro, aber ein bißchen aktiv sind wir schon. Iran ist was anderes. Präsenz null, Geschäfte null. Mit anderen Worte, ein schwarzes Loch. Aber ich schäme mich nicht dafür, daß ich mir immer noch ein Quentchen Sympathie bewahrt habe.«

Das war die Zeit, als der Präsident die Sperrung iranischer Bankguthaben in den USA angeordnet hatte. Desert One stand noch bevor, das Kommandounternehmen, das vierhundert Kilometer vor Teheran zu Ende war. Das war der Winter, in dem Rowser erfuhr, daß die schiitische Untergrundbewegung Dawa Waffenlager in der Golfregion anlegte. Das war der Winter vor den Autobombenattentaten in Nablus und Ram Allah, vor der Machtübernahme durch die Militärs in der Türkei, Panzer in den Straßen, Soldaten, die Wandsprüche überpinselten. Das war, bevor irakische Bodentruppen an vier Punkten entlang der Grenze in den Iran vorrückten, bevor die Ölfelder brannten und die Sirenen durch Baghdad heulten, durch die Rashid Street und die Gassen der Suks, vor den Verdunkelungen, vor den Scheinwerferabdeckungen, Menschen, die aus Teehäusern, aus Doppeldeckerbussen flüchteten.

Überall um uns herum Menschenlärm, die Hitze einer rennenden Masse.

Essen und Trinken stand im Mittelpunkt fast jeder menschlichen Beziehung, die ich in Griechenland und der umliegenden Region hatte. Essen und Gespräche an wackligen Holztischen, Tischen mit Marmorplatten, Tischen mit Papierdecken, schmiedeeisernen Tischen, Tischen auf einem Kiesstrand am Meer. Es zählt zu den Geheimnissen der Ägäis, daß dort alles bedeutsamer, gewichtiger, in sich vollständiger zu sein scheint als anderswo. Wir, die wir dicht nebeneinander an den zusammengestellten Tischen saßen, stiegen in unserer gegenseitigen Wertschätzung, eine Erhöhung, die uns vielleicht zustand oder auch nicht. Das Essen selbst war eine ernste Angelegenheit, so frugal es auch oft war, ebenso die Art, wie man es zu sich nahm, mit Zwergenbesteck von gemeinsamen Tellern, die Anstrengung unseres vereinten Willens, dort zu sein, wo wir waren, in unserem übersteigerten Glauben an die Unverwechselbarkeit und den Wert jedes einzelnen. Das Gefühl eines besonderen Anlasses mußten wir nicht erst mühsam erzeugen. Es war immerzu in und um uns herum vorhanden.

Andreas ging mit mir in eine Taverne auf einer halbfertigen Straße in einer entlegenen Gegend. Die Spezialitäten dort waren Herz, Hirn, Nieren und Darm. Ich kam zu dem Schluß, daß die Wahl ausgerechnet dieses Lokals nicht zufällig getroffen worden war. Der Abend sollte eine Lektion in Sachen Ernsthaftigkeit und Authentizität werden, er sollte über blasses Verstehen hinausführen, dem Selbstgefälligen die Augen öffnen. Andreas benutzte diese Innereien als Garnierung seiner Worte. Das ist das Wahre. *Kokorétsi,* am Spieß geröstete Eingeweide. Das sind hier Griechen, die das essen.

Andererseits war es vielleicht ein ganz normales Abendessen in einem verräucherten Raum, mit selbstgekeltertem Wein in Kupferbechern, das sich von hundert anderen Abendessen weniger durch die Speisen als durch die Intensität des Gesprächs unterschied. Andreas' Gespräch. Seine heftige, gutgelaunte, unaufhörliche, aufreizende Wortflut.

Er war erst bereit, als er seine Zigarette und sein Feuerzeug vor sich auf den Tisch gelegt hatte. Ich empfand diese Geste fast als Bedrohung. Ernst. Ein ernster Abend.

»Warum gehen wir zusammen essen, Andreas?«

»Ich will wissen, wie es mit Ihrem Griechisch steht. Sie haben gesagt, Sie lernen Griechisch. Ich will wissen, ob Sie hier glücklich sind.«

»Nicht daß man unbedingt einen Grund zum Essen bräuchte.«

»Es interessiert mich immer, mit Amerikanern zu sprechen.«

»Zum Beispiel mit Roy Hardeman.«

»Das ist beruflich. Persönlich bin ich an ihm weniger interessiert. Er ist ein guter Manager, sehr clever, aber wir reden nur über die Arbeit. Er könnte auch Franzose oder Deutscher sein, ich würde den Unterschied kaum merken. Ich glaube, in Firmen wie unseren gibt es keine Nationalitäten. Sie bleiben verborgen.«

»Ich kann mir nicht vorstellen, daß Sie Ihre Nationalität verbergen.«

»Okay, vielleicht sind wir deswegen jetzt hier. Um die Dinge mal wieder klarzustellen. Um unseren Status zu demonstrieren.«

»Sie brauchen jemand, über den Sie herziehen können. Ein Franzose oder Deutscher tut's doch auch.«

»Macht nicht so viel Spaß.«

»Neulich auf Rhodos hat ein Kellner zu uns gesagt: ›Ihr seid dumm, ihr Amerikaner. Ihr habt die Deutschen am Boden gehabt und ihr habt sie wieder hochkommen lassen. Sie waren am Boden, und ihr habt sie nicht vernichtet. Und jetzt sind sie überall‹.«

»Aber er nimmt ihr Geld. Das machen wir alle. Das ist die Rolle der jetzigen Regierung. Das Geld der Amerikaner nehmen und tun, was die Amerikaner uns sagen. Es ist atemberaubend, wie sie sich unterwerfen, wie sie zulassen, daß die strategischen Interessen der Amerikaner das Leben der Griechen bestimmen.«

»Es ist Ihre Regierung, nicht unsere.«

»Da bin ich mir nicht so sicher. Wir haben natürlich schon Erfahrung in diesen Dingen. Demütigung ist das Leitmotiv griechischer Geschichte. Ausländische Einmischung ist etwas Selbstverständliches. Man glaubt, wir seien darauf angewiesen, um zu überleben. Die Besatzung, die Blockaden, die Streitkräfte, die in Piräus landeten, die demütigenden Verträge, die Aufteilung der Einflußphären zwischen den Siegermächten. Worüber sollten wir uns unterhalten, wenn nicht darüber? Wo sollten wir sonst diese Dramatik finden, die für uns so lebenswichtig ist?«

»Ihnen ist klar, daß in Ihrer Ironie ein beträchtliches Maß an Wahrheit enthalten ist. Natürlich ist Ihnen das klar. Verzeihen Sie mir.«

»Lange Zeit wurde unsere Politik durch die Interessen der Großmächte bestimmt. Jetzt bestimmen nur noch die Amerikaner.«

»Was esse ich gerade?«

»Ich werd's Ihnen sagen. Hirn.«

»Nicht schlecht.«

»Schmeckt's Ihnen? Gut. Ich komme immer hierher, wenn ich angespannt bin. Wenn meine Arbeit auf meiner Seele lastet. Wie immer man das ausdrücken will. Wenn ich mich elend und deprimiert fühle. Dann komme ich hierher und esse Hirn und Nieren.«

»Sie verstehen, was Griechenlands Problem ist. Griechenland hat eine strategisch wichtige Lage.«

»Das ist uns nicht entgangen«, sagte er.

»Es ist also ganz natürlich, daß die Großmächte ein verstärktes Interesse an Griechenland entwickelt haben. Was haben Sie erwartet? Mein Chef hat mal auf seine nervöse, barsche Art zu mir gesagt: ›Macht funktioniert am besten, wenn sie nicht zwischen Freund und Feind unterscheidet.‹ Der Mann ist ein zweiter Buddha.«

»Ich würde eher denken, daß er die Leitlinien der amerikanischen Politik bestimmt. Unsere Zukunft gehört nicht uns. Sie ist im Besitz der Amerikaner. Der Sechsten Flotte, der Männer, die die Stützpunkte auf unserem Boden befehligen, der Militärbeamten, von denen die US-Botschaft wimmelt, der politischen

Beamten, die mit der Einstellung der Wirtschaftshilfe drohen, der Bankiers, die der Türkei Geld leihen, Millionen für die Türken, alles in Athen beschlossen.«

»Nicht von mir, Andreas.«

»Nicht von Ihnen. Wir werden immer wieder ausverkauft, nicht ernst genommen, getäuscht, vollkommen ignoriert. Immer zugunsten der Türken. Die berühmte Begünstigung. So ist das auf Zypern geschehen, so geschieht es täglich in der NATO.«

»Ihr habt's mit den Türken. Das scheint bei euch ein seelisches Bedürfnis zu sein. Sind die an euch auch nur entfernt interessiert?«

»Sie scheinen entfernt an unseren Inseln interessiert zu sein, an unserem Luftraum.«

»Strategie.«

»Amerikanische Strategie. Wirklich interessant, die Amerikaner stellen bei jeder sich bietenden Gelegenheit strategische Erwägungen über ihre Prinzipien und glauben dennoch felsenfest an ihre Unschuld. Strategie im Fall von Zypern, Strategie im Fall der Diktatur. Die Amerikaner haben sich mit den Obristen sehr gut arrangiert. Die Investitionen liefen prächtig unter der Diktatur. Die Stützpunkte wurden nicht geschlossen. Nach wie vor wurden Handfeuerwaffen geliefert. Zur Eindämmung von Massenkrawallen, verstehen Sie?«

»Es waren Ihre Obristen, Andreas.«

»Sind Sie sich da sicher? Das finde ich interessant, die seltsame Verbindung zwischen den griechischen und amerikanischen Nachrichtendiensten.«

»Wieso seltsam?«

»Die griechische Regierung hat keine Ahnung davon, was zwischen den beiden abläuft.«

»Wie kommen Sie darauf, daß die amerikanische Regierung darüber Bescheid weiß? Das liegt doch im Wesen jedes Geheimdienstes, oder? Der eigentliche Feind ist die eigene Regierung. Nur die eigene Regierung bedroht seine Existenz.«

»Das Wesen der Macht. Das Wesen der Geheimdienste. Sie

haben sich mit diesen Dingen eingehend befaßt. Wo, in Ihrer Wohnung in Kolonaki?«

»Woher wissen Sie, daß ich da wohne?«

»Wo sollten Sie sonst wohnen?«

»Die Aussicht ist schön.«

»Das Bidet Amerikas, so nennen wir diese Gegend. Möchten Sie etwas über die Geschichte ausländischer Einmischungen erfahren, allein in diesem Jahrhundert?«

»Nein.«

»Gut. Mir fehlt die Zeit, um alles aufzuzählen.«

Schließlich tat er es doch. Er zählte alles auf, unterbrach seine Mahlzeit mehrmals, um sich eine Zigarette anzuzünden oder um Wein zu bestellen. Es machte mir Spaß, trotz der Flut von Vorhaltungen und schwersten Anklagen. Er hatte diese Dinge zu seinem Steckenpferd gemacht, hatte viel Mühe darauf verwendet, und ich glaube, er war begierig darauf, sein Wissen loszuwerden. Ausführlich und umfassend. Er befaßte sich eingehend mit allem Griechischen. Das taten eigentlich alle Griechen, fiel mir auf, sowohl in Kriegs- als auch in Friedenszeiten. Dieses Gefühl, klein und exponiert zu sein, eine strategische Bedeutung zu besitzen. Sie hatten ein Bewußtsein von der Vergänglichkeit ihrer Leistungen, ihrer identitätsstiftenden Energien und Zeichen, und sie belehrten einander zur gegenseitigen Beruhigung.

»Sagt Ihr Chef Ihnen auch, daß Macht auf beiden Augen blind sein muß? Ihr seht uns nicht. Das ist die höchste Demütigung. Die Besatzer sind nicht in der Lage, die Menschen zu sehen, die sie beherrschen.«

»Nun mal halblang, Andreas.«

»Verdammt noch mal, ohne Zustimmung der Amerikaner passiert hier nichts. Und sie wissen nicht einmal, daß man sich beklagt. Sie wissen nicht, daß wir dieses Verhältnis satt haben.«

»Ihr habt jetzt fünf, sechs Jahre lang Ruhe gehabt. Ist das für Griechen zu lang?«

»Sehen Sie doch nur, wie tief wir in dieser Komödie drinstekken. Um der inneren Harmonie in der NATO willen sollen wir Zugeständnisse an die Türken machen. Alles von den Amerikanern arrangiert. Die Amerikaner haben das Spiel in Griechenland schlecht gespielt.«

»Und eure Fehler? Ihr redet über eure Fehler wie über Naturphänomene. Die Katastrophe in Kleinasien. Die verheerenden Ereignisse auf Zypern. Das ist die Sprache von Erdbeben und Flutkatastrophen. Aber es waren Griechen, die diese Dinge verursacht haben.«

»Zypern ist problematisch. Das sage ich aber nur, weil es kein Beweismaterial gibt. Aber irgendwann werden die Tatsachen über die Verwicklung der Amerikaner ans Licht kommen. Davon bin ich überzeugt.«

»Was esse ich da eigentlich?«

»Das ist Magen, die Magenwand.«

»Interessant.«

»Ich weiß nicht, ob ich das als interessant bezeichnen würde. Das ist nämlich Schafsmagen. Gewöhnlich gehe ich allein hier hin. Das hat für mich eine gewisse Bedeutung. Hirn. Innereien. Ich weiß nicht, ob Sie das verstehen können. Haben Sie jemals einen Griechen beobachtet, wenn er allein tanzt? Das ist etwas ganz Privates, ein privater Augenblick. Ich glaube, ich bin ein bißchen verrückt. Ab und zu muß ich ein Stück Schafshirn essen.«

Der Besitzer beugte sich über uns und zählte die Rechnung in Maschinengewehrtempo zusammen. Für den Nachtisch gingen wir in ein anderes Lokal, und um noch was zu trinken, wieder in ein anderes. Um zwei Uhr morgens durchstreiften wir die Straßen auf der Suche nach einem Taxi. Andreas erzählte mir von Ereignissen, die zu diesem oder jenem Unglück geführt hatten. Immer wenn er etwas Wichtiges betonen wollte, blieb er stehen und packte mich am Handgelenk. Das geschah vier- oder fünfmal auf einer einzigen windigen Straße. Die Worte kamen aus ihm heraus wie das Produkt eines irreversiblen technischen Vorgangs. Wie blieben dann kurz in der Dunkelheit stehen und gingen wieder weiter, in Richtung irgendeiner Hauptstraße. Er war voll nächtlicher Energie, eine verbreitete Eigenschaft unter Athenern. Zehn Schritte weiter, und er blieb wieder stehen. Kernwaffenarsenale, Geheimprotokolle. Bei ihm war Politik eine Form von Wachsamkeit, die alarmierende Kraft in einem Leben, das sonst vielleicht an ihm vorübergehen könnte.

»Was erwarten Sie denn von mir, Andreas?«

»Daß Sie mit mir streiten«, sagte er. »Es kann eine Stunde dauern, bis ein Taxi kommt.«

Von dem Balkon vor meinem Schlafzimmer sah ich in ein Zimmer auf der anderen Hofseite, das etwas unterhalb von meinem lag. Der Tag war sonnig, die Fensterläden zum Lüften geöffnet. Selbstbeherrscht, das Zimmer einer Frau, Frauenschuhe auf dem Boden. Ich war im Schatten, das Zimmer lag in hellem Licht, vollkommen still, ein kühler Raum aus Gegenständen und Farbtupfern. Ihre Anwesenheit war ein Geheimnis, voller unausgesprochener Fragen. Der Anblick hatte etwas Endgültiges an sich, eine tiefe Ruhe, als wären die Dinge zu dem Zweck arrangiert worden, betrachtet zu werden. Sollte eine Szene wie diese nicht durch Erwartung gekennzeichnet sein? Daß die Frau hereinkommt? Sie wird hereinkommen und sich die Haare mit einem Handtuch trockentreiben, sie wird so vieles auf einmal mit ins Zimmer bringen, so viel affektive Bewegung, das im Verlauf eines ganzen Lebens erlernte Zertrümmern eines zusammengesetzten Raumes, daß man tatsächlich glauben kann, man weiß alles über sie, allein durch diese Bewegung von Kopf und Armen, dieses beiläufige Betreten des Zimmers, barfuß, in einem weiten Gewand. Verführerisch. Das habe ich vermißt. Wenn sich später das Licht veränderte, würde ich noch mal gucken.

Mein Vermieter, Hadjidakis, stand unten in der Vorhalle. Er war untersetzt und stämmig und sprach gern Englisch. Fast alles, was er auf englisch sagte, fand er komisch, und fast jeder Satz mündete in ein Lachen. Diese sonderbaren Laute zu erzeugen, schien ihn in eine fröhliche Unruhe zu versetzen. Nachdem wir uns begrüßt hatten, erzählte er mir, daß er in der Innenstadt gerade eine Gruppe Bereitschaftspolizisten gesehen habe. Es schien aber gar nichts los zu sein. Sie waren einfach da, an die vierzig, in ihren Helmen mit den weißen Visieren, den schwarzen Uniformen, ausgerüstet mit Schutzschildern, Gewehren und Schlagstöcken. Während er das erzählte, lachte Hadjidakis immerzu. Die Tatsachen, von denen er berichtete, wurden alle durch sein Gelächter voneinander getrennt. Das war natürlich eine merkwürdige Kombination, die Bereitschaftspolizei und das Lachen. Auf englisch bekam die Geschichte eine unheimliche Dimension, die sie auf griechisch nicht gehabt hätte. Und der Anblick dieser Schutzschilder und Schlagstöcke hatte Eindruck auf mich gemacht.

»Es gab mir ein Gefühl«, sagte er, und wir lachten beide.

Als ich am nächsten Tag mit meinem Koffer herunterkam, stand der Hausmeister im schummrigen Licht und hob die rechte Hand in die Höhe, seine Geste für Reiseziele.

China, sagte ich ihm, *Kina,* da ich das Wort für Kuwait nicht kannte.

Ich fuhr zusammen mit Charles Maitland zum Flughafen. Er wollte nach Beirut, um sich dort bei der britischen Botschaft als Sicherheitsfachmann zu bewerben.

»Neulich habe ich das schon zu Ann gesagt. Die ändern ständig die Namen.«

»Welche Namen?«

»Die Namen, mit denen wir aufgewachsen sind. Die Länder, die Bilder. Zum Beispiel Persien. Wir sind mit Persien aufgewachsen. Was für ein riesiges Bild dieser Name hervorgerufen hat. Ein riesiger Sandteppich, tausend türkisfarbene Moscheen. Eine Weite, ein grausamer Ruhm, der Jahrhunderte zurückreichte. Die ganzen Namen. Ein Dutzend oder mehr, und jetzt natürlich auch Rhodesien. Rhodesien hat mir was gesagt. So oder so, der Name hat mir was gesagt. Und was bieten sie einem jetzt statt dessen an? Linguistische Arroganz, habe ich zu ihr gesagt. Ich wäre ein Komiker, hat sie gemeint. Sie hat keine persönliche Erinnerung mehr an Persien als Namen. Aber sie ist ja auch jünger, nicht?«

Wir fuhren am Olympiastadion vorbei.

»Das hängt alles zusammen, weißt du. Diese hochfahrende Arroganz. Umsturz, Neu-Sprech. Und was kommt dabei raus? Ethnische Bezeichnungen. Ein Haufen Initialen. Das Werk engstirniger Bürokraten. Ich nehme diese Veränderungen übrigens sehr persönlich. Sie annullieren die Erinnnerung. Immer wenn sich eine neue Volksrepublik aus dem Staub erhebt, habe ich das Gefühl, daß sich jemand an meiner Kindheit vergriffen hat.«

»Findest du Léopoldville etwa besser als Kinshasa?«

»Das Ministerium für Parolen. Das Ministerium für obskure Dialekte.«

»Zimbabwe«, sagte ich. »Ein Trommelschlag.«

»Ein Trommelschlag. Das ist es ja eben.«

»Was eben?«

»Ein Trommelschlag, ein Trommelschlag.«

Unser Fahrer schloß zu der grauen Schlange Taxis auf, die sich in der Durchfahrtsstraße staute. Auf dem Mittelstreifen ging ein Frau mit einem verstümmelten Kind bettelnd von Auto zu Auto. Die Ampel sprang um. Wir waren schon fast am Flughafen, als Charles wieder etwas sagte.

»Ich hab gehört, ihr wart neulich beim Bauchtanz.«

»Ja.«

»Ein interessanter Abend, was?«

»Kennst du sie?«

»Ich kenn ihren Mann«, sagte er, und als er mich ansah, reckte er sein Kinn energisch vor, und ich fragte mich, ob uns eine Art Symmetrie von Freundschaften und Ehebrüchen verband. Wir gingen durch die Türen in den monumentalen Lärm des Flughafengebäudes.

Zwei Anrufe.

Der erste in der Nacht, als ich aus Kuwait zurückkam. Das Telefon klingelte zweimal und hörte wieder auf. Etwas später klingelte es wieder. Ich konnte nicht schlafen. Es war zwei Uhr morgens, die Läden schlugen im Wind.

Anns Stimme.

»Du wunderst dich bestimmt.«

»Ist alles in Ordnung?«

»Ja, eigentlich schon, aber ich hab das immer wieder aufgeschoben.«

»Ist Charles noch in Beirut?«

»Er ist noch länger geblieben. Wir haben Bekannte dort. Ihm geht's gut. Es geht nicht um Charles, es geht auch eigentlich nicht um mich.«

Einen Moment lang dachte ich, sie wollte vorbeikommen. Ich betrachtete die Holzoberfläche des Tisches, auf dem das Telefon stand. Ich konzentrierte mich intensiv in der Stille, bevor sie wieder etwas sagte.

»Es geht um diesen Mann, mit dem ich mich seit einiger Zeit treffe. Eigentlich geht's um ihn.«

Ich wartete und sagte dann: »Andreas. Du meinst Andreas.«

Sie wartete. »Wie interessant, James. Du weißt also Bescheid.« Pause. »Ja, er ist es, über den ich mit dir reden wollte. Hab ich dich aufgeweckt? So was Blödes, um diese Zeit anzurufen. Aber es bedrückt mich einfach zu sehr. Ich konnte nicht schlafen. Ich muß es dir sagen. Dazu habe ich mich jetzt durchgerungen. Vielleicht ist ja alles nur Einbildung, aber dann habe ich mir gedacht, was ist, wenn nicht?« Sie wartete. »Interessant, daß du Bescheid weißt.«

Die Stimme war rauh und schwach. Sie saß bestimmt unter der afrikanischen Maske, einen Drink neben ihrer Rechten.

»Wir haben über dich geredet«, sagte sie. »Er fragt immer mal wieder nach dir. Einmal eine Frage über deine Arbeit. Eine Frage über deine Freunde, über deine Vergangenheit, Kleinigkeiten, die sich mehr oder weniger natürlich ins Gespräch einfügen. Am Anfang ist mir das kaum aufgefallen. Es war ein Thema unter vielen. Aber seit einiger Zeit habe ich das Gefühl, daß er ein spezielles Interesse an dir hat. Die Unterhaltung nimmt einen anderen Charakter an. Da ist plötzlich so eine Spannung. Eine seltsame Stille, während er auf meine Antwort wartet. Und er beobachtet mich. Mir fällt jetzt auf, daß er mich beobachtet. Er ist ein sehr wachsamer Mensch, findest du nicht?«

»Ich mag Andreas.«

»Er bringt immer deine Arbeit zur Sprache. Ich habe ihm gesagt, daß ich keinen blassen Schimmer davon habe, was du machst. Gut, er wechselt das Thema. Aber schließlich kommt er dann doch wieder darauf zu sprechen, beim zweiten Mal ein bißchen direkter, vielleicht sogar plumper. ›Wieso ist seine Zentrale in Washington?‹ ›Andreas, ich habe keine Ahnung. Warum fragst du nicht ihn?‹ Er hält dich offenbar für jemand, der Aufmerksamkeit verdient.«

»Er hat mich ja auch für David Keller gehalten, oder? Bei diesem Abendessen damals. Du warst doch dabei. Weißt du noch? Er hat uns verwechselt. Ich war der skrupellose Bankmensch.«

»Er redet dauernd von einer gewissen Northeast Group.«

»Das ist die Firma, für die ich arbeite. Gehört zu einem Riesenunternehmen. Ein hundertprozentiges Tochterunternehmen. So nennt man das, glaube ich.«

»Wenn ich mal fragen darf, James, was machst du eigentlich genau? Ich meine nicht deine Firma, sondern du. Auf deinen Reisen.«

»In der Regel führe ich Inspektionen durch. Ich prüfe Daten, treffe Entscheidungen.«

»Na ja, siehst du, das ist vage.«

»Je höher der Posten, desto vager das Arbeitsgebiet. Die Leute mit konkreten Aufgaben brauchen jemand, dem sie ihre Telexe schicken können. Ich bin eine Präsenz.«

»Er spricht von deinen vielen Reisen. Daß du in Athen so wenig Personal hast. Nur eine Sekretärin, ist das richtig? Er fragt sich, warum deine Zentrale in Washington ist und nicht in New York. Er gibt sich Mühe, nicht allzu direkt zu sein. Er läßt diese Themen ganz unauffällig einfließen. Je mehr ich darüber nachdenke, desto auffälliger finde ich das alles. Aber ich habe nicht gewußt, wie ich's dir sagen soll.«

»Wovon spricht er sonst noch?«

»Von einem Buch, das du geschrieben hast, über Militärstrategie.«

»Ich war nur der Ghost-Writer. Ich habe lediglich etwas Ordnung geschaffen. Woher weiß er das denn?«

»Das ist es ja eben.«

»Ich habe eine Menge geschrieben, über zig Themen.«

»Ich glaube, er hat das Buch gelesen.«

»Dann weiß er mehr als ich. Ich kann mich an kein einziges Wort erinnern. Für mich war das alles nur Grammatik und Syntax. Warum hat er das denn nicht erwähnt? Wir haben uns letzte Woche gesehen.«

»Irgendwas verändert sich, wenn wir über dich reden.« Warten. »Hörst du den Wind?«

»Er kann unmöglich Informationen für irgend jemand sammeln. So amateurhaft würde keiner vorgehen. Und außerdem gibt's nichts zu sammeln. Was gäb's denn da zu sammeln?«

»Vielleicht irre ich mich ja«, sagte sie. »Wir haben uns auch über andere Leute unterhalten. Manchmal ziemlich ausführlich. Möglich, daß ich mir das alles einbilde.«

»Ich mag Andreas. Er hat Format. Er besitzt Überzeugungskraft. Er hegt große Gefühle, ist voller Mißtrauen, und das sollte er auch, warum auch nicht angesichts der Ereignisse, angesichts der Geschichte. Ich kann mir nicht vorstellen, was er damit bezwecken könnte. Er ist bei einem Multi. Mit Sitz in Bremen oder Essen, glaube ich.«

»Bremen.«

»Das ergibt keinen Sinn.«

»Na, dann hab ich's mir wohl eingebildet.«

»Es sei denn, er hat Freunde bei einer der linken Zeitungen hier. Vielleicht versucht er sich als Amateurspion. Die kommunistischen Zeitungen drucken gern die Namen von Auslandskorrespondenten ab, die angeblich Kontakte zum US-Geheimdienst haben.«

»Das sähe ihm überhaupt nicht ähnlich.«

»Nein.«

»Was will ich damit sagen? Daß er so menschlich ist?«

»Ja.«

»Das ist er wirklich. Er hegt große Gefühle, wie du gesagt hast, aber sie gehen ganz leicht in Sanftheit und Verständnis über. Das wäre ein schreckliches Gefühl – zu wissen, daß ich benutzt worden bin.«

»So ist das nicht«, sagte ich. »Wenn er wirklich hinter Informationen her ist, kann er unmöglich davon ausgehen, daß er sie bekommt, ohne daß ich es erfahre.«

»Es sei denn, er hat gedacht, ich würde es dir nicht sagen.«

»Aber du hast es mir gesagt.«

»Ist das nicht furchtbar? Er hat gedacht, ich sei so vernarrt in ihn.«

»So ist das nicht. Es gibt eine Erklärung. Er hat gesagt, er meldet sich. Ich werde nicht einmal versuchen, mit ihm in Verbindung zu treten. Ich warte darauf, daß er sich meldet.«

»Er hat noch verschiedene andere Dinge im Zusammenhang mit deinen Aktivitäten erwähnt.«

»Meine Aktivitäten? Habe ich Aktivitäten? Ich dachte, wir machen uns Gedanken um seine Aktivitäten.«

»Je mehr ich darüber nachdenke, desto mehr glaube ich, daß ich mir das alles nur einbilde.«

»Er hat gesagt, er ruft an. Ich werde ihm die Chance geben, alles zu erklären, bevor ich die Sache zur Sprache bringe. Wann siehst du ihn wieder?«

»Er hat gesagt, er ruft an. Hat er aber nicht.«

»Er wird anrufen. Was ist mit Charles? Was ist mit dem Job in Beirut?«

»Scheint nicht zu klappen«, sagte sie.

»Warst du bereit, da wieder hinzugehen?«

»Nach Beirut?« Sie klang überrascht, daß ich sie das fragen könnte.

»Warum bemüht er sich dann um einen Job dort?«

»Um mit Taxis über die grüne Linie zu fahren. Um breit und glücklich zu lächeln, wenn israelische Jets die Schallmauer durchbrechen. Er liebt das Dröhnen, das Wummern. Um sich völlig ungerührt zu geben, wenn um die Ecke die Maschinengewehre losknattern. Deswegen ist er hingefahren.«

Ihre müde Stimme kehrte sich immer mehr nach innen. Bald würde sie in einen Monolog verfallen, eine innere Sprache, die weder einen Zusammenhang noch einen Zuhörer brauchte.

»Er sitzt da vor seinem Bier und plaudert mit einem Kollegen, während rings um sie die Granaten pfeifen, oder was Granaten eben machen. Völlig ungerührt. Ich glaube, auf solche Augenblicke hat er hingelebt. Das waren die Höhepunkte des Libanon, so wie Demonstrationen in Panama, als wir dort waren. Mitten in den schlimmsten antiamerikanischen Demonstrationen steckte er sich sein Union-Jack-Abzeichen ans Revers und stürzte sich ins Gewühl. Wie ich dieses Abzeichen am Schluß gehaßt habe. Er hat wirklich gedacht, er wäre unverletzlich, wenn er es trug. Und so sitzt er jetzt eben in Beirut bei irgend jemand im Büro, während draußen die Milizen aktiv sind. Um keinerlei Gefühlsregung zu zeigen. Um zu *plaudern.* Warum sich aufregen, hat er immer zu mir gesagt. Er hat wirklich geglaubt, daß das ein vernünftiger Rat ist. Als hätte ›sich aufregen‹ irgendwas damit zu tun, daß man beschließt, sich aufzuregen, daß man die bewußte Entscheidung trifft, sich aufzuregen. Da draußen werfen sie mit Granaten und feuern Raketen ab. Warum sich aufregen? Warum?«

Der zweite Anruf kam von Del Nearing, kurz bevor ich ins Büro gehen wollte. Sie war in einer Telefonzelle am Hauptplatz von Argos, auf dem Peloponnes, wo sie auf den Bus nach Athen wartete. Sie wollte sich nur mal melden.

Wir saßen im Wohnzimmer.

»Woher hast du die Möbel?«

»Gemietet«, sagte ich.

»Was hast du zu essen da?«

»Nichts. Wir gehen essen.«

»Wann?«

»Halb neun, neun.«

»Du lebst wie ich«, sagte sie. »Schwer vorstellbar, daß ich in ein oder zwei Tagen zu Hause sein werde. Die Busfahrt hierher hat mir sogar richtig Spaß gemacht. Der Bus hatte ein Ziel. Ich wußte, wo er hinfuhr.«

»Du hast abgenommen.«

»Kalifornien. Ich muß was für meinen Orgasmus tun. Was trinke ich hier eigentlich, Jim? Oder sollte ich lieber Jiihm sagen?« Ich nahm an, das war ihre Aussprache des arabischen Buchstaben *Jim.* »Hast du einen schönen Tag im Büro gehabt, Jiihm? Ist dieser Marmorfußboden aus echtem Marmor, Jiihm?«

Sie trug Stiefel, Jeans und ein Sweatshirt mit abgeschnittenen Ärmeln. Ihre Füße lagen auf dem Couchtisch. Sie trank Kumquat-Likör, den ich schon seit Monaten loswerden wollte.

»Wo ist Frank?« sagte ich.

»Wo ist Frank. Na gut, da du mich zum Essen einlädst und mich hier übernachten läßt. Ist dir das recht, Jiihm? Ich übernachte hier? Getrennte Zimmer? Damit ich nicht schon wieder in ein Hotel muß?«

»Natürlich.«

»Also, er ist immer noch dort. Er wandert kreuz und quer durchs Gebirge. Andahl ist nicht am vereinbarten Ort erschienen. Es fand kein Treffen statt, keine Spur mehr von ihm, den anderen oder von sonst jemand. In der ersten Woche hat Frank ständig gesagt, er gibt der Sache noch einen Tag. Rührend. Ich wollte wirklich bleiben. Ich hab mich sehr bemüht. Noch einen Tag, noch einen Tag. Er fing an, die Gegend nördlich von den Türmen zu erkunden. Wo die Bergkette breiter wird und man das Meer nicht mehr sieht. Fürchterliche Straßen, eigentlich gar keine Straßen. Verkümmerte Eichen, ständig Gewehrschüsse. Ich hatte zunehmend das Gefühl, daß diese ganze Sache zutiefst sinnlos ist. Aber was kann man Frank schon sagen, wenn er erst mal Feuer gefangen hat? Zuerst bin ich mitgegangen. Später bin ich im Hotel geblieben. In der zweiten Woche hat er kaum mehr was gesagt, und ich auch nicht. Er fand immer wieder einen neuen Pfad, ein neues Dorf. Hat immerzu Leute befragt, rumgestikuliert, auf irgendwelche Namen auf seiner Karte gezeigt. Ich hatte das Gefühl, daß im Zentrum von all dem irgendwas Totes, irgendwas Leeres war. Ich habe versucht, das zu erklären, aber ich wußte nicht, wie, und er hat sowieso nicht zugehört. Also hab ich gedacht, was soll's. Soll der Mann doch tun, was er tun muß. Und dann hab ich mich drum gekümmert, wie ich da wegkomme.«

»Ich würde gerne wissen, was mit Andahl passiert ist. Ob sie ihn gefunden haben, ob er sich entschlossen hat zu verschwinden.«

»Das sind faschistische Rucksacktouristen, weiter nichts.«

»Ich denke hin und wieder an den Film. Ich *sehe* ihn manchmal. So wie Frank ihn beschrieben hat. Starke Bilder. Diese Landschaft. Er wird sie nie finden, wir werden nie erfahren, ob er recht gehabt hat.«

»Meinst du, das funktioniert als Film, so wie die leben?«

»Ja, das paßt auf die Leinwand. Ich sehe es manchmal vor mir, ganz stark.«

»Film. Warum will ich am liebsten kotzen, wenn ich den Ausdruck ›persönlicher Film‹ höre? ›Er macht persönliche Filme.‹ ›Er macht persönliche Aussagen.‹ ›Er hat eine persönliche Vision.‹«

»Ich hab gewußt, daß sie sich nicht mit ihm treffen würden. Wie könnten sich solche Leute für jemandes Film oder Buch interessieren?«

»Du hast recht gehabt. Sie sind sich treu geblieben.«

Ich bemerkte den trockenen Ton. Ich sagte ihr, es sei seltsam, wie recht ich gehabt habe. Ich habe die ganze Zeit recht gehabt. Ich habe das Muster entschlüsselt. Ich habe mir zusammengereimt, daß Andahl ein Flüchtling sei. Ich habe Frank gesagt, daß die Kult-Leute nicht kommen würden, und sie seien nicht gekommen.

Sie sah mich in dem trüben Licht an.

»Was für ein Muster?« sagte sie.

»Wie sie vorgehen. Der ganze Mechanismus. Der eigentliche Sinn des Ganzen. Es ist das Alphabet.«

»Aber das hast du Frank nicht gesagt.«

»Nein.«

»Du hast es für dich behalten.«

»Genau.«

Wir saßen da. Ich beobachtete gern, wie der große Raum im Verlauf des Abends dunkler wurde. Sie schwieg. Ich dachte, sie müsse frieren, da sie an den Armen nackt war und sich die Wärme erst langsam im Gebäude ausbreitete. Das Telefon klingelte zweimal.

»Ich weiß nicht genau, was dahintersteckt«, sagte ich. »Wahrscheinlich Kathryn. Was immer zwischen den beiden gewesen sein mag.«

»Was ist denn zwischen den beiden gewesen?«

»Er hat doch sicher mal von uns drei erzählt. Du müßtest das besser wissen als ich.«

»Und all die Jahre hast du das mit dir rumgetragen? Hast keinem von deinem Verdacht mitgeteilt, daß sie ein Verhältnis haben, oder was immer du für einen Verdacht gehabt hast? Eine Nacht? Einen Nachmittag?«

»Ihr hab ich's gesagt. Sie weiß es.«

»Aber als sich dir die Chance bot, es ihm heimzuzahlen, hast du sie ergriffen. Du hast etwas gewußt, was er nicht wußte, etwas, was für ihn wichtig war. Was war das für ein Gefühl, Jiihm, das Geheimnis für dich zu behalten?«

»Das gehört dazu. Das Geheimnis. Es hat mir was bedeutet, das Geheimnis zu entdecken. Ich hatte es gar nicht eilig, es weiterzuerzählen. Ich hatte das Gefühl, daß dieses Wissen etwas Besonderes ist. Man muß es sich verdienen. Es ist zu wichtig, um einfach verschenkt zu werden. Er mußte es sich verdienen. Owen Brademas hat's ihm auch nicht gesagt. Er hat nur Andeutungen gemacht. Es wäre ein leichtes gewesen, es ihm zu sagen. Aber er hat's ihm nicht gesagt. Das ist ein besonderes Wissen. Wenn man es erst mal besitzt, schirmt man es vor anderen ab. Es besitzt selbst eine kultische Eigenschaft, die sich auf den Besitzer dieses Wissens überträgt.«

Wir saßen eine Weile schweigend da.

»Also gut. Soll ich dir sagen, was zwischen den beiden gewesen ist, was da lief, wenn überhaupt was?«

»Nein.«

»Du trägst das also lieber weiter mit dir herum.«

»Ich will's lieber nicht wissen. Ganz einfach.«

Nach dem Abendessen setzten wir uns wieder in die gleichen Sessel. Ich ließ das Flurlicht an. Sie beschrieb mir ihre Wohnung, die ihr in diesen letzten paar Monaten als das einzig Feste in ihrem Leben vorgekommen sei, die einzige Stille. Klein, spärlich möbliert, sanftes Licht, wartend. Die Sachen einer Frau. Sie hätte die Frau sein können, die in dieses Zimmer auf der andern Seite des Hofs hereinkommt, in diesen friedlichen Raum, den ich von meinem Balkon aus beobachtet hatte. Vielleicht setzte ich mich deswegen aufs Sofa, beugte mich zu Del, um ihr Gesicht in meinen Händen zu halten, diese makellosen Züge einzurahmen, den großen Mund und die schrägen Augen, die kurzgeschnittenen Haare über den Ohren.

»Ich dir gefallen, Jiihm? Vielleicht du denken, du kannst Spaß haben mit mir. Du mir sagen, was du magst. Magst du schmutzig, magst du dreckig? Was wir machen, Jiihm? Du mir sagen in kleinen Worten. Ich nicht alle Worte machen. Einige Worte ich kann machen, andere ich nicht so gerne machen. Sehr groß sein, diese Worte, schwer zu machen. Aber manchen Männern gefällt. Du mir mußt sagen, Jiihm. Wir große Worte machen oder kleine Worte?«

»Ich dachte, alle Worte sind klein.«

»Du komischer Mann, Jiihm. In den Bergen hat man mir nicht gesagt.«

»Er wird keine zwei Tage mehr bleiben«, sagte ich. »Die Suche ist so gut wie vorbei.«

»Warum das, Jiihm?«

»Du bist nicht mehr da. Wenn du gehst, geht er auch. Er wird noch eine Zeitlang meckern und jammern, aber dann wird er nachgeben. Er wird sich eingestehen, daß er dich braucht. Sobald das der Fall ist, wird er packen und abreisen.«

»Ich glaube, ich richtige Frau sein müssen, wenn stimmt, was du sagst.«

Ausdruckslos, eine humorlose Stimme. Der Moment war falsch. Er fühlte sich leer an. Mir wurde klar, daß ich mich ihr genähert hatte, die Ränder ihres Gesichts berührt hatte, mit den Daumen über ihre Lippen gefahren war (während ich der nuttigen Stimme zuhörte), nicht wegen der Berührung an sich oder weil ich etwas Einfaches von ihr wollte, ihren schmächtigen Körper an meinen geschmiegt. Sie sprach weiter, verspottete uns beide. Ich lehnte mich ins Sofa zurück, meine Füße auf dem Tisch, im rechten Winkel zu ihren, Hände im Nacken verschränkt. Auch sie verschränkte die Hände im Nacken.

Ich hatte Volterra verletzen wollen. Sex mit dieser Frau. Zutiefst befriedigend. Das sagte ich ihr nicht. Sie wäre nicht überrascht, würde wahrscheinlich einen Witz machen, eine weitere Stimme erfinden, so wie ich in der Woche der 27 Verderbtheiten Stimmen erfunden hatte. Aber es schmerzte mich, zu schweigen. Ich will mich Frauen immer anvertrauen.

Du nimmst Rache. Verbirgst sie manchmal sogar vor dir selbst. Willst nicht dabei ertappt werden, wie du deine kleine, gemeine alltägliche Rache an mir nimmst.

Eins hatte sie mir noch zu sagen, bevor wir in unsere getrennten Betten gingen. Wenn es etwas gab, das ich Volterra nicht erzählt hatte, so gab es auch etwas, das er vor mir geheimgehalten hatte.

»Er hatte nicht vor, chronologisch zu drehen, außer dem Schluß. Das allerletzte, was er drehen wollte, war der Schluß. Er hat mir erzählt, wie er es machen wollte. Er wollte einen Hubschrauber mieten. Die Sektenmitglieder und ihr Opfer sollten sich für den Mord aufstellen. Das Muster ist bis zu diesem Punkt eingehalten worden, dieses besondere Wissen, von dem du sprichst. Der alte Hirte ist auf seinem Platz, und die Mörder sind auf ihren Plätzen und halten spitze Steine in den Händen. Frank dreht aus extrem niedriger Höhe, so niedrig der Hubschrauber fliegen kann. Er will den Wind sehen, die Druckwelle der Rotorblätter. Sie ermorden den Alten. Sie töten ihn mit Steinen. Stechen auf ihn ein, schlagen ihn. Staub wirbelt auf, Büsche und Gestrüpp werden von dem Wind plattgedrückt. Kein Ton in dieser Szene. Er will den Wind nur als visuelles Element haben. Der extreme Winkel. Die zusammengedrängten Männer. Die Turbulenz, die tonlose Wellenbewegung der Büsche und verkümmerten Bäume. Ich kann ihn fast Wort für Wort zitieren. Er will die Aufregung des Rotorabwinds haben, die schreckliche Dringlichkeit, aber tonlos, völlig tonlos. Sie töten ihn. Sie bleiben sich treu, Jiihm. Und das war's. Schluß. Er will nicht, daß der Hubschrauber aufsteigt, damit klar wird, daß der Film zu Ende ist. Er will nicht, daß die Menschen in einer Totalen in der Landschaft verschwinden. So was ist sentimental. Es hört einfach auf. Es hört mit einer Nahaufnahme auf, die Männer im Kreis mit wehenden Haaren und Kleidern, nach dem Mord.«

Als sie ins Bett gegangen war, blieb ich noch eine Weile im Wohnzimmer. Ich dachte an Volterra in den Bergen, mit hochgezogenen Schultern in seiner Khaki-Armeejacke, die tiefen Taschen voller Karten, hinter ihm der aufgetürmte Himmel. Sentimental. Ich glaubte ihr kein Wort. So weit würde er nicht gehen. Er war immer schon sehr weit gegangen, bis an die Grenzen, hatte Menschen mißbraucht, sich Feinde gemacht, aber dieses In-der-Luft-Schweben mit an der Tür befestigter Kamera fand ich nicht stimmig. Der Meister der Lüfte, das gefilmte Jahrhundert. Er würde es nicht zulassen, daß sie einen Menschen töteten, und wenn sie es dennoch taten, würde er es nicht filmen. Gelegentlich muß man einen Schritt zurücktreten und prüfen, wie weit man selbst mit drinsteckt. Das lehrt einen die Situation. Selbst in seiner Getriebenheit würde er das erkennen, dessen war ich mir sicher.

Es war interessant, wie sie mich dazu gebracht hatte, ihn mir selbst gegenüber zu verteidigen (so wie Kathryn ihn immer verteidigt hatte). Nicht daß das Dels Absicht gewesen war. Ich wußte nicht, was für eine Absicht sie gehabt hatte. Die Lüge besaß eine ganz eigene Gewalttätigkeit, eine hinterhältige Kraft, die sie vielleicht gegen jemand Bestimmten oder uns alle hatte richten wollen, ironisch, kunstvoll motiviert. Wie reichhaltig sie war, diese Lüge, offen für zahllose Interpretationen. Ich würde lange darüber nachdenken müssen, bevor ich auch nur annähernd begreifen konnte, was sie sich dabei gedacht hatte, welcher komplexe, menschliche Drang sie veranlaßt hatte, diese Geschichte zu erfinden.

Falls mir die Geschichte als wahr erschienen wäre, hätte ich mir nur mit einem obskuren Gefühl der Befriedigung einen Drink gemixt.

Als ich am Gästezimmer vorbeikam, sah ich, daß die Tür offenstand und noch Licht brannte, und ich blieb stehen, um einen Blick hineinzuwerfen. Sie kniete auf dem Boden, barfuß, in Jeans und ärmellosem Hemd. Ihr Oberkörper war weit vorgebeugt, ihre Brust berührte die Knien. Ihre Beine waren zusammen, ihr Hintern ruhte auf den Fersen. Die Arme hatte sie auf den Boden gelegt, die Handflächen zeigten nach oben. Eine kompakte Ansammlung von Kurven. Die Kurve von Kopf und Oberkörper ging in die Kurve der Oberschenkel über. Die Kurve von Rükken und Schultern zog sich bis zu den Händen hin. Die Arme bildeten eine ähnliche Kurve wie die Unterschenkel. Ihr Kopf berührte den Boden.

Sie verharrte eine ganze Weile in dieser Stellung. Am nächsten Morgen sagte sie mir, daß diese Übung »Pose eines Kindes« hieß.

Ich ging mit David zusammen im Wald joggen. Das hohe Gras war durch den vielen Regen sattgrün geworden. Wir liefen auf zwei Wegen, die sich auf verschiedener Höhe den Hang entlang zogen. Beim Laufen verloren wir uns immer wieder für kurze Zeit aus den Augen. Sein bunter Dreß blitzte zwischen den dürren Kiefern hindurch.

Mrs. Helen übte mit mir geduldig die Konjugation schwieriger Verben. Sie hielt mir Vorträge über die Feinheiten von Aussprache und Betonung, die korrekte Form für diese oder jene Situation. Wir saßen da, mit unseren Teetassen und geprägten Papierservietten. So wie sie die Sprache unterrichtete, hatte ich das Gefühl, daß Sprache in erster Linie als Mittel der Höflichkeit zwischen Menschen existierte, mit der einen oder andern Ausnahme für die Vermittlung von Gedanken und Gefühlen. Wir aßen englische Kekse und unterhielten uns über Mrs. Helens Familie. Auf der andern Seite des Raums spuckte das Telex Zahlen aus Amman aus.

Ich ertappte mich dabei, daß ich die englischsprachigen Zeitungen nach Berichten über Morde, Selbstmorde und Überfälle durchsah. Als ich eine zehntägige Reise unternahm, machte ich das gleiche, überflog, wo immer ich war, die lokalen Zeitungen auf der Suche nach Meldungen aus den täglichen Polizeiberichten. Ich ertappte mich dabei, daß ich den Namen des Opfers mit dem Namen des Ortes verglich, wo das Verbrechen begangen wurde. Initialen. Die Initialen des Opfers, der erste Buchstabe des Wortes oder der Wörte im Ortsnamen. Ich weiß nicht, wieso ich das tat. Ich war nicht auf der Suche nach dem Kult, ich suchte nicht einmal unbedingt nach Mordopfern. Mir war jedes Verbrechen recht, jede Tat, bei der ein Mensch an einem konkreten Platz isoliert wurde, nur weil die Buchstaben übereinstimmten.

Wieder hörte ich mit dem Trinken auf, diesmal in Istanbul. In Athen ging ich jeden Tag joggen.

Die Wüste

II

In diesem Riesenraum, der eigentlich nur ein Behälter für Leere zu sein scheint, sitzen wir mit unseren Reisedokumenten, jederzeit griffbereit, warten darauf, daß vielleicht jemand erscheint, der von uns zu wissen verlangt, wer wir sind, jemand mit Weisungsbefugnis, und wer unvorbereitet ist, muß mit ernsten Konsequenzen rechnen.

Der Terminal ist an beiden Enden voller Prüfungskategorien, denen wir uns unterziehen müssen, die uns ein Gefühl von Innerlichkeit und Kleinheit aufnötigen, eine Selbstentblößung, auf die wir nie vorbereitet sind, auch wenn wir diese Reise noch so oft machen, die verborgene Reise durch Kategorien und Definitionen und fremde Sprachen, nicht die andere, den sonnendurchfluteten Flug in den Osten, den wir eigentlich vorgehabt hatten. Dieses Vorhaben, das uns ganz ohne unser Zutun aufgedrängt wurde, führt uns nun zur Paßkontrolle, zum Sicherheits-Check und Zoll, läßt uns durch den magnetischen Metalldetektor treten, konfrontiert uns mit dem Gepäckdurchleuchtungsgerät, der Devisenerklärung, der Zollerklärung, den Bordkarten und den Landungskarten, der Flugnummer, der Platznummer, den Abflug- und Ankunftszeiten.

Es nützt nichts, sich zu sagen, so wie ich es schon hundertmal getan habe, das ist doch eine ganz normale Flugreise, das hast du doch schon zigmal gemacht. Das ist ein ganz normales Terminal, ein ganz normales Land, die gleichen weichen Sitze, die Einreisedokumente, die Belege und Ausweise.

Flugreisen erinnern uns daran, wer wir sind. Durch sie erkennen wir uns selbst als moderne Wesen. Der Vorgang entfernt uns von der Welt und unterscheidet uns von anderen. Wir schlendern in dem uns umgebenden Lärm umher, sehen noch einmal nach, ob alles da ist, der Flugschein, die Bordkarte, das Visum. Der Vorgang bringt uns zu der Überzeugung, daß wir uns jeden Moment der Macht unterwerfen müssen, die in alldem impliziert ist, der unbekannten Autorität dahinter, hinter den Kategorien, den Sprachen, die wir nicht verstehen. Dieser riesige Terminal wurde dazu errichtet, Seelen zu erforschen.

Es überrascht daher nicht, am Flughafen von Bombay, wenn man dort nach einem Nachtflug von Athen ankommt, Männer mit Maschinenpistolen und Geier zu sehen, die auf den am Ende des Rollfeldes abgestellten Gepäckwagen hocken.

Wir ziehen es vor, all das zu vergessen. Wir errichten ein ausgeklügeltes Gegensystem geistiger Abwesenheit. Darin sind wir uns alle einig. Und wenn wir erst einmal draußen auf der Straße sind, sehen wir, wie einfach das ist, sobald wir in die dichte, gedrängte Farbe der Dinge, die bunten Kleider und die Masse brauner Gesichter eintauchen. Aber die Erfahrung ist deswegen nicht weniger prägend, nur weil wir uns darauf geeinigt haben, sie zu vergessen.

Zu später Stunde ging ich mit Anand Dass durch die Straßen in der Nähe meines Hotels. Er sah stämmiger aus, wie er sich in einem T-Shirt mit dem Aufdruck »Michigan State« und ausgewaschenen Jeans in der weichen Luft bewegte. Er faßte mich immer am Arm, wenn wir eine Straße überquerten, und ich fragte mich, warum mir das so sonderbar angebracht erschien. Konnten die Fahrer hier noch schlimmer als die Griechen sein? Der fehlende Schlaf machte mich benommen, weiter nichts, und wahrscheinlich war mir das anzusehen.

»Muß mich um Details kümmern. Hauptsächlich Gespräche mit unseren Leuten hier. Mein Chef hat die Sache schon auf Kiel gesetzt.«

»Also Neuland für Sie«, sagte er.

»Südasien und so weiter. Hier wird eine regionale Geschäftsstelle entstehen, unabhängig von Athen, wenn's erst mal läuft.«

»Aber Sie kommen nicht fest hier runter?«

»Brauchen Sie einen Zuhörer? Jemand mit dem Sie sich über das Leben und die Reisen des Owen Brademas unterhalten können?«

»Genau so ist es.« Er faßte mich am Unterarm und lachte. »Der Mann fordert einen dazu heraus, über ihn zu reden.«

»Wie oft haben Sie ihn gesehen?«

»Er hat drei Tage bei uns gewohnt. Und seitdem drei Briefe. Ich hätte nicht gedacht, daß dieser Mensch mir so viel bedeutet. Aber ich lese seine Briefe immer wieder. Meine Frau war von ihm ganz fasziniert. Der miserabelste Ausgrabungsleiter, der mir je begegnet ist. Das ist Owen. Er gräbt wie ein Amateur.«

Unter einem Kinoplakat kamen wir an einer Gruppe Nordamerikaner vorbei. Sie waren kahlgeschoren, trugen safrangelbe Gewänder und Tennisschuhe. Sie standen neben einem Lautsprecherwagen und verteilten Broschüren. Was konnte ich sagen? Sie sahen zutiefst überrascht aus in ihrer Kahlheit und fleckigen Haut, erstaunt, diejenigen zu sein, die sie waren, wirklich und hier zu sein. Aus dem Lautsprecher drang Flötenmusik und Gesang durch den Krach und die Abgase der gelben Taxis.

»Was unterrichten Sie gerade?«

»Die Griechen. Ich untersuche die hellenistischen und römischen Einflüsse auf die indische Bildhauerkunst. Kein großes Thema, aber interessant. Buddhafiguren. Ich interessiere mich immer mehr für Buddhafiguren. Ich will nach Kabul fahren, um mir den Buddha des Großen Wunders anzusehen.«

»Sie sollten nicht nach Kabul fahren, Anand.«

»Es ist ein Übergangsbuddha.«

»Sie wissen ja, wie Sie sich anhören.«

»Owen ist jetzt in Lahore. Ich rede schon genau wie er, nicht? Fahren Sie da überhaupt hin?«

»Ich fahre überall zweimal hin. Das erste Mal erhält man einen falschen Eindruck, beim zweiten Mal verfestigt er sich.«

»Möchten Sie ihn treffen? Ich kann Ihnen keine Adresse geben.«

»Nein. Das würde mich nur deprimieren.«

»Ich geb Ihnen trotzdem die Adresse. Er ist nach Lahore gegangen, um die Kharoshthi-Schrift zu lernen.«

Ich versuchte, darauf etwas Witziges zu sagen. Anand lachte und packte mich am Arm, und wir eilten über die Straße zum Gateway of India, wo sich zu Einbruch der Nacht die Menschen versammelten, Straßenmusiker, Bettler, Fruchtsaft- und Süßigkeitenverkäufer.

»Haben Sie irgendwelche Pläne?«

»Ich bin bereit, fast überall hinzugehen, und ebenso bereit, da zu bleiben, wo ich bin.«

»Das ist ein seltsamer Beruf. Risikoanalyse. Ihr Mann vor Ort wird sehr viel zu tun haben. Das können Sie mir glauben.«

»Mir gefällt die Vorstellung, daß jemand ›*Westafrika*‹ zu mir sagt. Nicht daß ich's unbedingt annehmen würde. Aber mir gefällt das Unermeßliche daran. Das Unermeßliche der Landschaften, der Möglichkeiten. Es ist bizarr, wie offen mein Leben geworden ist. ›*Überlegen Sie sich's*‹, heißt es dann. Aber es gibt nichts zu überlegen. Das ist das Komische dabei.«

Wir gingen durch einen der Torbögen und blieben da über den Stufen zum Meer stehen. Ein kleines Mädchen mit einem Baby in den Armen folgte uns. Die Menge wurde langsam größer.

»Sie sollten länger in Indien bleiben.«

»Nein. Vier Tage. Das reicht.«

»Morgen kommen Sie zu uns zum Abendessen. Rajiv wird einiges über Tap erfahren wollen. Er hat nämlich einen Brief von ihm bekommen. Auf Ob.«

Die weiche Luft machte mich traurig.

»Und wir beide unterhalten uns über Owen.«

Weich und feucht, eine lastende Hitze. Es kamen immer mehr Menschen, unterhielten sich, blickten aufs Meer hinaus. Sie standen um den Hornspieler herum, den Mann mit den Handtrommeln. Es gab Verkäufer unsichtbarer Waren, im Dunkeln geflüsterte Namen. Von den Rändern kamen immer wieder Kinder, überquerten schweigend irgendeine Trennlinie mit verschrumpelten Babys in den Armen. Aus der Straße an der Kaimauer, aus den inneren Straßen und Rändern strömten Menschen zum Gateway, um dort zusammen in der warmen Nacht zu stehen und auf eine frische Brise zu warten. Das Schrillen von Fahrradklingeln blieb kurz in der Luft hängen.

Alles klebt.

Sie ging mit dem Kartoffelschäler auf mich los, in meinem L. L. Bean-Hemd, waldgrün, mit langen Zipfeln. Ich stand verlegen da. Es war in ihrem Gesicht zu lesen, daß sie mich töten wollte. Eine Wut, die mich auf ewig erstaunen wird. Ich wich dem Stoß aus und lehnte mich dann nachdenklich an den Schrank, die Hände mit angewinkelten Daumen in die Taschen gesteckt, wie ein Quarterback an einem kalten Tag, der auf die Mannschaftsbesprechung vor dem nächsten Spielzug wartete.

Ann und Lindsay kamen mit den Taschen voller Äpfel und Bücher die Stufen des British Council herunter. Ich rief ihnen von dem Tisch des Straßencafés zu, wo ich saß. Wir bestellten Kaffee und beobachteten, wie Leute sich vorbeugten und ihre Ziele in die Fenster vorbeifahrender Taxis riefen.

Lindsay schleppte Romane, Ann Biographien. Ich nahm mir einen Apfel aus einer der Taschen und biß herzhaft hinein. Sie mußten lächeln, und ich fragte mich, ob sie diese Handlung so interpretierten, wie ich sie instinktiv gemeint hatte, ganz ohne Nebenabsichten. Wieder unter vertrauten Dingen und Menschen zu sein, die Freundschaft ausleben zu können, die ein Mann mit bestimmten verheirateten Frauen pflegt, den Ehefrauen, in die er halb verliebt ist. Einen Apfel zu stehlen und hineinzubeißen, darin liegt eine unschuldige erotische Sehnsucht und anderes, schwer zu Benennendes.

»Da gibt's seit einiger Zeit eine neue Wandparole«, sagte Lindsay. »Mit einem Datum dahinter.«

»Griechenland erwache«, sagte Ann. »Und das Datum ist der Tag, an dem die Obristen die Macht übernommen haben. Irgendwann im Jahr siebenundsechzig.«

»Der einundzwanzigste Vierte.«

»Und dann die andere Seite. War das vor drei Wochen? Jemand hat den Chef der Bereitschaftspolizei umgebracht.«

»Das muß ich verpaßt haben«, sagte ich.

»Seinen Fahrer haben sie auch ermordet. Ein anderer Jahrestag. Charles sagt, die Mörder hätten eine Visitenkarte hinterlassen. Siebzehnter November. Studenten gegen die Diktatur. Ich glaube, das war dreiundsiebzig.«

»David ist wieder in der Türkei.«

Diese besorgte Bemerkung, eine Bemerkung, die sich uns zu entziehen schien, so leise ausgesprochen und nackt, eine Bemerkung, mit der Lindsay automatisch auf das Thema Gewalt reagierte, diese Bemerkung veranlaßte uns, das Thema zu wechseln. Ich erzählte ihnen von dem Brief, den Tap mir geschrieben hatte. Ihm gefiel das Geräusch, wenn das Wasser in der Dusche gegen das Plastik des Duschvorhangs prasselte. Das stand in dem Brief.

Lindsay sagte, Davids Kinder würden ihm Videokassetten schicken. Dann sagte sie, sie müsse zum Unterricht, und brach nach der ersten Tasse auf.

Wir wußten, worüber wir reden wollten, warteten aber, bis Lindsay gegangen war. Ein gebeugter Mann joggte neben einem Taxi her und beantwortete die Handbewegung des Fahrers mit dem Namen irgendeines Bezirks im Norden.

»Ich hab ihn gestern gesehen«, sagte Ann. »Er hat angerufen, und wir sind was trinken gegangen.«

»Ich hab ja gewußt, daß er sich wieder meldet.«

»Er ist weg gewesen. Hat anscheinend versucht, mich zu erreichen. Er war in London.«

»Siehst du. Geschäftlich. Weiter nichts.«

»Ja. Sie ziehen um. Offenbar die ganze Region.«

»Ich hab mir schon so was gedacht.«

»Das war's dann wohl. Eigentlich eine Erleichterung. In doppelter Hinsicht.«

»Auch ein Rollentausch.«

»Ja, normalerweise bin ich diejenige, die aus den Armen der Liebe herausgerissen wird, um meinem Mann zu seinem nächsten Auslandsposten zu folgen. Die Erleichterung ist geradezu überwältigend. Soll er doch nach London gehen, von mir aus nach Sydney. Was für eine Überraschung, sich so zu fühlen. Wieso entdecke ich diese Dinge immer erst, wenn ich mitten drinstecke? Während die Ereignisse wie Bussarde um mich kreisen? Warum kann ich nicht wenigstens einmal im voraus wissen, was ich bei einer Sache für ein Gefühl haben werde? Ich hasse Überraschungen. Ich bin zu alt dafür. Ich möchte für den Rest meines Lebens im Morgenmantel rumlaufen.«

»Das wird nicht reichen.«

»Halt den Mund.«

»Du brauchst auch geschwollene Knöchel und mußt Schlappen tragen. Du mußt richtig schlampig sein. Dreißig Pfund schwerer. Ein bißchen aufgedunsen, ein bißchen ungepflegt.«

»Das entspricht meinem Naturell«, sagte sie. »Badelatschen tragen. Ideal.«

»Mit rotem Gesicht rumstehen, eine Hüfte leicht vorgeschoben, das Gewicht auf einem Bein.«

»Nicht auf meine Hände gucken. Ich hab alte Finger.«

»Es war alles ein ganz normales Gespräch. Er ist ein anständiger Mann. Seine Schwäche ist sein moralischer Ernst. Selbst als er völlig übertrieben argumentiert hat, habe ich das an ihm bewundert, und ich mag das an ihm. Vielleicht hatte er nur einen persönlichen Verdacht, den er ausräumen wollte. Sonst nichts. Reden. Seine eigentliche Berufung.«

»Hast du Charles von uns erzählt?«

»Ja.«

»Das hab ich mir gedacht.«

»Ich befand mich in einer schwierigen Lage. Das war schon von Anfang an so. Ich wollte ihn ein bißchen schockieren. Ihn aufrütteln, damit sich der Nebel lichtet, in dem er zu verschwinden drohte. Mir behagte nicht, daß ich etwas über seine Frau wußte, was er nicht wußte.«

»Naja, soviel dazu.«

»Wir brauchen Lindsays Hilfe, um das alles zu verstehen. Sie müßte gar nichts dazu sagen. Nur dasitzen und zuschauen.«

»Allmählich wird mir klar, was für ein komisches Paar wir waren.«

»Kommt überall vor.«

»Was finden die aneinander?«

»Aber liegt da nicht auch etwas Bereicherndes und Lebendiges in diesen ganzen Verwicklungen, in der Art, wie wir unsere Leben miteinander vermischt haben, ob chaotisch oder nicht?«

»Gott sei Dank gibt's Bücher«, sagte sie.

Biographien. Es war Zeit für mich, ins Büro zu gehen. Wir verabschiedeten uns an der Ecke, faßten uns an den Händen, wie Leute es tun, die nach einer unsicheren Zeit durch einen Händedruck Fröhlichkeit vermitteln wollen. Dann überquerte ich die Straße und ging Richtung Westen.

Stumm. Der Luftstrudel der Rotoren. Die Wellenbewegung in den Bäumen. Wirbelnder Staub um sie herum. Wehende Haare und Kleider. Die Raserei.

Der Raum mit seinem Steinkamin, dem Marmorbecken, den Farnen, Fächerpalmen und rustikalen Teppichen war von Lindsay mit der Absicht eingerichtet worden, ihrem Mann das Gefühl zu geben, daß er zumindest für eine Weile alle Flughäfen und Reisen vergessen konnte. Sie entschuldigte sich in regelmäßigen Abständen dafür, daß der Raum so groß war. Die Marmorbalustrade auf der Terrasse, die Glaswand mit Blick auf den Sonnenuntergang, ein Schiffsgemälde von Hydra, das immer noch nicht aufgehängt in einer Ecke stand. Zu groß, sagte sie und ließ die Hände schwingen. Zu lang, zu hoch, zu protzig. Es gibt schlimmere Probleme im Leben, entgegnen wir. Aber wir dürfen nicht vergessen, daß derartiges Unwohlsein immer schon eine kleinbürgerliche Tugend gewesen ist, vor allem wenn es einem Gefühl von Privilegiertheit entspringt, verpflichtender Privilegiertheit, die nur schwer Ablehnung zuläßt, und Lindsay, die neue junge Ehefrau, war einige Wochen, nachdem David die Wohnung gefunden hatte, hier eingezogen. Sie fühlte sich darin unbehaglich. Die Wohnung gab ihr unter anderem das Gefühl, daß die Gefahren, denen sich David in Ländern wie dem Libanon und der Türkei aussetzte, im Zusammenhang mit der Größe dieses Raumes standen.

Er spielte seine Sammlung von Pacific-Jazz-Platten, ein schönes Relikt aus den Fünfzigern mit Originalgemälden auf den Covern, und hin und wieder war auch ein Cello oder eine Flöte zu hören. Roy Hardeman stand plötzlich vor der Tür, mit einer neuen Brille, überdimensional und eckig. Er war zu zweitägigen Gesprächen in Athen. Wir beschlossen, noch ein Glas zu trinken und dann essen zu gehen. Und dann zeitig zu Bett, sagte Lindsay. Wir mußten mal wieder zeitig zu Bett.

Als uneingeladener Gast legte Hardeman ein leicht unterwürfiges Verhalten an den Tag, wartete beflissen darauf, daß der Gastgeber, die Gastgeberin oder der gute Freund ein Thema anschnitt, das ihm Gelegenheit bot, ebenbürtig zu argumentieren und zu reden. Er brauchte nicht lange zu warten.

David sagte: »Ich lese ständig von Stämmen, Horden oder Völkern, die aus Zentralasien angestürmt kamen. Warum sagen wir von Zentralasien so gerne, daß Leute von dort angestürmt kamen?«

»Keine Ahnung«, sagte ich.

»Wieso sagen wir nicht, daß die Mazedonier aus Europa angestürmt kamen? So war das nämlich. Vor allem Alexander. Aber das sagen wir nicht. Oder die Römer oder die Kreuzritter.«

»Glaubst du, es ist ein rassistischer Ausdruck?« fragte Hardeman.

»Weiße Menschen haben Reiche gegründet. Dunkelhäutige Menschen sind aus Zentralasien angestürmt gekommen.«

»Was ist mit den Ariern?« sagte Hardeman. »Wir sagen auch nicht, daß die Arier aus Zentralasien angestürmt kamen. Sie haben sich verbreitet, sind gewandert oder einfach angekommen.«

»Genau. Und zwar weil die Arier hellhäutig waren. Hellhäutige Menschen verbreiten sich. Dunkelhäutige Menschen kommen angestürmt. Die Türken sind angestürmt gekommen. Die Mongolen. Die Baktrer. Sie sind in Wellen gekommen. Eine Welle nach der anderen.«

»Na gut. Aber deine ursprüngliche Prämisse lautete ja, daß Zentralasien eine Gegend sei, aus der Menschen angestürmt kommen. Sind es jetzt nur dunkelhäutige Menschen, die aus

Zentralasien angestürmt kommen, oder ist es so, daß Zentralasien eine Gegend ist, aus der Menschen jeder Hautfarbe angestürmt kommen könnten, mit Ausnahme der Arier? Geht's hier um Rasse, Sprache oder Geographie?«

»Ich glaube, irgend etwas an Zentralasien veranlaßt uns zu sagen, daß Menschen von dort angestürmt kommen, aber das geht Hand in Hand mit der Tatsache, daß diese Menschen in der Regel dunkelhäutig sind. Man kann die beiden Sachen nicht voneinander trennen.«

»Die Arier haben wir schon ausgeklammert«, sagte Hardeman. »Und was ist mit den Hunnen? Die Hunnen sind doch ganz gewiß aus Zentralasien angestürmt gekommen.«

»Was für eine Hautfarbe hatten die Hunnen?« fragte David.

»Weder hell noch dunkel.«

»Ich hätte dieses Gespräch mit jemand anderem führen sollen.«

»Tut mir leid.«

»Ich habe gedacht, ich hätte etwas Wichtiges und Interessantes entdeckt, ganz allein, du Mistkerl.«

»Wahrscheinlich hast du das auch. So genau weiß ich es auch nicht.«

»Natürlich weißt du das.«

»Ja, eigentlich schon.«

»Und ob.«

»Aber es ist eine interessante Prämisse«, sagte Hardeman.

»Arschloch.«

Wir gingen in einer alten Villa in der Nähe der US-Botschaft essen. Hardeman trank einen Scotch nach dem anderen. Sein perfekter Scheitel, die geometrische Brille und der dreiteilige Anzug wirkten wie Errungenschaften systematischer Selbsterkenntnis. So sah also das Ergebnis aus. Er war physisch kompakt, seine gutgeschnittene Kleidung stand ihm, und er hatte nichts an sich, was nicht Gegenstand sorgfältigster vorheriger Prüfung gewesen war.

»Karen hat gesagt – hör mal zu, Lindsay –, daß ihr beide uns unbedingt in London besuchen müßt, sobald wir uns eingerichtet haben.«

»Schön. Im Frühling.«

»Im Herbst wär's günstiger. Wir müssen ein Kindermädchen finden.«

»Aber ihr habt doch gar keine Kinder«, sagte sie.

»Meine ursprünglichen Kinder.«

»Ich hab gar nicht gewußt, daß du ursprüngliche Kinder hast.«

»Aus meiner ersten Ehe.«

»Das wußte ich nicht«, sagte sie.

»Sie werden den Sommer bei uns verbringen. Karen freut sich schon darauf, ein Kindermädchen zu suchen.«

David saß still da, die Hände um sein Bierglas gelegt, immer noch unglücklich über das vorherige Gespräch.

»Ich hab vor einiger Zeit Andreas getroffen«, sagte ich. »Wir haben zusammen gegessen. Hirn und Innereien.«

»Ein guter Mann«, sagte Hardeman. »Intelligent, analytisch.«

»Was genau macht er in seiner Firma eigentlich?«

»Er ist Vertreter. Ein fleißiger Mann. In Bremen sind sie begeistert von ihm. Spricht sehr gut Deutsch. Sie haben alles versucht, ihn zum Bleiben zu überreden.«

Ich quittierte diese letzte Bemerkung mit Schweigen. Wir bestellten eine Runde Bier. Als das Essen kam, begutachteten wir gegenseitig unsere Gerichte. Nach einigem Hin und Her tauschte ich mit Lindsay die Teller.

»Hat man Ihnen schon erzählt«, sagte Hardeman, »wie Karen früher immer ihre Abende verbracht hat?«

Ich sagte, ich könne mich nicht mehr erinnern. Karen verbrachte früher ihre Abende damit, auf einem Hocker an der Seitenauslinie im Fulton County Stadion von Atlanta, Georgia, zu sitzen und die Bälle einzufangen, die von den Recken der National League dort hingeschlagen wurden. Sie war sechzehn Jahre alt, ein goldenes Mädchen auf grünem Rasen mit hüftlangem Haar. Er traf sie sechs Jahre später in einem Aussichtsrestaurant.

»Ich dachte, es wäre die linke Seitenauslinie gewesen«, sagte David.

»Rechtes Seitenaus.«

»Sie hat links gesagt.«

»Kann nicht links gewesen sein. Vor linkshändigen Schlagmännern hat sie nämlich am meisten Angst gehabt. Wer war denn damals aktiv? Du bist doch der Fachmann. Nenn mal ein paar Namen.«

David wandte sich wieder seinem Curry zu. Als wir unser Bier ausgetrunken hatten, bestellte Hardeman noch einen Scotch. Und als er fragte, wo die Herrentoilette sei, sagte ich, daß ich selber dort hinwolle.

Es gab nur kaltes Wasser. Wir standen mit dem Rücken zueinander. Ich hielt meine Hände unter den Wasserhahn und redete über die Schulter mit Hardeman, der am Pissoir stand.

»Hab ich Sie richtig verstanden, daß Andreas die Firma verläßt?«

»Richtig.«

»Ich war der Meinung, daß er zusammen mit anderen wichtigen Leuten aus der Region nach London umziehen sollte.«

»Das ist nicht der Fall.«

»Er will also in Athen bleiben?«

»Ich weiß nicht, was er will.«

»Wissen Sie, ob er eine andere Arbeit sucht? Hat er irgendwas zu Ihnen gesagt?«

»Warum sollte er? Wir haben auf dieser Ebene nichts miteinander zu tun. Ich bin in der Herstellung.«

»Mich würde interessieren, was für Pläne er hat. Dazu wäre nur ein Anruf erforderlich.«

»Rufen Sie ihn an«, sagte er.

»Ich dachte, ob Sie das vielleicht für mich machen könnten. Nicht Andreas. Jemand in der Verkaufs- oder Personalabteilung.«

Er war am Pissoir fertig und drehte sich langsam in meine Richtung. Ich sah auf die kahle Wand vor mir.

»Warum sollte ich?« sagte er.

»Ich würde gern wissen, warum er gegangen ist, für wen er jetzt arbeiten will. Wenn er keine Pläne hat, würde es mich interessieren, warum nicht. Ich würde auch gern wissen, ob er vorhat, in Athen zu bleiben.« Ich hielt inne, ließ das Wasser über meine Hände laufen. »Es könnte wichtig sein.«

»Für wen arbeiten *Sie* eigentlich?« fragte Hardeman.

»Das hat David Ihnen doch sicherlich schon gesagt.«

»*Weiß* er es denn?«

»Natürlich weiß er das. Hören Sie, ich kann jetzt nichts Konkreteres sagen, nur daß Andreas möglicherweise noch eine Nebentätigkeit hat. Kann sein, daß er noch mit was anderem zu tun hat als nur mit Kühlsystemen aus Bremen.«

»Andreas war ein wertvoller Mitarbeiter der Firma. Wieso sollte ich mich darauf einlassen, ohne Auftrag Erkundigungen über ihn einzuziehen? Wir arbeiten für dieselben Leute. Wenn er nun beschlossen hat, die Firma zu verlassen, könnte er irgendwann auch beschließen, wieder zurückzukommen.«

»Was wissen Sie über ihn, was vielleicht nicht in seiner Personalakte steht? Irgend etwas. Nur eine Sache.«

»Es ist nicht *seine* Identität, an der ich Zweifel habe.«

»Sehr witzig.«

»Ist aber keineswegs so gemeint. Gewiß, David hat was von politischen Risikoversicherungen erzählt. Er hat auch die verschlüsselten Telexe erwähnt, die er Ihnen gelegentlich zukommen läßt, unverschlüsselt, was ich für unverantwortlich halte, das hab ich ihm auch gesagt, ungeachtet des Inhalts, ungeachtet Ihrer Freundschaft. Ich weiß vielleicht nichts über Andreas' Privatleben oder seine politischen Ansichten, aber ich kenne die Firma, für die er die vergangenen drei, vier Jahre gearbeitet hat. Was weiß ich denn über Sie?«

Was hätte ich sagen sollen? Daß wir doch beide Amerikaner seien? Ich kam mir dämlich vor, wie ich da auf die Wand starrte und meine Hände unter den Wasserstrahl hielt. Bei meinem Versuch, etwas in Erfahrung zu bringen, hatte ich mich so unbeholfen angestellt wie der dümmste Amateur, denn so machten es die Amateure besonders gern, ein Treffen in der Herrentoilette mit wortkargem Dialog. Und nicht mal das mit dem wortkargen Dialog hatte geklappt.

Er wartete darauf, endlich seine Hände waschen zu können.

Daß Andreas nicht nach London ging, sollte während der nächsten Tage noch in meinem Kopf herumspuken wie das Wissen von etwas Unangenehmen, dessen genaues Wesen sich einem entzieht, wenn man versucht, es sich in Erinnerung zu rufen. Vielleicht war die Sache mit London einfach nur ein plumper Vorwand, das Verhältnis mit Ann zu beenden, indem er eine räumliche Entfernung zwischen ihnen erfand. Vielleicht drehte sich die ganze Geschichte um sie. Es gehörte alles zusammen zu diesen angenehmen Verwicklungen, über die ich einige Tage zuvor mit Ann geredet hatte (was mir nur ihren Spott eingetragen hatte). Die Welt ist hier, wo die Welt ist, wo ich sein will.

»Wir haben gesagt, wir wollen zeitig zu Bett gehen«, sagte Lindsay.

Hardeman bestellte noch was zu trinken. Er beschrieb uns das Haus, das er in Mayfair gemietet hatte. Er sprach langsam, aber sehr deutlich: Seine Sätze uferten in eine kunstvolle und unsichere Korrektheit aus, ein Gitter von Konstruktionen, reine Grammatik. Betrunken.

Wir saßen zusammen auf dem Rücksitz in Davids Auto. Wir waren noch keine zwei Straßen weit gefahren, als er einnickte. Jäh wie der Ausfall eines vorgestanzten Werkzeugteils. An einer roten Ampel warf mir David einen Blick im Rückspiegel zu.

»Ich hab eine Idee. Seid ihr bereit? Es ist nämlich eine der tollsten Ideen meiner Karriere. Vielleicht sogar die allertollste. Ich habe schon während des Abendessens daran gedacht, als mir aufgefallen ist, wieviel er trinkt. Da ist mir die Idee gekommen. Und sie entwickelt sich, verfeinert sich, sogar noch während wir hier sitzen und darauf warten, daß die Ampel umspringt. Mannomann, ich glaube, wir können das deichseln, wenn wir's schlau genug anstellen, wenn wir's wirklich machen wollen.«

»Schlau genug sind wir schon«, sagte Lindsay, »aber machen wollen wir's nicht.«

Er hatte sich gedacht, man könnte Hardeman in ein Flugzeug setzen und irgendwo hinschicken. Da war zum Beispiel ein Flug um 3.50 Uhr morgens nach Teheran, mit der KLM. Er würde kein Visum brauchen, um in die Maschine zu kommen. Er würde nur ein Visum brauchen, um nach seiner Ankunft das Terminal zu verlassen. Das sprengt unseren Rahmen, sagte David. Wir wollten ihn nur irgendwo hinschicken. Wir würden seinen Paß brauchen, den er, wie David meinte, sicherlich dabei hatte, und einen Flugschein, den David mit einer seiner Kreditkarten bezahlen wollte.

Wir fuhren an meinem Haus vorbei. Kurz darauf kamen wir an ihrem Haus vorbei. Lindsay starrte in die Scheibe auf ihrer Seite.

»Wenn wir das Ticket haben«, sagte David, »gehen wir zum Auto zurück, bringen ihn auf die Beine und bugsieren ihn gemeinsam zum Terminal. Wir buchen ihm einen Nichtraucherplatz, was er im nachhinein sicherlich zu schätzen wissen wird, und dann stehen wir vor unserem größten Problem, nämlich wie wir ihn durch die Paßkontrolle kriegen.«

Lindsay fing an zu lachen, nicht ohne Mißtrauen.

»Bis dahin ist er wahrscheinlich schon wieder halb bei Bewußtsein. Er kann gehen, aber noch nicht denken. Wenn wir ihm Bordkarte, Paß und Flugschein in die Hand drücken, geht er vielleicht aus reiner Routine durch die Absperrung. Aber was passiert dann? Wir können ihm nicht durch die Paßkontrolle folgen. Und es wäre wirklich zu viel verlangt, daß er auf seine Bordkarte guckt und automatisch zum richtigen Gate geht.«

Ich sagte ihm, dafür gäbe es eine einfache Lösung. Wir fuhren mit hundert Stundenkilometern auf die Flughafenstraße, und er sah mich im Spiegel an, um sich zu vergewissern, daß es mir Ernst war.

»Atemberaubend einfach«, sagte ich. »Wir brauchen lediglich zwei Tickets zu kaufen. Einer von uns begleitet ihn durch die ganze Prozedur, bis er auf seinem Platz im Flugzeug sitzt.«

Lindsay fand das sehr komisch. Schließlich konnte es klappen. Ihr Lachen hatte etwas Rauhes, die überraschte Erkenntnis, daß sie gemein genug war, um sich zu wünschen, daß es klappte.

»Der ihn begleitet, macht dann einfach kehrt, geht die Gangway runter, steigt wieder in den Zubringerbus und täuscht irgendeine Krankheit vor. Das Ticket wird storniert. Das kostet uns keinen Pfennig.«

»Natürlich, natürlich«, flüsterte David.

Ich hatte die ganze Zeit das Gefühl, daß wir es nicht tun würden. Es war zu kühn, zu gewaltig. Und obwohl ich so oft schon mit Visum gereist war, war ich mir nicht sicher, ob er da recht hatte. Ich glaubte, das Visum werde am Flugschalter geprüft, ehe einem die Bordkarte ausgestellt wird. Aber David fuhr weiter, redete in einem fort, und Lindsay wurde auf ihrem Sitz immer kleiner, als wollte sie sich vor der Ungeheuerlichkeit des Ganzen verstecken. Teheran. Die würden wahrscheinlich denken, daß er gekommen sei, um einen Gottesdienst für die Geiseln abzuhalten.

Am Ende bekamen wir ihn nicht einmal aus dem Wagen. Er stieß sich ständig den Kopf, kippte mit schlaffen Armen und Beinen immer wieder weg. Es war interessant, die Konzentration auf Davids Gesicht zu sehen. Für ihn war der formlose Hardeman eine Frage des richtigen Zugriffs, wie und wo man ihn anpacken mußte. Er zerrte an ihm, er rang. Die Türöffnung war klein und hatte eine seltsame Form, und Davids beträchtliche Körperfülle war in sich selbst schon ein Problem. David versuchte, auf dem Vordersitz zu knien und Hardeman zu mir herauszuschieben. Er versuchte alles mögliche. Die Idee, die Vision hatte ihn völlig in Bann geschlagen. Er wollte diesen Mann an einen anderen Ort schicken.

Die Gestalt tauchte in einem Schneesturm auf, kam von der anderen Seite des Parks auf das Haus zu, ein Skiläufer in einem farbig gestreiften Dreß, der sich mit großen Diagonalschritten näherte, die einzig deutliche Form in diesem gleichförmigen Licht, einer Welt ohne Schatten, der Schnee eines ganzen Winters auf den Straßen und Autos, auf den Parkbänken und auf dem Vogelbad im Garten, der Skiläufer mühte sich ab, arbeitete sich durch diesen traumartigen Raum vor, vermummt unter einer roten Kapuze.

Wenn man die Bay Street entlanggeht, kann man die Amerikaner nicht von den Kanadiern unterscheiden. Sie sind fremde Wesen in unserer Mitte, die auf ein Signal warten. Das ist das Science-fiction-Motiv (SF steht für sehr fabriziert.) Sie sind in den Schulen, unterrichten unsere Kinder, propagieren unterschwellig und vielleicht sogar unabsichtlich ihre eigenen Werte – Werte, die, wie sie meinen, auch die unseren sind. Das Motiv der Korruption der Unschuldigen. Ihre Drogen, Pornografie, legale Geschäfte – und ihre Zuhälter aus Buffalo und Detroit arbeiten auf beiden Seiten der Grenze, halten die Mädchen auf Trab. Das Motiv Expansionismus, der organisierten kriminellen Infiltration. Ihnen gehören die Unternehmen und Industrien, die Mineralrechte, ein riesengroßer Teil des kanadischen Bodens. Das Motiv Kolonialismus, das Motiv Ausbeutung, optimale Auswertung. Sie sind direkt neben uns, pumpen ihre Giftstoffe, ihre gefährlichen Industrieabfälle in unsere Flüsse, Seen und Luft. Das Motiv der Dummheit, Blindheit und Arroganz der Macht. Wir werden von ihren Fernsehprogrammen, ihren Filmen, ihrer Musik überrollt, dem ganzen ungeheuren Schmutz, Schund und Gelärme ihrer Kultur. Das Motiv Krebs und seine Ausbreitung.

Ich stand am Fenster, als sie die Skier abschnallte und die Stufen hochtrug. Zu sehen, wie sie sich durch diesen verwehten Schnee kämpfte, aus der unsichtbaren Stadt um uns herum auftauchte, das Geschickte und Geheimnisvolle daran erfüllte mich mit tiefer Freude.

George Rowser trat, blaß und verknittert, aus dem Aufzug im Hilton in Lahore. Er stellte seinen Aktenkoffer ab, klemmte ihn sich zwischen die Beine, benutzte dann beide Hände, um sich die Brille zurechtzurücken, indem er die Hände mit ausgestreckten Fingern und einander zugekehrten Handflächen zum Gesicht führte, eine Geste, die am Anfang wie eine Segnung der Massen aussah. Als er mich in meinem Sessel in der Lobby entdeckte, ging er mit watschelnden Schritten Richtung Coffee Shop. Wir bestellten Kipling-Burgers und frischgepreßten Fruchtsaft. Versammlungen von über sechs Personen waren verboten.

»Warum bin ich hier, George?«

»Wo warst du?«

»Islamabad.«

»Ich wollte eben mit dir reden. Du warst ja schließlich nicht auf der anderen Seite der Welt.«

»Hätten wir uns nicht telefonisch unterhalten können?«

»Na, denk mal nach«, sagte er. »Außerdem hat diese Stadt einiges an Architektur zu bieten. Sieh dir die öffentlichen Gebäude an. Wie würdest du diesen Baustil bezeichnen? Gotisch, viktorianisch – was noch, Punjabi? Wieso habe ich das Gefühl, daß du so etwas weißt?«

»Vielleicht ist es Mogul-Architektur. Oder von den Moguln beeinflußt. Was weiß ich.«

»Egal, ist jedenfalls eine schöne Mischung. Eine sehr glückliche Mischung. Wer waren die Moguln?«

»Die kamen aus Zentralasien angestürmt.«

Vier oder fünf Kugelschreiber staken aus der Brusttasche seiner Anzugjacke. Sein Aktenkoffer stand aufrecht unter dem Tisch, zwischen seine Schenkel geklemmt. Ich wartete darauf, daß er mir sagte, worüber er mit mir reden wollte.

»Ich laß mir einen Fernanlasser in meinem Wagen einbauen. Da kommt so ein Ding auf die Kofferraumklappe. Dann kann ich den Wagen anlassen, während ich in der Küche bin und mir ein Ei koche.« Er blickte hinaus in die Lobby. »Wenn er in die Luft fliegt, schmeckt das Ei besonders gut.«

»Schön. Was ist mit Tränengasdüsen?«

»Ich treffe nur Defensivmaßnahmen. Wo denkst du hin? Die

Mutter wäre ernsthaft irritiert, wenn man dort erführe, daß ich mein Fahrzeug mit Betäubungswaffen ausstatte. Wenn's auch eigentlich keine Rolle mehr spielt.«

»Was meinst du damit?«

»Ich trage mich ernsthaft mit dem Gedanken an eine Kündigung, Jim.«

Daß er meinen Namen benutzte, schien mir beinahe ebenso wichtig wie die Aussage, die dem vorausging. Wollte er damit etwas Doppeldeutiges ausdrücken?

»Freiwillig? Oder gezwungen?«

»Es wird von verschiedentlichen Seiten Druck ausgeübt«, sagte er. »Entwicklungen, die niemand hat voraussehen können. Die Details sind jetzt unwichtig. Ich glaube, es ist einfach mal an der Zeit. Ich brauch mal wieder eine Abwechslung. Wir brauchen alle hin und wieder eine Abwechslung.«

»Wer übt Druck aus? Die Mutter?«

Etwas gelangweilt. »Die Mutter sammelt. Sie erwirbt Unternehmen, sie nimmt Korrekturen vor, sie strebt ausgeglichene Bilanzen an. Wir sind bloß eins von vielen Unternehmen. Sie sehen sich die Ertragskurve an. Das ist das einzige, was sie interessiert.«

»Was entdecken sie denn, wenn sie sich diese Kurve ansehen?«

»Was sie in einem Jahr durch Versicherungen verlieren, kommt bei Konsumgütern oder im Herstellungsbereich wieder rein. Sie diversifizieren, um das Risiko zu minimalisieren. Du und ich, wir arbeiten mit Risiko, aber nicht im gleichen Sinne, wie die Mutter das Wort versteht. Die Mutter versteht das Wort in einem begrenzten Sinn.«

»Wie hat sich der Iran auf uns ausgewirkt?«

»Eingeschränkte Deckung. Außerdem gibt's natürlich eine Rückversicherung. Aber uns hat's genauso erwischt wie alle anderen. Wer hätte das voraussagen können? Ich kenne niemand, der es vorausgesagt hat. Ein grauenhafter Fehler. Die letzten tröpfeln immer noch in Griechenland ein. Wie vorher bei dieser

Libanon-Geschichte. Wenigstens haben wir uns den richtigen Standort für unsere Zentrale ausgesucht.«

Zum Mittagessen Hamburger. Das war typisch Rowser. Mittagessen ausfallen lassen, Abendessen hinunterschlingen, schlafen gehen, daran denken, die Alarmanlage einzuschalten.

»Und was gibt's sonst Neues in deinem Leben, George, außerhalb der Northeast Group?«

»Ich muß weiße Socken tragen. Mein Arzt sagt, daß ich gegen Farbstoff allergisch bin.«

»Der Streß. Du solltest deine Garderobe völlig auswechseln. Du siehst aus wie der stellvertretende Direktor einer High School aus den fünfziger Jahren, die in einem armen Stadtviertel liegt. Besorg dir eins von diesen knielangen Hemden, die die Männer hier tragen. Und ein paar weite Hosen.«

»Die werfen ihre Londoner Anzüge weg und tragen wieder traditionelle Kleidung. Du weißt ja, was das bedeutet.«

»Daß unser Leben in Gefahr ist.«

»Wie schmeckt dein Burger?« fragte er.

Er schlug vor, wir sollten uns einen Wagen mit Chauffeur mieten und noch einen Ausflug machen, ehe es dunkel wurde. Es gab da ein Mausoleum, das er besichtigen wollte. Ich sah zu, wie er an die Rezeption ging, um die Arrangements zu treffen. Ihn umgab ein Block schwerer Luft, eine persönliche Zone, in der Bewegung mühsam und das Atmen beschwerlich war. Jeder Raum, in dem er sich aufhielt, wirkte beengt. Man spürte eine grundlegende Abwehr oder Frustration. Seine zwanghafte Geheimniskrämerei, seine Art, endlose Vorsichtsmaßnahmen zu treffen, erklärte dies natürlich teilweise. Dann noch seine Zahlen, die Daten, die er immerzu sammelte, sortierte und studierte. Das nahm seinen restlichen Raum ein.

Die Mall in Lahore ist eine breite Allee, die etwa von Ost nach West verläuft, von Engländern gebaut und benannt. Die Fahrzeuge rauschen mit einem gewissen Schwung in diese Straße, wie mit menschlichen Zügen ausgestattete Gegenstände in einem Zeichentrickfilm, so individualistisch sind sie, scheinbar nur darauf erpicht, die würdevollen Prätentionen der Prachtstraße kräftig durcheinanderzubringen. Fahrrad-Rikschas, pferdegezogene Taxis, rosa, rot und pfauenblau angemalte Minicabs, Lastwagen und Pkws und Motorroller, Fahrräder, die sich an Ochsenwagen vorbeischlängeln, Verkäufer, die riesige Pyramiden aus Nüssen, Früchten und Gemüse vor sich herschieben, Busse, die unter dem Gewicht der verschnürten Bündel, Möbel und anderen auf dem Dach verstauten Gegenstände in Schieflage geraten.

Was wir hier sehen, so könnte Owen Brademas sagen, ist die großartige, imperiale Vision von Ordnung, die vom stürmischen, polternden Alltag überrollt wird.

Dann der Wächter am Eingang der Filiale der Mainland Bank. Ein älterer Bursche mit einem riesigen Hängeschnurrbart, Turban, Kittel, einer Pyjamahose, einem Krummdolch in der Schärpe und spitzen Pantoffeln. Ein Verwandter des Türstehers am Hilton. Das Kostüm schien den Zweck zu haben, den Menschen die hoffnungsvolle Wahrheit einzuimpfen, der Kolonialismus sei jetzt nur noch ein touristisches Ornament, das man getrost in der Öffentlichkeit zeigen konnte. Auch die ausländische Bank, die er bewachte, war ein Relikt aus dieser malerischen Vergangenheit, ebenso einflußlos wie der Mann. Der Mann hatte nur eine einzige Aufgabe, wie David mir einmal erzählte. Bei den ersten Anzeichen einer Demonstration die Stahlrollos herunterzulassen.

Wir kamen an einigen der Gebäude vorbei, die Rowser erwähnt hatte, am Gericht, am Museum, und fuhren weiter Richtung Norden.

»Auf Kharg werden momentan zwei Tanker pro Woche abgefertigt.«

»Wartungsarbeiten.«

»Auf den Feldern sieht's ziemlich trist aus. Nur fünf Bohrstellen sind in Betrieb, habe ich aus Abadan gehört.«

»Ersatzteile«, sagte ich.

»Außerdem sind die Telex- und Telefonverbindungen zwischen Abadan und Teheran unterbrochen.«

»Aber du hörst immer noch was.«

»Ein bißchen.«

»Für die Banker ist der Iran ein schwarzes Loch.«

»Hast du dir schon die Moscheen angesehen? Dafür muß man nach Isfahan. Wirklich herrlich. Für die Innenhöfe mußt du dir Zeit lassen. Laß dir Zeit, entspann dich, achte auf den Fliesenschmuck. Was würde ich dafür geben, so eine Kuppel mal aus der Nähe zu sehen. In Isfahan gibt's eine Kuppel« – er formte sie mit seinen Händen.

Auf der Straße, die um die Altstadt führte, gerieten wir in einen Stau. Ein Mann kam durch das befestigte Tor, stellte sich neben unseren Wagen und sah durchs Fenster zu uns herein, ein Mann mit einem Bambusstock, den Kopf mit einem Lappen umwickelt, er trug eine Militärjacke mit kupfernen Orden, ein Dutzend Perlenketten, ein verschmutztes weißes Gewand, überdimensionale Armeestiefel ohne Schnürsenkel, Kettchen um Knöchel und Handgelenke. Sein Haar war rotgefärbt, und er hatte lebende Hühner dabei. Rowser fragte den Fahrer, was der Mann von uns wolle. Hunderte von Menschen versammelten sich an dem Tor. Ich versuchte, an ihnen vorbei in die Altstadt zu sehen. Das wisse er nicht, sagte der Fahrer.

»Ich komm mir vor wie in New York«, sagte Rowser.

»Dabei fällt mir ein – ich wollte dich fragen, ob ich im Frühsommer drei oder vier Wochen Urlaub nehmen kann. Ich möchte ein bißchen Zeit mit meinem Sohn in Nordamerika verbringen.«

»Ich hab damit keine Probleme.«

Rowser sagte nie ja. Er sagte: »Ich hab damit keine Probleme«. Oder: »Ich seh nicht, wie das schaden könnte.«

»Wirst du dann noch bei der Firma sein?«

»Nein«, sagte er.

»Es ist also akut?«

»Ich habe keine Veranlassung, zu antichambrieren. Wenn die Zeit gekommen ist, muß man einen würdigen Abgang machen.«

Es ging wieder weiter.

»Hast du eigentlich wieder geheiratet?« fragte er.

»Ich hab mich nie scheiden lassen. Ich lebe nur getrennt, George.«

»Verrückte Art zu leben. Getrennt. Aus einer Scheidung lernt man was. Du lernst nie was, wenn du getrennt lebst.«

»Ich will nichts lernen. Laß mich in Ruhe.«

»Ich sag nur, mach das eine oder mach das andere.«

»Ich will keine Scheidung. Das ist langweilig und banal.«

»In solchen Dingen ist es das beste, einen sauberen Schlußstrich zu ziehen. Auf diese Weise kann man vergessen. Es zu den Akten legen.«

Wir überquerten einen Fluß und hielten vor einem großen Tor, das die Nacht über verschlossen war. Rowser sprach mit dem Fahrer, der daraufhin den Wachmann suchen ging. Zehn Minuten später kam er mit einem Betel kauenden Mann wieder. Wir betraten einen riesigen Garten mit Springbrunnen und gepflasterten Kanälen. Am hinteren Ende stand das Grabmal von Jahangir, ein niedriger, roter Sandsteinbau mit einem Minarett an jeder Ecke. Die Minarette waren achteckig und endeten in weißen Marmorkuppeln. Rowser sagte etwas zu unserem Fahrer, der wiederum redete mit dem Wachmann. Der Wachmann zog einen Schlüssel aus seiner Gesäßtasche, steckte ihn in eine Öffnung im Pflaster und drehte ihn einmal ganz herum. Die Wasserspiele setzten ein.

Während wir langsam zur Zentralkammer gingen, hörten wir von irgendwo hinter den Mauern den Abendruf zum Gebet. Eine Brise wehte Rowser die Krawatte über die Schulter.

»Wir brauchen alle hin und wieder eine Abwechslung. Sonst verliert man die richtige Perspektive. Auch so ein Korinthenkakker wie ich, der alles langsam angeht, gründlich auslotet, sich ums kleinste Futzelchen kümmert, sich den Arsch aufreißt, sogar so einer muß gelegentlich neu anfangen. Aber vielleicht weniger oft als andere. Ich hab dich persönlich angeworben, Jim. Dadurch trage ich eine gewisse Verantwortung für dich. Ich bin deine einzige Verbindung mit der Mutter. Du kriegst einen neuen

Mann in der Region. Er wird direkt von der Mutter eingestellt oder kommt von einer ihrer Tochterfirmen. Könnte unangenehm für dich werden. In deren Vorstellung gehören wir zusammen. Mehr will ich nicht sagen. Denk mal drüber nach.«

Wir standen auf einer Plattform am Bogen des Haupteingangs, der ein Stück vor einer Reihe aus acht weiteren Bögen stand. Die Außenwände waren mit Mustern aus weißem Marmor eingelegt.

»Angeblich gibt es noch bessere Beispiele«, sagte Rowser, »aber das hier ist ein typisches Mogul-Grabmal, nur daß es keine Kuppel hat.«

Er deutete mit seiner freien Hand eine Kuppel an. Wir gingen hinein und blieben kurz stehen, bis der Wachmann das Licht eingeschaltet hatte. Der Sarkophag stand unter einer gewölbten Decke. Ich ging langsam um ihn herum und strich mit der Hand über die Oberfläche. Rowser stellte den Aktenkoffer zwischen seine Beine.

»Hör auf meinen Rat«, sagte er. »Kündige, such dir einen Job irgendwo in den Staaten, investier in Immobilien, kümmer dich um deine Altersversorgung, und laß dich scheiden.«

Die weiße Marmoroberfläche war mit Halbedelsteinen in nahtlosen Blumenmustern und schlichter Kalligraphie eingelegt, polierte Steine, Steine mit Brillantschliff, fein und frei figuriert. Die Oberfläche fühlte sich kühl und glatt an. Maßwerk aus schwarzen Koranbuchstaben bedeckten die Längsseiten des Grabmals, obendrauf befand sich noch mal eine kleinere Ansammlung von Buchstaben. Meine Hand bewegte sich langsam über die Wörter, tasteten nach Ritzen zwischen der Einlegearbeit und dem Marmor, natürlich nicht, um irgendwelchen Fehlern der Handwerker auf die Spur zu kommen, sondern nur, um die menschliche Arbeit, den Menschen in der Vollkommenheit und Schönheit dieses Grabmals zu finden.

Erst als wir wieder durch den Garten zum Ausgang gingen, fragte ich den Fahrer, was die Worte bedeuteten. Es waren die neunundneunzig Namen Gottes.

12

Am nächsten Morgen machte ich mich auf die Suche nach Owen Brademas. Auf dem Zettel, den ich seit Bombay dabeihatte, stand keine Adresse, sondern eine Wegbeschreibung. Die Adresse, die Owen benutzte, Old Campus, Punjab University, sei eine reine Postadresse, sagte Anand. Wenn ich ihn finden wollte, müßte ich nach einem Haus mit einem geschlossenen Holzbalkon suchen, das ungefähr zwischen dem Lohari Gate und dem Kashmiri Gate in der Altstadt lag.

Bis zum Rand der Altstadt kam ich ziemlich leicht. Vom Straßenlärm der Motorräder und Busse zu den Stimmen des langen Basars. Hinter dem Lohari Gate, einem Backsteinbau mit einer breiten, turmähnlichen Befestigung auf beiden Seiten, wurde die Straße enger.

Jenseits des Tores erhielt ich Eindrücke, was nicht das gleiche ist wie Dinge sehen. Ich merkte, daß ich zu schnell ging, immer noch im Tempo der überfüllten Straßen, die ich gerade verlassen hatte. Ich erhielt Eindrücke von Enge und Schatten, von Bräune, das Holz, die Backsteine, die harte Erde der Straßen. Die Luft war Jahrhunderte alt, tot, schwer, ranzig. Ich empfing Eindrücke von Rauheit und Gedränge, Menschen auf engem Raum, Männer in einem Dutzend verschiedener Trachten, vorübergleitende Frauen, Frauen in langen, weißen bestickten Schleiern, eine sechseckige Maschenöffnung für die Augen, die ihnen einen Blick auf die vergitterte Welt gewährte, der hexagonale Käfig, der jedem ihrer Schritte folgte, jeder Bewegung der Augen. Mit Backsteinen beladene Esel, Kinder, die über offenen Abwasserkanälen hockten. Ich blickte auf meinen Zettel, bog unsicher in eine Seitengasse. Kupfer- und Messingwaren. Im Schatten ein Schuster bei der Arbeit. Dies war die lineare Funktion der Altstädte, eine unveränderte Form zu bewahren, die Zeit neben den Lederwaren und Wollesträngen hängen zu lassen. Handarbeit, ranzige Gerüche und Krankheit, die vierhundert Jahre alten

Gesichter. Es gab Pferde, Schafe, Esel, Kühe und Ochsen. Ich erhielt den Eindruck, daß man mir folgte.

Schilder auf Urdu, Stimmen von den Holzbalkons über mir. Ich irrte eine halbe Stunde lang umher, zu eingeengt, um die Umgebung nach Orientierungspunkten abzusuchen, den Minaretten und Kuppeln von Badshahi, der großen Moschee am Nordwestrand. Ohne Stadtplan konnte ich nicht einmal jemand anhalten und auf ein ungefähres Ziel zeigen. Ich betrat ein Labyrinth von Gassen jenseits der Läden und Stände. Alle Sinne hellwach. Amerikaner. Ich gab mir gute Ratschläge und versuchte mir klarzumachen, wo es langging. Eine Frau klatschte Kuhmist in ovalen Fladen zum Trocknen auf eine niedrige Mauer.

Ich drehte mich um, um zu sehen, ob mir jemand folgte. Zwei kleine Jungs, der ältere vielleicht zehn Jahre alt. Sie blieben einen Moment lang zurück. Dann sagte der jüngere etwas, er war barfuß und hatte eine leuchtend grüne Mütze auf dem Kopf, und der andere deutete hinter sich in die Richtung, aus der ich gekommen war, und ging los, wobei er sich umsah, ob ich ihm auch folgte.

Sie führten mich zu dem Haus, in dem Owen wohnte. Ein schlanker weißer Mann sucht den anderen, hat sich der Junge ausgerechnet. Was hätte ich sonst in diesen verlorenen Straßen zu suchen?

Die Tür zu seinem Zimmer stand offen. Er lag auf einer mit Kissen und alten Teppichen bedeckten Holzbank. Auf dem Boden stand ein Kupfertablett mit ein paar Büchern und Papieren. Ein Wasserkrug auf einer kleinen Kommode. Ein einfacher Stuhl für mich. Viel mehr gab's in dem Zimmer nicht. Er hatte es gegen die Hitze der Aprilsonne teilweise verdunkelt.

Er las gerade, als ich eintrat, blickte auf und betrachtete mich auf eine seltsam nachdenkliche Art, als versuche er, meine physische Erscheinung, Gestalt und Proportionen mit einer Erinnerung an einen Namen und ein Leben in Einklang zu bringen. Ein Moment, während dem ich zwischen zwei Zeitpunkten zu schweben schien, ein Moment drängenden Schweigens. Verschiedene Gerüche erfüllten das Haus, darunter der Gestank des Abwasserrinnsals gleich draußen vor der Tür.

Owen sah etwas erschöpft aus, mehr als nur erschöpft, aber seine Stimme war warm und stark, und er schien zum Reden aufgelegt.

(Erst als ich meine Hand auf das Marmorgrabmal gelegt hatte, am Abend zuvor, wurde mir klar, daß ich ihn suchen, ein letztes Mal mit ihm reden wollte. War das nicht das Bild, das er von sich in meiner Erinnerung hatte hinterlassen wollen, ein Mann in einem Raum voller Steine, in einer Bibliothek der Steine, der die Formen griechischer Buchstaben mit seinen landrauhen Händen abtastet?)

»Mein ganzes Leben lang habe ich mich darauf vorbereitet«, sagte er. »Nicht daß ich das etwa gewußt hätte. Ich wußte es erst, als ich in dieses Zimmer trat, heraus aus der Farbe und dem Licht, den roten Tüchern, die als Turbane getragen werden, den Eßständen da draußen, dem gemahlenen Chili und Kurkuma, den Pfannen mit Indigo, diesen Blechen voller leuchtender Puder und Färbstoffe. Senf, Lorbeer, Pfeffer und Kardamon. Sie sehen ja, was ich getan habe, indem ich dieses Zimmer betreten habe, nicht? Nur die Namen habe ich mitgebracht. Pinienkerne, Walnüsse, Mandeln, Cashew. Ich kann Ihnen nur soviel sagen, daß ich nicht überrascht bin, mich hier wiederzufinden. In dem Moment, wo ich eintrat, schien es einfach richtig und unvermeidlich zu sein, der Ort, auf den ich mich vorbereitet hatte. Die richtige Anzahl von Gegenständen, die richtigen Proportionen. Seit sechzig Jahren nähere ich mich diesem Zimmer.«

»Anand hat mir von Ihnen erzählt.«

»Er hat geschrieben. Er hat mir gesagt, daß Sie da waren. Ich wußte, daß Sie kommen würden.«

»Wirklich?«

»Aber als Sie da in der Tür standen, habe ich Sie überhaupt

nicht erkannt. Ich war überrascht, James. Ich habe gerätselt, wer Sie sein könnten. Sie kamen mir bekannt vor – aber auf eine ganz verrückte Art. Ich habe es einfach nicht verstanden. Ich dachte, es *passiert* irgend etwas. Sterbe ich, habe ich mich gefragt. Ist das der, den sie einem schicken?«

»Sie haben's aber sehr gefaßt aufgenommen, falls Sie mich wirklich für einen Boten von der anderen Seite gehalten haben.«

»Oh, ich bin bereit«, sagte er lachend. »So bereit, wie ich nur sein kann. Ich zähle schon die Risse in der Wand.«

Auf dem Kupfertablett lag ein hellgraues Büchlein. *Kharoshthi-Fibel.* Ich nahm es in die Hand und schlug es auf. Erste Lektion, das Alphabet. Zweite Lektion, mediale Vokale. Es gab insgesamt sieben Lektionen, auf der Rückseite war ein Bild eines Steinbuddhas mit einer Schriftumrankung auf Kharoshthi.

»Die zerlumpte Menge hockt im Staub um den öffentlichen Geschichtenerzähler herum«, sagte er. »Jemand schlägt eine Trommel, ein Junge wickelt sich eine Schlange um den Hals. Der Geschichtenerzähler fängt an. Köpfe nicken, Köpfe wackeln, ein Kind hockt sich zum Pinkeln hin. Der Mann erzählt seine Geschichte in zackigem Tempo, spinnt ein Ereignis nach dem anderen aus, mal traditionell, mal improvisiert. Sein kleiner Sohn geht mit einer Holzschale durchs Publikum. Wenn der Geschichtenerzähler seine Erzählung unterbricht, um über das eine oder andere nachzusinnen, um Ereignisse und Figuren abzuwägen, um für die Zuspätgekommenen das Gesagte zusammenzufassen, um irgend etwas methodisch zu untersuchen, wird die Menge erst ungeduldig, dann böse, und schließlich rufen sie aus einem Mund: »Zeig uns ihre Gesichter, erzähl uns, was sie gesagt haben!«

Er war ein Herumtreiber. Er reiste mit dem Bus und Zug und ging sehr viel zu Fuß, einmal sechs Wochen lang, von Heiligtümern aus Fels gehauen, bis zu Steinsäulen, wo immer es Inschriften zu sehen gab, hauptsächlich antike lokale Sprachen in Brahmischrift. Anand hatte ihm angeboten, ihm einen Wagen zu leihen, aber Owen hatte Angst, in Indien Auto zu fahren, Angst vor den Tieren auf der Straße, vor den schlafenden Menschen nachts, Angst, auf irgendeiner Marktstraße im Verkehr steckenzubleiben, eingekeilt in einer wogenden Menschenmenge, drängelnde Männer, kein Platz, keine Luft. Die alptraumhafte Kraft, die von Menschenmassen ausgeht, die Macht der Religion – für ihn gehörte das zusammen. Menschenmassen, das bedeutete Anbetung und Delirium, Auslöschung jeglicher Kontrolle, niedergetrampelte Kinder. Er reiste zweiter Klasse in überfüllten Zügen mit Holzbänken. Er ging zwischen den schlafenden Gestalten auf den Bahnhöfen umher, sah die Leute gemietetes Bettzeug in die Züge tragen. Er schlief in Hotels, Bungalows, kleinen billigen Herbergen in der Nähe von archäologischen Ausgrabungen und Pilgerstätten. Manchmal wohnte er bei Bekannten von Anand oder anderen Kollegen. Er dachte nach. All die langjährigen Kollegen mit ihrem weltweiten Netz von Namen und Adressen. Gott segne sie.

Die rostigen Blechdörfer, die Backsteinöfen, die Wasserbüffel, silbrig vom Schlamm. Sein Bus schien ständig zwischen qualmenden Diesel-Lkws eingezwängt. In der Nähe von Puna saßen ein Dutzend Leute unter einem Banyan-Baum, alle in rosa-weiße Gaze gehüllt. In Surat ging er die Eisenbahngleise entlang und fand eine Schattenstadt, die sich vor der wirklichen Stadt ausbreitete, ein Teil von ihr war. Hier lebten die Ungezählten in Hütten, Zelten und auf der Straße. An den Straßenecken Barbiere und Augendoktoren. Der Ohrenputzer mit seinem Senföl und kleinem Löffel. Der Achselhöhlenrasierer. Unter dem Rauchschleier von tausend Kochfeuern wimmelte und brütete das Leben. Graffiti auf Hindi in Blau und Rot. Hakenkreuze, Pferde, Szenen aus dem Leben Krishnas. Auf der Straße vor Mysore nahm ihn ein Mann in einem Ambassador mit. Er hatte ständig die Hand auf der Hupe. Büffel und Menschen machten Platz, aber in ihrem eigenen, gemächlichen Tempo. Er war jung, hatte einen dünnen Schnurrbart und eine volle Unterlippe und trug ein grünes Hemd und einen rosa Pullunder.

»Sie sind aus?«

»Amerika.«

»Und Ihnen gefällt Indien?«

»Ja«, sagte Owen, »obwohl ich sagen würde, daß es in fast jeder Beziehung über bloßes Gefallen hinausgeht.«

»Und im Augenblick wollen Sie wohin genau?«

»Erst mal nur nach Norden. Letztlich nach Rajsamand. Das ist mein eigentliches Ziel, würde ich mal sagen.«

Der Mann schwieg. Der Wagen war über eine Strecke von fünfzehn Kilometern zwischen zwei Diesel-Lkws eingekeilt. HORN OK PLEASE. Vor einer Tankstelle zog sich eine lange Schlange von Lastwagen hin, hundert Laster mit türkisfarbenen Kühlern und Fahrerhäusern voller Anhänger und Talismane warteten dort tagelang mit leeren Tanks vor leeren Pumpen; die Fahrer kochten sich auf Holzkohlefeuern ihr Essen. In einem Dorf trugen alle Männer nur Weiß, die Frauen auf einem Feld hatten weite rote Röcke an. Die hohen Stimmen, die in Stein gemeißelten Zeichen. Er suchte ganz Indien nach den Ashoka-Inschriften ab. Sie wiesen den Weg zu heiligen Stätten oder gedachten irgendeines örtlichen Ereignisses im Leben Buddhas. In der Nähe der Grenze zu Nepal sah er das am besten erhaltene Exemplar der Edikte, eine feinkörnige Sandsteinsäule, elf Meter hoch, ein Löwe, der auf einem Glockenkapitell sitzt. Auf dem platten Land nördlich von Madras fand er ein Edikt über Vergebung und Gewaltlosigkeit, das ihm zwei Wochen später ein gewisser T.V. Coomeraswamy vom Archäologischen Museum in Sarnath übersetzte.

Der Mann nahm die Hand von der Hupe.

»Rajsamand ist eigentlich der Name eines Sees«, sagte Owen. »Er liegt irgendwo in der Einöde nördlich von Udaipur. Kennen Sie die Gegend zufällig?«

Der Mann schwieg.

»Ein künstlicher See, soviel ich weiß. Wichtig für die Bewässerung.«

»Ganz genau!« sagte der Mann. »Das machen die dort, ja.«

»Uferbefestigungen aus Marmor, hat man mir gesagt. Mit eingemeißelten Inschriften. Sanskrit. Ein riesiges Sanskritgedicht. Über tausend Strophen.«

»Das ist genau dort. Rajsamand.«

»Siebzehntes Jahrhundert«, sagte Owen.

»Richtig!«

Die Kühe hatten bemalte Hörner. In einer Gegend waren sie blau, in anderen rot oder gelb oder grün. Leute, die Kuhhörner anmalten, hatten ihm etwas zu sagen, fand Owen. Es gab Kühe mit dreifarbigen Hörnern. Er sah eine Frau in einem tiefroten Sari, die einen Wassertopf aus Messing auf dem Kopf trug, das Gewand und der Behälter hatten genau die richtigen Farben wie die verschiedenen Arten Bougainvillea, die die Mauer hinter ihr bedeckten, das dunkle, rötliche Violett, das fleckige Gold. Er dachte darüber nach. Diese Augenblicke waren ein »Kontrollpunkt« - eine Absicht am Rande der menschlichen Brandung. Die weißgekleideten Männer mit schwarzen Regenschirmen, die Frauen, die am Fluß in zufälligen Rhythmen ihre Wäsche klopften, ganze Hänge voller Saris, die in der Sonne trockneten. Das epische Material mußte sich in diesen zarten Aquarellen verfeinern. Oder er war auf diese Betrachtungsweise angewiesen. Das kleine Unendliche des Geistes. Indien bewirkte, daß er sich wie ein Kind fühlte. Er war wieder ein Kind, das in einem überfüllten Bus um einen Fensterplatz rangelt. Ein totes Kamel, mit steifen angewinkelten Beinen. Eine Kolonne von Straßenarbeiterinnen in weiten Baumwollröcken mit Nasenringen, Haarschmuck und schweren baumelnden Ohrgehängen. Sie reparierten die aufgebrochene Asphaltdecke mit bloßen Händen. HORN OK PLEASE. Er lernte ein paar Worte Tamil und Bengali und konnte, wenn nötig, auch auf Hindi nach Essen und Unterkunft fragen, ein bißchen lesen und sich nach dem Weg erkundigen. Das Wort für gestern war das gleiche wie das Wort für morgen. Professor Coomeraswamy sagte, wenn er jemand nach Einzelheiten aus dessen Leben fragte, könnte der Mann unwillkürlich Einzelheiten aus dem Leben verstorbener Verwandter mit einfließen lassen. Owen beeindruckte die Schönheit dieses Phänomens, gemeinsame Erinnerungen, die über Generationen hinweg weitergegeben wurden. Er konnte das runde Gesicht auf der anderen Seite des Schreibtisches nur anstarren und sich fragen, wieso ihm dieser Gedanke irgendwie bekannt vorkam. Hatte er vielleicht selbst davon gesprochen, während einer dieser sternklaren Nächte mit Kathryn und James?

»Weiße Stadt, Udaipur. Rosa Stadt, Jaipur.«

Ganze Städte als Kontrollpunkte. Astrologie als Kontrolle. Der junge Mann war unterwegs zu einer fünfzig Kilometer entfernten Autoverleihfirma, wo er den Wagen abliefern sollte. Das schien sein Job zu sein, Autos zu fahren und abzuliefern, und seine starke Hand auf der Hupe deutete darauf hin, daß es ein Job war, bei dem sich gewisse Machtgefühle einstellten. Er hieß Bhajan Lal (B. L., überlegte Owen routinemäßig und suchte auf der Karte nach entsprechenden Ortsnamen in der Gegend) und wollte über die bevorstehende Sonnenfinsternis sprechen. Sie werde sich in fünf Tagen ereignen, im Süden total, und sei aus wissenschaftlicher, religiöser und kosmischer Sicht sehr wichtig. Bemerkenswert an seiner Art war die Ehrfurcht, die in ihr enthalten war, eine Gelassenheit, die er auf den ersten Blick nicht zu besitzen schien. Owen sah aus dem Fenster, er wollte nicht bei diesem kosmischen Ereignis verweilen, den zertrampelten Leibern, die es verursachen würde, dem tausendstimmigen Singsang der Masse. Er war damit zufrieden, einfach nur aus dem Fenster zu schauen. Buckelrinder gingen an einer Bambusstange im Kreis, droschen Reishalme.

»Der Mond schiebt sich über die Sonne, die der viel größere Körper ist, aber wenn beide hintereinander sind, sehen wir sie wegen ihrer relativen Größe und Entfernung zur Erde so, daß beide genau gleich groß sind. Die Menschen werden an heiligen Orten baden, um sich von ihren Sünden zu reinigen.«

Gottheiten des Wachstums. Auf dem Land hörte er Hörner und Trommeln und folgte der Musik zu einem Tempel aus Granit und Marmor in einem Areal, in dem auch Schreine und Weihrauchstände standen, an den Wänden hockten Menschen, Bettler, Schlepper, Blumenverkäufer, Jungs, die für ein paar gewichtslose Münzen auf die Schuhe der Betenden aufpaßten. Owen erkannte eine Statue des Reittiers Shivas, eines Stiers, ging an den Musikern vorbei und über ein gestuftes Portal in den Tempelvorraum. Es war die Zeit des Abendpujas. Ein weißbärtiger Priester in einem rosa Turban warf Blumen vor das Heiligtum, die sofort wieder von einem Mann mit einem Fliegenwedel aufgefegt wurden. Da waren Leute mit Tagetes-Girlanden, ein Mann in einem Soldatenmantel, zwei laut betende Frauen, auf dem Boden kauerten Gestalten mit betelfleckigen Mündern und dösten vor sich hin, eine lag hinter einer Kesselpauke. Owen konzentrierte sich darauf, Informationen zu sammeln, das Ganze irgendwie zu verstehen. Er sah Kokosnüsse, Affen, Pfauen, brennende Kohle. Im Heiligtum stand eine schwarze glänzende Marmorfigur des viergesichtigen Shiva. Wer waren diese Menschen, die ihm fremder waren als die Toten der letzten tausend Jahre? Wieso konnte er sie nicht in einen verläßlichen Zusammenhang bringen? Präzision zählte zu den Freuden, die er sich gönnte, die lynkeische Fähigkeit, die Umwelt selektiv und detailgenau zu erfassen, die griechische Gabe. Aber hier war sie völlig nutzlos, ging unter in der reißenden Strömung der Dinge, der schieren Nähe und dem Fehlen eines gemeinsamen Maßstabs. Irgend jemand trommelte auf einer Handtrommel, ein grüner Vogel segelte durch die Vorhalle. Er war vierzig Kilometer von Rajsamand entfernt, im indischen Dunst.

Coomeraswamy sagte: »Aber was werden Sie tun, wenn Sie diesen Sanskrit-Ghat gesehen haben? Bestimmt werden Sie sich dann ein bißchen ausruhen wollen, nicht? Kommen Sie nach Sarnath zurück. Eine längere Ruhepause wird Ihnen dann guttun.«

»Ich weiß nicht genau, was ich machen werde. Ich will jetzt noch nicht darüber nachdenken.«

»Wieso? Haben Sie das Gefühl, der Zeitpunkt sei nicht günstig für eine Reise nach Rajsamand?«

Er hatte graumelierte Haare, in seinen Augen lag enorme Güte, ein Lichtblitz. *Als wüßte er Bescheid.* Über der Ebene hing Rauch. Die Milane kreisten langsam über dem weißen Horizont. Warum wollte er nicht darüber nachdenken? Was war da jenseits von Rajsamand, hinter der blütenweißen Uferbefestigung, dem friedlichen See? Die Inschriften, die er studierte, waren nicht nur in Stein gemeißelt, sondern auch in Eisen, Gold, Silber und Bronze, auf Palmblätter und Birkenborke und Elfenbeinplatten geschrieben. Bhajan Lal erzählte ihm, daß die Leute schon seit Wochen zusammenströmten, in Zelten und im Freien lebten, um sich auf die Sonnenfinsternis vorzubereiten. Er hupte ein Tonga an, Männer auf Fahrrädern, ein kleines Mädchen mit einer Peitsche, das ein Dutzend Büffel über die Straße trieb. Bettler versammelten sich, heilige Männer, im Streben nach Erlösung bereit zum Bad in den Teichen. In Kurukshetra wartete schon eine Million Menschen darauf, sich in die Wasserbecken zu stürzen, sagte er. Owen sah aus dem Fenster, sah Männer auf Pritschen vor Gewürzständen liegen, Geier, die mit eingezogenen Köpfen in den Bäumen hockten. Bhajan Lal zog eine Mütze mit einem langen Schirm aus einer Tasche an seiner Tür und zeigte sie Owen.

»Haben Sie einen Hut bei sich?«

»Ich hab ihn irgendwo liegenlassen.«

»Was genau war es für ein Hut?«

»Ein runder Hut mit einer weichen Krempe. Ein Sonnenhut.«

»Der hier ist für die Sonnenfinsternis«, sagte der junge Mann.

Ein Mann mit einem Lendentuch kam ihm in rasenden Gedanken versunken entgegen, die Hände hinter dem Rücken verschränkt. Owen lächelte. Zwischen den braunen Hügeln lagen Zuckerrohrfelder, die dicken Halme liefen in feinen Blütenspitzen aus. Auf der Straße fuhren keine Autos oder Lastwagen. Er kam in ein kahles Tal. Die Männer hier trugen gelbe Turbane, die Kühe hatten dreifarbige Hörner. Er sah die Bergfestung, die Rajsamand überragte. Die Milane kreisten im brennenden Himmel. Wie still es hier war, am Tag der Sonnenfinsternis, keine Lastwagen, keine Busse. An den Weizenfeldern vorbei, den vereinzelten Ansammlungen von Stiftkakteen. Helles Glöckchenklingeln, ein Junge auf einem Ochsenkarren. Wieder lächelte Owen, dachte daran, wie er im Verlauf seiner Streifzüge unter Dschainas, Moslems, Sikhs, den buddhistischen Studenten in Sarnath, immer wieder überwältigt von der märchenhaften Dynamik der hinduistischen Kosmologie, allmählich wieder dazu gekommen war, sich als Christ zu betrachten, einfach als grundlegende Identifikation, als Fixpunkt in dem Vielvölkergemisch, das ihn täglich umgab. Wenn die Leute ihn fragten, gab er ihnen das zur Antwort. *Christ.* Wie seltsam sich das anhörte. Und was für ein sonderbar starkes Wort es war, um es nach all den Jahren auf sich anzuwenden, voll trübseligen Trosts.

Er gelangte in die Stadt, die unter der Festung lag, und ging die Hauptstraße entlang, wo Wasserbüffel in flachen Gräben lagen. Stände und Läden waren geschlossen, Tag der Sonnenfinsternis, und schwangere Frauen blieben zu Hause, zumindest hatte das der Fahrer behauptet. Ein kaputter Lastwagen blockierte das Ende der Straße, die Vorderreifen und Felgen waren abmontiert, die Fahrerkabine nach vorn gesackt, in die Knie gegangen wie ein angeschossenes Nashorn. Eine Frau ganz in Weiß stand in einer Tür, ein rosa Gazetuch vor dem Mund. Owen zwängte sich an dem Lastwagen vorbei und ging auf ein Tor zu, das sich in einer gelben Mauer einige Meter vom Stadtrand befand. Auf der anderen Seite der Mauer lag der Sanskrit-Pavillon, wie er das Bauwerk inzwischen bezeichnete, eine Uferbefestigung aus Marmorstufen, die sich etwa einen Kilometer weit entlang dem Rajsamand See erstreckte. Etwa fünfzig Stufen führten ans Wasser, ein Weg, der zwischendurch von Plattformen, vorgebauten Pavillons und mehreren Zierbögen unterbrochen wurde. Ein wunderbarer Raum in der trübbraunen Tempera der Landschaft, kühl, weiß und offen, eine Opfergabe an den königlichen See. Und wunderbar auch wegen dem, was er nicht war – ein von Badenden wimmelnder Ghat, Pandits unter Sonnensegeln, jene, die aufrecht sitzen und nicht sehen, die Bettelmönche, die kranken, die Bald-zu-Asche-Werdenden. Nur zwei Wäsche klopfende Frauen saßen auf der untersten Stufe, weit zu Owens Linken, und ein Junge mit einem harmonischen Gesicht, der sich ihm näherte. Sonst niemand. Owen ging bis zum nächsten Pavillon, trat ein, um ein bißchen im Schatten zu sein, und bemerkte die kunstvoll behauenen Säulen, die dichten Oberflächen. In eine Plattform nebenan war eine Schiefertafel eingelegt, auf der er ganz blaß einen Text ausmachen konnte, der etwa vierzig Zeilen lang war. Der Junge folgt Owen treppauf und treppab, über Plattformen, unter Bögen und durch drei Pavillons hindurch. Schließlich zählte Owen fünfundzwanzig in schmucken Marmor eingelegte Tafeln, das epische Gedicht, das er hatte sehen und lesen wollen, eintausendundsiebzehn Zeilen in klassischem Sanskrit, dem reinen, wohlgeformten, verfeinerten.

Die Tafeln umrahmten, wie fast alles fast überall, Schnitzereien von Elefanten, Pferden, Tänzern, Kriegern, Liebenden. In Indien war alles eine Liste. Nichts war allein, für sich, unbegleitet von Bildern aus dem Götterhimmel. Der Junge sprach ihn erst an, als Owen mit einer einfachen Kopfbewegung zu verstehen gab, daß er bereit war, aus seiner gelehrsamen Haltung herauszutreten, der beherrschten Begeisterung dieser ersten kurzen Stunde am See. Die Frauen klopften Wäsche auf der untersten Stufe, das Geräusch verlor sich zur Seemitte hin, zur Himmelsmitte, stets wiederholt, ehe eine Stille eintreten konnte.

»Dies ist ein Gedicht aus dem Mewar-Königreich«, sagte der Junge. »Es enthält die frühe Geschichte von Mewar. Es ist das längste Sanskrit-Schriftwerk in Indien heute. Dieser See hat einen Umfang von zwölf Meilen. Dieser Marmor ist von Kankroli. Die Gesamtkosten betragen mehr als dreißig Lakhs Rupien. Sie sind aus?«

»Amerika.«

»Wo ist Ihr Koffer?«

»Es ist nur eine Leinentasche. Ich hab sie da oben unter einem Baum abgestellt.«

»Sie wird schon gestohlen sein.«

Er trug eine kurze Hose, Sandalen, lange Socken, ein kurzärmeliges Hemd, das bis obenhin zugeknöpft war. Er hatte ernste, leuchtende Augen, aus denen ein Interesse für den Wanderer sprach, das sich ohne ein ausführliches Gespräch nicht zufriedengeben würde. Er sah sich den Mann ganz genau und offen an. Sonnengebräunt, staubig, großäugig, oben kahl. Am Hemd ein loser Knopf an einem Faden.

»Kann ich hier irgendwo übernachten?«

Eine Uhr mit einem rissigen Armband.

»Sie müssen wieder auf die Straße hoch. Ich werde Ihnen zeigen.«

»Gut.«

»Wie lange werden Sie bleiben?«

»Ich glaube, drei Tage. Was meinst du?«

»Können Sie Sanskrit lesen?«

»Ich werde es versuchen«, sagte Owen. »Ich bringe es mir schon seit fast einem Jahr selber bei. Diesen Ort wollte ich schon immer mal besuchen. Ich werde hauptsächlich die Buchstaben studieren. Es ist eine schöne Schrift.«

»Ich glaube, drei Tage ist sehr lang.«

»Aber es ist wunderschön hier, und so friedlich. Du hast es gut, daß du in der Nähe von so einem Ort wohnst.«

»Wo werden Sie danach hingehen?«

Die in Rot und Papageigrün gekleideten Frauen klopften im gleichen Rhythmus. Wo würde er danach hingehen? Die regelmäßig wiederholten Schläge erinnerten ihn an etwas, den griechischen Fischer, den er ein dutzendmal dabei beobachtet hatte, wie er Tintenfische gegen einen Stein schlug, damit das Fleisch zart wurde. Eine Bewegung, aus der endlose Mühe sprach, der hochgereckte Arm, die gesteuerte Gestalt des Schlages. Woran fühlte er sich noch erinnert? An nichts, was er gesehen hatte. Es war etwas anderes, etwas, das am Rand seines Bewußtseins lag. Der Junge beobachtete ihn, das glatte Gesicht fragend schiefgelegt, eine Geste voll erwachsener Besorgnis. *Als ob er Bescheid wüßte.* Die Frauen kamen die Stufen hoch, auf dem Kopf ihre

Wäschekörbe. Das Haar des Jungen glänzte fast blau. Er stieg die Uferbefestigung hinauf und deutete lächelnd zu dem Baum, wo Owen seinen Rucksack gelassen hatte. Noch da.

Owen benutzte das Gepäckstück als Kissen und setzte sich mit gekreuzten Beinen vor eine Tafel, die in die nächste Plattform eingelassen war. Der Junge stand rechts hinter ihm, so daß er den Text über Owens Schulter hinweg sehen konnte.

Die Buchstaben, durch waagrechte Oberstriche verbunden, waren kompakt, deutlich eingestanzt. Als wäre der Himmel und nicht die Erde die eigentliche Stütze, der einzig wichtige Halt. Er betrachtete eingehend die Formen. Was war an diesen Buchstabenformen, was seine Seele mit der Macht eines uralten Geheimnisses traf? Die Schleifen, die sensenförmigen Kurven, ein Gefühl von heiliger Architektur. Was war es, das er fast zu verstehen schien? Das Geheimnis der Alphabete, die Berührung mit dem Tod und mit sich selbst, dem anderen Selbst, alles in Stein fixiert mit Hammer und Meißel. Eine Geographie, eine Geste der betenden Hand. Er sah sogar den Wahnsinn, die biblische Raserei, die in der Schrift vorhanden war, den Wahnsinn von Priestern, die befanden, daß Angehörigen der niederen Kaste die Ohren mit geschmolzenem Blei zu füllen seien, falls sie sich des Vergehens schuldig gemacht hatten, einer Rezitation der Veden zuzuhören. Das verbarg sich in diesen Formen, der heilige Aspekt, das Priesterliche, das Unnahbare, das Grausame.

Der Junge las einige Zeilen laut mit einer wunderschönen melodischen Stimme, meinte aber, er sei nicht sicher, ob es so richtig war.

Die Buchstaben waren nicht mit der Sorgfalt proportioniert und eingeteilt, welche die Römer auf ihre monumentalen Großbuchstaben wandten, die in Feldern, Halbfeldern und genau abgezirkelten Kreisen konstruiert und dann in abgestufter Breite aufskizziert, gemalt und eingemeißelt wurden. Das Gedicht bestand aus tausend Zeilen. Es war die kindliche Geschichte von Mewar, schrecklich und wild, und der Text sang geradezu von Weisen, Jungfrauen und feindlichen Kalifen. Kindlich erschien er jedenfalls Owen, der wieder ein Kind war, gezwungen, eine Sprache zu lernen, in Listen zu denken.

Er fragte sich, auf welcher Seite der Uferbefestigung das Gedicht begann, wie er das feststellen könnte oder ob es überhaupt eine Rolle spielte. Er stellte sich unwillkürlich vor, wie der ganze Marmor gebrochen, geschnitten und verlegt, die Pavillons gebaut, die Bögen errichtet und der See angelegt worden war, all das zu dem alleinigen Zweck, eine Kulisse für Worte zu liefern.

Zusammen begannen sie langsam laut zu lesen, der Mann unterwarf sich der Musik des Jungen, überließ ihm die erste Stimme. In dem Klang kam zum Ausdruck, wie alt das war, fremd, fern, anders, aber auch fast bekannt, es schlug beinahe aus irgendeiner eingeschlossenen Erinnerung zu ihm durch, von dort, wo die Alpträume lagen, die, in denen er nicht so sprechen konnte wie die anderen, nicht verstehen konnte, was sie sagten.

Dann war der Junge verschwunden. Owen fühlte, wie das Licht nachließ, fühlte es, spürte es. Ein Wind wehte über die Böschung, Vögel schossen mit heiseren Schreien über den See, schnell fliegende Krähen. Ein Bogen warf mehrfache Schatten. Nachmittag. Leer, blaß und gedämpft. Ein Hahn krähte.

In Kurukshetra würden sie jetzt in Massen zu den Bassins ziehen. Eine Million Menschen, hatte Bhajan Lal gesagt. Sinnlos, sich das vorstellen zu wollen. Die aschebemalten Männer, die in einer Position erstarrten, die mit Sektenmalen, die mit Sandelholzpaste Geölten. Owen stieg zu den Bäumen hinauf, drehte sich dann um und setzte sich auf die oberste Stufe. Die Frauen, die ihre Röcke über die Knie raffen, wenn sie ins Wasser gehen. Die Genealogen, die die Namen der Pilger verzeichnen, den Zeitpunkt der rituellen Bäder. Die heiligen Männern in Ringen aus glühender Kohle. Da würden Lehmfeuerstellen sein, der schwere Rauch brennenden Dungs. Kinder mit Bettelschalen, Blinde und Leprakranke, Sterbende unter schwarzen Regenschirmen. Durch das Wasser errettet, dem Wasser übergeben. Wunder teilen sich die Landschaft mit dem Tod.

Es war doch auch nur wieder eine Liste. Zu mehr war er nicht fähig. Seine eigene primitive Form von Kontrolle. Die Sadhus sitzen nackt da, mit erhobenen Köpfen, die in die Sonne blickenden Augen weit geöffnet. Die Schlangenmenschen verknäueln sich zu topologischen Knoten. Der Singsang setzt ein, Tritonshörner werden geblasen. Sie waten mit erhobenen Armen durch das flache Wasser, eine riesige Menge, eine dichte Masse, zu zahlreich, um sie noch sehen zu können.

Zertrampelt, ertrunken. Lag in seiner Angst vor Dingen, die in solch gigantischen Größenordnungen stattfanden, vielleicht ein verzweifelter Neid? Waren sie zu beneiden? Besaßen sie eine besondere Anmut und Schönheit, wie seine Freundin Kathryn glaubte? War es eine Gnade, dort zu sein, sich in der sterblichen Menschenmenge zu verlieren, sich aufzugeben, sich der Massenehrfurcht hinzugeben, dem Verschwinden in den andern?

Er verschränkte die Arme, um sich gegen die Kälte zu schützen. In drei Tagen würde er in die Wüste gehen.

»In dem Krug da ist Wasser.«

»Hier«, sagte ich.

»Trinken Sie welches.«

»Kann man es trinken?«

Owen wurde von dem Kult angezogen wie ein Gegenstand von einem Neutronenstern, im Schwerefeld seiner kollabierten Masse, seiner Dichte. Das Bild ist trivial, aber notwendig. Wie konnte er diese Anziehungskraft beschreiben? Nur mit einem Beispiel aus der physikalischen Welt, vorzugsweise aus einem entfernten und schwer beobachtbaren Teil davon, um klarzumachen, daß sich das alles am Rande der Wahrnehmung abspielte.

Die tote Sonne war kein Bild. Sie hing über den Kakteen, dem Buschwerk und den Sanddünen dieses trostlosen westlichen Gebiets der Thar, der großen indischen Wüste nicht weit von der pakistanischen Grenze. Er folgte Kamelpfaden und aß dikkes Brot, das aus grobem Hafer gebacken war. Das Brunnenwasser war brackig, die Kamele trugen Glöckchen, die Menschen, die er traf, sprachen oft von Schlangenbissen. Im Lauf von vier Tagen zu Fuß und mit dem Bus kam er durch zwei Dörfer. Die Dorfbewohner lebten in bienenkorbförmigen Hütten mit Strohdächern, Mauern aus Lehm und getrocknetem Gras.

Seine Mutter hatte immer gesagt: »Versuch, eindrucksvoller zu sein.«

Er stand in einer weißen Stille auf einer rissigen Asphaltstraße und wartete auf einen Bus. Die Leute, die er einige Kilometer vorher gesehen hatte, trugen eine Art Baumwollgewand, und die Frauen hatten von kleinen dornigen Bäumen Zweige zum Feuermachen gesammelt. Er mußte die Namen der Dinge lernen.

Er beobachtete, wie ein Mann ihm aus den Bergen humpelnd entgegenkam. Er führte eine Ziege an einem Seil, trug einen zerrissenen Turban und den gespaltenen weißen Bart alter Rajputkrieger. Er redete schon auf der anderen Straßenseite los, begann scheinbar mitten im Satz, als setze er ein Gespräch fort, das die beiden Männer einige Jahre zuvor begonnen hatten, erzählte Owen von den nomadischen Stämmen in der Gegend, von Schlangenbeschwörern und Wanderbarden. Das Englisch, das er sprach, klang wie ein Nebendialekt des Rajastani. Er sagte, er sei Lehrer und Führer, und sprach Owen mit »Sir« an.

»Führer für was? Hier gibt's doch nichts.«

Er sagte eine Reihe von Dingen, die Owen nicht verstand. Dann zeigte er ihm einen schmutzigen Stoffetzen, der mit einer Art Symbol bedruckt war. Das schien ihn als staatlich anerkannten Führer auszuweisen.

»Aber was gibt es hier zu sehen, was einen Führer erfordert?«

»Für eine Gebührsir.«

»Wieviel?«

»Wie Sie wollen.«

»Ich will nur einen Bus erwischen, der in die Richtung da fährt, nach Hawa Mandir.«

Es gebe keine Busse auf dieser Straße. »Sie wollen nach Hawa Mandir, Sie wollen einen Lastwagen nehmen.«

»Wann fährt der?«

»Nach bestimmten Tagen.«

»Wieviel Tage sind bestimmte Tage?«

Der Mann dachte darüber nach.

»Mich interessiert, wohin Sie mich führen würden, wenn ich Ihnen Ihre Führergebühr bezahle.«

»Sie zahlen, wie Sie wollensir.«

»Aber was werden Sie mir zeigen? Wir sind hier irgendwo zwischen Jaisalmer und der pakistanischen Grenze.«

»Jaisalmer, Jaisalmer.«

Er machte einen fröhlichen Singsang aus den Worten.

»Und der pakistanischen Grenze«, wiederholte Owen.

Der Mann sah ihn an. Das Wort für gestern war dasselbe wie das Wort für morgen. Die Falken kreisten im leeren Himmel.

»Wenn kein Bus fährt und ich endlos lange auf ein anderes Fahrzeug warten muß, dann gehe ich zu Fuß nach Hawa Mandir.«

»Sie gehen in die Thar hinein, aber Sie gehen nie mehr hinaussir.«

»Sie sind Lehrer, haben Sie gesagt. Was lehren Sie?«

Der Mann versuchte sich zu erinnern. Er begann einen Monolog, in dem es um seine Jugend als Akrobat und Jongleur zu gehen schien, seine Wanderjahre zwischen den Festungsstädten. Die beiden Männer hockten im Staub, der Inder redete unablässig, seine Rechte vollführte hypnotische Gesten, während seine Linke das Seil umklammerte, an dem die Ziege angebunden war. Owen bemerkte seinen Weggang kaum. Er blieb in der Hocke dicht am Boden, leicht vorgebeugt, mit dem Gewicht auf den Unterschenkeln. Als die Sonne weiß und wellig schien, holte er ein Trockengemüsepräparat aus seinem Rucksack und aß es. Er hatte Durst, gestattete sich aber nur einen symbolischen Schluck Wasser. Er wollte sich das, was noch übrig war, für den nächsten Tag aufheben, für den Vormittag, wenn er nach fünfstündigem Fußmarsch Rast und Schatten brauchte. Plötzlich war es dunkel. Er legte sich auf die Seite, wie der Zigeuner auf dem Gemälde von Rousseau, geborgen in einem mystischen Schlummer.

Er wachte gerade auf und dachte an den langen Weg, der ihm an diesem Vormittag bevorstand, als sich eine kleine Karawane messingbeschlagener, von Ochsen gezogener Eisenkarren näherte, die in die gleiche Richtung zog wie er. Schmiede mit ihren Familien, die Frauen trugen bunte Schleier und silberne Anhänger. Sie nahmen ihn mit nach Hawa Mandir.

Es war eine mittelalterliche Stadt, die langsam von der Wüste assimiliert wurde. Sie hatte schon so sehr die Farbe der Wüste angenommen, daß Owen sie erst sah, als sie schon fast vor den Toren standen. Die Stadt wurde einverleibt und integriert, sie versank im Land, zerfiel, verwitterte Stück um Stück. Selbst die Hunde, die am Stadtrand herumstrichen, waren gelblich braun, lethargisch und kaum sichtbar. Er ging durch die Straßen und Gassen. Die Häuser waren aus Sandstein, hatten behauene Fassaden, flache Dächer und glücksbringende Symbole an vielen Wänden. Er sah ein langes Gebäude, das mit Kuppeln, Türmchen und durchbrochenen Steinbalkons verziert war. Das wenige Leben in der Stadt drehte sich hauptsächlich ums Wasser. Ein Mann wusch ein Kamel, ein anderer befestigte Wasserbehälter an einem zweirädrigen Holzkarren. Innerhalb weniger Minuten hatte Owen den Stadtrand erreicht. Sand wehte.

Die Steinhäuser wichen Lehm- und Backsteinhütten. Viele von ihnen waren zerfallen, von Sand umgeben. Kinder beobachteten ihn, als er aus seiner Feldflasche trank. Ziegen liefen in die bewohnten Hütten. Er stellte sich auf eine zerfallene Mauer und suchte den Horizont ab. Da draußen gab es irdene Speicher, sandfarben, konisch, einige mit Strohdächern. Er hatte solche Speicher schon anderswo gesehen, Behälter für Lebensmittel und Getreide, die größeren über zwei Meter hoch, meistens unmittelbar am Rand des Dorfes, Männer mit Werkzeugen, in der Nähe angebundenes Vieh. Fünf oder sechs dieser Speicher von ganz schlichter Machart standen etwa hundert Meter von den letzten Hütten entfernt. Er ging in ihre Richtung.

Sand wehte über die rotbraunen Ruinen. Zu der Ansammlung kleiner Gebäude führte ein holpriger Pfad durch Ginster und Dornenbüsche. In der Ferne erhoben sich Sandsteinhügel in regelmäßigen Schichten. Er überholte eine Frau und ein Kind mit einer mageren Kuh. Das Kind ging dicht hinter dem Tier her und sammelte den Dung auf, sowie er zu Boden fiel, scharrte ihn zusammen, klopfte ihn fest. Die Frau rief dem Mädchen etwas zu und peitschte dabei die Luft mit einem Stock. Der Wind trug das Geräusch zu ihm. Geschichte. Der Mann, der außerhalb davon steht.

Als er die Speicher erreicht hatte, konnte er kaum noch sehen. Die Sonne stach ihm ins Gesicht, und beim Gehen hielt er sich den Arm schützend vor die Augen, öffnete sie immer nur kurz, um sich zu orientieren. Etwas erschreckte ihn, ein Mann, der am Ende des Pfades stand, dunkelhäutig, mit wilden Ringellocken, das Gesicht trotz des wehenden Sandes unbedeckt. Schatten unter den flachen Augen, etwas Gefährliches in seiner Art. Aber er war auch sonderbar ruhig, wartete, vom Hals bis zu den Knöcheln in Gewänder gehüllt, die Hände versteckt, Kopf und Füße bloß. Und er sagte etwas zu Owen. War es eine Frage? Sie sahen sich direkt in die Augen. Als der Mann die Worte wiederholte, merkte Owen, daß es Sanskrit war, und er wußte sofort, was der Mann gesagt hatte, ohne es erst übersetzen zu müssen.

Der Mann hatte gesagt: *»Wie viele Sprachen sprichst du?«*

Die Hälfte des Zimmers war lichtdurchflutet. Er setzte sich mit etwas unsicheren Bewegungen auf. Ich glaube, mir war nicht klargewesen, wie erschöpft und krank er eigentlich war. Nur in seiner Stimme lag noch Kraft.

»Vor dieser Frage graut mir immer«, sagte ich. »Ich habe das Gefühl, ich kann im Nahen Osten hingehen, wo ich will, immer stellt man mir diese Frage. Ich weiß nicht, warum sie so bedrükkend ist.«

»Irgendwie ist es eine schreckliche Frage, nicht?«

»Aber warum?«

»Ich weiß es nicht«, sagte er.

»Wieso meine ich, daß damit eine furchtbare Schwäche, ein unverzeihliches Versagen aufgedeckt wird?«

»Keine Ahnung.«

»Sie können sie beantworten. Fünf oder sechs.«

»Einschließlich Sanskrit. Was aber schon fast gelogen wäre. Zu meiner Verteidigung muß ich sagen, daß nie jemand da war, mit dem ich es sprechen konnte, außer dem Jungen am See. Es wird jetzt wieder in den Schulen gelehrt.«

»Haben Sie es mit denen gesprochen?«

»Hin und wieder.«

»Woher haben Sie gewußt, daß sie da waren? Von der Gruppe in der Mani?«

»Sie haben gesagt, es gebe eine Zelle in Indien, die vorher irgendwo im Iran war. Ich sollte nach einem Ort namens Hawa Mandir suchen.«

»Mit der Suche haben Sie sich aber Zeit gelassen.«

»Ich war der Meinung, ich hatte das Gefühl, daß Indien mich von dieser Faszination kurieren würde. Ist noch etwas Wasser da?«

»Der Krug ist leer.«

»Draußen auf der Straße, zwei Häuser weiter, gibt's einen Hahn.«

Als ich wiederkam, schlief er, immer noch im Sitzen, sein Arm baumelte über die Banklehne. Ich weckte ihn, ohne zu zögern.

Der Mann hieß Atvar Singh. Owen hielt das für einen Decknamen und mochte nicht glauben, daß Singh ein Inder war. Der Mann war nicht nur ein guter Imitator, er schien auch bei jeder Begegnung anders auszusehen. Ein Asket, ein Straßenprediger, ein U-Bahn-Penner. Seine Physiognomie veränderte sich, seine Gesichtszüge als Kennzeichen und Merkmal. Intelligent, eitel, unterwürfig, grausam. Einen Tag konnte er hager und streng aussehen, ein Mystiker in schäbigem Gewand, am nächsten verschwollen, körperlich aufgedunsen, mit schweren, glasigen Augen.

Die griechische Zelle hatte sich aufgelöst, und zwei ihrer Mitglieder waren jetzt hier, erst vor kurzem dazugestoßen. Einer von ihnen war Emmerich, ein Mann mit strengem Kopf und dichtem Bart. Die zweite Person war die Frau, Bern, dicklippig und breit, seit Wochen vollkommen stumm. Sie verbrachte beinahe die ganze Zeit eingeschlossen in einem der strohbedeckten Speicher.

Es gab noch zwei weitere Männer, aber mit ihnen hatte Owen kaum Kontakt. Er wußte nur, daß sie mit Singh im Iran gewesen waren, daß einer von ihnen häufige Anfälle von Schüttelfrost und hohem Fieber hatte und daß sie offenbar Europäer waren. Sie sprachen kein Sanskrit wie die anderen, versuchten es auch gar nicht, und dieser Umstand, eben wie die vorherrschende Stimmung in der Gruppe, war für Owen ein Anzeichen, daß der Kult so gut wie am Ende war.

Einmal hockte er sich zusammen mit Emmerich in den Staub. Sie redeten über Sanskrit, sprachen auch in dieser Sprache und in einigen anderen. Emmerich erinnerte an einen intelligenten Strafgefangenen, einen Mann, der lebenslänglich saß, wegen Mordes, ein eigenwilliger Autodidakt, ein Experte auf dem Gebiet des Lebens hinter Gittern, voller Verachtung für Menschen, die wissen wollen, wie so was ist – selbst dann, wenn er sie darüber aufklärt. Einer, der sich mit seiner lebenslangen Haftstrafe abgefunden hat, so ein Mann war er. Sein Verbrechen, die Größe seines Verbrechens, liefert endlosen Stoff für Spekulationen und Selbsterkenntnis. Alles, was er liest und lernt, wird in den Dienst einer persönlichen Philosophie gestellt, einer Erklärung, der Überhöhung dieses strahlenden, einmaligen Augenblicks, eines Augenblicks, den er für sich verarbeitet, umgedeutet, sich zunutze gemacht hat. Der Mord gehört inzwischen zum Traumarsenal seiner Selbstanalyse. Das Opfer und die Tat sind jetzt Theorie. Sie bilden die philosophische Basis, auf die er für sein Selbstgefühl angewiesen ist. Er benutzt sie zum Leben.

»Das Sanskrit-Wort für Knoten«, sagte Emmerich, »hat im Lauf der Zeit die Bedeutung von ›Buch‹ angenommen. *Grantha.*

Wegen der Manuskripte. Die Manuskripte aus Birkenrinde und Palmenblättern wurden mit einer Kordel gebunden, die durch zwei Löcher gezogen und dann verknotet wurde.«

Ein strenger Kopf, dachte Owen immer wieder. Sein Vater hatte oft über den überdimensionalen Strohhut gelacht, den er zu seiner Latzhose trug. Vorbei am Krämerladen an der Kreuzung. Die Markise und das Coca-Cola-Schild. Die im Schlackeblock eingelassenen Holzpfosten. Seine Mutter hatte immer gesagt: »Ich weiß nicht mehr als 'n Affe, von was du da redest.«

Emmerichs Kopf war eher klein, sein Blick wahrte immer eine grimmige Distanz. Haar und Bart waren kurzgeschnitten. Die beiden Männer hockten seitwärts voneinander, als würden sie ihre Bemerkungen in die Wüste richten.

»Was ist ein Buch?« sagte Emmerich. »Es ist ein Kasten, den man öffnet. Eine Box. Ich glaube, das weißt du.«

»Was enthält der Kasten, die Box?«

»Das griechische Wort *puxos.* Buchsbaum. Da denkt man natürlich an Holz, und interessanterweise läßt sich das englische Wort ›book‹ auf das Mittelholländische *boek,* oder Birke, zurückführen, und auf das germanische *boko,* ein Birkenstab, in den Runen geschnitzt wurden. Was liegt also vor? Buch, Box, in Holz geschnitzte alphabetische Symbole. Der hölzerne Axtstiel oder Messergriff, in den der Name des Eigentümers in Runen geschnitzt war.«

»Ist das Geschichte?« fragte Owen.

»Das ist nicht Geschichte. Das ist das genaue Gegenteil von Geschichte. Ein Alphabet vollkommener Stille. Beim Lesen verfolgen wir statische Buchstaben. Das ist ein logischer Widerspruch.«

Bern kam heraus, ging einmal um den Speicher und dann wieder hinein. Der Speicher, das Silo oder Depot. Owen mußte den ortsüblichen Namen dafür lernen. Das war die allererste Aufgabe, die er sich an jedem neuen Ort stellte, immer.

»Sie wird versuchen, sich umzubringen«, sagte Emmerich. »Sie wird sich zu Tode hungern. Sie hat schon damit angefangen.

Seit drei, vier Tagen. Das ist ihr wie eine heilige Offenbarung gekommen. Das ist der ideale Weg. Hungertod. Lang ausgedehnt, stumm, allmählicher Verlust aller Funktionen. Was gibt es in Indien für einen besseren Tod als den Hungertod?«

»Ist dies das Ende? Gibt es anderswo noch eine Gruppe?«

»Soviel ich weiß, ist das hier das Ende. Es gibt keine anderen Zellen mehr außer dieser. Vielleicht sind noch zwei oder drei einzelne übrig, die möglicherweise miteinander in Verbindung stehen.«

»Werdet ihr alle hier sterben?«

»Ich glaube nicht, daß Singh sterben wird. Er wird den Tod überlisten, wird sich herausreden. Bern wird sterben. Die anderen beiden werden wahrscheinlich ebenfalls sterben. Ich werde wohl nicht sterben. Ich habe zuviel über mich erfahren.«

»Bringen sich Menschen nicht aus genau diesem Grund um?« fragte Owen.

»Weil sie entdeckt haben, wer sie sind? Ich gebe zu, daran habe ich nie gedacht. Und du? Wer bist du?«

»Niemand.«

»Was meinst du mit ›niemand‹?«

»Niemand.«

Sie hockten da wie Inder, dicht am Boden, die Arme über die Knie gelegt.

»Lange Zeit geschieht gar nichts«, sagte Emmerich. »Allmählich kommt es uns vor, als ob wir kaum noch existieren. Manche wandern ab, manche sterben. Zwischen uns entstehen viele Differenzen. Wir verlieren das Ziel aus dem Auge, wir erleiden Rückschläge. Es gibt Differenzen bei den Bedeutungen, Differenzen bei den Wörtern.«

»Sie ißt nichts. Nimmt sie denn Wasser zu sich?«

»Bis jetzt schon. Aber nur, um es in die Länge zu ziehen, um das Schweigen zu verlängern. Du kennst das. Sie ist sehr doktrinär. Für so jemand ist Sterben eine Methodik.«

»In Griechenland wollte sie nicht mit mir reden.«

»Du bist kein Mitglied. Nur wegen deiner Ausbildung als Epigraphiker, wegen deiner Ausgrabungen und Reisen warst du mehr oder weniger willkommen. Wir merkten, daß wir dir vertrauen konnten. Das Interesse, das du gezeigt hast, war unspektakulär, wissenschaftlich und äußerst intensiv. Aber Bern fand das nicht. Ihr war das gleichgültig. Griechenland wurde ihr immer lästiger. Jemand hat ihre Stiefel gestohlen.«

»Was ist aus den anderen geworden, die bei euch waren?«

»Verstreut.«

Diese Speicher waren aus Dung und Erde gebaut. Auf den fernen Feldern bewegten sich gebückte Gestalten. Eine staubige Schlange wand sich durchs Unkraut. Eine einzige Farbe. Geformt und geordnet. Die hochstehende weiße Sonne.

»Aber das Programm läuft weiter«, sagte Emmerich. »Singh hat einen Mann gefunden. Wir warten darauf, daß er sich Hawa Mandir nähert. Mal ehrlich, das Interessanteste an uns ist das Töten. Nur ein Tod kann das Programm beenden. Das weißt du. Diese Erkenntnis geht sehr sehr tief. Nicht in Worten auszudrücken.«

Das waren keine Milane, sondern Sperber, sah er jetzt. Kein Chaos, kein Abfall.

»Ich frage mich manchmal«, sagte Emmerich, »was ist die Funktion eines Mörders? Ist er ein Mensch, zu dem man geht, wenn man beichten will?«

»Er hatte nicht recht«, sagte ich, überrascht über meine eigene Schroffheit. »Sie waren nicht da, um irgendwas zu beichten.«

»Es sei den, um meine Ähnlichkeit mit ihnen einzugestehen.«

»Jeder ist wie alle anderen.«

»Das kann nicht Ihr Ernst sein.«

»Nicht ganz. Ich müßte es anders ausdrücken.«

»Daß wir uns gegenseitig überlappen. Meinen Sie das?«

»Ich bin mir nicht sicher, was ich meine.«

Seine Stimme wurde leise. Er gab sich Mühe, nicht anzuklagen, nicht zu verletzen.

»Was sehen Sie, wenn Sie mich betrachten?« fragte er. »Sie sehen sich, so wie Sie in zwanzig Jahren sein werden. Ein verdammt ernüchternder Anblick. Das stimmt doch, oder? Unsere Ähnlichkeit ist eine Art Sprung, ein Zustand, den man auf den ersten Blick vorhersagen kann. Sie haben am Anfang fast allem, was ich gesagt habe, widersprochen. In letzter Zeit weniger. Als hätten Sie angefangen, auf Nummer Sicher zu gehen. Sie sehen sich selbst, James, nicht wahr?«

Allein, willensschwach, schutzlos, beim Treppensteigen immer zwei Stufen auf einmal nehmend. Stimmte das, hatte er recht? Ich würde Owen nie vollständig verstehen können, seine Gründe, seine inneren Formen und Themen. Dadurch wurde die Ähnlichkeit nur noch plausibler.

Füße flach auf dem Boden, Gewicht auf den Unterschenkeln, die Arme über die Knie gelegt. Sie hockten in einem der Speicher. Singh rieb zwei lange Steine aneinander, formte sie beim Reden. Er war eine Redemaschine. Im Laufe einer einzigen längeren Bemerkung wechselte er von Hindi übers Englische ins Sanskrit. Er machte Owen angst. Es war zu eindeutig, daß er am Rande des Wahnsinns stand. Er sah verrückt aus, redete in einem wirren Sprachenmischmasch, verfiel in grausames, ausladendes Gelächter, die Augen geschlossen, den Mund voller verfaulender Zähne weit aufgerissen. Einen langen Nachmittag über den Wüstenabend hindurch bis in die Nacht hörte Owen ihm zu. Er war sprunghaft und flink, manchmal einschüchternd, manchmal wie um Gunst buhlend. Kein richtiger Spieler, keiner, der sich an die Regeln hält, dachte Owen, erstaunt über die Dummheit dieses Gedankens. Singh war elektrisierend, messianisch, verrückt, das grobgekörnte Gesicht in einer Masse staubiger Ringellocken eingerahmt. Er unterbrach das Steinereiben nur, wenn er die Hand hob, um Anführungsstriche, um ein Wort anzudeuten, das er ironisch oder mit einer Doppeldeutung verwendete.

»*Thar.* Das ist eine Kontraktion von *marust'hali.* Behausung des Todes. Ich will dir sagen, was mir an der Wüste so gefällt. Die

Wüste ist eine Lösung. Einfach, unvermeidlich. Wie eine mathematische Lösung, die auf die Verhältnisse auf einem Planeten angewandt wird. Ozeane sind das Unterbewußtsein der Welt. Wüsten sind das wache Bewußtsein, die einfache und klare Lösung. Ich kann in der Wüste besser denken. Hier draußen ist in meinem Kopf Tabula rasa. Alles zählt in der Wüste. Das einfachste Wort besitzt eine Riesenkraft. Das ist angemessen, denn es entspricht der indischen Tradition. Das Wort besitzt in Indien eine Riesenkraft. Nicht das, was die Menschen meinen, sondern was sie sagen. Die beabsichtigte Bedeutung ist völlig nebensächlich. Das Wort selbst ist das einzige, was zählt. Die Hindufrau vermeidet es, den Namen ihres Ehemannes auszusprechen. Jede Erwähnung seines Namens bringt ihn dem Tod näher. Das weißt du. Ich erzähle dir nichts Neues, oder? Die indische Literatur ist von weißen Ameisen aufgefressen worden. Die Rinden- und Blattmanuskripte wurden durchlöchert, zernagt, einverleibt. Das weißt du. Indien braucht sowieso keine Literatur. Überflüssig. Indien ist die rechte Gehirnhälfte der Welt. Tanzender Shiva, verstehst du? Reine Bewegung, Mann. Wenn wir diesen Ort hier verlassen, möchte ich gern in den Nordirak gehen und die kryptische Schrift der Jesiden studieren. Dieses Alphabet muß man gesehen haben. Unglaublich. Ein bißchen Hebräisch, ein bißchen Persisch, ein bißchen Arabisch, ein bißchen Marsianisch. Die Sprache ist kryptisch, weil die Jesiden unter Moslems leben und sie nicht ausstehen können. Totaler gegenseitiger Haß, verstehst du? Wenn ein Jeside zufällig einen Moslem beten hört, bringt er entweder das arme Schwein um, oder er bringt sich selbst um. So lautet jedenfalls die Regel. In der Gegend gibt's noch andere interessante Alphabete. Ich könnte in die Sümpfe gehen. Ich würde ja die Frau mitnehmen, aber es ist ihr ernst mit dem Verhungern. Ich würde sie gerne rauf und runter und bis Sonntag bumsen oder wie der Spruch heißt. Sie ist der Typ Frau, die man wie besessen durchbumst, stimmt's? Jeder Laut hat nur ein Zeichen. Das ist das Geniale des Alphabets. Einfach, unvermeidlich. Kein Wunder, daß es in der Wüste passiert ist.«

»Ich will Sie nicht unterbrechen.«

»Ich habe es nicht eilig«, sagte Owen. »Ich könnte den Rest genausogut auf unbestimmte Zeit verschieben.«

»Ich möchte gern mehr hören.«

»Ich will aber nicht mehr erzählen. Es wird immer schwieriger. Je näher wir dem Ende kommen, desto stärker wird der Wunsch aufzuhören. Ich weiß nicht, ob ich das alles noch einmal durchstehen kann.«

»Ich habe Sie unterbrochen, um noch mal bei Singhs Vorstellung von der Wüste einzuhaken. Gibt es dort etwas Klares und Einfaches?«

Owen sah in den schattigen Teil des Zimmers.

»Einmal hat Singh mit seiner Verschwörermiene zu mir gesagt und mich dabei mit seinen flachen, ernsten Augen fixiert: ›Die Hölle ist der Ort, von dem wir nicht wissen, daß wir uns schon an ihm befinden.‹ Ich war mir nicht sicher, wie ich die Bemerkung verstehen sollte. Wollte er damit sagen, daß er und ich in der Hölle waren oder daß alle anderen dort waren? Alle, in Räumen, Häusern und Sesseln mit Armlehnen. Ist die Hölle ein Mangel an Bewußtsein? Und wenn man erst mal weiß, daß man dort ist, ermöglicht einem das dann die Flucht? Oder ist die Hölle der einzige Ort auf der Welt, den wir nicht als solchen erkennen, der einzige Ort, den wir nie erkennen können? Hat er das gemeint? Ist die Hölle das, was wir uns gegenseitig sagen, oder das, was wir uns nicht sagen können, was jenseits unserer Worte liegt? Ich kam mit dem Satz nicht klar. Ich fürchtete mich vor der Wüste, fühlte mich aber gleichzeitig zu ihr hingezogen, zu dem Widerspruch hingezogen. Es werden immer Menschen kommen, um diesen leeren Ort zu füllen. Dieser Ort ist leer, damit Menschen herbeiströmen, um ihn zu füllen.«

Die klare Stimme wurde jetzt zu einer Art religiösem Gesang, dessen Pracht und gemessener Rhythmus fast etwas Unheimliches hatte. Für mich klang es wie ein Trauermarsch.

»Die Wüste wirklich zu durchdringen. Die Geografie und die Sprache zu lernen, das *Aba* und das *Keffiyeh* zu tragen, in der Wüstensonne braun zu werden. Sich in Mekka einzuschleichen. Stellen Sie sich vor, gemeinsam mit anderthalb Millionen Pilgern die Stadt zu betreten, die Grenze innerhalb der Grenze zu überschreiten, den *Hadsch* zu machen. Welch riesige Ängste ein Mann wie ich zu überwinden hätte, welche lebenslangen Neigungen zur Einsamkeit, zur Heiligkeit eines persönlichen Raumes, in dem man leben und sein kann. Aber stellen Sie es sich einmal vor. Sich als *Hadschi* in zwei Bahnen saumlosen weißen Stoffes zu kleiden, jeder dort trägt zwei saumlose weiße Stoffstücke, über eine Million Menschen. Die sieben Umrundungen der *Kaaba* mitzumachen. Der große schwarz drapierte Kubus, stellen Sie sich das vor, bestickt mit goldenen Koranversen. Die ersten drei Umrundungen haben wir im Laufschritt zu absolvieren. Zu anderen Zeiten während des *Hadsch* versammeln sich riesige Massen auf der Ebene Arafat und drei Tage lang in Mina, aber die Umrundung der Kaaba hat mich von Anfang an fasziniert und nicht mehr losgelassen. Die drei Umrundungen im Laufschritt, vielleicht einhunderttausend Menschen, ein Wirbel weißgekleideter Leute, die um den riesigen schwarzen Kubus herumrennen, ein Orkan menschlicher Ehrfurcht und Unterwerfung. Mitgetragen zu werden, keine Lücken in den Reihen, sich in einem Tempo zu bewegen, das von der Menge selbst bestimmt wird, atemlos, unter ihnen zu sein und zu ihnen zu gehören. Das ist, was mich so anzieht. Selbstaufgabe. In den Sandsteinbergen sein Selbst auszubrennen. Teil dieser singenden Menschenwelle zu werden, der weißen Städte, der Zelte, die die Ebene bedekken, des Strudels im Hof der Großen Moschee.«

»Ich dachte, der *Hadsch* sei ein einziger riesiger Busstau.«

»Aber verstehen Sie, was mich an dem Lauf so fasziniert?«

»Ja, zur Ehre Gottes würde ich auch laufen.«

»Es gibt keinen Gott«, flüsterte er.

»Dann können Sie nicht laufen, dann dürfen Sie es nicht. Dann hat es doch keinen Sinn, oder? Dann ist es dumm und destruktiv. Wenn Sie es nicht tun, um Gott zu ehren oder dem Propheten nachzueifern, dann bedeutet es nichts, dann bewirkt es nichts.«

Er zog sich in ein Schweigen zurück, in das Schweigen des Benachteiligten. Er hatte der Frage weiter nachgehen wollen, der angsteinflößenden, treibenden Ekstase dieses Phänomens, aber mit einer Ablehnung wie der meinen konnte er nicht fertig werden. In dieser Hinsicht war er wie ein Kind, für das Schweigen ein Raum ist, in den es sich mit seiner Verletzung und Beschämung zurückziehen konnte.

»Was hatte Singh Ihnen noch zu erzählen?«

»Er redete über die Welt.«

»Und was ist dann passiert?« fragte ich.

Er redete über die Welt.

»Die Welt bezieht sich heute auf sich selbst. Das weißt du. Diese Sache ist in die Struktur der Welt eingedrungen. Jahrtausendelang war die Welt unser Ausweg, unsere Zuflucht. Die Menschen verbargen sich in der Welt vor sich selbst. Wir versteckten uns vor Gott oder vor dem Tod. Die Welt war dort, wo wir lebten, das Selbst dort, wo wir verrückt wurden und starben. Aber jetzt hat sich die Welt ein eigenes Selbst geschaffen. Wieso und wie, ist jetzt egal. Was passiert mit uns, jetzt wo die Welt ein Selbst hat? Wie können wir die einfachste Sache sagen, ohne in eine Falle zu laufen? Wo gehen wir hin, wo leben wir, wem glauben wir? Das ist meine Vision, eine Welt, die sich auf sich selbst bezieht, eine Welt, aus der es kein Entrinnen gibt.«

Die Haut auf seiner Stirn und seinen Wangen war körnig. Er hatte schmale Handgelenke und Hände. Langsam nahmen die beiden Steine eine spitz zulaufende Form an. Er rieb die Steine stundenlang, tagelang aneinander. Bern halluzinierte. Sie hörten sie stöhnen und singen. Sie kroch auf allen vieren nach draußen, um zu urinieren. Drei von den Männern machten sich auf die Suche nach einer von der Herde getrennten Ziege, die sie töten wollten. Owen ging zu Berns Speicher, ohne zu wissen, warum. Der Speicher war verschlossen, etwa ein Meter über dem Boden war ein irdener Lukendeckel, den eine durch zwei Halterungen gesteckte Holzstange festhielt. Owen entfernte den Deckel und beugte sich vor, um in den Speicher hineinzusehen. Sie saß im Dunkel. Der Boden war mit Heu und Teilen von Maisstengeln bestreut. Ihr Gesicht schwenkte zu ihm herum, und sie starrte ihn an, ohne ihn erkennbar wahrzunehmen. Er sprach leise mit ihr, bot an, ihr Wasser zu holen, aber sie reagierte nicht. Er erzählte ihr, daß der Geruch von Tierfutter ihn an seine Kindheit erinnerte, an die Aufzüge der Getreidesilos und die Windräder hinter dem Haus, an die Hereford-Rinder in ihren Ladepferchen, an das verbogene Metallschild an dem kleinen Backsteingebäude am Stadtrand (er hatte seit dreißig Jahren nicht mehr daran gedacht): FARMERS BANK. Er blieb außerhalb des Speichers, beobachtete, wie ihr Gesicht in der abgestandenen Luft hing. Sie sah ihn an.

Die Wüstenstadt wirkte wie zu Blöcken umgeformtes Land, ein seltsames Werk des Sanddünen auftürmenden Windes. Singh höhlte die Hände, um aus einem Tonkrug zu trinken. Einer der anderen Männer kauerte im Staub. Aus dieser Entfernung war die Stadt die meiste Zeit völlig still. Owen trank. Wenn es dunkel wurde und ein Wind aus den Bergen kam, beobachtete er, wie die Glut aufstob und um den improvisierten Spieß herumwirbelte. Am Nachthimmel erschienen die Sterne, die Schrotladung glitzernder Welten.

»Wer ist der Mann, auf den ihr wartet?«

»Was für ein Mann?«

»Emmerich hat es mir gesagt.«

»*Atcha.* Ein Verrückter. Nicht dicht, verstehst du? Wandert seit Jahren in dieser Gegend herum.«

»Ist er schon in der Nähe der Stadt? Woher wißt ihr, daß er diese Richtung einschlagen wird?«

Singh lachte. »Ja, er ist verdammt nah.«

»Woher weißt du das?«

»Ich habe ihn gerade gesehen. Du hast gerade seine Ziege gegessen.«

»Ein alter Mann mit einem Bart, praktisch in Lumpen?«

»Das isser, Mann. Er läuft immer weiter. Tut ihm nich gut, wenn er noch älter wird. Er geht auf dem Zahnfleisch, soviel is klar. Er muß sich mal hinsetzen und auf 'nen Geier warten. Der Geier nimmt der Wüste die Arbeit ab.«

»Ihr wartet also, bis er die Stadt betritt.«

»Du weißt das. Du gehörst jetzt dazu.«

»Nein, ich gehöre nicht dazu.«

»Natürlich gehörst du dazu.«

»Nein.«

»Dummkopf. Natürlich tust du das.«

Diesmal war es Owen, der seine Erzählung unterbrach, um nach dem Heft zu greifen, das ich aufrecht gegen das Kupfertablett gestellt hatte, die Kharoshthi-Fibel. Er legte sie wieder an ihren Platz auf dem Tablett. Abstufungen von Braun und Grau. Das Licht wich zur hinteren Wand zurück. Eine bestimmte Anzahl von Gegenständen, eine bestimmte Plazierung. Er saß da und blickte in seine Hände.

»Was meint Singh mit ›die Welt‹?« fragte ich.

»Alles, jeden, alles, was gesagt wird oder gesagt werden kann. Obwohl nicht genau diese einzelnen Dinge. Das, was sie alle umfaßt. So könnte man es vielleicht ausdrücken.«

»Was ist dann passiert?«

»Ich bin müde, James.«

»Versuchen Sie, weiterzumachen.«

»Es ist wichtig, es richtig zu erzählen. Genau sein ist das einzige, was noch übrigbleibt. Aber ich glaube, ich schaffe es nicht mehr.«

»Sie waren bei ihnen. Haben Sie ihren Namen erfahren?«

Er blickte auf.

»Dieses Wissen ist mir bis jetzt immer vorenthalten geblieben, obwohl ich alles versucht habe, es aus ihnen herauszulocken, es ihnen mit allen möglichen Mitteln abzuluchsen. Selbst nachdem Singh mir gesagt hatte, ich gehöre jetzt zu ihnen, wollte er mir nicht den Namen des Kults verraten.«

»Er hat Sie verspottet.«

»Ja, er suchte meine Nähe, um sich lustig zu machen, um sich zu wappnen. Auf eine Weise war ich ein Kraftquell für sie, aber auch ihr Beobachter und stillschweigender Kritiker, der erste, den sie je hatten, ein weiteres Anzeichen dafür, daß sie am Ende waren.«

Ich erzählte Owen von der Zeit, die ich in der Mani verbracht hatte, von meiner Begegnung mit Andahl. Ich erzählte ihm von dem großen Felsen, auf dem zwei Wörter gepinselt und anschließend überteert worden waren. Ich sagte, Andahl habe die Wörter geschrieben. Das war seine Art, aus der Gruppe auszubrechen. Ich sagte Owen, daß meiner Meinung nach diese Worte der Name des Kults waren.

»Welche Worte waren das?«

»*Ta Onómata.*«

Er sah mich mit neugieriger Verwunderung an. »Verdammt. Verdammt, James.« Er fing an zu lachen. »Möglicherweise haben Sie recht. Ich glaube, Sie könnten recht haben. Das ergibt eine unheimliche Art von Sinn, nicht? Die Namen.«

»Ich habe fast immer recht gehabt, wenn es um den Kult ging. Andahl, der Name, das Muster. Und ich fand sie, sowie ich in die Mani kam, obwohl mir das zunächst nicht klar war. Das alles macht mir eine Heidenangst, Owen. Mein Leben geht vorbei, und ich bekomme es nicht in den Griff. Ich bekomme es nicht zu fassen, ich werde nicht damit fertig. Meine Familie ist auf der anderen Seite der Welt. Nichts paßt zusammen. Der Kult ist das einzige, wozu ich irgendeine Beziehung habe. Das einzige, was ich richtig eingeschätzt habe.«

»Sind Sie ein ernster Mensch?«

Die Frage überrumpelte mich völlig. Ich fragte ihn, was er damit meine.

»Ich bin kein ernster Mensch«, sagte er. »Wenn Sie einen großartigen homerischen Text über mein Leben und mein Schicksal verfassen wollen, könnte ich Ihnen eine passende erste Zeile vorschlagen. ›Dies ist die Geschichte eines Menschen, der nicht ernst war‹.«

»Sie sind der ernsteste Mensch, den ich kenne.«

Er lachte mich aus und winkte ab. Aber ich war nicht bereit, die Sache auf sich beruhen zu lassen.

»Was meinen Sie denn? Finden Sie, daß ich nicht ernst bin, weil ich unbedeutendes Zeug geschrieben habe, alles mögliche, weil ich für ein Mammutunternehmen arbeite?«

»Sie wissen genau, daß ich das nicht meine.«

»Es ist wichtig für mich, einen normalen Job zu haben. Papierkram. Einen Schreibtisch und tägliche Aufgaben. Auf meine komische Art versuche ich, mich an Menschen und die Arbeit zu klammern. Das ist für mich ein Grundrecht, ein Grundbedürfnis.«

»Selbstverständlich«, sagte er. »Ich meinte die Frage nicht als Herausforderung. Es tut mir leid. Verzeihen Sie mir, James.«

Wir schwiegen beide.

»Ist Ihnen klar, was wir hier machen?« sagte ich schließlich. »Wir begraben Ihre Erzählung unter unseren Kommentaren. Wir verbringen mehr Zeit mit Unterbrechungen als mit der Geschichte.«

Er schenkte Wasser aus dem Krug ein.

»Ich komme mir vor, wie jemand in dieser Menge, die Sie vorhin beschrieben haben«, sagte ich. »Die Menge, die mit dem professionellen Geschichtenerzähler ungeduldig wird. Machen wir weiter. Wo sind die Menschen in der Geschichte?«

»Es wird immer schwieriger, je mehr wir uns dem Ende nähern. Ich möchte gerne verzögern. Ich möchte überhaupt nicht weitermachen.«

»Zeig uns ihre Gesichter, erzähl uns, was sie gesagt haben.«

Emmerich verfolgte das Opfer. Er berichtete, daß die Streifzüge des Alten manchmal vorhersehbar waren. Einen Teil des Tages pflegte er in westliche Richtung zu gehen, dann nach Nordosten, dann wieder nach Westen, dann nach Südosten. Zeichnete er mit seinen Schritten eine Sanduhr in die Wüste? Zu andern Zeiten streifte er durch die Berge, lebte für ein oder zwei Tage bei Kamelhirten oder bei einem der Nomadenstämme fernab aller Straßen. In Sandstürmen blieb er still sitzen, so wie Emmerich, wenn er in der Gegend war, sein Gesicht mit einem Kopftuch bedeckt, wenn die Sonne blaß wurde, der Himmel verschwand und der Wind schärfer heulte. Der Mann war sehr alt, sein Aktionsradius begrenzt. Zeit, Wetter und sein taumelnder Gang ließen darauf schließen, daß er sich in weniger als zwei Tagen Hawa Mandir nähern würde, ohne Ziel, hungrig, murmelnd.

Bern erbrach Blut. Drei- oder viermal am Tag entfernte Owen den Lukendeckel und sprach mit ihr. Sie spürte den Hunger schon nicht mehr, nahm er an, bewegte sich in einer Spirale unumkehrbarer Zermürbung. Er sprach leise und mühelos. Er hatte immer etwas zu sagen. Sowie er sich über die Öffnung beugte, fiel ihm etwas ein. Er machte einen Besuch, er plauderte richtig. Er wollte sie beruhigen, sie in seiner menschlichen Stimme baden. Er glaubte, sie verstand das, obwohl es keinen Hinweis darauf gab. Einmal am Tag brachte er ihr Wasser. Sie konnte das Wasser nicht mehr bei sich behalten, aber er brachte es ihr dennoch, trat vorsichtig durch die Öffnung und versuchte, sie dazu zu bringen, aus seinen gehöhlten Händen zu trinken. Ihre Augen wurden täglich größer in den Höhlen, ihr Gesicht versank allmählich in ihrem Schädel. Er saß ihr gegenüber und ließ seine Gedanken schweifen. Seine Gedanken schweiften die ganze Zeit über.

Singh rieb die Steine aneinander.

»Herrlicher Tag, wie? Recht »kühl«, oder finden Sie 's eher mollig warm? Kommt drauf an, stimmt's?«

Er setzte Anführungszeichen in die Luft, hob den Zeige- und den Mittelfinger jeder Hand, um die Worte »kühl« und »mollig warm« hervorzuheben. Er betrachtete einen der Steine. *Atcha.* Okay.

»Wie heißt er?« fragte Owen.

»Hamir Mazmudar.«

»*Bedeutet* das irgendwas?«

Singh lachte wild und schlug die Steine gegeneinander. Als Emmerich eintraf, war er vom windverwehten Sand ganz grau. Er sah Singh an und deutete zu den fernen Feldern. Eine Gestalt trat aus der Hirse heraus und bewegte sich langsam Richtung Stadt. Große Vögel zogen ihre Kreis im dunkler werdenden

Himmel. Owen beobachtete, wie der blasse Mond aufging. Der Mond war sein eigentlicher Körper, traurig und zerschlagen.

»So hinüber ist er doch noch gar nicht.«

»Ein kranker Mann«, sagte Emmerich.

»So krank auch wieder nicht. Er ist tagelang zu Fuß unterwegs.«

»Er hat das Gedächtnis verloren.«

»Wir hatten schon größte Mühe«, sagte Singh, »den richtigen Namen von dem Typ rauszukriegen.«

»Wenn man sein Gedächtnis verloren hat, ist man ein leerer Körper.«

»Dann hat's keinen Sinn mehr, oder?«

»Man ist ein Behälter für den eigenen Abfall«, sagte Emmerich. »Vom Sigma bis zum Darmkanal.«

»Du kennst das Programm. Du weißt, wie es enden muß.«

»Du begreifst.«

»Du erkennst seine Richtigkeit«, sagte Singh.

»Es spricht dich an, nicht?«

»Es ist gültig.«

»Es bleibt der Prämisse treu, nicht? Es entwickelt sich logisch nach der Prämisse.«

»Es ist sauber. Nichts ist mit der Tat verbunden. Kein verblasenes Zeugs.«

»Es ist ein schlichtes Aufsagen der Tatsachen«, sagte Emmerich. »Wir können es auch so ausdrücken, wenn du willst.«

»Wie hättest du es denn gern?«

»Es ist vernünftig, es ist bindend.«

»Es ist hundertprozentig richtig. Schließlich sind wir hier, oder etwa nicht? Hat doch keinen Zweck, hier rumzutrödeln. Zeit für einen Ausflug in die Stadt, meinst du nicht?«

Emmerich zog sich aus, goß sich aus einem Messingtopf Wasser über Gesicht und Körper, zog dann ein grobes Hemd an, weite Pluderhosen, einen alten Stammesmantel und eine runde Filzmütze. Singh kam aus seinem Silo. Über der Stadt hing der Rauch von Kochfeuern. Er ging mit Emmerich zu dem Speicher, wo die anderen beiden Männer hausten. Er sah Owen weder an, noch sprach er mit ihm. Englisch war die verbindende Sprache des Subkontinents. Die alten Araber schrieben auf Knochen. Singh erschien wieder in Kleidungsstücken, die den anderen gehörten, ein gestreiftes Gewand und eine dunkle Schärpe unter einem Militärrock. Er sah prächtig und geistesgestört aus. Emmerich folgte ihm zur Stadt, die allmählich dunkler wurde, diese eine Farbe, geformt und geordnet. *Hakara*, so heißt das *H* auf Sanskrit. *Makara*, das *M*.

Owen betrat einen der Speicher und setzte sich dort im Dunkeln hin. Es war der kleinste der Bauten, anderthalb Meter hoch, und er beobachtete, wie der Nachthimmel schnell dunkler wurde, die Sterne blinzelten durch den Dunst. Das war heute nacht das Universum, ein Rechteck, siebzig Zentimeter hoch, ein Meter breit. Am unteren Rand der Öffnung sah er einen schmalen Streifen Erde, der seine Struktur an die Nacht verlor. Council Grove und Shawnee. Die alten Speicheraufzüge waren aus Fachwerk, bis man dann auf Silos umstieg, kommt aus dem Griechischen, Grube zur Aufbewahrung von Getreide, so etwa Mitte der zwanziger Jahre war das, schätzte er. Gott, die Maschinen waren wunderbar, die Mähdrescher und Traktoren, diese nackten Apparate, die da durch das Gras tuckerten und holperten. Er hatte Sehnsucht nach Maschinen. Die kastenförmigen kleinen Fords und Chevrolets. Der Lieferwagen für Kurzwaren. Die Überlandbusse, einhundertundzwanzig Pferdestärken. HORN OK PLEASE. Er war ein Wasserjunge in den Feldern, mit einem Strohhut, das trugen alle, und einem robusten Overall. Es ist notwendig, sich richtig zu erinnern. Das ist die Welt, die wir erträumen und in kindischer Weise bunt ausmalen. Die Räume. Die einsame Kirche auf der Unkrautwiese. Die Männer in Overalls, mit wettergegerbten Gesichtern und klaren Augen, vor einem Futterladen versammelt. Wir wollen es richtig hinkriegen.

Eine eingefaßte Holztreppe ragt aus der Seite des Tierfutterladens hervor. Jemand späht herauf. Hinter einer Linie wie mit dem Rechen gezogener Zirruswolken kommen die braunen Türme eines Mittsommerregens, Wolkenberge mit flacher Basis und vielfachen Gipfeln. Anspannung liegt in der Luft. Die Luft ist geladen und dicht. Die Männer in den Overalls stehen da und beobachten. Es gibt immer eine Phase neugieriger Angst zwischen der ersten süßduftenden Böe und dem Zeitpunkt, wo der Regen heruntergeprasselt kommt.

Es ist Owen, der da in den Himmel späht. Er entfernt sich von der Gruppe schweigender Männer. Wieder zu spät. Man würde ihn zu Hause schon erwarten. Auf der Veranda eines alten Holzhauses sitzt die Frau in einem spitzlehnigen Sessel, als die ersten schweren Tropfen in der Straße aufschlagen und in kleinen filigranen Spiralen Staub aufwirbeln. Ein Pokergesicht, widerwilliger Glauben an das Leben im Jenseits. Das Leben im Jenseits würde weder leicht noch angenehm sein, so wie sie es sah. Diese Dinge gehörten nicht zu ihrem Glaubenssystem. Aber es würde gerecht sein, es würde dem moralischen Recht entsprechen, würde eine Entschädigung bieten für diese Tage und Jahre des Über-die-Runden-Kommens, des Zusammenkratzens, des ständigen Wohnungswechsels. Sie hinkte, seine Mutter, und er hat nie den Grund dafür erfahren.

Der Mann kommt heraus, um dort zu warten, frisch gewaschen, in einem sauberen Hemd, aber die Erde ist noch vorhanden, eindeutig sichtbar in den Falten seines Gesichts und seiner Hände, harter Erde, unentfernbar. Er steht da und blickt zum Geräusch des herannahenden Gewitters, die eine Schulter höher als die andere, eine bestimmte Art zu stehen und zu gehen, nicht selten unter Männern, die pflügten und sich bückten, Pfosten schleppten und Pfostenlöcher aushoben. Owen dachte, es stand in irgendeiner Beziehung zum Hinken seiner Mutter.

In seiner Erinnerung war er eine Figur in einer Geschichte, ein buntes Licht. Der Speicher war ideal, weil er diesen Teil seiner Existenz enthielt, ihn ganz umschloß. Erinnerungen hatten auch etwas Lohnendes. Wenn man sich die Verwirrung und den Schmerz ins Gedächtnis ruft, das Sehnen nach etwas Unerreichbarem, kann man damit beginnen, seinen gegenwärtigen Zustand zu verbessern. Owen war der Überzeugung, daß Erinnerung die Fähigkeit zur Absolution enthielt. Menschen entwickelten Erinnerungen, um die Beunruhigung zu lindern, die sie über jene Dinge empfinden, die sie als Menschen getan haben. Die ferne Vergangenenheit ist die einzige Unschuld und muß deshalb erhalten bleiben. Der Junge in den Sorghumfeldern, der Junge, der die Namen von Tieren und Pflanzen lernt. Er würde sich peinlich genau erinnern. Er würde alle Einzelheiten dieses bestimmten Tages ausarbeiten.

Die Kirche steht fünfzehn Meilen außerhalb der Stadt. Das einzig sichtbare Gebäude. Wenn er sie von ferne sieht, reagiert er darauf nicht so wie etwa bei einem Farmhaus, das hinter einer Baumgruppe unter dem offenen Himmel steht. Kleine Gruppierungen von Gegenständen, die die tiefe Ebene des Landes aufbrechen, dieses Haus und diese Scheune, diese Pappeln und Schuppen und Steinmauern, sie scheinen alle einfallsreich und tapfer gegen die Entfernungen, gegen die endlosen staubigen Winde anzukämpfen. Die Kirche ist anders, ein einsames Gebäude mit einer verwitternden grauen Fassade, einem Giebeldach und einem Turm ohne Glocke. Es gibt keine Begrenzungen, keine Bäume, keinen Bach. Die Kirche hat keine Wirkung. Sie ist im Himmel hinter ihr verloren.

Ein paar alte Autos stehen im Unkraut, alte Modelle aus der Zeit des Ersten Weltkrieges, karg, mit abgefahrenen Reifen. Irgendwann kommt er dann, der Pontiac-Leichenwagen, fährt von der unasphaltierten Straße herunter und hoppelt weiter, viertürig, ein ehemals prächtiges, doch jetzt schlammbespritztes Fahrzeug, stark zerbeult, zu klapprig und altersschwach, um die Toten zu befördern. Regen prasselt auf Kotflügel und Dach. (In seiner Erinnerung steht er bei der Kirche und wartet, und gleichzeitig ist er im Auto, eingezwängt zwischen der Tür und einer Frau, die nach saurer Milch riecht.) Die Türen gehen auf und Leute schieben sich heraus, unter ihnen die Mutter, der Vater und der Junge, der schielende Zehnjährige, der schon aus seinen

Sachen herauswächst, der widerwillig der Welt entgegenwächst. Er steht neben der Wagentür, wartet, bis die Dame und ein alter Mann aussteigen, wirft dann die Tür zu und wendet sich zur Kirche, bleibt noch kurz im Regen stehen, bevor er hinter den anderen hineingeht.

Die Bänke sind alt, der Altar ist ein einfacher Tisch, dessen Lack teilweise abgeblättert ist. Eine Frau hält ein kleines Kind mit dem Gesicht nach vorn an ihren Busen. An der Wand ist ein Abdruck von dem nicht mehr vorhandenen Klavier. Der Mann, der heute predigen wird, ist jung und dunkelhaarig und hat etwas Hartes, Strahlendes an sich. Er ist da, um Dinge zu bestimmen, um diese Leute mit Gott ins reine zu bringen. Selbst wenn er, wie die anderen, in Arbeitskleidung auf einer der Bänke säße, wäre es immer noch leicht, ihn von den anderen zu unterscheiden. Den kleinen Farmern, den Wanderarbeitern, den Gelegenheitsarbeitern, den Invaliden, den Mischlingen, den Witwern, den Schweigenden, den Ausdruckslosen. Heute sind weniger als dreißig Leute gekommen. Sie wirken wie der von Enterbung oder plötzlicher Verstoßung betroffene Nebenzweig einer Familie. Sie haben etwas Entleertes und Haltloses an sich. Owen bemerkt die unbedarften starren Blicke und bastelt sich daraus eine simple Moral. Entbehrung macht die Welt verwirrt und dunkel.

Diese frühen Erinnerungen waren eine Fiktion in dem Sinne, daß er sich von der Figur trennen, die Distanz wahren konnte, wodurch seine Zuneigung etwas Reines bekam. Wie sollten die Menschen sich denn sonst lieben können, wenn nicht in der Erinnerung, angesichts dessen, was sie von sich wissen? Aber es war notwendig, die Einzelheiten korrekt zu erfassen. Davon hing seine Unschuld ab, von den Formen und Farben dieser Vorrichtung, die er hier konstruierte, dieses Kindermodells eines regnerischen Tages in Kansas. Er mußte sich richtig erinnern.

Der resolute junge Mann streichelt die Luft beim Reden und zerschneidet sie dann mit heftigen Gesten. In diesem Raum aus nacktem Holz und sterbenden Licht ist er eine Macht, eine lauernde Kraft. Sie seien hier, um miteinander zu ringen, sagt er. Sie werden gesund werden, das Licht sehen und sich ergeben, nicht ihm, sondern dem Geist. Wenn wir von dem gefallenen Wunder der Welt sprechen, dann meinen wir nicht die Wälder und die Ebenen und die Tiere. Wir meinen nicht die Landschaft, nicht wahr? Er sagt ihnen, sie werden wie aus dem Mutterschoß sprechen, wie aus der süßen Seele vor der Geburt, vor dem Blut und der Verderbtheit.

Er macht viele Pausen in seiner Predigt. Alle Versprechungen sind gut verteilt. Er baut Spannung, Erwartung auf. Regenböen fegen durch die Weizenfelder der hohen Ebenen. Laßt mich diesen herrlichen plätschernden Bach hören, sagt er. Und er beobachtet sie, bedrängt sie nun stumm. Irgend jemand murmelt etwas, ein Mann in der ersten Reihe. Die Schleusen des Himmels öffnen sich, sagt der Prediger. Der Regen fällt.

Er geht zwischen ihnen umher, berührt hier eine Schulter, da einen Kopf, faßt sie hart an, wie um sie an etwas zu erinnern, das sie vergessen haben oder absichtlich ignorieren wollen. Hier drin schlummert ein Geist. Zeigt mir die Bibelstelle, wo steht, daß wir Englisch sprechen müssen, um die Freude zu erleben, frei zu Gott zu sprechen. Unsinn, sagen wir. Ein solches Dokument gibt es nicht. Paulus an die Korinther sagte, die Menschen können mit Engelszungen reden. In unserer heutigen Zeit können wir das auch.

Sagt, was immer eure Zunge sagen will. Verschließt die alte Sprache und befreit die neue.

Der Junge ist völlig gebannt von der Heftigkeit und Kraft des jungen Mannes. Erschreckend, bezwingend. Er lauscht der klaren Stimme, sieht zu, wie der Mann sich die Ärmel hochkrempelt, wie seine Hand mal in diese, mal in jene Richtung schießt, wie er die Leute berührt, sie in die Haut kneift, sie schüttelt. Owens Mutter sagt auf ihrem Platz Jesus Jesus Jesus, leise, in ehrfürchtiger Verzückung. Vorn entsteht Unruhe, jemand reckt den Arm in die Luft. Der Prediger macht kehrt, geht zum Altar, redet dabei mit dem Mann, ermahnt ihn. Er geht nicht hastig, er hebt nicht die Stimme. Der Lärm und die Eile sind in Owens Kopf.

Der Prediger wendet sich wieder zur Gemeinde, beobachtet, wie der Mann in der ersten Reihe aufsteht. Owens Vater steht auf.

Werdet naß, sagt der Prediger. Laßt mich diesen plätschernden Bach hören. Ich rede doch über nichts anderes als über Freiheit. Seid ihr selbst, das ist alles. Seid frei im Geiste. Laßt euch vom Geist auf einen Schlag befreien. Ihr fangt an, der Geist macht weiter. Die einfachste Sache der Welt. Mehr ist da nicht dahinter. Springt rein, werdet naß. Ich höre schon den Geist in eurem Inneren, ich höre den Geist das Steuer übernehmen. Laßt euch von ihm bewegen und aufrütteln. Macht euch breit, er ist gleich hinter der Biegung, er kommt um die Ecke, er schießt auf den Stromschnellen heran, er kommt daher wie ein Wahnsinniger. Ich will diesen herrlichen plätschernden Bach hören.

Stille. Die Erwartung ist ungeheuer. Dem Jungen läuft es kalt über den Rücken. Die Zeit scheint stillzustehen, wenn der Prediger innehält. Wenn er spricht, setzt alles wieder ein, alles bewegt sich, hüpft und lebt. Nur seine Stimme kann die Versammlung vorantreiben.

Es ist Zeit zum Springen, sagt er. *Zeit zum Naßwerden.*

In dem Speicher, der umgedrehten Mondurne, sann er über den Sinn der Ekstase nach, kommt aus dem Griechischen, eine Verschiebung, ein Heraustreten aus der Stasis. Mehr war es nicht. Eine Freiheit, ein Flucht aus dem Zustand des idealen Gleichgewichts. Normales Verstehen wird überwunden, das Selbst und seine Maschinerie ausgelöscht. Ist das, was Unschuld ausmacht? Ist es die Sprache der Unschuld, die diese Leute sprachen, die Worte wie Steine hervorspien? Die ferne Vergangenheit der Menschen, das klare Wort. Sehnten sie sich danach, mit diesem fürchterlichen heiligen Kauderwelsch, das sie von sich gaben? Die Kinder des Volkes zu sein? Schlaf. Der Schlaf müder Kinder, die große weißlakige Woge. Sie begann sich über ihn zu legen. Er war erschöpft, er schloß die Augen. Noch etwas mehr, noch etwas länger. Es war notwendig, sich zu erinnern, die unberührte Erde zu träumen.

Sein Vater steht aufrecht da, mit geschlossenen Augen, die Laute fließen ihm merkwürdig ruhig und gemessen über die Lippen. Owen sieht, wie der Prediger ganz nah herantritt. Er hat leuchtende, merkwürdige Augen. Kräftige Unterarme mit dunklen, deutlichen Adern. Stimmen und Jubel, ein Ausschlag von Stimmen, hier und dort Bewegung. Diese Sprache ist auf ihre Art schön, invertiert, unteilbar, *abwesend*. Sie ist nicht ganz da. Sie geht über einen hinweg und durch einen hindurch. Der Prediger hilft gelegentlich etwas nach, gibt Kommentare ab über das, was er sieht und hört. Er spricht über diese ungeheuren Dinge im Plauderton.

Das waren schlichte, aufrechte Menschen, dachte der Mann, der da im Dunkeln kauerte. Das waren Menschen, die ein besseres Schicksal verdient hatten. Dieser karge Ort im Wind war das einzige, was sie besaßen, um sie mit ihrer Erschöpfung und ihren Niederlagen zu versöhnen. Das waren ehrliche Menschen, die sich bemühten, ihren Weg zu gehen, voll Güte und Herzensliebe.

Die Wolken haben Neonränder. Das Licht fällt metallisch über das Weideland, über die glatten Felder, über die Städte in ihrem geordneten Zerfall.

Gott schütze sie.

»Gott schütze sie.«

Er saß reglos in dem kleinen Raum und blickte auf eine Wand. Die Augen waren immer noch mit dieser alten Erinnerungsarbeit zugange, den Kopf hatte er zur rechten Schulter geneigt. In seinem Gesicht lag ein sonderbares Leuchten, der Hauch einer Trennung zwischen dem Mann und seiner Krankheit, die vollständige Abfindung, der niederschmetternde Glaube, daß sich nichts mehr machen läßt. Bewegungslos. Das Erzählen war mit dem Ereignis verschmolzen. Ich mußte kurz überlegen, bis ich wieder wußte, wo wir waren.

»Sie sind die ganze Nacht in dem Speicher geblieben?«

»Ja, natürlich. Warum sollte ich rausgehen? Um zuzusehen,

wie sie ihn töten? Diese Morde verspotten uns. Sie verspotten unser Bedürfnis, zu strukturieren und zu klassifizieren, ein System zu schaffen gegen die schreckliche Angst in unserer Seele. Sie bewirken, daß System und Angst ein und dasselbe werden. Der Tod selbst ist zum Mittel geworden, mit dem wir den Tod bekämpfen. Habe ich das immer schon gewußt? Es bedurfte der Wüste, um mir das klarzumachen. Klar und einfach, um die Frage zu beantworten, die Sie vorhin gestellt haben. Alle Fragen werden heute beantwortet.«

»Das hat der Kult also die ganze Zeit bezweckt, diesen Spott?«

»Natürlich nicht. Sie haben nichts bezweckt, sie haben nichts gemeint. Sie haben nur die Buchstaben verglichen. Was für schöne Namen. Hawa Mandir. Hamir Mazmudar.«

Der Strohbesen. Die gedämpften Farben der Kissen und Teppiche. Die Winkel der aufgestellten Gegenstände. Die Fugen der Bohlen. Die Nahtstelle zwischen Licht und Schatten. Die gedämpften Farben des Wasserkrugs und der Holztruhe. Die gedämpften Farben der Wände.

Wir saßen da und beobachteten, wie sich das Zimmer verdunkelte. Ich überschlug, wieviel Zeit vergehen mußte, bis er das Schweigen brechen würde, bis er bereit war, das Ende zu erzählen. Dies lernte ich von den Gegenständen in dem Zimmer und den Zwischenräumen zwischen ihnen, von dem bewußten Trost, den er in die Dinge legte. Ich lernte, wann ich zu sprechen hatte und wie.

»Versuchen Sie, zu Ende zu erzählen«, sagte ich leise.

Zwei blutverschmierte Steine wurden bei der Leiche am Rand der mittelalterlichen Stadt gefunden, im ersten Licht, von einer Frau, die Wasser holte, oder von den Jungs auf dem Weg zu den Feldern. Zu dieser Zeit zogen drei Männer bereits Richtung Westen, ließen eine im Koma liegende Frau und zwei Männer zurück, der eine war tot, der andere saß nur regungslos da. Schließlich ging ein Polizist den unebenen Pfad zu den Getreidespeichern entlang, und einige Zeit später ein Beamter des Verwaltungsbezirks, um die eine Person zu befragen, die noch bei Bewußtsein war. Er saß im Staub, mit blauen Augen und schütterem Bart, ohne Papiere und Geld, und wahrscheinlich versuchte er, mit ihnen in irgendeinem Dialekt aus dem nordwestlichen Iran zu reden.

Die Wanderer gingen in der Wildnis vor der Grenze ohne ein Wort auseinander. Der eine, in westlicher Kleidung und mit einem kleinen Rucksack, hatte in seinem Paß ein Visum, das erst in einigen Monaten ablief. Der Paß enthielt auch den Stempel des Botschaftssekretärs der pakistanischen Botschaft in Athen, Griechenland, und über dem Stempel befanden sich die schön geschriebenen Initialen dieses Herrn.

Es war interessant, auf welche Art er den Schluß erzählt hatte, unpersönlich, als würde er wie aus der Entfernung diese unbekannten Personen betrachten, diese Gestalten, die wir an ihrer Kleidung voneinander unterscheiden. Es würde keinen weiteren Kommentar, keine weitere Reflexion dazu geben. Das war angemessen. Es fiel mir nicht schwer, das zu akzeptieren. Ich wollte selbst nicht weiter darüber nachdenken, weder mit noch ohne Owen. Es genügte, ihn dort sitzen zu sehen, eulenäugig, in dem Zimmer, das er sein ganzes Leben lang eingerichtet hatte.

Die Gassen waren voller Menschen und Lärm. Nackte Glühbirnen baumelten an Drähten über den aufgeschichteten Nüssen und Gewürzen. Ich blieb alle paar Meter stehen, um die Auslagen zu betrachten. Muskat und roter Mazis, Leinensäcke mit Korianderkörnern und Chilis, Steinsalz in groben Brocken. Ich verweilte bei den Tabletts mit zu Pyramiden aufgehäuften Farbstoffen und gemahlenen Gewürzen, Farben, die ich noch nie gesehen hatte, Brillanzen, Welten, bis es schließlich Zeit war zu gehen.

Ich verließ die Altstadt mit dem Gefühl, daß ich an einem einzigartigen und bereichernden Wettkampf beteiligt gewesen war. Was immer Owen an Lebenskraft verloren hatte, ich hatte es gewonnen.

13

Die Läden sind heruntergelassen, Wäsche hängt in einer Totenstille auf Terrassen und Balkons. In der Lautlosigkeit, die sich zu festgesetzten Zeiten des Tages und der Woche über bestimmte Städte senkt, liegt die Aura einer förmlichen Übereinkunft. Alle haben sich darauf geeinigt, zu verschwinden. Die Stadt ist auf Oberflächen, Ebenen von Licht und Schatten reduziert. Für die einsame Gestalt, die durch diese Straßen geht, besitzt die Stille die gut inszenierte Kraft eines kollektiven Willens. Eine strenge Beachtung, der Wunsch, die Dinge zu verzaubern.

Das war mehr oder weniger das, was mir gerade durch den Kopf ging, als der Streit begann. Ein Mann und eine Frau in einem Souterrainzimmer, die sich anbrüllten. Ich überquerte die Straße und ging durch eine Zaunlücke in den Kiefernwald, wo ich mich auf eine Bank setzte und wie ein alter Mann vor mich hinsann. Das Geschrei wurde immer heftiger, die Stimmen überlagerten sich. Es war das einzige Geräusch an diesem Wochenendnachmittag bis auf die Taxis unten beim Hilton, die mit Frühsommerschmerzen in die Kurven gingen. Jetzt öffneten sich nach und nach die Balkontüren entlang der Straße. Die Stimme der Frau steigerte sich zu einem bitteren Kreischen. Die Nachbarn traten auf ihre Balkons und sahen zu den an der Straße liegenden Fenstern. Der Mann befand sich in heiserem Zorn, die Frau redete in halsbrecherischem Tempo. Inzwischen standen mehrere Leute im Freien, und weitere kamen hinzu, Leute in Pyjamas, in Nachthemden, in Morgenmänteln und Shorts, im Licht blinzelnde Kinder. Alle lauschten auf die Stimmen von unten, hörten zunächst aufmerksam zu, versuchten zu verstehen, worum es ging. In ihrem unordentlichen Zustand waren sie sonderbar akribisch, aufmerksam, hielten ihre Körper im Gleichgewicht, während sie zu begreifen versuchten, vernünftig und fair sein wollten. Dann rief ein Mann in gestreiften Shorts zur Ruhe auf. Ein kahlköpfiger alter Mann in einem blauen Schlafanzug wiederholte das gleiche klagende Wort. Von allen Balkons riefen jetzt Stimmen nach Ruhe, Ruhe, ein kurzes und mächtiges Aufbrausen. Bald darauf klang der Streit ab, legte sich zu einem gemurmelten Wortwechsel, und die Leute zogen sich wieder in die Zimmer zurück und schlossen die Jalousientüren hinter sich.

Ich freute mich, wieder zurück zu sein. Es gab ein Abendessen mit Ann, es gab fünf neue Seiten von Taps Tatsachenroman zu lesen. Der Schreibtisch in meinem Büro war voll mit ordentlichen Papierstapeln, und ich freute mich darauf, sie durchzusehen und umzustapeln, und an einem sechsstöckigen Gebäude ein paar Straßen weiter rankten sich pinkfarbige und korallenrote Rosen bis unters Dach. Doch später am Tag, als ich über meinen Spaziergang nachdachte, kamen mir nicht die verlassenen Straßen in den Sinn oder der jahrhundertealte Schlummer, auch nicht das antike Aussehen der Unterwäsche, die jene aus dem Schlaf gerissenen Leute getragen hatten. Ich mußte an die beiden Stimmen denken, an diesen Mann und diese Frau, wie sie voller Wut miteinander stritten.

Britisch Columbia. Ich wußte zwei Dinge über Victoria. Victoria war »englisch« und »regnerisch«. Ich hatte keine Vorstellung davon, in was für einem Haus sie wohnten, wie die Straße aussah, wie sie ihren Alltag gestalteten. Ging er zu Fuß zur Schule, oder fuhr er mit dem Bus? War es ein Schulbus oder ein städtischer Bus? Welche Farbe hatte der Bus? Diese Dinge hatten eine beunruhigende Bedeutung. Das waren die Dinge, nach denen mich mein Vater ständig gefragt hatte, wenn es um meine eigenen kleinen Reisen durch die Welt ging. Sein Katechismus des Nebensächlichen und Abwegigen. Jetzt begriff ich, worauf er hinauswollte. Ihm ging es um ein detailliertes Bild, in dem er die kleine Gestalt, die einsame Gestalt plazieren konnte. Die einzige Sicherheit liegt im Detail. Hier läßt sich die eine oder andere Gewißheit finden, die banalen Tatsachen von Zeit und Wetter, die Menschen über eine Entfernung verbinden. Er fragte mich nach der Beleuchtung im Klassenzimmer, nach der Länge der Pausen, welche Kinder den Auftrag hatten, die Türen des

Kleiderschranks zu schließen, indem sie in die Einbuchtungen fassen, um die Plattentüren zuzuschieben. Solche peinlich genauen Fragen stellte er mir haufenweise. Ich mußte ihm Namen, Zahlen, Farben nennen, was immer ich an konkreten Dingen sammeln konnte. Sie halfen ihm, mich als real zu sehen.

Ich hatte keine brauchbaren Details über den Alltag meines Sohnes, nichts Klares, Vollständiges. Mir fiel es schwer, sie zu sehen, Kathryn zu sehen, wie sie Spaziergänge durch die Stadt unternahm. In dem einen Jahr, das wir auf South Hero verbracht hatten, auf den Champlain Inseln, gingen wir durch einen tiefen und leeren Winter, gingen durch Schneeverwehungen und über die betäubte Oberfläche des Sees (Männer in Angelhüten, die Hecht und Stint angelten). Wie sie das liebte, die Natur am Wendepunkt, wach und rein. Ich konnte nicht wissen, wie rein mir dieser Winter einmal erscheinen würde, wie detailklar, als hätte ich ihn zur späteren Verwendung archiviert. Wir hatten unsere Landschaft für Meditation und rauhe Liebe, gute und schlechte Tage. Ich konnte den Ort klar sehen, Kathryn und Tap darin sehen, bis hin zu der Webart ihrer Shetland-Pullover. Ich brauchte eine Vorstellung von der Gegenwart, ihres Tagesablaufs, der Dinge um sie herum. Sie hatten sich meiner Erfahrung realer Orte entzogen.

Wer waren sie, wenn ich nicht da war? Welche Geheimnisse behielten sie für sich? Ich kannte sie auf die einfachste Art, durch Akkumulation, die natürliche Anhäufung von Stunden. Liegt es an meiner persönlichen Beschränktheit, oder ist es ein Naturgesetz, was mich veranlaßt, sagen zu wollen, daß das alles ist? Darauf läuft Liebe letztlich hinaus, Ereignisse und was wir über sie sagen. Das war jedenfalls das, was ich von Kathryn und Tap haben wollte, die beiläufige Liebe des Small talk und Familiengeplauders. Ich wollte, daß sie mir erzählten, wie sie ihren Tag verbrachten.

An diesem Abend stand Ann auf der Terrasse, an die Balustrade gelehnt, mit dem Gesicht zur Tür, wo ich mit einem Glas stand. Es war noch hell, zu früh, um essen zu gehen, und sie erzählte mir, daß Charles gerade in ein größeres Projekt am Golf eingestiegen sei. Er würde einem Team angehören, das für die Sicherheitssysteme in einem Gasverflüssigungswerk auf der Insel Das verantwortlich war. Ende des Jahres sollte die Anlage in Betrieb gehen. Er hatte am Telefon einen Wust von Daten heruntergerattert. Hundert Millionen Kubikmeter Gas pro Tag, Jahrestonnage von Butan, Propan, Schwefel. Er war nervös, die Araber waren nervös. Die Japaner, die sich die Hauptabnahme schon vertraglich gesichert hatten, waren ebenfalls nervös. Die Sicherheitsvorkehrungen waren ein technologisches Wunder, und Charles konnte es kaum abwarten, endlich anzufangen.

»Wann ist es soweit?«

»Übermorgen kommt er zurück. Eine Woche später fliegt er nach Abu Dhabi und quartiert sich auf seiner Insel ein.«

»Sommer am Golf?«

»Ein toller Glücksfall. Wir sind beide noch ein bißchen benommen. So was braucht er, sich in etwas ganz Neues hineinknien zu können.«

»Komplexe Systeme, endlose Verbindungen.«

»Das beschert ihm Frieden, glaube ich. Frieden und Ruhe. Er wollte übrigens mit dir reden. Hat mich angewiesen, dafür zu sorgen, daß James nicht die Stadt verläßt. Notfalls fesseln und knebeln, hat er gesagt.«

»Ich freu mich, den alten Fuchs mal wieder zu sehen. Ist einige Zeit her.«

»Wir fahren nach Mykene, wenn er hier ist. Genau die richtige Zeit dafür. Ziegenglöckchen und wilder Mohn. Am liebsten sitzt er oben auf den Palastruinen, wenn alle anderen gegangen sind. Der Wind macht ein geisterhaftes Geräusch, wenn er durch die Berge fegt. Mykene ist sein Ort, so wie Delphi meiner ist. Blut und Stahl. So nennt er das. Riesige Felsen, Blutschreie, er meint, dort etwas Altes auszumachen, kann es mir aber anscheinend nicht erklären.«

Ich las an jenem Abend noch einmal Taps Seiten durch. Die waren voller kleiner Ereignisse, Entdeckungen, Dinge, die der junge Held sieht und die ihn in Erstaunen versetzen. Aber besonders eindrucksvoll bei diesem zweiten Durchlesen waren für mich eine Reihe beherzter Rechtschreibfehler. Ich fand diese malträtierten Wörter berauschend. Er hatte sie wieder neu gemacht, mir gezeigt, wie sie funktionierten, was sie eigentlich waren. Sie waren uralte Dinge, geheim, umformbar.

Da gibt es einen grauhaarigen alten Mann, ein »Tausendsassa«, wie er im Text genannt wird, der sich das Bein bei einem Sturz verletzt, als er betrunken ist. Die Gehhilfe, die er benutzt, um sich zu bewegen, kennen wir alle. Das obere Ende ist eine Querstange, die man sich in die Achselhöhle klemmt, und normalerweis besteht sie aus Holz – in diesem Fall aus dem Holz eines Baumes mit weißer Rinde. Sie heißt Byrkenkryke.

Diese Bezeichnung, so wie sie auf dem Blatt erschien, strahlte eine Richtigkeit aus, die die alte Form übertraf. Sie entdeckte die gesprochene Poesie in diesem Wort, die durch Benutzung verlorengegangene ungeschliffene Form. Taps andere Schreibfehler waren kühner, um Freiheit bemüht, und schienen seltsame Einsichten über die Wörter selbst zu beinhalten, zweite und tiefere Bedeutungen, ursprüngliche Bedeutungen. Ich wollte gern glauben, daß er sich dieser Fehler nicht gänzlich unbewußt war. Ich glaube, er spürte die Fehler, ließ sie aber stehen, aus Überschwang und heimlicher Verwunderung und dem unklaren Wunsch, mir eine Freude zu machen.

Charles Maitland saß während der nachmittäglichen Flaute in der dunklen Stille der Bar im Grande Bretagne. Er blickte auf, als er mich hereinkommen sah. Ein Lächeln breitete sich auf seinem Gesicht aus, ein tigerartiger Glanz in seinem Blick.

»James, du abgefeimter Mistkerl. Setz dich, setz dich.«

»Was trinkst du da? Ich brauch was gegen den Durst.«

»Da bist du hier richtig. Verdammt clever, wie du das gemacht hast.«

»Wovon redest du?«

Der Barkeeper war nicht an der Bar. Ich hörte ihn in einem Hinterzimmer mit einem Kellner reden.

»Ich hab immer gedacht, George Rowser ist ein Trottel. Ich bin der verdammte Trottel, stimmt's?«

»Wieso bist du ein Trottel, Charlie?«

»Na komm, na komm.«

»Ich weiß wirklich nicht, worauf du hinauswillst.«

»Du weißt es nicht, du weißt es nicht. Nein, woher denn, Axton. Du Mistkerl, das hätte ich nie gedacht. Da wär ich nie drauf gekommen. Du warst verdammt gut. Ich muß dir wirklich sagen, ich bin beeindruckt, sogar ein bißchen neidisch. Wie lange ziehen wir hier gemeinsam unsere Runden, seit einem Jahr oder so, nicht? Und dir ist nie ein Fehler unterlaufen. Du hast mir nie Anlaß gegeben, stutzig zu werden.«

Der Kellner kam. Charles bestellte mir einen Drink und sah mich dann einfach nur an, betrachtete mich prüfend, wie im Rückblick, als würde er sich fragen, was ihm entgangen sein könnte, was ihm einen Hinweis hätte liefern können. Ein Hinweis worauf? Ich drängte ihn zu einer Erklärung.

»Ich hab Verständnis für deine Haltung«, sagte er. »Das ist die einzig mögliche Haltung für einen Profi. Aber die Quelle ist doch nicht mehr aktiv, oder? Du entspannst dich in der Gesellschaft eines Freundes.«

»Was für eine Quelle?«

»Na komm, na komm.«

Er schäumte über vor Bewunderung und Vergnügen, glühte richtig, wedelte mit einem Streichholz vor seiner Zigarette herum. Ich beschloß zu warten, bis er von selber mit der Sprache herausrückte. Ich redete über seinen Job am Golf, gratulierte ihm, erkundigte mich nach Einzelheiten. Als mein Glas halbleer war, kehrte er wieder zu dem Thema zurück, voller Angst, ihm könnte etwas entgehen.

»Komisch, daß ich zufällig den Bericht gesehen habe. Ich halte mich nicht mehr so auf dem laufenden wie früher. Früher hab ich jedes verdammte Wort in diesen Zusammenfassungen und Untersuchungen gelesen.«

»Was stand da denn genau drin?«

Er lächelte. »Nur daß die Northeast Group, ein amerikanisches Unternehmen, das politische Risikoversicherungen verkauft, seit seiner Gründung Verbindung zur U. S. Central Intelligence Agency unterhalten hat. Nach Verlautbarungen diplomatischer Quellen et cetera.«

Ich hielt es für notwendig, in den Raum zu starren und nun selber mal ein bißchen im Rückblick nachzudenken. Ich merkte, daß ich, während ich ins Halbdunkel sah, die Augen zusammenkniff, wie jemand, der einen Gegenstand oder einen Vorgang betrachtet. Zwei französisch sprechende Männer kamen herein.

»Dir war natürlich schon im voraus klar, daß die Sache ans Licht kommen würde. Du hast gewußt, daß es auffliegen würde.«

»Rowser hat's gewußt.«

»Du hast es also von ihm erfahren?«

»Er ist sehr geschickt für jemand, der zwei linke Daumen hat«, sagte ich. »Wo genau hast du den Bericht gesehen?«

Er lächelte, spielte das Spiel. »Ist er an mehr als einer Stelle erschienen? Ich bezweifle es. Noch zu früh dafür. *The Middle East Security Survey.* Früher hab ich den immer gelesen. In letzter Zeit ziemlich abgefallen. Aber ich abonniere ihn immer noch. Hab die aktuelle Ausgabe zufälligerweise gelesen, als ich unten am Golf war. Gerade erschienen. Das persönliche Exemplar des Ministers für Öl.«

»Heißt er so – Minister für Öl?«

»Der Minister für Öl und Mineralressourcen.«

»Hübsch.«

»Du warst verdammt gut, James. Die ganze Zeit über steht ihr mit der CIA in Verbindung. Das hätte ich George Rowser nie zugetraut. Ich muß ihm irgendwann mal sagen, daß ich ihn falsch eingeschätzt habe.«

»Wie wurde es formuliert?«

»So wie solche Sachen gewöhnlich formuliert werden. Das weißt du genauso gut wie ich. ›Nach Rückkehr aus Baghdad und

Amman berichten diplomatische Quellen in London, daß Sicherheitsbeamte im Nahen Osten Verbindungen festgestellt haben zwischen undsoweiter undsoweiter.‹ Ich würde nur gern wissen, ob deine Firma eine richtige CIA-Tarnfirma ist oder einfach nur eine praktische Informationsquelle. Das soll jetzt keine Frage an dich sein, damit wir uns richtig verstehen. Es wurden keinerlei Einzelheiten genannt. Ich weiß, daß da noch viel mehr sein muß, und bestimmt ist es sehr spannend. Ich hoffe, irgendwann bekomm ich das mal alles von dir zu hören, James.«

»Trink aus. Wir trinken noch einen.«

»Ich hab Ann noch nichts davon erzählt. Es ist unwahrscheinlich, daß derartige Spezialinformationen in einem vertraulichen Branchendienst an die allgemeine Öffentlichkeit dringen. Diejenigen, deren Job es ist, Bescheid zu wissen, werden sicherlich Bescheid wissen. Die übrigen werden so weitermachen wie bisher. Auch wenn deine Vergangenheit jetzt kein vollständiges Geheimnis mehr ist, muß man ja immer noch an deine Zukunft denken. Ich habe es für das beste gehalten, niemand etwas davon zu sagen, nicht mal Ann. Deine Pläne sind zweifellos schon weit gediehen. Du wirst den größtmöglichen Handlungsspielraum brauchen.«

Was für ein Witz – und niemand, mit dem man darüber lachen konnte. Rowser war mit mir zu diesem Mogul-Grab gegangen, um mir durch die Blume genau das gleiche zu sagen, was ich gerade von Charles erfahren hatte. Ich hatte nicht zugehört, nicht verstanden. Auf seine Art war Rowser entschlossen, mir einen Gefallen zu tun. Er stieg aus, weil die Meldung bald an die Öffentlichkeit dringen würde, und ich sollte das gleiche tun. Das ist das Problem mit Betrogenen. Man muß am Schluß ihre Haut retten. Vorausgesetzt, sie wissen, daß es etwas gibt, wovor sie gerettet werden müssen.

Ich nahm Abstand davon, mich zu betrinken. Als wir uns vor dem Hotel verabschiedeten, bedachte mich Charles noch einmal mit diesem neuen respektvollen Blick. Ich ging ins Büro zurück und schickte per Telex meine Kündigung. Es war nicht leicht, ein rechtschaffenes Gefühl dabei zu haben.

Mrs. Helen war an ihrem Schreibtisch und wollte das Büro gerade verlassen. Sie hatte sich angewöhnt, hochgeschlossene Blusen oder Seidenschals zu tragen, um die Falten an ihrem Hals zu verbergen. Ich erzählte ihr, was ich erfahren hatte. Durch den blauen Schal um ihren Hals bekam diese Nachricht einen Hauch von Wehmut. Ich sagte, ich würde die Firma unverzüglich verlassen, und meinte, es sei vielleicht ratsam, wenn sie das gleiche täte. Es könnte bald jemand auftauchen, ein Regierungsbeamter, ein Journalist oder ein Mann mit jeder Menge Sprengstoff.

Sie sagte zu mir »Pĕ pĕ pĕ pĕ pĕ pĕ.«

Aber am nächsten Tag war ich wieder im Büro, trank Tee und bewegte mich langsam in meinem Drehstuhl hin und her. Ein gelegentlicher Blick in unsere Akten. Vielleicht war das schon alles. Daten für die Analytiker. All unsere ausgeklügelten Berechnungen, die Kolonnen jungfräulicher Zahlen. Es erschien mir eigentlich beinahe unschuldig, während ich darüber nachdachte. Rowser hatte ihnen Einblick in unsere Daten und Zahlen gegeben – Zahlen, die wir im großen und ganzen völlig legal gesammelt hatten. Aber es gelang mir nicht, die scheinbare Dürftigkeit des Vergehens mit meiner eigenen blinden Beteiligung in Verbindung zu bringen. Jene, die wissend tätig sind, sind weniger schuldig als die Leute, die ihre Pläne ausführen. Die Ahnungslosen müssen dann über die Folgen grübeln, die genauen Unterschiede ausarbeiten, die Grenzen der Schuld und des Bedauerns. Was Rowser im Austausch für sein Entgegenkommen erhalten hatte, wußte ich nicht, und es war mir auch egal. Vielleicht war er ein fester Mitarbeiter, vielleicht nur ein Zulieferer oder ein Betrogener der höheren Kategorie.

Wenn Amerika der lebendige Mythos der Welt ist, dann ist die CIA der Mythos Amerikas. In ihr sind alle Themen enthalten, in Stufen des Schweigens, in ganzen Bürokratien des Schweigens, in Verschwörungen und Doppelspielen und Fällen brillanten Verrats. Die Agency nimmt Gestalten und Erscheinungen an, verkörpert immer, was wir gerade selbst wissen oder von was wir uns befreien müssen. Sie verleiht unseren Alltagsgefühlen einen klassischen Ton. Tee trinken, in dem stillen Raum hin und hergehen. Ich verspürte einen schwachen Schmerz, einen Schmerz, der in die Vergangenheit zu führen schien und unterwegs mehrere Oberflächen berührte. Dieser Fehler von mir, oder was immer es war, diese Unfähigkeit, mich zu konzentrieren, ein ernsthaftes Zentrum zu bilden – er bewirkte, daß alles, was Kathryn je über mich gesagt hatte, gerechtfertigt war. Jede Unzufriedenheit, jede leichte Klage, jeder bitterer Vorwurf. All das erwies sich rückwirkend als richtig. Es war ein Fehler, dessen Ausmaß und Verbindungen unbegrenzt waren, der alles in einem zweiten Licht erscheinen ließ. Ich hatte die Angewohnheit, die Dinge manchmal so zu betrachten, wie Kathryn sie betrachten würde, und so sah ich mich jetzt als das Objekt ihres Mitleids und ihrer Restliebe. Ja, sie hatte sich entschlossen, mich zu bedauern, mir die aktuelle Verfehlung zu verzeihen, wenn auch nicht die anderen. Das munterte mich beträchtlich auf.

Früher oder später würde ich zum Telefonhörer greifen und ein heikles Gespräch mit Ann Maitland führen müssen. Ich rief kurz vor Mittag an, eine Zeit, in der sie gewöhnlich zu Hause und Charles unterwegs war. Aber es nahm niemand ab. Als ich dem Wind lauschte, fiel mir ein, daß sie ja in Mykene waren.

In drei oder vier Wochen würden Taps Ferien beginnen. Ich hatte vor, ihn im Haus meines Vaters in Ohio zu treffen und dann mit ihm nach Victoria zurückzufahren, eine ausreichend lange Strecke, um seine Vorliebe fürs Autofahren zu testen. In Victoria würde ich meine Frau sehen, noch mehr Zeit mit Tap verbringen und überlegen, wie es weitergehen sollte. Vielleicht mit irgendeiner qualifizierten Tipparbeit, eine Rückkehr ins Freiberuflerleben. Aber wo würde ich wohnen? In welcher Gegend?

Als das Telex zu klappern begann, verließ ich das Büro und ging im Volkspark zwischen den Lilien und Palmen spazieren.

Zwei Tage später traf ich Ann auf dem Straßenmarkt in der Nähe meiner Wohnung. Der Freitagsmarkt. Sie nahm eine Melone in die Hände, drehte sie und drückte sie mit dem Daumen herum.

»Man muß genau hier drücken, auf der Unterseite. Dieser Mann ist böse mit mir. Er übernimmt das Drücken lieber selber. Hör dir an, wie er murrt. Ich betatsche seine winzige dralle Frühmelone.«

Sie reichte ihm die Frucht, die er auf eine der Waagschalen einer antiken Waage legte. In der Nähe stand ein Bettler mit einem Panasonic-Recorder, aus dem laute Musik schallte. Wir gingen langsam die Mitte der Straße entlang, zwischen den Ständen und unter den Preisausrufen der Verkäufer.

»Ich hab mich da was gefragt. Es ist mir fast peinlich.«

»Was hast du dich gefragt?«

»Andreas. Hast du ihn gesehen?«

»Ich dachte, dir war klar, daß es vorbei ist.«

»Da ist etwas, was ich ihm gern erklärt hätte.«

»Kannst du das nicht selber tun?«

»Das ist wirklich dumm. Ich weiß nicht, wie ich ihn erreichen kann. Ich find ihn nicht im Telefonbuch.«

»Du hast ein Telefonbuch? Du Glückspilz.«

»Ich bin ins Hilton gegangen. Im Hilton gibt's ein Telefonbuch.«

»Ich weiß nicht, James. Vielleicht läuft der Anschluß nicht auf seinen Namen. Mir fällt die Nummer bestimmt wieder ein, wenn du sie gern hättest.«

»Du bist verärgert.«

»Du willst mit Andreas reden. Warum auch nicht? Aber ist er denn nicht in London?«

»Ich hatte gehofft, du könntest mir sagen, wo er ist.«

»Ich dachte, du hättest verstanden.«

»Die Leute erzählen einem immer, daß es aus und vorbei ist.«

»Aber man sollte ihnen nicht glauben. Meinst du das?«

»Wo wohnt er? Wo hat er in Athen gewohnt, als du mit ihm zusammengewesen bist?«

»Kannst du ihn nicht über seine Firma erreichen? Das wäre doch das Naheliegendste. Ruf in London an oder in Bremen.«

»Wo hat er gewohnt?«

»In der Nähe des Flughafens. Eine schreckliche Siedlung. Zwei Betonklötze auf vier Betonpfählen. Eine Straße, die einfach im Gestrüpp verschwindet, unterhalb des Hymettos. Im Sommer ist alles ausgebleicht, weiß. In der Luft hängt Staub. Zwei Zentimeter Staub auf Möbeln und Böden. Einmal hab ich versucht, ihn zu fragen, warum er dort wohnt. Er bekam einen typisch griechischen Rappel. Ging mich offenbar nichts an.«

»Für Andreas ist es völlig unwichtig, wo er wohnt. Ich glaube, so was bemerkt er gar nicht.«

»Nein, vermutlich nicht. Was weißt du, was du mir nicht erzählst?«

Der Losverkäufer stand am Ende der Straße, zwischen den Blumenverkäufern und den Verkäufern von Tontöpfen, und rief immer wieder das gleiche drängende Wort. Eine Aufforderung zu kaufen, zu handeln, zu leben. Das Risiko war klein, der Preis war niedrig. Die Zeiten werden nicht immer so gut sein.

Heute, heute.

Ich wählte die Nummer viele Male über einen Zeitraum von zwei Tagen. Viermal hatte ich einen alten Mann in der Leitung, dessen Nummer sechs Stellen hatte, das heißt eine weniger, als ich gewählt hatte. Es war die richtige Nummer, aber sie hatte eine Ziffer zu wenig. Es fehlte eine Neun am Schluß. Die anderen Male hörte ich das Leitungsgeräusch, ein erstarrtes Summen.

Ich wollte nicht einem Mißverständnis zum Opfer fallen.

Ich fuhr mit einem Taxi zu der Adresse, die Ann mir gegeben hatte. Über eine Außentreppe ging ich in den zweiten Stock des Gebäudes hoch, blickte durch die staubigen Fenster. Verlassen. Auf dem ersten Stock hörte sich eine Frau mit einem kleinen Kind auf dem Arm meine gestammelten Fragen über den Mann an, der früher oben gewohnt hatte. Als ich fertig war, sah sie mich mit dem typischen Blick an, hochgezogenen Augenbrauen und geschürzte Lippen. Wer weiß, wen interessiert's?

So saß ich also auf meiner Terrasse, beobachtete, wie sich das Licht veränderte, hörte in der Ferne die Klage des Preßlufthammers über die vierte und letzte Rush-hour des Tages. Ich hatte keine Pläne. Ich würde das Land erst in drei Wochen verlassen. Ich wollte früh aufstehen, im Wald laufen, an meinem Griechisch weiterarbeiten (jetzt wo ich die Zeit dazu hatte), die leeren Nachmittage durchschlafen, mich in den Zwischenräumen verlieren. Ich würde die Menschen meiden, aufhören zu trinken und Briefe an alte Freunde schreiben. Das waren keine Pläne, sondern nur private Formen, Umrisse für eine menschliche Gestalt. Ich würde sitzen und warten.

War ihm klar, daß keine der Informationen, die an die CIA weitergegeben wurden, an ihre Auslandszentrale, an die Länderbüros Irak, Türkei oder Pakistan, in irgendeiner Weise mit den Angelegenheiten Griechenlands zu tun hatten? Verstand er, daß wir hier nur unser Büro hatten und keinerlei Informationen vor Ort sammelten? Natürlich begriff er das. Die Fragen mußten anders lauten. Wer war er? Wie weit würde er gehen, um zu zeigen, worauf es ihm ankam? Worauf kam es ihm an?

Eine Stille schien sich herabzusenken. Ich beobachtete, wie der Himmel hinter dem Berg aufglühte, ein Lichtschauer, backsteinrot, stieg auf. Dann schob sich der oberste Bogen des Mondes über den Kamm. Er ging nach und nach auf, in vollem Licht, Prototyp einer aufsteigenden Bewegung. Bald hatte er sich von der dunklen Masse des Berges befreit und zog seine Bahn gen Westen, silbern und glitzernd, ein kalter Körper, nun fern vom Blut der Erde, von der Glut der Erde, aber schön, hart, leuchtend.

Das Telefon klingelte zweimal und verstummte dann wieder.

Sie hatte helle Haut von jenem Typ, der Licht hereinzulassen schien, fast lichtdurchlässig war. Vielleicht lag es an ihrer arglosen Art, daß der Eindruck eines solch offenen Gewebes noch verstärkt wurde – daran und an ihrer Ruhe, wie sie alles aufnahm, was in der Luft war, objektiv aufnahm, unser Gespräch, unseren Weltschmerz. Ich erinnere mich, wie sie einmal den Kopf drehte, während sie in einen Sonnenfleck trat, und ihr linkes Ohr erstrahlte, der Rand und die äußeren Windungen, zart von Licht durchdrungen, und wie ich dachte, daß vor allem dieser Augenblick mir in Erinnerung kommen würde, wenn ich Jahre später an Lindsay denken wollte, das Licht, das ihr flaumiges Ohrläppchen umgab.

Ich erzählte ihr, ich würde bald Tap wiedersehen. Wir stiegen die nach Plutarch benannte Straße hinauf, beugten uns von der Anstrengung vor. Der Himmel über dem Lykabettos sah heute wie ein Inselhimmel aus, farbgesättigt, blaue Tiefen und Kontraste. Dieses Inselgefühl wurde noch durch die weißgetünchte Kapelle oben auf dem Hügel verstärkt, durch ihre fürsorgliche Gegenwart, weniger vom Himmel umgeben als an ihm haftend, zu ihm gehörend.

»Wirst du auch Kathryn treffen?«

»Wenn sie nicht in einem Loch irgendwo oben an der Küste haust.«

»Schreibt sie dir?«

»Hin und wieder. Meistens in aller Eile. Die letzten Zeilen sind immer hingekritzelt. Selbst in Taps Briefen spüre ich nichts von ihr. Sollte man darin nicht etwas von ihr spüren können? Mir ist erst letztens eingefallen, daß sie seine Briefe ja nicht mehr liest. Seine Briefe haben mir irgendwie mehr über Dinge, über wichtige Dinge erzählt als ihre. Wir haben durch ihn ein bestimmtes Selbstgefühl ausgetauscht. Ein geheimnisvolles Gefühl, eine Intuition. Aber ich spüre ihre Gegenwart nicht mehr. Eine weitere Verbindung gekappt.«

»Du spürst ihre Gegenwart nicht, aber du liebst sie noch.«

»Ich nehm die Liebe zu wichtig. Und zwar weil ich noch nie richtig von ihr ergriffen wurde. Bei mir hatte das nie etwas Besessenes, ein besessenes Verfolgen von irgend jemand oder irgend etwas. Von einer Besessenheit kann man sich lösen. Oder sie verschwindet einfach von selbst. Aber diese Sache zwischen uns hat sich sehr langsam entwickelt. Sie ist um mich gewachsen. Sie hat alles bedeckt, bis es nur noch sie selbst gab. Ich sag dir, was der eigentliche Schock ist. Das Getrenntleben ist der Schock. Das ergreift mich, das registriere ich täglich voller Besessenheit.«

»In Romanen aus jüngster Zeit bin ich immer auf eine Form echter, bedingungsloser Liebe gestoßen, nämlich auf die zwischen Menschen und Tieren. Delphine, Bären, Wölfe, Kanarienvögel.«

Wir lachten beide. Wir fragten uns, ob das möglicherweise ein Zeichen für einen Zusammenbruch der heutigen Zeit war. Übertragene Liebe, Liebe, die nicht funktionieren kann, wenn sie einem Mann oder einer Frau gegeben wird. Die Dinge mußten funktionieren. Nur Kinder und wildlebende Tiere konnten die Bedingungen schaffen, in denen die Liebe eines Menschen die Möglichkeit fand, sich zu vervollkommnen, in denen sie nicht durchkreuzt, zurückgewiesen oder besiegt wurde. Die Liebe stand im Begriff, etwas Mystisches zu werden, fanden wir.

»Wann werdet ihr beide euch mal Kinder zulegen?«

»Wir sind unsere eigenen Kinder.«

Sie lächelte auf ihre typische langsame Art, vielleicht auch aus Belustigung darüber, auf eine Wahrheit gestoßen zu sein. Sie hatte nur einen kleinen Scherz machen wollen, hatte in dem Satz aber etwas gefunden, worüber sie nachdenken wollte.

»Im Ernst. Ihr solltet Kinder haben.«

»Werden wir auch. Wollen wir auch.«

»Wann kommt er wieder?«

»Morgen nachmittag.«

»Wo ist er jetzt?«

»Er hat's irgendwo aufgeschrieben. Städte, Hotels, Fluglinien, Flugnummern, Ankunfts- und Abflugzeiten.«

Wir gingen unter den Robinien, fünfzig Meter von der Stelle entfernt, wo die Straße in Stufen weitergeht und in vier oder fünf Ebenenen zu den blassen Felsen ansteigt.

»Dieses Gespräch hätten wir schon auf Rhodos führen sollen«, sagte ich.

»Als er schwimmen gegangen ist?«

»Er hat uns am Strand zurückgelassen. Wir haben lange geschwiegen. Wir hätten bedeutsam über dies und jenes reden sollen.«

»Mir fiel nichts ein. Und dir?«

»Mir auch nicht.«

»Das war der einzige Tag, wo es nicht geregnet hat«, sagte sie.

»Als wir uns alle auf meinem Balkon drängten und Davids Flachmann rumgehen ließen.«

»Ach, dieser tolle Sonnenuntergang.«

Wir fanden, wir seien weit genug gegangen. Da war ein kleiner, schmaler Laden, ein Lebensmittelgeschäft, das wenig mehr im Angebot hatte als Joghurt, Butter und pyramidenförmigen Tüten mit deutscher H-Milch. Auf dem Bürgersteig standen zwei Stühle und ein Metalltisch, die uns erwarteten.

»Du solltest aus deinem Besuch einen ständigen Aufenthalt machen«, sagte sie. »Bleib da, wart ab, was passiert.«

»Dort regnet's.«

»Was nicht heißen soll, daß wir dich nicht wiederhaben wollen.«

»Sie hat sich absichtlich eine verregnete Gegend ausgesucht.«

»Wie groß die Welt ist. Man erzählt uns ständig, daß sie immer kleiner wird. Aber das wird sie gar nicht, oder? Wann immer wir etwas über sie erfahren, wird sie größer. Alles, was wir unternehmen, um die Dinge komplizierter zu machen, macht sie größer. Das Ganze ist eine Komplikation. Ein einziges Durcheinander.« Sie fing an zu lachen. »Die Welt wird durch die modernen Kommunikationsmittel nicht kleiner, sondern größer. Schnellere Flugzeuge machen sie größer. Sie geben uns mehr, sie verbinden mehr Dinge miteinander. Die Welt schrumpft überhaupt nicht. Wer behauptet, sie schrumpft, ist noch nie mit der Air Zaire durch ein tropisches Gewitter geflogen.« Ich weiß nicht, was sie damit meinte, aber es klang komisch. Sie fand es auch komisch. Sie mußte lachend weiterreden. »Kein Wunder, daß die Leute auf die Schule gehen, um zu lernen, wie man sich richtig bewegt. Die Welt ist so groß und kompliziert, daß wir uns nicht mehr zutrauen, irgend etwas selber herauszufinden. Kein Wunder, daß

Leute Bücher lesen, die ihnen sagen, wie sie laufen, gehen und sitzen sollen. Wir versuchen, mit der Welt mitzukommen, mit ihrer Größe, ihren Komplikationen.«

Ich saß da und sah zu, wie sie lachte. Sie trug dasselbe jadefarbene Kleid, in dem sie in jener Sommernacht am Meer schwimmen gegangen war.

Ich war kein fröhlicher Jogger. Ich tat es, um das Interesse an meinem Körper aufrechtzuerhalten, um informiert zu bleiben und um klare Maßgaben für körperliche Anstrengung zu treffen, um eine Vorgabe zu erreichen, um mir eine Grenze zu setzen. In mir steckte gerade so viel von einem Puritaner, daß ich glaubte, rigorose Dinge müßten irgend etwas Gutes an sich haben, obwohl ich darauf achtete, das Ganze nicht zu übertreiben.

Ich trug nie die richtige Joggerkluft. Shorts, Pullunder, lange Socken. Nur Laufschuhe, ein leichtes Hemd und Jeans. Ich lief als normaler Mensch verkleidet, als Waldspaziergänger.

Das Unterholz wurde in der Trockenheit und Hitze allmählich blasser. Ich lauschte auf meinen Atem, entdeckte eine erzählerische Kadenz in dem Geräusch, einen Kommentar zu meinem Fortschritt. Ich mußte mein Lauftempo unterbrechen, um Gräben zu überqueren, und dann Gas geben und beschleunigen, um die Hänge hochzukommen. Diese Rhythmuswechsel waren teilweise dafür verantwortlich, daß ich nicht fröhlich war. Ich mußte unter den Zweigen kleinerer Bäume den Kopf einziehen.

Es war 7.00 Uhr. Ich befand mich gerade auf einem der höhergelegenen Pfade, unweit der gepflasterten Straße, die sich zum Freilichttheater hinaufwindet. Weiter unten wurden zwei Schüsse abgefeuert. Ich verlangsamte das Tempo, lief aber weiter, immer noch mit angewinkelten Armen. Ich dachte, ich würde bis zum Ende des Pfads laufen, kehrtmachen und denselben Weg zurückjoggen, die Straße hinuntergehen und dann nach Hause, um mit Toast und Kaffee zu frühstücken. Ein dritter Schuß fiel. Ich ließ die Hände sinken, hörte auf zu laufen und blickte durch die lichten Kiefern nach unten. Das einfallende Licht war besonders weich, ein goldgelber Dunst in den Bäumen.

Ich sah eine Staubwolke am Ende einer langen Senke unten bei dem Pfad, der über der Straße verläuft. Ich wartete darauf, daß irgendein Mechanismus einsetzte, mir sagte, was ich zu tun hatte. Ein Mann trat aus dem aufgewirbelten Staub, lief bergauf, versuchte, die flache Senke hochzuklettern, rutschte auf den Felsen und dem Abfall aus, der dort hinuntergespült oder abgeladen worden war, Zeitungen, Müll. Ich wich zurück, behielt ihn dabei aber im Auge, ging langsam zu einer Treppe, die zu einem Aussichtsplatz neben der Straße führte. Ich wollte ihn nicht aus den Augen lassen. Sowie ich mich umdrehte, würde er mich sehen, dachte ich.

In der Rechten hielt er eine Pistole, nicht am Griff, sondern am Abzugbügel und am Lauf, als wollte er sie wegwerfen. Ich kauerte mich gegen die unterste Stufe. Er erreichte den Kamm des Hanges, schwer atmend, ein mittelgroßer Mann, kaum zwanzig, in Jeans und Sandalen. Als er mich sah, stand ich auf, schoß hoch und erstarrte dann, die Hände zu Fäusten geballt. Er sah mich an, als wollte er mich nach dem Weg fragen. Etwas lenkte ihn ab, er lehnte sich von mir weg, hielt die Pistole mit angewinkeltem Arm in Hüfthöhe. Dann rannte er nach rechts, hastete durch die Büsche am Rand der gepflasterten Straße. Ich konnte das schabende Geräusch hören, als seine Jeans mit dem dornigen Gestrüpp in Berührung kamen. Dann hörte ich ihn atmen, bergab rennen, die Straße entlang, wo sie nach Norden verläuft und die Hauptstraße erreicht.

Ich ging an den Rand des Abhangs. Von den untersten Ästen hatte man freien Blick auf den Waldboden. Ich sah eine Gestalt, die sich bewegte, dicht am Boden. Ich spürte einen grellen Schmerz an meinem Ellbogen. Ich mußte gegen irgend etwas angeschlagen haben.

Ich ging den Abhang hinunter, bewegte mich von Baum zu Baum, benutzte die Bäume als Deckung und um meine Geschwindigkeit zu bremsen. Ich wollte vorsichtig sein. Ich empfand ein unspezifisches Pflichtgefühl. Es gab ein Falsch und Richtig für all das hier, und dazu gehörten die Details von Handlungen und Eindrücken. Die Baumrinde war rauh und gefurcht und fühlte sich schuppig an.

Es war David Keller. Er versuchte sich zu einer sitzenden Position aufzurichten. Sein Rücken war mit Staub bedeckt, das Hemd, der Hals, der Kopf. Kiefernnadeln klebten an seinem Hemd. Er atmete schwer. Das Geräusch von atmenden Männern, das Geräusch von Menschen, Menschen die durch Straßen rennen.

Ich sprach ihn mit Namen an und trat langsam in sein Gesichtsfeld, schob mich um ihn herum, darauf achtend, daß ich ihn nicht erschreckte. Er saß mehrere Meter vom Weg entfernt zwischen einem halben Dutzend ziemlich großer Steine, einen davon benutzte er als Stütze, um eine weniger schmerzhafte Haltung einzunehmen. Die Steine waren mit einem Rostpilz besprenkelt. Zuerst dachte ich, es sei Blut. Das Blut verbreitete sich über seine linke Schulter, tropfte ihm aufs Handgelenk und den Oberschenkel.

»Es waren zwei«, sagte er.

»Einen habe ich gesehen.«

»Wo warst du?«

»Ich bin gelaufen. Da oben.«

»Alles in Ordnung bei dir?«

»Er ist in die andere Richtung abgehauen.«

»Hast du ihn dir ansehen können?«

»Er hat *Sandalen* getragen«, sagte ich.

»Sie haben zu lange gewartet. Sie wollten mich aus kürzester Distanz erwischen. Ich glaub, sie haben versucht, diszipliniert vorzugehen. Sie haben nicht angegriffen, sie haben gewartet. Aber ich hab ihn gesehen, ich hab die Knarre gesehen und bin direkt auf ihn los. Ich bin direkt auf ihn los. Wir waren beide ganz von den Socken. Ich bin so schnell wie möglich auf ihn los. Einfach drauf los, ich war stinksauer. Ich hab die Knarre gesehen und bin losgestürmt. Ich glaub, er hat einmal geschossen. Das war die Kugel, die mich erwischt hat. Ich war schon fast bei ihm, als er abgedrückt hat. Dann kommt der andere und schießt. Ich habe den einen einfach umgerannt, seine Knarre ist irgendwo unter uns eingeklemmt. Der andere stand etwa fünf Meter weiter oben, bei den Bäumen da. Er schießt noch mal. Der erste strampelt sich frei und rennt weg. Er ist über den Graben gesprungen und über die Mauer da runter. Hat seine Pistole verloren. Liegt im Graben, glaub ich.«

Das Erzählen strengte ihn an, er atmete schwerer. Er leckte sich ständig die Lippen, wischte sich dann den Schweiß vom Handrücken, führte die Hand zum Mund. Blut tropfte auf die leuchtend rote Sporthose.

»Ist es schlimm?«

»Es brennt, es brennt. Tut teuflisch weh. Kommt da jemand?«

Ich sah mehrere Männer an der Mauer des Gebäudes auf der anderen Straßenseite stehen und zu uns hochblicken. Über ihnen, auf der Länge der ganzen Straße, standen Leute auf den Balkons, in Morgenmänteln und Schlafanzügen, und sahen schweigend zu.

»Ich hab's kommen sehen«, sagte er. »Die Frage war nur, in welchem Land und wie sie's anstellen würden. Es hätte schlimmer ausgehen können, Mann. Das kannst du mir glauben.«

Lindsay stand im Krankenhauskorridor und beobachtete mich, wie ich auf sie zuging. Sie leuchtete hell vor Angst. Ich fürchtete mich, sie zu berühren.

Es kam jemand vom Ministerium für öffentliche Ordnung. Wir saßen in der Küche und tranken Nescafé. Es war ein Mann mittleren Alters, ein Kettenraucher, dessen forsche und herrische Art fast vollständig aus der Handhabung seiner Zigaretten und seines Feuerzeugs erwuchs. Ich fragte ihn, ob irgend jemand die Verantwortung für die Aktion übernommen habe. So nannte er es. Die Aktion.

Ja, bei verschiedenen Zeitungen seien Anrufe eingegangen.

Eine Gruppe, die sich »Autonome Volksinitiative« nannte, habe die Verantwortung übernommen. Niemand wußte, wer diese Leute waren. So wie sie die Aktion durchgeführt hätten, sagte er, müsse noch überlegt werden, ob sie ernst zu nehmen seien oder nicht. Die am Tatort gefundene Waffe war eine 9-mm-Pistole, ein tschechoslowakisches Fabrikat, mit der Bezeichnung CZ-75.

Er fragte mich, was ich gesehen und gehört hatte.

Am nächsten Tag erschien ein weiterer Besucher, jemand von der politischen Abteilung der amerikanischen Botschaft. Er zeigte mir seinen Ausweis und fragte, ob ich Scotch im Hause habe. Er habe ein nettes Gespräch mit David Keller im Krankenhaus geführt, sagte er. Wir gingen ins Wohnzimmer, und ich wartete darauf, daß er mich über meine Arbeit und meine Kontakte mit Einheimischen befragte. Statt dessen fragte er mich über die Mainland Bank aus. Ich erzählte ihm das wenige, das ich wußte. Die Bank vergebe Kredite an die Türkei, eindrucksvolle Summen. Sie unterhalte nur eine Vertretung in der Türkei - keine ausländische Bank habe dort eine richtige Filiale -, und deshalb seien diese Kredite vom Athener Büro aus abgewickelt worden. Das wußte er schon alles, obwohl er mir das nicht sagte. Er sah aus wie ein Kind, das früher dick war, milchweiß, glatthäutig, keuchend. Er war unvollständig ohne seine vielgeliebte Körpermasse, er machte bei jeder Bewegung darauf aufmerksam, ein leise auftretender Mann, der sich behutsam in den Sessel hineingleiten ließ, behutsam die Beine übereinanderschlug.

Er stellte mir ein paar Frage über meine Reise in die benachbarten Länder. Er näherte sich mehrmals dem Thema Northeast Group, erwähnte den Namen aber nie und stellte auch keine einzige direkte Frage. Ich ging nicht auf die vagen Anspielungen ein, rückte mit keinerlei Informationen heraus, legte viele Pausen ein. Er saß da und hielt sein Glas in der Hand, dessen Boden er mit einer Papierserviette umwickelt hatte, die er in der Küche gefunden hatte. Es war ein seltsames Gespräch, voller ausweichender Bemerkungen und verborgener Untertöne, auf seine Art perfekt.

Aber hinter wem waren sie eigentlich her?

Das ist es, das ist die Frage, auf die ich keine Antwort finde. Ich war sechs Tage hintereinander immer um die gleiche Zeit laufen gegangen. David war um diese Zeit nie aufgetaucht, außer am letzten dieser sechs Tage. Hatten sie auf mich gewartet?

Hatte David mit seinem unerwarteten Angriff die Attentäter zum voreiligen Handeln verleitet, so daß sie gar nicht mehr dazu kamen, zu erkennen, daß er gar nicht ihr Opfer war? Oder haben sie ihn einfach mit mir verwechselt? Einem solchen Irrtum unterläge eine seltsame Symmetrie, eine Symmetrie der Fehlidentifikation, vor allem, wenn wir annehmen, daß Andreas Eliades hinter der Aktion steckte oder sonst irgendwie in sie verwickelt war. Es war Andreas, der mich am Abend unserer ersten Begegnung mit David Keller verwechselt hatte. Er glaubte, ich sei der Banker. Glaubten seine Gefährten, David sei der Risikoanalytiker? Ein beunruhigender Gedanke, daß eine exakte Entsprechung im Zentrum dieser ganzen Verwirrung stehen könnte, dieser Undefinierbarkeit von Motiv, Planung und Ausführung. Eine Harmonie.

Wie lautete das Gegenargument?

Es gab keine Verwechslung. David und ich sahen uns nicht ähnlich, wir trugen keine ähnliche Kleidung, wir hatten keine ähnlichen Tagesabläufe. Sie waren hinter dem Banker her. Sie warteten draußen vor seinem Haus, sahen ihn in Joggingkleidung herauskommen, fuhren zum Wald hoch und postierten sich am Ende des Weges, wo er mit größter Wahrscheinlichkeit vorbeikommen mußte.

Welche Version hältst du für wahrscheinlicher?

Ich möchte lieber glauben, daß sie gut geplant haben. Der Gedanke, daß ich das ausgewählte Opfer war, behagt mir nicht. Dann wären wir einfach alle den Ereignissen ausgeliefert. Noch eine Sache, die mir mit ihrer Unfaßbarkeit, ihrem Sog zusetzen würde, ein Verblassen und Verschwinden menschlicher Gestalten in weiter Ferne, des Wirklichen und Absoluten des sie umgebenden Lichts. Als der Attentäter sich zu mir umdrehte, war ich in dem Moment nicht nur das potentielle Opfer, sondern hatte offenbar etwas getan (ich versuchte mich zu erinnern, was), das seiner besonderen Aufmerksamkeit wert war. Aber er hatte nicht auf mich angelegt und geschossen. Das ist der springende Punkt. Es hat sich herausgestellt, daß er nicht wußte, wer ich war, was ich getan haben sollte. Ich will dies als ein Zeichen zu meinen Gunsten auslegen.

Hast du gedacht, du würdest sterben?

Ein Stocken erfüllte meine Brust, nackte Angst. Wir standen da und haben uns angesehen. Ich habe darauf gewartet, daß das zweite Ich zum Vorschein kommt, das schlaue, ungelernte Ich, das Tier, das wir für solche Gelegenheiten in Reserve halten. Es würde mich zwingen, mich in diese oder jene Richtung zu bewegen, taktisch vorzugehen, meinen Körper mit Adrenalin überfluten. Aber da war nur dieses schwere Stocken. Ich stand wie angewurzelt da. Hilflos, willenlos. Warum stand ich erstarrt auf einem bewaldeten Hügel, mit geballten Fäusten, einem Mann gegenüber, der eine Waffe in der Hand hielt? Die Situation drängt mich dazu, mich zu erinnern. Das war die einzige Möglichkeit, diesen leeren Augenblick zu durchdringen - eine Bewußtheit, die ich nicht mit den Dingen in Verbindung bringen konnte. Die Worte würden später kommen. Das eine Wort, der letzte Posten auf der Liste.

Amerikaner.

Wie verbindet man die Dinge miteinander?

Indem man ihre Namen lernt. Nachdem ich dem Mann vom Ministerium erzählt hatte, was ich im Kiefernwald gesehen hatte, erzählte ich ihm auch alles andere, was ich wußte, nannte ihm alle Namen. Eliades, Rowser, Hardeman, all die flüchtigen Kontakte. Ich gab ihm Visitenkarten, lieferte ihm ungefähre Angaben, wann dieses und jenes Gespräch geführt worden war, nannte ihm Namen von Restaurants, Städten, Fluglinien. Sollen die Ermittler die Chronologien erstellen, Reisewege ermitteln, Passagierlisten überprüfen. Das war ihr Job, die öffentliche Ordnung zu sichern. Sollen sie sich über die Wahrscheinlichkeiten den Kopf zerbrechen.

Was noch?

Nichts. Ich rekonstruierte die Ereignisse so, daß ich einen bestimmten Namen auslassen konnte, ohne daß die Folge der Ereignisse unvollständig wirkte. Ich wollte nicht, daß sie von Ann Maitland erfuhren. Mir schien, sie war nicht der Typ, der diese Art von Schutz ablehnen würde.

Sie und ich sprachen nie direkt über das Attentat. Es zählte zu den verschlüsselten Dingen. Ein Ding, auf das wir nur innerhalb der Grenzen eines eingeübten Blickes Bezug nehmen konnten. Selbst das war irgendwann zuviel. Wir gingen dazu über, aneinander vorbeizusehen, wie auf Wiesen in der Ferne. War das Andreas, diese Gestalt, die wir da sahen? Unsere Gespräche wurden zu ironischen Idyllen, in gemessenem Tempo, mit wiederholten Versuchen von Zärtlichkeit.

Lindsay redete nur davon, wie ich David zu Hilfe gekommen war, was ihrem Hang, uns alle zu beruhigen, den letzten Schliff verlieh.

Die Stadt wurde weiß in der Sonne und im Staub. Charles würde am Golf schuften, Funkverbindungen einrichten und Infrarot-Sensoren installieren. David würde sich ohne Komplikationen erholen, im obligatorischen amerikanischen Stil Witze reißen, auf diese Art, die Menschen, die der Gedanke an den Tod befangen macht, so lieb und teuer ist. Das ist der Humor heftiger Überraschung.

Ich sehe sie auf dem primitiven Siebdruck, den das Gehirn erstellen kann, vielleicht zwanzig Zentimeter vor meinen geschlossenen Augen, durch Zeit und Entfernung verkleinert, durchlöchert von optischem Flimmern, jede Gestalt ein tanzendes rotes Band. Sie gehören zu den Menschen, die ich versucht habe, zweimal kennenzulernen, das zweite Mal in der Erinnerung und in der Sprache. Und durch sie mich selbst. Sie sind das, was ich geworden bin, auf eine Weise, die ich nicht verstehe, die sich aber, so glaube ich, zu einer abgerundeten Wahrheit zusammenfügen wird, zu einem zweiten Leben, für mich wie auch für sie.

Wie in einem Klassenzimmer sitzen die Leute auf den Stufen der Propyläen, an die fünfzig, die ihrem Führer lauschen. Die Gesichter sind gespannt, auf den Marmorhöhen aufgereiht, zwischen dem Ballast und der Ausrüstung des Alltags, den Handtaschen, Fotoapparaten und Sonnenhüten.

Auf dem Gerüst über ihnen schiebt ein Arbeiter die Spitze eines Elektrobohrers in einen abgeschliffenen Steinquader. Der Schaft des Bohrers ist einen ganzen Meter lang und erzeugt ein rotierendes Schleifgeräusch, das zwischen den Säulen und Mauern singt.

Der ursprüngliche Stein ist glatt, von den vielen Füßen ausgetreten, glänzend und weich. Eine alte Boxkamera mit einem schwarzen Tuch auf einem Stativ. Sie ist auf den Parthenon gerichtet.

Wir nähern uns wie in Trance, gehen über die glatten Steine, ohne darauf zu achten, wo wir hintreten. Die Westfassade ragt vor uns auf. Den Blick davon abzuwenden würde eine schmerzhafte Anstrengung erfordern. Ich hatte den Tempel hundertmal von der Straße aus gesehen, aber nie gedacht, daß er so groß, so vernarbt, kaputt und roh war. Was für ein Unterschied zu dem angestrahlten Juwel, das ich an jenem Abend vom Auto aus gesehen hatte, auf der Rückfahrt von Piräus, vor einem Jahr.

Der Marmor scheint vor Honig zu triefen, dieser blasse herbstliche Ton, der durch das im Stein enthaltene Eisenoxyd entsteht. Steine liegen verstreut, überall Steine, während ich zur Südkolonnade hinübergehe - Quader, Platten, Kapitelle, Säulentrommeln. Der Tempel ist mit Seilen abgesperrt, aber dieser vermischte Schutt liegt überall auf dem Boden herum, gesprenkelte, rauhe Oberflächen, die im sauren Regen zerfallen.

Ich bleibe oft stehen, höre zu, wie die Leute einander vorlesen, höre zu, wie die Führer Deutsch, Französisch, Japanisch, Englisch mit Akzent sprechen. Das ist das Peristyl, das ist der Architrav, dies sind die Triglyphen.

Eine Frau hält inne, um das Riemchen ihrer Sandale zu schließen.

Jenseits der Umfassungsmauer breitet sich die große Stadt aus, umringt von Bergen, von der Hitze niedergedrückt, durchdrungen von Unglück. Der Rauch von kleinen Feuern hängt an den Hügeln, unbewegt, wie festgezurrt. Der atemlose Rand, Asche, die vom Himmel fällt. Lähmung. Nichts verteilt sich außer dem Schall, der von den Verkehrsadern aufsteigt, von den nervösen, in Beton eingesperrten Autos. Bombenattentate werden etwas Alltägliches werden, Autobomben, Brandbomben, Attentate auf Büros und Warenhäuser. Eine blinde Macht wird die Dinge zu erschüttern scheinen, wird sich durch dieses gesamte Jahr hindurchpflügen. Für die schlimmsten Terrorakte übernimmt niemand die Verantwortung.

Ich gehe auf die Ostseite des Tempels, so viel Platz, so viel freier Raum, vereinzelte Mauern, Sockel, Dach, eine Trauer um das, was dem Festhalten entgangen ist. Und das ist es, was ich dort oben vor allem gelernt habe, daß man den Parthenon nicht studieren, sondern fühlen muß. Er war nicht unnahbar, rational, zeitlos, rein. Es gelang mir nicht, die Erhabenheit dieses Ortes zu finden, das Logische und Beständige. Er war kein Fossil aus dem toten Griechenland, sondern ein Teil der lebendigen Stadt dort unten. Das war eine Überraschung. Ich hatte gedacht, sie sei etwas völlig Getrenntes, diese heilige Höhe, unberührt in ihrer dorischen Ordnung. Ich hatte nicht erwartet, daß den Steinen ein menschliches Gefühl entströmt, aber genau das hatte ich dort gefunden, tiefer als die Kunst und Mathematik, die in dem Bauwerk der optischen Exaktheit verkörpert waren. Ich fand einen Schrei nach Mitleid. Das bleibt den ramponierten Steinen in ihrer blauen Umrandung, dieser offene Schrei, diese Stimme, die wir als unsere eigene erkennen.

Zwischen den senkrechten Fragmenten an der Nordfassade sitzen alte Leute, alte Frauen in weißen Socken und schweren Schuhen, Männer mit Abzeichen am Revers, ein Wachmann mit einer grauen Mütze, rauchend, um sich herum die offizielle Aura, die Glasur leerer Stunden. Die alte Boxkamera steht immer noch unbeaufsichtigt auf ihrem Stativ, die schwarze Kapuze bläht sich in einer Brise. Wo ist der Fotograf, der alte Mann in der abgewetzten grauen Jacke mit den ausgebeulten Taschen, der Mann mit dem eingefallenen Gesicht und den dreckigen Fingernägeln? Ich habe das Gefühl, ich kenne ihn oder ich kann ihn erfinden. Es ist nicht nötig, daß er kommt, aus einer weißen Tüte Pistazien ißt. Die Kamera genügt.

Menschen kommen durch das Tor, Menschen in Strömen und Pulks, in Massen. Niemand scheint allein zu sein. Dies ist ein Ort, den man in der Menge betreten muß, wo man Gesellschaft suchen und reden muß. Alle reden. Ich gehe an dem Gerüst vorbei und die Stufen hinunter, höre dabei eine Sprache nach der anderen, volltönend, schroff, geheimnisvoll, stark. Das bringen wir zum Tempel, nicht Gebete noch Gesang, noch geschlachtete Widder. Unsere Opfergabe ist die Sprache.

Die Prärie

14

Er war mitten in einer Menschenmenge und seine Zunge war gefässelt. Ein Mann war gans benommen, taumelte schlingernd und polternd in einer Ecke wie ein Betrunkener. Ein Fenster hatte Glas, drei andere wurden zugenagelt als das Glas zerbrochen war, und da drin war nicht genügend Licht, wie eine Indianerhütte aus Lehm und Stroh. »Kinderspiel« sagte eine Stimme in der Trübniß. Es war die Witwe Larsen, die Freundin seiner Mutter, die nach schlechter Milch roch. Oder jemand sagte »Komm zu uns, auf den rechten Weg« und es war direkt an ihn gerichtet. Es war wie in einem seiner zähneklappernden Träume als er in der Mitte der drüben Tiefen war und alle um ihn herum ihm zuriefen. Er füllte sich elend, er murmelte in Gedanken. »Ergebt Euch« ertönte eine andre Stimme und es war keine andre als die des knurrigen Alten mit dem schiefen Gesicht und dem lamen Bein, bekannt als ein verruchter Ränkeschmid und Spinner, der mit allen und jeden noch ein Hühnchen zu rupfen hatte. »Ergebt euch« sagte auch er. Überall redeten die andern, aber er wußte nicht was sie sagten. Die seltsame Sprache platzte aus ihnen heraus wie atemlose Leute, die Wörter atmen stadt Luft. Aber welche Worte, was sagten sie? Direkt neben ihm war sein Vater und kwoll vor Geheimnissprache über, die der Junge nicht im Geringsten endziffern konnte. Es hörte sich an wie ein Mann, der mit Eulen spricht. Der Wanderprediger beobachtete ihn. Er lächelte den Jungen an und nickte gewinnend aber sein Gesicht war wie ein Flecken Mitternacht, der nie weggeräumt wurde. In seiner Freundlichkeit war heimlicher Spott eingewickelt. Was war das für eine seltsame Zunge, die sie da sprachen? War es die Sprache der Prärie-Indianer? Nein, weil wir die aus den Evangelien und den Apostel-Geschichten kennen. Diese seltsame und uralte Praksis hieß Glossolallie, mit Zungen sprechen. Für manche eine Gabe, aber für Orville Benton ein Fluch und ein Unglück! Die Worte hallten in seinem Kopf. Es brach aus den

Leuten in plötzlichen Strömen heraus. Lange klagende Geschichten die nacheinander runtergeleiert wurden. Wessen Worte waren das? Was bedeuteten sie? Es gab nimand an diesem trüben Ort der ihm das sagen konnte. Ihm gefiel etwas nicht und das plagte ihn. Das gleiche unheimliche Gefühl, das er in seinen dunkelsten Nächten fühlte überkroch ihn jetzt wie ein Krebsgeschwür. Er spürte wie sich Tröpfchen von klammen Schweiß auf seiner Stirn bildeten. Die feste Hand des Wanderpredigers war auf seiner Schulter und dann auf seinem jugendlichen Kopf. »Weiße Worte« bemerkte sein nickendes Gesicht. »Rein wie der treibende Schnee.« Seine Augen bohrten sich durch die Mitte von Orvilles Stirn. Er versteifte sich sichtlich. Der Regen war wie Pferdehufe auf dem Dach. Er tropfte durch die undichten Stellen. Er nahm seine Hand wieder vom Kopf des Jungen runter um die Finger zu strecken und die Knochen zu knacken. »Ergieb dich« sagte seine Mutter zu ihm, mit einem borstigen Blick, der wie eine zornige Warnung war sich zu benehmen, es wurde Besuch erwartet. Er wollte sich ergeben. Das wars ja! Er wollte nichts lieber in der Welt als sich vollständig ergeben, einer von Ihnen zu sein, zu sprechen wie sie sprachen.

»Laßt eure Zunge sprechen! Versiegelt die alte Sprache und befreit die Neue!«

Der Prediger packte ihn mit heißen schräcklichen Händen. Er wich voller Grauen zurück. Dies ist der selbe Junge der behutsam durch die Eingewaide verrottender Rinder ging, die gestorben an einem tötlichen Bazilus auf den Waiden lagen. Er versuchte in Zungen zu sprechen. Orville versuchte es! Aber seine Stimme hatte einen erbermlichen Ton der ihm nicht gefiel. Sie klang farblos vor Schwäche. »Werd naß, mein Sohn« bemerkte das Gesicht, das über ihn ragte. »Was wir hier machen ist ein Kinderspiel«. Dieser Prediger trug gans normale Kleidung mit hoch gekrämpelten Ärmeln anders als die Gestalten aus der Vergangenheit mit ihren langen Gehwändern und kleinen weißen Kragen. Das waren dem Aussehen nach Vertrauen erweckendere Männer! Sein Vater nickte ständig mit dem Kopf auf eine Art und Waise, die ihn verstörte. Leute warfen die Arme hoch und zappelten mit den Fingern. Er musterte die Kirche, so wie sie war. Viele redeten jetzt, einige gans ruhig und andre machten einen Riesenlärm. Der Wanderprediger beäugte den Jungen. Er summte leise und ließ seine Knochen knacken. Dies war kein Junge der viel betete, aber jetzt schloß er die Augen und betete, das er verstehen und sprechen könnte. Seine Mutter sprach. Seine Mutter war auf den Knien auf dem kalten Boden, und rief und murmelte. So manche arme Seele hätte sie beneidet, wenn er in sich selbst nicht die selbe Stimme des so genannten Geistes hören konnte. Dies sind die Worte des Wanderpredigers: »Der Weltwind ist da. Die Stimme des unsichtbaren Geistes. Hört sie in eurem Inneren und ergebt euch.« Er vertraute den Stimmen um ihn herum. Er wollte in der Stimme des Geistes sprechen. Er verspürte den ungeheuren Wunsch dies zu tun. Er wünschte es aus tiefstem Herzen. Er mußte es tun, er wollte es tun. Aber wie konnte er sprechen wenn er nicht verstand? Diese Wörter standen Kopf, ein großes Kudelmudel! Was bedeuteten sie? Der Prediger wußte es. Er hörte zu und sprach. Er konnte Zungen interprätieren. »Der Geist ist der Fluß und der Wind.« Selbst in seiner schleichenden Verzweiflung bewunderte der Junge diese Menschen darum wie sie sprachen. Wenn er es versuchte war es besten Falls schlecht. All seine Worte waren schlechtes Gestammel wie ein Stotterer vor der Klasse. Er wußte nicht ein Mal wie er anfangen sollte, wo der Wirbel seiner unwissenden Zunge war. Verzweiflung hing über ihm wie eine Spinne. Es schien als wären alle Übel und Leiden der Welt schreiend in seinen Kopf gestürmt. All die Monster und Hexen und vieräugigen Wesen seiner finstren Träume waren ein böses Omen. Seine Träume waren schwere Dinge. Er stellte sich eine andre Welt vor, friedlich und ruhig. Die Prärie war überall um ihn herum. Sicher da draussen gibt es immer ein Wesen daß nur zu gerne den neugierigen Wanderer mit Haut und Haaren verschlingt. Elchbullen streifen durch die Stäppe und in den bergigen Landstrichen hatte man Pumas gesichtet, wenn die Gerichte stimmten. Aber diese Geschichte traf gewiß in manchen Gegenden auf viel Ungläubigkeit. »Fünfzich Jahre wirts schon her sein das hier Mal ein Puma gesichtet worden is« bemerkten die Alten Hasen. Aber der Junge fürchtete sich vor keinem Tier. Dies war das Land seines Herzens. Er hatte einen persönlichen Schatz den er liebte, nämlich schwarze Lederstiefel mit Leinwand-Futter, ein Geschenk vom großherzigen Lonnie Wright, dessen seltsames Schicksal wir schon kennen gelernt haben. »Habne schlechte Nachricht für dich mein Junge« und grinzt verlegen. Und in seinen Stiefeln war er ein wenig von dem ganzen Mann, der er noch werden sollte, wie er durch die Prärie streifte und ihre Sitten und Gebräuche lernte, welche die Sitten und Gebräuche der Ohrenlärche und des Mäusebussards waren, der Wildblumen und der Sonne die himmlisch über dem Waizen schwebte. Er hatte die kleine Ohrenlärche in ihrem Nest im Gras gesehen als sie grade geschlüpft war, sogar noch bevor sie ihre Flug-Federn hatte, als sie noch leichte Beute für den natürlichen Hunger andrer Tiere war. Aber diese Gedanken des Mitleids gegenüber Dingen, die weniger mächtig waren als wir selbst konnte nicht die finstre Erinnerung an Angst und Schräcken überwinden. Durch Feld und Wald, Tal und Berg, immer unter Wegs, wie ein Indianer, wie ein kleiner kurzbeiniger Zwerk im hohen Gras versteckt, wollte er den Morgen-Tau auf seinem Gesicht und Nacken spüren, wollte die rauchigen Steine von Lager-Feuern in der Dämmerung sehen.

»Ein stilles Wasser«, sagten sie zu ihm. Waren sie freundlich oder gemein? Die schräckliche Wahrheit ist, das es egal war. Ein stilles Wasser ist ein stilles Wasser. Verblüfft versuchte er zu sprechen. Er hörte zu, er hörte, und er versuchte es wieder. Ständig kam es zu einem seltsamen Versagen. Wie die Tiefen eines gescheiterten Plans. »Wieder so ein hirnrissiger Plan von dir, Orville!« Das war die Stimme seiner Mutter, die in seinem Kopf hallte. Trots Allem eine gute Frau! Sein Vater, der ein Stück Käse aas, den verstand er nicht. Es war der Zorn eines Vaters gegen seinen einzigen Sohn, dessen einziges Verbrechen es war, da zu sein, seine Arbeit im Haus und auf den Feldern zu tun, immer das Selbe Tag ein Tag aus. Das waren die Endbärungen seiner Kindheit. Welche Dinge warteten auf ihn? Weder wußte er es noch wollte er da rüber nachdenken. Er wollte sich nur von diesem schräcklichen Leid des Nicht-Verstehens befreien. Sie sprachen alle um ihn herum und er wurde nicht klug draus. Er wollte sich aus ganzem Herzen ergeben, aber er konnte nicht dort hin kommen und nicht einer von Ihnen sein. Der Zorn des Predigers war in seine Augen gestempelt. Er konnte ihn lesen wie ein Buch. Es war der Unglück verheißende Stempel der Ferdammnis. Nicht Zorn noch natürlichen Schmerz fürchtete dieser strohharige Junge sondern die Ferdammnis der Nacht und der gespenstischen Erscheinungen. Pschychologie. »Wenn du stirbst gehst du fort« sagte seine Mutter zu ihm aber für seinen Vater war Sterben mit gespenstischen Erscheinungen und überraschenden Besuchen verbunden. Er versuchte sein Schluchzen zu unterdrücken. Er fühlte sich fertich wie nie! Es war ein Traum und doch kein Traum. Es war ihm nicht vergönnt. Die ganze Sprache des Geistes, die größer war als Latein und Französisch, war von seinem Mitleid erregenden Mund nicht zu begreifen. Seine Zunge war ein Fels, seine Ohren waren Felsen. Dies war seine sonderbare Beschreibung der Situazion, in seinen Gedanken gemurmelt. Er wollte sich Selbst wie blöd schlagen aber seine Hand wurde vom zornigen Blick des Predigers gelehmt. Seine Arme und Beine waren im Winde verweht, er war taup und stumm. Ein heftiger Drang sagte »Renne!« Seine Beine regten sich wieder, bewegten sich geschwind ohne sein Gehirn danach zu fragen, wo er hin sollte. Er raste aus der knarrenden Tür hinaus in den strömenden Regen. Blitzstrahlen sprangen über den Himmel. Eine schräckliche Kraft durchschoss ihn, die Kraft von Panik und Angst. Für sein Alter war er recht stark, und seine Beine trugen ihn flugs über den triefenden Rasen. Das ganze Land war grau. Der Himmel war schwarz. Nirgend wo sah er die sanfte Prärie seiner sorgenlosen Tage. Lonnie Wright war schon längst weg. Seine Tür stand jedem jungen heimatlosen Wesen offen, auch einem schlechten. Er konnte nirgend wo hin rennen aber er rannte. Die Straße von der Farm zum Markt war nur Schlamm. Seine Schuhe pitschte und der klumpige Schlamm spritzte auf seine Kleidung und Hände. Er suchte vergeblich nach vertrauten Zeichen und sicheren Plätzen. Nirgend wo sah er, was er erwartete. Warum konnte er nicht verstehen und sprechen? Von den Lebenden war keine Antwort zu erwarten. Seine Zunge war gefässelt! Sein Schicksal war besiegelt. Er rannte in die regnerische Ferne, kleiner und kleiner. Das war schlimmer als ein fürchterlicher Alptraum. Es war der Alptraum der wirklichen Dinge, das gefallene Wunder der Welt.

MICHAEL CHABON
WONDER BOYS

Roman
Titel der Originalausgabe: *Wonder Boys*
Deutsch von Hans Hermann

Leinen.

Ein wildes Wochenende in Pittsburgh, ein nicht mehr ganz junger Collegelehrer und Schriftsteller, der sich in bizarre Abenteuer verstrickt, ein witzig-spritziger neuer Roman von Michael Chabon.

»Mit diesem Roman läßt Michael Chabon keinen Zweifel daran, daß er der junge Star der amerikanischen Literatur ist.«
Washington Post

»Das Tempo dieses unterhaltsamen Romans läßt keine Sekunde nach.« *Publishers Weekly*

»Ein amüsanter und ungewöhnlich intelligenter Roman ... eine satirische Komödie.« *Los Angeles Times*

Abenteuer

Josef Martin Bauer
So weit die Füße tragen
(rororo 1667)
Ein Kriegsgefangener auf der Flucht von Sibirien durch den Ural und Kaukasas bis nach Persien. «Diese Odyssee durch Steppe und Eis, durch die Maschen der Wächter und Häscher dauerte volle drei Jahre – wohl einer der aufregendsten und zugleich einsamsten Alleingänge, die die Geschichte des individuellen Abenteuers kennt.» Saarländischer Rundfunk

Rudolf Braunburg
Hongkong International *Roman*
(rororo12820)
Ein aufregender Roman aus der Welt der Flieger und Passagiere vom Bestsellerautor und früheren Flugkapitän Rudolf Braunburg.

Heinz- Joachim Fischer
Das Lachen der Wölfin *Roman*
(rororo13718)
«Das Lachen der Wölfin» spielt dort, wo die unglaublichsten Geschichten möglich sind: in Rom. Mit intimer Kenntnis der Verhältnisse erzählt der Autor von Verbrechen und Passionen, von Korruption und Skandalen, von Macht und Liebe und dringt ein in die streng gehüteten Geheimnisse der römischen Gesellschaft und des Vatikan.

Mario Puzo
Der Pate *Roman*
(rororo 1442)
Ein atemberaubender Gangsterroman aus der New Yorker Unterwelt, der zum aufsehenerregenden Bestseller wurde.

rororo Unterhaltung

Jean- François Vilar
Affenpassage *Roman*
(rororo13616)
Victor Blainville ist Fotograf in Paris. Nur widerstrebend übernimmt er den Auftrag, eine Story zu schreiben über Kiki, die Witwe des ermordeten Avantgarde- Künstlers Dennis Locke. Kiki ist noch keine halbe Stunde in der Stadt, da ist man ihr auf den Fersen: ein Schlägertrupp erwischt sie und Victor in einer Tiefgarage. Blainville gerät in einen Strudel von immer neuen, rätselhaften Ereignissen, die in einen mörderischen Showdown münden... Lakonisch schildert der Roman die Szenerie, die bevölkert wird von Groupies, Künstlerinnen, muskelstrotzenden weiblichen Bodyguards, Alt- 68ern sowie Alt- und Neonazis.

Rabenschwarz

Roald Dahl
Roald Dahl's Buch der Schauergeschichten
(rororo 12629)
Die Zimmertemperatur sinkt? Nach Meinung des Experten Harry Price («Spukhäuser in England») ist das ein sicheres Anzeichen dafür, daß ein Gespenst im Raum ist. - Wer aber könnte ein besserer Führer durch die schaurige Welt der Geister sein als Roald Dahl, dessen literarische «Wechselbäder zwischen Gruseln und Schmunzeln» (Hessischer Rundfunk) bereits Millionen Lesern wohlige Schauer über den Rücken laufen ließen?

John Collier
Mitternachtsblaue Geschichten
(rororo 1559)
Diese fünfzehn merkwürdigen Geschichten sind Glanzstücke durchtriebenen Einfallsreichtums, funkelnden Witzes und teuflischer Pointen.
«Mit den mitternachtsblauen Geschichten versüßt Collier die Lesestunden im fahlen Schein der Nachttischlampe... Zwischen Henry Slezar und Roald Dahl hat auch John Collier mit seinen doppelbödigen Geschichten einen festen Platz im Bücherregal.»
Berliner Morgenpost

Denk nichts Böses *Dreizehn neue mitternachtsblaue Geschichten*
(rororo 5751)
«Es gehört zu Colliers Talent, den Leser am Schluß seiner unterhaltsamen Kurzgeschichten jedesmal zu verblüffen.»
Hessische Allgemeine

rororo Unterhaltung

Harry Kressing
Der Koch *Roman*
(rororo 12300)
Wer Kochrezepte sucht, der wird sie in diesem Buch nicht finden. Was jene Gestalt, die sich in dem Städtchen Cobb als Koch verdingt, unter den Mitgliedern zweier Familien mit ihren Künsten anrichtet, das darf mit Fug als Satanswerk bezeichnet werden. Dabei beginnt alles ganz harmlos...
«Ein Musterstück schwarzer Unterhaltung!»
Die Zeit